裂变与重生

宋元之际诗歌研究

李成文 著

文化艺术出版社
Culture and Art Publishing House

图书在版编目（CIP）数据

裂变与重生：宋元之际诗歌研究 / 李成文著.
— 北京：文化艺术出版社，2017.11

ISBN 978-7-5039-6203-5

Ⅰ.①裂… Ⅱ.①李… Ⅲ.①宋诗—诗歌研究—中国
②古典诗歌—诗歌研究—中国—元代 Ⅳ.①I207.22

中国版本图书馆CIP数据核字（2017）第190540号

裂变与重生

——宋元之际诗歌研究

著　　者　李成文
责任编辑　周进生　叶茹飞
书籍设计　赵　矗
出版发行　文化艺术出版社
地　　址　北京市东城区东四八条52号（100700）
网　　址　www.caaph.com
电子邮箱　s@caaph.com
电　　话　（010）84057666（总编室）84057667（办公室）
　　　　　（010）84057696—84057699（发行部）
传　　真　（010）84057660（总编室）84057670（办公室）
　　　　　（010）84057690（发行部）
经　　销　新华书店
印　　刷　北京虎彩文化传播有限公司
版　　次　2018年6月第1版
印　　次　2018年6月第1次印刷
开　　本　710毫米 × 1000毫米　1/16
印　　张　24
字　　数　370千字
书　　号　ISBN 978-7-5039-6203-5
定　　价　68.00元

目录

前言

宋元之际，社会动荡，1279年，随着厓山兵败、陆秀夫负幼帝赵昺蹈海，偏安一方长达150余年的南宋政权彻底覆灭了，代之而起的是崛起于北方蒙古族建立的大元政权。这不仅仅是封建王朝的更迭，由此导致的诗人心态的失衡，情感选择的多元化[①]，人生存在方式与价值、审美情趣、诗歌风格也都呈现出复杂而多元的形态。

由于元朝统治者接受汉化的程度较低，在统一全国之初，他们对江南地区的儒士、文人采取压抑、打击的政策，大多儒士和文人的政治地位与经济地位大幅度下降，沦为社会底层，与娼妓、乞丐为伍。相应地，南宋时曾盛极一时的理学也由庙堂之学沦为民间之学。理学的民间化使其摆脱了王权的束缚，赢得了自由发展的时机，开拓了广阔的发展空间。宋元之际的理学发展的空间相对来说是自由宽松的，元朝统治者对江南思想界的控制主要是依靠那些同样来自江南的知识分子，那些在新朝已经取得一定地位的江南文人并不对有异端思想的江南文人进行残酷打击和迫害。[②]这是大量充满反元思想的文学作品存在的主要原因。

思想多元化对诗歌情性论也有深刻的影响，其突出表现就是道德理性主义和自然感性主义两种思潮同时存在。此时，原来理学内部的朱子之学与象山之学出现了合流的趋势。朱陆合流的主要契合点之一是他们都注重道德主体的主观能动性，强调人心对性、情的主宰作用。他们认为，心能够超越时空的限制，在审美活动和诗歌创作中发挥重要的作用；同时，在得之于心、应之于手

---

① 张宏生：《感情的多元选择》，北京：现代出版社1991年版，第25页。

② 方勇：《南宋遗民诗人群体研究》，北京：人民出版社2000年版，第21—24页。

的诗歌创作过程中，得之于心是创作的起始阶段，诗人先对客观物象有独到的自得式理解，娱悦心灵，然后才能表达出来。这已涉及诗歌创作心理机制的问题。

宋元时期是道教非常繁荣的历史时期，教派林立，各教派都对诗人产生了不同的影响。内丹派、全真教主张性命双修，在修炼精、气、神时，修炼者必须真心实意。郑思肖接受了内丹学的影响，他认为，心性清净、自然真心是成仙的必要条件。净明道主要影响了诗人忠君慈孝的道德人格，如文天祥、谢枋得等忠臣义士就将儒家的价值观念与净明道的教义结合起来，忠君爱国，不屈不挠。邓牧则将传统道教的葆性全真思想与社会批判结合起来，从“复为完心”出发，猛烈地批判了封建制度戕害人性的罪恶。宗教伦理化除了顺应唐宋以来三教圆融的思想潮流外，还与当时的时代环境有密切关系。宋元之际诗人们已经完全丧失了以入仕来实现儒家之道的历史使命，不得不从宗教中获得暂时的精神解脱，借助宗教的力量来实现自己的济世之志。另外，道教的神仙境界影响了诗歌的意境。

宋元之际的诗人大致可分为三大群体：忠臣义士诗人的诗歌大多以气势胜，风格多慷慨激昂，壮怀激烈。虽然文天祥与汪元量的诗继承并发扬了杜甫以诗为史的精神，但是文天祥诗充满强烈的道德使命感，以儒家实录的修史精神创作了反映南宋灭亡和处于激烈动荡之际人类自我生存的心灵史，表现出鲜明的正史倾向。而汪元量的诗史多以随感的方式记叙了南宋灭亡的历史事件，对这些历史事件缺乏深刻的思考，也缺乏儒家道德情感的关怀，因而有流于逸事野史之嫌。可以说，正史与野史之别正是文天祥和汪元量诗史的分野所在。作为义士型的诗人，林景熙和谢翱多追求含蓄蕴藉的韵外之致，林诗以凄婉疏淡为主，而谢诗不乏以奇幻著称。

就遗民诗人群体而言，他们的隐逸心态是道隐与心隐的结合，将坚持儒家道德观念、追求完善的理想人格与心性的超脱、自由、自娱结合起来。这样既不失大节、拒绝与新朝合作，又为饱受乱离之苦和亡国之痛的心灵提供了自由、适意的精神家园。诗歌创作也多以歌咏隐居生活的喜怒哀乐之情为主，风格有慷慨悲凉，也有凄婉哀婉，既有疏野清新之作，也不乏平淡悠远的韵致。随着地域、人生经历、生活环境的不同，他们的诗歌创作表现出各自鲜明的个性。就地域论，江西诗人群因受程朱理学和陆九渊心学的影响，多抒写忠君爱国之情，诗中所展现的道德伦理观念和自然生机之趣并重，风格也是气骨与情韵兼胜。西湖诗人群的故国之悲多以凄凉悲怨之情道出，以西湖昔日的繁华和今日的衰败对比为契入点。他们的生活道路可谓多样，有隐居西湖著史明理者，如周密；有寄迹洞箫宫、沉溺仙道者，如邓牧、董嗣杲、叶林等，也有出仕元朝学官者，如白珽、仇远、屠约、张楧等，还有浪迹江湖论为寒士者，如连伯正等。相应地，他们的诗风也是多样的，内容丰富，比较广泛而又深入地反映了宋元之际江南文士的生存状态和复杂情感。

严格说来，从生存方式来看，理学家大多都隐居不仕，他们也属于遗民诗人群体之列。理学家诗人始终有强烈的道德责任感，以传播儒家之道为己任，在他们身上集中体现了传统士人以道尊势的宗教般热情和对人类生存的终极关怀。他们的诗歌有强烈的济世之志，充满了神圣的使命感，同时，也抒发了道德修养达到极高境界时的自得、自乐之情。

作为特殊的遗民群体，学官诗人群体徘徊于为道而仕和为禄而仕之间，缺乏坚定的道德信念和高尚的民族气节，有的人为了干禄，歌颂大元的丰功伟绩和盛世太平。他们的诗歌也反映了这种矛盾心态，虽然他们以郊、岛等寒士为自己的诗歌创作楷模和人生偶像，多抒写自己穷困生活，诗歌的风格也与郊、岛的清瘦无异，但缺乏孟郊穷而不贱的傲骨。戴表元和仇远是学官诗人的代表。其中，戴表元推尊司空图的味外之味、韵外之致的审美理想。随着时世的变迁，其诗歌创作的主题和风格也发生了极大的变化，可视为由宋入元江南诗歌流变的一面镜子，为我们历时性地考察该时期的诗歌提供了一个鲜活的标本。

方回又为我们提供了一个降元诗人群体的标本。他是一个矛盾的多面性人物。一方面，他尊奉程朱理学，以道自任，高谈修身养性之学；另一方面，他又贪财如命，卑躬屈膝，毫无民族气节。平时，他巧立名目，聚敛钱财。当元兵南下，未经任何抵抗就投降了元朝，其所言与所行有极大的矛盾，是道德缺失的表现。他的道德缺失既与程朱理学的学理内部自相矛盾之处有关，又与其明哲保身的自私自利思想紧密相连。但他是宋元之际一位诗学大家，他的主要贡献是建构了自先秦《诗经》以来直到元以前的完备的诗统论。他的诗统论从其所建构的道统论中获得了方法论的指导，具有三个鲜明的特点：其一，融批评论、创作论、文学史于一体；其二，诗格论是衡量诗歌思想和艺术的重要标准；其三，注重诗歌发展的内在理路。他还对诗歌的体性论做了详细的探讨。其诗歌创作也推尊江西诗派，同时又不薄唐调，其诗风格有瘦硬、平淡、雄健之美。

宋元之际，从文学史的意义来看，大约起于南宋末期度宗咸淳元年（1265），止于元泰定帝致和元年（1328），63年间的诗歌发展历史都纳入我们的研究视野。原因是，前辈江湖诗人大多都于理宗朝后期谢世，新一代诗人尚未完全成熟，他们的活动与影响大都在度宗朝之后，即使年长者如柴望生于南宋宁宗嘉定三年（1210），家铉翁生于南宋嘉定四年（1211），马廷鸾生于嘉定十五年（1222），舒岳祥生于嘉定十一年（1218），方逢辰生于嘉定十三年（1220），谢枋得生于南宋理宗宝庆三年（1227），他们都由宋入元，其诗歌创作活动和主要影响大多都在度宗朝之后。由宋入元的诗人中，最后一位诗人白珽卒于元泰定帝致和元年（1328）。这一阶段的诗坛，经历了江湖派、四灵派诗人相对冷寞之后，它一扫南宋后期诗坛的卑弱衰气，使有宋一代诗歌有一个光辉的总结。

可是，这一阶段的诗歌却没有引起后人足够的研究兴趣。自“五四”以来的近百年里，国内研究宋元之际诗歌的论文总共180篇，其中通论15篇，考证50篇，创作研究95篇。这个数字在整个宋诗研究文献的总量中所占的比例是很小的，其中有不少是关于具体作品的赏析性文章。即使在创作研究中，所涉及的面也是非常狭窄的（20世纪90年代之前，所论及的诗人主要有文天祥、汪元量、郑思肖、林景熙等少数诗人。90年代初期以后，这种状况有了进一步改变，通论研究开始增加，所研究的诗人范围也有所扩大，赏析类文章已销声匿迹了）。这期间，已出版的该领域的研究专著只有四部，即张宏生的《感情的多元选择——宋元之际作家的心灵活动》、方勇的《南宋遗民诗人群体研究》、罗立刚的《宋元之际的哲学与文学》、王次澄的《南宋遗民诗人论稿》。除此而外，还有史伟的博士论文《宋末元初诗学思想研究》。张著重在揭示诗人复杂的情感世界，是其硕士论文，很多诗人内心世界的丰富内容并没有梳理清楚，有些问题只是浮光掠影地提示一下，并未深入探讨。对于士人心态的研究，我们还有许多空间可以开拓。方著对于遗民诗人群体的形成、分布进行了较为详细的考证，勾勒了南宋遗民诗人群体的不同分布区域，但很少涉及诗学思想和诗歌创作的研究，即使有些地方探讨了诗歌创作，但并不能深刻把握不同类别诗人的创作个性。罗著则探讨了宋元之际的哲学思想流变及诗学思想的关系，理论性强，充满思辨性，但对一些具体问题的分析还有待于深入。王次澄则以翔实的材料论述了宋元之际各个诗人的不同创作情况，重视个案，轻视整体。史伟着力论述诗学思想的演变及其内在规律，很有深度。应该说，这个领域的研究是相对薄弱的，尚有值得开拓之处。

本书着重从儒、释、道文化对宋元之际诗人的生存方式、心态、价值选择等多方面主观因素入手，探讨他们的诗歌价值取向及与之相应的主要的艺术表现方式，进而研究这一特殊历史时期诗人生活的独特历史情境。

宋元之际诗人的诗风是丰富的。从历时性方面来说，诗人前、后期创作呈现出不同的面貌，一些年长者，如家铉翁、马廷鸾、周密、方逢辰诸人，都身历理宗、度宗、宋室灭亡，元初等重大历史变革时期，诗风发生明显变化，大约分为三个时期，南宋德祐元年（1275）以前为第一时期，士人多对宋室衰弱表示忧虑，并表现了与权奸进行斗争的精神，风格多苍凉悲慨。德祐元年至祥兴二年（1279）宋亡前后的四年，士人经历了剧烈的易代之世，诗歌多以诗史精神直接反映现实，风格慷慨悲壮，气势沉雄。这个时期对于诗歌来说，不只是在内容上，更主要是在诗人的情感心理上标志着一个新时代即将开始。此后为第三时期，诗歌主题趋向于亡国之悲和隐逸之情，平易、清疏之风凸显出来。

本书主要以烈士、遗民（遗民诗人群体又分为理学家诗人群和文士诗人群）、仕元三类诗人的作品为主来考察宋元之际诗歌的内涵和主导倾向。需要特别指出的，我们还把方回这个特殊的个案列为一章，解剖其心态变化、诗学思想与诗歌创作的特殊性，这将为我们认识一个集道学、诗人、投降派于一身而又有身份错位之感的复杂人格提供一个活生生的样本。

本书所论及的诗人大多都是生长于南宋理宗朝之时，他们主要是文学活动与影响却在宋元之际的人物。这些诗人的作品多被收集在《全宋诗》里，此时诗人的别集经后人整理出版者较少，所以，本文的文献引证主要以《全宋诗》为据，参校其他版本，有些已出版单行本的作家别集整理本，则以整理本为准。尽量搜罗历代关于此期诗人与作品的评论材料，作为分析的依据和参考，今人的研究成果也将择善而从。

在具体研究过程中，我们始终坚持的基本原则是实事求是，批评与文献相结合，历时性与共时性相结合，个案与群体相结合。在充分占有材料的基础上，先编制诗人活动年表，理清其生平和思想轨迹，逐层分析宋元之际诗歌的结构和要素，并试图对其动态发展做些纵向的考察。同时，在研究一个诗人群体的时候，把诗人群体的特征和个体的鲜明个性结合起来，做到点面结合，广度和深度统一，力求客观而又深入地探讨这一历史时期的生活原生态及其诗歌创作的真实面貌。这也是本书对学界的点滴贡献和创新之处。

第一章　理学的演变与宋元之际的诗歌

宋元之际的文化，尤其是儒家思想对诗人的创作心态、价值取向、主题与题材的选择、艺术风格等各个方面都产生了极其深刻的影响。儒家思想内部朱子理学与象山心学之间已经由争辩、分歧走向融通、合流，朱陆合流的契合点是他们对道德修养的心性问题有着共同的看法。

第一节　朱陆合流与宋元之际诗人意义世界的建构

南宋理宗朝时，统治者提高程朱理学的政治地位，程朱之学由民间之学上升成为官方的主流意识形态，逐渐占据思想界的主导地位。同时，朱子之学和象山心学出现了由分歧走向合流的趋势。随着宋元之际朱陆合流的不断推进，心理合一、心物之辩的不断展开，人与世界的存在关系问题成为人们关注的焦点之一。

与程朱理学过分强调以理为绝对精神和象山心学以心为本体不同，宋元之际的诗人、思想家更多地注意到心理之间、心物之间的内在联系，所谓“人惟一心，心惟一理”[①]便是这种联系的集中概括。这一看法扬弃了朱陆之学的先验性倾向，在一定程度上摆脱了抽象的思辨色彩，沟通了人类个体自身的存在与对象世界之间的关系。

一、心理合一：朱陆合流的内在理路

宋元之际，朱陆合流已成大势。刘埙在《陆文安公祠堂记》中将陆九渊与朱熹、张栻、吕祖谦等人并置，充分肯定了陆九渊在儒家思想发展史上的重要地位：“自尧舜叠传而达乎孔孟，自孟氏失传，而俟夫宋儒。故有周、

① 刘埙：《水云村泯稿》卷五，清道光爱余堂刊本。李修生等编：《全元文》卷三四四，第10册，南京：江苏古籍出版社1999年版，第300页。

张、二程浚其原，而周则成始者也，有朱、张、吕、陆承其流，而陆则成终者也。……道之统绪，略见是矣。”[①] 刘埙认为，陆氏心学不仅不能被排斥在理学的道统序列之外，而且应该充分肯定象山心学是宋代理学的重要总结者，陆九渊与朱熹一样都对理学的发展作出了重要贡献，这在学理上就确定了陆学与朱学的平等地位，从根本上改变了程朱之学一系斥象山心学为野狐禅的偏见，昭示了陆九渊心学与朱子之学都是儒家思想发展的重要组成部分，它们从不同的侧面共同建构了儒家道德价值观念体系。

耐人寻味的是，在刘埙所建构的这个传承谱系中，韩愈被排除出去。这与宋人道德哲学不断向心这一维度拓展有密切关系。北宋时期，欧阳修、二程出于儒家思想传承的需要将韩愈列入道统中，主要意图在于为宋代新儒学定位，表明宋代理学是儒家价值观念体系自身发展的必然结果，为其合法性奠定理论基础。但是，韩愈虽然重视儒家之道的传承，强调士人阶层的道德使命感，却忽视了道德主体向心这一维度展开，取消了心在道德涵养和践行中的主观能动性。这样，他被请出儒家道统就是自然而然的事情了。

实际上，北宋理学也孕育了心学和道学合流的内在契机。以二程为例，二程思想的整体取向虽然有一致之处，但在心与理之间的关系方面却存在着明显的不同，程明道近禅，强调心的顿悟，而伊川则重在儒家之道的体悟。这一点，冯友兰先生早已辨明："其实明道近于道家与禅宗，是道学中底心学一派的鼻祖。伊川是注重于《易传》所说的'道'，他重新发现了理世界，为道学中底理学一派的领袖。"[②] 在冯先生看来，程明道之学更接近于佛老的心性修养，实为象山心学的直接源头，而伊川之学侧重于儒家道德价值之理的发现，朱熹就继承并发展了伊川之学的"理世界"。二程的不同在一定程度上开启了朱熹之学与象山心学之间的激烈争论，而他们的相同又为朱陆合流提供了很大的可能性。

同时，我们还应该充分认识到，朱陆之学的不同并不是两种哲学思想体系的不同，它们在成圣成贤的根本问题上没有什么区别。其区别主要表现在如何成圣成贤，也就是成圣成贤的途径和方法方面。朱熹主张将"尊德性"与"道

---

① 刘埙：《水云村泯稿》卷三，清道光爱余堂刊本。李修生等编：《全元文》卷三四八，第10册，南京：江苏古籍出版社1999年版，第378页。

② 冯友兰：《贞元六书》(下册)，上海：华东师范大学出版社1996年版，第831页。

问学”统一起来，即道德修养与读书明理结合。陆九渊则过分强调“尊德性”的重要而忽视“道问学”，陆九渊虽然也讲读书，但也只是将其视为涵养德行的手段而不是为了增长知识，探索道理。既然朱陆之学的最终使命是一致的，“群圣相授，继天立极，开物成务”①，都是发明圣道，扶植纲常，那么它们之间的合流也就有坚实的理论基础。

早在刘埙之前，理学内部就有人主张朱陆之学应该相互结合，取长补短。先后游学于陆九渊和朱熹之门的包恢最先意识到这一问题。包恢“每谓二家宗旨，券契闇合，流俗自相矛盾”②，充分肯定朱陆之学在本质上是一致的，两者应该互相取长补短。后来，吴汝一将体现朱陆之学相同旨趣的内容加以选择，编为一册，取名《箢天》。刘埙在《箢天》的基础上进一步充实，改名为“朱陆合辙”，并为其作序。稍后的吴澄以朱子之学为本，引入象山之学，融会贯通。他说：“道之为道具之于心，岂有外心而求道哉？……盖日用事物，莫非此心之用。”③从道与万物都不脱离主观意识之心的观点出发，吴澄强调理不是抽象的精神本体，它不能脱离心而独立存在于心之外。他们都无一例外地从心理合一的角度提出了朱陆之学会通的问题。

朱子理学和象山心学的相通之处就是它们都突出了作为主体自我意识之“心”的主导作用，都属于崇尚心性修养的内圣之学。它们都主张修心，由修心来求天理，实现“继天立极，开物成务”的终极目标。对此，刘埙在《朱陆合辙序》中提出了朱陆之学“本领实同，门户小异”的思想，并详细比较了两家之学的异同。他说：“故陆学主于超卓，直指本心，而晦翁以近禅为疑；朱学主于著书，由下学以造上达，而象山翁又以支离少之。门分户别，伐异党同，末流乃至交排互诋，哗竞如仇敌。”④刘埙认为，朱陆之学在心性修养的方法上有些不同，陆学宗法孟子，直指本心，不尚著述，颇近禅宗顿悟之说，象山之学主张“先立乎其大者”。汉代的经学、宋代理学中的程朱理学一派都以读书识理为要务，而陆九渊则认为这都是为学的细枝末叶，不是根本之举，真正的为学之要在于立心。陆九渊说：“必有大疑大惧，深思痛省，决去世俗之习，如弃秽恶，如避寇仇，则此心之灵自有其仁，自有其智，自有其勇，私

①②④　刘埙：《水云村泯稿》卷五，清道光爱余堂刊本。李修生等编：《全元文》卷三四四，第10册，南京：江苏古籍出版社1999年版，第300页。

③　黄宗羲：《宋元学案》卷九十二，北京：中华书局1996年版，第1679页。

意俗习……虽欲存之而不可得，此乃谓之知至，乃谓之先立乎其大者。”① 在人心之中自有儒家之仁、智、勇，人们会在“私意俗习”中自然而然地显露出儒家的价值观念。同时，陆九渊认为人人都先天地具有普遍的超验之心，“立乎大者”的目的无非就是树立“心”的主宰作用，张扬先天赋有的道德理性精神。

而朱学主张道德修养要从基本的修养功夫做起，渐次达到道德修养的高级层次，颇近禅宗渐悟之说。这是朱熹的为学之要。朱陆为学之方不同的背后隐藏着他们心性论的根本差异。在本体论方面，朱熹的关注焦点是理与气的关系，而陆九渊却忽视这一方面，朱熹强调性即理而陆九渊突出心即理。明代罗钦顺早已指出了这一点。他说：“程子言性即理也，象山言心即理也。至当归一，精义无二。此是则彼非，彼是则此非，安可不明辩之。”② 程朱之学的性即理是说，在天为命，在人为性，在人身之中则为心，心与性是不同的。而陆九渊则认为，心性没有什么本质的区别，实为一而二、二而一的关系。对此，朱熹坚决反对：

> 邵尧夫说：“性者，道之形体；心者，性之郛郭。”此说最好。盖道无形体，只性便是道之形体。然若无个心，却将性在甚处！须是有个心，便收拾得这性，发用出来。盖性中所有道理，只是仁义礼智，便是实理。……今人往往以心来说性，须是先识得，方可说。……如有天命之性，便有气质。若以天命之性为根于心，则气质之性又安顿在何处！谓如“人心惟危，道心惟微”，都是心，不成只道心是心，人心不是心！③

朱熹认为陆学之失就在于心性合一。如果从心为天命之性的显现这一角度来谈论心的内容，心就专指惟微道心，那么“以心来说性”是没有什么问题的，这与陆氏所说的心即理并不矛盾。但是如果从气质之性和天地之性的角度来谈心，那么人心就不再只是道心，还包括发于形气的人心，即人的思维器官和各种欲望、情感，这就必然带来了无可避免的尴尬问题：从心中流出的到底是天

---

① 陆九渊：《与傅克明》，《陆九渊集》卷十五，北京：中华书局 1980 年版，第 158 页。
② 黄宗羲：《明儒学案·罗钦顺》卷四十七，北京：中华书局 2008 年版，第 803 页。
③ 黎靖德：《朱子语类》卷四，北京：中华书局 1986 年版，第 64 页。

理还是思维的内容、抑或是情感欲望？

在这里，朱熹所说的心既包含思维的器官，又包含道德理性的内容，而且他还清醒地认识到情感与天理是不同的。这就为“心统性情”之说留下了空间。可见，朱熹的心性论既包含人的喜怒哀乐之情，又包含道德理性精神，道德理性的天理对人的情感有引导、规范的作用。而陆九渊心性论的结构就简单便捷得多，省略了性这个中间环节。陆九渊认为心一旦经过发明而存为本心，就成为本体论意义上的心，具有先验的特点。所以，人们在求本心的时候就必须先定心、修心、养心，根本不需要将性作为中间媒介。

以上的分析表明，朱陆合流既有其固有的思想基础，又是宋代新儒学发展的必然结果。另外，还需说明的是，在宋元之际，不同的诗人群体由于他们所处的文化背景不同，他们所接受的理学内部不同派别的影响也表现出明显的不同。大致说来，以庐陵为中心的江西诗人群大多受象山心学的影响，他们往往援朱入陆，立足于心学，汲取朱子之学的合理成分。这一派的诗人主要有刘埙、刘辰翁、赵文、罗椅、王义山等人。以莆阳为中心的福建诗人群，大多崇奉朱子之学，以弘扬儒家之道为己任，援陆入朱，主要代表有金履祥、林景熙、陈普、牟巘、吴澄等人。但也有例外，如文天祥虽为江西人，和象山心学一样直承孟子，但他接受孟子养浩然之气的影响，推崇至大至刚的人格美，与象山心学的趋向有明显的不同，其为学的根本更接近于朱子之学。郑思肖并不属于江西诗人群，但他却深受象山心学的影响。

二、正心：心的普遍化和理的个体化

心既然在道德哲学中居于主导地位，那么，它就引起了宋元之际的诗人对心的重视，心理合一成为他们思想的基石。刘埙所说“人惟一心，心惟一理”的心理合一论就是沿着陆氏心学的思路向前推进的，它在郑思肖的“正心”说中得到进一步的展开。

在儒家道德哲学中，理主要指符合儒家思想的道德规范和价值的天道和天理，具有普遍性、抽象性的特点。心则是道德主体的自我意识，具有个体化、复杂性的特点。心与理的关系首先表现为道德理性精神的普遍性与自我意识的个体化之间的关系，理不在心之外而在心之中。这里所说的理大致有两方面的含义：一是孔子所说的“吾道一以贯之”的儒家之道，即儒家所极力宣扬的事君事亲的道德律。《春秋》宣扬“尊王之经”的事君之道，《孝经》极力倡导“事君亲”的道德准则。作为尊王、事君亲的道德律，理是普遍的道德实践理性。二是事理，存在于客观事物之中的内在之理，大致相当于客观存在的本质和规律。与理的双重性含义相应，心也有两方面的含义：一是人理解、掌握自然规律的认知能力，也就是理学所讲的格物致知；二是人的道德修养和自律，即主体的道德意识。郑思肖说：

昔吾夫子以“一日克己复礼，天下归仁”之妙授于颜子，以“吾道一以贯之”之旨语于曾子。此二者吾夫子开道统之大本。子曰：“吾志在《春秋》，行在《孝经》。”《春秋》尊王之经，《孝经》事君亲之书。……何以教之，自正心始。何以始之，由读书入。读书而不见道，匪为读书。见道苟不明，则无真诣。实践不严于正心，则临事差忒，义利莫辨。况今既无以教之，又无以养之，而又不能以理义自养其所养，其心馁矣。每垂涎于外，闻路傍腥芳之气袭人，必乘其馁而入，则醉彼耳目口鼻也深。意气状貌与之俱变，有似此身不属于我者。非道果离于人，而人自昧其道耳。①

在这里，理内在于心不是从本体论意义上说的融理入心、销道为心，而是表现为理通过贯通于日用百事构成了心的内容，成为人的主体意识的一部分。

郑思肖不仅以理来规定心的内容，而且指出，心还有个体性沉思的特点，即以“我思”的形式表现出来的自心。郑思肖强调，心在认识事理的过程中具有重要的作用，只有通过心的“我思”才能深刻地认识理、体验理、认同理，从而化儒家之道为自我的意识，自觉地循理而行。在郑思肖看来，造成“义利莫辨”的根本原因在于，人在读书的时候不能深思熟虑，以至于不能明儒家之道，人心中有许许多多复杂的情感、欲望，有些情感、欲望是不符合儒家的“天理”，所以，需要“正心”。“正心”就是排除各种外界功名利禄的侵扰，保持心性的纯洁，其目的就是使道德主体充满忠孝等伦理观念，临大事，守大

① 郑思肖：《所南先生文集》，四部丛刊续编本。李修生等编：《全元文》卷三六二，第 10 册，南京：江苏古籍出版社 1999 年版，第 707 页。

节，使道德主体成为一个毫无私心杂念的纯道德的人，保持道德之士的本色。

那么，主体意识之心的情感、欲望等感性内容与普遍的道德之理之间有什么关系？郑思肖从孔子“开道统之大本”的角度回答了这一问题。郑思肖认为，孔子“开道统之大本”包含既相互联系又相互区别的两个主要方面。一方面“吾道一以贯之”，把儒家之道贯彻在人们的日常行为之中，人们的一言一行，无论是读书穷理还是事君事亲，无不自觉地以儒家的普遍道德规律为准则。这样，儒家之道就成为自我意识之心的主要内容，实现了普遍理性向个体化之心的转变。另一方面，孔子“克己复礼，天下归仁”是说，儒家道德的普遍原则、规范并不是存在于心体之外，并不是作为外在的异己力量，强制人们去遵守，它就存在于自心之中，并与自心融为一体，通过“克己复礼”的不断参省，自我体认，排除私心、欲望的干扰，自觉、自愿地践行事君事亲的道德行为。这样，理就成为规定心的内容，从而心就具有普遍理性的特点，表现出心被普遍化的倾向。

可以说，郑思肖通过“一以贯之”与“克己复礼”的双向运动，实现了心与理的合一。就理而言，这意味着存在与道德规范的结合，普遍的道德规律转化为个体的道德意识。就心而言，心的普遍化表现出心超越个体的情感、意欲等感性意识，从而心也就具有普遍性、道德性的品格。

但是，郑思肖以“一以贯之”与“克己复礼”的双向运动，通过理的个体化和心的普遍化来论证“心理合一”之说具有明显的抽象思辨色彩。不过，这种论证也蕴含着一些值得肯定的见解。

首先，郑思肖在先验论的前提下，肯定了思维与存在之间的统一。在他看来，“一以贯之”的“贯”离不开思维的逻辑，抽象的概括，而所“贯”的现象又不能脱离理性的思维，而是道不离物，是道的内化，因而理性思维和客观外物之间是统一的。实际上，这种统一观就等于承认了世界是可知的，既扬弃了朱熹的超验本体之道，又避免了陆九渊将心无限扩大从而导致神秘主义的倾向。

其次，郑思肖把道德意识（包括道德意志、价值选择等）视为理的内化，这就涉及了道德意志与儒家之道（理）的关系。按照郑思肖的看法，儒家之道并不是作为外在的强制力量规范人们的道德行为，而是在见道自明的基础上，深入理解、把握儒家道德的真谛，明辨是非，然后才能避免行为的盲目性。

"实践不严于正心，则临事差忒，义利莫辨"，这就肯定了经过"正心"后，道德律令内化为人的道德意愿，肯定了道德自愿、自觉在道德践行中的重要作用。郑思肖所说颜子接受孔子"克己复礼"的教诲，居陋巷而不改其乐，正是突出了颜子把道德意识与道德律令统一起来，使外在的道德律令内化为自己的主动追求，化强制为自觉、自愿。这就从根本上纠正了程朱理学所倡导的"存天理，灭人欲"的不良倾向。作为正统的程朱理学，片面强调先验的绝对天理对人们道德行为的强制作用，忽视人的道德自愿性和自觉性。

简而言之，"一以贯之"与"克己复礼"的双向运动过程就是心的普遍化和理的个体化过程，这两个方面相互依存，密不可分，理不离心，心依赖于理。正是这同一过程的双重化，理获得了心的个体化形式；同时，心被赋予抽象的理性精神，具有普遍化的倾向。

三、观物：心能应物

一般说来，心所外化的结果指向意义世界的建构，诸如自然的人化、理想生活世界的预设，等等，能够向他人敞开，为他人所接受，表现出普遍性、公众性的特点。当然，心的外化始终不能脱离物，心与物的关系就成为建构意义世界的出发点。宋元之际的诗人从不同的方面肯定心与物之间的相互依存关系，构成了他们心物关系论的主要内涵。

赵文首先强调物对心的依赖性，提出心之所向即为物的观点。在《观远斋记》中，赵文说：

> 而吾登高而望，虽天际之远，一举目而至之，有不待起此至彼之渐也，然目力则诚远于风矣。脱有一山之隔，一云之碍，犹无见也。而吾心之为心，前万古之已往，后万古之方来，六合之外，思之即至。虽离娄之目，万此不能及矣。是故风之行远，不如目之观远；目之观远，又不如心之观远也。……仰而观之天，去地八万里之上未必无意也。俯而观之四方，万里之广未必无人也。上而观之已往，不知其何所始；下而观之方来，不知其何所终也。故观于其近而已，则世之人力诚若足以加乎天地，而观于其远，则不惟人事之得丧不足恃，虽天地犹不足恃也，而曾是目前旦暮之

羡哉！[①]

赵文首先从认识论的角度规定了心、思、物之间的关系：心（理性思维）的活动表现为思，而思的对象指向物，目之所见，但他更强调心之所思。因为在他看来，人的目力（感觉）可能会受到种种客观因素的制约而受到影响，但是心不同，它可以上下千年、纵横万里，天地寥廓，无所不及，心还可以对所思之物进行抽象的归纳、演绎，形成概念。同时，无论心的思维如何活跃，总会与一定的物联系在一起，所谓“仰而观之天，去地八万里之上未必无意也。俯而观之四方，万里之广未必无人也”就是此意。可见，他充分肯定人心的主观能动性，根本不需要一个脱离具体事物的超验之心来对事物发生作用，这就从根本上否定了陆氏心学的心本论。

就意义世界形成的角度来说，意义世界的物离不开心的作用。赵文所说的物是进入意义世界的存在，而意向活动的物（客观外物和人的道德践行）又是意义世界形成的基础。一般说来，意之在物既是一个意向活动的过程，即欲有所作为，也就是说，人们在日常行为中自觉地按照儒家的道德观念尊亲事君，有时可能要抛弃自己的一点私利，甚至牺牲自己的生命。对这种意向活动，那些缺乏道德意识的人可能并不以为然，因为他们缺乏人伦关系，君、亲只不过是自然的自为存在，与自己没有什么关系，这种人就是赵文所说的“观于其近”的人。赵文强调“观于其远”的人则不然，他们与天地同流，与万物亲善，民胞物与，尽管他们可能有目前的得失荣辱，但却理随事现，从自己的道德践行中发现自己的独特价值，在自身的存在中追寻世界的终极存在。这又显示出，意之在物还是一个赋予对象行为以意义的过程。

赵文的思想不乏陆九渊影响的痕迹，但又能突破象山心学的界限。陆九渊的特点在于片面夸大心的主宰作用。陆九渊说：“万物森然于方寸之间，满心而发，充塞宇宙，无非此理。”[②]就是说，充塞宇宙天地的万物均充盈于方寸之心，一切事物都可以被心感知。虽然在理为理性思维和道德意识、物为心所感知这些方面，赵文与陆九渊有相同之处，但是，陆九渊因无限扩大心的主宰作

① 赵文：《青山集》卷五，李修生等编：《全元文》卷三三五，第10册，南京：江苏古籍出版社1999年版，第126页。

② 陆九渊：《陆九渊集》卷三十四《语录（上）》，北京：中华书局1980年版，第378页。

用，客观外物的实在性无形中就被取消了。因为与心对应的物的缺失，心就不能直接关联物，也不可能使物进入意义世界。与陆九渊不同，赵文把心理解为物的本源，同时，物不能脱离心而独自存在。

尽管赵文不是一个严格意义上的哲学家，且他的论证思路还存在一些问题，但他突破了陆九渊心学的形而上思辨的束缚，摆脱了陆九渊心学的唯我论倾向，转而以知行关系解决心物关系，这不能不说是对心学的一大推进。

与突出心的主体性相应，宋元之际的诗人还提出了物依赖于心而被心感知的主张。心需要物来充盈，如果离开了物，心就会无物可应。林景熙尝言：

> 人之一心，本与天地同，广大而不能虚者，物实之也。心故无物不有，而何尝有物哉！闻之先儒曰："'心兮本虚，应物无迹。'惟虚心故能应物，虽无物不应而若未尝应，不留物也。应物而物不免留，留则有迹，岂所谓虚？如雁过渊，渊无留雁之情，而雁无不见之影，岂惟渊哉！众物妍丑，毕陈于镜，镜未尝拒，亦未尝留，倏然而空，镜体故在，心犹是也。"①

在这里，"人之一心，本于天地同"是说，作为人的生理感觉器官，心随着人的诞生而形成，存在于人体之内，成为人的身体不可或缺的一部分，与口、耳、鼻、舌等器官一样具有感知的功能，可以感应外物。不过，口、耳、鼻、舌等器官属于感觉器官，大都依靠人的本能来感受外物，所获得的经验为感性意识。而心具有理性思维的功能，具有抽象概括能力，所获得的经验为理性知识。虽然林景熙把心与人一样都视为天地化育的结果，但并没有像陆九渊那样将其规定为超验的精神本体，否定了心之外还存在一个超验的精神本体。

在此基础上，林景熙提出了心能应物的思想。根据林景熙的看法，心能应物至少包含两个方面的内涵。首先表现在心能照物。林景熙把心与物的关系规定为镜与物的关系：物至心前，而心照物。心能像镜子一样反映客观事物，能够纤毫毕见，容纳众物。从照与被照的关系来看，被照的物不以心的存在与否为转移，而照物的心的存在则不能脱离物的存在。就此而言，承认心能照物就等于肯定了心不能脱离物，心必须依赖物而存在。其次，心能应物的过程意味着心由静到动、

① 林景熙：《虚心堂记》，《霁山集》卷四，北京：中华书局1960年版，第110页。

由虚而实的运动变化过程。所谓“惟虚心故能应物”的“应”是说，本来澄明净澈的心因事物的到来而积极活动起来，物是引起心动（思维活动）的直接动因。在这个过程中，心是受动者、接受者，而物是主动者、给予者。

可见，林景熙所说心对物的依存性具有双重内涵：一方面，心是人的生命肌体的一部分，能够感知万物，有心即有物；另一方面，心能应物，应物起念，感物遂通。这两方面密不可分，缺一不可，共同构成了林景熙的心物关系论。

从意义世界的建构来看，心“本于天地同”不是从本体论上说心源于天地，也不是说心能够在外部时空中再构建一个天地世界，而是说，作为意义世界的天地境界进入人心，人赋予其意义，天地世界成为为我而存在的存在。只有这样，天地世界才能与我发生关系，成为我所看到的意义世界。如果脱离人的意向活动，外在的天地世界对于我来说依然是自在自为的，没有任何意义，天地世界就不会存在了。这样看来，心能应物也不仅仅是说心能感应外物，而且还表明，心能赋予物以儒家之道与人的自我意识，心与物两者之间产生和谐共振，引起心的认同，产生对于人类存在的觉解。林景熙把觉归结为理与事合，他说：“夫人方寸虚灵，具众理而应万事，是之谓觉。”[①] 人应该有最起码的羞耻恻隐之心，能够明辨是非，有最基本的向善去恶的道德选择能力，以及对道德规范的体认能力。这些道德意识一旦被道德主体认同，就会为“应万事”的道德行为提供充足的精神资源和方向指导。相应地，人的道德践行就会无不合道，人的一言一行，举手投足，无不是道德意识的自然显现。

林景熙“具众理而应万事”的理事合一说表明，构建意义世界的过程并不仅仅是意向活动的产物，同时也是道德实践的过程。这一点，在《自得斋记》中，黄仲元也有相同的论述：

> “自得”二言何始乎？始于放勋命契之辞也，然犹有待于使然而后然也。宇宙中间，鸢飞鱼跃，虫兮能天，物之所自得者也。昭文于琴，柴桑于酒，谪仙于诗，人之自得者也。扁斫轮，梓削锯，痀瘘累丸，又精于伎者之自得也，况有道者乎！子思子无入而不自得，此以人事言也；子车子深造欲其自得，此以天理言也。天下无事外之理，亦无理外之事。素位而

① 林景熙：《觉庵记》，《霁山集》卷四，北京：中华书局1960年版，第112页。

行，触事而与理俱，左右逢源，理熟而随事见。由上下察，而极于无声无臭之至；由根于心，而形四体不言而喻之妙。①

“天下无事外之理，亦无理外之事”是说，人们做事（当然也包括事父事君等道德行为）都是在一定规律、理论的指导下进行的，意识中没有一定的理论、缺乏起码的政治意识，就不会有意之所向，就不会循理而行，外事外物就不会进入人的意识中构成意义世界。同时，进入意义世界的事物不能脱离人的自我意识而存在，必须通过外化（即做事）的形式在现实世界中显现出来。这样，事与理、意之所向与道德践行之间就统一起来。只有深刻把握两者之间的关系，化使然为当然，人才能达到黄仲元所说的“自得”之境，得心应手，自由自在。黄仲元十分敬重子思“无入而不自得”，其主要原因就是子思能“触事而与理俱，左右逢源，理熟而随事见”，心与道一，理与事俱，做任何事情都能自然而然地显现出儒家之道。“触事而与理俱”，事与理的沟通实现了化外在自为之物为为我之物，自为之物成了主体自我实践的对象；“理熟而随事见”，人的道德践行，日用百事，无不显现道德的理性，意义世界成为当下境遇的现实存在。

不难看出，宋元之际诗人建构的意义世界不是形而上学意义上的超验之物，而是一种存在于存在者意识活动之中的意向世界。它与程朱理学从宇宙生成论的角度构建的超验世界截然不同，真正体现了本体论的转向。②

综上所论，宋元之际的诗人以意向活动连接心与物，通过心的普泛化和理的具体化的双重转换构建了意义世界。这种双重转换对意义世界的构建产生了两方面的影响。一方面，这种转换将个体的自我意识之心提升为普遍性的心体，为意义世界的普泛性、公共性铺平了道路，使意义世界能够为更多的人接受、向他人敞开；另一方面，这种转换将普遍性的道德规范、伦理价值观念等

---

① 黄仲元：《自得斋记》，李修生等编：《全元文》卷二六〇，第8册，南京：江苏古籍出版社1999年版，第361页。

② 杨国荣曾经在《心学之思》一书中，称王阳明从体用合一的角度构建了现象学意义上的意义世界，体现了本体论的转向。这种说法是正确的，但他忽视了宋元之际的文学家、思想家在本体论转向中的重要的过渡作用。也就是说，本体论的转向自宋元之际时就已经开始了。杨国荣之说参见其《心学之思》，北京：中国人民大学出版社2009年版，第72页。

当然之理置换为道德主体的自我意识，把外在的道德律令转换为道德主体的自愿追求，实现了理与事俱、道德意识与践行的统一，从而也实现了意义世界由主观意识的产物向现实的存在转换，为意义世界的现实性品格提供了强有力的保障。宋元之际的诗人从个体自我存在的超越转向意义世界的建构，这与程朱理学诉求超验之理和象山心学理融于心判然有别，显示出截然不同的意义建构路径。

但是，毋庸讳言，宋元之际诗人建构意义世界的路径也存在着一些自身无法克服的矛盾。主要表现在：首先，就体与用的关系而言，取消了为我之物与自为之物的界限。他们所说的心能应物、心外无物，更多地倾向于主体之心给予物以意义，这样，物的自在性、自为性就被取消了，物的存在也就变成了人的主观意识。取消了物的自在性、自为性就意味着取消了天人、物我的二元对立。这固然可以实现物我冥合、万物一体的天人合一之境，但是，这也势必导致为我之物变成了纯粹的主观意识的产物，最终不可避免地重蹈陆九渊心学过分夸大心的主观能动性的覆辙。其次，他们打通了事与理的界限，即“天下无事外之理，亦无理外之事”，将意之所向与道德践行融合为一，这固然能够强化主体之意的重要性和道德之理的至上性，但也表现出强调理而忽视事的明显倾向，在理论上，最终仍然不免走上取消客观之事独立性的歧途。这两种结果都指向一个共同点，即主观的心被片面夸大。他们本来是扬弃陆氏心学的心本论，结果却仍然堕入心本论的泥潭。造成这种二律背反结果的主要原因是，他们以陆氏心学为出发点，因过分强调心体在意义建构中的作用，反而忽视了意义世界应该具有的更加丰富的现实内容和历史意蕴。这样，他们所建构的意义世界至多只能在道德之域中展开，不可能在更广泛的社会、历史中展开，这就进一步加剧人类存在意蕴的道德化倾向，从而使他们所建构的意义世界缺乏丰富的现实性和深远的历史性。

第二节　宋元之际诗人的存在境界与言说方式

存在问题是本体论哲学的中心话题。宋元之际诗人对存在问题的沉思既涉及天道、天理，又涉及人道、人心。天道、天理意义上的存在多指向超验的本体世界，人道多指向人生存在的境界，而人生境界则以生命存在为基础。

一、存在境界的诉求

意义世界总是与人的存在密不可分，体现出人文主义的精神特征，因而意义世界的建构主要表现为人的主体意识异化外部世界（自然、社会）的过程。这一人化自然的过程直接涉及天（自然界、人类社会）人（人的自身存在）合一的境界问题。

赵文的“若足以加乎天地，而观于其远”，林景熙的“人之一心，本于天地同”的思想都体现了天人合一的问题。在《山窗记》中，刘辰翁也指出了相同的思想。他说：

> 心即天也。天高九万，一举目而天全露，岂有破碎隐显昏澄之隔，大小之间，若痴蝇之触，飞伏之眯，栖螟之窈邪？不知心体，则虽四方上下，无往而不碍。……平生所见又慊然如有不足，而为之远想，为之图画，往往喜闻而厌见，不知一丘一壑即千岩竞秀，政自何异？复亦何以易此。每山行历落，穷崖深穴，愈尽而愈不尽，然奇峰翠霭，曾不如遐观，而倚杖及僧房野店，得之燕坐，如窥如即，尤使人依依而不能去，胜于当然，无不得其全体，此亦观之至也，尚须求乐哉？。[①]

这里所说的一丘一壑，千岩竞秀，充满生机，奇峰翠霭，情状万千，本来都是自然之物，自在自为地存在于大自然中，但是它们一旦进入人的精神世界，成为心的观照对象，赋予人的生命力，那么它们就会“胜于当然”，化本然的世界为意义世界，成为为我而存在的自然，具有人的生命意识。在这里，“心即天也”是说，天与人的合一完全取决于心的作用，九万重之天在人心的观照之下，在人的灵性之光照耀下，天便自然而然显露出来，呈现到人的当下之境，从而人与万物的合一便具有了现实意义。

在中国哲学史上，万物一体的观念古已有之，从先秦的《易经》、儒家、

① 刘辰翁：《山窗记》，《须溪集》卷一一，豫章丛书本。李修生等编：《全元文》卷二七八，第8册，南京：江苏古籍出版社1999年版，第705页。

道家到宋代的理学家都从不同的角度探讨了这一问题。程颢曾说："仁者，浑然与物同体。"[①] 他把人与物浑然一体视为仁的核心，又将天人合一的根源归结为先天之理。在逻辑上，他又把人与万物的终极之源归结为先天之天理，程颢探讨个体存在的理论路径是由天理到人，在人之上还预设了一个超验的精神本体。但是，刘辰翁则不同，他主要从心到物的内在理路来思考天人合一的问题，通过人心（意识活动）的外化，人化的意义世界直接呈现在当下之境中，天人之上没有一个预设的超验之理。

既然刘辰翁是从心到物的内在理路来思考天人合一的问题，那么，人心对于意义世界的建构也就有直接的决定作用。在《梅轩记》中，刘辰翁说："而人不我舍，不知斯芳之藉我乎？其山空涧落，无人乎岁晏，彼不我即，则我往即之乎？吾尝谓梅者使其生于暄淑之景，而立乎桃李之蹊，虽翛然欲以其洁独，而争妍者有其色，好懿者无其人焉；是其独也，时也，好之者亦时也。"[②] 在这里，刘辰翁所说的"人不我舍，不知斯芳之藉我"至少包括三个层面的含义。

首先，随着人类个体的身份、教养以及所处的文化背景不同，就会呈现出不同的意义世界。换句话说，有什么样的人心，就会有什么样的主观精神状态，相应地，也就会有什么样的意义世界。可以说，有多少个生命存在，就会有多少个复杂多样的"他人"世界。同样面对梅花，每个人从中看出各个不同的世界，有的人敬重梅花的清洁孤傲，视之为"洁独"，有的人喜爱梅花的争奇斗艳。梅花在各个人的心中所呈现的意义世界是千差万别的。一个生命力旺盛的人，他眼中的自然界也就充满盎然的生机。相反，人的精神如同槁木一样缺乏生机和活力，神情枯槁，他的意义世界就会呈现出一片死气沉沉、索然寡味的景象。诚如刘辰翁所言："今之不仁者非手足痿痹之谓也，而心死矣。其人康强，饮食、富贵、寿考，而若存若亡，若宇宙无与我事，则其形虽俱，而心死矣。……吾前所以落落难合于世者，以其无生意者，心死故也。"[③] 一个心

① 程颢、程颐：《二程遗书》(卷二上)，北京：中华书局2000年版，第53页。

② 刘辰翁：《梅轩记》，《须溪集》卷七，豫章丛书本。李修生等编：《全元文》卷二七四，第8册，南京：江苏古籍出版社1999年版，第640页。

③ 刘辰翁：《生意堂记》，《须溪集》卷四，豫章丛书本。李修生等编：《全元文》卷二七六，第8册，南京：江苏古籍出版社1999年版，第666页。

死之人，无所事事，对周围的一切事情都漠不关心，周围的事物还没有进入他的意识，成为意义世界的存在，尽管他身体健康，富贵长寿，但也心死神衰，他根本不可能看出世界是一个充满生机的活的世界。

其次，就主体之心而论，心决定物的存在。作为本然的存在，梅花在山涧深处花开花落，本来与人的心体没有什么联系；但是花究竟以什么方式呈现出来，花究竟对人有什么意义，这是由主体之心赋予的。同样，他人的生老病死、贫贱荣华与我也没有什么相干，但是，一旦他人走进我的世界，直接与我面对面交流，变成为我而存在的存在，他人对我才有意义。

最后，在意义世界（广义的人化自然世界）中，物我合一，人我相依，内外相忘。这就意味着，取消了天与人、物与我、自然与社会等因素的二元对立，从而，人进入了一个自我与万物一体的精神境界。这是从人文世界的背景来说主体的生存状态的，它不仅仅是一种存在方式，还是一种生存境界。

二、主题的觉解

意义世界和生存境界之间有显著的不同。意义世界不仅相对于主体而言，是主体自我意识的意向活动之物，反映了主体的个性意识，而且，它还常常展现于主体间，即天与人、物与我、人与己之间，其意义不仅与个人有关，而且具有一定的普遍性，成为他人关注、研究的对象，向他人敞开，他人也可以理解、接受。生存境界更多地倾向于个体的整体精神状态。虽然这两者之间存在着一些不同，但它们都与主体的意识之心密不可分，都是主体意识活动给予的。至于主体给予的层次如何，则取决于主体的觉悟程度。

对于“觉”，宋元之际的诗人有不同的理解。赵文将觉视为人先天具有的“天觉”，赋予它超验的性质。他说：“彼非有大圣贤焉为之先后，而其愧悔之意，发之由衷，不可以已，是果谁为之也？非天觉之而谁也！人人有天，则人人能觉，其未觉者，未遇天尔。”[①]“其愧悔之意发之由衷，不可以已”的前提是，人应该有道德意识，能明辨是非、善恶。只有如此，人才能“遇天”，与

① 赵文：《天觉记》，《青山集》卷五，李修生等编：《全元文》卷三三五，第10册，南京：江苏古籍出版社1999年版，第125页。

当下的现实境遇发生关系，产生或者认同或者拒斥的态度。看起来，赵文所说的天并不神秘，实际上就是人本有的向善之心（良知）。但是，我们也不应忽视的是，赵文把“天”能否“觉”，觉的程度如何，都归结为是否能“遇天”，归结为偶然的外部因素的触发而不是良知的自觉。外部因素的触发所引起的意识活动并不一定能承诺唤醒蛰伏在内心深处的“天”，产生相应的“觉”。这就在一定程度上取消了良知的主动性，割裂了心理合一的关系。

与赵文不同，林景熙把觉归结为人在处理日用百事时暗合事理，他说：

> 夫人方寸虚灵，具众理而应万事，是之谓觉。陶渊明赋《归去来辞》曰：“觉今是而昨非”，今昨之分，即梦觉，关寓形，复防何时，微禄折腰为是仆。仆一觉以往，云契吾懒，鸟证吾倦，故园松菊盟吾老，自祭不必鱼菽，自挽不必蒿里。旷乎千载人也！声利熏灼，悠悠醉梦，至于钟鸣漏尽而不止，抑何痼哉？弗觉耳。……登渔山，临东阿，喟然有终焉之心，曹植所以感也。感则未化，觉则化也。大块茫茫，吾不知其所以劳我者，又恶知其所以息我者？方将以天地万物为藏具，何所不藏，何所藏？性无疆界，心无畛域，上下四方皆吾觉庵。①

在林景熙看来，人心的觉就是理与事合。人的觉离不开“具众理”，也就是离不开道德善恶的分辨、道德规范的体认、伦理关系的理解。对这些道德理性的当然之理的认知是人之觉的前提条件。同时，人之觉也离不开“应万事”的践行。人的觉还停留在意识的层面，具有不稳定性的特点，只有将所觉的内容转化为自我意识的一部分，变成支持道德践行的源源不断的精神动力，才能不断提升道德主体的精神层次，进而不断提高个体的生存境界层次。由此可见，林景熙所说的人之觉的过程实际上就是知行合一的过程。这个过程意味着，林景熙把当然之理转化为人之觉的内在动机，成为个体自我意识（真我）的一部分，直接与人的存在联系在一起。此时的人之觉不仅包含着道德主体对当然之理的明觉，而且有强烈的道德践行意向。这与程朱理学先穷理，然后再尽性不同，程朱理学的穷理优先于尽性。他们想当然地认为，在获得对道德的当然之

① 林景熙：《觉庵记》，《霁山集》卷四，北京：中华书局1960年版，第112页。

理的认知之后，道德主体自然而然地就能循理而行。这种情况是可能发生的，但其前提必须是化当然之理为自觉自愿的道德行为。在很多情况下，道德之理与践行之间常常是脱节的，甚至是矛盾的。方回即是显例。方回常常把仁义道德、穷理尽性挂在嘴边，但是到了民族存亡、自身的利益受到侵犯的时候，他毫不犹豫地选择投降元蒙统治者，其言其行判若两人，人格发生了明显的裂变。

根据觉解的程度不同，林景熙还把觉分为“未觉”和“觉则化”两个层次。他称赞陶渊明为“旷乎千载人也”，其主要原因就在于陶渊明能够“觉今是而昨非”，打通了生死、荣辱、贫贱、四时的界限，与天合一，回归自然，实现了“上下四方皆吾觉庵”的“觉则化”境界。而那些奔走于势利之途的人，“声利熏灼，悠悠醉梦”，则是“未觉”的表现。曹植触物兴感，感叹生命的流逝，其主要原因还没有彻底觉解，还受到各种外部因素的羁绊，精神没有获得自由，因而也不可能达到忘怀物我、超越有限的境界。因此，曹植所达到的境界严格说来也还是一种“感则未化”的“未觉”境界。一个充满忧患意识、以行儒家之道为己任的君子，他对人类存在境界的觉解也必然引导他走上求仁得仁之路。一般的小人之所以蝇营狗苟、追名逐利，就是因为他们对人类存在的境界缺乏觉解，义理缺失，还停留在“未觉”的功利境界。

冯友兰曾根据主体的觉解程度不同，将人类存在境界分为四等：自然、功利、道德、天地。在这四种境界中，自然境界与功利境界都与个体的欲望、情感等感性意识联系在一起，不妨可以将其合并为林景熙所说的“未觉”之境；后两者都与主体的道德情怀[①]有关，可以合并为“觉则化”之境。

真实的境界既是构成道德理性的自我存在，又规定着道德践行的具体方向。因而，觉悟到的境界能否持久地支持道德主体的践行，就显得极为重要。解决这一问题的关键就在于将觉悟到的境界与儒家的义理统一起来，固定下来，并成为个体自觉的人生追求，付诸实践。为此，刘辰翁提出了“体之所安者，未必心之所安也”的观点。他说：“而由君子即之吾心，揆之义理，有宁死而后得所安者，将为彼小人之所为耶。又不能一朝居也，而彼未尝不以为安也。华居美食，妖声丽色，用物多而使令足，其悖入厚积，犹足以遗其子孙

① 天地境界所倡导的“天人合一”、“万物一体”的基点是人的道德意识，还是以人的爱心为出发点，可以说“天地境界”也是一种道德境界。

也。其羞原宪而抽首阳也，宜矣。然而无是理也，体之所安者，未必心之所安也，君子之所安，必小人之所不安也，未闻君子而又安小人之所安也。虽然，犹有君子而安终小人之所不敢安者。”[①] 就境界来自于人的觉而言，它具有明确的价值指向性，因其“揆之义理”而含有内在的预设性，它引导道德主体达到至善之境。这样，道德主体的心才真正“安”定下来。

当然，由于觉解的程度有高低之别，他们所获得的境界层次也有明显的不同。因此，君子和小人对待“安”的问题上也迥然有别。君子之安在于悟道、乐道、行道。君子因为体悟到道体，所以能自得其乐，能够心安。小人之安在于“体安”，在于物质欲望的满足和无止境的追求、占有财富。君子所安未必被小人认同，小人往往以居华室、吃美食为自乐，而且无止境地积累财富以保障子孙的富足，这不过是体安而已。

由此可见，“觉”、“自得”和“安”之间的关系是十分密切的。关于这一点，孟子早有论述：“君子深造之以道，欲其自得之也。自得之，则居之安；居之安，则资之深；资之深，则取之左右逢其原，故君子欲其自得之也。”（《孟子·离娄下》）觉是前提，所觉解到的内容为儒家之道，道德主体就可以自得其乐，并将所觉解的内容融入其自我意识结构，为心安提供精神支持，为道德践行提供指导方向。而安则是觉的结果，为觉提供栖息之地，以此为基础，道德主体就可以左右逢源，在处理日用百事中无不合道。

综上所论，宋元之际的诗人以朱陆合流的内在逻辑（心理合一）为出发点，将人类存在与意义世界的建构联系起来、在人类个体的存在中呈现意义世界，从而避免了对心、理做超验的本体论探寻，融通了存在论、境界论与价值论。心理合一向心物统一的展开，又将意义世界与人的存在贯通起来。这条探寻存在的理路固然打破了天与人、心与物、物与我、存在与价值等方面的二元对立。然而，毋庸讳言，心与物、物与我、存在与价值的统一却导致了相反的结果：在存在境界中的天人合一，模糊了心与物的界限，为我而存在的他人他物也失去了存在的独立性。这是他们在构建意义世界时始料未及的，悲耶，幸耶！

---

① 刘辰翁：《安斋记》，《须溪集》卷七，豫章丛书本。李修生等编：《全元文》卷二七四，第 8 册，南京：江苏古籍出版社 1999 年版，第 644 页。

第三节　宋元之际的诗歌情性论

郑思肖将“正心”视为“开道统之大本，明人伦之大法”，极力提高养心、正心的重要地位。他认为，“正心”是人的行动出处、临事取舍的决定因素。如果人心不正，那就难以抵挡各种物质利欲的腐蚀和诱惑，自昧于道。他将“正心”与“求道”并置起来，视所正之“心”为形而上之本体，这就进一步提高了“心”的地位，突出了“心”在遏制情、欲方面的主导作用。

就其道德修养和实践所应达到的理想境界方面来说，“正心”的目的就是追求心境的纯净澄明、空灵莹彻，这种心境恰恰是文艺创作必不可少的。关于“心境”的空寂澄明，第二节已有论述，此处略之。在这一点上，“正心”打通了道德伦理与审美愉悦之间的界阈，实现了双方的沟通、交融，这就为心由道德本体向审美本体的转变创造了条件。

宋元之际的诗人充分发挥作为审美之心的主观能动性，排除了各种外物的束缚，进入了一个高度自由的心灵之境。在这种心境中，他凝神静虑，任凭思绪自由驰骋，超越时空的限制，各种物象纷至沓来，他不停地选择、提炼、升华，使心与物合，情与景融。

心还能对触及的自然外物进行加工、提炼、再创造，使之成为超越原有客观外物、“胜于当然”的艺术形象或境界：“为之远想”、“为之图画”，即是对所看到的事物按照一定的艺术规律进行艺术再创造，使平凡的一丘一壑好像千岩竞秀一样充满生机灵性，这都是灌注了创作主体生命灵性的结果。这样，所创造的新的艺术形象或意境就胜于当然的客观存在之物，因为它是主客观统一、情景交融的完整的艺术境界。

实际上，作为艺术创作的“心”，其内涵是比较宽泛的，它既指由创作主体自身所具有的知、情、意等因素综合而成的创作能力，又指创作主体的心境。具备了一定创作能力和适合的创作心境的诗人如何将摄入耳目等感官的客观物象转化为艺术形象，也就是创作主体与客体如何统一，是诗歌创作中至关重要的问题。宋元之际的诗人将心境和创作能力、客观物象紧密结合起来。牟巘在《俞好问诗稿序》中做了初步的探讨。他认为，诗歌必须具备的心理状态是乐，诗歌创作的整个过程是一种充满快乐的物我两忘、心物交融的审美愉悦过程。并不是所有的客观物象都能成为诗歌表现的对象，只有那些“必有得之心，而非耳目所能与者”①的客观物象或景象，才能成为构建诗歌艺术意境的有机材料。在这里，“得之心”，就是指从外部世界中所获得的客观物象激动了诗人的心，引起了情感共鸣，经过诗人选择、提炼后成为诗人审美把玩的对象。它们已不再是纯粹的客观物象，而是融有诗人独特的自得式理解并且倾注诗人个性情感的物象，它是主观与客观统一、情与景交融的产物。“得之心”的前提是“娱我心”，诗人只有对客观外物有所爱，产生愉悦之情，然后才能有独特的理解和体悟，这是一个由审美感悟到审美理解的升华过程。可见，牟巘已经接触到诗歌创作的心理机制问题了。

朱学与陆学尽管有共同之处，有合流的趋势，但其差异依然存在，这差异也影响着宋元之际的诗歌情性论。就心与情、性两者的关系而言，心居主导作用，它主宰和制约着情、性。但就情与性之间的关系而言，对以何者为主、何者为次这一问题的不同回答是衡量接近朱子之学还是倾向象山心学的标准之一。宋元之际的诗人大都将“吟咏情性”视为诗歌创作的普遍理念加以信奉，但对待情与性的关系却有不同的认识。

按照朱熹的理解，性是心之体，是寂然不动的喜怒哀乐；情是心之用，是感而遂通的喜怒哀乐。也就是说，性与情是心之体与用的关系，未发为性，已发为情，是一而二、二而一的关系，是同一事物在不同状态的不同表现。但在宋元之际性的地位被提升到与心相同的地位。在《问明德是性是心》中，陈普认为，心、性本为一体，“大抵性者，天命之一原，人之所同得，其不能不动则为心。心与性本亦非二物，所谓道心仁义之心，所谓本心良心者是也”②，心与性一样都有道德意蕴，这就将心提升到本体论的高度。相对地，情的地位便降低了，性便具有主导作用，它规定着情的价值取向和品位。

这种性主宰情的思想直接影响了宋元之际诗歌情性论。家铉翁论诗本诸经义，他对诗歌情性的理解也是以性决定情的思想为基础的。他对孔子“思无邪”说做了重新诠释：

---

① 牟巘：《陵阳集》卷一四，四库全书本。李修生等编：《全元文》卷二三六，第7册，南京：江苏古籍出版社1999年版，第583页。

② 陈普：《石堂先生遗集》卷一〇，明万历三年刻本。李修生等编：《全元文》卷四三六，第12册，南京：江苏古籍出版社1999年版，第567页。

> 是以夫子他日语门弟子曰："诗三百，一言以蔽之曰：思无邪。"无邪之思，在心之志，皆端本于未发之际，存诚于几微之间。迨夫情动而言，形为雅、为颂、为风、为赋、为比、为兴，皆思之所发，志之所存，心之精神实在于是，非外袭而取之也。序诗者，即心而言志，志其诗之源乎？本志而言情，情其诗之派乎？自心而志，由情而诗，有本而末，不汩不迂，盖门人高弟（引者按：原误作"第"，今正）亲得之圣师，而述之于序，非后儒所能到也。……诗人之诗，所以嗟叹咏歌，不知手之舞、足之蹈，亦由气统乎志。喜怒哀乐，发而皆中节，非由外也。是故善观诗者，观其辞之洋溢畅达，而知其气之充周；观其辞之雅正温纯，而知其气之安定。观其乐而不淫，哀而不伤，怨而不怒，而知其气之循轨而有节，由学问操存，有以主乎其内也。①

在家铉翁看来，孔子所说的无邪之思与人之志都是存在于人之内心寂然不动的人性。人情感萌动，发而为雅颂、风赋、比兴，都受到思的制约。雅正温纯的言辞、哀乐有节的情感、平和安定的气势都由存在于内心的人性所决定。在这里，"情"已不再是人的本然真情，而是富有儒家伦理色彩的道德情感。

与朱熹不同，陆九渊高扬孟子所确立的心本体论，提出"心即理"的思想，否定了朱熹将"心"分为道心与人心的双重预设，把作为个体心理情感的心提高到普遍的宇宙本体高度。但陆九渊思想的矛盾之处就在于他"未能把道德本体完全建诸于人的心灵世界，未能彻底地确立一个'心本体'"②。一方面他并不否定"心"的形而上的道德本体，但也没有明确肯定其存在，因为"心即理"之"理"既有存在于理想中"天理"的形而上本原意义，又保留着现实世界中道德本体之客观意义。另一方面，作为道德本体之心"只有一在时空之世界"，存在于个体的道德心灵世界。可见，陆九渊所张扬"心本体"就只能建立在现实的精神世界中，人的精神世界的提升和超越也只能是精神、情感的内在提升和超越。

---

① 家铉翁：《志堂说》，《则堂集》卷二，四库全书本。李修生等编：《全元文》卷四〇八，第11册，南京：江苏古籍出版社1999年版，第756—757页。

② 赵士林：《心学与美学》，北京：中国社会科学出版社1992年版，第69页。

既然人心存在于个体自我的精神世界中，那么，人的性、情、欲等主体因素往往并存在一起，无法各自独立而存在，性与情便成为人类精神世界中平等的主体因素，不存在谁主宰谁的问题，但心对性、情、欲的主宰作用却依然存在。人心虽无善恶之别，但可以约束人的性、情、欲，趋善去恶。到了明代，阳明心学崛起后，心的地位虽然被极力提高，但它对性情的主宰作用却被淡化，任性纵情，滋生了明代中后期自然主义的情欲观。

宋元之际的一些诗人深受陆九渊心学情性论的影响。在《邵英甫诗集序》中，方逢辰说：

> 诗所以吟咏情性，足以寄吾之情性之妙可矣，奚必工？前辈有以放而诗者，谢灵运是也；有以狂而诗者，李太白是也；有以寓而诗者，陶渊明是也；有以穷而诗者，郊、岛是也；有以怨而诗者，屈平是也；以文为诗者，昌黎；以史为诗者，少陵；以侠为诗者，非今之江湖子乎？放也，狂也，寓也，穷也，怨也，文也，史也，虽其为诗有不能皆出于情性之正者，而其所以诗，则亦各寄其情性而已。①

虽然方逢辰标榜诗歌吟咏情性，但他所说的情性之道德意蕴已经大大淡化了。无论是狂放奔逸、穷困哀怨，还是以文为诗、以史为诗，诗人们都在诗歌作品中寄托了自己的“情性之妙”，豪放、狂纵、穷愁、怨怒等情感已非“情性之正”所能羁束，它们已经逸出了封建伦理道德规范的约束，转而关注人类的纯真性情。

在人的精神世界中，性的善恶和情的真伪、雅俗往往是同时存在的。因此，人心主导性、情的作用并不能也不应该消灭，相反，应该得到进一步的强化。只有人性中的恶和人情中的伪、俗被不断地遏制、清除，人性之善、人情之雅才能得以进一步的张扬，人类精神世界的自我超越也才能得以实现。此时，道德主体精神的提升靠的是道德自律而不是他律，人心主观能动性的张扬正是道德自律的体现。具体到诗学思想中，就是充分发挥人心之正的主导作用，使诗歌所抒之情以雅正为归，不背离儒家的道德伦理规范。对此，赵文有

---

① 方逢辰：《蛟峰文集》卷四，四库全书本。

所论述：

> 自三百五篇以来，发乎情者流动发越，诚无所底滞。使无止乎礼义，则情之流者将何之？骚体起于南国，跌宕怪神，出乎风雅颂之外，而其归于忠君爱上，则诗之礼义未尝亡。近世诗人，高者以才气凌驾，无复细意熨贴；下者纤软稚弱，固不足论。工者刻削过当，去情性绝远；疏者则苟简灭裂，虽律诗亦不必留意属对矣。①

就《离骚》而言，无论情感多么流动激越，跌宕怪神，但诗人的忠君爱上之心却是不变的，所以，诗歌仍然是“发乎情，止乎礼义”的，符合儒家传统诗学观的要求。不过，赵文诗歌情性之正的含义除了有符合儒家道德伦理规范之义外，还包含自然真率之义。如：

> 古之为诗者，率其情性之所欲言，惟先王之泽在人，斯人情性一出于正，是则古之诗已。尹吉甫自谓穆如清风，苏公自谓作此好歌，当其意到语适，自清自好，亦不知见删于圣人而传于后世也。②

作为贤臣，尹吉甫穆如清风，“意到语适”，情率意而发，无所矫饰，其诗自清。

无论是草野之人，还是作为贤能之臣的尹吉甫，尽管他们的地位高低不同，他们都能在诗歌中自由地抒发自己的独特性情，因而，他们的诗歌也都自然平易，毫无雕琢之迹。在这里，赵文注意到人之性情从各人胸臆自然而然流出，它因人的经历、教养的不同而不同，表现出鲜明的独特性，正所谓，“人人有性情，则人人有诗”③。人之性情的独特性，实际上也就是个人的一己之私性私情，它是人人先天同具的自然本性。同时，在诗歌创作中抒发率真、本然之情是十分必要的，但不能任气使才、纤软稚弱、刻削过当，有伤情性。在赵文看来，是否伤害情性仍然是衡量诗歌创作得失的重要标准之一。在《箫汉杰

① 赵文：《青山集》卷二，四库全书本。李修生等编：《全元文》卷三三二，第10册，南京：江苏古籍出版社1999年版，第72页。

② 同①，第63页。

③ 同①，第64页。

青原樵唱序》中，他认为，樵人之歌为诗之极至，其原因是：

> 彼樵者，山林草野之人，其形全，其神不伤，其歌而成声，不烦绳削而自合。宽闲之野，寂寞之滨，清风吹衣，夕阳满地，忽焉而过之，偶焉而闻之，往往能使人感发兴起而不能已。①

樵者的性情没有因过分雕琢而遭到伤害，自然神全，可谓天籁之音。赵文一方面特别关注人的性情是否归于雅正，另一方面又不忽视抒发人的纯真性灵。在情性之真与情性之正两者之间，他与方逢辰一样都倾向于后者。赵文的情性论尽管还没有完全逸出情性之正的道德理性之轨，但它肯定了私情私欲的正当性，从而也在一定程度上否定了程朱理学因高扬天理而极力压抑人欲之弊。同时，人的性情在诗歌中应当得到毫无矫饰的真率表达，这是一种崭新的审美情趣。程朱理学所追求的完善的理想人格是道德理性主义发展到极端的产物，也是一种无法实现的道德精神空想。它因追求道德价值而排斥审美人生，使审美人生顺从道德价值；过分强调道德理性，势必会排斥自然感性之性情。反映到诗歌创作中，过分强调诗歌道德情感之雅正而忽视活泼泼的诗人性灵，过分强调诗歌政治教化功能就会忽视诗歌的审美愉悦功能。由情性之正向情性之真的倾斜恰恰是诗歌审美价值得以提升的体现，也完全是与陆九渊心学自然人性化倾向暗暗合拍的。

与崇尚性情之真相应的是保持创作主体的情感自适、愉悦。在《竹易吟院记》中，赵文说：

> 余曰："诗之为物，其作之也，亦必心闲无事而后能，未有扰扰焉，得失利害之中而能诗者也。"刘君吟院于此，水石花竹之胜，足以娱心；风云月露之观，足以足岁。焉往而非诗者？君又时时取三圣人之书，与宾客居观动省，知世俗之所争、所羡，莫不有一定不易之数，而皇皇汲汲之无益。

---

① 赵文《青山集》卷一，李修生等编：《全元文》卷三三二，第10册，南京：江苏古籍出版社1999年版，第64页。

其亦可以息心于彼，而适吾之情性于此矣。①

诗人沉醉于水石花竹之胜、风云月露之观等大自然美景中，获得情感的愉悦、自适，是人之性情的审美栖居。不过，性情的自适总是在超脱情累、物累等尘世羁绊后实现的，它与心闲无事是相伴而行的。赵文对适情和娱心的张扬，在一定程度上冲淡了道德理性精神在诗歌创作中的主导地位，在审美上也实现了由以理节情向以情寓理的转变。在这里，情性自适有取代道德理性，审美愉悦超越道德理性的趋势。

这种娱心、适情的乐感意识侧重于现实世界中人的自然感性的审美愉悦，它与孔子所称赞的“曾点境界”有很大的不同。按照朱熹的理解，“曾点境界”是一种道德理性精神与天理相冥的至高境界。在这种人生境界中，曾点“胸次悠然，直与天地万物，上下同流，各得其所之妙”，也已经灭绝人欲，仅存天理，即“人欲尽处，天理流行，随处充满，无稍欠缺”②，这是一种道德的至善至美之境。从这种境界中所获得的快乐是充满道德理性主义精神的审美愉悦。情性的感性之乐与道德理性之乐的不同正是象山心学与朱子理学的分野所在。

宋元之际朱陆的合流，心的主观能动性得以极力张扬，这对诗人情与性的主宰作用得以强化。但朱陆合流并没有也不可能掩盖它们之间的分歧，这对此时诗歌情性论的影响是双重的：一方面，朱子理学将人性的地位空前提高。朱子将人性分为天命之性和气质之性，天命之性是抽象的、有道德价值的精神实体，而气质之性则是存在于人的现实世界中的感性实体，天命之性主导气质之性并规定着气质之性的道德品位。诗人所言的情多是与气质之性紧密联系在一起的感性存在。性对情的主宰作用，就是指天命之性对情感（当然也包括对气质之性）的引导、规范，使之趋善远恶，归于雅正，符合儒家的道德伦理规范。另一方面，象山心学的影响使诗歌重情倾向日渐突出。情感提升，虽然没有上升到本体论的高度，但其自然率真的独特审美价值却已日渐被人们认可。适情、娱心成为一种新的人生存在方式，体现在审美上，重在表现自然情性的

① 赵文《青山集》卷五，李修生等编：《全元文》卷三三五，第10册，南京：江苏古籍出版社1999年版，第117页。

② 朱熹：《四书章句集注·论语章句》，上海：上海古籍出版社1996年，据世界书局1936年版影印，第52页。

审美观开始出现，打破了以理节情的审美观的束缚，出现了以自然情感置换道德理性的审美新思潮。是在旧的规范已经失衡、新的道德规范没有完全确立的情况下出现的，有着特定的时代意义。

第二章　佛教与宋元之际的诗歌

在唐宋时期，儒、释、道三教呈现合流的趋势，这种主流思潮从多方面影响了文学、艺术的发展。宋元之际，佛教的势力极大，影响也极为广泛。据何梦桂《南山天宁禅寺三门记》所载："然自近世以来，释氏之宫满天下，老氏半之，儒之宫若州若县各一而已，儒已不竞于二氏矣。至元一统，独推释氏为三家首，绀园贝宇，日新月盛，宏杰诡伟，蔚柄丽靡，陟其门者，将目眩气夺，儒者尚敢望其仿佛哉！"[①]尽管如此，理学仍然是思想界的主流，诗人的心态结构也往往都是以儒家的道德价值观念为主，佛、道为辅，它们主动向儒家思想靠拢、归附。佛、道对诗人的影响主要在心性论方面，与儒家的道德修养相结合。

第一节　佛陀精神与宋元之际诗人的人生理想

佛陀有两方面的含义，既是对拯救芸芸众生脱离苦海的人格神的尊称，又是指通过修行而大彻大悟后所达到的最高境界。作为佛教理想的佛陀，其主要精神是觉悟、慈、善。佛，首先是一个看破红尘、摆脱世俗羁绊、大彻大悟的智者。其次，他慈悲为怀，普度众生。他不仅仅自身大彻大悟，而且还以慈悲的道德情怀去关注众生的苦难，追求人性的超越。与此相类，儒家的人生价值理想是希贤希圣，它是人们通过道德修养和知识修养所达到的终极目标。

无论是佛教的佛陀精神，还是儒家的成圣成贤思想，它们都是人类生存的最高理想。要实现这个最高理想，人们就必须不断地加强心性修养，不断提升自身的人生境界。对此，宋元之际的诗人们有充分的认识。在《九峰法善寺千佛阁记》中，方回将儒家的人格理想尧、舜、禹、汤、文、武、周公、孔子等圣人与佛教之圣人释迦牟尼并提，认为他们的共同之处就是无论是西方的圣人

---

① 何梦桂：《潜斋集》卷四，四库全书本。李修生等编：《全元文》卷二五一，第8册，南京：江苏古籍出版社1999年版，第145页。

佛祖，还是中国的圣人尧、舜、禹等人，他们都有佛心。不仅如此，与圣人一样，凡人也有佛心。这里的“佛心”就是指的善心，它是成佛成圣的基础。圣人与凡人的不同，不在于他有无佛心，而在于是否“能尽其心”，而凡人则不同，他们“不能尽其心”，能不能加强自身的心性修养是区别圣人与凡人的重要标准之一。

如何进行心性修养呢？方回提出学佛之人当“返照求此心”、“世人但修心，即证无上果”的思想：

> 宇宙间气无二气，理无二理，心无二心。人之生气也，所以生理也。天之理，有善有恶。以是赋于人之谓性，人得是理而有诸方寸之谓心。儒者曰“知性尽心”，不知此，焉能尽此。佛者曰“识心见性”，心即性，性即心。不识此、见此，焉能无所不尽。子思子曰“喜怒哀乐未发之谓中”，本然之心也。曰“戒谨”，曰“恐惧”，所以尽其心。六祖曰“善恶都莫思量”，亦本然之心也。然且曰“戒生定，定生慧”者，亦所以尽其心。然则尧、舜、禹、汤、文、武、周公、孔子八圣人，一心也。西天七祖、中华六祖，非有七，非有六，其心一也。五百大阿罗汉、五十三善知识，非有五百，亦非有五十三，其心一也。①

儒家道德修养的基本途径是“知性尽心”。在儒家的心性关系中，心、性是统一的，它们都是“天理”的体现，而“天理”在价值取向上又是善的。“尽心”的前提和基础是“知性”，“知性”就是辨别人性之善恶、除恶向善。人性包含在人心之内，“知性”便不须外求，只须直指人心，反观内求，这便是“尽心”。“知性尽心”的目标便是理与心一，通过心性的道德修养来实现理想的圣人人格。佛教把佛性作为一个永恒不灭的精神实体来看待，并试图将佛性与人心、人性统一起来。禅宗六祖惠能将般若实相学与涅槃佛性论熔于一炉，提出“即心即佛”的主张。在惠能看来，众生也都有佛性，他们与佛也是相通的，佛性只存在于人们当下的一念之中。惠能就将心、性、佛有机统一起来，心即

---

① 方回：《桐江集》卷一四，李修生等编：《全元文》卷二二〇，第7册，南京：江苏古籍出版社1999年版，第307页。

是性、性即是佛。凡人成佛的关键就是破“执”，破除人心中的种种迷悟或妄心，获得“自心”的觉悟与超越，从而达到澹然澄明的佛之心境。这个“识心见性”的过程也就是不断净心、明心而使自心的佛性显露出来的过程，它也是不要性外求心、心外求佛的，只需反观内心，只需让自己的心在无妄念的状态下任其自然地流行，即可达到成佛的境界。

无论是成佛还是成圣，其修养的途径是一致的，只需反观内心，实现内心境界的自我提升。因此，从本质上来说，佛禅和儒家都是一种追求人性自我完善、人心自我净化和升华的人生哲学，它们的终极关怀也都是人类生存的最高理想境界。同时，无论是儒家的圣人品格还是佛性精神，它们都是扬善祛恶的，有鲜明的道德色彩。如此看来，方回将儒家圣人与佛教圣人并置并不是简单的比附，而是准确地把握了儒、佛的精神实质。

儒家的理想人格是成贤成圣，它是个体自我价值的最完美体现，也是个体自我追求的终极目标。就个体与社会群体而言，个体道德修养的根本目的是为了弘道，士人应当在社会中传播、发展儒家的道德价值体系，构建充满仁爱的理想社会。实现这一历史责任感的最佳途径是入仕，但是在宋亡后，元朝统治者对江南儒士、诗人采取抑制政策，儒士们政治地位的降低使他们通过入仕来达到弘道的目的严重受阻，实现治国、平天下的政治理想也已失去了现实基础。无奈之余，他们便改变了弘道的方式，如家铉翁、舒岳祥、金履祥、何梦桂等人隐居授徒，使儒家之道薪火相传，绵延不断。这些人侧重于传道，还有一些人则重在行道，不过，此时他们所行之道的内涵已发生了变化。在入仕时，所行之道侧重推行仁政，减轻人民疾苦，实现儒家的政治理想；而宋元之际的儒士、诗人们所行之道大多侧重于积德行善，扶弱济贫，有许多儒生弃儒学医以减轻百姓疾苦就是这种行道方式的体现。尽管他们所行道的内涵各有侧重，但他们都以不同方式实践着儒家仁者爱人的道德观念。在这一点上，诗人们自觉地向释、道求援，他们对佛性的儒家道德化诠释颇能说明这个问题。家铉翁在《题四壁观音像下方》中说：

吾闻菩萨具大慈悲，观世人音声而为之救护，是在我教中，其名曰仁。广大而公溥，与造化相似，充而致之四方万里之远、百千万人之众。吾心之所及，即吾仁之所及；吾仁之所及，即吾目、吾手之所可及。[①]

谢枋得《观音经序》：

今人见亲戚朋友落坎、陷坐、困藜，力可以援而不援，闻其呜号之声若不闻者，皆是也。观世音独以寻声救苦自任，不待人之呜号与我，寻其穷苦之声而拯救之，仁矣哉！天与父母不能尽之仁，观世音尽之矣。人之敬信观世音如天、如父母亦宜。是心也，岂特观世音有之？天下有溺者，由己溺之，禹之所思也；天下有饥者，由己饥之，稷之所思也；天下匹夫匹妇有不被尧舜之泽者，若己推而内诸沟中，伊尹之所思也。禹、稷、伊尹之所思即观世音之所寻也，此道岂难能哉？一念恻隐，广而克之，仁不可胜用矣。[②]

在这里，家铉翁和谢枋得都认识到了佛的慈悲与儒家的仁爱精神是相通的。佛祖释迦牟尼认为，社会现实是充满苦难的，生命本身就是承受苦难的主体。众生"无明"便是受难的根源，而"无明"又导致众生具有贪心和欲望。人要彻底摆脱苦难、获得解脱就必须断绝"无明"和欲望。为此，佛祖将唤醒人类、超度众生视为自己不可推卸的责任。佛祖的"度人"情怀也是充满道德情怀的。家铉翁、谢枋得等人认为观世音菩萨是佛祖普度众生情怀的实践者，充满了恻隐之心，关爱他人，急人所难，他是宋元之际士人心目中理想的行道典范。

宋元之际的诗人接受了佛教自度度人的影响，自度是经过心性修养后达到心与佛合一的终极境界，实现个人的自我超越；而度人则是在自度的基础上，由己及人，以博大的爱心普度众生，实现道德的圆满自足。而这恰恰是儒家和佛教道德哲学融通的切合之处。

第二节　佛教对诗歌审美境界的影响

澄明空灵的禅境既是一种人生境界，又是一种审美理想。

---

① 家铉翁：《则堂集》卷一，李修生等编：《全元文》卷四〇七，第11册，南京：江苏古籍出版社1999年版，第743—744页。

② 谢枋得：《叠山集》卷六，四部丛刊续编本。

参禅悟道的过程实际上也就是审美体验的过程，是以般若观照的内心直觉方式来领悟和把握宇宙人生真谛。所谓般若观照乃是一种主客交融的直觉体悟，通过对客观事物的观照、体验与超越获得对人生、宇宙极致的彻悟。在《白云山法华院记》中，何梦桂提出了“性外无心，心外无佛”、“见性即见心，见心即见佛”的“心印”思想，他说：

> 以心见佛，故祇此一心照天、照地、照古、照今。心生法生，心灭法灭，心清净，故佛应心现；心尘垢，故佛随心隐。文佛涅槃，心佛固在，迦叶后至，达摩西来，递传心印，灯灯见佛。在夷夷见，在狄狄见，在中国中国见，佛固未尝往也世谓佛入灭后，不复见佛，亦谤佛甚矣。佛之徒不善见佛，指丈六土偶为佛身，是以色相见佛；指布地黄金为佛主，是以缘相见佛。不知佛以无为法，世间一切有相可作，可坏，故此佛身佛土，有力者能作之，有力者能坏之，而固不可常也。至于佛之不生不灭，不垢不净，大包六合，细入尘微，诸相俱空，真常独立者，固人人之所同得，亦人人之所同见。①

“佛性”、“真如”并不是自心自性之外的神秘精神实体，它存在于当下的现实人心之中。“以心见佛”就是充分发挥参禅悟道者之心的主观能动性，神游天地八极，纵横古往今来，以心契道，心与佛一，超越色相，获得精神的自由澄明，实现由有限到无限、由短暂到永恒的飞跃。

这个“心印”过程，实现了人生境界的升华，使参禅者获得了情感的自我满足和审美愉悦，它也是一种绝妄显真、圆满自足的审美体验活动。其特点是脱离具体色相，直达空灵之境，是“因色悟空”的过程。宋元之际的诗人们认为，这个审美体验的起点是客观的具体实相，通过对日常生活中实相的审美体验和把握来获得对宇宙真谛的体悟和对人类生存终极关怀的审美愉悦。刘辰翁认为“人能知尘之为量大于天地，则知空之为性亦不能于日用矣”②。空无与实

① 何梦桂：《潜斋集》卷四，李修生等编《全元文》卷二五一，第8册，南京：江苏古籍出版社1999年版，第155页。

② 刘辰翁：《须溪集》卷五，豫章丛书本。李修生等编：《全元文》卷二七二，第8册，南京：江苏古籍出版社1999年版，第600页。

有是相互依存的，它们各以对方的存在为前提，为条件。空无源于实有，但又不以能拘碍于实有，应从实有中超越而出。只有这样，人才能达到无拘无碍、心性自由之境。他说：

> 欲离诸相而求空相，犹蜕衣而后悟四体之本然，屏尘而后识明镜之不然。空虽非镜，实不离镜。苟知空之即我，即我即佛，非我无佛。自飞潜动植，皆纤然我我，而作佛事，亦犹庄严诸好无不可爱，又焉有碍我。①

自然无碍，就是不执着于外物，不为繁杂的色相所迷惑，让圆明活泼的生命冲破观念的束缚。这个由实入虚、由有到空的转化过程，实际上也就是一个由此岸到彼岸、由有限到无限的超越过程。

不过，宋元之际诗人的审美体验与佛禅的体验稍有不同。在《空同记》中，赵文说：

> 吾言空，与释氏异。释氏以空为无，吾以空为有；释氏以空为虚，吾以空为实。尝试观之；虚空之中，青天白日之皎然，而雷霆风雨忽焉弥满。俄而忽焉弥满者，卒归于无有，而起视天地之间，山川草木，莫不津津焉有自得之色，而枝叶华实，各自靖献。吾然后知太空至有也，至实也，而太空卒不自有、不自实。惟其不自有，所以能有；惟其不自实，所以至实。古之圣贤，其隐而未当世用也，退然若无能者。及其措之事业，远可以为万世法。至于功成而去，油然无矜容。②

在赵文看来，寥廓虚空的宇宙并非空无一物，而是充满着风雷雨雪、日月星辰，处处都有盎然的生机。这是赵文对宇宙真谛的审美体验，他从空旷寂寥的世界中体验到活泼的生意，领悟自身幽邃的心灵中所蕴含的生命灵性，体验到天地万物的法性与人性之美。这与佛禅体验的终极境界并无区别。禅也是生命

① 刘辰翁：《南冈寺藏记》，《须溪集》卷五，四库全书本。李修生等编：《全元文》卷二七二，第 8 册，南京：江苏古籍出版社 1999 年版，第 594 页。

② 赵文：《青山集》卷五，李修生等编：《全元文》卷三三五，第 10 册，南京：江苏古籍出版社 1999 年版，第 123—124 页。

的灵光，是活泼的生命，是万物生机的根源。赵文体验到的宇宙万物的生机正是禅意在诗人当下心灵中的显现。但在具体的体验过程中，赵文与佛禅是有区别的。首先，思维方式不同。佛禅体验是一种以非理性直观证悟为主的审美体验，但它并不完全排斥理性思维的参与，没有理性思维的参与，仅靠直观体验所获得的结果也是朦胧不清、混沌难辨的。在有无之间的关系上，赵文运用的逻辑思维方式是兼融的，遵从思维的同一律，有中容无，无中含有，有与无并存；佛禅的思维方式则是排他性的，符合思维的矛盾律，将有与无截然对立起来，为了证明彼岸世界的真实，就得否定现世世界的存在，“因色悟空”，色空不能并存。但是，审美体验中的理性思维所存在的差异并没有改变审美体验的结果。其次，直观的类型有异。佛禅体验是纯粹的直观体验，它已摒除了体验对象的现实成分，体验者毫无现实感觉杂入表象，其结果是体验者进入完全的超现实的彼岸世界；赵文的体验是经验的，在体验的过程中，体验者仍然没有脱离现实世界的束缚，他的感觉仍然含有现实的成分，体验结果有可能进入彼岸世界，也有可能重新回到现实世界。这为宗教伦理化铺平了道路。

宋元之际的许多诗歌作品表现了空寂之境。他们备尝国破家亡的痛苦，心中不时涌起人生沧桑的悲凉感和生死无常的幻灭感，从参禅悟道中寻得暂时的精神解脱。如林景熙《东山渡次胡汲古韵》诗云：

> 客来持酒洒烟霏，空想高风意欲飞。老洞藏云安石卧，孤舟载雪子猷归。一川白鸟自来去，千古青山无是非。欲上危亭愁远眺，废陵残树隔斜晖。[①]

谢安栖卧东山、戴逵雪中访友的高风已成为陈迹，只有满川的白鸟自由自在，来来去去，青山依旧，无是无非。从白鸟的自在、青山的漠然中诗人感悟到人生存在的真谛，即破除妄念，获得精神的解脱，自由无碍。但是这解脱是暂时的，他试图登亭眺望，夕阳脉脉、废陵残树又令诗人伤感、悲凉。这种“欲空不空”的心境在当时是极为普遍的。随着元朝统治的巩固，社会生活的稳定，诗人们的心态渐趋平静，存留心中的诸多理想随着时间的推移也都渐渐消逝

---

① 林景熙：《霁山集》卷一，北京：中华书局1960年版，第30页。

了。作于此后的《赠东谷上人》诗可谓“借上人之名以喻自己之意”（章祖程评注），诗云：

岸陵几纷纷，岐路谁了了。中有定慧人，倏然坐深窈。山空诸念消，月堕孤禅悄。一室虚白生，天鸡弄清晓。①

面对着外部世界的纷扰、变迁，诗人定慧双修，妄念俱消，不为物累，不为情迁。此时，他已经大彻大悟，无情无欲，心境空寂。诗人由“空而不空”到彻然大悟的转变既是一个参禅者内在修养、悟道的体验过程，又是时代变迁在诗人情感世界的具体体现。

达到空寂之境的关键是心灵要通脱、空净，无繁冗之事干扰。如果诗人胸中有生死、荣枯、利禄、聚散、穷达等诸妄念的困扰，心绪就躁动不安、难以平静。反之，如果胸中无事，他就能全身心地融入到审美客体中，做到物与我、心与境的交融汇通。林景熙《连云楼》诗就表达了这种不为物累的审美观照，云：

我心适无事，看云起南山。层檐接空影，而不碍往还。昔年凡鳞化，乘此青冥间。肤寸未膏物，黄埃满人寰。刚风忽吹断，小寄白石间。岂不自怡悦，良田变茅菅。何当鞭丰隆，上扣虎豹关。②

“无事”是看破红尘，心无挂碍。只有心中无事，人才能超越世事的变迁，才能保持哀乐不入、物我俱泯的心灵宁静。面对着良田荒废、黄埃满尘的外物流转，保持心灵的恒定和怡悦，不随物转而转。他在《觉庵记》中对此有更深入地论述：

一觉已往，云契吾怀，鸟证吾倦，故园松菊盟吾老，自祭不必鱼菽，自挽不必蒿里，旷乎千载人也。声利熏灼，悠悠醉梦，至于钟鸣漏尽而不

① 林景熙：《霁山集》卷一，北京：中华书局1960年版，第88页。
② 同①，第19页。

止，抑何痼哉？弗觉耳！觉往复之理，出处一；觉荣悴之理，穷通一；觉昼夜始终之理，生死一。世故桑海，竘然一翁，血气衰，本心见，而觉生焉。①

一旦彻悟后，人就彻底超越了出处、穷通、生死等矛盾的困扰，人的本心就会显现，人就变得旷达放逸、通脱无羁。这与《楞严经》所说的"不为物转"思想是一致的："一切众生从无始来，迷己为物，失于本心，为物所转。故于是中，观大观小。若能转物，即同如来。"②

心境的超越、无我是诗人观物不滞于物的基础。魏晋时期的许多感物诗，大都弥漫着叹老嗟卑、四时流转、物是人非的悲观之情，其主要原因就是在物与我、主观与客观的关系上，创作主体并没有超越客观外物的束缚，在感物模式上也是由物到心、感与被感的单向流动，缺乏主观与客观的双向交流、融会贯通，物与我并没有完全实现真正合一。就此而言，刘勰所谓"神与物游"，在神与物的关系方面物始终居主导地位，神受物的制约、束缚。尽管创作主体可以神游八极，纵横千里，上下万年，超越时空的限制，但最终还是受客观外物的影响，即"有待"于物。究其实质，作为创作主体的诗人，直观客观外物时，大脑中仍然萦绕着传统的、先验的感物模式。悲秋，总是由秋的萧瑟起兴，慨叹韶华易逝。主观世界中的感物方式不变，导致了创作母题诗歌结构模式化、单一性，陈陈相因，无所创新。与此相反，受佛禅"不为物转"的影响，宋元之际的诗人主张心境要透脱，直探本源，获得对客观外物神与意的直观体悟，然后心与物融，并能够出乎其中。在《罗稚川善画作诗赠之》中，赵文说：

君言我以眼为手，天地万物皆吾师。吾能得其意与理，貌取色相特其皮。画成正未知似否，人人有眼谁可欺。譬之禅宗要透脱，恋恋祖佛宁非痴。作诗点出未来眼，一扫徐熙与郭熙。③

---

① 林景熙：《霁山集》卷四，北京：中华书局1960年版，第113页。

② 《大佛顶如来密因修证了义诸菩萨万行首楞严经》卷二，《大正新修大藏经》第10册，台北：台湾新文丰出版公司1983年版，第113页。

③ 赵文：《青山集》卷一，孔凡礼等编：《全宋诗》卷三六一一，第68册，北京：北京大学出版社1995年版，第43247页。

在如何处理主观与客观、物与我的关系方面，赵文提出了“以眼为手”的思想。“以眼为手”是指创作主体以敏锐的洞察力和审美鉴赏力来审视客观外物，获得对自然外物的审美体验、感悟，从而，直接透过客观事物的表象把握其神韵、意理。创作主体的主观能动性被鲜明地凸显出来，强调创作主体在认识、审美等方面的主导作用，也就将传统感物说我为物役的主体承受模式改变为物为我役的主体施动模式。创作主体感物模式的改变得益于禅宗的“透脱”，这里的“透脱”也就是因心空而带来的心境的超越和心性的洒脱、旷达，实质就是创作主体打破固有的感物方式束缚，无所拘滞。

以心观物而不滞于物的感物模式影响了咏物诗的创作。如：

> 柳花衮雪春冥冥，溪风一夜吹为萍。萍随风去渺流水，人生无根亦如此。故山入梦草芊芊，半窗疏雨寒食天。晓来白发稀可数，多少朱颜化黄土。高原冉冉青烟斜，麦饭洒松能几家。子规叫残金粟暮，蚕纸兰亭已飞去。
>
> （林景熙《春感》）①
>
> 纤纤光润态偏浓，曲曲花蓬暖自融。娇泪恼公初着雨，丰肌病酒不宜风。人疑欲睡高烧烛，天悔无香剩与红。正使吹残亦何恨，向来艳艳本空空。
>
> （赵文《海棠》）②

林景熙的诗由风吹柳絮如飘萍的客观物象悟出人生无住无往、幻灭无常的禅理。既然一切事物都是短暂的，不可能永远存在，那么，人的生老、病死和国家的兴亡也会不停地迂回流转，变化不已。这首诗极力淡化客观物象的形似和神似，以写心为主。相反，赵文极力渲染海棠花的浓艳娇丽，但最后却又否定海棠花的美艳，认为海棠花无论多么光润娇美，最终都会凋谢枯萎，空无踪迹的。这两首感物诗都是由观物的色相而又不拘执于客观外物的色相，从中悟出

① 林景熙：《霁山集》卷一，北京：中华书局 1960 年版，第 11 页。
② 赵文：《青山集》卷二，孔凡礼等编：《全宋诗》卷三六一二，第 68 册，北京：北京大学出版社 1995 年版，第 43256 页。

万物皆空的禅理，即“色即空，空即色”，“因色悟空”。

诗人创造诗歌空寂之境的另一方式是即目会心，直取当下的物象、情景，这是与佛教因明派哲学的“现量”观密切相关的。现量是指人的智力离开了分别并且互不错乱，循事物的自相而获得的纯感觉知识。作为认识论范畴“现量”有三个特点：一是所获得的知识以纯感觉为主，不能用名言、概念等对事物进行理性的分析。二是自相性，它是事物自身本然实相的客观呈现，不是由认识主体对客观事物的各种错误认识构成的。三是当下性，认识主体直接从客观对象获得知识。“现量”这个认识论范畴经过王夫之的改造而进入美学领域。[①] 王夫之认为诗歌“现量”境的主要特点是“即景会心”、“身之所历，司之所见”[②]，在创作中创作主体与客体之间应当随机遇合、即兴感发，而不是冥心苦思、搜肠刮肚。这实际上是强调诗歌创作的直观性、当下性。宋元之际的许多诗人在创作中也深受佛家“现量”说的影响，如林景熙《晓意》云：

> 僧钟觉曙鸟，纷飞弄林光。宿云渐离石，我起开秋房。南山忽入几，相对各老苍。我老几何年，山曾见鸿荒。流泉送日月，危石支兴亡。问山山无言，啼猿起前冈。[③]

这是描写山居时黎明时分一次转瞬即逝的情景：悠扬的钟声惊飞了林鸟，在晨曦斑驳的林中飞舞，云雾渐渐弥漫开来，打开秋窗，南山扑面而来。诗人由此自然而然地与青山展开了心灵对话：人世迁转而青山依旧，时光流逝、兴亡迭替而山泉不转、危石傲立。这其中的因缘幻灭、有常无常感受是诗人触及当下之景时所生发的，它是直观的、随机的。

---

① 张晶：《禅与唐宋诗学》，北京：人民文学出版社2003年版，第238—252页。
② 王夫之：《姜斋诗话》卷二，北京：人民文学出版社1981年版，第83页。
③ 林景熙：《霁山集》卷一，北京：中华书局1960年版，第7页。

第三章　道教与宋元之际的诗歌

宋元时期，道教呈现繁荣的局面。其表现之一是道派林立，繁衍分化，产生了许多新的道派。这一时期，除传统的正一、上清、灵宝三大道派继续发展外，还出现了太一教、全真教、金丹派南宗、净明道等新教派。各派的教义尽管有所不同，但也有非常鲜明的共同特点，以心性论为基础，它们都主动顺应儒家价值观，表现出道教伦理化的倾向。

第一节　不同道派的不同影响

宋元时期尽管道派林立，但影响最为深远的要数道教内丹派。

晚唐以来，三教融合成为文化发展的总趋势。北宋内丹学集大成者张伯端继承钟吕派“性命双修”之说，主张从修命（精气）入手，炼精气为药物，炼精气与炼元神结合，炼神还虚，以禅宗空寂之境为终极归宿。张伯端由道入禅的关键是突出心性在精、气、神三者中的主导作用。强调炼精气时必须真心实意，若以“妄心”导引，必将致疾。内丹修炼之法对宋元之际的诗人、儒士颇有影响。

深受内丹学影响的诗人还有很多，如方回主张寻求长生不老的秘方是修心养性，在其《赠痴庵柴头陀》诗中，他说：“无求于世长精神，自净其心延寿命。野狐禅子落邪蹊，唯我痴庵独也正。向来解后逢痴庵，赠我竹为帚者三。一扫嗔，二扫贪。……扫愁扫闹扫是非，其帚何名名曰酒”。柴头陀“弃官为道，结庵毗陵，日不再食十余年”（该诗前小序）。他的修炼方法也是无求于世，超脱尘俗，自净其心，葆真养性。这样的例子还有许多，在此不一一列举。

除了内丹派的影响外，净明道也对此时的诗人有比较深刻的影响。相传许逊的飞升之地为江西南昌，他在江西地区的影响极深。宋室南渡之后，道士周真公创净明道，尊许逊为第一代祖师。该派最主要特色就是重忠孝，以忠孝廉慎等伦理实践为主，辅之以调养心性，使人心纤尘不染，空净澄明，谓之净明。它对江西诗人群和文天祥、谢枋得等忠臣义士道德观念的影响是十分深刻的。

在宋代吉水上游龙泉县有一种传说，认为神仙主宰该县儒士的命运，科举高第者多得神仙的庇佑。对此，文天祥提出了自己的看法：

> 虽涉于不可测知，然神生为忠臣孝子，殁为天皇真人。取士本末，实昉于人心义理之正，明有礼乐，幽有鬼神，果哉，其不可诬矣。……圣贤不语怪而教人先内后外，未尝非神之意。神虽游于太虚，而考德问业，初无戾于圣贤之言。其在祭法，苟有以明民成教，宜于祀典，则神之有祠，岂缁黄之宫之埒？邑有先民典刑，大冠逢掖，争志策厉，为臣止忠，为子止孝，此其内心。固油然不自已，而况高山仰止，明神在前，则其戒谨戒惧，工力当倍。他日拔起诸生，彬彬知名，则居公卿大夫之位，必将有仁义忠信之人。①

在文天祥看来，神仙多为忠臣孝子死后所变，普通人经过内心修炼后便可超凡入圣、得道成仙。所谓“先内后外”，就是指人们先要经过正心修身的道德修养，培养对君父忠孝的道德情感，惩忿窒欲，达到“人心义理之正”的境界。然后，这些具有忠孝仁义之心的人死后就可得道成仙，变为天皇真人。文天祥将除妄去蔽、真心诚意、空寂明净的心性修炼转化为以培养忠孝人格为中心的儒家道德修养实践。他的这种思想与净明道有着惊人的相似之处。

另外，邓牧接受了传统道教葆真全性的思想，提出了“复为完心”的主张，肯定了人性中合理欲望不受侵害，维护个体的自我价值和自由发展，批判了中国封建制度戕害人性的罪恶。对此，后文将有专论，此不赘述。

可见，道教的不同派别都从不同的方面对宋元之际的诗人产生了不同程度的影响。宋元之际的诗人们对道教的接受也大多都以儒家的道德观念为本位，以心性修养为契合点，极力突出道教的儒家教化功能，表现出强烈的淑世情怀。文天祥等人接受净明道的影响自不待言，郑思肖的神仙之道也将修炼得道

---

① 文天祥：《龙泉县太霄观梓潼祠记》，《文山先生全集》卷九，北京：中国书店 1985 年版，第 209—210 页。

的个人行为转化为利益众生的群体行为，这本身就是儒家兼济天下政治理想的曲折反映。至于邓牧，由对个体价值和生存权利的肯定到对现存封建社会制度戕害人性罪恶的批判，否定为适应封建政治体制所构建的主流话语，其目的无非是试图构建一个使人类能够适性生存的和谐空间，虽然不乏宗教空想色彩，但也是邓牧改革社会、积极入世热情的体现。

这种道教教义伦理化的倾向，除了顺应儒、释、道三教合流这一历史趋势之外，还与当时的社会背景有着密切关系。元朝入主中原后，许多南宋遗民都有极其强烈的民族情感，不与元朝统治者合作。他们为了逃避元蒙的迫害或躲避礼聘，不得不隐居山林，遁入空门，或寄迹仙道，也可以为国家灭亡而产生的孤独感、彷徨感寻找一个暂时稳定的精神家园。同时，入元后，江南儒士们不可能有兼济天下的机会。他们转而借助悟道求仙的宗教信仰来教化民众，净化人心，实现兼济之志。

“以心契道”是道教内丹派的重要修炼理念，它影响诗人的审美心境。道教从“天人合一”的宇宙观出发，提出“圣人以心契之，不得已而强名曰道。以是知心即是道也”[①]的思想。“心”主要是指认知能力，认知主体能够透过纷繁无序的事物表象体悟、分析、把握事物本质规律。悟道者和认知主体一样应该主动地去体悟、把握万事万物所存之道，这就是“以心契道”。“以心契道”既是主体不断与客体接近、融合的认知过程，又是悟道者的自我感悟、体验与道教所预设的幻像不断重合、印证的过程。

在这个过程中，对道的体验与把握是一种自足自在、绝妄趋真的生命活动，是自身生命精神得以升华的审美活动。郑思肖已经认识到了这一点。在《无弦处士说》中，他认为，陶渊明手抚无弦琴，虽不能弹琴，却能悟出琴中之趣。这是因为，作为一种有意味形式的琴声是独立自足的，它是能唤起人们情感共鸣的美感形式和刺激情感的符号，其中积淀着人类存在、发展的普遍理性精神，即使一个不会弹琴的人，只要有体悟人类理性精神的能力，他就能够悟出这音符、节拍等音乐形式所蕴含的琴趣。诚如其所言：

---

① 白玉蟾：《海琼问道集》，《道藏》第33册，上海书店、文物出版社、天津古籍出版社1988年版，第145页。

无琴之声，琮琮琤琤，与一气同生，与两曜同明，与四时同行，与万物同荣。妙此独清，渺于八纮，索之弗闻其形，迎之罔测其灵。何从而闻无琴之琴、无声之声？……无声之声，不琴于琴，此声无根，托物而存。天下万物之之物之声也，非此物也，而此物也；非此声也，而此声也。奚其琴，奚其弦，奚其声？三者悉泯于无迹，然后吾之心始出。吾之心出，然后与万化冥而为一，击节孤啸，浮动幽渺。横握其要，似绝此妙。①

在郑思肖看来，无琴之声，它所传达、蕴含的是宇宙之道，是人类永不衰歇的生命意识，它虽然依赖音乐形式而存在，但又不是音乐形式本身，音、弦、琴合一。人的喜、怒、哀、乐之情在音乐所创造的泯于无迹的艺术境界中得以净化，各种矛盾的心理情感因素隐然而退，昏昧利欲的心境升华，达到与道相冥、浮动幽渺之境。这便是艺术审美的极境，审美主体从中体悟到人性的本质和生命的律动。

就审美主体来说，审美主体的心境也是独立自足的精神世界。审美心境超越了现实世界的时空束缚，也摆脱了现实社会中人的感性、经验束缚，进入了独立自在的无心之境。他说：

吾之无琴之琴，今安相在吾心尔。不以存亡得失而失焉，不以借于听而听焉。吾心融融，天趣空而通。……心听则痴，智听则疑，事听则聩，理听则支。听内持，听外遗，听有随，听无违。……胡不委无心之心于无理之理，操无琴之琴出无声之声？②

人是现实社会中的人，社会中的各种错综复杂的矛盾无不困扰着他，各种物质生活的享受和功名富贵无不诱惑着他。但是艺术欣赏，就必须抛弃这些物累的束缚，由现实人生心境向审美心境转化、超越。在这种心境中，审美主体应当充分地调动各种感官的功能，体验、领悟音乐的艺术精神，不能沉溺在其中，难以自拔，也不可片面地以常理、常事来分析，而应当以“无心之心”来体悟

① 郑思肖：《郑所南先生文集》卷二，李修生等编：《全元文》卷三六三，第10册，南京：江苏古籍出版社1999年版，第701页。
② 同①，第700—701页。

"无理之理"，以"无琴之琴"来传达"无声之声"。这是符合艺术创造和欣赏规律的自得之见。

当然"无心之心"与"无理之理"，"无琴之琴"与"无声之声"之间并不是以无应无、以虚对虚的缥缈虚空，它们之间是异质同构的。一方面，审美主体应尽力将自己的审美心境与琴声所创造的音乐意境不断地整合、反复地接近，直至契合无间，融而为一。在这契合、融汇的过程中，音乐境界唤起了审美主体的审美心境，它们是唤起与被唤起的关系。另一方面，审美心境追寻音乐意境的过程也是审美主体的生命律动与音乐的律动、生命意识与音乐精神逐渐融合的过程。

审美心境与音乐境界融合不能离开审美主体的感悟。处于这种审美感悟状态中，审美客体的诸多表象混杂在一起，看似杂乱无章，无规律可寻；审美主体的心境好似无心，实则有意，在人心中始终存有先验的感性直观的某种方式或人类理性精神。审美客体的诸多表象自发地触发审美主体的悟性，悟性根据心中先验的理性精神或感悟模式对杂多的表象进行内在的规定，按照一定的美的规则进行综合，整合为富有美感的形象或意境。

当然，这种形象的整合或意境的创作都是直观的，审美主体只能以心灵去体验而无法明确地表达，只能以心去追逐音乐的意象，随之遨游八极，诗云：

> 既真复何言哉，此意渊哉玄哉，奇哉微哉！上而皇天苍苍然，下而后土茫茫然，中而四顾荒荒然，讵肯与人同耳而听，同目而视耶？又安得不独抱此意，与之同终同始，同生同死耶？此是别曲，还与谁听，清而宁，和而平，天然奇特之经。开古今，翻沧溟，浴有情，空泠泠，还冥冥。[①]

正因如此，审美体验是一种个性化的精神活动，它因人的教养、经历和社会地位的不同而不同，欣赏同一音乐，不同的审美主体便会有不同的审美体验和情感愉悦，对于曲中之趣便会得出各不相同的自得式理解，即"独抱此意"。在《赠琴泉陈生序》中，刘辰翁也有相同的论述：

① 郑思肖：《郑所南先生文集》卷二，李修生等编：《全元文》卷三六三，第10册，南京：江苏古籍出版社1999年版，第701页。

琴亦不得不仙，昔之授人以意者，必之乎海中无人之境，使之荒寒绝壁、水鸣空山，四顾萧然，将不可以一朝居，而后万累俱指，而后冰雪满怀，而琴亦从是近矣。……就其能者，铿锵中音节止，虽堂上娱人若不得已，至能使孟尝为之沾襟欲绝，则曾不如渔歌邻笛之去人远而尤悲，非其弦之不合，而意不至也。①

在刘辰翁看来，音乐之美是一种和谐的形式之美，与其所承载“意”——人类的生命意识共同构筑了和谐的音乐艺术意境。当人类的审美心境与音乐意境契合无间时，人心便摆脱世情纷扰，向朴野淳美的人性复归，灵魂得以升华。反之，当意与技不和谐，甚而有乘剌扞格之处，人心之境与音乐之境便远而不合，欣赏者也难以沉浸音乐之中。

郑思肖和刘辰翁所论都是一个关于审美主体与审美客体如何统一、交融的问题。诗、乐的艺术精神是相通的，它们都传达宇宙、人世间的勃勃生机——道，都追求与自然合一的天籁之境。在《玉笥山清音堂记》中，刘辰翁认为诗、音乐是相通的，以得之自然为最高。他说：

凡音之起，由人心生也。惟得之天然者，可以意会，而不可以言传。醉翁之听泉声也如操；而沈遵之谱琴操也如泉，政使高下一如泉声，而醉翁之醉远矣，又不知翁之于是操也，如当时所闻否？山间石上，尽日无人，鸟啼花落之外，属有泉声，泠然若众音会，其断其续，犹之无可奈何，而山之为助也多矣。不知者以为湘灵之环佩也，抑点尔之鼓而希铿而舍也。一入乎耳，神情洒然，但觉余音之皆赘，复有雍门悲弹、华亭清唳，亦不愿听之矣。此岂可以寻声而谱、累句而作哉？②

在刘辰翁看来，无论是音乐还是诗歌都是人心对自然、宇宙体验的结果。当人

① 刘辰翁：《须溪集》卷二，豫章丛书本。李修生等编：《全元文》卷二六九，第8册，南京：江苏古籍出版社1999年版，第538页。

② 刘辰翁：《须溪集》卷七，豫章丛书本。李修生等编《全元文》卷二七四，第8册，南京：江苏古籍出版社1999年版，第627—628页。

心与客观外物所蕴含的道不期而遇、水乳交融时，审美主体的感受只可以意会，不可言传，也难以将主体与客观截然分割开来。

这种“以心契道”的道教思维方式直接影响了宋元之际诗歌清幽淡远的审美情趣。受到道教教义影响的诗人们常常处世静默，弃绝功名利禄，胸无机心、无尘垢。他们与自然合一，与造化相契，静则心清，净则澄明。如：

> 扶携方外友，来入白云关。八九峰如画，两三人倚栏。棋声敲竹外，帘影落花间。一曲瑶琴罢，翠阴生昼寒。（真山民《宋道士同游白云关》）①
>
> 出郭已虚旷，入门转萧森。筠栖无六月，聊以解我襟。红日不到地，白云时满林。坐久石根冷，酒醒荷气深。飘飘黄冠客，临流鼓瑶琴。一鼓洗我耳，再鼓空我心，山高水复迴，仿佛蓬莱音。兴尽拂衣去，城笳吹夕阴。
>
> （林景熙《纳凉林氏居》）②

这两首诗都创造了清雅幽静的意境。落花无声、飘落帘前，棋声敲枰，竹阴生凉，琴声悦耳、仙曲缥缈，荷香清淡，这一切都是那么清新、典雅。诗人悠闲自适，倚栏而望，心境淡泊，随兴而来，尽兴而往，无拘无束。他们已与道相冥，与自然合一，神思恍惚，不落形迹，冲和淡远。这两首诗尽管在思维方式上与道教的“心与道契”有相通之处，但在诗歌意境的创造方面却抛弃了道教的丹气、仙气，只着力强化了神仙之境的清雅、高洁，瑶琴、黄冠客等也只是作为创造清幽淡远诗境的表现手段而出现的。这与宋元之际诗人从道教内丹派注重心性修养中接受影响是密切相关的。

道教对宋元之际诗歌的高古飘逸之美也有影响。诗人们企羡成为与造化合一的真人。在他们的心目中，这些真人超脱了人世的种种束缚，升入缥缈遥远的仙境，在浩瀚的太空自由遨游，独来独往，高傲不群。如谢翱《九日禺中登沃洲放鹤峰南望天台诸山》诗云：

---

① 真山民：《真山民诗集》，明刻宋元四十三家集本。孔凡礼等编：《全宋诗》卷三四三四，第65册，北京：北京大学出版社1995年版，第40873页。

② 林景熙：《霁山集》卷二，北京：中华书局1960年版，第69页。

……良游爱九日，巾堕发不栉。醉浮秋夕英，饥食决明实。远寻竺僧迹，俛仰千载陈。狂呼许元度，王谢十八人。仿佛川谷应，草木皆冥冥。便欲即之语，又疑物所冯。闭目游太初，廖廓以为邻。①

这首诗描绘了诗人神游仙境的情景。他醉浮秋英，饥食明实，远寻竺僧，狂呼无度，俯仰千载，神游太初，充满了超迈玄远的风韵，那种顾盼自得的风神，恣意无拘的狂态正是谢翱神仙诗所追求的精神内蕴。

与道教的儒家伦理化趋向相一致，宋元之际的一些诗人并未忘怀现实，迷狂于虚无缥缈的彼岸世界。在他们的诗歌作品中，神仙幻境与现实人生常常是结合在一起的，他们常常借神仙之境来抒写现实人生之情。在这类诗里，神仙和神仙世界已不再是邈远难及的玄思冥想，而是现实世界的曲折反映。谢翱、邓牧等的神仙诗就是将神仙境界现实化的典范，谢枋得也借神仙之境来抒写强烈的忠君之情，有浓厚的伦理色彩。如其《崇真院绝粒偶书付儿熙之定之并呈张苍峰刘洞斋华甫》诗云：

西汉有臣龚胜卒，闭口不食十四日。我今半月忍饥渴，求死不死更无术。精神常与天往来，不知饮食为何物。若非功行积未成，便是业债偿未毕。太清群仙宴会多，凤箫龙笛鸣瑶瑟。岂无道兄相提携，骑龙直上寥天一。②

谢枋得拒绝元廷礼聘不成，绝食半月未死，表现了崇高的民族气节。他的精神常与天仙相往还，神游于仙乐悠扬的太清仙境。很显然，他只是借遨游仙界来寄托自己的高尚道德情怀而已。

宋元之际的诗歌道教伦理化倾向的又一表现是诗歌所表现的仙人大多都是儒家道德伦理的实践者、体现者。他们常常具有博大的仁爱之心，拯世救难，如在《赠何古梅学医》诗中，谢枋得认为：

① 谢翱：《晞发集》卷五，孔凡礼等编：《全宋诗》卷三六九一，第70册，北京：北京大学出版社1995年版，第44312页。

② 谢枋得：《叠山集》卷四，孔凡礼等编：《全宋诗》卷三四七九，第66册，北京：北京大学出版社1995年版，第41414页。

上界真人有同性，不学神仙学孔孟。有术医国无人知，要为吾民救微命。……我闻上帝最好生，活人功多朝玉京。请看岐叟至陶葛，神仙多是良医成。①

谢枋得心目中上帝、真人、神仙大多都是良医，救死扶伤，活人功多，他们都有恻隐之心，体现了儒家的道德关怀。马廷鸾笔下饶娥神是一个至孝至忠的人，她不仅“至孝不昧感即通”，而且还“枕吾戈兮缚而缨，猛志毅气妖氛澄”②。这些神仙人物实际上都是诗人自己积极入世热情的体现，也是他们儒心道迹人生模式的体现。

当然，道教对宋元之际诗歌的影响还有许多方面，如题材方面，有许多诗歌取材于道教的故事，展现出神仙的生活，与以前的游仙诗没有什么区别，如汪元量《麻姑仙坛歌》、《湘夫人祠》，谢翱的《樊夫人上升辞》、《明河篇》等，这些作品大都表现了企羡神仙生活之望，意境奇幻。限于篇幅，不再一一论述。

第二节　邓牧的道教信仰及其社会理想

邓牧是宋元之际一个具有强烈批判性、战斗性的思想家，但他却是以一个道教徒的身份出现的，其遍游方外，广结道缘，归隐洞霄宫，畅游道教的神奇幻境。他把道家的黜荣华、去滋味、清心寡欲、遗事坐忘等葆性全真之道当作保全人类个体生存的主要手段。在阐发这种具有独特的神仙思想时，他又将保全个体存在价值的人文主义精神与对现实政治的批判精神结合起来。

邓牧的神仙思想主要表现在三个方面：第一，他并不否定神仙的存在，汲汲于求仙问道。在《代问道书》中，他说：

① 谢枋得：《叠山集》卷三，孔凡礼等编：《全宋诗》卷三四七九，第66册，北京：北京大学出版社1995年版，第41412页。

② 马廷鸾：《碧梧玩芳集》卷四，孔凡礼等编：《全宋诗》卷三四六四，第66册，北京：北京大学出版社1995年版，第41268页。

> 然胸中耿耿者，未尝不欲骑长鲸，跨黄鹤，与赤松、青琴辈，相与恣睢遥荡于无何有之乡也。俗士不足以语大方，如榆枋间斥鷃，望九万里扶摇之翼，局局然笑之。恶知天运无积，天年易迈，鼠肝虫臂，变化于尘埃粪壤中，终为造物所囿。至于生而不著，死而不亡，旷百千万岁而灵然独存者，唯我尔。是以糠粃天地，刍豢人物，与夫群动并作并止，曾无有介然之累，足以溷吾胸次者。若是，足以为天下达人矣。虽然，至道杳冥，深不可测，纤芥弗审，悔吝及之。①

这虽是代人求道书，实为夫子自道。他渴望像仙人一样，骑鹤跨鲸，神游八极，长生不老，清心寡欲。这种对道教神幻境界的陶醉，在其诗歌《九锁山十咏》之《仙人隐迹》中也有所体现："至人犹神龙，变化不可测。隆然七尺躯，印此一片石。我行半江海，空飞杳无迹。"②"至人"本为庄子所推崇的理想的人生境界，逐渐演变为神仙信仰的源头，邓牧所表现的"至人"品格是变幻莫测的，遨游宇宙，这与神仙信仰的仙人没有什么差别。

第二，他渴望像神仙那样超越生死的界线，跨越时空的束缚，获得精神上的自由。在《超然观记》中，邓牧说："虽然，大涤，诚名山也。前乎居此若我辈者，岂无晋郭、许二君，功满道备，上登于天，盖世俗所甚慕而大涤之山所以为名也。由今观之，则今日去晋，不犹旦暮乎；大涤去天，不犹咫尺乎。我与二君，方相从以游，相忘以居，而又何慕焉。久亦可，速亦可，为我燕坐亦可，为二君冲举亦可，信以为超然乎哉。"③他从庄子相对主义出发，否定了时空的区别，打通了生与死的界限，达到了精神的超然之境。

第三，邓牧对神仙思想最有价值的发挥是心性修炼。宋元时期的内丹心性之学十分盛行，其主要内容是"性命双修"，其核心是心性修炼。宋代内丹派的代表人物之一张伯端主张先修命，后修性，先进行命功修炼，扭转自然界的生老病死规律，长生永年；待修炼精气结丹于体内，然后修炼心性，获得澄然

---

① 邓牧：《伯牙琴》卷二，知不足斋丛书本。李修生等编：《全元文》卷四五四，第13册，南京：江苏古籍出版社1999年版，第184页。

② 孟宗宝：《洞霄诗集》卷一，孔凡礼等编：《全宋诗》卷三六八五。第70册，北京：北京大学出版社1995年版，第44261页。

③ 邓牧：《伯牙琴》卷二，知不足斋丛书本。李修生等编：《全元文》卷四五五，第13册，南京：江苏古籍出版社1999年版，第200页。

晶莹的真性。而修性的观念是止念入静。内丹派的另一代表人物白玉蟾也主张修道必须持守虚静，“心中无心，念中无念”。邓牧继承了这种思想并有所发挥。在《集虚书院记》中，他说：

> 予闻老氏云：“三十辐共一毂，当其无，有车之用。”知虚者，万有所从集也……然心为物，可虚可窒；道之为物，惟恍惟惚。向焉所谓集，皆可得见，而此不可知。故虚者每为异物所窒，恍兮惚兮者，将弗集矣。一心无樊，攻焉者众，喜怒哀乐毒其内，是非得丧寇其外，欲斯须之虚，有不可得惚兮者。……若是求道，亦击鼓而求亡子也。……愿君悉弃所蕴于无何有之乡，然后即方寸之地，朝而闢焉，暮而涤焉，使介然之有不得累乎其中，君益矣。颜子始好学，终坐忘，唯道集虚，盖深造自得之妙。①

在邓牧看来，人心是一个客观实体，可虚可实，人的自我调整、控制等主观能动性是决定人心虚实的关键。因此，求道者必须在修命的基础上养性，炼神还虚，拒斥物累、情累之窒，达到无何有之乡的自由之境，这是一种内丹修性的功夫，也是一种修养道德、净化心灵的功夫。邓牧接受了南宗内丹心性之学和儒家道德修养论的影响，但是，他认为，无论是求道还是问学，都应当“深造自得之妙”，这是对内丹心性之学的补充和发展。所谓自得，就是指修道者要以心合道，以心证道，在此基础上，修道者对道这个无形无状的本体获得属于自己的独特的精神体验和情感愉悦。实际上，道心合一的过程，也就是修道者发挥主观能动性使自己所虚幻的精神境界与预设的虚无境界不断印证、契合的过程。在这个过程中，道是虚无的，心所虚幻的境界也是缥缈不定的，虚虚相证，修道者无法获得一个切实的正悟体验，也不可能获得持久的情感娱悦。“自得之妙”只能是即兴的会心之悟，就像佛祖拈花、迦叶微笑一样，显得不无神秘。

心性修炼所应达到的理想境界是保存人的本性，恢复人的完心。邓牧的《元无人传》是一篇颇为奇特的寓言体自传文。在文中，他叙述了元无人面临

---

① 邓牧：《伯牙琴》卷一，知不足斋丛书本。李修生等编：《全元文》卷四五四，第13册，南京：江苏古籍出版社1999年版，第195—196页。

着与宇宙间所存在的天、地、人三极之间的斗争，因此而得病的故事：

> 自是三物者，入吾胸腑，予明而闢目，已纷芴错委，而与予心斗；予晦而阖目，则四方上下，不召而至，不触而应，而与予梦所接。予怠且病，则有教予曰："子之未生，子目安有？虽有三物，子安从知，今子既生，子形日与三物居，而使交于目，接于梦，病于其心，犹嘘镜以气，溷水以泥，则恶得无累。犀牛之角，岂有月哉？得月而玩之，月生其角；欲复为完角，不可得已。今此三物既生子胸腑，安得复为完心；曷不及子未生，明不得而见，晦不得而梦，子之初心，空然如太虚，孰能病焉？"予病愈，行歌而去曰："元无人，风为马兮霆为轮，上天下地三千春，俯视万物如游尘。一聚之蚁胡不仁，鼠肝虫臂争纷纭，折股裂喙隤其身，天机日浅嗜欲深。倏然长啸登层云，交友混沌揖大钧，百千万世名无闻。名无闻，元无人"。①

邓牧所说的"复为完心"实际上就是恢复纯朴的、未受俗世生活和礼法沾染的人类最初的本心。这种本初之心的根本特征是纯洁、天真、无瑕，它是在人未出生之前即已存在的先验的精神状态。为了保持"初心"，人们就必须拒斥天、地、人三物的侵蚀。天、地、人"三物"就是指程朱理学为了巩固封建统治所构建的从天极、地极的宇宙论到人极的儒家伦理观等一整套思想体系，主要是指儒家的伦理纲常规范，因为这些道德规范损害了人的本心，侵蚀了人的真性。显然，他这是针对程朱"存天理，灭人欲"的思想而展开的批判。程朱理学的思想将天理与人欲截然对立起来，强化了"天理"的神圣性，这对维护封建统治的正常运转无疑有着极其重要的现实意义和深远的历史意义。然而，为了维持封建统治之天理而压抑、扼杀人类生存所必需的情感、欲望，这又是极为荒谬的。人类生存的需要是有不同层次的，其中，衣、食、住、行等物质生活的需要是最基本的，只有在最基本的需求满足后，人才能从事更高级的精神活动，包括习礼、行道等道德修养和治国、平天下的政治活动。如果连最起码的需要都不能满足，其他实践活动也就失去了坚实的基础，甚至会导致内部的

① 邓牧：《伯牙琴》卷二，知不足斋丛书本。李修生等编：《全元文》卷四五五，第13册，南京：江苏古籍出版社1999年版，第207页。

动乱，直接危及封建统治的根本利益。邓牧的“复为完心”说肯定了人性中的合理欲望不受侵害，恢复人性的纯朴天真和自由发展，有极强的人本主义色彩和鲜明的反程朱、反礼教的战斗性，直接启示了明代李贽的“童心”说。

这种旨在保护人类个体存在价值的“复为完心”说，势必要求有相应的政治体制与之相统一。作为统治者，如何治理天下同样是“复为完心”理想能否得以实现的前提和基础。针对统治者扰民、夺民、害民的损害人类心性之举，他提出了应当行“君道”、“吏道”的思想。在《君道》一文中，他认为上古之君皆不愿意为君，其原因是他们的物质生活与平民百姓无异，“其位未尊”、“其分未严”。而秦以后的统治者却“竭天下之财以自奉”、“夺人之所好，聚人之所争”、“以四海之广，足一夫之用”，残酷地剥削和掠夺人民，剥夺平民百姓生存所必需的最基本物质来满足自己穷奢极欲的生活。这就势必会戕害人心，违反基本的人类生存权，势必会引起社会的动荡不安。在此基础上，邓牧提出了理想的为君之道，应该是“欲为尧舜，莫若使天下无乐乎为君；欲为秦，莫若勿怪盗贼之争天下”[①]。也就是说，为君之道的理想方式就是杜绝私欲，停止扰民、夺民之举，维护天下的公理。同时，君主还应当选择那些有才能且有贤德的人来充任各级官吏，这样就会杜绝害民之事的发生。进而，他提出根除社会动乱根源的方法是：如果不能选拔任用有贤能的人为吏，那就退而求其次，应当“废有司，去县令，听天下自为治乱安危”[②]。在邓牧看来，无论是任用贤能为吏还是废有司、去县令，都是为百姓的顺性适意创造一个和谐稳定的社会环境。

从“复为完心”说出发，邓牧对秦以来的封建统治的政治体制展开了猛烈的批判，不乏民主色彩，直接影响明末清初的思想家黄宗羲等人的民主思想。[③]同时，他也揭去了历代圣君贤臣的温情面纱，暴露了他们赤裸裸的贪婪之心和害民之举，在一定程度上批判了程朱理学所建构的“天理”之荒谬，戳穿了以往主流权利话语所粉饰的盛世明君贤臣的虚伪性。

---

① 邓牧：《君道》，《伯牙琴》卷二，李修生等编：《全元文》卷四五五，第 13 册，南京：江苏古籍出版社 1999 年版，第 212 页。

② 邓牧：《吏道》，《伯牙琴》卷二，李修生等编：《全元文》卷四五五，第 13 册，南京：江苏古籍出版社 1999 年版，第 213 页。

③ 任继愈：《中国哲学史》（第三册），北京：人民出版社 1964 年版，第 304 页。

然而，我们也不应当忽视，在社会批判的基础上，他所建立的理想社会却有着极其浓厚的宗教色彩和复古性，在《见尧赋》中，他说：

古有圣人，作君作师。忧民之溺，由己之溺；忧民之饥，由己之饥。故能治九年之昏垫，播艰食与烝黎。其德泽所浸，如时雨之化；其功用所及，如春阳之熙。盖圣人在位，问之朝野，而朝野已不知。……又吾中而观人，见君臣父子、典章文物之雍容委蛇，则必戚然忧曰："昔尧之爱此人也，盖尝使契教人伦，有典乐之龙，有典礼之夷。今虽不复见垂衣裳之化，然寤寐思服，若将见都俞吁咈之气象，堂堂巍巍。"……吾愿君澡雪而精神，宁极而天机，而与四子者逍遥乎无何有，放荡乎遥洛睢。御六气之辩，而道不穷；游四海之外，而物不疵。此君所耕之山，即藐姑射之阳；所钓之泽，即汾水之湄。[①]

邓牧所展现的理想社会与老子的小国寡民、陶渊明的桃花源一样都富有理想色彩，都主张在理想社会中，人人平等，无剥削，无压迫，无饥饿，无寒冷，万民熙乐，社会和平安定。但是邓牧与老子、陶渊明的理想社会也有所不同。陶渊明崇尚老子"真"、"淳"的思想，在他看来，上古伏羲、神农、轩辕、唐尧之世，三皇五帝之时，社会是淳朴的，后来社会上出现了九流之分，九流相互推损，社会也就变得日益浅薄了，只有在桃花源那样的世界中才保留着上古之风。陶渊明因推崇淳朴的民风而否定社会中的君主与百姓的阶级差别，邓牧则不然，他承认在理想社会中仍然存在阶级差别，在这一点上，邓牧继承了老子的思想。但老子幻想的君主的理想统治是无为而治，顺其自然，不扰民，社会自然就会呈现盛平之世。邓牧则主张君主应当行仁政，以德泽化民，关心百姓疾苦，使百姓如沐春风，如获春阳之熙；君主的人伦之教和礼乐之化也应是以顺性适意为本，而不是压抑戕害人性，使礼乐与人伦等典章制度成为扼杀人性的工具。在这种生活中，人与道冥，与仙人相往还，逍遥自适，澡雪精神，人性得以健全发展。他将儒家的理想政治与道教思想结合起来，有浓厚的复

① 邓牧：《君道》，《伯牙琴》卷一，李修生等编：《全元文》卷四五四，第13册，南京：江苏古籍出版社1999年版，第183—184页。

古性。

由此可见，邓牧的社会政治理想是建立在道教葆性全真理念的基础上的，这给他的社会政治思想带来了两方面的特点：一方面，他对社会现存制度的批判是激烈的，所建构的和谐稳定的理想社会也是以维护人性的独立自由发展为宗旨的，颇有近代理想政治色彩和人本主义精神；但另一方面，他的政治理论是建立在宗教理念的基础上，缺乏可行的实践性、操作性。邓牧将“复为完心”置于虚无缥缈的神仙之境，人可以自由翱翔，与天地相往还，与仙人相友善，鄙弃万物的纷争。他的这种理想同样是一种宗教幻想，流于虚无，他对现实的激烈批判却建立在宗教幻想的虚无之上，这不能不说是其思想的局限性。但在那个特点的背景下，却又是不可避免的。自然地，他会产生“陶唐世远，吾将谁归”[①]的孤独感。但他相信，他的价值是会被后人重新评估的，“三千年后，必有扬子云”[②]，不错，300年后，明末清初的思想家黄宗羲成为他异代的知音。

---

① 邓牧：《见尧赋》，《伯牙琴》卷一，李修生等编：《全元文》卷四五四，第13册，南京：江苏古籍出版社1999年版，第183页。

② 邓牧：《伯牙琴后序》，《伯牙琴》卷一，李修生等编：《全元文》卷四五四，第13册，南京：江苏古籍出版社1999年版，第187页。

第四章　遗民诗人群体

宋亡后，江南的许多文士和儒士坚持民族气节，眷恋故国，形成了一个庞大的遗民群体。[①]这些遗民有的浪迹江湖，有的退隐山林，有的曾出仕元朝的学官，尽管行迹多样，但其心则是相通的，他们对汉民族政权都有着强烈的认同感，都表现出了忠于前朝的爱国意识，其诗歌创作也有许多共同之处。

第一节 南宋遗民诗人创作的群体特征

宋元之际江南的许多遗民诗人隐居山林，但并不意味着他们的隐逸心态都是完全相同的，他们常常表现出道隐与心隐的结合。与此相应，他们的诗歌也呈现出丰富性的特点，既有隐逸生活的描写，也有出仕学官的窘态流露；既有隐居山林愉悦之情的抒发，也不乏穷愁苦闷的哀怨；既有清疏淡雅、平淡悠远之作，也有剥落浮华、唯见真骨的朴拙美。

一、道隐与心隐的统一：南宋遗民的理想隐逸模式

由于个人的生活经历、历史条件和社会环境都存在许多差异，南宋遗民的隐逸动机也有很大的不同，呈现出丰富性、复杂性的特点。

如果我们将遗民的归隐动机分为为道义而隐和为心性自由而隐两种[②]，那么，不难发现，南宋遗民的归隐大多出于为道义而隐。宋元之际的遗民饱受儒家思想的熏陶，有着极其强烈的民族自豪感和自尊感。面对先进的农耕文明被落后的游牧文明野蛮践踏的现实，他们的内心深处滋生了拯道行义于乱世的历

---

① 关于遗民的界定，前人已有许多论述，今人方勇将隐居山林之士和出仕学官者都视作遗民，笔者赞同此说。详见方勇《南宋遗民诗人群体研究》，人民出版社2000年版，第1—8页。当然，一些文人，如谢翱、郑思肖、林景熙等人尽管也是遗民，但其行其心多与忠臣义士相类，因而将他们列入“忠臣义士诗人群体”一章，此章不再论及。

② 刘方：《宋型文化与宋代美学精神》，成都：巴蜀书社2004年版，第176页。

史责任感，试图重振摇摇欲坠的儒家之道。在《隐求室记》中，家铉翁说：

> 然念圣贤出处隐见，惟义所在。隐之所志，即达之所行；志之所存，乃道之所在。故曰：隐居以求其志，行义以达其道……然则士君子所志何志，志乎道也。志乎道者，志乎学者也。由致知格物、正心修身推而致之，以至齐家治国，志此者也，学此者也。积功于几微毫忽之间，存诚于戒谨恐惧之际，必使在我者根基固实，标本正大，夫然后涉世故而不为事物所乱，可隐可见，惟义所安。故君子非隐之为难，隐而能为其志之为难也。①

家铉翁认为，圣贤出仕隐逸的标准是"惟义所安"，无论是出仕还是隐逸，士人都应当以行志达道为目的，推行儒家的政治理想，以治国平天下为己任。他的这种思想直接来源于孔子"天下有道则见，无道则隐"。(《论语·泰伯》)孔子认为，出仕是弘扬儒道的一种手段，其目的就是辅佐君主教化百姓、施行仁政；但是，当社会混乱、君主昏昧、无法行道时，君子只好退而保全其身。可见，孔子所主张的归隐实际上是避祸全身，是一种生存保护策略。而家铉翁与孔子则有明显的不同，家铉翁主张，即使社会不能为行道见志提供政治实践的机会，士人也应当退而求其次，隐居山林，著书立说，使儒家之道薪火相传，绵延不绝，正所谓："士有抱负奇伟、不求为世用，犹典教一方、以其道私淑诸人者，是虽仕也，而实隐也。是虽隐也，与潜深伏奥、独善其身者异也。"②家铉翁所标举的仕而隐、隐而仕之论的实质就是无论天下有道还是无道，士人都应当担起行义达道的历史重任，像伊尹、吕尚那样虽隐而志在兼济天下，不能隐而独善其身。

家铉翁不仅是这样说的，而且也是这样做的，真正实践了道尊于势的隐逸理念，这正是当时大多数南宋遗民普遍奉行的人生准则。卖国贼贾余庆等人逼迫他在投降卖国条约上签字，他大义凛然，不为势屈，拒不签字；入燕后，他拒不降元，被羁管河间府，传授生徒，著书立说。周密隐居西湖，以著史的形

① 家铉翁：《则堂集》卷三，四库全书本。李修生等编：《全元文》卷四〇九，第11册，南京：江苏古籍出版社1999年版，第793页。

② 家铉翁：《云斋记》，《则堂集》卷三，李修生等编：《全元文》卷四〇九，第11册，南京：江苏古籍出版社1999年版，第774页。

式寄托自己的亡国之悲，总结了南宋灭亡的教训，以备后鉴。熊禾、何梦桂、金履祥、舒岳祥等皆入元不仕，隐居山中，把传播儒道作为自己的人生追求。作为儒家之道的传承者、体现者，他们代表着社会的正义，他们守道不移从另一方面否定了元蒙统治政权的正义性、合理性。从这个意义上说，他们的隐逸传道就是自觉地维护儒家伦理道德规范，就是维护人存在的合理性。

南宋遗民隐逸的价值取向是高尚的，多少有些以身殉道的悲壮感，但在现实社会中，面对着功名利禄以及其他物质生活的诱惑，他们的心态是复杂的。关于"大隐"、"小隐"的争论颇能说明这个问题。刘辰翁在《大隐堂记》一文中说：

> 人隐天，天隐道，天与人如鱼水，人日处其中而不自知。或曰人处天中则闻之矣，天何处？曰天亦处人中耳。莫大于天，而莫知此大之所隐，止在目前。是为道，道故隐。……谓大隐必于朝市亦非也。吾生于是，长于是耳，岂必变氏名哉？或曰彼庸也，或曰吾东家也，而索我于方之外者，亦有所不足索矣。虽然，为石崖易，欲不为石崖难。劳其身以为人而人安之，故曰为石崖易。一日关门静坐，而人有窥之者矣，故不为石崖难。昔魏郑公、李邺侯辈，皆逃儒而入于老，故混若以老为老，已不得谓之隐矣。介子曰：身将隐，焉用文？今名堂曰隐，已不得谓之隐矣。惟不为木鹤，不为鹏客，不为金门待诏，不为五将军佩印，斯堂斯日必无是事，而是事亦必不以及我，即所谓大隐者如是而隐矣。凡市门隐，非庸人，非方外，故能识某屠某佣，甚至知其国兵符所在与美人意中事，如指帅才，不辨狡狯，此事亦姑置。独有一事为大隐过计，遇祈孔宾呼勿去，眇道士来勿失，回道人共住勿怪。[①]

宋以前隐者有"大隐"、"小隐"之别。所谓"大隐"，就是像东方朔待诏金马门那样，隐居朝市，与世沉浮。其名虽为隐，实则为争取功名利禄寻找适当机会，如战国时的朱亥、侯嬴就是这样，他们虽然隐于市肆、侯门监，却关注政

① 刘辰翁：《须溪集》卷六，豫章丛书本。李修生等编：《全元文》卷二七三，第8册，南京：江苏古籍出版社1999年版，第614页。

治局势的变化，待机而起。所谓“小隐”，则是指那些隐居山林之士，他们的物质生活十分清贫、困苦，但却甘贫如饴，寻求精神上的超脱。一些人既不愿意隐居朝市与世沉浮，又不愿失去物质生活的享受和各种功名利禄，于是，在“大隐”与“小隐”之间做了折中、调和，如唐时白居易提出的“中隐”即是其代表。白居易认为，小隐林泉，太过清苦；大隐朝市，又太过喧闹。中隐是最理想的隐居方式，这样既能远离朝廷政治旋涡中心，保护自己，又能到地方官任上逍遥自在，不失厚禄。他的隐逸模式为北宋大夫所接受。这种“中隐”之道不过是封建士大夫避祸全身、明哲保身的思想反映而已。在刘辰翁看来，无论是大隐于朝市还是小隐于山林都不能称作隐。隐在朝市，隐姓埋名，无非是为了待机取利；栖居山林之士，逃儒入老，名则超脱，实则丧道，有悖圣训。这两种隐逸模式实际上都是着眼于自己个人的私利。真正的大隐，应该是为道而隐，因为“人隐天，天隐道”，人是道的承担者、体现者。即使身处闹市的喧嚣扰攘中，人也应该做到与道同行。只有这样，人才能不为求名禄而与世沉沦。

这种为道而隐的思想，实际上是把人的隐逸行迹与隐逸心境紧密结合起来。只要是为道而隐的心迹不变，士人采取何种隐逸方式是无关紧要的。这样，南宋遗民们又自然而然地践行了一种新的隐逸模式，那就是“心隐”。对此，赵文在《得中斋记》中提出了“隐不以迹而以心”的思想：

> 得中曰：“何知许事，吾平旦而起，为今人着今服，命唐天食唐土，露香对天已，吾书教儿，常饭留客，茶罢清谈，商略未有天地之先，既有天地之后。或问时事，吾不知。酒取交欢，不至乱性。诗贵言志，不必忤时。或棋或壶，各取适意，争则败兴。为商顽固，不敢名项，籍亦不能。大官贵人，未尝敢数踏其门。岁时称觥上寿，为民之礼，不敢不尽。吾所谓得中者如此。其时耶？权耶？我何与知焉？”吾然后知君之友称君心隐甚当，不隐则污迹，隐则矫，隐不以迹而以心，斯得中矣。是心隐即得中，得中即心隐也。[①]

① 赵文：《青山集》卷三，李修生等编：《全元文》卷三三三，第10册，南京：江苏古籍出版社1999年版，第91页。

赵文及同时人所谓“心隐”，主要是指心之安适折中而言。在现实生活中，人既不需要遁迹山林以避世，也不需要刻意隐居闹市以待时；既不需恪守前朝之礼，着前朝服饰；也不需要纵酒乱性，戕害性灵，应当随时而进，委运大化，寻求心灵的自适自乐。这样，既能够坚守大义，拒不仕元，又能够超然尘外，精神自由，心情闲适。

很显然，这种“心隐”的模式代表了一部分文人的人生选择。不过，这种“得中”式的心隐也是保全性命于乱世的一种策略，不谈时事，诗不忤时，就是逃避社会矛盾的表现，他们没有勇气与黑暗的现实作斗争，缺乏行道的弘毅精神，只有委曲求全，消极避世。南宋遗民的隐逸模式呈现多样化形态，隐逸的道德关怀和人类生存的性情自适并存。形成隐逸模式多样化的原因是多方面的，最主要的是社会环境发生了巨大的变化。元蒙统一全国后，对江南地区的文人、儒士采取了两面政策：一方面，政治高压。元朝统治者打击、迫害那些有反抗精神的江南士人，严格控制意识形态的异端倾向，设立文网，如“诸妄撰词曲，诬人以犯上恶言者，处死”①，“诸乱制词曲，有讥议者，流”②。残酷的高压政策使江南文士产生了畏祸全身的思想，诗言志而不忤时就是江南文人儒士在特定历史时期所作出的无奈选择。他们只好逃向自己的心灵世界，从日常生活和山林丘壑中获取心灵的自适、情感的自娱。另一方面，元蒙统治者拉拢、诱惑江南士人，对那些江南才子采取礼聘、授以学官等措施，将他们吸纳到统治阶级周围，为他们的新生政权服务。这虽然在客观上削弱了江南士人的反抗和对立情绪，但是，江南士人们大多都不愿接受元廷的礼聘，拒不仕元，不愿丧失民族气节。所以，他们便采取了为严守儒家的道义而归隐的方式逃避征聘。

在宋元之际，南宋遗民们所选择的道隐和心隐这两种模式并不冲突，道隐侧重于隐逸的动机，是隐逸者道德自尊的体现；而心隐侧重于隐逸后的心灵状态，是隐逸者追求快乐、自由精神的体现。道隐是以积极入仕的方式追求政治上的有为，这并不否定他们寻求心灵的自由超脱。道隐捍卫士人的人格尊严，心隐又为他们提供了精神的家园，使士人的精神矛盾得以缓和，人格不至于分

---

① 宋濂等撰：《元史》卷一〇四《刑法志三》，北京：中华书局 1979 年版，第 2651 页。
② 宋濂等撰：《元史》卷一〇五《刑法志四》，北京：中华书局 1979 年版，第 2670 页。

裂。道隐和心隐常常在同一隐逸者的情感世界中并存，共同构筑了南宋遗民复杂、丰富的精神世界。

与这种精神世界相应，南宋遗民对陶渊明的接受也是着眼于陶的节操和超然物外的心态。如牟巘《九日》诗序云：

> 裕是时已有异志，刘穆之宁死不与九锡事。……裕遂移晋祚，而弘为吏部尚书，为江州刺史，遂被心腹之寄。既来江州，柴桑近在境内，于陶公时惓惓，岂非内怀前愧……陶公未易至，则使人中路具酒食，候其出，醉而要之，庶几一见。斯盖已甚迫，则亦可以见吾胸怀本趣固有在，岂端为一王弘哉。[①]

在牟巘看来，陶渊明的归隐也是道隐和心隐的结合。陶渊明的归隐并不仅仅是出于厌恶仕途险恶，不为五斗米折腰，更重要的原因是他已经觉察到刘裕有篡晋自立的野心，出于维护道义的尊严，他离开官场归隐故土。但是，王弘是追随刘裕叛晋，且在新朝位尊爵高，陶渊明为何还要接受王弘的赠酒呢？牟巘认为，陶渊明本是一位胸怀坦荡、任性率真之人，本不愿接受王弘的馈赠，但王弘利用陶渊明出行之际设计中路邀之。陶渊明虽中计受邀，但内心却并未屈节丧义。陶渊明离开刘裕幕府正是其为道而隐的体现，饮酒赏菊则是其闲适自得的体现。可见，陶渊明的形象被牟巘根据自己的理想进行了重新的塑造，成为他自己人格理想的楷模。南宋遗民一般来说也多从这个方面接受了陶渊明的影响。可以说，陶渊明成为整个南宋遗民群体共同的精神偶像，获得了广泛的认同。这不是偶然的，南宋遗民与陶渊明有着共同的情感基础，他们都经历了相同的历史环境。

二、隐逸生活的表现

与隐逸心态的丰富性相一致，南宋遗民以诗歌的形式全面而又深刻地表现

---

① 牟巘：《陵阳集》卷一，孔凡礼等编：《全宋诗》卷三五一〇，第67册，北京：北京大学出版社1995年版，第41918页。

了他们的生活和感情，艺术风格也随之丰富多样。

第一，南宋遗民诗人抒写了他们隐居山林的闲适愉悦心情。南宋遗民遁迹山林后，深深陶醉于大自然的山清水秀、风云变幻之美中，遗忘了尘世的烦恼，精神上达到超然物外的自由境界，追求一种纯真的性灵，怡然自得。如牟巘《真隐诗》云：

> 真境忽在前，更慕坡所慕。真则思虑泯，不真精爽骛。真则光尘合，不真圭角露。真书无欹仄，真味无反恶。真乐无安排，真逸无疲苦。所以要任真，从其讶箕踞。所以贵葆真，从他笑椎鲁。但看真隐庐，萧然只环堵。青山以为屏，白云常在户。随宜种花乐，快意扫庭宇。可作真率会，可说真实语。可饮真一酒，何者非天趣。玄真乃诗流，季真是仙侣。拉之相与俱，巾屦此容与。坐闻雏鹤鸣，时看苍虬舞。疏散略边幅，谁客复谁主。吾亦忘吾真，酣歌下山去。①

牟巘所主张的“真隐”之“真”，是与“假隐”相对而言的。由于不能忘却博取功名利禄等物质享受，那些假隐士虽然隐居山林或陆沉闹市却难以从隐逸中获得真趣，也难以安心长期隐居下去。而真正的隐士则不然，他们不计较隐居生活的艰苦贫穷，超脱名利的束缚，与道相冥、和光同尘，与青山白云为伴，追求一种率意自适、无拘无束的自然之乐。这种率然自适的天之乐，在南宋遗民的诗歌中有许多体现，再如：

> 剩得闲身镇自怜，更怜闲占此山泉。满阶碧草客稀到，半榻白云人对眠。窗影枝摇知雀踏，壁痕苔湿认蜗涎。日长静看辛夷树，落尽闲花忘宿缘。
>
> （何梦桂《山窝适兴》）②
>
> 饱暖无他事，天心亦易迴。缫车翻急瀑，麦磨响轻雷。履辟行泥笋，

① 牟巘：《陵阳集》卷二，孔凡礼等编：《全宋诗》卷三五一一，第 67 册，北京：北京大学出版社 1995 年版，第 41927—41928 页。

② 何梦桂：《潜斋集》卷二，孔凡礼等编：《全宋诗》卷三五二七，第 67 册，北京：北京大学出版社 1995 年版，第 42179 页。

衣蒸过雨梅。荒村断鱼肉，随兴酌山杯。

（舒岳祥《田家即事》）[①]

拂衣去城市，信步踏晴泥。草意春风早，松阴野日西。语长忘路远，行近觉山低。更欲迟来此，穿林听鸟啼。

（方凤《北山道中》）[②]

何诗抒写隐居山林的闲适之趣，碧草满阶，唯与白云为伴，苔痕斑斑、闲花落尽，一切都是那么寂静。唯有屋前雀踏枝摇给这静阒无声之境带来些许生机。这是诗人心静意闲的写照。舒诗则以闲适的心境欣赏了田家的缫车翻水、磨麦鸣响等劳动场面，穿行在泥泞的路上，竹笋旺盛，雨中的梅花更显娇艳，信步而行，随宜而饮。诗人展现了农村生活的宁静、和乐，抒发了隐居生活的愉快心情。方凤的诗则展现了自己拂衣远离城市时的愉快心情。夕阳西下诗人离开城市后，沿着泥泞山路信步而行，春风和煦，青草碧绿，松荫浓浓，因与友人纵情而谈，并没有感到山路的遥远，山峰的高峻。诗人选择了特定的、典型的生活场景来抒写自己的隐逸之乐。这三首诗都从不同角度展现了诗人隐逸生活的真实状况及闲适心情，创造了怡静、和乐的诗歌意境。

怡静闲适的心情直接决定了诗歌冲淡疏野之美。由于遗民诗人抛弃了世俗物累、情累的束缚，达到了无知无欲的淡泊心境。诗人之心与道相冥，洞察宇宙的一切微妙变化，物我相遇，心物相应，寓目辄书，全在神会，非人力雕琢所能为，诗歌呈现出冲闲之美。同时，他们已经超然脱俗，不拘泥于世俗礼法的约束，任性而为，随意而行，天真自然，诗歌又不乏疏野之美。如仇远的《书与士瞻上人十首》被释妙声称为“冲远幽茂而静退闲适之趣溢与言外”[③]。其七云：

倦游懒著小乌巾，短发丝丝雪满簪。信手拈书聊慰眼，转头忘事太

① 舒岳祥：《阆风集》卷三，孔凡礼等编：《全宋诗》卷三四三七，第65册，北京：北京大学出版社1995年版，第40924页。

② 方凤：《存雅堂遗稿》卷一，清雍正二年刻本。孔凡礼等编：《全宋诗》卷三六一七，第69册，北京：北京大学出版社1995年，第43329页。

③ 释妙声：《跋仇山村赠士瞻上人手书诗卷》，仇远《山村遗集》附录，《丛书集成续编·集部》，第67册，第727页。上海：上海书店1985年版，第129页。

无心。笑他杜老频看镜，爱我昭文不鼓琴。喜有山林方外友，时携佳纸索新吟。①

这首诗抒写诗人隐居时的情态，他倦游懒散，乌巾闲著，白发满簪，无所事事，漠不关心，信手拈书，随宜吟诗，偶然适意，随兴所为，不拘礼法。整首诗绝去雕饰，疏野真率。再如，许月卿的《春日闲赋》云：

数行竹树鸣春雨，一簇人家带晓烟。省事山丹自篱落，亲人海燕并庭檐。楼高思远天无极，酒罢歌阑月正圆。新茗一瓯香一篆，与君清坐看风帘。②

春雨沙沙，竹叶青绿，迷蒙烟雨中一簇山村，山丹篱边自落，无人问津，海燕在屋檐下悠闲、自适地散步，与人相亲，在明月皎皎之夜，酒罢歌阑之后，人悠闲地品茗赏月，与清风为伴，这一切都是那样适意清雅、宁静淡远！

第二，南宋遗民在抒写山水隐逸之趣的同时，并没有忘怀尘世，他们也将目光转向现实。南宋遗民固然可以从青山绿水中，从耕稼渔樵中得到暂时的精神慰藉，但他们的历史责任感和正义感并未因此而消泯。他们时刻关注着社会的变化，思念着故国，关心百姓的疾苦，深刻地反映了元朝的阶级压迫。如：

世事谁家屋上乌，重来犹认旧西湖。风帘隔岸自高下，烟寺前山半有无。野水菰蒲飞属玉，夕阳栏槛唤提壶。十年不记梅花梦，试向孤山问老逋。③

（何梦桂《己卯春过西湖》）

六代俄然又一唐，青山坐阅几兴亡。心知江左非王业，口说中原是帝乡。落日有时登北固，春风吹梦过钱塘。荆坟桧宅依然在，留与乌衣话

---

① 仇远：《山村遗集》卷七，孔凡礼等编：《全宋诗》卷三六八四，第70册，北京：北京大学出版社1995年版，第44250页。

② 许月卿：《先天集》卷四，四部丛刊续编本。孔凡礼等编：《全宋诗》卷三四一二，第65册，北京：北京大学出版社1995年版，第40553页。

③ 何梦桂：《潜斋集》卷二，孔凡礼等编：《全宋诗》卷三五二七，第67册，北京：北京大学出版社1995年版，第42180页。

短长。

（梁栋《金陵废宫》）[①]

这两首诗都抒发了遗民的故国之悲，苍凉悲慨。南宋遗民诗人所生活的山林田园仍然充满了阶级压迫和民族压迫，百姓生活十分痛苦。这些现实苦难在他们的诗歌作品中都有所反映。如方一夔的《田家四事》诗以自己的亲身经历反映了农村生活的艰辛，颇有典型意义。其三《获》诗云：

凉风入衣襟，斜日照墟落。我稼将登场，筑杵声橐橐。宵征备盗寇，日行呀鼠雀。腰镰赴田间，是处竟秋获。刈疾笑翁健，负重惭儿弱。山炊杂戎菽，野草配场藿。人生累衣食，计较一饷乐。已矣复何言，吾生老耕凿。[②]

这首诗描写了农村的繁忙景象，老人收割，小儿背负，所食之物仅为戎菽，生活十分艰辛。宋亡后，方一夔隐居富山，躬耕园田，他亲身体验了农耕的酸甜艰辛，授徒讲学。在他的田园诗中，那些牧童牛背、鸡犬暮归、墟烟袅袅的安宁静穆、百姓和乐的田园牧歌似的情调是很少的。相反，百姓劳作的辛苦、盗贼的横行等常常在他的作品中有所反映。再如舒岳祥《促织叹》诗；

刺刺重刺刺，唧唧复唧唧。只解促鬓丝，岂能催妇织。织亦何用催，有丝愿成匹。今夏蚕薄收，巧手闲刀尺。昨下急急符，三日立税籍。筐中无余丝，红女泪双滴。汝更催不休，使我不得息。汝因贪与嗔，形化生股翼。不特登我门，又入床下壁。号我夜不眠，墐户无计塞。何时清霜来，堀堁同一寂。[③]

① 程敏政：《宋遗民录》卷五，知不足斋丛书本。孔凡礼等编：《全宋诗》卷三四六四，第69册，北京：北京大学出版社1995年版，第43630页。

② 方一夔：《富山遗稿》卷一，四库全书本。孔凡礼等编：《全宋诗》卷三五二九。第67册，北京：北京大学出版社1995年版，第42225页。

③ 舒岳祥：《阆风集》卷一，孔凡礼等编：《全宋诗》卷三四三五，第65册，北京：北京大学出版社1995年版，第40902页。

全诗以织妇对促织怨愤不平的感情变化为线索叙写了织妇的劳作辛苦，同时，诗人也将促织比作贪得无厌的统治者，他们的残酷剥削与压迫是造成百姓生活艰难、贫困的根本原因。这两首诗都以客观冷静的笔墨真实地表现了下层人民的痛苦，直接上承国风传统。

第三，对穷愁生活的描写。南宋遗民大多为中下层知识分子，他们的田产并不多，经济也并不富足，隐居后只好靠自己耕种来维持生计，获得有限的生活必需品。有些文人宋亡后漂泊江湖，靠干谒和依附权贵为生，生活更是没有保障。

他们经常过着饥寒交迫的生活，和下层劳动人民没有什么区别，“九儒十丐”是他们贫穷生活的写照。这种生活必然在他们的作品中有所体现，这类作品以连文凤之作为代表。如其《暮秋杂兴七首》诗云：

栖栖犹未定，去去复何求。纵有刘伶酒，难消杜甫愁。黑云天易晚，红叶树多秋。哀怨不堪听，笛声何处楼。（其五）

似隐还非隐，未能忘世情。山河亡国恨，风雨客楼声。穷有天堪问，贫无地可耕。桃源窅何处，目断故秦城。（其九）

老计笑空疏，清风一草庐。闲门心迹在，仕籍姓名除。曲唱贞元后，吟归丙子初。不言封禅事，谁识病相如。（其十）①

连文凤在宋亡后一直漂泊不定，无所归依，是一个十足的寒士，他的作品多反映了贫困潦倒的生活。作为一个流浪江湖的潦倒文人，他栖无定所，胸中积郁无限的悲愁，以至于美妙的琴声也只是激起了诗人的满腹哀怨，难以卒听。作为一个有正义感的士人，他过着似隐非隐的生活，不能忘怀尘世，虽然贫无立锥之地，但亡国之悲依然萦绕心间，难以消泯。

贫穷、漂泊、老病等成为连伯正诗歌中的主要内容，就此而言，他与唐代的杜甫、孟郊有相同之处，因而，他“曲唱贞元后”，与孟郊成为异代的知音。对此，刘辰翁在《连伯正诗序》中认为：杜甫与郊岛虽然都贫穷不堪，命运多

---

① 连文凤：《百正集》卷一，丛书集成初编本。孔凡礼等编：《全宋诗》卷三六二〇，第69册，北京：北京大学出版社1995年版，第43354页。

蹇，但他们仍有区别，杜甫之穷以其时而穷，而郊岛则以命穷。他说：

> 使郊、岛、生开元、天宝间，计亦岂能鸣国家之盛？而寒酸寂寞，顾尤工以老，则繇其赋，分言之，亦不为不幸也。若子美在开元，则及见丽人，友八仙。在乾元，则扈从还京，归鞭左掖。其间惟陷鄜数月，后来流落，田园花柳，亦与杜曲无异。若《石壕》、《新安》之睹记，《彭衙》、《桔柏》之崎岖，则意者造物托之子美，以此人间之不免，而又适有能言者载而传之万年，是岂不亦有数哉？不然，生开元、天宝间，有是作否？故曰时也，非命也。世变又衰，求如子美当时不可得而厄穷过之，如故人连伯正，乃未尝与于一命之士，而长吟坐啸，凄其千百，其诗其命如此，殆合古今穷者而为一人。①

在刘辰翁看来，古之穷诗人分为两种，一种是命穷。贾岛、孟郊是命穷诗人的代表，安史之乱后，唐王朝已经出现了衰退的趋势，政治黑暗，他们以诗歌反映自己的时代，展现自己穷困潦倒的生活。如果出生在盛唐时期，仕途坦荡，生活安逸，他们也就不会以诗歌反映盛唐时代的社会现实，不会成为那个时代的代言人。连文凤虽然引孟郊为同道，在表现个人穷困生活方面他们有相同之处，但他们也有明显的不同。孟郊等人的穷困更多地倾向于个人的生活贫困和仕途的坎坷，沉溺于个人失意的哀鸣，缺乏历史的厚重感，这是他们命穷的体现。一种是时穷，在安史之乱时，杜甫也过着贫困潦倒的生活，漂泊不定。他有强烈的济世之志却无法实现自己的政治理想，但他守志不移，不同流合污，甘贫如饴。他的诗中对穷愁生活的描写是安史之乱那个时代赋予的，同时又是他坚守儒家道德信念的结果。无论是处于盛唐时期，还是处于安史之乱的动荡时期，杜甫都能以诗歌真实客观地反映时代的兴衰变迁，以博大的仁爱之心反映百姓的生活疾苦，抒写自己的丰富情感。杜甫是时穷诗人的代表。与杜甫一样，连文凤也是时穷的诗人，也坚守儒家之道，他的穷困也有一定的道德情感色彩。宋亡后，他怀念故国，坚持民族气节，宁愿漂泊江湖，归无定所，也拒

① 刘辰翁：《须溪集》卷三，豫章丛书本。李修生等编：《全元文》卷二七〇，第8册，南京：江苏古籍出版社1999年版，第551页。

不仕元。就此而言，他对穷愁的描写更接近杜甫诗。

像连文凤这样坚持君子固穷信念的诗人是极为普遍的，“不平则鸣”又成为当时极为普遍的思想。在《不平鸣诗序》中，刘辰翁说：

> 亘古今之不平者，无如天。人者，有所不平，则求直于人，则求直于有位者，则求直于造物，能言故也。若天之视下也，其不平有甚于我，有甚于我而不能自言，故其极为烈风，为迅雷、为孛、为彗、为虹、为山崩石裂水涌川竭，意皆其郁积愤怒，亡所发泄，以至此也。退之谓四时之推夺为不平者……皆人事之激也。大决所犯，伤人必多，不如小决使道。人之不平所不至于如天者，其小决者道也，小决之道其惟诗乎？故凡歌行曲引，大篇小章，皆所以自鸣其不平也。而其险哀，有甚于雷风星变、山海潮汐者矣。①

刘辰翁继承了韩愈不平则鸣的思想，他们都认识到文学与社会和时代的关系，作家因受到现实生活的压抑、激发后自然而然产生了强烈的创作冲动，发而为文、为诗。但是，他们之间也有细微的区别。韩愈主要着眼于创作主体被动地承受客观外物的影响，刘辰翁则认为，诗歌是创作主体宣泄郁积胸中不平之气的一种渠道，主体主动地接受客体的影响并将其转化为创作欲望。导致这种不同的主要原因是，韩愈、孟郊等诗人仕途不顺，备受压抑，生活艰难，他们多关注个人的得失，有较多的个人情感色彩；而南宋遗民则主动地抛弃新朝所给于的功名利禄，坚持民族气节，甘愿忍受贫穷的折磨，他们的不平之气是由亡国之痛、难行其道的郁闷、个人生计的艰难等诸多感情凝聚而成的，既有个人生活的坎坷不平，又有历史变迁所激发的悲愤，充满了更多的道德关怀。

无论是对民生疾苦的真实反映，还是对隐居穷愁生活的描写，遗民诗人都追求一种脱落浮华的朴拙美。这已成为当时诗歌的一种审美情趣。如：

---

① 刘辰翁：《须溪集》卷三，豫章丛书本。李修生等编：《全元文》卷二七〇，第8册，南京：江苏古籍出版社1999年版，第548页。

何如杜老幽居处，一似无怀太古民。说道书斋名用拙，可存吾道乐吾真。

（牟巘《题用拙斋》）①

先生高寄此林泉，懒拙方知此乐全。足履两忘便不借，人琴具隐付无弦。云归书帙留残润，日上香盘袅细烟。勘破世纷无一事，又拈枯笔续前编。

（方一夔《杂兴十首》之八）②

“拙”本是道家思想的一个哲学范畴，其含义是多方面的。作为一种人生观，它是指淳朴淡泊的人生境界，与“真”意义相同。在这种境界中，人无拘无束，无欲无念，无牵无挂，闲适自怡，全真乐性。这是一种“勘破世纷无一事”后人类所达到的精神超越之境。但是，在宋元之际这个特定的历史时期，遗民们的求拙不仅具有道家的理想色彩，而且，它还融入了儒家“存吾道”之乐。对此，家铉翁在《拙斋记》有进一步的发挥：

夫子尝有云：“巧言令色鲜矣仁。”又曰：“刚毅木讷近仁。”于一巧一拙之间，有仁不仁、公与私、义与利之辨，圣人之虑后世深矣。有人于此簧其辞，贲其容，饰乎其外，以求人之悦已。斯人也，所为虽未至流荡而忘返，而志之所之，常骛于外，则人欲之分数，视天理为胜，去道之远，纵可知矣。复有人焉，刚且毅，不为苟容；木且讷，不事速售。中有所主，外无所慕。斯人也，纵未能全体皆仁，而心之所存常务乎内，则天理之分数，视人欲为胜，谓之近仁，岂不信乎？盖天禀之厚者，为朴为纯，由是而加之以审问慎思，益之以明辨笃行，若绘事之后素，其施功也有地，其进德也有本，何往而不为仁乎？③

---

① 牟巘：《陵阳集》卷四，孔凡礼等编：《全宋诗》卷三五一三，第67册，北京：北京大学出版社1995年版，第41953页。

② 方一夔：《富山遗稿》卷七，孔凡礼等编：《全宋诗》卷三五三五，第67册，北京：北京大学出版社1995年版，第42276页。

③ 家铉翁：《则堂集》卷四，李修生等编：《全元文》卷四一〇，第11册，南京：江苏古籍出版社1999年版，第804页。

与道家的摒弃物累、情累不同，家铉翁从儒家进德立身的角度来论述巧与拙的不同。在家铉翁看来，加强道德修养是达到纯朴之境的根本前提。道德情操高尚之人自然能够行仁施义，进入大朴若拙的人生至境。道家和儒家的具体人类生存方式尽管有所不同，但是它们的人生终极指向却是一致的，都关注着人类的最高生存境界。

作为艺术表现的拙，它是指一种素朴纯真之美。这种美并不是否定艺术表现与艺术创造，而是超越具体艺术表现技法的束缚达到一种更高的境界。老庄和儒家对于艺术表现的拙之实现途径也有不同之处。老子所谓“大巧若拙”是指一切艺术作品都是艺术家在不违背艺术创造规律的基础上自然而然地创造出来的，它是一种合目的性与合规律性的统一，是自然天成、巧夺天工的大巧美，是求真，它反对因过分雕凿而伤情。孔子所主张的“绘事后素”就是注重诗歌语言超越修饰润色达到质朴拙涩之境，使所描绘的事物的感性形象达到尽善之境，追求那种剥落浮华、唯见真骨的朴拙美。南宋遗民在诗歌创作中都普遍追求孔子绘事而后素的朴拙美。如：

半生灯火误牛衣，晚岁才能悟昨非。雨笠半敧将犊去，丝车细卷趁蛾飞。粟生烧地山宜老，草烂新畲水正肥。莫道劳生何日息，迩来是事喜忘机。

（方一夔《田园杂兴》）[①]

新发从渠白，旧颜疑我非。莫嫌冠易堕，且喜虱无依。镜里星星出，梳来日日稀。长惭老松树，翠鬣沐烟霏。

（舒岳祥《白发》）[②]

江南冬前虫未蛰，猎师篝火熏穴急。山中玉面何处藏，供奉期程如束湿。茅檐十日无炊米，蓬鬓鹑衣瘠如鬼。但教得狸何顾尔，易牙奉君尚烹子。

① 方一夔：《富山遗稿》卷七，孔凡礼等编：《全宋诗》卷三五三五，第67册，北京：北京大学出版社1995年版，第42274页。

② 舒岳祥：《阆风集》卷三，孔凡礼等编：《全宋诗》卷三四三七，第65册，北京：北京大学出版社1995年版，第40927页。

（赵文《猎户叹》）[1]

方诗抒写田园生活的辛苦，平生潦倒，雨笠斜倚，牧牛原野，敝车蛾飞，畬田灌溉，无止无息。舒诗描写白发苍苍的衰老之状，白发稀疏，虱无所依，戏谑之中寄寓无限感慨。赵诗则描写了猎户的生活痛苦，饥寒交迫，蓬头垢面。这三首诗都无所修饰，语言朴拙。

当然，南宋遗民诗歌也不排斥老庄自然天成的大巧之美，这种诗歌的审美情趣多体现在抒发诗人闲居时的自得之情方面。如：

榻上残书已倦摊，幅巾藜杖出柴关。卜居宿鹭眠牛处，觅句残芦败苇间。心逐闲云横碧落，眼随飞鸟度青山。忽然信步苔矶上，又得渔翁做伴还。

（丘葵《信步》）[2]

门外红尘竞往还，小轩容膝自怡颜。三杯对影夜邀月，一笏拄颐朝看山。芳草落花春不老，鸣鸠乳燕乐相关。人间寻遍无闲境，闲境由来祗此间。

（俞德邻《闲境》）[3]

丘诗展示了诗人不拘礼节、疏懒自得的生活情态，懒得整理残书，幅巾扶杖，步出柴门，与宿鹭眠牛为伴，在残苇败叶间吟诗觅句，心与闲云一样悠闲自适，无意之间随着飞鸟向远方的青山眺望，信步而行，漫无目的。一切都是无拘无束，洒脱出尘。俞诗重在抒发诗人怡然自得的自乐心情，蛰居小轩，却面呈喜悦之色，静夜邀月对饮，拄笏望山，芳草落花，春意盎然，鸠鸣燕飞，其乐融融。在这两首诗中，诗人们以自然本性去顺应自然，没有刻意地描绘，也没有精心地组织诗歌结构，只是像漫步一样随意而行，随心而止，寓目辄书，

---

① 赵文：《青山集》卷一，四库全书本。孔凡礼等编：《全宋诗》卷三六一一，第 68 册，北京：北京大学出版社 1995 年版，第 43248 页。

② 丘葵：《钓矶诗集》卷四，汲古阁本。孔凡礼等编：《全宋诗》卷三六五五，第 69 册，北京：北京大学出版社 1995 年版，第 43894 页。

③ 俞德邻：《佩韦斋集》卷六，元皇庆本。孔凡礼等编：《全宋诗》卷三五四九，第 67 册，北京：北京大学出版社 1995 年版，第 42440 页。

随物赋形，纵情任性，它们都有一种自然淳朴之美。

第二节 西湖诗人群体

宋末元初，在西湖，许多诗人结成了众多的遗民诗社，规模较大的主要有西湖诗社、武林九友会、白云社、孤山社、武林社、清吟社等。这些诗社经常举行一些唱和、竞赛等活动，唱酬自得，切磋诗艺。每一诗社内部成员有的是长期隐居在杭，有的则是流寓在此，尽管背景不同，审美情趣各异，但他们大多都是不愿屈膝仕元的南宋遗民，具有极其强烈的民族气节和高尚的情操。他们的诗歌创作也表现出鲜明的统一性。

一、西湖诗人群的爱国情感及其艺术表现

杭州是南宋的都城，是当时的政治、经济、文化中心，也是文人经常会集的地方。南宋的覆亡给诗人们以强烈的情感冲击，深沉的故国之悲，成为他们诗歌的情感主要取向之一。

琼台玉馆照青红，梦断思陵桧柏风。三十二门金锁合，年年春雨扫梧桐。

（陈允平《故宫》）①

清芬堂下千株桂，犹是韩家旧赐园。白发老人和泪说，百年中见两平原。

（周密《南园》）②

此是歌钟第，斯人去不还。繁华一梦里，风雨十年间。红叶自成径，绿苔空掩关。国亡家亦破，愁杀夕阳山。

① 陈允平：《故宫》卷二，孔凡礼等编。《全宋诗》卷三五一七，第67册，北京：北京大学出版社1995年版，第42009页。

② 周密：《武林旧事》卷五，丛书集成初编本，第3217册，北京：中华书局1991年版，第92页。

（连文凤《葛岭废第》）[①]

渐无南渡旧衣冠，尚有西湖风雨寒。凤鸟不来山寂寂，鸱夷何在海漫漫。荒陵樵采官犹禁，故苑烟花客自看。惟恨余杭门外柳，长年不了送征鞍。

（仇远《凤凰山故宫》）[②]

隐约湖山一点青，秋风归去阻云程。贝宫珠阙无寻处，夜夜凌波哭月明。

（白珽《西湖访古》）[③]

这些诗多从杭州故城颓圮、高第荒芜兴发亡国之痛。

同样是抒发爱国情感，西湖诗人与忠臣义士类诗人有明显的不同。忠臣义士类诗人多通过再现历史真实来抒发他们的爱国情感，他们的爱国情感常常与忠君观念结合在一起，富有道德意蕴，以慷慨激昂的情感之力震撼人们的心灵。文天祥的纪行诗反映了宋元历史巨变时期的历史真实，情感激昂，谢翱、林景熙等人收敛、改葬先帝遗骸并赋冬青树诗。即使是一些登览、怀古之作，他们的诗歌也多呈现出苍凉慷慨的悲壮美。如文天祥《行宫》（其一）诗云：

十里宫墙一聚尘，天津晚过客愁新。花啼杜宇归来血，树挂苍龙脱去鳞。福德傥存终有晋，秣陵未改已无秦。秋风禾黍空南北，见说铜驼会笑人。[④]

这首诗抒写目睹行宫颓圮而触发的兴亡之感，情感悲凉；颔联抒发国家灭亡后的眷恋故国之情，显得慷慨悲壮；颈联又转为对故国的复兴抱有一线希望，随即又以国亡的事实否定了这一幻想，悲凉沉痛；尾联则流露出空有报国之志但国事难为的绝望感。整首诗尽管显得情感悲凉，但却充满了强烈的以身殉国的豪情，刚健有力，质朴浑厚，一波三折。西湖诗人群多从西湖的今昔变迁角度

① 连文凤：《百正集》卷一，丛书集成初编本。孔凡礼等编：《全宋诗》卷三六二〇，第69册，北京：北京大学出版社1995年版，第43352页。

② 仇远：《山村遗集》卷七，丛书集成续编本。孔凡礼等编：《全宋诗》卷三六八四，第70册，北京：北京大学出版社1995年版，第44248页。

③ 白珽：《湛渊集》，四库全书本。孔凡礼等编：《全宋诗》卷三六八六，第70册，北京：北京大学出版社1995年版，第44278页。

④ 文天祥：《文山先生全集》，《指南后录》卷一（下），北京：中国书店1985年版，第357页。

切入，抒发他们的亡国之悲，多表现为苍凉悲惋的哀怨之美。如仇远《秋日西湖园亭》云：

> 西湖一曲百泉通，漠漠青山绕梵宫。故国园林秋色净，明朝风雨桂花空。银笙玉笛清歌外，画舫珠帘落照中。人物风光两相称，儿童遮莫笑山翁。①

故国的园林依然明净秀美，风雨中桂花凋谢，歌舞笙笛依然悠扬动人，夕阳下画舫珠帘都如往日一样，然而在今日的西湖湖畔，漠漠的青山却环绕着林立的梵宫寺庙，这其中的蕴含着无比凄婉之情。但诗人却以“儿童遮莫笑山翁”一语反结，感慨万端，情感悲凉。

西湖诗人抒发爱国热情的诗歌多笼罩上一种悲凉凄婉的感情氛围，并不是说他们无慷慨悲壮之作。如陈允平和白珽都有咏岳飞庙的两首诗，云：

> 鄂王墓在栖霞岭，一片忠魂万古存。镜里赤心悬日月，剑边英气塞乾坤。苍苔雨暗龙蛇壁，老树烟凝虎豹旛。独倚东风挥客泪，不堪回首望中原。
>
> （陈允平《鄂王墓》）②
>
> 国势已如此，孤忠天地知。死生同父子，奸宄系安危。偃月无封桧，栖霞有谥碑。中原遗老在，岁岁梦王师。
>
> （白珽《岳武穆精忠庙》）③

这两首诗都借歌颂岳飞的精忠报国来抒发遗民的亡国之痛，情感激昂慷慨。

西湖诗人群在艺术上大多继承了杜甫诗歌沉郁顿挫的特点。杜诗的沉郁顿挫的具体内涵包括三个层面：第一层面是诗歌的表层，包括语言之凝炼、意象

---

① 仇远：《山村遗集》卷七，丛书集成续编本。孔凡礼等编：《全宋诗》卷三六八四，第70册，北京：北京大学出版社1995年版，第44247页。

② 陈允平：《西麓诗稿》卷一，孔凡礼等编：《全宋诗》卷三五一六，第67册，北京：北京大学出版社1995年版，第41988页。

③ 白珽：《湛渊集》卷一，孔凡礼等编：《全宋诗》卷三六八六，第70册，北京：北京大学出版社1995年版，第44281页。

之精警、结构之波澜起伏、声调之抑扬顿挫，都给人以凝重深沉、千曲百折之感。第二个层面是艺术构思的含蓄曲折。第三个层面是诗歌中的感情和思想的深沉、深刻。前两个层面属于艺术表现，第三层面则属于创作主体情感因素。[①]仇远、白珽的诗是通过学习陈与义而上追杜甫。仇远《读陈去非集》诗云：

> 简斋吟集是吾师，句法能参杜拾遗。宇宙无人同叫啸，公卿自古叹流离。穷途劫劫谁怜汝，遗恨茫茫不在诗。莫道墨梅曾遇主，黄花一绝更堪悲。[②]

在这首诗后，他又加了一则后记："近世习唐诗者，以不用事为第一格，少陵无一字无来处，众人固不识也。若不用事云者，正以文不读书之过耳。"从诗中所云的"句法能参杜拾遗"和后记中所推重的杜诗用事之妙来看，仇远认为陈与义学习杜诗首先是从诗歌的艺术表现形式方面入手的。这里的"句法"既指语言的序列安排方式，也指诗歌的构思、结构、声调等多方面而言。同时，他又认为简斋生逢靖康之乱，与杜甫所处安史之乱有相似之处，他们都饱尝了战乱流离、颠沛漂泊之苦，都抒发了济世之志难酬的遗恨。他们两人都有相同的情感。这种相同的语境又在宋末元初之际出现，西湖诗人们生逢革故鼎迁的易代之时，其感情所遭受的痛苦并不亚于杜甫、简斋，他们与杜甫、简斋的心灵也是相通的。仇远如此，白珽亦是这样，戴表元称"廷玉诗，甚似渡江陈去非"[③]。他们得之于杜甫、简斋诗之沉郁顿挫，侧重于情感的深沉、思想的深刻，如：

> 波痕新绿草新青，有约寻芳芳不晴。莎径泥深双燕湿，柳桥烟淡一莺鸣。山围故苑春常锁，泉落低畦暖未耕。十载旧踪时入梦，画船多处看倾城。

---

① 莫砺锋：《杜甫评传》卷七，南京：南京大学出版社 1993 年版，第 264—269 页。

② 仇远：《山村遗集》，丛书集成续编本。孔凡礼等编：《全宋诗》卷三六八四，第 70 册，北京：北京大学出版社 1995 年版，第 44245 页。

③ 戴表元：《白廷玉诗序》，四部丛刊本，《剡源戴先生文集》卷九，第 80 页。

（仇远《湖上值雨》）[1]

乌葛唐巾白苧裘，扫庭终夕共淹留。醉中谈论心犹壮，老去歌欢泪亦流。对客呈诗如献佛，课儿收橘当封侯。明年好理西风棹，重约三吴烂漫游。

（白珽《酒边赠朱处士》）[2]

仇诗前四句以写景为主，后四句以抒情为主，章法井然有序。然而全诗在工整细密中求得变化流动之妙：前四句写游湖所见，目光由近及远，由低及高，层次感极强，第四句宛转悦耳的莺声侧重表现听觉所闻，巧妙而又富有变化地写出了迷蒙的西湖烟雨图，极富画意，情感以快乐为主。后四句转入抒情，由于前四句主要是以诗人视觉转换来写景的，下接“山围故苑”也是承上而来，极目远眺青山环绕着故宫池苑，过渡极为自然，然而情感基调却转为凄迷悲凉。尾联回忆昔日繁华盛世，画船歌舞，游人踏青，倾城而出，尽管这也是极力渲染欢乐的气氛，但上句“十载旧踪时入梦”荡开一笔，将欢乐情感抖落殆尽，不仅增强了悲凉的情感力度，而且也开拓了诗歌的情感表达空间。诗人将欢乐与悲凉两种不同的情感以严整而富于变化的形式自由地表达出来。白诗则是以情感的变化、意脉的流动为线索来结构全诗的。颔联上句言醉中谈论国事，心情豪壮，下句则写今已老，欢歌以尽，热泪如泉涌流。一联中的两句自为开阖。颈联“对客呈诗”和“课儿收橘”都貌似心平气和，神态安闲，实则极力压抑、排解胸中的愤懑不平之气。两联之间又形成了更高层次的开阖变化。整首诗随着情感的跳荡，形成了不同层次的章法开阖变化，真可谓极尽变化之能事。另外，陈允平的《多景楼》、连文凤的《湖上春行》等诗也都有老杜沉郁顿挫之妙。

二、出仕与隐逸的多重选择

宋元易鼎给人们精神带来的影响是十分巨大的。在一个比较长期、稳定的

---

① 仇远：《山村遗集》卷七，丛书集成续编本。孔凡礼等编：《全宋诗》卷三六八四，第70册，北京：北京大学出版社1995年版，第44248页。

② 白珽：《湛渊集》，仇远《山村遗集》，丛书集成续编本。孔凡礼等编：《全宋诗》卷三六八六，第70册，北京：北京大学出版社1995年版，第44275页。

政权统治下生活的人极易形成一种稳定、和谐的心理场，这个政权以及与之相适应的文化、意识形态发生变革，心理场便被打破，人们便有不安、迷茫、无所适从的孤独感。如：

庭前有高树，风挠无停枝。寒鸦噤不鸣，夜半环树飞。托身未得所，三匝情依依。高飞犯霜露，低飞触茅茨。乾坤岂不容，振羽将安之。徘徊恋明月，顾影徒伤悲。

（黄庚《古意》）[①]

未是扶摇得意时，笼中日月且相依。一身天地宜闲过，四面风尘莫远飞。老树无枝空怅望，春山何处不知归。冯君爱取新毛羽，休向花前怨落晖。

（连文凤《笼中鸟》）[②]

黄庚诗中的寒鸦面对着风高怒号的险恶环境，高飞与低飞都有可能遭到不测，不知所归，只好顾影伤悲。连文凤诗中的笼中鸟惧怕外面的风尘侵袭，慨叹老树无枝。寒鸦和笼鸟的形象都寄托了诗人在国家灭亡后无所归依的迷惘、痛苦，是当时士人心态的曲折而又真实的反映。

处于民族兴亡的历史变革时期，随着个人的生活道路、成长历程、所受教养等因素的不同，不同的人便选择不同的生活道路。西湖诗人群的各个组成人员是复杂多样的，他们有不少是从各地流寓来杭的失意文人，思想和个性又是不相同的。这种复杂性直接影响了杭城文人对生活方式的选择，最突出的表现便是出仕干禄还是隐居山林。入元后，杭州文人群对于生活方式的选择大致有三类，即隐居山林、出仕学官、沉湎道教。他们这三种生活方式都与个人的思想密切相关。

（一）隐逸山林

这类文人以周密、陈允平为代表，文献可考者主要有赵必拆、全璧、陈必

---

① 黄庚：《月屋漫稿》卷一，孔凡礼等编：《全宋诗》卷三六三五，第 69 册，北京：北京大学出版社 1995 年版，第 43551 页。

② 连文凤：《百正集》卷二，孔凡礼等编：《全宋诗》卷三六二一，第 69 册，北京：北京大学出版社 1995 年版，第 43363 页。

曾等。士人如果甘于隐居山林就意味着必须抛弃各种功名利禄等物质生活的诱惑，忍受贫困的折磨，这需要有坚强的精神支柱。他们的精神动力主要来源于儒家的道德修养。周密在《藏书示儿》诗中说：

> 步趋古圣贤，千载俨如对。岂惟收放心，中自有乐地。维持识纲常，讨访极根柢。……孰云道甚远，不息行可至。学问之所尊，尊在道与义。苟为不能然，虽多亦奚谓。道之充诸身，如人有元气。气以实而刚，气以弱而蹶。浩然在存养，不可以力致。文辞乃枝叶，界线在义利。①

在周密看来，读书的目的在于求道与行义，道与义充诸人身，人的道德修养提高，胸中便凝聚了一股刚健不屈的浩然之气，这种浩然之气是他们能够保持民族气节、拒不仕元的精神动力。就此而言，这些西湖隐士文人与文天祥、谢翱、郑思肖、林景熙等爱国诗人一样都有高尚的道德情操，都能够坚持民族大义。

周密的隐居著书，留下了大量的野史、笔记、诗文，将其亡国之痛和对生活、历史的思考融入到这些作品中，隐约曲折地表达出来。野史笔记《武林旧事》、《齐东野语》等在保存宋末史料的同时，周密表达了自己对于南宋末期政治的不满和对权奸的批判，不时地阐发了自己的政治见解。这已是众所周知的事实，自不待言，就是在入元后所保存的少数诗歌作品中，他也抒发了自己的亡国之悲。有些隐约含蓄，如《南园》、《甘园》、《褒亲崇寿寺》都通过园林、寺庙的颓败、易主来抒发故国之思。有的诗抒发自己坚持民族气节，表达决不同流合污的高洁胸怀，如《腊梅》诗。还有的诗气势雄恣、意境瑰奇，颇有李贺诗的余韵，如《题高房山夜山图为江浙行省照磨李公略作》云：

> 郎潜暇日多冥搜，夜深独上千尺楼。天回海立月正湿，风起云涌山疑浮。萦青缭白互变灭，浮岚飞雾寒飕飕。潜虬栖鹘声磔磔，山鬼木客鸣呦呦。城中痴儿方呓语，有梦不到千山幽。遥岑寸碧目力远，欲溯汗漫凌风游。高侯落笔

---

① 周密：《草窗韵语六稿》卷六，蒋氏密韵楼景刊宋咸淳本。孔凡礼等编：《全宋诗》卷三五六一，第67册，北京：北京大学出版社1995年版，第42556页。

万象泣，写出千古苍茫愁。无声诗与有声画，一夕异事船南州。玉琴在膝酒在手，欲写天籁无庄周。凭谁为问华表鹤，城郭人民今是不。①

这首题画诗可分前、后两部分。前十二句主要是以画的内容为基础展开的想象：狂风怒号，波涛汹涌，好像波涛打湿了月亮，摇动了群山，夸张奇特，极有气势；画面上青白交错，忽明忽暗，浮岚飞雾，寒气逼人，潜虬栖鹘、山鬼木客、痴儿呓语等意象怪异奇幻，阴森恐怖。后一部分的结句暗含物是人非之叹，亡国之痛意在言外。整首诗的情感，或惊或叹，或赞美、或悲伤，变化多端，随着情感的起伏变化，笔势流走，变幻莫测。

至于陈允平，据说曾参与过谋复宋室的政治斗争。据《同治鄞县志》记载，南宋祥兴元年（1278），他约苏刘义等人谋复宋，联合署名者自高衡孙以下三十余人，仇者举发，仅以身免。②此说虽不尽可信，但可以肯定他是一个有爱国主义精神的诗人。在他的现存诗中有许多充满故国之悲的诗篇，如《多景楼》、《故宫》、《西湖暮春》等诗。谋复宋室的义举失败后，他长期寄居西湖，与周密、王沂孙等人交往密切，互相酬唱应和，在诗词中抒写自己的黍离之悲和遗民心曲，真可谓“故君故国悬胸怀，读其诗词，既悲其遇，一唱三叹，其志寓之”③。

（二）皈依道教

西湖文人的又一选择是沉湎于道教的神仙幻境中，在清幽的山林道观中逃避着世事的纷扰，保持自己的民族气节。这类文人主要有：邓牧（1247—1306），字牧心，自号三教外人，人称文行先生，钱塘人。他鄙薄名利，遍游方外。元成宗元贞二年（1296），至山阴陶山书院。大德三年（1299），归余杭洞霄宫，与谢翱、叶林友善。其主要著作有《洞霄图志》、《伯牙琴》。董嗣杲，字明德，号静传，杭州人。理宗景定中榷茶九江富池，度宗咸淳末知武康县。宋亡，入山为道士。叶林（1248—1306），字儒藻，号本山，人称高行先生，

① 周密：《题高房山图为江浙行省照磨李公略作》，孔凡礼等编：《全宋诗》卷三五六二，第67册，北京：北京大学出版社1995年版，第42570页。

② 张恕等撰：《同治鄞县志》，清光绪三年刻本。按：此说不知何据，不详，待考。

③ 张寿镛：《西麓诗稿序》，陈允平《西麓诗稿》，丛书集成续编本。

钱塘人，与邓牧同隐于大涤山冲天观。

他们虽然最终都走上了皈依道教之路，但其入道的思想动因却有所不同。邓牧自号三教外人，表示他不愿受儒、释、道三教的约束，而追求随心适性的精神自由。但从其思想主流来看，他却是以道家的葆性守真的修养理念为精神武器激烈地批判儒家的道德伦理和政治伦理。这一点后文将有专论，兹从略。除此之外，他的思想中也有许多道家思想的因子。他深受庄子相对主义思想的影响，打破了时空、生死的界限。在《西湖修禊序》中，他说：

> 一生一死，瞬息间耳，其不相知又若是。晋人去我千岁矣，不知我决矣；我去晋人亦千岁矣，不知晋人审矣。今日风流蕴藉，与永和数子，同乎，否乎？以地观之，越不知杭，杭不知越；以人观之，生不知死，死不知生；以世观之，古不知今，今不知古。则君与我握手而笑，生之类也；分袂而往，死之类也。古人所以叹别离之难乎。天运易流，人生有终，会面之不可常也，诗云诗云，传云乎哉。又恶知杭、越所不能限，死生所不能化，古今所不能□，则无伺于诗者。①

邓牧认为，历史是由古、今、往组成的连绵不断、不断发展的流动过程，它们互相转化，不可预知；人也是如此，人的生死是瞬息间互相转化的，此时为生，彼时即逝，难以预测。就空间言，越与杭也是相距遥远，互不可知。他从庄子不可知论的观点出发否定了时空、生死的局限，这就打通了人对生的留恋和死的悲哀之间的最后情感关口，获得了精神的自由。同时，他对时空界限的否定也从根本上撤除了神仙虚幻世界与现实人生世界的界限。现实人生世界的存在受到一定的时间、空间限制，是有形的、可感知的；而神仙世界是人的观念性产物，作为先验的虚幻境界，它没有时空的界限。因此，取消时空的限制实际上也就取消了现实世界的存在基础，为现实世界的虚幻化创造了条件，从而，也打通了神仙世界与现实世界的关口。

不仅如此，他还将这种不可知论思想扩展到社会批判的领域。在《代旌德

---

① 邓牧：《伯牙琴》卷一，李修生等编：《全元文》卷四五四，第 13 册，南京：江苏古籍出版社 1999 年版，第 186—187 页。

观祭先贤文》中，对杭之旌德观仅祭三十九名先贤之事，邓牧提出了质疑：

> 噫，何地无材，何代无贤？况东南之钜邦，宜接踵而摩肩。自陶唐以来，三千六百余年之间，所祀者止若此，使生抱痛而死衔冤。噫，远莫远于仲尼，略莫略于马迁。岂无浮游大方，老死丘园，偶信史之失稽，遂湮没而不宣？有神有灵，洋洋在天。当鞭云驾风，相顾一笑，勿以姓名之不及纪，而遐蜚独骞。抚大块而永叹，安得尽南山之竹而为编。①

本来，旌扬先贤以垂范后世，厚风俗，美教化，这是有益于净化人心的一项重要举措。人们所树立的典范总是有特定的价值评判标准的，体现着特定群体的意志和利益。儒家所树立的先贤典范总是为了维护封建统治阶级利益服务的，是以符合儒家伦理道德规范为评判标准的。对于这种社会现象，邓牧认为这对那些由于种种因素而湮没无闻的人是极不公平的。实际上，他是以从众多的不可知之人来怀疑这已知的三十九人存在的合理性，结论是不能令人信服的。

可见，他的思想与道家有着许多相通之处，他隐居洞箫宫，接受道家的洗礼是有着坚实的思想基础的。

董嗣杲则不同，他是一个饱受儒家思想熏陶的南宋下级官吏，严守义利之辨，“我性得之天，怀抱更坦夷。谤随爱憎兴，而我了不知。义利界线分，我心石不移。……古道已不作，徒重旅心悲”②。他持守的义利之辨是儒家道德价值观念，也是他在入元后拒不仕元、入山为道的重要原因。他有强烈的济世之志，“意可掇高科，措世跻唐虞。安知齿年壮，为计堕拙迂。依人游四方，骨格甚鹤臞。孤坐苦病婴，浪走遭时拘”③。但终因沉沦下僚、仕途坎坷，壮志难酬，“书生枉困千金身，呕尽心力无由伸”④，他对长期的宦游各地滋生了厌倦情

---

① 邓牧：《伯牙琴》卷二。李修生等编：《全元文》卷四五四，第13册，南京：江苏古籍出版社1999年版，第210页。

② 董嗣杲：《爱客有感》，《庐山集》卷一，四库全书本。孔凡礼等编：《全宋诗》卷三五六五，第68册，北京：北京大学出版社1995年版，第42605页。

③ 董嗣杲：《读旧书有感》，《庐山集》卷一，四库全书本。孔凡礼等编：《全宋诗》卷三五六五，第68册，北京：北京大学出版社1995年版，第42606页。

④ 董嗣杲：《贫游》，《庐山集》卷三，四库全书本。孔凡礼等编：《全宋诗》卷三五六七，第68册，北京：北京大学出版社1995年版，第42630页。

绪，绝意进取，绝望之余产生归隐入道之念。其《思隐二首》之二云：

> 梦落家村野屋矶，欲治生事与心违。偃禾雨久溪声改，采菊人归鬓色非。灌圃肯差陈仲子，登山莫逊谢玄晖。从今举步防轻蹈，更演潜书急掩扉。①

他的求道是在仕途失意、“欲治生事与心违”的情况下做出的无奈选择。相对而言，邓牧的入山问道则多少有点主动的意味。

邓牧与董嗣杲对待求道问题的主动与被动之别直接影响了他们的诗歌创作。邓牧现存诗歌仅十三首，除了《寄友》一首是赠给友人谢翱的，其余十二首均与神仙思想有关。他的神仙诗的一个突出特点是将神仙幻境与社会现实紧密结合起来，借仙境来表现他对现实的感悟和人生态度。如其《九锁山十咏》诗：

> 何年采真游，遗此栖遁迹。流泉金石奏，伏鼠霜雪色。浮世几兴亡，残棋耿苔石。（其二《栖真洞》）②
>
> 老龙山中居，山出作霖雨。风云几聚散，田野正辛苦。神仙地位高，使尔司下土。（其三《龙洞》）③

诗人来到栖真洞，并未产生仰慕仙人的思想，却渴望老龙能为久旱的田野送来甘霖，以减轻百姓的痛苦。神仙与老龙的等级差别又是现实社会的曲折反映。这两首诗都把神仙幻想转化为现实的人生境界，已经涤荡了诗中的神仙气息，他不过是借仙境来寄托对现实人生的感慨而已。

邓牧常常驰骋想象，神游八极，其诗歌呈现出“有若仙人绰约靖深者，有若神人变化不可测者”④的特点，如其《汉阳郎官湖》诗云：

---

① 董嗣杲：《英溪集》卷六，四库全书本。孔凡礼等编：《全宋诗》卷三五七〇，第68册，北京：北京大学出版社1995年版，第42686页。

②③ 孟宗宝：《洞霄诗集》卷一，孔凡礼等编：《全宋诗》卷三六八五，第70册，北京：北京大学出版社1995年版，第44261页。

④ 邓牧：《伯牙琴后序》卷一，李修生等编：《全元文》卷四五四，第13册，南京：江苏古籍出版社1999年版，第187页。

> 仙翁薄暮醉酒归，杖藜迷却高阳池。清风吹花绿阴倒，我笑谓是秋云移。还乘贯月槎，夜过郎官湖。峥嵘星斗入江汉，荡漾槎影如鲸鱼。九华之真人，邀我倒玉壶，麒麟擘脯供行厨。依稀仙乐在空际，碧山四映寒蟾孤。举酒酌寒蟾，明月下饮姮娥俱。霓裳拂云锦，万荷露泻琼瑶卮。麾幢晻霭罗烟空，乃有三皇所授之玉童。风前飘飘曳广带，对立十二秋芙蓉。清香九曲银河通，真人绿发披春风。锦袍玉雪照天地，口说姓字安南公。是公多逸气，略与古昔贤豪同。时能扫月色，延我石室烟萝中。又言昔同张谓所游地，长叹一覆丹霞钟。风吹仙乐度溪去，我亦醉卧香炉峰。①

这首诗忽而实，忽而虚，忽而彼，忽而此，变幻莫测，尤其是遨游仙境部分，更是奇幻。从游仙者与仙人夜饮这一生活场景来看，游仙者仿佛人世间满腹郁闷的孤独特行之士，这正是诗人自我的化身。整首诗尽管充满了神仙幻境的神奇怪异之感，但又不乏入世情怀。董嗣杲一旦决定入山为道，便虔诚地信仰并实践着道教的教义，他诗歌中所展现的神仙境界充满了宗教的迷幻，其终极关怀是虚无缥缈的彼岸神仙世界，缺乏邓牧诗的现实人生关怀之趣。如其《葛公双井》诗云：

> 仙翁洗药傍西湖，脉与灵山碧溜俱。泉迸一枝源更异，甃分双眼味何殊。石函霞涌沉船汞，井屋风清转辘轳。日日汲花朝复暮，当方曾说病人无。②

这首诗咏葛仙翁炼丹为居民治病的仙话故事，歌颂神仙造福人类的神通，纯为宗教教理的诗化演绎。

（三）出仕学官

元蒙定鼎中原后，统治者多次下诏延征江南的才艺之士为新朝服务，所授

---

① 宋公传：《元诗体要》卷三，四库全书本。孔凡礼等编：《全宋诗》卷三六八五，第70册，北京：北京大学出版社1995年版，第44262—44263页。

② 董嗣杲：《西湖百咏》卷七，清光绪丁氏嘉惠堂本。孔凡礼等编：《全宋诗》卷三五七一，第68册，北京：北京大学出版社1995年版，第42695页。

官职多为学官。学官包括书院山长、学正、提举、学录、教谕等职。学官的设置与延聘一方面体现了元蒙统治者笼络江南士人的良苦用心；另一方面，在客观上也为江南文士提供了谋生的机会。有些出身贫寒、拙于生计的江南文士，难以忍受贫困的折磨，不得不出仕学官。[①]杭州诗人群中出仕学官的很多，如仇远、白珽、屠存约、张楧、王沂孙等。仇远《金渊集》保存了他任溧阳州学教授时的数百首诗作，可为我们研究学官心态提供大量的第一手材料。

仇远（1247—?），字仁近，一曰仁父，钱塘人。入元，与谢翱、方凤、周密、张炎、戴表元、方回等互相唱和，尤与方回唱和频繁，关系密切。大德五年（1301）为镇江路学正，八年（1304）迁溧阳州学教授。从仇远的《金渊集》来看，他出仕学官是出于谋生的需要。其《予久客思归以秋光都似宦情薄山色不如归意浓为韵言志约金溧诸友共赋寄钱唐亲旧》组诗真实地抒写了出仕学官的心态。如：

我非章句儒，亦非鱼樵徒。少年逞粗豪，提笔赋两都。老尚著儒冠，却悔识之无。既难栖山林，又倦游江湖。一官仅供口，康济不在吾。秋风方戒寒，正道日荒芜。行矣且归耘，寸田聊自娱。（其三）

江海寄孤蓬，飘飘一鸥似。汲汲谋稻粱，欲去行且止。渊明真达者，解印如脱屣。五斗何足云，可但折腰耻。我尝慕其人，出仕亦漫尔。客行入岁晏，田稼逢水毁。逝者既如斯，吾属可去矣。（其四）

七十古所希，我今六十余。干时本无策，谋生术尤疏。就食泮水官，学圃乏薪蔬。凛凛座无毡，蝺蝺出无驴。厌厌尊无酒，呥呥食无鱼。官居古云冷，已矣当归欤。……（其十）

未仕每愿仕，既仕复思归。了知归来是，宜悟求仕非。干禄本为贫，元非慕轻肥。已昧好为戒，复贻素餐讥。时艰士失业，十家九寒饥。岂无禹稷思，力薄愿乃违。吾门可罗雀，载酒人来稀。……（其十一）[②]

---

① 江南文士出仕学官的动机是多种多样、极其复杂的，方勇所论遗民们借助学官之职以尽拯救文明之责，只是其中一种动机而已。详见方勇：《南宋遗民诗人群体研究》，北京：人民出版社2000年版，第120页。

② 仇远：《金渊集》卷一，四库全书本。孔凡礼等编：《全宋诗》卷三六七八，第70册，北京：北京大学出版社1995年版，第44169—44170页。

从以上所引的诗中，我们可以得出以下几点结论。首先，仇远的出仕学官并没有那种为师之道的神圣使命，而是以解决生计困难的基本问题为最直接目的。当时社会虽已稳定，但士人的生活却十分艰难，常常忍饥挨饿，“一官仅供口，康济不在吾”、“干禄本为贫”、“时艰士失业，十家九寒饥”，他们谋生无方，“干时本无策”，只好出仕学官以干禄。可见，经济地位低下是出仕学官最基本的原因。

其次，元蒙统治者尽管采用礼聘的方式招揽江南士人，但儒士阶层的大多数人政治地位却明显地降低。故在宋，统治者采用右文抑武的基本国策，儒士的政治地位极高，他们往往凭借科举可以显达一世，也可能遗泽几代，其生活也优游闲适，经济富裕。但在元代，士人却沦为社会的下层，政治地位极其低下，与娼妓、乞丐为伍。对此，方回在《送仇仁近溧阳州教序》中云：

> 今之仕也。何谓易于仕而难于达？学校之士，自县教谕为山长学正，一任即可入路府州教授以入流。路府州县诸司存吏，以年劳为吏都目提控，考满，则外省咨内省以入选，军功随军，此不必论，似乎入仕之甚易。但自县尹而上，以至总管，则极不易得。内之六部集贤翰林紫枢黄阁，未有敢垂涎之者。吾友山村居士仇君远仁近，受溧阳州教，年五十八矣，归附垂三十年始得一州教，则有其难于仕也。仕之难如此，而况敢望夫达之易乎？①

入仕之难，正反映了元代江南儒士政治地位的下降。元朝统治者没有为儒士提供施展政治抱负的机会，即使给他们提供一些做官的机会，那也不过是学官一类的闲职冷官而已。

最后，政治、经济地位的下降直接决定了他们出仕学官的复杂心态。一方面，迫于生计和“正道日荒芜”的儒道衰颓不振，他们不得不出仕。但是，作为前朝遗民，饱受儒家思想的熏陶，他们的内心深处有着极其强烈的华夷之辨

---

① 方回：《桐江续集》卷四，李修生等编：《全元文》卷二一〇，第7册，南京：江苏古籍出版社1999年版，第64页。

观念，很难认同以野蛮、落后的游牧民族政权来主宰汉民族命运的事实。对出仕元朝官职，其内心充满羞愧和不安，深深责备自己出仕学官之非，有愧先儒。内心经常陷入出仕的是与非的矛盾冲突之中，难以自拔。另一方面，他们又经常处于出仕与归隐的冲突之中。既然出仕的目的是解决经济困难的稻粱之谋，仕途的显达又是极为渺茫的，不能给他们带来强大的精神动力，那么，一旦基本欲望满足后，他们便难免会滋生出敷衍塞责、得过且过的混世情绪。同时，学官又属于官卑禄微的冷官，不时地跪迎奉送各级各类长官，这极大地刺激了他们的自尊心。儒家道德价值观念又不时地呼唤他们归隐，保持高尚纯洁的道德情操。这样，归隐与出仕的斗争就成为他们心中无法排解的矛盾。他们内心深处时常交织着出仕的是与非，出仕与归隐之间复杂的矛盾心态。

与此相应，仇远在诗歌中比较全面深刻地展现了出仕学官时复杂的心态。如《下寿》诗云：

> 六十本下寿，皤然成颓翁。系舟贞女濑，窃禄素王宫。暮随太守车，朝迓御史骢。我马劣难骑，却与无马同。老病厌徒步，足力亦易穷。将以马易牛，归耕田园中。圣人有遗训，吾不如老农。[①]

学官除了主持本州教授生徒之事外，还应拜迎上司。其生活与陶渊明相类，但陶却因此弃官归隐，挂冠而去，保持了孤高傲世的节操；而仇远虽亦有归耕田园之想，产生有违遗训之感，却并未因此而离去。这不是说仇远的情操不如陶渊明高尚，而是仇远迫于生计的艰难，无法弃官，只有委屈隐忍以度日了。

随着生活的变迁，仇远的心态是不断变化的。如果说《下寿》体现了隐忍以度日的话，那么《盆梅》一诗则抒发了渴望摆脱仕宦以获得精神自由的思想。其诗云：

> 有客送苔梅，来自马塍里。斜技巧盘折，的皪数十蕊。意欲媚春风，宁免少屈己。独怜铁石肠，竟作柔绕指。他乡忽一见，少慰空谷喜。何当

① 仇远：《金渊集》卷一，孔凡礼等编《全宋诗》卷三六七八，第70册，北京：北京大学出版社1995年版，第44157页。

解其缚，条直有妙理。幸不入俗眼，入俗梅亦耻。[①]

梅被从大自然中移植而来并巧加修剪，这就破坏了梅花自然生长规律。诗人想为其解缚，使梅花顺其性情自由自在地生长。梅之被缚与诗人自己为吏役所拘一样，都无法自由、适意地生活，于是他渴望摆脱束缚，回归田园。这首诗所体现的崇尚性灵自适、精神自由的思想成为他后来隐居余杭仇山的情感基础。清代的龚自珍《病梅馆记》一文可能受此影响。

总之，尽管杭州诗人群人生道路的选择复杂多样，没有像文天祥、谢枋得等人那样投身于拯救民族、抵抗元蒙侵略的斗争中去，但他们都能在入元后保持民族气节，作为普通的士人（按：西湖诗人群体除周密、仇远等人在宋朝担任县令等下级官职外，其余人均为普通文士），能有这样的民族气节和高尚的道德情操，这是难能可贵的，理应得到肯定。正因为人生价值取向的多元性，所以才能构成宋末元初文人丰富多彩的精神世界。

第三节　学官诗人戴表元的诗歌创作

学官诗人虽然为俸禄而入仕，但他们的地位不高，在元朝的政权结构中并没有起多大的作用，仍然倍变岐视的他们大多都不得志，又归隐山林了，因而，学官诗人也是遗民诗人中比较特殊的一类。戴表元（1244—1310），字帅初，一字曾伯，自号剡源先生，浙江奉化人。南宋度宗咸淳五年（1269）入太学，七年（1271）中进士，授建康府教授，迁临安教授，辞不就。后转国子主簿，会兵起，未到任。元大德六年（1302）拜信州教授，再迁婺州教授，以疾辞。后元廷以翰林博士、修撰二职征聘，老疾不起。元至大三年（1310）卒，年六十七。他是宋元之际著名的诗人，其心态是极其复杂的，在诗歌思想方面，推崇唐风，兼综诸家。

① 仇远：《金渊集》卷一，孔凡礼等编《全宋诗》卷三六七八，第70册，北京：北京大学出版社1995年版，第44171页。

一、戴表元的诗学思想

戴表元的诗歌审美理想与当时推崇唐调的诗歌风尚有密切关系，同时，又表现出一定的独特性。

与其他宋人学唐不同，戴表元学唐重在取法司空图的“味外味”、“景外景”的诗歌审美思想。在《洪潜甫诗序》中，他说：

> 始时汴梁诸公言诗，绝无唐风。其博赡者谓之义山，豁达者谓之乐天而已矣。宣城梅圣俞出，一变而为冲淡。冲淡之至者，可唐，而天下之诗，于是非圣俞不为。然及其久也，人知为圣俞，而不知为唐。豫章黄鲁直出，又一变而为雄厚。雄厚之至者，尤可唐，而天下之诗，于是非鲁直不发。然及其久也，人又知为鲁直而不知为唐。非圣俞、鲁直之不使人为唐也，安于圣俞、鲁直而不自暇为唐也。迩来百年间，圣俞、鲁直之学皆厌。永嘉叶正则，倡四灵之目，一变而为清圆。清圆之至者，亦可唐，而凡枵中捷口之徒，皆能托于四灵而益不暇为唐。唐且不暇为，尚安得古。①

在戴表元看来，在不同的时期，宋人学习唐诗风格是有变化的。北宋初期，杨刘等人学习晚唐李商隐的博赡，王禹偁等取法白居易的豁达，梅圣俞等人追求平淡。到了北宋后期，黄庭坚等宗法杜诗的雄厚。南宋中期，四灵派诗人又多学习晚唐的贾岛、姚合、许浑，崇尚清圆之风。尽管诗风有异，由平淡、雄厚至清圆，极力向唐调复归。戴表元十分推崇唐诗，但他认为宋诗学唐只是从诗的风格方面入手，忽视了宋诗发展的内在理路、独特的价值和时代背景的变迁，这样就不可能获得唐诗的精髓。

在诗歌审美理想方面，他提出了“无迹之迹”的神境说：

> 酸咸甘苦之食，各不胜其味也，而善庖者调之，能使之无味；温凉平

---

① 戴表元：《洪潜甫诗序》，《剡源戴先生文集》卷九，四部丛刊初编本。上海：商务印书馆缩印明刊本 1912 年版，第 81 页。

烈之于药，各不胜其性也，而善医者制之，能使之无性；风云月露，虫鱼草木，以至人情世故之托于诸物，各不胜其为迹也，而善诗者用之，能使之无迹。是三者所为其事不同，而同于为之之妙。何者？无味之味食始珍，无性之性药始匀，无迹之迹诗始神也。[①]

善于调味者总能将各种不同的味道加以重新组合，创造出新的美味食品；善于用药的良医能将不同药性的几味药经过重新配剂，调配成新的无性之药。他以这两个比喻为例，说明善于作诗的人也能将不同的生活感受和情感体验进行艺术的再创造，从而创造出超越具体形迹的神来之作。

戴表元所谓诗歌之神与老庄等道家所提倡的神境既有相同之处，又有明显的不同。老庄的自然之美重在艺术意境和创作心态的和谐，主观与客观的融合应做到消泯无痕、无隙可寻，这就要求创作主体的情感要真，拒斥虚伪矫饰的造作之态；老子的“大音希声，大象无形”和庄子的天籁之境都是自然之极致，在这种境界里，创作主体顺乎天、应乎人，得之于心而适于性。戴表元的“无迹之迹”，重在强调诗歌作品内部各种审美因子，诸如自然物象、历史与现实的事件等客观因素与诗人的情感、心智、思理等主体因素以及语言、结构等语体要素，按照一定的审美规则有机地结合在一起，无生硬、斧凿之迹。他侧重在艺术表现的和谐，各种艺术因子经过重新组合后，使诗歌中各种具体的物象、情感、事理都失去了自己的原有之态，在一个崭新的具体语境中发挥自己不可替代的作用，从而使诗歌内部各艺术因子超越了原有的具体形态，达到有迹与无迹的统一。

在戴表元看来，“无迹之迹”的神境之诗，具有含蓄无穷的韵外之致，它只可意会不可言传。在《李时可诗序》中，他说：

于《诗》之时事、忧乐、险易、老稚、疾徐之变，不可谓不知其概，然而不能言也。夫不能言而何以为知《诗》？然惟知诗者为不能言也。今夫人食之于可口，居之于佚，服之于燠，而游之于适，谁不知美之。问其美

---

① 戴表元：《许长卿诗序》，《剡源戴先生文集》卷九，四部丛刊初编本。上海：商务印书馆缩印明刊本1912年版，第81页。

之所以然，则不得而言之。昔尝有二人射，其一百发百中，若矢生于手而倏生于目，其一时而中焉。时而中者，每中辄言，百发百中者未尝言也。揖百发百中者问之，其人哑然而笑曰："吾初不知吾射至此也。"问："可学乎？"曰："可学而不可言学之法。"固问之，曰："日射而已矣。"夫学《诗》亦犹是也。[①]

诗歌运用生动的语言描写了许多具体的景象，创造了许多美的表现形式，但它的真正淳美之处却在于由这些具体的形象和合式的形式所构成的超越于具体形象之外的艺术意境上。这个意境可望而不可置于眉睫之前，它似虚而实，似实而虚，虚虚实实，若有若无。读者只能通过具体可感的情景描写，或者借助象征、暗示，创造出一个虚幻的、存在于想象中的艺术境界。正因为它的朦胧性，人才不能以清晰的语言去分析它。学射也是如此。学习射箭达到极高的境界时，随心而射，不拘规矩，便能百发百中，但难以详细说出射箭的具体方法。戴表元对诗歌审美特征的认识深受司空图"象外之象，景外之景"思想的影响。

就诗歌境界的实现途径方面来说，老子主张玄览、庄子主张虚静，即审美主体必须排除一切主客观因素的干扰，然后才能洞察宇宙，玄览万物，心与道合，艺术创作完全是合乎自然的、顺乎性情的。它完全排除社会生活实践在艺术创作中的重要作用，使创作主体进入无知无欲、绝思绝虑的玄想之境。戴表元更重视社会生活在艺术创作中的重要作用。在《周公谨弁阳诗序》中，他说：

人尝言，作诗惟宜老与穷。彼老也穷也，事之尝其心者多矣，故其诗工。人孰不愿其诗工，而甚无乐乎老与穷，则夫诗之必至此而工者，人之见之，宜相吊以悲，而顾好之，何哉？曰："天故以是慰之也。"天以是慰之，则凡人之得工于诗者，命也，非其性能也。诗之工非其性能，而有挟之者，是挟命欤？曰："是亦人也。"人少而好之，老斯工矣，其穷也亦好之，而诗始工也。其不好者，虽老且穷，犹不工也。人之好工其诗，且好

① 戴表元：《李时可诗序》，《剡源戴先生文集》卷八，四部丛刊初编本。上海：商务印书馆缩印明刊本1912年版，第78页。

老与穷欤？余亦好老与穷者也，然亦适遭之也。[①]

戴表元本人的一生经历了无数的沧桑巨变和荣枯浮沉，备尝生活的清苦和艰辛，丰富的生活阅历是其诗歌创作成功的重要保证。老与穷，是诗歌创作的主要条件，属于客观因素，但还不是起决定作用的因素。创作主体是内因，心受感动，备尝穷与愁的艰辛，然后才能发之于诗；同时，诗人应该对诗歌创作乐此不疲，好而不倦，持久为之，只有这样，诗才能工。"诗穷而后工"是欧阳修提出的一个诗学命题，生活穷困和政治上不得志、受迫害的诗人，往往对现实有更清醒的认识，从而创作出内容充实、思想深刻的诗歌作品。但他对客观因素关注的同时，却忽视了诗歌创作中起决定作用的主体因素。戴表元则不同，在诗歌创作的主客关系方面，他不仅强调社会生活是诗歌创作的关键因素，也关注诗人自身的重要作用。这是对欧阳修思想的继承和发展，由对创作客体的关注转向对创作主体的关注。这是时代决定的，同时又是诗人自己现实生活的直接反映。

漫游各地是丰富生活阅历的主要方法之一。在《刘仲宽诗序》中，他提出了"游益广，诗益肆"的主张：

有一老生云："子欲学诗乎？则先学游；游成，诗当自异。"于时，方在父兄旁，游何可得？但时时取陆放翁《入蜀记》，范至能《吴船录》之类，张诸坐间，想像上下，计其往来，何止日行数千万里之为快。已而得应科目，出交接天下士大夫，谙其乡土风俗。已而得官学江淮间，航浮洪流，车走巍坂，风驰雨奔，往往经见古今战争兴废处所。虽未能尽平生之大观，要自胸中潇潇然，无复前时意态也。身又展转，更涉世故，一时同学诗人，眼前略无在者。[②]

游历各地，不仅能扩大视野，熟谙各地的风俗人情，而且往往能够使心胸洒

① 戴表元:《周公谨弁阳诗序》,《剡源戴先生文集》卷八,四部丛刊初编本。上海：商务印书馆缩印明刊本 1912 年版，第 76 页。

② 戴表元:《剡源戴先生文集》卷九,四部丛刊初编本。上海：商务印书馆缩印明刊本 1912 年版，第 84 页。

脱，触景生情，引发联想，激发创作灵感。游历越丰富，诗歌的内容越丰富、充实，情感越饱满，诗风越劲健、雄恣。

戴表元强调现实生活对诗歌创作的影响具有十分重要的意义。宋代文人心态的一个重要特点就是内敛自省。牟宗三在《宋明理学之课题》一文中认为，宋明理学实际上是“性理之学”，它主要解决的是道德的本心修养与道德创造的问题，即“内圣”的问题。他指出：

> 此“内圣之学”亦曰“成德之教”。“成德”之最高目标是圣，是仁者，是大人，而其真实意义则在于个人有限之生命中取得一无限而圆满之意义。此则即道德，即宗教，而为人类建立一“道德的宗教”也。①

“内圣之学”强调主体人格的建构，由对外在事功的追求转化为对人之心性的自省、情感的敛约。这种转向直接影响了宋诗的审美走向，宋诗也由唐诗注重反映士人昂扬奋进、建功立业的外向型心态转化为哲理的沉思，注重反映士人在体道、悟道之时所达到的精神境界，以及客观外物所蕴含的理趣。戴表元则将宋人的内向型心态重新转化为外向型，关注现实人生和社会生活。这与当时的社会历史环境和他的诗歌审美理想有着极为密切的关系。宋元之际的易代之痛打破了士人的心性修养之路，使他们从沉睡中清醒过来，转而关注社会的巨变和自己的人生抉择。这种转变也从根本上改变了前人学唐诗只重艺术风格和表现形式的偏向，转而关注唐代诗人的创作心态。可见，他推尊唐诗，不仅着眼于唐诗的审美情趣，而且更注重唐诗审美情趣所产生的机制。在他看来，唐诗风格是唐代诗人关注现实生活的结果，这与他们发扬踔厉的外向型心态有关。

诗歌创作是一种美的再创造活动，也是一种审美活动。审美情趣直接影响着诗歌创作的取向，诗歌创作离不开对诗歌艺术的感悟和体验。但审美感悟和体验又因人而异，不同生活经历、不同文化教养、不同地位和阶级的人，对审美对象的感受也不相同，呈现出审美的差异性和个性化。在《魁师诗序》中，

---

① 牟宗三：《道德理想主义的重建——牟宗三新儒学论著辑要》，北京：中国广播电视出版社1992年版，第215页。

他对此有所论述：

> 艺之于人，有好之而不厌者，以其乐也。苟所乐之在此，他虽有可乐者，不好之矣。千金之家，终日吹弹棋蹴，而穷阎窭夫，皇然摩铜洒削雕锻，利赢余以给妻子。此二途所为乐不同，而乐于所自养者同。故当其疲精神、穷昏昼、忘饥渴而为之，虽使师襄放叟，歌《周南》、诵《离骚》于其侧，有不能暇听。何者？所乐不存焉故也。浮屠氏之枯空淡泊，草衣而木食，茕居而野游，无富贵繁华之美于其心，无贫贱急迫之劳于其体。其于人世一切之累，举不可以相及。而诗之为艺，出于人之精，能虚觉 ，劳不挠形，清不胶物，又非若吹弹棋蹴之鄙亵而难成，摩铜洒削雕锻之喧烦而为美也。则乐而好之，是故其职。①

富贵之家沉溺于吹弹棋蹴之乐，而穷闾阎夫则以利余给养妻子为乐，这种生活和阶级的差异决定了他们审美需要的差异。富贵之家和穷闾阎夫分处于不同的阶级，这种差异决定了他们具有不同的爱好、趣味、心理和需要，从而形成了不同的审美认识、审美情感，他们各自的美感有时是互相矛盾的。戴表元已经接触到审美的阶级差异性了，显示了其审美思想的深度。

总之，戴表元学习唐诗，不仅注重其审美风格，而且重视诗歌风格产生的内在机制。从这个意义上来说，他学习唐诗是深得其精髓的。

二、戴表元的诗歌创作

在《方端叟诗序》中，戴表元自叙其诗歌创作的历程时说：

> 于时年方盛壮，意气疏爽，诗如杜牧之落魄放游，不顾人世拘检，但欲自快胸臆耳。再见在秦淮官舍，诗如曹景宗得一州，虽左右顾盼自如，而终不如渔猎山泽间之为乐。三见在山阴逆旅，值流移初定，相顾惊嗟嘻

---

① 戴表元：《魁师诗序》，《剡源戴先生文集》卷九，四部丛刊初编本。上海：商务印书馆缩印明刊本1912年版，第86页。

> 怅，诗如张中郎海外远归，神气自完，而容泽故少。四见当大德庚子之春，乃幸复在钱塘吴山下。余既以饥穷裹书授徒而活，忽忽何暇作诗。间作诗，不过如李龟年头白感慨悲歌，对人羞涩，人亦无与听者。此余自叙平生血气盛衰之大略也。[①]

据其自叙，其诗歌创作过程大致可分为四个阶段：一、入仕之前为早期，此时诗人游杭，入太学；二、进士及第后，出任建康府教授；三、丙子之变，避地四明山中；四、归鄞后，授徒乡居。但是，现存的明万历辛巳（1581）春刻本《剡源戴先生文集》（四部丛刊初编本）所存丙子之变以前的诗歌数量有限，故将一、二两期合而为一。

一、丙子之变以前是戴表元诗歌创作发展的第一时期。

此期可分为前后两个阶段。前一时期，主要抒写自己游学杭州时裘马轻狂、豪放不羁的生活，其诗具有意气飞扬、情感恣肆、豪迈超越的风格。

戴表元五岁就已经知道读书了，七岁学习古文，十五岁学习辞赋，十七岁，试郡校，连优，二十六岁入太学。辛未（1271）春试南省，中第十名，赐进士及第，授迪功郎。这十年是他游学杭州的时期，在此期间，他广泛地交接天下士大夫，与众多的才士有了密切的联系。他意气风发、疏爽，不拘小节，过着优游自适、无拘无束的生活。据《剡源戴先生文集》所载，现存有明确时间可考的、最早游杭时的诗歌主要有《骑马行答赠吴中张子潜乡贡》、《昨日行》、《招子昂饮歌》、《题赵子昂画马》、《相逢行赠文伯纯同年》、《送叶伯几赴奉化录》、《杭城风雨中简子昂》、《于杭州九月送袁太初赴宁海教官》等[①]，这些作品都真实地反映了此时的生活。它们都有"不顾人世拘检，但欲自快胸臆"的特点，气势充沛，笔意流走。如《招子昂饮歌》诗云：

> 与君相逢难草草，与君相逢苦不早。人生何处小泥途，此日飘零武林道。武林城中马如云，闭屋狂歌人不闻。狂歌自笑君亦笑，依然狂绝不如君。君歌岂是真狂者，青衫少日春潇洒。至今俊笔五花纹，最惜青眸十步

---

① 戴表元：《方端叟诗序》，《剡源戴先生文集》卷九，四部丛刊初编本。上海：商务印书馆缩印明刊本1912年版，第85页。

下。虚名何用等灰尘，不如世上蓬蒿人。黄金偏趋不贫室，白发难老无愁身。风雨无情亦如此，凄凄但聒穷人耳。不见朱楼高到天，凤箫龙管连朝起。连朝笙管可奈何，我歌且止须君歌。青天白雪望不极，坐见绿水生层波。我生胡为被狂恼，江头鱼肥新酒好。从今作乐拼醉倒，与君相逢难草草。[①]

这首诗淋漓尽致地表现了青年才士狂放不羁、意气风发的狂气和傲气。全诗韵脚多次转变，但意却未变，狂放之气恣意流走，奔腾不已，纯以气韵取胜。当然，这种狂放之气既与诗人年少气盛有关，也与当时社会背景有关。权奸当道，政治黑暗，贫富悬殊，整个统治阶级沉溺于声色犬马、歌舞升平之中，国事已不可为，末世衰颓之风笼罩着整个社会。广大的士人，尤其是一些青年才士，报国无门，于是借佯狂以抒发胸中郁勃不平之气。

在辛未（1271）的冬天至乙亥（1275）春的四年间，戴表元进士及第后任建康府教授。在入仕后，郁勃不平之气有所衰退，转化为哀愁悲凉之气，此时的主要作品有《客京口》、《金陵赠友》、《吴兄文参议同登金陵凤凰台醉作》、《远观亭歌为建康徐氏作》等。如：

百年访古此徘徊，更上山椒扫草莱。一弯地腴胡马瞰，数围天险化龙开。时闻营籍传谣曲，谁见禅官离劫灰。李白不生王谢歇，西风日落凤凰台。[②]

酒酽花秾鼓聒天，百年成此好山川。黄烟暮接淮南火，白米秋攒浙右船。碑古犹多埋鹤寺，田高耕遍卧牛阡。陈踪兴废何由问，只忆风流老米颠。[③]

---

① 戴表元的《文集》中还有一首《辛亥岁七夕醉陪诸公登西湖竹阁》诗，辛亥年或为公元1251年，此时诗人只有八岁（戴表元生于淳祐甲辰，1244年），况且，诗中有“十年浪走风尘道，今日临城始识秋”之句也与儿童的稚气天真之状不符。故此，该诗不可能为这一年所作。或为1311年，但据其门生袁桷《戴先生墓志铭》所载：戴表元卒于元至大庚戌（1310）（见袁桷《清容居士集》卷二十八，四部丛刊初编本。《全元文》卷七三五，第23册，第611页。）该诗也不可能作于此年。疑为伪作或诗题有误，兹正之。

② 戴表元：《吴兄文参议同登金陵凤凰台醉作》，《剡源戴先生文集》卷二九，四部丛刊初编本。上海：商务印书馆缩印明刊本1912年版，第236页。

③ 戴表元：《客京口》，《剡源戴先生文集》卷三〇，四部丛刊初编本。上海：商务印书馆缩印明刊本1912年版，第240页。

江左风流廊庙人，荒境抛与梵宫邻。多年羊虎犹眠石，败壁貂禅祇贮尘。万古云山同白骨，一庭花木目青春。永思陵下犹凄切，废屋酸风吹野薪。①

充溢在这些作品中的是衰飒之气，狂放之气已消逝殆尽。第一首诗荒草山椒，营籍谣曲，西风落日中的凤凰台，一切都是那么荒凉，那么萧疏，诗人触景伤情，引发了无比深沉的兴亡之悲。第二首诗，京口的酒香浓烈，百花鲜艳，锣鼓喧天，山川秀美、富饶，一切都是那么繁华，那么美丽，然而这盛世的梦幻已经远去，如今鹤寺碑古，牛卧耕田，今昔变化如此巨大，诗人不禁触发古今兴废之痛。第三首诗描写了清凉寺的荒废颓圮，目睹故人已逝，诗人心中又产生了“万古云山同白骨”的感叹。这三首诗，无论是触景伤情的兴亡之悲，还是古今兴废之痛，或者是人生沧桑之叹，都典型地体现了末世的情怀，表现出苍凉哀怨的主导基调，风格凄婉悲慨。

丙子（1276）之变至大德甲辰（1304）冬天的近三十年是其诗歌创作发展的第二个时期。此期又可分为前后两期，丁丑（1277）兵定归乡之前为第一时期。此时，元兵攻入杭州，他被荐为杭州府学教授之职，辞职不就，到四明山中避乱，他和广大人民一样饱经乱离之苦。此时的诗歌多反映乱世之音，其中不乏苍凉哀怨之作。如其《乙亥岁毗陵途中》诗云：

百年只有百清明，狼狈今年又避兵。烟火谁家寒食禁，簪裾那复丽人行。禾麻地废生边气，草木春寒起战声。渺渺飞鸦天断处，古来还是阖庐城。②

清明时节，诗人狼狈奔逃，躲避兵乱，土地荒芜。“渺渺飞鸦”这一意象暗示了诗人内心的迷惘悲凉，不知所措。

丁丑（1277），他回到故乡，授徒为生，生活贫困。此时，他的诗歌主要

① 戴表元：《过清凉寺王参与墓下》，《剡源戴先生文集》卷二九，四部丛刊初编本。上海：商务印书馆缩印明刊本1912年版，第238页。

② 戴表元：《剡源戴先生文集》卷二九，四部丛刊初编本。上海：商务印书馆缩印明刊本1912年版，第236页。

反映了隐居故乡的生活情景。其中，真实地表现其贫困生活是此时诗歌的主要内容之一。描写贫困的生活是宋元之际遗民诗人普遍关注的题材，但是，他们对待贫困的态度却是不同的。有些诗人，如陈普、丘葵、家铉翁、何梦桂、金履祥、周密等人都能够安贫守道，他们的安贫是坚持道义，有强大的精神动力，能够坚持儒家传统道德观念，不为利禄所动，拒不仕元。而戴表元则有所不同，他重道的同时，并不否认干禄的必要性。在其《自居剡源少遇乐辛巳之秋山田可拟上熟吾贫庶几得少安乎乃和渊明贫士七首与邻人歌而乐之》(其五）中说：

古人重畎亩，有禄不待干。德成禄自至，释耒列王官。不仕亦不贫，本自足瓮飧。后世耻躬耕，号呼脱饥寒。我生千禩后，念此愧在颜。为农倘可饱，何用出柴关。①

古代的儒士不用干禄的主要原因是他们都有俸禄足以维持生计，不用为自身的生存而劳碌奔波。戴表元所处的时代，儒士已经沦落到社会的最下层，不得不为自己的温饱而到处干禄，寻求达官显贵的荐举，以此解决生活的困难。等而下之，他们则靠乞食来解决暂时的生存困难。无独有偶，陶渊明也曾因生活艰难、无以自养而乞食。对此，戴表元深有同感，其《和陶乞食序》云：

余按渊明《乞食》诗云："饥来驱我去，不知竟何之，行行至斯里，叩门拙言辞。"则是渊明为饥所驱，本不知为何人家而叩之，亦可怜矣。然渊明家有五男子，传称翟氏志趣亦同，能安苦节。夫耕于前，妻锄于后。又《责子》诗，雍、端俱年十三，或当别有庶母，渊明又尝助其薪水。大约计之，不翅百指之家。而当饥饿，单身竟行，望屋求食，不知其家何以为处。乃不如鲁公阖门同饥共饱，择英贤可语者通情焉，不亦可乎。余家与渊明略相类，不敢用渊明法。壬辰春，有感于故人之言，遂和渊明诗韵，将求如李大夫者而告之。②

---

① 戴表元：《剡源戴先生文集》卷二七，四部丛刊初编本。上海：商务印书馆缩印明刊本 1912 年版，第 212—213 页。

② 同①，第 213—214 页。

这是戴表元壬辰（1292）春闲居故乡时所写。陶渊明与戴表元处境相同，但对贫的认识却有微妙的不同。陶渊明乞食时，徘徊不进，一方面是因为他必须选择合适的对象，并不如戴表元所说的那样漫无目的。另一方面作为一介寒士，向别人乞讨总是一件很为难的事，他不能不感到窘迫。但陶渊明是有骨气的，他在贫穷饥饿之际，宁愿乞讨也绝对不接受达官显贵的馈赠。据史传记载：江州刺史檀道济偿馈以粱肉，渊明挥之不纳，体现了他不食嗟来之食的傲骨。与此不同，戴表元虽然也隐居在家，但他认为人生在世衣食是第一位的。当处于饥寒交迫之时，为了生存，人就不得不去乞食。但是，乞食应当知道所乞食的对方的姓名，以便“择英贤可语者通情焉”，实际上想寻求达官贵人的施舍，以图日后攀缘。至于达官贵人的馈赠出于何种目的，那是另外一回事。他后来入仕元朝的州学教官就是出于谋食的目的，而出仕学官本身就是缺乏崇高的民族大义感的表现。可见，由于重干禄，难免会走上因谋食而失道的歧途。

与表现贫困生活的内容相应，他的诗歌呈现出质朴拙涩的风格。此时，戴表元的诗歌已经脱落浮华，诗人善于以朴素无华的语言表现日常生活中的普通情事。如其《剡民饥》诗云：

> 剡民饥，山前山后寻蕨萁。斸萁得粉不满掬，皮肤皴裂十指秃。皮皴指秃不敢辞，阿翁三日不供糜。不如抛家去作挽船士，却得家人请官米。①

这首诗描写了剡中大饥时诗人的外貌特征和内在心理活动。诗人无以为食，只有四处寻找蕨萁以充饥，他饿得骨瘦如柴，皮裂指秃。在此困境中，他不禁想起去做挽船的苦差事，以此养活家人，渡过难关。整首诗随口而出，肆意为之，无所拘碍，语言质朴，毫无矫饰之嫌。

大德甲辰岁（1304）至去世为其诗歌创作的第三个时期。

据其门人袁桷所说：戴表元出仕元朝的信州州学教授之职是在“大德甲辰，先生年六十一矣”②。在此时的诗歌创作中，他真实而又细致地表现了出仕

① 戴表元：《剡源戴先生文集》卷二八，四部丛刊初编本。上海：商务印书馆缩印明刊本1912年版，第220页。

② 袁桷：《清容居士集》卷三〇，四部丛刊初编本。李修生等编：《全元文》卷七三五，第23册，南京：江苏古籍出版社1999年版，第611页。

元朝学官的复杂心态。

在宋元之际的诗人中，戴表元的心态与其他遗民诗人颇有不同。一方面，他出仕元朝的学官；另一方面，他又隐居乡野，授徒为生。这种矛盾并不是一种孤立的现象，而是有一定的代表性。

入元后，他的故国之思不如其他诗人那样强烈，有时还流露出对元蒙统治者的赞美之情。在《谢王廉访书》中，他称赞元朝的统治清平，百姓和乐："独怪一二年来，官府清平，赋役稀减，深村穷壤，戴白遗老遽欣欣有太平之庆。"① 由于他对元朝统治产生了一定的认同感，他与元朝政府官员也有了许多交往，并盛赞他们的政治业绩。如他称赞张可与云："渐老矣，俟明公功成业就，它日或能从文学诸生后，作为歌诗，以颂巍煌盛大之美。而或幸而能附托不朽，编摩纪载，以补山碑野乘之遗阙，以明明公之知人，以侈东南门下士之遇，盖未晚也。"②

他对元朝统治的这种认同感和亲和力是他出仕元朝学官的主要思想基础，但直接目的却是干禄，即通过出仕谋求物质生活的最起码保障。戴表元在答谢王廉访推荐其为书院山长之职时说：

> 山长虽非吏职，既食官府俸禄，则同于入仕。古之仕者有忘家之义，有委贽之节，故必先尽其私计，而后可以从人。表元家本穷空，上有七十之亲，下有四男子、四女子。男子长者方十七岁，女子二已嫁、二未行。主馈惟托于病妻，应门素企于旁亲，所以寻常不过傍家教学，以赡给衣食。……禄仕非不美也，尽挈则无以养廉，单行则谁以干蛊。章交公车，椟在故府，逡巡而请辞，恳苦而告免者，二十年于此矣。③

戴表元的生活十分贫困，靠授徒得到的微薄收入是难以为生的，他渴望获得稳定的俸禄以养家糊口，"当是时，家有老人，须禄以养，余性尤不通吏事，

① 缪荃孙：《艺风堂读书记》之《剡源逸稿》卷二。李修生等编：《全元文》卷四一三，第 12 册，南京：江苏古籍出版社 1999 年版，第 22 页。
② 同①，第 22—23 页。
③ 戴表元：《谢五廉访书》，四部丛刊初编本。上海：商务印书馆缩印明刊本 1912 年版，第 109 页。

勉强文墨议论间，且为而且学之”[①]。尽管他推辞再三，最终还是出仕了学官。

当然，作为儒生，干禄并不是唯一的出仕目的。满足了基本的物质生活需要后，戴表元没有忘记道的传承问题。在《送屠存博之婺州教序》中，他说：

> 可以仕而可以不仕，何也？其材与学可以仕，而其身可以不仕者也。不可以仕而不可以不仕，何也？其材与学不可以仕，而其身不可以不仕者也。……故古之君子可以仕而仕，则为仕者皆为贤公卿大夫。可以不仕而不仕，则不仕者皆为良民。今之君子，其仕者既无以心服不仕之民，而不仕者至于无以自容其身。今古之不齐，与其俗之静躁，人之治乱，如斯而已矣。[②]

“学而优则仕，仕而优则学”，这本是儒家出仕的传统观念。其中，“学而优”是出仕的前提条件，学不优，材不具，则不能出仕。所以，古之君子学优而仕，则为贤臣，有助于道的传承、发扬，能够帮助君主治理天下，教化民众，移风易俗，实现儒家的治国、平天下的政治理想。随着时代的变迁，这种思想不免有一些浓厚的理想主义色彩，因而，为道而仕便被高度地政治化了。到了宋元之际，儒士的政治地位和经济地位明显下降：

> 年来仕路比曩时关洛又益加远，子孙浮沉里闬，艰关往来侍养，何敢出口言干禄事。如是者积二十年，余以事势推之，则前所云江南士大夫，生于秦汉间，虽有家门之行，乡曲之誉，而沈埋窜伏、没世无闻者，累千百计，何足怪也。[③]

元朝统治者废除了科举诠选制度，关闭了仕途的大门，社会上没有为他们提供更多的固定职位，致使许多江南士人的济世之志没有机会实现，只好沉沦乡野，默默无闻。道尊于势的现实已转变为道屈于势，他们为道而仕的理念受到

---

① 戴表元：《剡源戴先生文集》卷一三，四部丛刊初编本。上海：商务印书馆缩印明刊本1912年版，第109页。

②③ 戴表元：《送方中全北行序》，《剡源戴先生文集》卷一三，四部丛刊初编本。上海：商务印书馆缩印明刊本1912年版，第109页。

了严峻的挑战，一些儒士便不免偏离了这个理念，甚而走上了纯粹为禄而仕的道路。在这里，戴表元批判了这种单纯的为禄而仕的行为，同时对屠存博“仕而为人师长之当劳，较于为官吏愈难也”的思想深表赞同，因为，“为官吏者治人以政，为师长者教人以道”，传承儒家之道是儒官的天职，这种神圣的责任感促使他隐居授徒，为传道而不辞辛苦。

戴表元为道而仕的思想与其没有泯灭的以道自任的传统师训有着密切关系。无论是出仕学官，还是隐居授徒，他所考虑的仍然是道的得失问题。但是，这并不意味着他否定谋食而仕，他主张谋食与谋道并重，谋食是谋道的基础。显然，他的为道而仕的思想有更多的现世人间气息，充满着对现实人类生存的关怀，具有浓厚的功利色彩，在一定程度上摆脱了忧道不忧食、谋道不谋食的传统儒家理想主义影响。谋食与谋道并重的出仕思想在当时有着更为普遍的现实意义。当时许多儒士、文士都有这种出仕思想，如：

> 教授州选，比年以来，不无贤愚同滞之叹。求为变通，悉以委外诠注学正、山长，与教授同，诚振淹救敝之活法也。士抑遏颠顿久，咸俯而就之。予姻家程君晋辅前是十余年，尝为吴之和靖山长矣，至是，复为会稽之和靖焉。……而晋辅曾无几微见颜面，间语人曰：“始在吴时，吾年少气盛，母老须禄养。居之三年，不见其不足耳。年运而往，欲羡不待，苟得一席地，温故书、数斗陈、继薄饭，可也。安所置不足其间哉？……吾晚学，乃得再托宇下，讲绪言，夫何幸。今绝江涛，一日而至其处。湖清且涟，如彼泮水，有蒲与荷，如彼芹藻。何莫非道，亦何莫非教。[①]

程晋肃也是与戴表元等人一样屈身俯就和靖书院山长的，他出仕的动机也是为禄而仕，借山长之职谋求俸禄以奉养母亲。做山长后他对生活的要求也不高，只是“温故书、数斗陈、继薄饭”，满足最基本的物质生活需要而已，终老会稽。在此基础上，他“讲绪言”，传道授业，实践儒家的传统师训。再如何景文：

① 牟巘：《送程晋肃赴和靖书院山长序》，《陵阳集》卷一四，四库全书本。李修生等编：《全元文》卷二三五，第 7 册，南京：江苏古籍出版社 1999 年版，第 565—566 页。

命与世违，今犹夫人也。堂有偏慈，八十，贫无以养。仕，时乎！为贫为养也。曾子逮亲，虽禄三釜而心乐邑校，升斗不足濡煦，其为养抑末矣。士穷至此，则出疆戴贽，皇皇焉固不暇计，兹将西啸以干王公大人，庶几一盼，幸而得三釜，逸出所望升斗之外，以奉饘粥，不既多矣。当代诸明公当路，方弘万间芘寒士，使风雨无恐，……若曰不由其道以苟利禄，有畔于圣人之教，则非老夫所望于吾子也，宁死无仕。①

何景文为何梦桂的侄子，少年得志，中咸淳乙丑科进士。入元后，他贫困潦倒，无以养亲，只好干谒权贵以出仕，其动机无非也是谋食。但何梦桂却希望他不要仅仅为谋食而出仕，应当不违背圣教，以传道为己任。像这种抱有谋道与谋食并举思想的人在当时还有许多，如盛元仁出任吉水教授，杜子问赴奉化学官，等等。

谋道而仕是江南士人出仕的理想方式，他们以传承道统为己任，通过入仕来实现其治国平天下的政治理想，但华夷之辨、民族气节等儒家的道德观念又不时地萦绕心间，困扰着他们。所以，入仕新朝又成为他们内心深处的一个阴影，并时常产生痛苦、悔恨的感情。在出仕元朝信州路教授期满归乡后，戴表元在其《送官归作》一诗中抒发了“生世悔识字，祝身如野农”②的感慨，这种悔恨之情在《丙午二月十五日以府檄出宿了岩》诗中有更详细的表述，诗云：

衰年慕栖息，役役殊未休。天明发东郭，日晏泊西州。岂其千金躯，为此一餐谋。宿麦青已郁，稚桑黄亦稠。欣然一会意，所愧非吾丘。悔日谅不远，誓言良未酬。挥手谢还往，伊呦自伊呦。③

这是丙午年（1306）六十三岁时，他在信州路教授任时所作。他因“为此一餐

① 何梦桂：《潜斋集》卷一三，李修生等编：《全元文》卷二四九，第8册，南京：江苏古籍出版社1999年版，第111—112页。

② 戴表元：《送官归作》，《剡源戴先生文集》卷二七，四部丛刊初编本。上海：商务印书馆缩印明刊本1912年版，第216页。

③ 戴表元：《剡源戴先生文集》卷二七，四部丛刊初编本。上海：商务印书馆缩印明刊本1912年版，第216页。

谋”而出仕，虽年老力衰却奔走不息，渴望隐居田园，栖息养性。同时，他也对因谋食而仕，不能退隐的行为充满了悔意。

谋道而仕与谋食而仕并不矛盾，它们紧密相连，不可分割。谋食是谋道的基础，离开了谋食的出仕，谋道就失去了生存的基础，如果没有物质生活的保障，儒生们的求道也难以持久下去。同时，谋道而仕又为谋食而仕提供了精神动力和明确的价值取向，因为有了以道自任的神圣责任感，儒士们都能超越他自己个体和群体的利害得失，对整个社会充满了深厚的关怀之情，这是一种近乎宗教信仰的精神。正是这种近乎宗教的深厚关怀，儒生们才能不顾个人的穷达，以道为依归，坚持道尊于势的信念[①]，以道抗势，有时不惜牺牲自己的生命，表现了崇高的、悲壮的殉道精神，如民族英雄文天祥、谢枋得等即是如此。相反，如果过分强调为谋食而仕，那就极容易丧失儒士作为儒士存在的价值。更有甚者，一些人有可能成为元朝的帮凶和走狗，丧失民族气节，如蒲寿宬、蒲寿庚等人，在宋王朝即将灭亡之际，他们不是挽救国家，而是暗中通敌、资敌，驱逐逃亡到泉州（他们的辖区）南宋末帝赵昺，捕杀抗元的爱国志士，加速了南宋灭亡的步伐。戴表元等人则缺乏这种为道抗势的勇气和牺牲精神，他们只是既想求生存，又不愿失去儒士的身份。

戴表元之谋道与谋食并重，其深层原因就是他对隐居有着特殊的认识。

在其《又坐隐辞》中，他提出了坐隐的主张。在他看来，出仕是充满危险的，苏秦为六国相印束缚，最后身败名裂；主父偃虽贵极一时，最终也免不了为五鼎所烹的悲惨结局，他们都“不如诸葛亮草间谈管乐，陶潜醉里傲羲皇”[②]。斗转星移，世事变迁，人只能抛却闲愁，掩关而归，坐隐终日。在《赋意未畅复拾前韵之余者作广坐隐辞》中，他否定了隐朝市、江湖、山林、田里的几种方式，因为这些归隐方法不是奔波劳累，缺乏生存技能，就是无生活保障。隐居时，以书册和饮酒为娱，读书能使人触发兴亡之感，饮酒能使人产生愤激之情，它们都打乱人的心境的平衡，戕害人的性灵，也不是理想的隐居方式。况且，他又有白发双亲需要赡养，有所牵挂，也无法隐居绝尘。于是，他试图寻找一种符合自己实际情况的隐居方式。那就是坐隐，他说：

---

① 余英时：《士与中国文化》，上海：上海人民出版社 2003 年版，第 25 页。

② 戴表元：《又坐隐辞》，《剡源戴先生文集》卷二八，四部丛刊初编本。上海：商务印书馆缩印明刊本 1912 年版，第 222 页。

> 覆杯掩卷且默坐，气定始觉如平常。因思世上百千事，是非荣辱俱可忘。杨朱墨翟悲泣两无益，伯夷叔齐浪死埋首阳。不如随缘委运祗块坐，冥心径往游黄唐。不论辩，不忧弹射相摧伤。不还往，不忧风露沾衣裳。人生衣食分已定，登途役役空自忙。不见啄木鸟，终朝一饱如不偿。不见守蓍龟，穷年引息泥中藏。目前伸屈君莫问，此鸟孰与龟年长……①

所谓坐隐，就是指静坐而隐。在静坐时，人抛弃一切是非得失之思，忘掉一切荣辱浮沉之患，随缘委运，冥心独往。这种坐隐之方，从本质上来说是一种患得患失、明哲保身的庸俗行为，它否定了伯夷、叔齐为守气节而不食周粟的行为，其目的就是为了苟全性命，保全自己。为了个人的一己私利，甘愿像蓍龟一样，“目前伸屈”，丧失民族大义，缺乏高尚的道德情操。这种庸俗思想的根源使其在谋食与谋道的矛盾两极中向谋食一方发生了倾斜，最终出仕元朝的学官。

---

① 戴表元：《剡源戴先生文集》卷二八，四部丛刊初编本。上海：商务印书馆缩印明刊本 1912 年版，第 222—223 页。

第五章　庐陵诗人群与刘辰翁

在宋代，庐陵是江西乃至全国文化最繁荣的地区之一。北宋时期，欧阳修、王安石、黄庭坚等文坛巨匠的出现标志着江西文化繁荣期的到来。此时的文化以文学为主，到了南宋，随着二程洛学的南传，江西地区的理学更是盛极一时。孝宗乾道年间陆氏心学与朱子理学的论争是此时繁荣的标志。它们在江西同时并存，共同发展，出现了合流的趋势。宋元之际，欧阳修所重建的封建正统的思想在特定的历史环境刺激下重新焕发出勃勃生机，成为江西诗人乃至大多数士人不愿仕元、与元蒙贵族统治者斗争的精神武器。

第一节　朱陆合流与以庐陵为中心的江西诗人群

宋元之际以庐陵为中心的江西诗人群的诗歌创作也呈现出鲜明的特色。文天祥、谢枋得是江西诗人群体的一员，但其气节、行迹以忠义著称，并为国捐躯，在《忠臣义士类诗人群体》一章中有专论，此不赘述。庐陵地区的诗人还有许多。如刘辰翁（1231—1297），字会孟，号须溪。南宋景定三年（1262）进士，因直言贾似道之恶而触怒权贵，自请为濂溪书院山长。宋亡隐居，慷慨立高节，其诗词多抒发深沉的亡国之悲。邓剡（1232—1303），字光荐，号中斋，景定三年（1262）进士。祥兴时，历官礼部侍郎，随驾入海。厓山兵败，欲赴海为国捐躯，为元兵钩致。后文天祥囚金陵，邓剡与俱，二人唱和甚多，甚为相得。赵文（1239—1315），字仪可，号青山。宋亡，与谢翱、王炎午一道入文天祥幕府，同参军机，文天祥兵败被俘，他辗转归乡。入元后，曾为东湖书院山长，他常常与遗民故老相唱和，“抚事感怆，时有千古之愤。故其意绪潜藏，旨趣沉郁”[①]。罗椅（1231—？），字子远，号涧谷。南宋宝祐五年（1257）进士，因上书触贾似道，罢归。后文天祥开府南剑，罗椅倾家赀相助，

① 刘埙：《青山文集序》，《水云村稿》卷六，李修生等编：《全元文》卷三四四，第10册，南京：江苏古籍出版社1999年版，第304页。

至死不肯仕元。以庐陵为中心向外辐射，南丰人刘埙（1240—1391），字起潜，号水云村。他勤于读书，工于诗画。咸淳元年（1265）开馆授徒，后科场失意，落落不偶半生。入元，于元成宗元贞元年（1295）被征任建昌路学正。婺源人汪宗臣、玉山人王奕、丰城人王义山等，他们都有崇高的民族气节，其诗歌也多抒发故国之悲，慷慨悲凉。

一、理学对江西诗人价值观念的影响

理学对宋元之际江西诗人的最大影响是封建伦理纲常观念，它直接影响了江西诗人的价值选择，也影响了他们诗歌创作的主题取向和艺术风格。

程朱理学从“存天理，灭人欲”的观念出发，将三纲五常的日常伦理纳入到天理的规范中，视其为维护封建宗法制的重要手段。在宗法社会中，家庭是组成国家的最基本单位，齐家是治国、平天下的前提。在君臣、父子、夫妇、长幼等诸多社会关系中，父为子纲是三纲五常的基础，它既是维护家庭成员之间和睦、团结的纽带，也是维护男权制在家庭中得以实现的保证，与父为子纲相适应的伦理规范是孝。夫为妻纲乃三纲的重要内容，它确保丈夫在男权家庭结构中核心地位，与夫为妻纲相对应的道德规范是节。就家庭关系而言，父、夫是宗法制社会中人与人社会关系的最高体现，皇帝是社会各集团、各阶层利益最集中的代表，享有无上的权力。它是三纲之首，与此相应的道德规范是忠。

这种观念是以庐陵为中心的江西文化的重要内涵，尤其是忠在江西文化中占有突出位置。刘将孙曾说：“庐陵固忠节之乡也。欧公望于乡之子弟，道德明秀，而行于郊里，礼节慈孝。”[①]欧阳修忠直敢言，有浩然正气，即使招致怨谤也不改初志。其他人如杨万里、周必大等无不是正道直行、有英特之气的忠悫之士。

受到这些乡贤的影响，宋元之际的江西诗人大多具有忠君爱国之情，唱出了时代的最强音，抒发了积郁胸中的亡国之悲。如：

---

① 刘将孙：《吉州路重修学记》，《养吾斋集》卷八。李修生等编：《全元文》卷六二六，第20册，南京：江苏古籍出版社1999年版，第219页。

阖朝奔逸荡无关，夜半潇潇风雨寒。世乱争先寻活路，时贫输与做穷官。平生自谓学无事，一死谅非君所难。到此彷徨犹不忍，国亡那敢计身安。

（王义山《挽云屋徐侍郎》）①

仙去琼花不见根，津桥明月共谁论。百余载作江藩翰，十几年来蓟户门。淮海楼头诸老眼，平山堂外六军魂。翻愁吴楚空遗彦，作史无人岁月昏。

（王奕《到扬州》）②

绝域魂堪断，风烟不可遮。至今疑梦事，举目改春华。此处吾为客，何言国与家。尚存他日泪，又看一年花。谷口迁莺语，都城御柳斜。茫茫皆汉土，无地种秦瓜。

（刘辰翁《绝域改春花》）③

又见王正改旧年，此生此去几新元。自无宾客来看岁，不遣儿童若闭门。雨带痴寒禁草色，雪吹残片上须根。小孩未醒人间事，尚拟今宵守岁樽。

（赵文《元日》）④

日煌煌兮疏星晓寒，气英英兮晴雷殷山。头碎柱而璧完，血化碧而心丹。呜呼！谁谓斯人不在世间。

（邓剡《文文山画像赞》）⑤

这些诗歌或慷慨激昂，或悲凉深沉，或深情绵绵，但炽热的爱国之情却是

① 王义山：《稼村先生类稿》卷一，孔凡礼等编：《全宋诗》卷三三五二，第64册，北京：北京大学出版社1995年版，第40077页。

② 王奕：《玉斗山人集》卷一，孔凡礼等编：《全宋诗》卷三三九二，第64册，北京：北京大学出版社1995年版，第40370页。

③ 刘辰翁：《须溪先生四景诗集》卷二，豫章丛书本。孔凡礼等编：《全宋诗》卷三五五二，第67册，北京：北京大学出版社1995年版，第42463页。

④ 赵文：《青山集》卷二，四库全书本。孔凡礼等编：《全宋诗》卷三六一二，第68册，北京：北京大学出版社1995年版，第43252页。

⑤ 邓剡：《文文山画像赞》，孔凡礼等编：《全宋诗》卷三五八一，第68册，北京：北京大学出版社1995年版，第42790页。

贯注其中的。

强烈的忠君爱国之情凝成了一股凛然之气，贯注诗中，形成了慷慨激昂的主导风格。如：

> 千岁堂堂十八公，雨膏露沐贮清风。龙吟高啸长身客，蠹化低摧秃鬓翁。谁谓蚍蜉能撼树，不堪蟊贼欲蟠空。御香洒洒荒荆棘，肠断孤臣泣寿官。
>
> （马廷鸾《又题德寿宫古松》）[①]
>
> ……黑云来如山，杀气震平楚。恭惟君父命，封疆以身护。阖门义不辱，呼卒汝善处。飞魂随剑光，自己投火去。天泣鬼神愁，地摇山岳仆。吾非莒柱厉，敢以死丑主。正自常事耳，命义逃安所。冲远谁与俦，睢阳有张许。
>
> （刘埙《补史十忠诗》其一）[②]

在第一首诗中，德寿宫前的古松傲然挺拔，它的崇高气势之美与洒泪荒棘、孤臣肠断的悲怆之情融汇成一股雄恣而深沉的情感之力。刘诗则展现了李芾英勇不屈、阖家殉国的壮举，全诗壮怀激烈，正所谓“郁而未舒之气一寄诸歌咏，至今读其赞诗十咏，生气凛凛，足以振颓起懦”[③]。这两诗都具有悲壮沉郁的崇高美。

当然，除了慷慨激昂的风格外，江西诗人的一些作品还呈现出意蕴深远之作。刘辰翁常常在诗歌中寄托自己的爱国之情，“眷怀麦秀，寄托遥远，忠爱之忱，往往形诸笔墨”[④]。如刘辰翁《绝域改春花》其一：

> 绝域何堪久，悠悠日又斜。未能辞客况，更自改春花。故国三千里，

---

① 马廷鸾：《碧梧玩芳集》卷二，四库全书本。孔凡礼等编：《全宋诗》卷三四六二，第66册，北京：北京大学出版社1995年版，第41252页。

② 刘埙：《补史十忠诗》，孔凡礼：《全宋诗》卷三六一六，第69册，北京：北京大学出版社1995年版，第43323页。

③ 刘凝：《水云村吟稿笺注》序，乾隆刻本。

④ 永瑢等撰：《四库全书总目提要·集部·别集类·须溪集》，北京：中华书局2003年版，第328页。

荒春八九家。一声幽谷鸟，满眼故园花。渐暖回归雁，余寒倚暮鸦。陌头看过客，歌吹拥毡车。①

悠悠斜日，春花自改，稀疏人家，春雁回归，幽鸟啼鸣，这一切都染上了诗人亡国之悲的忧伤，显得意境凄迷，词旨婉约。再如赵文的《双雁吟》云：

云间有双雁，弋者欲炙之。雁飞向南去，虽有矰缴将安施。山川悠远霜霰苦，可怜宿食不得时。一雁中道死，一雁忍痛鸣且飞。黄云落日天地瘦，惟有影与形相随。归来故巢亦已毁，朝吟夕怨欲诉谁。千古万古多别离，唯有死者何当归。呜呼物生有情盍俱死，莫令后死空鸣悲。②

借双雁的悲剧来暗示诗人家破国亡的悲剧，寄托遥深。

江西诗人群的孝悌观念和妇女的贞节观念也特别强烈。胡次焱的《媒问嫠》、《嫠答媒》两诗采用媒婆与嫠妇问答的方式表现妇女应守节如一的观念。年轻的寡妇独守空房，媒婆劝她改嫁新贵，但寡妇却坚守妇道，誓不再嫁，保持卓卓节操，心如磐石。如《嫠答媒》：

……之死矢靡他，斯言当真诠。文姬殊妖媚，易安亦婵娟。失身再事人，彤管无取焉。节义日以颓，文章何足诠。王母有差事，青鸟信频传。毋乃堕人欲，反以污天仙。嫦娥岂不稼，空抱老金蟾。所以广寒宫，万古清鉴悬。宁贫任劳鹿，宁贱受磨研。宁冻如寒蝇，宁饿如饥鸢。终不以快乐，而易此忧煎。井底水不波，山头石不迁。③

这首诗中的年轻寡妇与汉乐府诗中的秦罗敷、刘兰芝一样都有守节情不移的道德美，都在一定程度上反映了当时社会道德伦理价值观，但是也有明显不同，

① 刘辰翁：《须溪先生四景诗集》卷二，孔凡礼等编：《全宋诗》卷三五五二，第 67 册，北京：北京大学出版社 1995 年版，第 42463 页。

② 赵文：《青山集》卷一，孔凡礼等编：《全宋诗》卷三六一一，第 68 册，北京：北京大学出版社 1995 年版，第 43238 页。

③ 胡次焱：《嫠答媒》，《梅岩胡先生文集》卷二。孔凡礼等编：《全宋诗》卷三五三九，第 67 册，北京：北京大学出版社 1995 年版，第 42311 页。

这首诗中的寡妇具有更多的封建贞节观念。夫为妻纲取消了妇女的独立地位，使广大妇女沦为男权社会的附庸。妇女只有守节，才能成为符合道德观念的节妇。夫死改嫁则是不贞，像蔡文姬、李清照等改嫁的妇女，则被斥为“失贞”、“妖媚”、“婵娟”[①]，备受歧视。实际上，这种礼教摧残了无数年轻妇女的身心，吞噬了她们的生命和幸福。

三纲以及与之相适应的忠、孝、节等道德观念是维护封建君主专制统治的有效武器。这种观念在宋元之际这个特定历史时期被凸显和强化，有着极为重要的现实意义。一方面，它激发了无数志士仁人的爱国热情，鼓舞人们同元蒙统治者作斗争；另一方面，它适应了统治阶级的统治要求，保证人与人、人与社会之间关系的和谐，促进了社会的稳定。

二、理学对庐陵诗人艺术思维方式的影响

无论是程朱理学，还是象山心学，在观照外物的方式上都主张静观。北宋邵雍提出了“因闲观时，因静照物，因时起志，因物寓言，因志发咏，因言成诗，因咏成声，因诗成音”[②]的思想。他认为，艺术创作的起点是“观时”、“观物”，而“观时”、“观物”的心情状态则是“闲”、“静”，即心态保持雍容闲适，泯除物我，情累俱忘。程颐受到邵雍闲、静观物方式的影响，主张“万物静观皆自得”，即是“道通天地有形外，思入风云变态中”[③]，心与道通，思绪纵横驰骋，超越了时空的界限。万事万物皆蕴含着道，审美主体在观照万物时会体悟到心与道契、顿见真如的自得式情感愉悦。象山也主张以安坐收心的方式来观照万物。他的弟子詹阜民记载说：“先生谓曰：‘学者能常闭目亦佳。’某因此无事，则安坐冥目，用力操存，夜以继日。如此者半月，一日下楼，忽觉此心已复澄莹中立，窃异之，遂见先生。先生目逆而视之曰：‘此理已显矣。’某问先生：‘何以知之？’曰：‘占之眸子而已。’”[④]陆氏之“闭目”、“占之眸

① 胡次焱：《梅岩文集》卷二，明嘉靖刻本。孔凡礼等编：《全宋诗》卷三五三九，第67册，北京：北京大学出版社，1995年版，第42311页。

② 邵雍：《伊川击壤集》序，四部丛刊本。

③ 程颐、程颢：《二程集》卷三，北京：中华书局1981年版，第482页。

④ 陆九渊：《语录（下）》，《陆九渊集》卷三五，北京：中华书局1980年版，第456页。

子”也是源于禅宗观照外物的方法。在这一点上，程朱理学与象山心学有其相通之处。

宋元之际的庐陵诗人接受了这种静观万物的方式。刘辰翁说：

不知心体，则虽四方上下，无往而不碍。自未有此窗言之，塞固塞也，转而为窗矣，而窗亦塞也。自窗之外言之，则山之未见者见矣，而山亦塞也，山则在此矣。不知是山与他山复何如？平生所见又慊然如有不足，而为之远想，为之图画，往往喜闻而厌见，不知一丘一壑即千岩竞秀，政自何异？复亦何以易此。每山行历落，穷崖深穴，愈尽而愈不尽，然奇峰翠霭，曾不如遐观，而倚杖及僧房野店，得之燕坐，如窥如即，尤使人依依而不能去，胜于当然，无不得其全体，此亦观之至也，尚何求乐哉？[①]

刘辰翁认为观物的极致是心与物游，由有限的、个别的具体事物的观照向无限的心灵之境飞跃，打通时空限制。想象中的事物既是现实事物的再现，又超越了现实实相。可见，所谓的“静观”并不是思维的停滞，而是泯除物累后心灵自由跃动的状态。在这里，刘辰翁突出强调了在审美观照外物的过程中，人心的主观能动性，深受陆九渊心学的影响。

与审美观照外物方式相适应，宋元之际的庐陵诗人们多追求诗的自然之境。王义山称赏邵雍诗深得自然天境，说：“康节不求工于诗，而行云流水，诗之天也，黄溪有焉。”[②]的确，邵雍的诗歌脱落潇洒，触处皆真，已经超越了穷妍极态、缀风月、弄花草，浮华纂组、雕刻伤露的技巧层面，进入自然化境。王义山还将诗的境界分为圣、神、天三个层次。他说：

尝爱诚斋谓子美圣于诗。夫圣，孔子不居，诗敢居乎？诗至于大而化则圣矣。子美夔州以前诗，大而化之之圣也。夔州以后诗，圣而不可知之神矣。神则天，濂溪云：士希贤，贤希圣，圣希天，学不可一蹴造也。由

---

① 刘辰翁：《山窗记》，《须溪集》卷二，豫章丛书本。李修生等编：《全元文》卷二七八，第8册，南京：江苏古籍出版社1999年版，第705页。

② 王义山：《题胡静得编祖黄磎诗集序》，《稼村类稿》卷七。李修生等编：《全元文》卷八〇，第3册，南京：江苏古籍出版社1999年版，第106页。

希贤然后希圣，由希王然后希天。[①]

周敦颐的“士希贤、贤希圣、圣希天”的思想属于修养论范畴，是指人的修养所达到的三个阶段：贤、圣、天。贤人是士之修养的起点，圣是士人经过修养处于寂然不动的状态，人的感知更加敏锐，达到感而遂通的神境。这时，人与天地合德，与日月同明，与四时合序。王义山将周敦颐的道德修养论转化为文学批评论。就诗歌而言，诗歌能自由地通过描写形象、传达物态来抒发自己的感情，创造诗歌意境，心与手达到较高程度的结合，尽管如此，仍有人工之迹，仍属于圣境。有时候，诗人在完全没有想到的情况下，灵感倏然而至，也能神秘莫测地表达出稍纵即逝的突发奇想。这种境界已经远远超出人工之境，具有诗歌的神境。但这还不是诗之极致，诗歌的最高境界是情与理、景与境等诗歌构成因素巧妙地结合起来，如行云流水一样自然凑泊，完全泯除了人工之迹，达到化工之境了。杜甫夔州后诗不仅仅句法简易纯熟，不烦绳削而自合，而且艺术表现技巧也出神入化，诗歌意境富有神韵，达到了以天合天的天籁之境。显然，王义山吸收孟子道德修养的善、信、美、大、圣、神六境界，并兼融了绘画美学中逸、神、妙、能四品的思想。王义山诗歌的三境界说对明代李贽的“画工”与“化工”说和金圣叹的圣境、神境、化境三境说产生了一定的影响。

如何才能达到这种与天地自然合一之境呢?

首先，作为审美主体的诗人，善于发现日常生活中存在的美并加以提炼。客观世界，无论是自然界的山清水秀、风花雪月、朝露夕晖，还是社会生活中的人伦亲情、悲欢离合，等等，都存在着美。美无处不在、无时不在，而且，每一具体事物的美又都具有各自不同的个性。具有审美感受力的诗人应该从自然万象和社会生活中发现美。对此，刘辰翁有着极为深刻的认识，他说：

“诗在灞桥风雪中驴子上”，非也。鸟啼花落，篱根小落，斜阳牛笛，鸡声茅店，时时处处，妙意皆可拾得。然此犹涉假借，若平生父子、兄弟、

① 王义山：《赵东村希夔诗集序》，《稼村类稿》卷八，四库全书本。李修生等编：《全元文》卷八一，第3册，南京：江苏古籍出版社1999年版，第115页。

家人、邻里间，意愈近而愈不近，著力政难。有能率意自道，出于孤臣怨女之所不能者，随事纪实，足称名家。即名家尤不可得，或一二语而止。如孟东野“慈母手中线”，“归书但云安”，极羁旅难言之情。如李太白“昨夜梨园雪，弟寒兄不知”，小夫贱隶，谁不能道，而学士大夫或愧之矣。如陈后山“归近不可忍”，以为精透亦可，以为鄙亵亦可。如杜子美“问事竟挽须，谁能即嗔喝，欲起屡见肘，仍嗔问升斗”，乃并与声音笑貌仿佛尽之矣。又如古人，于奴婢猥下，写至孤客亲童仆，凄然甚矣。又云“童仆生新敬”，则出处世态隐约可见。又云“犬因无主善”，则俯仰尤有不忍言者。如陈简斋“平生老赤脚，每见生怒嗔。挥汗煮我药，见此愧其勤”，更自风致清真，而岂今人不能道哉？[①]

诗意的美既存在于灞桥风雪、鸟啼花落、篱根小落、斜阳牛笛等自然界中，又存在于现实人生中。诗人能从切近于己的事物中发现其深远不近的美，并能率意自道、随事纪实，将其表现出来。如同理学家格物致知一样，理存在于万事万物中，人们应当先格其物理，然后才能达到对事物全面、深刻的认识。诗人发现美与理学家格物致知有其内在的相通之处。

其次，诗人应当与大自然融合为一。万事万物都是有灵性的，都是道的体现者，“天地间乐莫乐于生意，使天地之内无一物不遂其生，于吾心亦若慊焉”[②]，物之生意与吾心和谐。这样，诗人应当将自己的喜怒哀乐与大自然的风云变幻、朝晖暮冥以及人伦日用的律动相统一，从自然山水的变迁中领悟到生命的律动，心物合一，道物相冥。刘辰翁的《松声诗序》就阐明了这个道理：

声皆出于自然，为籁而有小有大，若近若远，或离或合，高下变态。磅礴恣肆者，未有若夫松之为声也。……盖泉也得之山石之间，有其雄，有其悲，有其顿挫，而无其韵。若竹之为物，则非无其韵也。则亦如优孟学孙叔敖，俯仰谈笑皆似，而疎髯不类，则乍听皆合，察之而愈远也。使

---

① 刘辰翁：《陈生诗序》，《须溪集》，卷三，豫章丛书本。李修生等编：《全元文》卷二七〇，第8册，南京：江苏古籍出版社1999年版，第564页。

② 赵文：《云山记》，《青山集》卷三，四库全书本。李修生等编：《全元文》卷三三三，第10册，南京：江苏古籍出版社1999年版，第90页。

> 天地间人才似此，则老成峻茂、文武威风，皆当充塞宇宙。诗而似此，则天矣。[①]

泉之声是大自然律动的表征，诗人内心悲欢哀乐的情感律动随着泉声的高低顿挫之变而变，同频共振，契合如一。这样就达到了庄子所说的天籁之境，诗歌也就进入了与物同流、心物两志的物化境界。

再次，诗人在追求道德完善、体验天地变化和人生意义的同时，追求一种心灵的愉悦和审美享受。[②]如王义山的两首诗云：

> 山水之中足可娱，田园数亩任荒芜。论交惟有诗知己，把酒相忘月与吾。秀石漱泉清可砚，孤峰挂日景堪图。可怜直节如松劲，刚被秦封作大夫。
>
> （《斋居杂兴》其三）[③]
>
> 步屧随风过柳川，眼前气象觉熙然。勾萌甲拆皆春意，鱼跃鸢飞遂性天。绿草方浓山尽发，紫芽新迸蕨初拳。自形自色何容巧，禀赋元来物得偏。
>
> （《春日即事二首》其二）[④]

鱼跃鸢飞、绿草青山、紫芽新蕨等无不各适其性，自得其乐。诗人一旦体悟到道的真谛后，便觉心胸释然，物我合一，与天地、山水同乐，忘却了日常生活的一切。这种乐感意识是诗人道德自满后的惬意，又是体道、证道后心灵所获得的审美享受。

与王义山乐道、证道后获得快乐不同，赵文则更侧重人之性情的自足、自乐。在《王奕诗序》中，他说：

---

① 刘辰翁：《须溪集》卷二，豫章丛书本。李修生等编：《全元文》卷二六九，第8册，南京：江苏古籍出版社1999年版，第544—545页。

② 张毅：《中国文艺思想史论集》，天津：南开大学出版社2004年版，第264页。

③ 王义山：《稼村先生类稿》卷一，李修生等编：《全宋诗》卷三三五二，第64册，北京：北京大学出版社1995年版，第40073页。

④ 同③，第40075页。

“衡门之下，可以栖迟。泌之洋洋，可以乐饥”。吾穷居每讽此诗，充然不见吾为不足，而况能为此诗者乎！富者踞桉，终日焦然，楼船户马之应酬，前者在庭，而后者在户，虽有高台曲池、撞钟舞女，将不暇乐。贵者縻组而入，佩瑰而出，率以为常。其得志者，乘坚驱肥于黄河莽苍之外，风沙雨雪，新知邂逅，立马而语寒，酌酒以相煦，而吾亦大偷然溪水之上，云烟竹树，莎虫水鸟，与凡盛衰反复，可悲可愕之事，皆取之以为诗，岂不浩然于天地间，而得其所以为亦大哉！吾贫甚似亦大，而亦有吟癖，每苦吟得句，欣然满意，未知世间富贵者之乐，与我得句时何似。虽持此，今世谁售？而来者谁传？然人生贵适意耳，使吾吟常得句，则常适意，即虽富贵亦不过如此矣。①

富贵者、得志者因奔走于势利之途而遑不起居，终日焦然，无暇享受人生的真正快乐。与他们不同，诗人自己尽管贫穷，却能以吟诗为乐，以审美的目光来观照一切，获得精神上的快乐，性情的自适。当然，诗人和王奕、颜回的贫居自乐也有不同。颜回寡居陋巷、甘贫如饴是道德主体自我修养达到自足境界的表现，其精神支柱是守道，坚守儒家之道，他的乐便具有道德色彩，王奕也是这样。诗人则不然，他是在滚滚红尘中摒弃世俗名利之争，寻求心灵上的诗意栖居，他的人生是适意的、审美的。

王义山和赵文虽然都植根于庐陵文化的土壤中，但他们的人生乐趣是有所不同的。这是因为王义山接受程朱理学重视道德修养的熏陶，赵文则接受了陆氏心学重视性灵自适的影响。如：

轻寒测测雨冥冥，不觉闲中春一庭。老竹似欺窗草绿，落梅微间翠苔青。倏听莺语调新曲，默看蛛丝网碎屏。物意人情两相得，莫容尘俗挠中扃。

（王义山《蚤起斋檐独坐》）②

① 赵文：《青山集》卷二，四库全书本。李修生等编：《全元文》卷三三二，第10册，南京：江苏古籍出版社1999年版，第68页。

② 王义山：《稼村先生类稿》卷二，李修生等编：《全宋诗》卷三三五三，第64册，北京：北京大学出版社1995年版，第40084页。

雨过山田物物穰，斋庖煮豆喜初尝。茸茸绿荚牛毛浅，戢戢明珠蚌蛤长。不直画堂擎玉腕，只宜吟客饱藜肠。食余依旧堆盘在，贵贱同归何有乡。

（赵文《雨过》）①

在王诗中，自然界中的老竹欺草、落梅间苔、莺语新曲、蛛丝网屏，等等，无一不贯注着活泼泼的生命灵性，完全是诗人从大自然的生命律动中体验出来的，是物意与人情两相融洽的结果，是诗人静观万物后所获得的自得式哲理体验。赵文的诗集中笔墨表现了煮豆、食豆的过程，绿茸茸的豆荚、闪亮亮的豆粒，食豆后杯盘狼藉，这一切无不充满了生活的情趣，诗人从平常的生活中发现了人类生活所蕴含的朴素美，并将其提炼、升华为充满活泼性灵的艺术美。

刘辰翁是宋元之际庐陵诗人群体中成就极高的一位诗人。他的文学成就是多方面的，诗、词、文兼通，除此之外，他还是一位开风之先的文学评点家。其诗歌创作虽然不如词的成就高，但也有自己的特点，他自觉地追求不务雕琢的自然美和寄托遥深的含蓄美。

刘辰翁诗歌美学思想的核心就是崇尚自然美，强调诗歌应是人的性情的自然流露，反对为文伤情。在前文所引《松声诗序》中，刘辰翁把诗歌与松声作了比较，认为松声来源于大自然的天籁之音，松声的疏密、疾徐的节奏变化，怒吼或微吟等声响的起伏都得之于充塞宇宙的自然之气。诗歌也是一样，无论是诗歌音律的俯仰起伏，还是风格的差异，都是人之真性情的自然流露，得之于人的元气，都是在不得不发的强烈情感和不可阻遏的创作欲望驱动下完成的。在《赠潘景梁序》中，他说：

余谓文者皆不得已也，故传六经、《语》、《孟》，非问答即纪事，无作意者。下至诸子、史，或一事反覆，或一语酎诰，犹未至无谓，无谓者独建安以来耳。故东汉皆以西都为妄作，班、马视先秦如古人，凡沛然成章而每举不厌者，甚不多见也。杜诗、韩文间以俚语直致，而气始振。然夔、

① 赵文：《青山集》卷二，李修生等编：《全宋诗》卷三六一二，第68册，北京：北京大学出版社1995年版，第43254页。

潮以后之论兴而惑者，始不可窥较矣。今言诗，类如子美，散文言者啫啫《蓝田壁记》为古。异哉，必求其有谓与不得已，庶几羌村同谷之音、滕王阁后记之体，乃与无作之作合。夫言虽技也，道亦不离于言。……道不得已为言，言不得已亦道，繇此虽北宗可也。①

刘辰翁推崇诗文创作以无作而作、不得已而作为最高境界。所谓“不得已而作”是指创作主体经过某种环境或人为因素的刺激形成了一种强烈的创作欲望，欲借之于文字将胸中奔突不止的情感之力宣泄出来。刘辰翁受到韩愈“不平则鸣”思想的影响。他们都认为诗歌是宣泄胸中郁塞不平之气的渠道，是对不合理社会现象的愤怒抗争。但是这还不是诗歌创作的最高境界，“无作而作”才是诗歌创作的极致。他认为最美的诗歌应当是超越具体的有限的诗歌形式美，脱落形迹，与自然合一。“不得已而作”着重从创作主体情感表达状态方面入手，它是达到“无作而作”的基础和前提；“无作而作”既是诗人创作心态，又是一种诗歌境界。达到无作而作的诗歌境界时，诗人的剧烈的情感律动已经过一番冷却，进入无知无欲、绝思绝虑、与道相冥、空明寂静的心理状态。刘辰翁的这种“无作而作”的诗歌思想深受老子“大音希声，大象无形”思想和庄子“虚静”观的影响。

他的诗歌创作也在一定程度上体现了他的审美理想。如：

入城过新雨，路静市人稀。吾家林塘间，水鸭狂欲飞。门阑稚子笑，隔树见翁归。何人无此乐，颓暮乐知希。

（《山中雨行》其二）②

棋声何处起，满院寂无哗。门闭鸡鸣午，庭空蝶绕花。静中时落子，高处欲惊鸦。枸杞篱根吠，棠梨屋角斜。客迷柯下路，人在橘中家。此乐商山似，休争着数差。

① 刘辰翁：《须溪集》卷二，豫章丛书本。李修生等编：《全元文》卷二六九，第 8 册，南京：江苏古籍出版社 1999 年版，第 538—539 页。

② 刘辰翁：《须溪集》卷一，李修生等编：《全宋诗》卷三五五一，第 67 册，北京：北京大学出版社 1995 年版，第 42456 页。

（《棋声花院闭》）[①]

第一首诗中描写的山中新雨、路静人稀、林塘水鸭、稚子欢笑，一切都是那么自然，那么纯真。第二首诗，满院寂静，不时传来棋子落盘声，蝴蝶翩翩起舞，篱边枸杞好像也不时地打破这宁静的气氛。这两首诗一动一静，充溢着喜悦，这是与自然合一时所获得的自得之乐。感情真率而又自然，毫无矫饰之病，不费安排，从胸中自然流出。

达到不作而作境界的诗歌，诗中的艺术境界与现实生活的真实完全融成一片。前文所引“鸟啼花落，篱根小落，斜阳牛笛，鸡生茅店，时时处处，妙意皆可拾得。然此犹涉假借，若平生父子、兄弟、家人、邻里间，意愈近而愈不近，著力政难”[②]，他似乎无意为诗，生活中的喜怒哀乐之情或对生活的某种感悟在某一特定环境或外力的刺激下，诗情像泉水一样自然流出，如，《初晴》诗云：

初日入高楼，归云杂江树。鱼游新雨晴，鸟语晨光吐。天容朗复清，烟色转轻素。墙草丽车前，巷沟映泥路。窗明袪宿润，础泫滑微步。会朝有宿客，过午无来屦。沿砌上玭衣，虚庭竿犊袴。人生足无事，世故非所虑。彼语吾不闻，清风有时度。[③]

清晨，归云、江树、游鱼、新雨，鸟语啾啾，墙草沾车、巷沟泥泞，一切都显得平和宁静，清新自然。待客不至，世事变迁，诗人都好像充耳不闻，一切又显得那么超脱。这是饱经乱离之苦、故国之悲等痛苦煎熬后的淡泊宁静，发之为诗，一切都如实道来，实写胸中天。

这些时时处处都存在的诗歌妙意往往都是极平常的事物、极普通的人情，如村舍、鸡犬、鱼游、鸟语、惊鸭等自然意象和稚子迎父、待客不至等日常情

① 刘辰翁：《须溪先生四景诗集》卷二，李修生等编：《全宋诗》卷三五五二，第67册，北京：北京大学出版社1995年版，第42464页。

② 刘辰翁：《陈生诗序》，《须溪集》卷三，豫章丛书。李修生等编：《全元文》卷二七〇，第8册，南京：江苏古籍出版社1999年版，第564页。

③ 刘辰翁：《须溪集》卷一，豫章丛书。孔凡礼等编：《全宋诗》卷三五五一，第67册，北京：北京大学出版社1995年版，第42455—42456页。

事，然而，就是这些普普通通的人、平平常常的景、平平淡淡的情，一经诗人妙笔点化，便有无限妙意。如《绿荷雨跳珠》：

荷外雨潇潇，舟如泊断桥。忽惊红粉乱，又见绿珠跳。万叶明苍水，轻风问步摇。疏疏沾羽盖，点点溅鲛绡。玉露明金掌，红妆湿翠翘。佩痕留不得，立地使魂销。[①]

不过是雨中的荷花，出自刘辰翁的笔下，便有了盎然的生机。荷花的惊惶，雨珠在荷叶上的滚动，绿叶的摇摆，又加之“忽惊”、“又见”、“步摇”、“沾”、“溅”等词语的选用，虽然好像漫不经心，无意为之，但描摹事物的情态无不活灵活现、妙趣横生。

刘诗注重语言的平易，是经过锤炼和升华后不露痕迹的平易，是繁华落尽后唯存真淳的美。他坚决反对那种旬煅月炼以伤情的做法。他说：

诗无改法，生于其心，出于其口，如童谣，如天籁，歌哭一耳。虽极疎戆朴野，至理碍词衺，而识者常有以得其情焉。上帝板板，下民卒瘅，其言俚，不属于毛，不离于里，其意乖。小东大东，匪且有且，昔育恐育，鞫其音，鄙其文拙，方言如訾，猥言如嚏，不雅甚，如殿屎，删后犹有如此者，当自喻也。荆轲、项羽临岐决绝之辞，出于不择；《大风》之歌一发，有英气，比秋风视草远矣。彼旬煅月炼，岂复有当日兴趣万一哉？[②]

他认为诗歌是抒发人之真性情的，极平易、质朴、率真的语言中往往蕴含无限情趣，如果刻意雕凿，诗歌便失其本真，有伤兴趣。这种思想明显有陆氏心学色彩。在诗歌创作中，他的诗歌语言平易、情趣盎然。如《悠然见南山》：

异代羲皇上，余生晋宋间。悠然无一事，政尔见南山。西曲风流远，

① 刘辰翁：《须溪先生四景诗集》卷三，孔凡礼等编：《全宋诗》卷三五五三，第67册，北京：北京大学出版社1995年版，第42479页。

② 刘辰翁：《欧氏甥植诗序》，《须溪集》卷三，豫章丛书。李修生等编：《全元文》卷二七〇，第8册，南京：江苏古籍出版社1999年版，第550页。

东篱意思闲。吹衣凉浩荡，矫首碧孱颜。双蝶来何晚，白云相与还。是中秦博士，相识少相关。①

这首诗描写陶渊明与自然合一、怡然自适的隐逸之情，流水曲曲，蜿蜒东流，凉风习习，蝴蝶翩翩，白云悠悠，这一切都是自然的充满情趣的，作者并不着力刻画，只以白描手法淡淡道出，但其中却有无穷韵味。

当然，刘辰翁不作而作的诗歌理想与宋代追求平淡的思想是一脉相承的，它们都主张脱落行迹、平淡中有至味。但刘诗侧重于抒写性情之真，其他宋诗人，如以梅尧臣等人为代表的宋诗平淡美则多从峭奇怪变中来的，给人以曾经沧海的成熟感。②

总之，庐陵文化的内涵是多方面的，它既包含着由程朱理学所熔铸的忠孝节义的道德观念，又包含着象山心学所熏染的崇尚性灵的生命意识。这对宋元之际庐陵诗人群的影响也是多方面的，既塑造了他们忠君爱国的道德情操，又培养了他们活泼泼的生命灵性。对诗歌艺术风格的影响也是双维的，既有慷慨激昂、寄慨遥深的爱国诗篇，也不乏充满生命灵性之作。

第二节　刘辰翁诗学思想的“不得已”说

刘辰翁是宋元之际庐陵诗人群的重要代表。在哲学思想上，他以象山心学为本，融通朱子之学，强化心体的重要性。与之相应，他的诗学思想也突出了心体在文学创作中的主观能动性，提出了“不得已”说。刘辰翁的“不得已”说直接关联着存在与言说、天人合一的哲学问题。

一、“不得已”说的内涵

刘辰翁诗学思想最有价值的部分就是继承并发展了司马迁的“发愤著书”说、韩愈的“不平则鸣”说、欧阳修的“诗穷而后工”说，提出了诗歌创作是

① 刘辰翁：《须溪先生四景诗集》卷四，豫章丛书。孔凡礼等编：《全宋诗》卷三五五四，第67册，北京：北京大学出版社1995年版，第42485页。

② 张毅：《宋代文学思想史》，北京：中华书局1995年版，第79页。

诗人在“不得已”的境遇中“不得已”的言说。

文学艺术创作总是离不开具体的社会生活和历史文化背景的影响。诗人生活在特定的现实生活中，现实生活所发生的事情引起诗人的关注，产生强烈的情感，形成难以遏制的创作冲动，于是，发而为诗。对此，刘辰翁在《赠潘景梁序》中有非常精辟的论述。刘辰翁所谓“文者皆不得已也”，主要是指具有强烈责任感和道德意识的诗人在现实生活中有所感发，被现实生活中的许多黑暗现象所触动，诸如政治黑暗，无法施展自己的政治抱负，而产生郁闷不平之气；对百姓痛苦、民不聊生的现状充满深切的同情和关爱。这些情感凝聚成不可阻遏的创作冲动，创作出感情充沛、有深刻思想的诗歌作品。与此相应，刘辰翁坚决反对无病呻吟的“无谓”之作。同时，诗人还应当做到寄有意于无意之中。宋元之际，元蒙统治者不重儒学①，处于逆境中的诗人，行儒家之道的机会已经没有了，在道德修养方面，他们还潜心涵养儒家之道，自觉践行，人的一言一行，举手投足，洒扫应对等日用百事，无不合道，达到道与人合一之境。自然地，他们有更多的时间深入研究诗歌的艺术表现方式，潜心探索诗歌的艺术风格。他们的文章、诗歌作品无不是儒家之道的真实流露，诗歌艺术表现方法无论如何奇诡、变幻莫测，总会与诗人的丰富复杂的心灵世界和谐统一。这样，诗人就做到了“不得已”的有意为诗与不烦绳削而自合的无意为诗相统一。

物感说是中国古代文学思想中十分重要的概念。从宋玉的感秋而兴悲，到“凡音之起，由人心生也，人心之动，物使之然也。感于物而动，故形于声，声相应，故变，变成方，谓之音”(《礼记・乐记》)，再到钟嵘“气之动物，物之感人，故摇荡性情，形诸舞咏”(钟嵘《诗品序》)，就已经奠定了物与人之间的关系，它强调的是外物对人心的感发作用。物感说的逻辑展开就是司马迁的“发愤著书”说、韩愈的“不平则鸣”说、欧阳修的“诗穷而后工”说，它们都从外物（自然、社会）对创作者心灵世界产生影响的角度阐明诗歌产生的根源，它们的逻辑思路是由物到人再到文学作品。对于传统的物感说，刘辰翁一方面继承了其合理因素，吸收了客观外物对诗人情感的影响这一方面，同

① 南宋灭亡后，元蒙统治者虽然表面上推崇程朱理学，刘因、许衡、吴澄等人备受统治者的尊重，还下诏征聘儒学之士。但是，这只是表面现象，他们并没有真正做到以程朱理学为立国之要，知识分子的地位十分低下，与娼妓、乞丐为伍，沦为社会的底层。

时也改造了把外物视为诗歌创作原动力的思想，刘辰翁转而将诗人的主观之心视为诗歌创作的直接动力。在《不平鸣诗序》中，他有过精致的论述。在刘辰翁看来，天（大自然）如同人类一样有复杂多变的性情，但是它不能以语言的形式表达出来，其郁积已久的不平之气就通过大自然的不同现象发泄出来。天与其显现的关联物（自然现象）之间，如烈风、迅雷、彗星、彩虹、山崩海啸等，是直接的显现与被显现关系，中间没有任何媒介来与它们发生作用。天与自然现象之间的关系如此，人与文学作品之间的关系也是这样。人的不平之气长期郁积于心中，不同类型的感情通过与之相适应的文学形式直接地显露出来，人与诗歌作品的关系也是显现与被显现的关系。这样，刘辰翁的诗歌创作形成的逻辑思路是由心到诗歌作品，根本不需要客观外物这个媒介。这与韩愈是不同的。虽然指出了物不平则鸣的"不得已"，但是韩愈突出了客观外物的鸣常常是在其他外物的作用下发生的，以其他事物为媒介，即"择其善鸣者而假之鸣"（韩愈《不平则鸣说》），作家要把积郁在心中的不平疏导出来就必须借助一定的外物，将情感寄寓其中。韩愈的诗歌生成的逻辑思路是由心到物再到诗歌。

二、语言与存在合一

刘辰翁与韩愈不同的逻辑思路是由两种完全不同的语言观决定的。韩愈思路的基础是形而上学的语言观，而刘辰翁则是存在论意义上的语言观。

我们知道，语言问题是哲学上一个无法回避的重要问题。人常常被规定为会说话的动物，而语言又常常与人的思维进而与存在联系在一起，这是人与动物的根本区别。传统的形而上学割裂存在与语言的关系，把语言视为人类思维的工具，人类借助语言表达所思所想的内容。庄子哲学所标举的"得意忘言"就是这种语言观的体现，其基础就在于把人与语言分离开来，认为语言是达意的媒介和工具，意已经得到，当然就可以舍弃言。庄子忽视了语言与人类即言与意的统一性问题。韩愈所说的"不平之鸣"主张情感通过外物的媒介来表现，实际上已经把情感与言说分离开来，使它们变成了二元对立的关系。

与此不同，刘辰翁认为语言与存在的关系是统一的，不可分割的，语言是存在自己在言说。在《古今韵会举要序》中，他说：

气者，天地母也。声与气同时而生，有声即有字，字又声之子也。……繇是而协于律者，方次第生焉，犹弟兄不可知，所可知者其初必出于一也，故谓一大为天。可谓天为天，天不知也，谓天为七年切，愈不知也。……十三卦未画而有名，岂惟有名，而舟车杵臼莫不皆有其物，岂先有是字而后有物乎？其物从字乎？今人以指事会意为差，而不知形声之皆意，惟声者自然而然，然且有无字之声，而未有无声之字。及其字也，犹一举首而得其为天，而意常后之，故制字之初，未必人为之也，天也。今人知字而不能知声，故意之，意之而听于东冬清青也，惘然而不敢易，犹声耳，而信目连璧也，而不相往来，不知韵者生于律，律之生也，有合故律。[①]

在这里，刘辰翁论述了他的声、字、韵、律之间的关系，声为母，字为子，这种系统正确与否，我们暂且不论。但是，他所说的声、字之间的衍生关系，有十分深刻的含义。

首先，声是宇宙存在的自然显现。在刘辰翁看来，声与混沌之气一样都是天地之母，无形无体，具有独立的本源意义。作为本体论意义上的声音，是存在在“言说”，是宇宙在“说”，是宇宙的直接显现。存在论意义的“声”就是“说”，“说”总要“说”点什么，有内容可说，这个内容就是存在要显露的本质真实。就本体之声的发用方面而言，声具有可听性的特点，能为人感知，可以代表看得见的事物，具有明确的指向性。这样看来，语言不是一种符号系统，而是一种存在系统。[②]

其次，声的独立性引申出文字的依附性、派生性。声产生了许许多多的有形体的字，而这些字确实又都是由人体的口、喉咙等生理器官发出的声音，可以写出来，声的发用就表现出有形体、能为人所感知的文字，具有客观实在性。声的独立性表现在：它是存在的表现方式。这样，它就摆脱了客观对象的束缚，声音和它的对象文字之间的关系表现出不确定的关系。它们的关系往往是人为的、任意的、偶然性的结合，缺乏内在的必然性。所谓“今人知字而不

---

① 刘辰翁：《须溪集》卷四，豫章丛书本。李修生等编：《全元文》卷二七一，第8册，南京：江苏古籍出版社1999年版，第569—570页。

② 叶秀山：《叶秀山文集》（哲学卷下），重庆：重庆出版社2000年版，第192页。

能知声，意之而听于东冬清青也……而信目连璧也”是说，有些人知字而不知声，只好凭着自己的主观之意去推测声音，就出现了同一种声音可以有不同的字来指称的现象。

最后，在物与文字之间，何者为先，何者为后，也就是何者为第一性的问题上，刘辰翁也有明确的回答：“今人以指事会意为差，而不知形声之皆意”，文字和物都是“意”之所向的产物，它们都是存在之我的主观意识活动的产物。也就是说，存在的主观意识是第一位的，文字和物是第二位的，它们从属于意识。中国的文字向来有象形、指事等方面的功能，通常人们指着象形字、指事字，说这是什么什么，那是什么什么，指着⊙说这是太阳，把这些象形字、指事字当作某一实物的代表，指示某一特定的实物。但实际上，这个⊙并不是客观存在的太阳，其他象形文字也不指示某个特定的实物。实际的太阳能发光、发热，给人们带来温暖，而这些符号却不能。这些文字和实物完全是不同类型的物。说某个文字指示某个实在的事物是人依靠自己的喜好将它们主观搭配在一起的，没有内在的、本质的联系，所谓“信目连璧也”就是此意。为事物命名的问题与此相似。给事物命名，并不是把一个约定俗成的符号像贴标签一样硬加到一个事物上去，名字和事物之间没有必然的联系。命名就意味着给事物以命令，给予它以存在的意义，使它在所命名的文字中显露其存在的意义。实际上，命名也是一种言说，仍然离不开“人”，是人看到了事物，让它敞开，显露出来。

文字得之于天，而天的言说又离不开人的存在。那么，什么是存在呢？刘辰翁对存在的思考是以时间性为出发点展开的。他说：“往者吾弗及，来者吾弗闻，乐莫乐于今之为吾者矣。而以昔之知我而复我，亦为不知我者也。虽然其事尚远，远者，百年后也，奈何乎今，吾知叟之心矣。天地一丘也，古今一我也。”[①] 就是说，本源意义上的时间是与人的存在联系在一起的，也就是说，人生活在时间中。时间是从古到今绵延不止的完整统一体，过去、现在、未来只不过是时间长流中的不同状态，不可能被分成物理学意义上的过去、现在、未来三个阶段。存在论意义上的过去不是指现在已经不存在的，而是“曾在”；

---

① 刘辰翁：《乐丘记》，《须溪集》卷十一，豫章丛书本。李修生等编：《全元文》卷二七八，第8册，南京：江苏古籍出版社1999年版，第706—707页。

未来也不是尚未存在的，而是“将在”；现在就是“此在”。“古今一我也”的“一我”就是存在论意义上的亘古不变的人类终极存在，“我”过去存在，当下存在，未来也会存在。当然，“我”也可以不在场，不在场并不意味着“我”不存在。然而，“往者吾弗及，来者吾弗闻”的“吾”则是指当下的存在个体，他是有血有肉的，存在于现实的历史中，有一个从出生到死亡的生命过程，具有时间性和有限性的特点。“吾”在生命的有限时间内，过去和未来都是不可知的，“吾”只存在于当下的境遇中。就此而言，以过去之“吾”来把握现在之“吾”，属于“不知我者也”。

可见，刘辰翁对存在论的思考与海德格尔的存在论颇有相通之处。不过，他们之间也有明显的不同。海德格尔侧重于从个体与肉体尚未分化的“原始意识”入手展开对存在的思考，意在弥合形而上学的意识与存在的二元对立所带来的分裂。而刘辰翁则以心为本体，从体用合一的思维模式入手思考人类的存在问题，将历史发展的时间性因素纳入到人的意识中，体现了鲜明的心学特色。

三、诗歌的天然美

刘辰翁肯定诗歌作品是出于诗人自由抒发真实性灵的天然之作，突出诗歌创作的天然性原则，坚决反对为诗而诗、矫揉造作的不良倾向。

刘辰翁诗歌创造的最高理想是“无作之作合”的天然美，追求自然天成的天然之境。在这种境界中，诗歌的形式（字法、句法、对仗、声律）与内容合一。虽然诗人不醉心于语言文字的工巧，使字用事的广博，声律的和谐，但语言文字无不在诗人主观情感的召唤下奔涌而出，诗歌的声律与诗人内在的生命律动融合为一。诗人的创作达到得之于心、应之于手的自由之境。在《宋贞士罗沧州诗序》中，他说：“用吾情，诗非难事。前此所以极力而不得其要者，由其性情或近或不近。趋晚唐者乏气骨，附江西者少意思。必待其发语通明，不用一事，而亦无一字无来处，就之不可即，望之不可寻，是在能化。”[①] 诗人

① 刘辰翁：《须溪集》卷四，豫章丛书本。李修生等编：《全元文》卷二七一，第 8 册，南京：江苏古籍出版社 1999 年版，第 572 页。

感到创作之难的主要原因是，他们性情还没有达到不得不发的境地，还存在着性情的或远或近的区别，心中所想与手中所写之间还存在着一定的隔阂，并没有达到心手合一、自由无碍的程度。

音乐与诗歌由统一到分离的演变趋势和诗人的心灵世界与其对象化的诗歌作品之间的分合关系在本质上是相通的。在《刘次庄考乐府序》中，刘辰翁说："吾读文王《清庙》，何其往来反覆，愈简而愈有余地，虽不能知其声，而洋洋者如倡而复叹之不足也，故可歌也。故知依声铸字，出于述者之过，中无所见，则如市人滥吹，闻而从之者也。……古诗皆弦诵，如今巷歌，乐之始也，三侯之章出于呜呜沛中，儿童和习之，岂必被弦歌而后为乐府哉？……而意之所到，亦不必求之四声响切，而畅此于解题，又最有助。"① 在上古时期，两者之间与舞蹈结合在一起，先民们兴之所至，情之所向，不知不觉地手舞足蹈，形成乐歌。此时的音乐、诗歌本于人情，是人的真实情感的流露。战国以后，诗歌和音乐渐渐分离，但是诗歌依然保留着音乐的因素。南朝的沈约等人，过分追求声律，提出"四声八病"之说，声律、对仗、骈俪化的语言等形式因素越来越远离诗人的心灵世界，诗歌的音乐性因素不仅不能为抒写真情实感服务，反而成了约束情感的桎梏。即使到南宋时期，尽管姜夔等人校正雅乐，但是语言枯燥无味，诗歌与音乐分离的问题仍然没有得到有效的解决。

刘辰翁试图从本体论的高度解决这一问题。他认为，无论是诗歌还是音乐都本之于人心，是至高无上的道的显现。在《玉笥山清音堂记》中，他说："凡音之起，由人心生也。惟得之天然者，可以意会，而不可以言传。"② 在刘辰翁看来，世界上最真最高的艺术莫过于出于人类真实情感的天然艺术，它不依赖于任何人为的因素。片面的循声逐律、语言上的险僻怪难都会破坏天然的艺术，还容易使人们忘记诗歌艺术的真正本质在于诗人的活泼泼的性灵。只有摒除人为的形式，才能确保诗歌的真诚。当然，这并不是说，刘辰翁否定诗歌的形式美，否定艺术创造，而是说，他将诗歌的形式美与诗歌的艺术之道结合起来，做到人工与天工的统一。通过主体之心为天地立心的方式，人完全与自然同趣，人的自我意识之心完全可以达到与道合一的境界。此时，人类的艺术虽

---

① 刘辰翁：《须溪集》卷三，豫章丛书本。李修生等编：《全元文》卷二七〇，第 8 册，南京：江苏古籍出版社 1999 年版，第 558 页。

② 同①，第 627 页。

然是人工创造，但因为主体的自我意识与只可意会不可言传的天道相往来，人工艺术因没有雕琢之迹而成为天然的艺术，从而也就达到了人工与天工合一的境界，即“就之不可即，望之不可寻”的“能化”境界。

诗歌的“能化”境界的具体体现是多方面的，主要包括如下。

首先，性灵之真。刘辰翁认为，诗人的性灵之真得之于人的天性，是与生俱有的先天良心的具体体现。在刘辰翁看来，现实生活中的任何事物，无论是民生疾苦，个人在政治仕途上的进与退，还是道德修养与践行等方面，都会进入诗人的主观意识活动中，成为诗人关注的对象，激起内心的不平，从而创作出具有真情实感的优秀诗歌作品。一个冷漠无情的人，由于缺乏最起码的道德良知，无论自然界如何荒凉，百姓生活如何痛苦不堪，也不可能进入他的心灵世界，他也根本不可能创作出任何诗歌作品。在诗人的真实性灵之光的照射下，大自然、人类社会中的万事万物都可纳入诗人的意识之中，成为显露真情的诗料。在《陈生诗序》中，他也有过恰当的论述。在刘辰翁看来，大自然的景象，鸟语花香，斜阳巷陌，牧牛吹笛，鸡声茅店，等等都可以触动诗人的情感，发而为诗。但是，这些诗作只不过是借景寓情而已，“有所假借”，还不符合他的真诗论的标准。他所标举的真诗是从心中自然而然流露出来，“能率意自道”，不加任何雕饰。这样的诗，往往通过日常生活的常人常事显露出诗人的真实情感，“随事记实”，绝假纯真。比如，杜子美“问事竞挽须，谁能即嗔喝”的诗能在日常生活的平凡事物中，流露出自己的真情实感，其音容笑貌呼之欲出，没有任何雕琢之迹。

其次，天然纯真之趣。只要是出之于真性情的诗，哪怕是街里闾巷的童谣，也比那些无病呻吟、故作艰深乖僻之作强之百倍。刘辰翁尝言：“诗无改法，生于其心，出于其口，如童谣，如天籁，歌哭一耳。”[①] 童谣是出于毫无心机的儿童之口，心之所想，随口而出，他们毫无功利目的，这样的诗虽然有些稚嫩，但也不乏天然纯真之趣。与此相应，刘辰翁十分推崇杜甫的诗，认为“大篇江河，转怪不测，虽太白、退之，天才罕及。至五言七言律，微有拙处。然时时得风雨鬼神之助，不在可解。若七言宕丽，或更入于古野，而不为俚，

① 刘辰翁：《须溪集》卷三，豫章丛书本。李修生等编：《全元文》卷二七〇，第 8 册，南京：江苏古籍出版社 1999 年版，第 550 页。

亦为作者自知”[①]。杜甫诗的突出特点就是真，杜甫虽然心系国家安危、民生疾苦，长期漂流各地，但是他的民胞物与的情怀和博大的仁爱之心时时从胸中流出，像滔滔不尽的江河一样奔腾不止。即使一些五言、七言律诗“微有拙处”，但也不是瑕疵，因为这不是亦步亦趋的模仿古人、拾人牙慧，而是本于诗人赤诚之心的自然流露，在常人常事常景中见出出人意表、鬼斧神工之妙。

最后，痛快淋漓、自然天成。出于性灵的真诗不是刳心呕肝的结果，而是无意为之却又不得不为之的结果。他认为诗歌应该像散文一样自由畅达、无拘无束。在《赵仲仁诗序》中，他比较了文人之诗和诗人之诗的不同，说：“后村谓文人之诗与诗人之诗不同，味其言外似多有所不满，而不知其所乏适在此也。……文人兼诗，诗不兼文也。杜虽诗翁，散语可见，惟韩、苏倾竭变化，如雷霆河汉，可惊可快，必无复可憾者，盖以其文人之诗也。诗犹文也，尽如口语，岂不更胜彼一偏一曲？自擅诗人诗，局局焉靡靡焉无所用其四体，而其施于文也，亦复恐泥，则亦可以睠然而悯哉。”[②]在刘辰翁看来，文人之诗和诗人之诗的根本区别就在于，文人之诗能够淋漓尽致地抒发自己的真实性灵。比如，韩愈打破诗文之间的界限，以文为诗，他的诗意之所之，辞必从之，纵横恣肆，驰骋奔突。苏东坡的诗与其文章一样，常行于所当行，止于所当止，辞意畅达，自由自在。而诗人之诗则受到体制、声律、对仗等形式因素的制约而显得局促狭仄，不能自由地抒发诗人的主观感情。

可见，刘辰翁更推重像散文一样的诗，其主要原因是散文化的诗“尽如口语”，从心中自然流出，无所雕饰。对于这一语言口语化的问题，刘辰翁是从心之所向即为诗的角度来肯定心诗合一的问题，更加重视出自本心的真情与语言文字的统一。

以崇尚诗歌天然美为立足点，刘辰翁猛烈地批判了那些“入手必先得一事，伏而后起”的以诗为诗的不良创作倾向。在《赵仲仁诗序》中，他说：“刘后村仿《初学记》，骈俪为书，左旋右抽，用之不尽，至五七言名对亦出于此，然终身不敢离尺寸，遂欲古诗少许自献如不可得，故知唐宋大家数未易

① 刘辰翁：《须溪集》卷四，豫章丛书本。李修生等编：《全元文》卷二七一，第8册，南京：江苏古籍出版社1999年版，第574页。

② 刘辰翁：《须溪集》卷二，豫章丛书本。李修生等编：《全元文》卷二六九，第8册，南京：江苏古籍出版社1999年版，第546—547页。

兼善也。每赋诗，入手必先得一事，伏而后起，最是一病。”[①]刘克庄曾经编辑《初学记》，把前人诗歌中的名言警句、精工的对仗，以及典故，分类搜罗裒辑在一起，后学者根据自己诗歌创作的需要，以此为基础再编排出自己的诗句。这些人最大的错误就在于，自己胸中根本没真情，缺乏对现实生活真切而独到的发现，整日无病呻吟，为作诗而作诗，搜肠刮肚，绞尽脑汁，翻来覆去地拼凑、组合前人的现成诗句，他们只不过是在故纸篓中做文字游戏而已。

四、诗歌天然美的哲学基础

刘辰翁崇尚诗歌天然美的哲学基础是天人合一。

刘辰翁明确提出“心即天也”[②]的天人合一思想。任何意义世界的建构总是与人的存在密不可分，体现出人文主义的精神特征，因而意义世界的建构主要表现为人的主体意识异化外部世界（自然、社会）的过程。这一人化自然的过程直接涉及天（自然界、人类社会）人（人的自身存在）合一的境界问题。其中，人心在天人合一中发挥重要作用。他说：“夫气之感也，未有不本于人心，天地之间者心也，悲而鼻为之酸，痛而目为之泣，两者天地见之恻然者也。一勺之水，或藏蛟龙，非藏蛟龙也，恻然者为之也。故能往能来，而皆出于天，其变为旱，而常也为潮。”[③]在刘辰翁看来，大自然的任何变化无不是心的活动的产物，因为这些自然现象已经进入人的主观意识之中并为意识所重新构造，这个重新构造的世界仍然是观念的、主观的精神。在一勺水中看到的蛟龙只不过是意之所向的主观意念。

实现由意念之物向当下之境的转换，其关键仍然是人心。他认为，天地世界本来是自在自为的，本来没有什么感情、知觉、意念等意识活动，是人给予它的。人的恻隐之心赋予天地，天地便具有了恻隐之心，人的现实表现、情感变化，就是天的显现，比如人有心酸悲伤、痛哭流涕，天也有心酸悲伤、痛哭

① 刘辰翁：《须溪集》卷二，豫章丛书本。李修生等编：《全元文》卷二六九，第8册，南京：江苏古籍出版社1999年版，第546页。

② 刘辰翁：《须溪集》卷一一，豫章丛书本。李修生等编：《全元文》卷二七八，第8册，南京：江苏古籍出版社1999年版，第705页。

③ 刘辰翁：《须溪集》卷九，豫章丛书本。李修生等编：《全元文》卷二七六，第8册，南京：江苏古籍出版社1999年版，第669页。

流涕。以人观天，这就把超验的不可名状的天转化为切实可感的当下存在，具有现实的意义。通过这一转换，就实现了天道与人道的合一：天人同构、物我合一，从而人也进入了一个与万物一体的精神境界。

从人道上说，这种境界是人的生存状态的外化，它不仅是一种存在方式，而且还是一种生存境界。刘辰翁清醒地认识到，人的生存境界的高低直接决定着天道能否得以实现。在《庐陵县学立心堂记》中，他说："自有天地，而斯人立焉。斯人，天地心也。其心天地者，学也。……伏羲尧舜氏以垂万世，然微言绝，而邪说塞，孟轲氏以闻知辟之廓如也。当是时也，天地托之孔孟，俎豆之，弦歌之，虽存乎寥廓，而天下以学不学为治乱，人亦未尝不以不学为其耻。……夫庸人者不足以为天地心矣，异氏者不足以谓天地心矣。"[①] 在他看来，并不是所有人都能赋予天地世界以真理性的意义。只有那些以行儒家之道为己任的人才有资格为天地立心，一般的庸人只知道汲汲于功名富贵，根本没有为天地立心的意识。道家、佛教以及其他邪说都谈不上为天地立心。生逢礼崩乐坏之时的孔子自觉地重建已经摇摇欲坠的礼乐制度，孟子则辟邪说，昌明圣道，他们都是为天地立心的圣贤之士。

由此可见，通过天人合一的关系，刘辰翁把外在于主体的天地纳入到主体的自我意识之心中，主体为自然立心，构建了一个意义世界。刘辰翁建构的意义世界不是形而上学意义上的超验之物，而是一种存在于存在者意识活动之中的意向世界。它与程朱理学从宇宙生成论的角度建构的超验世界截然不同，真正体现了本体论的转向。

综上所论，刘辰翁以体用论为主要思维模式、以心为本体来构建他的诗学思想。就天与人之间的关系而言，天（天道）本来是不可言说的本体，人（人道）是天的功用，是可以言说的。可是，刘辰翁极力夸大人心的主观能动性，提出"心即天也"的主张，人为天地立心。这样，天道的显现就会通过人道的显现来进行。从逻辑上看，人为天地立心就可以进一步推导出，人代天立言，人的言说就是天的言说。这就必然导致以心来消解天道的倾向，把天道（当然

---

① 刘辰翁：《须溪集》卷九，豫章丛书本。李修生等编：《全元文》卷二七六，第 8 册，南京：江苏古籍出版社 1999 年版，第 672 页。

也包括客观外物）统统纳入到心的领域中。这样做固然可以化先验的天道为现实的存在并通过存在显现出来，取消天人之间、物我之间的界限，化解它们的矛盾冲突，但也势必带来许多负面效应。

其主要表现在：以心为本体，主张物我合一、天人合一，实际上混淆了它们之间的界限和区别。在天人合一的境界中，天人一体无间，没有什么是非、善恶、美丑的区别，物也被取消了独立性而成为我的意识活动的产物，人所面对的都是主观化的精神世界，唯我论的倾向进一步滋生蔓延。主观与客观、真实与虚无的界限一旦消失，那么客观的对象世界就不复存在，心的指向对象就被取消，心的活动自然就终止了。就心与诗歌之间的关系而言，心（存在）是本体，诗歌（言说）是心的功用，以此为基础，他崇尚具有天然之美的诗歌，尤其喜爱那种心之所想、发而成诗的散文化诗歌。在诗歌创作中，取消物我之间的界限就意味着极力张扬诗人的个性自由，推崇真情论，这对反对程朱理学的天理论、纠正诗歌的道德教化功能有着十分重要的现实意义，也开了明朝中后期重情论的先河，诸如李贽的童心说、汤显祖的情至论、公安派的性灵说，都从这里汲取了宝贵的精神营养。但在艺术风格上，刘辰翁标举心从口出的散文化诗歌，未免流于单一，其末流导致诗歌的浅显化、庸俗化的倾向。

第六章　理学家诗人群与金履祥

宋元之际理学传播的主要中心有三个地区：江西庐陵地区，以吴澄、王奕、王义山等人为代表；浙江金华地区（婺州），以金履祥为代表；福建以建阳为中心，主要有陈普、熊禾、丘葵等人。江西理学有融合朱陆的倾向，突出“心”在认知、审美活动中的主观能动性，同时，也强调以忠为核心的封建道德的践行。这一地区的理学家兼诗人王奕、王义山将在下一节“庐陵诗人群的诗歌创作”中有所论及。金华和建阳两个地区理学家们都推尊朱子、以传承朱学为己任，固守儒家道德伦理规范。另外，还有徙居湖州的牟巘，浙江严州的何梦桂等人也大多服膺朱子学。思想上的共同性必然带来诗歌创作中的相同之处。

第一节　理学家诗人群的诗歌创作

理学家诗人群的诗歌创作，从内容上来说，主要有两个方面的突出表现：一是以强烈的道德使命感弘扬儒家之道。尽管他们绝不与新朝合作，但在隐居的日常生活中，他们始终恪守儒家的道德伦理观，以此影响周围的其他人，把兼济天下的外向功业转化为内在的道德自我完善。他们在诗歌中表现了这种道德情怀。二是抒写田园之乐，那是得道后道体充实之乐的体现。

一、神圣的道德责任感

理学家的诗作中充满了浓厚的道德情感，抒写他们强烈的济世热情。他们以传承儒家之道为己任，主张应当有为而作，把诗歌作为淳风俗、厚人伦的工具。

有些理学家的诗直接进行道德说教，将诗歌作为道德训诫的单纯传声筒，如陈普的《历代传教歌》、《程朱之学》、《云庄劝学》等，何梦桂《饭牛歌为胡子徽作》、《和寄可庵卢教谕》、《戒子》等。这些诗歌都是押韵的理学讲义，缺乏诗的韵致，创作的功利性目的十分明显。还有一些诗歌借助咏史或咏某种自然现象含蓄地进行道德说教，将儒家的伦理道德观念蕴含在具体的历史人物或事件的评判中，或者赋予客观外物以特定的伦理内涵，达到有补世教的目的。何梦桂在《蛟龙歌》、《希有鸟吟》两首诗的小序中云："蛟峰先生以《猩猩歌》、《鸡雏吟》二章见寄，所以兴起人心，维持世教，甚切切也。其发明比兴，已无余蕴，后有作者，无能再出新意矣。今辄以《蛟龙歌》答赋《猩猩歌》，《希有鸟吟》答赋《鸡雏吟》"。很明显，何氏作这两首诗歌的目的也是"兴起人心，维持世教"[①]。其《观慈乌反哺》一诗也是借自然现象来劝导世人应当行孝道的作品，诗云：

> 有鸟有鸟名慈乌，群儿哑哑争相呼。羽毛甫集思反哺，为报父母恩劳劬。民彝天理久论斁，闻此肝胆为昭苏。禽虫微物岂知义，乌性至孝由中孚。枭獍雏成躯为裂，伯劳雏长肉以刳。天地生物无不仁，何至善恶相悬殊。禽中孝子尔乌是，世上逆子彼二雏。父母爱子恩罔极，子心能似父母无。人生谁实空桑出，为感物类长嗟吁。嗟吁不足日已暮，老乌抱雏宿夜树。[②]

慈乌的反哺本是自然现象，诗人却赋予其伦理内涵，表明在现实生活中，人类应当遵守最起码的父慈子孝的伦理规范，以示与枭獍等不行人道的禽兽为别。整首诗形象鲜明，寓意深刻。

与何梦桂赋予客观自然现象以社会伦理的内涵不同，陈普则常常对历史人物或事件作出符合儒家圣贤之道的重新诠释。其《咏史》系列组诗就是如此，如：

> 轲死无传直至今，孔明曾一正人心。拔刀斫石今犹愤，何况当年感激深。

①② 何梦桂：《潜斋集》卷一，四库全书本。孔凡礼等编：《全宋诗》卷三五二六，第67册，北京：北京大学出版社1995年版，第42159页。

（《诸葛孔明》八首其七）[1]

英姿萧飒发硎刀，除却无君事事高。孟德文王能几许，只争谦退与矜豪。

（《曹操》七首其七）[2]

在前首诗中，陈普附加了“自注”，云：“孔明以道事君，蜀汉遂为义国。虢亭之败，傅嘏、程几慷慨死之。其时，诸葛瞻父子、北地王谌、关口守将傅佥，同日成仁，皆孔明之教。将士拔刀斫石，孔明之余怒也。”诚然，诸葛亮忠君事主、“鞠躬尽瘁，死而后已”的精神与儒家所倡导的忠君之道在精神上是一致的，但是诸葛亮平时治国、治军却杂用申商之术，王道与霸道并行，并不是如陈普所揄扬的那样“以道事君”。陈普将自己的儒家伦理道德观念强加给古人，以顺应教化风俗的政治需要。同样，对曹操的评价也是出于这种目的。他认为，曹操尽管有雄才大略，应变如流，但如果其才与道能很好地结合起来，就必能成就大业，统一全国，“惜其不学，无道义之士开导，遂为奸雄之归”（该诗自注），最终形成了鼎立三足的政治格局。

值得注意的是，陈普对古人的评判常有出人意料的新颖之见。如《咏史·韩愈》诗云：“杨墨蛇龙本一区，大颠便是恶溪鱼。退之也是无操守，一贬便陈封禅书。”[3] 韩愈本为恢复儒家之道的先行者，道德文章为后世推重。但陈普却讥其无操守，缺乏正道直行的勇气，一旦被贬，便上封禅书以讨得皇帝的欢心。他也指责了杨墨、大颠等异端思想违背圣训，与儒家思想背道而驰，如同恶溪鱼一样有损人心，有害世教。其封建卫道的色彩十分浓重。陈普的咏史诗自题“诗断”，明人闵文振对此有所阐发，他说：“先生咏史之作题曰诗断，信乎！推心穷迹，昭道比义，绳以春秋之法，归诸天理之公，其词严，其论正，其旨深，其意远，视古今咏史大有间矣。”[4] 闵氏之论道出了陈普咏史诗创作的特点，它们以儒家之道为评判历史人物的标准，最终的价值指向是归诸

① 陈普：《咏史》（上），《石堂先生遗集》卷七，嘉庆十六年宁德县程世鹏刻本。李修生等编：《全宋诗》卷三六五一，第 69 册，北京：北京大学出版社 1995 年版，第 43821 页。

② 同①，第 43824 页。

③ 同①，第 43848 页。

④ 明闵文振：《石堂先生遗集跋》，嘉庆宁德县刊本。

天理，杜绝私欲，教化人心。

除了借自然客观事物或咏史以阐发儒家之道外，理学家们还创作了一些寓言诗，以此寄托儒家的道德伦理观念。寓言本为先秦诸子借物说理的一种体裁，它将自然界的事物拟人化，以此来阐明各自的观点和思想。柳宗元等人创作了许多短小精悍的讽刺小品，由阐说事理转向社会批判，讽刺社会现实生活的各种丑态。宋元之际的诗人则将寓言的说理与批判功能结合起来，以此劝谕百姓，教化人心。如牟巘《白贲》，何梦桂《愚石歌》、《鹃啼曲》，丘葵《禽言》，陈普《青蛙辞》，舒岳祥《十虫吟》、《续十虫吟》、《寓言》等。其中，舒岳祥《十虫吟》之一云：

> 虫有促织儿，忧人不忧己。花身有龙鸾，不出工女指。瓦砾为堂奥，青莎作衣被。一身可自了，刺刺不能已。白露夜庭空，凄其行去矣。金屋白玉床，贵人呼不起。[①]

借促织儿讽刺那些本为贫寒却贪羡富贵的人，辞意委婉。

无论是借自然现象寓理，还是咏史或寓言，尽管形式多样，但它们都被强行赋予一定的儒家伦理观念，达到政治教化的目的。陈普之论典型地代表了理学家们的教化观。在《尚文》中，他“天下非文不治，大文则大治，小文则小安”：

> 天地间人为大，不人则天地无以立。文者也，人其人者也，藻云乎哉！三百三千布流于日用之间，而言语文字者所以体其动作进退。而乐以成礼，舞以作乐，八音、六律、羽旄以为乐。而辞以理万事，事皆理也。而文辞即乐也，节节相依，步步不舍，是故乐备而礼成，辞尽而事理，而人道立矣。人道立而天地立，万物育矣。今夫垂衣而治也，足容必重而手容必紧也，头容必直而口容必止也。所谓口容止者，非缄默不言也，言中其节之谓也，不多不寡之谓也。不中其节则与手、足、头容不相应也。人

① 舒岳祥：《阆风集》，四库全书本。李修生等编：《全宋诗》卷三四三五，第65册，北京：北京大学出版社1995年版，第40890页。

言《书》之典、谟、训、诰、誓、命，《诗》之《国风》、《雅》、《颂》，其体制音声非后世之所能及，而不知其与当时之帝王、公卿与夫闾阎之人其日用常相应也。……宋惩唐末五代之弊，得天下，亟罢武臣，用文士，百年遂有欧苏之文，而天下园林巷陌亦将过于汉唐，是皆诗书文章之效也。盖西京唐宋之文虽不及典、诗、雅、颂，亦皆英伟秀发，工章能句，可金可石，而无消糜腐败之气，故亦足以支撑一代，立古今升降之间，而为饥渴之食饮也。[①]

陈普将诗书文章之效提高到树立人极的地位，这是理学家进一步提升文学政治教化功能的结果。在关于文与道的关系上，从北宋到宋元之际，理学家们的认识是有所发展的。二程主张作文害道，将文与道截然对立开来，排斥了文章的传道功能和审美功能。南宋朱熹则在强调道的同时，并不否定《诗经》等文学作品的审美功能，认为作文不仅有助于移风易俗、净化人心，有助于儒道的深入人心，而且，它还能陶冶人的性情，塑造完美人格。陈普将辞与礼、乐并置，认为辞即乐，它和礼一样都是树立人道必不可少的因素。“礼”是贯穿儒家伦理精神的一系列礼节仪式的规定，它可以别贵贱，正名分，使社会各个层次的人都有与自己身份、地位相称的言语行动，即所谓“口容止”、“言中其节”，它侧重于强调人的言语行动要有规范，不违背儒家的伦理之道。“乐”也不是指那些伤人心性、蚀人情感的靡靡之音，而是指浸透了儒家伦理价值观念的雅乐或正乐。“乐以成礼”，就是指通过音乐的熏陶，人的内心情感得以改造、升华，使其本能地适应、顺应儒家道德规范。诗书文章也和雅乐一样能净化人们的心灵，提高人们道德修养境界，使其处理万事皆符合礼的规范。这样，人道便自然而然地树立起来了，天道、地道也相应而立。陈普将辞、礼、乐作为建构儒家伦理价值体系的必要组成部分，提高了文学的地位和价值。但是，这在一定程度上有贬抑诗、乐等作为艺术作品的审美功能的趋向，滋生了将诗歌创作作为政治教化工具的弊端。很显然，陈普深受孔子“兴于诗，立与礼，成于乐”思想的影响。孔子重视诗、乐在道德修养中的先后顺序，“兴于

① 陈普：《石堂先生遗集》卷四，李修生等编：《全元文》卷四三六，第12册，南京：江苏古籍出版社1999年版，第553—554页。

诗”是道德修养的起始阶段，“成于乐”则是道德修养的完成阶段。陈普则重在顺应宋儒建构新儒家伦理观念体系的需要而将诗、乐并置，充分肯定诗词、文章在改变人们内心世界和社会风气等方面的重要作用。

从理论方面来看，这种诗歌应当有为而作的思想没有多少创新之处，它无非是儒家传统诗歌教化观在新的历史环境中的延伸。在创作实践中，因过分强调诗歌的政治教化功能，理学家坚决反对那种无病呻吟、有悖风雅的作品。陈普说：

> 苏、黄、王、陈以降，朱文公棹歌感兴之外，惟陈简斋、陆放翁与近来诸公，以儿女视晚唐，然大抵山林丘壑，四时风雨，死生穷达，慢侮戏谑，善徒玩世不恭，抑且助欲长怨，求其栖留恻隐，顾念本原，未能与风雅同声音者，而略可同情思者，百未一二也。且多虞虑把握，不肯一字一句放宽，劳心费气，短拙反生，不悟少陵、康节信手挥洒，任意纵横，不愁浅俗，不畏讥诮，而卓绝之奇自出其中，宏大之局自见其首尾也。①

陈普所批评的“近来诸公”，他们的诗歌内容比较狭窄，大多不出山林丘壑、风雨变幻、死生穷达之类，尽管这些内容都是当时部分遗民诗人生活的客观显现，但也有违背风雅之旨的倾向；在艺术表现上难免有刻意求新求奇，劳心费力，有失自然之趣的弊端。陈普所主张的“与风雅同声音，而略可同情思者”，就是诗歌所抒发的情感有利于感发人心，促其向善，而不是凄怨哀愁；这就要求诗歌应当表现那些符合儒家伦理道德观念的雅正内容，起到移风俗、厚人伦的作用。

二、理学家诗中的理趣

宋诗与唐诗区别的显著标志之一就是宋诗以理胜。在具体描绘诗歌形象或创造艺术意境时，宋人常常伴随着哲理思辨，做到理贯事、情融理。理学诗

① 陈普：《曾雪笠诗跋》，《石堂先生遗集》卷三，李修生等编：《全元文》卷四三五，第12册，南京：江苏古籍出版社1999年版，第537页。

更是如此，除了一些以诗歌形式阐说理学思想之作外，理学家还在对自然、社会、人生的观察中体悟到理的存在，使其诗歌富有理趣。

理学家诗中的理内涵是十分丰富的，有从宇宙的日月星辰运行中体悟到的天机（亦即天理），有从四季交替、风雨变迁、花鸟虫鱼等大自然中悟出的万物变化规律（地极），也有从人生、社会、日常人伦中悟出的人道之理（人极）。如：

东风常带三分冷，春日自有一种香。百花合和不可拣，中人如酒令人狂。马塍卖花只贪早，野翁自爱开迟好。看花不可见花心，烂熳开时春已老。梢头茧栗幻柈杅，有许包藏费天巧。自携尊酒醉花阴，偃仰鹿皮听语少。

（舒岳祥《牡丹》）[①]

玄化浩无极，岂为万物私。燕坐观物化，荣悴故有时。春林着寒葩，犹记去年枝。日暮还复殒，委运不可羁。天机自高下，时命非所知。变化纷万感，逝者长如斯。谁能渺独立，终古以为期。

（何梦桂《赋风花》其一）[②]

苦把庭梅劣野梅，庭梅元自野梅来。肯辞台鼎当年贵，直向丹田内景开。山意浓时还耐看，道根孤处更深培。玄机参透何分别，猛拊兰杆一笑回。

（牟巘《道士号庭梅为赋此》）[③]

四围碧玉绕盘河，六月此为安乐窝。且喜身心各清净，但愁岁月为消磨。洞门开辟元无锁，暑气羞惭自倒戈。只要人心明内外，红尘取此本无多。

---

① 舒岳祥：《阆风集》卷二，四库全书本。孔凡礼等编：《全宋诗》卷三四三六，第 65 册，北京：北京大学出版社 1995 年版，第 40909 页。

② 何梦桂：《潜斋集》卷一，四库全书本。孔凡礼等编：《全宋诗》卷三五二六，第 67 册，北京：北京大学出版社 1995 年版，第 42142 页。

③ 牟巘：《陵阳集》卷四，四库全书本。孔凡礼等编：《全宋诗》卷三五一三，第 67 册，北京：北京大学出版社 1995 年版，第 41957 页。

（陈普《长夏竹中》）[①]

花萼相承二月时，深红浅紫总皆宜。好春安得长为主，落叶那能再上枝。烂漫不因晴日丽，披离非为晚风吹。世间荣耀霎时事，误尽世人人不知。

（丘葵《春花》）[②]

这四首诗都是因物之变迁而触发诗人对社会、人生等问题的不同思考。舒诗牡丹花不因人们的态度有别而改变自己的本色，只是顺应自然规律而自由、自足地生长。诗人由“烂漫开时春已老”悟出了人生变幻不定的哲理，从而滋生了繁华难再的惆怅与伤感。何诗和丘诗也由花之荣枯兴衰体悟出宇宙的变化纷纷、浩大无极的哲理。何梦桂认为，面对着宇宙的无限，作为有限的个人只能委运顺化，终古为期；丘葵则悟出了在现实社会中，荣华富贵只是过眼烟云，转瞬即逝。牟诗则借庭梅与野梅的生长环境变化悟出了人无论处在什么样的环境中都应当加强心性修养，保持道根的深厚。陈诗则借竹林消夏悟出道德修养的重要性。另外，陈普的《笋》展现竹笋的勃勃生机，可是众人却上山砍伐，对此，诗人情不自禁地发出感叹：“敢为此暴殄，只为不思惟。昔在遂人前，真风犹未漓。……悠悠今古人，无复知德希。”[③]对于暴殄天物，破坏自然生机的行为，诗人表示强烈不满，同时，也呼唤淳朴、知德之风的回归。这是理学家民胞物与情怀的生动体现，充满了浓厚的道德关怀。舒岳祥的《虞美人草》则借虞美人草联想到楚汉相争时，项羽众叛亲离，只有虞姬陪伴在身边，赞美了虞姬的忠贞品德，也充满了道德情感。这些诗歌不是抽象的说理，而是将理寄予在诗歌所创造的形象或意境中，从而达到了情、理、景的有机结合。

理学家诗人是如何实现由物及理的转变的呢？

在这个过程中，理学家充分发挥心的积极能动性，感受客观外物所蕴含的哲理。大自然的山水草木、花鸟虫鱼，宇宙的日月星辰，都是客观的存在，他

---

① 陈普：《石堂先生遗集》卷三，孔凡礼等编：《全宋诗》卷三六四七，第69册，北京：北京大学出版社1995年版，第43757页。

② 丘葵：《丘钓矶集》卷二，孔凡礼等编：《全宋诗》卷三六五三，第69册，北京：北京大学出版社1995年版，第43870页。

③ 陈普：《石堂先生遗集》卷二，孔凡礼等编：《全宋诗》卷三六四六，第69册，北京：北京大学出版社1995年版，第43736页。

们不会自动地成为人们的体悟对象和审美客体。只有具有一定的理论修养和审美修养的人，才能灵敏地抓住客观事物的细微变化，透彻地理解客观外物发展变化的内在规律性，并结合自己的生活经历和文化修养联想、体悟到社会、人生之理。人的理论素养和审美修养是极为重要的，它是关系到客观事物之理能否上升到社会人生之理和审美之理的关键因素。同时，只有具有一定的理论修养和审美修养，人才能发现自然界、人类社会生活中所蕴含的美。舒岳祥所说的“固知天理随机触，亦本诗人起兴来”[①]，天理存在于一切事物之中，只有经过诗人的发现、起兴，取心拟容，这些天理才能得以艺术的显现，不至于使诗歌沦为枯燥的说教，缺乏形象性、趣味性。诗人“起兴”的关键就在于观赏外物时能够“必有得之心，而非耳目所能与者”[②]。在这里，“得之心”的过程仅仅靠耳、目等感觉器官去感受外物是不能完成的，感官感受外物只是体悟外物的前提和基础。

很显然，在这个“得之心”的过程中，诗人所获得的自得式理解是充满个性化的、富有理性色彩的，但是诗歌创作只有理性理解是不行的，还须有审美体验。这种审美体验，理学家称为“自乐”、“自娱”。

> 我有至境，反观内足。寂寞宽闲，自得其乐。　（牟巘《侍铬院叔过山庐意行甚适夜过半乃知醉卧山中而亲友或去或留因借渊明时运暮春篇一笑》）[③]
>
> 暑威赫赫甑寰区，绕屋琅玕足自娱。四面尘埃浑不受，一年炎热竟成无。
>
> （陈普《长夏竹中》其二）[④]

---

① 舒岳祥：《咏紫荆花》，《阆风集》卷六，孔凡礼等编：《全宋诗》卷三四四〇，第65册，北京：北京大学出版社1995年版，第40974页。

② 牟巘：《俞好问诗稿序》，《陵阳集》卷一二，李修生等编：《全元文》卷二三六，第7册，南京：江苏古籍出版社1999年版，第583页。

③ 牟巘：《陵阳集》卷二，孔凡礼等编：《全宋诗》卷三五一一，第67册，北京：北京大学出版社1995年版，第41936页。

④ 陈普：《石堂先生遗集》卷三。孔凡礼等编：《全宋诗》卷三六四七，第69册，北京：北京大学出版社1995年版，第43757页。

“自乐”“自娱”的含义也是十分丰富的。首先，作为一种人类生存的方式而言，它是指人之心境的适意、至乐。牟巘所说的“至境”，即是这样快然自足、宽闲自适的心境。在《自乐斋记》一文中，牟巘具体地描述了这种心境：

> 今也坐一室中，窗明几净，左右横陈，俯仰千载，非芝编标帙、部居条列以为美也，非虞初稗官、凡将急就以为博也，非熏香摘艳以为功也。盖有其至乐者之存吾心而已。所自得言莫能喻，抑知其难而有以乐之欤？……如江海之浸，膏泽之润，涣然冰释，怡然理顺，此则自乐之候也。①

这种心境可以体验却难以用语言明晰地表达出来，这是一种感性的、朦胧的心境。就理学家而言，自得乃“为己”之学，是君子在体道过程中真积力久而豁然贯通时的状态，一种有如灵泉喷涌的悟道境界。②其次，作为一种审美观物的心态而言，与哀、怒等不同，“自娱”、“自乐”侧重于审美主体以快乐有似天真的心情欣赏、把玩审美客体，并且从中获得审美的愉悦。在夏天，诗人似乎忘却了外面的炎热和纷嚣，专注地观赏着青翠浓绿的茂密竹林，心情惬意、自适。

自得式体悟与自乐式审美心境和观物方式是理学家诗中富有理趣的基础。理趣是指蕴含在诗歌感性观照和形象描写之中的哲理，一个长于哲理思辨的人，必然善于发现理趣。理学家不仅善于思辨，而且常常能在生活中体悟到客观外物所蕴含的物理。作为诗人的理学家，他们也善于将所体悟到的客观事物之理融入到所创造的艺术形象或诗歌意境中去，使诗歌之理富有灵性、生机盎然，这又离不开客观事物的审美观照和审美心境。

理学家们的审美观照和自得式体悟的哲学基础是太极思想和理一分殊。

太极无极是宋儒宇宙生成论的重要思想。北宋时，周敦颐在《太极图说》中详细地阐述了太极无极思想，他认为世界的本源是太极，万物统一于五行，五行统一于阴阳，阴阳统一于太极，而万物以无形的太极为本。这个精神性的

---

① 牟巘：《陵阳集》卷一〇，李修生等编：《全元文》卷二四一，第7册，南京：江苏古籍出版社1999年版第690页。

② 张毅：《中国文艺思想史论集》，天津：南开大学出版社2004年版，第271页。

本体就化生了万物。人们可以通过寂静凝虑方式逐步获得对太极这个精神性实体的认识，这种太极无极思想成为宋儒构建天、地、人三才之道的哲学体系依据之一。朱熹继承了华严宗"一即一切"和"四法界"之说，提出了"理一分殊"的思想。所谓"理一分殊"，是指理普遍存在于一切事物，没有理，就不成其为事物；万物统一于一太极，物物各具一太极。在朱熹看来，理的全体便是太极。陈普接受了周敦颐的太极无极和朱熹的"理一分殊"思想的影响，在《太极辩序》中，他说：

> 太极者，道之全体也，其分体则为理一物一太极是也。分则全者析矣，何为复得全体之名？太极物则也，一物一太极，万物一太极，一当然之则而已。一物一万古常如此，万物一万古只许多。其尤可观者，并行而不相悖，并育而不相害，一原同出，气味性情同一父母。所谓一贯者，虽以一本行万殊，然于万殊得一蚁足以尽群动，得一叶足以尽万枝，得一揖者足以尽三百三千则者，当然之度数也。得一当然，则百万千万万万，不过各一当然而已。物有去来，此一当然常为之主。以心观之，皎如日月，甘若五谷。以耳目求之，漠然其无有也。故曰"易有太极"。"易有"云者，以心之所见示人也。①

陈普认为，太极就是客观事物内部所蕴含的法则、规律，即物理，每一具体客观事物都有各自的物理，也有一个总的法则来统摄万事万物。这总的法则就如月印万川一样，万川之月实为一月，万物之理实为一理，"一贯"即是一理贯通万物，因此，可以通过部分来窥探全体。事物的发展也有一个内在的、根本的"当然"之理，通过这本质的规律，可以探寻事物发展的过去、现在及未来的总趋势。陈普显然继承了周子的太极思想，他们都主张太极是本源，万物都是太极所化育。但陈普却剥去了周子太极思想虚无缥缈的神秘外表，而实之以客观事物之理，他更多地倾向于探寻客观事物所蕴含的"一贯"之理、"当然"之理，而"一贯之理"、"当然"之理又是万事万物运动发展的最本质规律，

---

① 陈普：《石堂先生遗集》，卷二，李修生等编：《全元文》卷四三四，第12册，南京：江苏古籍出版社1999年版，第528页。

一旦将作为宇宙本体的太极转化为客观事物的物理，就实现了太极由宇宙论向知识论的转变。这种转变为理学家格物致知提供了坚实的理论依据，这也是理学家诗人参究万事万物之理的哲学基础。

至于理学家诗人对于自乐、自娱等乐观文化精神的追求，时贤多有论及，兹略之。①

第二节 金履祥的理学思想

金履祥（1232—1303），字吉父，浙江桐山后金村人。二十岁以后，专心研究理学，曾先后受业于王柏、何基，成为“婺学”派的中坚。金履祥生当南宋末期，蒙古政权已经灭了金政权，统一了广大的北方地区，再加上南宋朝廷内部奸臣当道，互相倾轧，连年战争，民生凋敝，南宋政权已经日薄西山，面临着灭亡的危险。在这种国家危急存亡之际，虽然金履祥绝意仕途，但是他时刻关注着国家的命运，自觉地担当起拯救国家危亡的历史重任。南宋灭亡后，金履祥隐居深山，绝不仕元，以讲学、著述为务，传授朱熹之学。金履祥一生著述颇丰，治学严谨。他著有《通鉴前编》、《大学疏义》、《论语集注考证》、《孟子集注考证》、《尚书表注》等。金履祥的理学思想继承了朱熹的性命之学，但他不空谈性理，而是将性命论建立在严谨的训诂和翔实的资料基础之上，开明末清初实学思潮的先河。

一、复见其天地之心：金履祥性命论的核心

作为朱熹的三传弟子，金履祥也讲性命之学，但他反对用心于内的心性论倾向，提倡用心于外在事功的实用思想。他的思想和真德秀、魏了翁等人有明显的不同。

我们知道，朱熹的心性论有明显的矛盾之处。在朱熹那里，人心既具有格物穷理的认识功能，从这个方面来说，人的心是人们认识世界、自然和社会

① 谢思炜：《“乐”之歧解》，《唐宋诗学论集》，北京：商务印书馆2002年版，第248—263页；张毅：《万物静观皆自得》，《中国文艺思想史论集》，天津：南开大学出版社2004年版，第216—228页。

的物质器官，人心的特质就是认识理性；同时，人心又具有道德理性的伦理内涵，以道德理性（道心）来指导人们的日常行为规范，约束人们的感性需要（人心）。所以，人的心是认识理性和实践理性、道心和人心的矛盾统一体。在格物致知的认识论方面，朱熹过分强调对天理的道德理性认识而压抑对客观事物认识的知识理性。在人心与道心的关系中，朱熹过分强调道心的主宰作用，排斥压抑人的正当的生存和发展的合理需求，最终走上"存天理，灭人欲"的极端化道路。朱熹的思想始终存在着这种矛盾而无法解决。真德秀和魏了翁企图从心学方面克服朱熹思想的矛盾，魏了翁提出"心外无物"的思想，他说："古人位天地育万物把做己职事。……天地是我去做，五行五气都在我一念间节宣之。"①自然界的四时运行，云行雨施，万物生长，都是我分内的职事，都在人的心中，按照人的一念之心来调节，所以是"天地是我去做"。魏了翁极力夸大人心的主观能动性，与陆九渊的思想已经很接近了，但是魏了翁不是讲陆氏心学，而是沿着朱熹人主宰天地万物的思想向前发展的，把客观世界都纳入自己的一念之心中。

陆九渊认为"万物皆备于我"，万事万物都在人的心里，而不在人心之外。朱熹批判了陆九渊的这一思想，他认为理在人的心中而物在人心之外。就其坚持物在心外这一点而言，朱熹具有明显的唯物主义倾向。金履祥继承了朱熹这一思想并加以发展。与他们不同，金履祥继承了朱熹"心外有物"的思想，批判了历史上儒生游谈无根、空谈性理的治学倾向，提倡信而有据的朴实学风。他在《和陈复之韵》中说："元化机缄未易知，此心之外更关谁。题名本自非千佛，造化休言是小儿。得失天心如契钥，古今人事等花枝。看来勋业皆吾分，何用谆谆诧一时。"②金履祥认为，天地造化生息是自在、自为的客观存在，不以人们的认识与否而独自存在，元化的运动不像童稚小儿一样随意而任性，毫无规律可言，而是按照自己的固有规律而运动变化。大自然的一切运动变化存在于人心之外，所以说"此心之外更关谁"。可见，金履祥把天地的运动变化与人心区别开来，主张天人相别而不是天人合一，也就是说人的主观精神与客观外物是不同的。"得失天心如契钥"是说天心难以揣摩，得失只在一念之

① 魏了翁：《师友雅言》，《鹤山先生大全文集》卷一〇九附一一〇，四部丛刊本。
② 金履祥：《仁山集》卷四，上海：商务印书馆1935年版，第69页。丛书集成本。

间，人们只有尽心，以心去体会天地万物，才能认识大自然化育流行的本然之理，就像人们开锁一样，只要找到合适的钥匙就可以打开门锁。尽管元化的运行之理（天心的显发方式）难以揣摩，但它总会分散到万物中去，通过一定的事物表现出来，人们只要从大自然的花草树木和人类社会历史的纷繁复杂的变化中就可以体验到天心的自然显现。在这里，金履祥把程朱理学体用不二的思想运用到认识论中来。天心是体，它的运动变化和产生的实际效用（人类社会的古今人事和大自然的花枝）是用，两者是不可分割的统一整体。人们可以通过本体的效用来反观天心之本体，认识本体的存在。

不仅如此，金履祥还把这种体用不二的思想运用到通过历史典籍（就儒家而言，主要是指六经）探寻圣人之心的实践中。在《奉和鲁斋先生涵古斋诗二首》中，金履祥说：

> 圆融无际大无余，万象森然本不癯。百圣渊源端有在，六经芳润几曾枯。人于心上知涵处，古在书中非远图。会到一源惟太极，伏羲原不与今殊。（其一）
>
> 陋巷深居世已疏，书斋幽雅更清癯。神徂圣伏人何在，古往今来迹易枯。太极运行常自若，羲皇向上可潛图。浑涵妙处皆全体，大用周流自不殊。（其二）①

其一是说，理先天地存在于宇宙之中，分散在各个事物之中，天地万物的运动变化各有其理，这就是理学家所讲的物物一太极。众多个别事物之理会极为一个本源——太极，太极不因时代的改变而改变，从包牺到现在没有任何变化，具有永恒性和绝对性。古圣先贤又都是按照天理来行事，他们的言行集中体现在六经之中。

对于有文字可考的古圣先王之心可以通过六经来探寻，那么远古蛮荒之时、文字产生之前的圣贤心迹又如何能够得到呢？金履祥认为，既然先天之理是永恒的存在，不因物质的消亡而灭亡，也不因物质的运动变化而变化，那么，理在物质产生之前就已经存在了。具体到人类社会也是如此，在人类诞生

① 金履祥：《仁山集》卷四，上海：商务印书馆 1935 年版，第 68 页。丛书集成本。

之前，天地之心（理）就已经存在了，尽管远古蛮荒之时没有文字记载古圣贤王的事迹和言行，但是人们仍然可以通过亘古不变的天地之心来体验古圣先王之心。第二首诗“太极运行常自若，羲皇向上可潜图”就是说的这个道理。

但是，探寻远古圣王心迹必须以严谨科学的考证和丰富翔实的材料为基础，不能依靠逸事传闻的不可考材料来猜测。在《伊尹既复政将告归乃陈戒于王》中，他说：“今之君子，语理者或遗事，论心者或外天下国家，毋乃与圣人之言有闻与？噫！其弊也久矣。”[①] 他非常尖锐地批判了南宋末期理学发展演变中只注重谈心性而忽视外在事功、只注重空谈高论而毫无真凭实据的空疏之学。金履祥对于那种捕风捉影、毫无真凭实据而胡乱猜测古圣先王之心的学风十分不满。他说：“其出于子史杂书者，不失之诞妄，则失之浅陋。盖其智不足以知圣人，而流俗传闻。其高者，既以圣人绝世拔出，而大道必绝出于事物常情之表，故其说失之诞妄；其下者，又以世俗之腹，量圣人之心，故其说又失之浅陋。”[②] 在金履祥看来，无论是失之诞妄还是失之浅陋，儒生们都根据世俗流传的稗官野史或者琐碎言辞形成自己的一孔之见，缺乏足够的证据，以自己毫无根据的一己之见来揣测圣人之心。

一般来说，人的一切实践活动都是在一定的目的指导下进行的，带有明显的意向性，这个意向就出于人的主观意识。也就是说，人心在实践中处于指导地位。人心境界的高低直接决定了人的具体行动，有什么样的人心就会有什么样的行动，人的日常行为和实践活动也能够反映人心的基本状态。[③] 逆而推之，人们也可以从人的实践活动和日常行为中探寻人的精神和心灵。所以，金履祥提出了“考迹以观其用，察言以求其心。以诚诸身，以措诸其事”[④] 的思想。金履祥认为，《尚书》是记载古圣先贤心迹的一部著作，是关于二帝三王、君臣治理国家的外在事功的具体体现。所以，从《尚书》中，人们可以考验古代圣贤的行事之迹，通过书中记载的圣人言辞可以推求他们的博大心胸。在此基础

① 金履祥：《仁山集》卷二，上海：商务印书馆1935年版，第33页。丛书集成本。
② 金履祥：《通鉴前编后序》，《仁山集》卷一，上海：商务印书馆1935年版，第2页。丛书集成本。
③ 当然，也不排除一些特殊的情况，比如，有一些具有正常思维和自我控制行为的人，人心并不直接反映在人的日常行为中，出现了人心与人的行为不一致的情况，这另当别论。
④ 金履祥：《尚书表注序》，《仁山集》卷一，上海：商务印书馆1935年版，第3页。丛书集成本。

上，人们反诸自身，以真诚无伪之心效法古圣先贤之心，并把他们治国、平天下的思想与自己所生活的特定历史条件相结合，应用到自己的政治实践中去，这就是“以诚诸身，以措诸其事”。

他是这样说的，也是这样做的。他在《自号次农说》中自誓心迹云：“予生两千余载之后，去周室远矣。学先王之道，将以措诸国家，谓君心可正，公卿士大夫心可齐，民风可一，夷狄可屏也。”[①] 他的理想是以圣人之心来治理国家，建立一个君心纯正、士大夫团结一心、民风淳朴的理想社会。而且，他还严守华夷之辨的传统思想，积极主动地向朝廷建言抵御蒙古族入侵的良策、当元兵大军围困攻打襄樊的时候，南宋朝廷坐视不救，金履祥向朝廷献“牵制捣虚”之策，提出以重兵由海路直扑河北，直捣元兵老巢北京。策中还详细叙述海船舰队所经的州县郡邑，大洋港湾，难易远近以及实施办法。然而，南宋朝廷置之不理。后人曾按照金履祥设计的进军路线进行复核，与实际的地理状况相差无几。可见，金履祥的治世救国之策并不是纸上谈兵，也不是空谈高论，而是建立在严谨细密、准确切实的科学论证基础上，这与明末清初的顾炎武治学的思想是一致的。

从儒家思想的演变历史来看，从孔子的“克己复礼”、孟子的“善养吾浩然之气”以至于周敦颐、二程等宋儒，他们大都注重向内的道德修养而忽视外在事功。北宋的周敦颐主静、主敬之说均是此意。到了朱熹，已经开始把向内的道德修养与向外的格物穷理统一起来，虽然两者并重，但是朱熹还是最终偏向于心内涵养的自我反省和道德自律。金履祥继承了朱熹向外求理的思想，主张通过六经典籍的外向功夫来探寻圣人之心，应该说，这是一个很大的飞跃，代表了南宋末期理学发展的新趋势，具有十分重要的理论意义。

这是问题的一个方面，但是从道德上说，在人性的本源以及善恶的问题上，金履祥继承了朱熹的道心之论并有所发展，提出了“复天地之心”的思想。就此而言，他又坚持了儒家道德哲学中反观内省的修养方式，以此来建构他的人性论。

在这里，我们还应该对金履祥所说的“心”略加辨析。金履祥所说的“天地之心”、“失其良心”[②] 的“心”是狭义的，主要指道德意识的主体，相当于孟

---

① 金履祥：《仁山集》卷三，上海：商务印书馆 1935 年版，第 52 页。丛书集成本。

② 金履祥：《复见其天地之心》，《仁山集》卷二，上海：商务印书馆 1935 年版，第 27 页。丛书集成本。

子所说的良知良能和王阳明所说的“良知”，与康德道德哲学中实践理性意义相近。广义的“心”是指人们从事思维和认知活动的物质器官，具有知觉思虑的功能，如“此心所存”、“澄心定虑”[①]就是这个意思。就人心的认知活动而言，“以人心而论，则动不能见天地之心，而静可以见天地之心。何则？人之所以失其良心，迷此仁性，而信不能见天地之心者，盖其欲动情胜而常失之于动也。夫物之感人无穷，人之好恶无节，此心所存，逐物而动，则飞扬升降，幻贸驰驱，安能体认义理，充养人心，其于天地之心，固然莫知也。故学者亦须收视反听，澄心定虑。然后可以玩索天理，省察初心，而可以见天地之心。”[②]人心常常为外物所拘牵，随物而动，应物不暇，浮动飞扬，难以体认天地之心。只有经过道德修养，超越纷繁复杂的庸俗世情的干扰，使心灵境界得以提高，才能解除心灵的遮蔽，回复人心虚明灵妙的状态。只有如此，才能不至于迷失心性，丧失从善的自然本心，才能体认天地之心。

人心的“澄心定虑”与理学家所倡导的持敬的道德修养功夫密切相关。其《立斋静佳楼和王吉州韵》云：

> 层楼新扁表新功，个里工夫自不同。俨若思时居此敬，寂然静处感而通。山窥南北浮岚小，月转西东灏气充。更植楼前佳玉树，君家槐荫比车攻。[③]

这里所说的“俨若思时居此敬，寂然静处感而通”准确地抓住了居敬的修养与心体显现之间的关系。“寂然静处”的“寂”表示人心意识活动的相对静止，是心的本体存在的基本状态；“感而通”的“感”则是指意识活动的异常活跃状态，合起来的意思是说，人只有保持寂然凝静的状态，心的本体才能自然而然地显露出来。而这离不开道德主体的居敬涵养，也就是使意识活动保持一种高度集中、真诚敬畏之态，心的本体就能够通过平时的涵养功夫自然显露在意识活动中。在这里，寂然不动的心的本体通过相对静止状态而显现，并不是说在感应不已的意识活动中就不存在心的本体，在人的感应活动中同样也伴

---

①② 金履祥：《复见其天地之心》，《仁山集》卷二，上海：商务印书馆1935年版，第27页。丛书集成本。

③ 金履祥：《仁山集》卷四，上海：商务印书馆1935年版，第71页。丛书集成本。

随着心体。不过，此时心体的显露处于已发状态，就认识论而言，其表现为特定的感知、认识活动及其结果，感性的和理性的知识；就道德论而言，则表现为人的各种情感和欲望，而心体则表现为人性。他认为，天地的运动变化都是天地之心的自然发露，也就是说，天地之心是本体，天地的自然运动变化是这个本体的"用"，体用一致。

在此基础上，金履祥沿着朱熹的人心与道心之论继续向前发展，提出了天地之心与圣贤之心相互统一的思想。金履祥认为，伏羲从天地运动的变化中仰观俯察，发现了显现其中的天地之心，而完成了《易》。换句话说，《易》及圣人所作的传都寄寓着天地之心。他说：

> 夫复卦一阳在下，便见动之端。先儒如王弼辈乃解为动在于地。是为静见天地之心。盖看卦象不明，所以看道理不出。大抵才说静时，便是死杀，是故亦天地之迹。如何见天地之心？惟于极静之中而乃有动之端焉，是乃天地之心也。然以理而论，则静不足以见天地之心，而动之端乃天地之心。[①]

从金履祥的说法来看，动静属于客观世界的循环往复、连续不断的运动变化过程，属于现象界的自然存在方式，而作为本体的天地之心存在于动静变化之中。"大抵才说静时，便是死杀，是故亦天地之迹"是说，在动中有天地之心，静中也有同一个天地之心，静也是天地之心的自然显现，并不是说天地之心只在动中或只在静中显现。"惟于极静之中而乃有动之端焉"是说，人们很难在客观外物相对静止的时候发现天地之心的本体存在，因为此时天地之心常常蛰伏在事物本身内部，显而未发。极静之时正是运动的开端之际，也正是天地之心由蛰伏到显露出来的时候，所以才说"动之端乃天地之心"。可见，天地之心无论是在静中还是在动中，都一直存在着，不过有显隐之别而已。

另外，"而静可以见天地之心"的又一主要原因是，在物质运动的相对静止状态，阳气不断增长，仁心不断巩固，真积力弥，到了极静之时，蓄积已久

① 金履祥：《复见其天地之心》，《仁山集》卷二，上海：商务印书馆1935年版，第27页。丛书集成本。

的阳气和仁心就会蓬勃奔涌，大显于天下。正所谓："故静之功夫，古人以此养阳气之微，学者尝以此观义理之妙，则天地之心，岂不跃然而可见哉！"[①]

金履祥主要是从《易》的复卦卦象发现物质运动变化的趋势，得出天地之心由隐到显的变化趋势，指出极静之时是动的开端，是天地之心得以显发的时候，也是"复见其天地之心"的时候。同时，他也认为，"复见其天地之心"的过程和复见人心的过程是一样的。他说：

> 吾心之复，则凡善念之动是也。盖四端之心，无时不发，而就中恻隐之心，最先且多，此正天地之心在吾心者。大抵人虽日营营于人欲之中，孰无一线天理之萌，此即吾心之复也。人自不察，亦自不充耳。所以不察不充，正因汩于动而不能静之故，故学者须是于此下耐静工夫，察此一念天理之复，充此所复天理之正，而敬以持之，学以广之，力行以践之。古人求仁之功，盖得诸此。[②]

首先，金履祥明确地指出，心之体是性、是理。人心之复的时候正是"善念之动"的时候，此时人心与天地之心合而为一，人先天所禀的天地之心在人心中得以显现。可见，金履祥所说的天地之心就是亘古不变的太极之理，也就是儒家所称道的"仁"。从这个意义上说，人心的本体具有儒家道德原则的内容。这是继承了朱熹心性论的"心即理"的观点。在上引《奉和鲁斋先生涵古斋诗二首》中，"会到一源惟太极，包牺原不与今殊"，"太极运行常自若"就是这个道理。

其次，人心对人性有主宰作用。人心所禀赋的天理（天地之心）一直存在于人心之中，不过，在人心浮动之时，天理被外物遮蔽，人只有除去蔽障，加强心的自我涵养、自我反省的功夫，才能恢复人的天地之心。这就需要"敬以持之，学以广之，力行以践之"。其中，诚敬专一，保持心体不受外物干扰，发挥心对性的主宰、评判作用，这是从周敦颐、二程以至于朱熹都一再强调的内在心性修养。"学以广之，力行以践之"则是金履祥对程朱理学心性修养论

---

① 金履祥：《复见其天地之心》，《仁山集》卷二，上海：商务印书馆 1935 年版，第 27 页。丛书集成本。

② 同①，第 27—28 页。

的进一步发展。在他看来，要想让人所复的天理长久地存在于人的心中，还必须读书明理，因为多读书可以扩大自己的视野，提高自己对于道德问题的理论认识水平，明白自己所涵养的道德原则是否合理，以及合理的程度如何。从而增强自己推行儒家道德原则的主观意愿。只有经过这样的明辨是非曲直的功夫，才能改变人对天理之妙"不察不充"的盲目服从状态，培养行儒家之道的自觉性，进而为天地之心永驻心中提供源源不断的精神动力。当然，二程和朱熹也都强调"格物穷理"，但从总的倾向上来看，他们还是把内在心性修养放在突出的地位上，从而多少忽略了外在的读书明理功夫。

"力行以践之"是说，人把自己内心涵养和读书明理所得的道德判断运用于自己的道德实践中，检验道德判断的合理性、有效性，从道德判断的本性来看，道德判断是人们对日常行为及其合理性的正确反映，它的本性就在于主观意志和客观行为的一致。所谓检验道德判断，就要把主观意愿同客观行为联系起来进行比较、对照，才能判定它是不是合理、是不是有效，以及在多大的范围内有效。其次，从"力行以践之"的本身特点看，"力行以践之"是理学家创造一个天理流行、以仁为本的理想社会，改造物欲横行的现实世界的具体活动。这种良好的意愿能否变成现实，不是靠空想就能取得成功的，只有靠躬身践行，才能把主观的意愿变为客观的现实。这样，人们就可以在践行中检验出自己的道德认识是否与客观现实相符合。如果在践行中实现了原来的预想，那么人的道德认识和道德判断就被证实是正确的，就可以不断地推及到社会中去，实现更大范围地改造现有世界，最终改变整个现实世界；如果失败了，那就要找出失败的原因，重新评估自己所信奉的道德原则的合理性和有效性，适时矫正之。金履祥对此有十分深刻的认识，他说：

> 是知复者特此心之初耳，说复之后，无以长养之，则复者失矣。……人心之有是复也，亦必日增日长，进而为临之大，为泰之通，又进而为大壮之动，以及夬之刚决，乾之不息，而与天合德焉，此又复之后工夫也。①

① 金履祥：《复见其天地之心》，《仁山集》卷二，上海：商务印书馆1935年版，第28页。丛书集成本。

复心之后，保持天地之心而不流失的最主要的方式就是做好“复之后工夫”，也就是不断巩固、增强天地之心，使之发扬光大，达到与天合德的境界。诚如冯友兰所论：“在天地境界中底人有更进一步底了解，他又了解这些规律，不仅是在人的‘性分’以内，而且是在‘天理’之中。遵守这些规律，不仅是人道而且是天道。”[①]就是说，在与天合德的境界中，人的生存境界实现了根本的跨越，道德主体不断超越自我，从自我的小圈子中跳出来，摆脱营营逐物的世俗生活情趣。

与天合德的境界不仅要求人的生存价值观得以提高，而且，儒家还追求参赞天地化育的使命感。参赞天地化育的过程就是道德践行的过程，金履祥所说的由复卦见天地之心、人心之初到“临之大”，“泰之通”，“大壮之动”，以及“夬之刚决”，“乾之不息”，这个过程恰恰就是道德主体由道德涵养而形成道德判断，进而为在一定道德判断指导下进行道德实践的完整过程。其中，“临之大”、“泰之通”属于道德修养过程自不待言，“大壮之动”、“夬之刚决”、“乾之不息”则属于道德践行的过程，道德主体一旦参与到天地造化万物之中时，就会毫不犹豫，表现出果敢刚毅的气势和自强不息的精神。

总起来说，金履祥所说的复心，从内容上看，就是提高个人的道德修养，达到与天地之心相统一的境界。从复心的方式来看，居敬、明理、力行三者是完整统一的有机整体。三者各有侧重但又相互联系，居敬重在涵养天地之心，明理重在知天地之心的所以然之理，而力行则在于把天地之心的理想转化为客观现实的存在。明理能够巩固居敬所获得的成果，力行能够评判、检验明理和涵养所获得的道德认识的合理性和有效性，从而更好地促进居敬和明理，实现道德主体与天地合其德的统一。

上文已经论及，天地之心是亘古不变的天理，那么，它的具体内涵究竟是什么呢？金履祥认为，天地之心就是以天下为公的圣贤之心。他说：

> 盖尧以天下为心者，故视天下皆吾子也，何亲疏耶？乐以天下于舜，冀以安天下也，曾何择于舜与丹朱耶，又何丹朱之难为情而是顾耶？……故曰尧之心天之心也。孔子曰：“惟天为大，惟尧则之。”盖知尧之深者

---

① 冯友兰：《贞元六书·新原人》，上海：华东师范大学出版社1996年版，第627页。

也。……然则先儒何言尧行天道以治人，舜行人道以奉天？予曰："善言天道者以人事，是故尧命羲和钦若昊天，行天道也，则敬授人时者，非人道而何？天与人一也。舜叙百揆，行人道也，则烈风雷雨勿迷者，非天道而何？人与天一也。"商人以穑事为念，一人之私心也。汤以正夏为急，天下之公心也。汤以天下之公心。伐天下之同害，犹不免于有惭德于天下者，遭天下之不幸，任天下之至疑，而为至难为之事耳。[①]

尧、舜等圣贤"以天下为心"，他们没有一点个人私心，毫无个人偏见，没有远近亲疏之别，也无贤愚之分。尧不以丹朱之恶而恶之，不以舜之贤而宠之，这是尧出于公心之故。没有公心，就不会以平等之心去爱天下之人。无私心便是公心，公而后能有仁心，仁而后能爱天下人，视天下之人为自己的儿子一般，爱护他们，想他们之所想，急他们之所急，与他们同呼吸、共患难，万民一体。夏桀暴虐，生灵涂炭，汤顺应民心，"伐天下之同害"，以解救天下人之公心起而革之。

公并不是仁，但公是"以天下为心"的前提和基础，无私心杂念，视天下为天下人之天下而非个人之天下，能够顺天而行，选贤任能，把君位禅让给舜。这是实现"人与天一也"的第一步。尧以天下为公，遵循天地之道而行，体现在日常的政治行为中就是尧能够"敬授天时"，让百姓顺应天道的变化流行，适应四时季节的更替，不失时机地从事各项生产劳动，使百姓安居乐业。这就是"行天道以治人"。舜能够"叙百揆"，敬人事，建立起一个以亲亲为本的家庭伦理秩序和以仁民为基础的和谐的社会政治秩序，使天下百姓各得其所，各适性情。无论是尧"敬授天时"还是舜敬人事，他们都出于以天下为公之心，行天道，顺民意，达到"人与天一也"的和谐境界。

在这里，金履祥把天地之心与人心有机统一起来。天地之心不过是人心中以天下为公的具体体现而已，不再是抽象的本源于天的先验的形而上之理，这就改变了程朱理学中道心是天赋予人的唯心论色彩。而人心，不仅仅是出于个人生活、生存发展所必需的物质和精神需求，而且也包含以天下之心为心的内

① 金履祥：《答叶敬之书》，《仁山集》卷三，上海：商务印书馆1935年版，第48页。丛书集成本。

容。因而，在金履祥看来，去除人心中的私心、私欲就是克服人心中那些过度的不合理的物质和精神需要，而不是连同人心中的公心一起清除。金履祥对人心中合理因素的肯定改变了程朱理学中视人心为私欲的片面认识，从而纠正了“存天理，灭人欲”以先天的道德理性精神压抑人性中的自然欲望、情感的极端化思想。

当然，金履祥关于天地之心与人心的问题的根源仍然是其性从命出的传统思想，提出了“气之理”与“理之气”之辨的观点。在辨析孟子所说的“口之于味也，目之于色也，耳之于声也，鼻之于臭也，四肢之于安佚也，性也，有命焉；仁之于父子也，义之于君臣也，礼之于宾主也，知之于贤者也，圣人之于天道也，命也，有性焉，君子不谓命也”[①]一段时，他说：

> 性也之性，是气质之性；有性焉之性，是天地之性。此固不待言，惟二命字难分。有命焉之命一节，是气之理；命也之命一节，是理之气。何以谓气之理？是就气上说，而理也在于其中，为之品节限制。何以谓理之气？是就理上说，而气却在其中，有清浊厚薄之不同。盖理气未始相离，天以阴阳五行，化生万物，气以成形，而理亦赋焉，犹命令也。然理则一，而气则有清浊厚薄之不同，所以在人便有智愚贤否贵贱贫富之异而理故无一而不在焉，此皆所谓命也。但命也之命，自其清浊厚薄者言之，则全属气。有命焉之命，因其贫贱富贵之分限言之，则便属理。命焉之命在前，有命焉之命在后，然方其清浊厚薄，便自有贫贱富贵。然才有贫富贱贵，便自有上下品节，所以总谓之命。[②]

在金履祥看来，理与气是不可分离的有机整体，它们在人类形成和发展中所发挥的作用不同，天以阴阳五行化生万物，气形成人的物质形体，理随之而亦赋予人的形体中，共同构成了具有物质实体的人。在人的具体形态中蕴含着理。随着构成人体的气有清浊厚薄不同，人的具体形态也会千差万别，人就会表现出寿命的长短之别、富贵贫贱之异，而这些差异都是由理决定的，理起着“品

① 朱熹：《四书章句集注》，北京：中华书局 1983 年版，第 369 页。
② 金履祥：《孟子性命章解义》，《仁山集》卷三，上海：商务印书馆 1935 年版，第 28 页。丛书集成本。

节限制”的作用，调节、控制着气的运动变化。这就是“气之理”。同时，金履祥还认为，人的生死、贫富都是先天的理调节着，都有固定的天数，人的生命之气无论如何运动变化，人的主观无论如何努力，也都不能改变先天的“分限”。这就是“理中气”。金履祥还没有摆脱天理控制人的性命思想的影响，体现了金履祥的性由命出的主观唯心主义思想倾向。

但是，我们还必须指出，金履祥的理并不是抽象的儒家道德观念——仁，而是天地运动变化的阴阳盈虚、此消彼长之理。

二、金履祥的矛盾心态与其诗歌创作

金履祥性命论的矛盾性直接影响了他的人生选择和心态，使他的内心陷入了希望与失望、救世与避世的矛盾之中。

金履祥把复天地之心的哲学思想延展到社会历史发展观中来，认为社会历史的变化、朝代的更迭，也是天地之心的体现。他说：“凡事莫不有复。如此宫既废而新，则为学校之复；纲常既晦而明，则为世道之复；国家既危而安，则为国势之复。”① 在金履祥看来，世界上的任何事物都是天地之气阴阳运动变化的结果，是因袭与创新相互交替、循环不已的运动过程，这是不可改变的客观规律。所谓复是指事物的运动变化周而复始，无始无终，事物永远处于运动变化中，这是事物运动的绝对性。在这个运动过程中，事物的变化不仅仅包括同一事物的简单重复，数量的增减和位置的移动以及程度的升降（古人称这种变化为“因”），而且也指新事物不断产生，旧事物不断灭亡的发展过程。以作为教育的基本设施而言，西周时的学宫主要是周天子为教育贵族子弟而设立的，主要教授礼、乐、射、御等知识和技能，因不能适应新的时代要求而演变为后世的学校，传授的知识虽然仍以儒家的经典为主，但是接受教育的人逐渐下移，走向民间。就王朝的更替而言，旧的王朝腐败不堪，政治黑暗，民不聊生，国运衰微，就会有新的王朝起而代之，国家转危为安，百姓和乐。

同时，金履祥认为，新事物并不是凭空蹦出，突然降临，而是从旧事物的

① 金履祥：《复见其天地之心》，《仁山集》卷二，上海：商务印书馆1935年版，第29页。丛书集成本。

母体中汲取营养，发展出来的有变有常，“感于天者，有变有常”[①]。也就是说，在事物复的过程中，有常，也有变，有因，也有新。常的是万古不变的天地之理，变的是旧事物因丧失了存在的合理性而日趋灭亡，从而产生新的事物。在学宫转变为学校的过程中，不变的是儒家的道德价值观念，一以贯之，而变化的是教育的对象和新知识的丰富、扩大。在王朝的更替中，不变的是天地之心，以天下为公的理永远不会丧失；而变化的是王朝的主宰者更名换姓。在论及《伊尹既复政将告归乃陈戒于王（咸有一德）》中，他认为整部《尚书》都是体现了儒家的以德治国之道：

> 首论天命之靡定，以德之常不常，为存亡之分。常即一也，以桀之亡证之，不常其德者也。以商之兴证之，咸有一德者也。一兴一亡既明，则又以一与二三所以致兴亡于天者总之，遂勉太甲以一德之功夫焉。既勉君之一德，又求臣之一德，而以惟和惟一总之，协于克一，所以择天下之善，而时天下之中焉者。……后之君臣，宜熟读而精思之。[②]

在他看来，在漫长的社会历史发展过程中，历代王朝的兴衰更替是很正常的，但是在历史发展中始终都有一个理存在，那就是儒家之道，这是“常”，它决定一个王朝存在与灭亡的分限（时间的长短）。夏桀之所以灭亡，就在于他不行仁道，荒淫误国，残暴成性，百姓痛苦。而商汤兴起则在于能够行尧舜之道，除天下残贼，君臣同心同德。他语重心长地告诫后世的君主和大臣应该从夏灭商兴的兴衰鼎革中获得历史的经验教训。

可见，金履祥区分新旧事物的唯一标准、根本标志，就是看它是否同儒家的先王之道、天地之心相符合。在他看来，凡是以天下为公者得天下，就能行先王之道，抚爱天下赤子，百姓就能安居乐业，国运昌盛，这就是合理的，否则就是不合理的。

在这种思想指导下，金履祥的诗歌创作表现为互相矛盾的两个极端：一是积极行道。他常常以为君主、为国家、为百姓立天地之心为己任，救世济民。

---

① 金履祥：《帝命禹叙洪范九畴》，《仁山集》卷二，上海：商务印书馆1935年版，第31页。丛书集成本。

② 金履祥：《仁山集》卷二，上海：商务印书馆1935年版，第33—34页。丛书集成本。

他把这一行道的希望寄托在科举考试上，走“学而优则仕”的道路，通过获取一定的势（主要体现为一定的官位）来弘扬儒家之道，希望以古圣先王之道来挽救国家，教化风俗，但是他的努力失败了。他参加了多次科举考试，数度被黜，希望破灭。在作于南宋景定甲子年（1264）《自号次农说》一文中，金履祥表达了这种心情：“群试有司，类非宗周之制，取圣人之经，副字俪语，谓之程文。少有振奋，则有司劾之，以为非度。予以是数黜，家贫，亲老亦甚病焉。知予者以为有志未遇，责予者以为未能忘禄仕也。嗟夫！有志未遇者，时也；而未能忘禄仕者，亦势也。”[①]他认为，南宋的科举考试的程文都是割裂儒家经典，“副字俪语”，不能体现先王之道，也不能有自己的自由发挥，所以他在科举考试中屡次失败。虽然他自称是因为生活所迫而参加科举考试，实际上并不尽然。他寄希望于南宫折桂，施展自己的政治抱负。在《都下赋归，奉别天台金彦如、惠子明、沈新之、马景昭、赵寅仲，并呈于寅仲，时于寅仲以上诸兄初相识，诸兄又相约便道至岁寒堂王先生处相会也》中，他说：

多士趋京我亦东，不排阊阖不南宫。此行识得天台彦，谁道归舟载月空。

客中相见别匆匆，论学无由意独浓。赖是岁寒来有约，不妨归去又相逢。[②]

这些诗表现了他科举落地之后的心情。一方面，他与许多士子一样赴京都临安参加科举考试，满怀一腔报国之志，但是失望而归。另一方面，他又因结交许多儒士而高兴，他们在一起可以谈学论道，忘却科举考试失败而带来的郁闷心情。

二是怀道归隐。既然南宋的灭亡已经是历史发展的必然，那么，在王朝更替之际，金履祥并不像那些忠诚于宋王朝的义士一样为国捐躯，而是隐居深山，坚持操守，与元朝政府采取不合作态度，传圣贤之道，也是极其可贵的。

---

① 金履祥：《仁山集》卷三，上海：商务印书馆1935年版，第52页。丛书集成本。
② 金履祥：《仁山集》卷四，上海：商务印书馆1935年版，第75页。丛书集成本。

在《题钓台》中，他说：

> 谁云孟氏死，吾道久无传。我读子陵书，仁义独两言。仁为本心德，义乃制事权。怀辅存体用，治乱生死关。乃知严先生，优到圣贤边。归来钓清江，夫岂长往人。汉道终杂霸，文叔徒几沈。何如对青山，俯仰日油然。我来一瓣香，敬为先生拈。陟彼崔嵬冈，想此仁义心。[①]

金履祥将严子陵改造为一个儒士。东汉王朝虽然崇奉儒学，实际上杂用王霸，对此，严子陵十分不满，觉得儒家之道不能实现，于是就归隐山林。严子陵的行藏取舍完全符合儒家的进退之道，他也决心像严子陵那样归隐田园。反观南宋末年的政治形势又何尝不如此呢？当时，外有强敌入侵，朝廷内部互相倾轧，权臣贾似道专权，政治黑暗，误国害民，国家已经到了濒临灭亡的境地。此时的金履祥只好归耕农田，自食其力，著书立说，传播儒家之道。

第三节　金履祥的遗民心态与《濂洛风雅》的编选

金履祥是朱熹的第四代弟子，一生恪守程朱理学，完善了从周敦颐开始，经二程，杨时南传以至于朱熹集大成，再由黄幹传至何基，直至王柏的程朱理学的传承谱系。其中，从何、王到金履祥则进入婺学的奠基、发展时期。就此而言，金履祥完备程朱理学传承谱系的目的是为了“谱婺学”[②]，为婺学的确立寻找理论上的支持，并为其进一步发展奠定坚实的基础。

他编选《濂洛风雅》，选录了自北宋以来至南宋末期程朱理学发展过程中四十八位理学家的诗作。其宗旨是以“濂洛诗派”来存“濂洛学派”，也就是“诗取其正，以风雅存濂洛，以濂洛广教学”[③]，通过审美教育更好地传承程朱理学。为此，《濂洛风雅》选录大量体道悟道、修身养性、伦理规范等方面弘扬儒家之道的作品，这是可以理解的。但是，《濂洛风雅》编选的目的并非这

---

① 金履祥：《帝命禹叙洪范九畴》，《仁山集》卷四，上海：商务印书馆1935年版，第65页。丛书集成本。

②③ 王崇炳：《濂洛风雅序》，金履祥《濂洛风雅》，丛书集成初编本。北京：中华书局1985年版，第1页。

样简单，其还受到特定时代背景、编选者丰富复杂的内心世界等多方面因素的影响。《濂洛风雅》编选于元贞二年（1296），当时南宋已经灭亡17年了。作为一位遗民理学家，金履祥的出处行止、行道与独善等方面的复杂心态必然影响他的编选宗旨。他借编选《濂洛风雅》之机表达他内心的痛苦与希望，宣泄胸中磊落不平之气，曲折地表达他反抗元朝统治的斗争精神，具有强烈的现实意义。

一、正统论：否定元朝存在的合法性

在政治上，推行儒家之道的前提是辨明一个政权是否为正统。因为正统是一个封建王朝存在的合法性、政权来源合理性的重要标志。辨明了这个问题就解决了儒士行与藏、仕与隐的理论基础问题。

邹衍以阴阳五行为基础的"五德终始说"来论证皇权的更迭，董仲舒紧承其后，提出"君权神授"和"三正三统"说，肯定皇权的合理性。他们的论证充满了浓厚的神秘色彩，缺乏学理性。朱熹提出"五行相生相胜"说做进一步的发展，"只天下为一，诸侯朝觐，狱讼皆归，便是得正统"①，肯定国家统一、诸侯臣服、百姓和乐为得正统的基本条件。金履祥则把统治阶级应该具有天地之公心作为正统的基本条件，这是对朱熹思想的继承和发展。因为只有统治阶级具有天地之公心，才能推行儒家的仁政，消弭国内各种矛盾和纷争，诸侯才能臣服，百姓才能无争。随着历史的发展，王朝的更迭是不可抗拒的历史规律，但变化的是一个又一个、一家一姓的封建王朝，而不变的是天地之公心。在金履祥看来，尧、舜等圣明之主，都"以天下为心者，故视天下皆吾子也"②，尧把帝位禅让给舜，舜像尧一样代天抚爱百姓，天地之公心并没有改变。而夏桀和商纣王都以一己之私心，残虐百姓，武王伐纣和商汤革命一样都是秉承天地之公心，拯救黎民出水火，具有合理性、正义性，"武王将天命，易昏以明，使四海之赤子脱陷阱而就枕席"③。因而商、周都是封建政权沿革的正统。《濂洛风雅》所选朱熹《斋居感兴》其六、其七借纠正司马光编辑《资治通鉴》

① 朱熹：《朱子语类》卷一〇五，北京：中华书局1986年版，第2636页。
② 金履祥：《答叶敬之书》，《仁山集》卷三，北京：中华书局1985年版，第48页。
③ 同②，第49页。

和欧阳修编纂《新唐书》所确立的不正确的正统观之机，表达了正统论是万古不变的君臣之纲的神圣性，不容许有丝毫错讹。他说：

> 东京失其御，刑臣弄天纲。西园植奸秽，五族沉忠良。青青千里草，乘时起陆梁。当涂转凶悖，炎精遂无光。桓桓左将军，仗钺西南疆；伏龙一奋跃，凤雏亦飞翔。祀汉配彼天，出师惊四方。天意竟莫回，王图不偏昌。晋史自帝魏，后贤盍更张，世无鲁连子，千载徒悲伤！（其六）

> 晋阳启唐祚，王明绍巢封。垂统已如此，继体宜昏风。麀聚渎天伦，牝晨司祸凶。乾纲一以坠，天枢遂崇崇。淫毒秽辰极，虐焰燔苍穹。向非狄张徒，谁办取日功？云何欧阳子，秉笔迷至公？唐经乱周纪，凡例孰此容？侃侃范太史，受说伊川翁；《春秋》二三策，万古开群蒙。（其七）[①]

司马光编纂《资治通鉴》，有时依循前人成见，不能辨其是非。其六，司马光遵从陈寿《三国志》将曹魏政权确立为封建社会王朝更迭的正统。朱熹对此进行了批判。曹魏政权篡夺汉室，玩弄天纲，名义上以周公自居，实际上却奉行霸道，荼毒百姓，不能为正统；而西蜀的刘备集团继承汉室大统，尊崇天纲，推行仁政，出师北伐，堪为正统。其七，司马光按照欧阳修《新唐书》把武则天的周政权当作唐代政权沿革的一个组成部分。对此，朱熹也提出了不同的看法。武则天是“麀聚渎天伦，牝晨司祸凶”，女皇帝触犯天伦，淫毒辰极，使大唐王朝的国祚中断，“周纪”和唐纪不能并行，因而必须把武周政权从唐王朝的传承谱系中清除出去。曹魏政权和武则天政权都依靠篡夺的方式攫取而得，不能确定为正统。

金履祥站在尊华攘夷的立场上，排斥少数民主政权入主华夏，应该坚决与之斗争。在评价齐楚召陵之盟的史论中，金履祥批评了齐桓公“却狄也缓，而帖荆也仅”[②]的错误。金履祥认为，危害周王朝及诸侯国安全的少数民族有北方的夷狄和南方的蛮楚，齐桓公北御夷狄，屏障北方，减少北方的边患，这有功

① 朱熹：《斋居感兴二十首》，金履祥《濂洛风雅》卷三，北京：中华书局1985年版，第37页。

② 金履祥：《仁山集》卷二，北京：中华书局1985年版，第39页。

于华夏。但是，齐桓公却没有及时地遏制楚国对华夏诸国的威胁，没有从根本上认识到楚国“僭王猾夏”[①]之罪及其严重后果，只纠缠于昭王南巡和不供苞茅这些小事上，致使楚国成为周王朝的心腹之患。很显然，金履祥以“华夷之辨”的观念来评判齐桓公、管仲的功过得失，虽然不乏民族歧视的偏狭，但在元兵南下入侵、民族危亡的严峻时刻，“华夷之辨”就成为人们团结一致、抵御外侮的强大精神动力，激发人们反侵略的斗争热情。

综合尊华攘夷的观念和不能靠非法手段取得政权这两方面的因素来看，金履祥坚决否定元朝为正统，从而否定了它的合法性。

宋元之际，民族矛盾成为最主要矛盾，金履祥自觉把反对元蒙贵族的侵略视为行道的首要任务。他主动地把建立外在的功业作为自己的分内之事，“看来勋业皆吾分，何用谆谆诧一时”[②]。他渴望辅世济民，安邦定国，“学先王之道，将以措诸国家，谓君心可正，公卿士大夫可齐，民风可一，夷狄可屏也”[③]。在他的正君心、齐公卿、淳民风、屏夷狄四项功业中，屏夷狄无疑是最迫切、最现实的任务。

金履祥借编选《濂洛风雅》之机抒发自己愤怒斥责投降元朝的可耻之徒，表达反对元蒙统治的坚强决心和坚定信念。有宋一代，积贫积弱，始终面临着辽、西夏等少数民族政权的侵扰，一直处于被动挨打、疲于防守的境地。《濂洛风雅》所选张载的《大顺城》一诗，表现了张载希望从军，抵御西夏的入侵，其中流露出尊华攘夷的明显倾向。北宋末年，政治日趋腐败，女真族在北方迅速崛起，不久举兵南下，北宋灭亡。“靖康之难”不仅是一个南北宋交替的历史概念，而且还是一个影响南宋一代士风的精神标志。从此以后，在南宋士风中就出现了两种主要的、截然不同的心理状态，即苟安偷且的偏安心态和收复失地的积极进取精神，它们长期斗争，从来没有间断过，一直持续到南宋灭亡。在这种激烈的斗争中，苟安偷且的投降派一直占据着上风，压抑、排斥、迫害积极进取的主战派。理学家们一直是坚定的主战派，他们并没有沉浸在安静的书斋中，怡然自得地谈道论学，而是始终把恢复失地作为自己实现外王功业的主要目标。在他们的许多诗作中就流露了这种强烈的北伐决心。在

① 金履祥：《仁山集》卷二，北京：中华书局1985年版，第39页。
② 金履祥：《仁山集》卷四，北京：中华书局1985年版，第76页。
③ 金履祥：《仁山集》卷三，北京：中华书局1985年版，第52页。

《濂洛风雅》中，金履祥选录了南渡时期一些理学家抒发抵抗女真贵族入侵和亡国之悲的作品，表达他们对那些因抵抗金兵南侵而壮烈殉国的有识之士的赞扬之情。朱熹的《旌忠愍节庙铭》歌颂了在金兵入侵时张叔夜、郑骧奋不顾身，兵败被杀，为国捐躯的悲壮行为，歌颂他们舍身取义的崇高精神。金履祥选编这首诗的目的是在歌颂那些像陆秀夫、文天祥、谢枋得等因抵抗元兵而壮烈殉国的英烈之士。胡寅《题浯溪》愤怒地批判了一些北宋文臣武将畏敌如虎，不战而降，"颂声谐激不为难，君王早访平戎策"[①]，希望南宋最高统治者接受历史教训，能够像唐肃宗那样励精图治，选贤任能，平定安史叛乱，实现国家的统一。金履祥选编这样的诗作意在痛斥荒淫误国的贾似道以及元兵南下望风而降的贾余庆、方回之流。另外，朱熹《斋居感兴》其四、其五，胡寅《桃源行》、刘彦冲《古墨行》、张栻《九日与僚佐登龙山》等诗也从不同方面向最高统治者发出警告，提醒他们不要玩物丧志，应该积极储备人才，挥师北伐，也都有很强的现实意义。

金履祥选编张栻赞扬诸葛亮不遗余力讨伐曹魏的诗，从封建正统论的角度肯定诸葛亮北伐曹魏的正义性。如张栻《诸葛忠武侯画像赞》诗云：

> 惟忠武侯，识其大者。仗义履正，卓然不舍。方卧南阳，若将终身。三顾而起，时哉屈伸。难平者事，不昧者几。大纲既得，万目乃随。我奉天讨，不震不竦。维一其心，而以时动。噫侯此心，万世不泯。遗像有严，瞻者起敬。[②]

这首诗歌颂了诸葛亮忠于汉室，平定曹魏和孙吴等割据政权，重新实现汉王朝统一的丰功伟绩，进一步指出诸葛亮剪除曹魏的合理性。在张栻看来，刘备、诸葛亮代表的蜀汉集团为汉室之胄，继承汉王朝的正统地位，具有无可辩驳的合法性。而曹操则不同，他虽然挟天子以令诸侯，但名为汉相实为汉贼，因而曹魏的政权就不具备合理性、合法性。诸葛亮就可以凭借道义的号召力去讨伐曹魏，"仗义履正"，"我奉天讨，不震不竦"，以有道伐无道，师出有名。其他

---

① 胡寅：《题浯溪》，金履祥《濂洛风雅》卷四，北京：中华书局 1985 年版，第 50 页。

② 张栻：《诸葛忠武侯画像赞》，金履祥《濂洛风雅》卷一，北京：中华书局 1985 年版，第 13 页。

咏叹诸葛亮的诗还有朱熹的《卧龙庵武侯祠》等，也大多从这个角度立论。

二、道隐：士人的庄严选择

金履祥也曾以诸葛亮为理想的人格楷模。在《广箕子操》中，他自述心迹，说："炎方之将，大地之洋。波汤汤，翠华重省方，独立回天天无光。此志未就，死矣死南荒。不作田横，横来者王。不学幼安，归死其乡。欲作孔明，无地空翱翔。惟馀箕子，仁贤之意留苍茫，穹壤无穷此恨长。千世万世，闻者从悲伤。"[①] 在这里，金履祥表达了他试图效法诸葛亮，挽救南宋王朝必然灭亡的命运。但南宋王朝已经趋于灭亡，代之而起的元蒙贵族政权统一了中国，建立了稳定的中央集权制国家。由于金履祥坚决否定元朝政权的合法性，行儒家之道的社会基础已经不复存在了，他不得不选择挟儒家道义而归隐山林。

对于宋灭元兴这种王朝的更替，金履祥并不惊诧，并不像其他遗民那样痛哭疾首，强烈地抒发怀念故国的悲伤，而是对历史的巨变抱着极为通达的态度。在他看来，世界上任何事物都是发展变化的，有复有变，有延续有变革。他说："况凡事莫不有复。如此宫既废而新，则为学校之复；纲常既晦而明，则为世道之复；国家既危而安，则为国势之复。"[②] 意思是说，一个地方的学宫荒废了，经过有识之士的修葺、重建，它重新发挥育人功能；一个社会的纲常名教废弛，世风浇薄，经过整顿、教化，社会风气就会迅速好转；国家的发展也是如此，一个王朝衰败不堪，面临灭亡的命运，新王朝代之而起，就会革除弊政，休养生息，社会就会得到迅速的恢复和发展。南宋灭亡为新王朝的发展廓清了道路，这未尝不是一件好事。

但是，代宋而兴的蒙古族政权的合法性已经受到质疑、否定，于是金履祥毫不犹豫地选择归隐山林。金履祥效法箕子的道隐。道隐是指，归隐后，士人

---

① 金履祥：《广箕子操》，《仁山集》卷三，北京：中华书局1985年版，第59页。这首《广箕子操》没有标明具体的创作年代，但是其中引用的一些典故，如田横不归降汉朝，横刀自刎，武王伐纣时箕子隐逸不出，都涉及王朝更迭的历史事实。他还表示不学辛弃疾，因为辛弃疾没能实现收复失地的理想，郁郁不得志，老死田园。这些典故和"独立回天天无光"等诗句联系起来看，不难发现，这篇作品作于南宋灭亡以后。

② 金履祥：《复见其天地之心》，《仁山集》卷二，北京：中华书局1985年版，第28页。

不能与世浮沉，光风霁月，追求自我精神的超脱，而应该始终如一地坚持自己的道德追求，不忘济世安民的大志，关心国家命运和民生疾苦，“仁贤之意留苍茫”，让圣贤之道永驻人间。在《自号次农说》中，他自述其志，说：

> 予负笠而荷蓧，深耕而力耘，畜鸡种蔬，上养下教，间歌《七月》之诗，《公刘》之雅。天子清源以厚下，公卿大夫忘私以为公，使时和岁丰，穑事不扰，则予也固三代之农也。他何求哉？①

金履祥甘愿力耕，事亲教子，以诵读圣贤之书为乐，希望朝廷君臣能够勠力同心，公而忘私，重新创造一个唐虞盛世。

毫无疑问，在社会安定时期，儒士以道自任，辅佐统治者行王道，教化民众，使社会风俗更加淳朴，实现先王之道，这是他们的最高政治理想。但在隐居林泉的时候，这种美好的愿望只能付诸于理想，并以此为动力，反抗新朝的统治。在《濂洛风雅》中，金履祥选录了一些向往先王盛世的作品，其目的就在于此。

理学家们力图建立一个百姓和乐、社会安定的太平社会，他们希望统治阶级仁民爱物，减轻对百姓的剥削、压迫。张载的《牧牛儿》就表达了这种渴望实行仁政、减轻对劳动人民剥削的急切心情。张载希望百姓生活在“雨调风顺租税了，儿但放牛相对眠”②的安乐祥和的生活中。他的另一首《虞帝庙乐歌辞》歌颂虞舜以博大的爱心抚育百姓，“子我民兮不穷以爱”，向往“七政协兮群生嘉”③的太平社会。在《静江劝农诗》中，张栻勉励农夫勤勤恳恳，不违天时，尊奉儒家的伦理道德规范，不要触犯国家法律，从而过上其乐融融的宁静生活。还有朱松的《负喧》、《饮租户》、《种菜》，朱熹的《学古斋铭》、《静江府虞帝庙碑诗》，何基《蒲圻周令君铭》等等，都表达了这种向往唐虞盛世的社会理想。

金履祥选录这些向往唐虞盛世的诗作实际上是批判元朝统治阶级残酷的压

---

① 金履祥：《自号次农说》，《仁山集》卷三，北京：中华书局1985年版，第52页。

② 张载：《牧牛儿》，金履祥《濂洛风雅》卷四，丛书集成初编本。北京：中华书局1985年版，第14页。

③ 张载：《虞帝庙乐歌辞》，金履祥《濂洛风雅》卷二，北京：中华书局1985年版，第24页。

迫和剥削，同情百姓疾苦。元朝灭亡南宋以后，受固有的游牧文明的影响，统治阶级的上层大肆圈占土地，把大量的良田改为牧场，许多百姓流离失所，社会生产力遭到严重的破坏，传统的农业文明面临巨大的挑战，在农业文明基础上建立起来的儒家学说也受到很大的冲击。[①]在政治上，推行民族歧视政策，尤其是南方人民遭受的压迫更为沉重，再加上战争的灾难，生活更加悲惨，“维越之民，今瘠不肥。维尔元侯，抚其疮痍。维越之支，兵虑不备。维尔方伯，师干之试。翼翼元侯，其子我民。毋若秦人，非戚非欣”[②]。金履祥还希望统治阶级能抚育百姓，爱民如子，减轻人民的痛苦。

道隐的关键就在于，严守儒家的道德底线，要时刻记住，无论是隐居田园还是出仕，都要把弘道作为根本的处世原则。在《濂洛风雅》中，金履祥选编了许多关于士人出入行藏要严守道义的诗。《濂洛风雅》所选的程颢《和尧夫打乖吟》，诗云：

> 打乖非是要安身，道大方能混世尘。陋巷一生颜氏乐，清风千古伯夷贫。客求墨妙多携卷，天与诗豪剩借春。尽把笑谈亲俗子，德容犹足慰乡人。（其一）
>
> 圣贤事业本经纶，肯为巢由继后尘。三币未回伊尹志，万锺难换子舆贫。且因经世藏千古，已占西窗度十春。时止时行皆有命，先生不是打乖人。（其二）[③]

这两首诗集中反映了程颢的出入行藏观。其一，重在从士人的归隐方面来说，机变不是安身立命的有效方法，只有坚守儒家之道，才能摆脱烦琐世俗事务的侵扰，面对社会巨变才能处之泰然，应付裕如，保全自己，不至于与世浮沉。颜子之所以能安贫，就在于胸中有大道。其二，则从入世行道方面立论，圣贤的事业在经天纬地，安邦定国，即使经受各种物质利欲的诱惑，也不能改变这种志向。在程颢看来，隐居和入世一样，道是他们安身立命的根本，不可须臾

---

① 此前，虽然也有1235年赵复北上，传播朱子之学，但理学的影响还只是停留在学术的层面上，对元朝统治阶级的治国理政并没有产生实质的影响。

② 金履祥：《越州箴上浙帅王敬岩》，《仁山集》卷三，北京：中华书局1985年版，第58页。

③ 程颢：《和尧夫打乖吟》，金履祥《濂洛风雅》卷六，北京：中华书局1985年版，第92页。

离之。至于能否实现行道的理想，士人是进还是退，那就要看命运的安排了。在这里，程颢虽然流露出命定论的消极倾向，但并没有表现出个人因时运不济而颓丧的消靡之气，而是依然坚持以道自任的勇气和决心，这是难能可贵的。

在这两首诗后，金履祥引用朱熹所作“近来有作《钓台记》，□严公非诡激素隐者”的评论，将严子陵归隐钓台归之于道隐。对此，金履祥十分赞同，并自作《题钓台》一诗进行发挥。金履祥将严光儒士化。在金履祥的心中，严光是一位胸怀天下的大儒，是儒家之道的重要传承者。他以仁为心之本，以儒家道义为处理事情的出发点。他归钓清江的根本原因在于东汉最高统治者不能推行真正的儒家之道，而是王霸并用。《濂洛风雅》中其他的一些诗，如程明道《又赠司马君实》，邵雍《龙门道中》、《闲行吟》、《先天吟》，陈了翁《杂诗》，杨龟山《和杨廷秀韵》，李侗《柘轩》，朱熹的《招隐操》、《斋居感兴》之四，徐毅斋《竹门》《即事》，王柏《有人说用》等等，基本上都强调儒士的出处行藏要慎重，要符合儒家的道义。他曾作《和苏金华归去来兮以送之》一诗劝勉苏金华不要辞官归隐。在这首诗中，金履祥认为，无论是当道者无知，还是直道难行，都不要轻易放弃，“审去就予先时，览盈虚其如彼”，在出仕之前，各种困难都已有充分的考虑，所以，要有弘道的勇气和毅力。如果轻易放弃，那就等于忘记了“百里之命”，百姓就会依然过着“椎肌之未息”“将焦熬之益热”的痛苦生活。如果一心为百姓着想，自然会博得百姓的拥戴，“观廉直之得民如此，则公道之未泯奚疑”。最后，他殷切希望苏金华：“胡不舒南溟之云翼，活东海之波鱼，移松菊之清欢，为黔黎之愉怡。其勿以兰芝为粮，勿以椰瓢为卮，勿以猿鹤为伍，而与斯人为辞。不然，五柳先生几于闭关，毋遗王河汾之笑嗤。”[①] 他希望苏金华不要像道家那样遁迹遗世，不问世事，要时刻把百姓的疾苦放在心上，减轻他们的痛苦，给他们带来欢乐。总之，一句话，士人的行藏出处要以践行儒家的道德规范，推行儒家的仁政为根本原则。

尤其值得注意的，金履祥还选编了王朝更替时期士人人生选择的诗。最突出的是王柏《陶渊明》，诗云：“义熙鼎向寄奴轻，归去来兮绝宦情。特笔谁书晋处士，千年心事一朝明。”[②] 面对晋宋之际波诡云谲的政治风云，陶渊明毅然

---

① 金履祥：《和苏金华归去来兮以送之》，《仁山集》卷三，北京：中华书局 1985 年版，第 57 页。

② 王柏：《陶渊明》，金履祥：《濂洛风雅》卷五，北京：中华书局 1985 年版，第 87 页。

辞去刘裕幕府的参军，表达了坚决不为弑君篡位的刘裕服务的决心，表现了他不仕新朝而甘愿为晋处士的高洁情怀。[①]金履祥选编这首诗意在表明，他也要像陶渊明一样不仕新朝，表达了高尚的民族气节。

总之，在道隐与禄仕之间，金履祥能够把行儒家之道作为自己的精神支柱，正道直行，突破禄仕的困扰。然而，与他同时代的、境遇相同或相似的其他遗民不乏迫于无奈，最终出仕新朝，就连金履祥的弟子许谦和柳贯也概莫能外。两相比较，其民族气节的崇高与卑微，判然有别。

三、"孔颜之乐"与"吾与点也"：儒士隐居的两种境界

道家也追求遁迹山林之乐，忘怀尘世，希冀个人情感的愉悦和精神的超脱。这是金履祥极力反对的。他在《和王妙虚道士诗》中说："我爱高人巧卜居，林烟深处着精庐。煎茶石鼎客当酒，劚笋竹篱自荷锄。隐几要同吾丧我，凿池戏问子非鱼。高山流水知音少，欲去频听辄驾车。"[②]金履祥指出，道家虽然远离尘世，追求淡泊宁静的生活，但是道家思想的根本错误在于"吾丧我"，消除个人的主观能动性，顺从大自然，把个人消融在大自然中，取消了人的独立性，这就必然否定个体行道的积极性、主动性。这是理学家所不能容忍的，"盖其欲动情胜，而常失之于动也。夫物之感人无穷，人之好恶无节。此心所存，逐物而动，则飞扬升降，幻贸驰驱，安能体察初心，而有以见天地之心"[③]。主观能动性被取消后，个体就会迷失心性，随波逐流，不能在纷繁变化的外物面前主导自己，为物欲所困，汩没心性，人也就不能辨别是非、贤恶，不能体察天地之心。《濂洛风雅》所选朱熹《斋居感兴》之十五批判了道教的求仙行为追求高蹈遗世，清静无为，仅仅希望自己长生不老，置天下黎民百姓的痛苦于不顾，属于苟且偷生的自私自利行为，与儒家敬德修业的精神追求截然不同。

---

① 刘裕篡位自立是在陶渊明辞官归隐十五年之后发生的事情，但是陶渊明根据种种迹象敏感地意识到刘裕自立为帝已经是不可逆转的历史发展趋势。陶渊明及早地退出这一政治风云的旋涡，不仅有避祸全身的考虑，而且有忠于晋朝的高尚情操。

② 金履祥：《和王妙虚道士诗》，《仁山集》卷四，北京：中华书局1985年版，第68页。

③ 金履祥：《复见其天地之心》，《仁山集》卷二，北京：中华书局1985年版，第27页。

对于佛教追虚逐妄的思想及其严重后果，理学家也进行了猛烈的批判。《濂洛风雅》选录的朱熹《斋居感兴》之十六批判了佛教妄谈因缘，空谈心性的危害性，“顾盼指心性，名言超有无；捷径一以开，靡然世争趋。号空不践实，踬彼榛棘途。谁哉继三圣，为我焚其书”[①]。就是说，妄谈因缘容易误导那些普通民众不惜花费巨资做功德、结善缘，大量的生活资料被巧夺一空。而空谈心性则引导那些聪明之士不务实际，游谈无根，坏人心术，难以继承古圣先贤的功业。

与道家消极避世的遁世行为不同，金履祥坚持道隐，以坚守儒家之道为乐，不改其志。这样，“孔颜之乐”就成为儒士们取法的典范。金履祥说：

> 颜子一箪食，一瓢饮，不改其乐，孔子贤之。彼颜子犹有箪食瓢饮，足以事育，安知千载之下，其贫又有甚于颜子者。予也，上无可官之禄，下无可植之亩，进无代耕之人，退无归耕之计也。[②]

颜子胸中有儒家之道作为精神支柱，涵养、体验圣贤之道，沉浸于道德的自我修养和自我完善之中，心无旁骛，所以他能够居陋巷，箪食瓢饮，而怡然自得。因此，博得孔子的赞同。不过，从孔子赞赏颜回“其心三月不违仁，其余则日月至焉而已矣”(《论语·雍也》）的理由来看，孔子肯定颜回的侧重点在强调颜子的道德修养功夫。与此不同，金履祥寄希望于统治阶级能推行儒家的仁政，使天下太平，百姓和乐，民风淳朴，重回上古三王的太平盛世，其侧重点则在行仁政，以践行功夫为本。

《濂洛风雅》所选关于“孔颜之乐”的诗大多立足于儒家的道德践行，强调秉持道德修养的重要性。程颢《四箴铭》中的《听箴》云：“人有秉彝，本乎天性；知诱物化，遂亡其正。卓彼先觉，知止有定；闲邪存诚，非礼勿听。”[③]程颢赞扬颜子能做到“闲邪存诚，非礼勿听”，以诚为主，不断加强道德修养水平，提高抵御物欲诱惑的能力。杨时的《此日不再得》是对程颢此诗的

---

① 朱熹：《斋居感兴》之十六，金履祥《濂洛风雅》卷三，北京：中华书局1985年版，第40页。
② 金履祥：《自号次农说》，《仁山集》卷三，北京：中华书局1985年版，第52页。
③ 程颢：《颜乐亭》，金履祥《濂洛风雅》卷一，北京：中华书局1985年版，第2页。

详细诠释，他从士人的言行、出处要谨慎，不可贪图富贵出发，充分肯定了颜子不计名利、安贫乐道的高尚情操。他说："贫贱岂吾羞，逐物乃自戕。胼胝奏艰食，一瓢甘糟糠。所逢义适然，未殊行与藏。斯人已云没，简篇有遗芳。希颜亦颜徒，要在用心刚。"[①] 在杨时看来，学子们要以贫贱为乐，过分追名逐利无异于自戕心性，只要在做任何事情的时候能把儒家的道义作为出发点，就不会产生因行藏差异而带来的怨嗟情绪。

与"孔颜之乐"的安贫乐道不同，儒家的另一种生存乐趣是"吾与点也"的诗意栖居。曾点在回答孔子问及弟子们的志向时说："暮春者，春服既成，冠者五六人，童子六七人，浴乎沂，风乎舞雩，咏而归。"(《论语·先进》）曾点着眼于生活情趣，追求与自然和谐的生存方式。孔子赞成曾点，表明"将人与人的和谐与人与自然的和谐统一起来，才能有真正意义上的山水之乐"[②]，体现了儒家从本体论的高度追求天人合一的境界。在《濂洛风雅》中，金履祥选录了程颢《秋日偶成》、张栻《风雩亭辞》、朱熹《曾点》和《春日和陈择之》其三、何基《暮春感兴》，发明圣贤之乐的本义。其中，张栻的诗云：

> ……味所陈之纡余，夫何有于事功。盖不忘而不助，示何始而何终。于鸢飞而鱼跃，实天理之中庸。觉唐虞之遗烈，俨洋洋乎目中。惟夫子之所与，岂虚言之是崇。嗟学子兮念此，遡千载以希踪。希踪兮奈何，盍务勉乎敬恭。审操舍兮斯须，凛戒惧兮冥濛。防物变之外诱，遏气羽之内讧。浸私意之脱落，目本心之昭融。斯昔人之妙旨，可实得于予躬。循点也之所造，极颜氏之深工。[③]

在张栻看来，子路等人的志向多着眼于外在的事功，希望有机会施展他们的治国、平天下的政治抱负，而曾点则希望达到"于鸢飞而鱼跃，实天理之中庸"的天人合一境界。在这种境界中，人与自然万物上下同流，相互沟通，个体体验到天地世界无时无刻不充满生机盎然的景象，体验到宇宙自然界的生命流行是天理流行、运化的结果。这种与"天理流行"合一的乐趣，是从个人的心中

① 杨时：《此日不再得》，金履祥《濂洛风雅》卷三，北京：中华书局1985年版，第30页。
② 蒙培元：《情感与理性》，北京，中国人民大学出版社2009年版，第286页。
③ 张栻：《风雩亭辞》，金履祥《濂洛风雅》卷二，北京：中华书局1985年版，第27页。

自然流出的，不可能移植到他人心中。因而，一个人的道德修养境界的高低就决定了他能否体验到这种天人合一之境。要达到这一境界，就离不开“敬恭”这个环节，要在修心养性上下功夫，要把体验建立在道德自我完善的基础上。他认为，曾点之乐，虽然有“虚言”之嫌，超妙高远，但只要加强道德修养，躬身践行，遏制物欲的侵扰，保持内心的平和、昭融，就能实现这种天人合一的境界。

曾点之乐的根本特点是，人类和自然界、宇宙世界和谐统一，人与外物之间的矛盾已经破除，物我两忘，超然物外，天人一体。处于此种境界中的个体并不是无所事事，被动地虚以待物，而是主动地应物接物，静观宇宙万物的运动变化，勃勃生意。《濂洛风雅》所选程颢《秋日偶成》的“闲来无事不从容，睡觉东窗日已红。万物静观皆自得，四时佳兴与人同。道通天地有形外，思入风云变态中。富贵不淫贫贱乐，男儿到此是豪雄”[①]就表现了这种理想境界。在程颢看来，只要保持内心的从容、淡定、悠闲，人就不会因为外在事物的变化而变化。宇宙世界的变化，诸如四季更替、草木荣枯、山崩海啸、星辰晦明等等，都不能改变人的内心宁静和怡然自得。其主要原因在于，天地万物无不是天道流行、化育而成，只要人心与道相通，就会对外物变化处变不惊。另外，“万物皆备于我，非独人尔，物皆然。都从这里出去，只是物不能推，人则能推之”[②]，宇宙世界的风云变化离不开人的觉解、体验，都是从人心中体验、推导出去的，所以，才会有“思入风云变态中”之说。

不难看出，“孔颜之乐”重在守道，恪守、践行儒家之道，以进德修业为乐；“吾与点也”之乐则重在达到物我两忘、与天合一的境界。其中，“孔颜之乐”是基础，如果离开守道，追逐名利，心境就会不宁，就不可能体验到与天地同参的快乐。而“吾与点也”之乐道是守道的精神动力和最高追求，它为战胜守道过程中遇到的各种困难和挑战提供源源不断的精神动力。

总而言之，作为理学家，金履祥希望经过行道、守道、乐道达到与宇宙合一的天地境界，这是其内心世界的主导方面。一方面，行道是他治国平天下理

① 程颢：《秋日偶成》，金履祥《濂洛风雅》卷六，北京：中华书局1985年版，第91页。
② 程颐、程颢：《河南程氏遗书》(卷二上)，《二程集》，北京：中华书局2004年版，第129页。

想的具体表现，也是他反抗元朝统治的曲折表达，而守道和乐道则是他隐居不仕、不与元朝政权合作的体现，表现了他高尚的民族气节。另一方面，他在道隐之路上有过徘徊，这是人的真实心态的自然流露，亲切可信，并不显得道貌岸然。他的这种心态在其编选的《濂洛风雅》中都有十分明显的体现。他有意识地选录了一些反对元朝统治的思想，比如尊华攘夷，否定元朝统治为华夏正统，歌颂理学家抵抗金兵南侵暗含自己坚强的抗元斗争精神，而那些追求安贫乐道情趣的作品也流露出不仕新朝的高尚情操。可是，这些思想在当时不可能正面表达出来，只有通过选编理学家诗集的合法方式委婉含蓄流露出来。从这个意义上说，他是以诗存史，不仅存程朱理学的传承史，而且存一代遗民的心灵史，金履祥效法孔子通过《春秋》的笔削寄托微言大义的方式来表达自己的情感历程。

第七章　忠臣义士诗人群体

当蒙古铁骑踏遍大江南北，以席卷之势直指偏安一隅的南宋小朝廷之时，在国家生死存亡的危急时刻，一些具有民族大义感的江南士人积极投身到抗元保国的斗争中去，涌现了文天祥、谢枋得、谢翱、郑思肖、林景熙等一大批忠臣义士。他们以自己济世扶危的满腔热情抒写了许多慷慨激昂的诗歌作品。

第一节　忠臣义士诗人创作的群体特征

在南宋灭亡之际，涌现了一大批忠臣义士，他们有的为国捐躯，比如陆秀夫，元军攻陷厓山的时候，负帝蹈海而死。有的继续战斗，兵败被俘，誓死不屈，如文天祥等人，以正气之歌响彻宇宙，振奋人心。有的坚守民族气节，不赴新朝礼聘，绝食而亡，如谢枋得。还有的书生，如徐生及其妻子听到南宋灭亡的消息后，举家纵火而亡。还有那些被掳掠北上的宫人，不堪屈辱而死去。他们都有强烈的爱国之心，以自己的行动回答了人为什么而活的问题，体现了宋代理学文化注重道德修养，强调教化人心所产生的巨大的精神力量。

一、　忠臣义士诗人的爱国情感

忠臣义士诗人的诗歌主题最突出的表现就是爱国。

面对异族的入侵和南宋危势，忠臣义士诗人有的直接参与到拯救国家、挽救民族危亡的斗争中去。在元军兵临南宋都城临安之时，文天祥奉诏率兵勤王，并奉命去元营谈判，被拘北行。逃脱后，历尽千辛万苦回到已避难海上的小朝廷。南宋端宗景炎元年（1276），他开阃平江府。一些爱国之士纷纷聚集到他的周围，谢翱、王炎午等人投笔从戎，倾家赀，聚乡勇，参赞文天祥幕府。谢枋得本为慷慨任气的一介书生，国家危亡之际毅然接受朝廷任命，担任江东制置使等职，在家乡一带组织义兵奋力抗元。还有一些人，虽然未曾亲身参与到抗元救国的斗争中去，但却经历了王朝鼎革、异族入主中原、生灵涂炭的历史现实，激发了他们强烈的爱国主义情怀，在他们的诗中，抒发了沉痛的亡国之悲和高昂的爱国热情。如：

死易程婴岂不知，十年死后未为非。文辞未必改秦甥，敲朴徒能抱御衣。无志何劳悲庙黍，得仁更不食山薇。儒冠有愧一厮养，何忍葵心对落晖。

（谢枋得《和游古意韵》）①

禾黍何人为守阍，落花台殿暗销魂。朝元阁下归来燕，不见前头鹦鹉言。

紫云楼阁燕流霞，今日凄凉佛子家。残照下山花雾散，万年枝上挂袈裟。

（谢翱《过杭州故宫二首》）②

翠华扶辇出彤庭，密炬星繁天未明。鹓鹭分行江上别，熊罴从驾雨中行。绿波淼淼浮三殿，紫禁沉沉断六更。惟有周遭山似洛，不堪回首泪纵横。

（汪元量《感慈元殿事》）③

珠亡忽震蛟龙睡，轩敝宁忘犬马情。亲拾寒琼出幽草，四山风雨鬼神惊。

一抔自筑珠丘土，双匣犹传竺国经。独有春风知此意，年年杜宇泣冬青。

（林景熙《梦中作四首》其一、二）④

扣马痴心谏不休，既拼一死百无忧。因何留得首阳在，只说商家不说周。

（郑思肖《夷齐西山图》）⑤

① 谢枋得：《叠山集》卷二，四部丛刊续编本，上海：上海书店1985年版。孔凡礼等编：《全宋诗》卷三四七八，第66册，北京：北京大学出版社1995年版，第41406页。

② 谢翱：《晞发遗集》卷上《近稿杂诗》，孔凡礼等编：《全宋诗》卷三六九一，第70册，北京：北京大学出版社1995年版，第44329页。

③ 孔凡礼：《增订湖山类稿》卷一，北京：中华书局1984年版，第10页。

④ 林景熙：《霁山集》卷三，北京：中华书局1960年版，第103页。

⑤ 郑思肖：《所南先生文集》卷一，四部丛刊续编本，孔凡礼等编：《全宋诗》卷三六二四，第69册，北京：北京大学出版社1995年版，第43387页。

这些诗歌或悲宗庙已迁，或叹废宫颓圮，或感三宫北迁，或收帝陵遗骨，它们都有一个共同的情感主旨，那就是爱国。诗人们都目睹了陵谷变迁的历史现实，感受了亡国之痛，激发了他们强烈的爱国之情。

宋元之际的忠臣义士们还常常表现他们崇高的民族气节。面对赵宋王朝彻底覆亡的现实，他们都能够坚持民族气节，誓不降元。文天祥兵败被俘后被囚禁在大都，元蒙统治者威逼利诱，他忠于故国，拒绝降元。谢枋得拒绝元人的征聘，绝食而死。郑思肖入元后，平时都南向而坐，画兰皆不著土。俞金，入元独率其家行宋礼，深衣峨冠，威仪肃庄。这些都充分地体现了他们崇高的民族气节。

> 平生爱读龚胜传，进退存亡断得明。范叔绨袍虽见意，大颠衣服莫留行。此时要看英雄样，好汉应无儿女情。只愿诸贤扶世教，饿夫含笑死犹生。
>
> （谢枋得《辞洞斋华父二刘兄惠寒衣》）①

此诗的小序云："离罹内阱，何损麒麟。反君事仇，忍为狗彘。凡劝吾人燕吐胸中不平而后死者，皆非忠于谋人者也。南八男儿死尔，不可为不义屈，岂敢曰将以有为乎。平生学问，到此时要见分明。"诗并序都抒发了他义不降元的崇高民族气节和视死如归、舍生取义的高尚情怀。其他诗人的作品也还有这样的诗作。如郑思肖《对菊四首》其二，"日月虽云逝，山中秋自香。平生抱正色，谁怕夜来霜"②，借菊不畏严寒的侵袭比喻自己不惧迫害、正气凛然的精神。

忠臣与义士都表现了崇高的民族气节，但也一些差异。大致说来，文天祥、谢枋得的诗歌多表现了至大至刚的浩然之气和不屈不挠的昂扬斗志。如：

---

① 谢枋得：《叠山集》卷二，孔凡礼等编：《全宋诗》卷三四七八，第66册，北京：北京大学出版社1995年版，第41407页。

② 郑思肖：《心史·大义集》，明张国维刻本。关于《心史》，前人有伪书之说，但证据不足。陈福康经过细密考证，确认《心史》为郑思肖所作，兹从之。（参见陈福康《井中奇书考》，上海文艺出版社2001年7月版。）以下引《心史》均据《四库全书存目丛书》集部二一册，齐鲁书社1997年版。孔凡礼等编《全宋诗》卷三六二六，第69册，北京：北京大学出版社1995年版，第43421页。

雪中松柏愈青青，扶植纲常在此行。天下久无龚胜洁，人间何独伯夷清。义高便觉生堪舍，礼重方知死甚轻。南八男儿终不屈，皇天上帝眼分明。

（谢枋得《初到建宁赋诗一首》）[①]

天地有正气，杂然赋流形。下则为河岳，上则为日星。于人曰浩然，沛乎塞苍冥。皇路当清夷，含和吐明庭。时穷节乃见，一一垂丹青。在齐太史简，在晋董狐笔。在秦张良椎，在汉苏武节。为严将军头，为嵇侍中血。为张睢阳齿，为颜常山舌。或为辽东帽，清操厉冰雪。或为出师表，鬼神泣壮烈。或为渡江楫，慷慨吞胡羯。或为击贼笏，逆竖头破裂。是气所旁薄，凛烈万古存。当其贯日月，生死安足论。地维赖以立，天柱赖以尊。三纲实系命，道义为之根。嗟予遘阳九，隶也实不力。楚囚缨其冠，传车送穷北。鼎镬甘如饴，求之不可得……

（文天祥《正气歌》）[②]

谢诗以雪中松柏喻人高傲的气节，人有了气节，便可以超越生与死的极限，威武不屈。诚如胡一桂所言："先生抱三光五岳之正气，负三纲五常之重任；涉世于强仕之年，秉操于立朝之日。一时权奸如虎豹九关，磨牙摇毒，而浩然之气至大至刚，以直养而无害，曾不为之挠屈。"[③]文诗赞扬了至大至刚的正气，它充满宇宙，与日月同辉。这种浩然之气赋予人的气节则表现为威武不能屈、富贵不能淫、贫贱不能移的大丈夫气概。无论是他们的行为，还是他们视死如归的高尚情操，都体现了儒家理想人格的崇高美。

相比较而言，郑思肖的气节则体现为孤高峭拔。宋亡后，他不与北人交接，与朋友相聚，见语音异者皆起而离之，尤其鄙视那些降元仕北的人品低劣之徒。他的怀恋故宋意识很少获得当时人的共鸣，曾有缺乏同道的慨叹：

---

① 谢枋得：《叠山集》卷二，孔凡礼等编：《全宋诗》卷三四七八，第66册，北京：北京大学出版社1995年版，第41407页。

② 文天祥：《文山先生全集》卷一四，《指南后录》卷三，北京：中国书店1985年版，第375—376页。

③ 胡一桂：《上叠山先生书》，《叠山集》卷一六，四部丛刊续编本。上海：上海书店1985年版。

今之大变，决江河而下流，天下一波，亦足以见人之心矣！一以古道遇诸人，遍国中无与语者；一以今道遇诸人，诡遇获禽，无往不得。我遍国中行，无与语者久矣，奚独今哉！以古御今，难乎！虽然，宁死不敢为彼。立于孤，遁于密，每惕然而惊，有不喜闻人声之意。人皆曰："彼夺天下已定，何为而痴痴，不夭其生，惟求克死为道乎"？曰："寒浞绝夏祀四十年而少康兴，夫差败越二十一年而勾践灭吴，王莽篡汉之后二十一年而光武兴汉，是未可以目前成败论，宜高双眸以观。今天之与我者大矣，非一世之人所有也，独未终之以死。①

郑思肖之所以会有"遍国中无与语者"的孤独之感，就是因为他有孤高挺拔、不同流俗的道德节操，而一般的人，眼见蒙元代赵宋之势已成定局，便转而顺应流俗，在元代做个顺民，不能坚持道德操守。他的许多作品表达这种坚守儒家道德情操、孤独傲世的思想。如：

此心期不变，曾洒血为盟。举世无人识，终年独自行。海中擎日出，天外唤风生。净尽去云雾，重开白昼明。

（郑思肖《此心》）②

举头云苍莽，何以喻吾怀？白眼世无偶，青天路可阶。湘兰终恋楚，吴橘不逾淮。龙卧未雷雨，池塘空沸蛙。

（郑思肖《即事八首》其一）③

郑思肖忠于赵宋，虽不为人识，但矢志不移，他相信宋室一定会有兴复之日。这种强烈的复国意识与文天祥、谢枋得等人的正气凛然、舍生取义的人性崇高美一样，都是爱国主义精神的表现。

宋元之际爱国诗人崇高的民族气节和思恋故国的情怀与宋儒政治历史理论中的正统论建构有着极为密切关系。

---

① 郑思肖：《警终》，《心史·杂文》，陈福康：《井中奇书考》，上海：上海文艺出版社2001年版，第485页。

②③ 郑思肖：《心史·大义集》，陈福康：《井中奇书考》，上海：上海文艺出版社2001年版，第405—406页。

北宋初，统治者鉴于唐末五代以来军阀长期割据的教训，在取得政权之后，把政治、军事、财政等大权都收归中央，巩固封建中央集权制。这就强化了皇帝至高无上的核心地位，它需要在意识形态方面有与之相应的道德观念相配合。于是，《春秋》的尊王攘夷思想便得以凸显出来。尊王，就是强化封建统治皇权的专制统治；攘夷，就是削弱、驱除少数民族，从而强化汉民族政权的正统地位。"尊王"与"攘夷"是一而二、二而一的，密不可分。在长期的社会发展进程中，王权更迭异常频繁，那些符合儒家政治价值观念的王朝则是社会发展主流历史的一环，少数民族政权是非正统的，他们不能继承古圣先王的正统，应当驱除。北宋的欧阳修为适应北宋加强皇权统治的需要建立了比较完备的封建统治正统论。他说：

> 夫居天下之正，合天下于一，斯正统矣，尧、舜、夏、商、周、秦、汉、唐是也。始虽不得其正，卒能合天下于一，夫一天下而居正，则是天下之君矣，斯谓之正统可矣，晋、隋是也。天下大乱，其上无君，僭窃并兴，正统无属。当是之时，奋然而起，并争乎天下，有功者强，有德者王，威泽皆被于生民，号令皆加乎当世。幸而以大并小，以强兼弱，遂合天下于一，则大且强者谓之正统，犹有说焉。不幸而两立不能相并，考其迹则皆正，较其义则均焉，则正统者将安予夺乎？东晋、后魏是也。其或终始不得其正，又不能合天下于一，则可谓之正统乎？魏及五代是也。然则有不幸而丁其时，则正统有时而绝也。故正统之序，上自尧、舜，历夏、商、周、秦、汉而绝，晋得之而又绝，隋、唐得之而又绝，自尧、舜以来，三绝而复续。惟有绝而有续，然后是非公，予夺当，而正统明。[①]

欧阳修的功绩在于他建构了自上古尧、舜以至五代时期王权更迭承传的历史。宋代消除了五代的诸侯割据，实现了国家的统一，接续了唐以后断绝的正统。欧阳修建构正统论的目的是很明确的，他是试图将北宋政权纳入到尧、舜以来的正统的序列中，同时，排斥辽和西夏等少数民族政权，达到尊王攘夷的政治

---

① 欧阳修：《正统论》(下)，《欧阳修全集》卷一六，北京：中华书局2001年版，第269—270页。

目的。但是，欧阳修并未完全将少数民族所建立的政权（如与东晋并存的东魏和统一天下的隋）排除在正统之外，显示了宽阔、豁达的历史眼光。

南宋时期，民族矛盾和阶级矛盾异常尖锐。农民起义此起彼伏，金兵不断南侵。在这种背景下，《春秋》之学特别发达，从朱熹直到宋末的真德秀、魏了翁等人更加突出《春秋》的“尊王攘夷”思想，力图为偏安东南的小朝廷争夺正统地位，借以否定女真入主中原的正统地位。

到了南宋末期，元蒙已先后消灭了西夏和金两个少数民族政权，统一全国已是大势所趋，南宋小朝廷已到了日薄西山的境地了。在这种历史剧变的刺激下，正统论又得以进一步地张扬，不过，此时的正统论已不再仅仅是为南宋小朝廷争夺正统地位，而是成为忠臣义士们与元蒙统治者斗争、保持崇高民族气节的精神武器。文天祥在《和夷齐西山歌》中曾慨叹元蒙入主中原为戎狄据中国，云：“小雅尽废兮，出车采薇矣。戎有中国兮，人类熄矣。明王不兴兮。吾谁与归矣，抱春秋以没世兮，甚矣吾衰矣。”[①]文天祥能够坚持民族大节，拒不降元的原因就在于他恪守《春秋》尊王攘夷之训，他认为，元蒙入居中国是对华夏正统的践踏，导致人类寝息、明王不兴的结局。宋亡后，郑思肖、谢枋得、林景熙等人与文天祥一样都继承了《春秋》正统思想，思恋故国，排斥蒙元。林景熙继承了朱熹的正统论思想：

> 或问紫阳夫子曰：“《通鉴》、《纲目》主意安在？”答曰：“主正统。”每阅其编，如书莽大夫、魏荀攸、晋处士、唐特进，笔削一字间。况老瞒汉盗，玄德汉胄，史不当黜胄而与盗。故以蜀汉系统，上承建安，下接泰始，而正统于是大明，用春秋法也。同时，文昭朱子作《三国系年》，亦以蜀汉为正，然而不废前史者，犹鲁史之于春秋也。正统在宇宙间，五帝三王之禅传，八卦九章之共主，土广狭，势强弱，不与焉。秦山河百二，视江左一隅之晋，广狭强弱，居然不侔，然五胡不得与晋齿。秦虽系年，卒闰焉。[②]

① 文天祥：《吟啸集》，《文山先生全集》卷一五，北京：中国书店1985年版，第389页。
② 林景熙：《季汉正义序》，《霁山集》卷五，北京：中华书局1960年版，第131页。

林景熙认为，正统的确立与国家的土地广狭、国势的强弱无关，与其所承传的谱系是否光明正大有关，这正与南宋所面临的局势十分相似。很显然，他这是为南宋争正统。与林景熙一样，郑思肖也尊南宋为正统，如其《大宋地理图歌》云：

> 悖理汤武暂救时，谋篡莽操大生逆。离而复合合复离，卒莫始终定于一。粤自炎帝逮唐尧，两汉大宋传火德。我朝圣人仁如天，历年三百犹一日。形气俱和礼乐修，谁料平地生荆棘。风轮舞破须弥山，黑雹乱下千钧石。铜莽万舌诅梵云，玉帝下走南斗泣。中有一宝坏不得，放光动地神莫测。云是劫劫王中王，敕令一下罔不伏。[①]

在郑思肖看来，南宋小朝廷虽偏于一隅，但它是尧舜以来一脉相承的正统序列中的一环，痛斥元蒙僭帝称王，入主中原。

另外，忠臣义士们所具有的高尚民族与其接受的儒家道德名节观有着十分密切的关系。今人多有论述，兹从略。

二、忠臣义士诗人诗歌的阳刚美

忠臣义士类诗人多崇尚诗歌的阳刚之美。

阳刚之美首先体现在诗歌的题材上。忠臣义士大多亲身经历了宋元易鼎的重大历史变革，有的还直接参与到拯救国家、民族的伟大事业中，亲自体验了历史巨变给人们情感带来的伤痛。他们的生活经历直接影响了诗歌的选材取向，他们多关注社会历史发展过程中重大的历史事件，真实地展现了战争给人们带来的深重灾难。南宋灭亡过程中的一系列重大历史事件，如三宫北迁、二王继立、厓山兵败等都在他们的诗歌中有所体现。其中厓山兵败是南宋灭亡的标志，诗人们多以沉痛心情哭悼之。

---

① 郑思肖：《心史·中兴集》，陈福康：《井中奇书考》，上海：上海文艺出版社2001年版，第458页。

宝藏如山席六宗，楼船千叠水晶宫。吴儿进退寻常事，汉氏存亡顷刻中。诸老丹心付流水，孤臣血泪洒南风。早来朝市今何处，如悟人间万法空。

（文天祥《哭厓山》）①

攀断龙髯哭不回，鼎湖仙去下民灾。一身肉痛愁销骨，两脸颜枯瘦入腮。誓以匹夫纾国难，艰于乱世取人才。屡曾算至难谋处，裂破肺肝天地哀。

（郑思肖《十二砺》）②

还有谢翱、林景熙、唐珏等人的诗咏南宋皇陵被杨琏真伽盗掘，汪元量关注三宫北迁、宫女被分嫁北地匠人等不幸遭遇。这些重大的历史题材给他们的诗歌增加了浓厚的历史感，具有极强的诗史性。

不过，忠臣义士们的诗歌并不都是一味地选择大题材，在一些咏物诗中，所选取的客观物象也大多是极为普通的。但他们往往能够做到所托物小而其旨遥深，小中见大。如：谢枋得《谢刘纯父惠木绵布》一诗，由木绵布能给人带来温暖，联想到被元统治者幽囚在上都的幼帝及三宫，希望木绵布能给他们带来温暖，蕴含着诗人强烈的思君之情。林景熙的《秦吉了》《孙供奉》借鸟秦吉了、猴子孙供奉来比喻自己忠于故国、服节死义的崇高品质。其他的如：

浮萍随涨水，上到荷叶端。水退不得下，犹粘花萼间。花殷青已见，叶翠枯始斑。何如根在水，根蒂相团圆。人生慕高远，风云事跻攀。绝髯尚号叫，化为鹤与猿。幸未及枯槁，万里吾当还。

（谢翱《池上萍》）③

万里飘零等一毫，满前风景恨滔滔。泪如杜宇喉中血，须似苏郎节上旄。今日形骸迟一死，何来事业竟徒劳。青山是我安魂处，清梦时时赋

① 文天祥：《吟啸集》，《文山先生全集》卷一五，北京：中国书店 1985 年版，第 384 页。

② 郑思肖：《中兴集二卷》，《心史》，陈福康：《井中奇书考》，上海：上海文艺出版社 2001 年版，第 447 页。

③ 谢翱：《晞发集》卷四，孔凡礼等编：《全宋诗》卷三六九〇，第 70 册，北京：北京大学出版社 1995 年版，第 44306 页。

大刀。

（文天祥《览镜见须发削落为之流涕》）[①]

钟得至清气，精神欲照人。抱香怀古意，恋国亿前身。空色微开晓，晴光淡弄春。凄凉如怨望，今日有遗民。

（郑思肖《墨兰》）[②]

谢翱借池中浮萍寄寓自己不慕荣华富贵、甘贫如饴、义不仕元的崇高品质，诚所谓“所为歌诗，其称小，其旨大，其辞隐，其义显”[③]。文天祥和郑思肖的诗也有同样的特点。文天祥借览镜看到胡须脱落这一生活细节，引发功业未就、壮志难酬的感慨，进而激发了为国捐躯、从容就义的壮烈情怀。而郑思肖则借墨兰来抒发自己思恋故国、崇尚名节的高尚情操。他们的诗歌以小见大的深层原因是他们具有强烈的爱国主义精神和高尚的道德情操。

忠臣义士诗歌阳刚之美的又一体现是诗歌中充满慷慨激昂的、壮怀激烈的气势。他们大多是有骨气的士人，胸中充溢着威武不屈、贫贱不移、富贵难淫的浩然之气。这种至大至刚之气凝集而成一种威猛的情感力量，使诗歌具有情感的飞动之势。文天祥的铮铮铁骨，雄健恣肆之气充溢其诗，这自是不用多说，其他人也是如此。谢枋得“为文章伟丽，卓然天成，不践袭陈言宿说，论古今成败得失，上下数千年较然如指掌，尤善论乐毅、申包胥、张良、诸葛亮事，常若有千古之愤者，而以植世教立民彝为任，贵富贫贱不一动其中。其言曰：‘清明正大之心不可以利回，英华果锐之气不可以威夺。’其自信皆类此”[④]。贵富不淫、贫贱不移、威武不屈的凛然正气与其爱国之情、亡国之愤化为一股郁塞不平之气，运辞为诗、为文，谢枋得之作呈现出激越的飞动之美，卓然天成，不拘一格。如其《菖蒲歌》云：

有石奇峭天琢成，有草夭夭冬夏青。人言菖蒲非一种，上品九节通仙

① 文天祥：《吟啸集》，《文山先生全集》卷一五，北京：中国书店1985年版，第373页。

② 郑思肖：《心史·中兴集》，《心史》，陈福康：《井中奇书考》，上海：上海文艺出版社2001年版，第405页。

③ 任士林：《谢翱传》，程敏政：《宋遗民录》，《四库全书存目丛书·史部》，第88册，济南：齐鲁书社1997年版，第453页。

④ 李源道：《文节先生谢公神道碑》，谢枋得《叠山集》卷一六，四部丛刊续编本。

灵。异根不带尘埃气，孤操爱结泉石盟。明窗净几有宿契，花林草砌无交情。夜深不嫌清露重，晨光疑有白云生。嫩如秦时童女登蓬瀛，手携绿玉杖徐行。瘦如天台山上圣贤僧，休粮绝粒孤鹤形。劲如五百义士从田横，英气凛凛磨青冥。清如三千弟子立孔庭，回琴点瑟天机鸣。堂前不入红粉意，席上常听诗书声。怪石篠荡皆充贡，此物舜庙当共登。神农知己入本草，灵均蔽贤遗骚经。幽人耽玩发仙兴，方士服饵延修龄。彩鸾紫凤琪花苑，赤虬玉麟芙蓉城。上界真人好清净，见此灵苗当大惊。我欲携之朝太清，瑶草不敢专芳馨。玉皇一笑留香案，锡与有道者长生。人间千花万草尽荣艳，未必敢与此草争高名。①

前十八句用一个个比喻，把菖蒲个性的各个侧面迅速聚合起来，赞美了其刚健、挺拔的节操美，情感奔泻，这是一个感情浪潮。中间十二句又宕开一笔，展开联想，创造一个充满幻想色彩的神话世界，赞美菖蒲的清雅之美，此时的感情又平静下来。最后六句是激情的讴歌，又是一个感情的高潮。在诗的感情发展上，情感曲折起伏，笔意纵横恣肆，气势激越飞扬。

另外，郑思肖“夙禀先天之正气，承先世之洪谟，生不逢辰，遭九五之厄，行吟于野，首阳一片土，玄阴杳冥，日月无光。凌冬众卉皆没，而青松一枝挺然独立。……先生之吟，篇帙更多，其悲愤呜咽、抑郁不平之意，壹于诗焉，发之一字一泪，泪之如霰者逐溪流，而之于西江遥遥之浒以止”②。其《醉乡十二首》之十二、《陷虏歌》、《狂歌》、《餐菊歌》、《续洗兵马》、《大宋地理图歌》、《元鞑攻日本败北歌》等是也都悲愤呜咽、抑郁不平之气的作品。谢翱的诗《结客行》、《秋风海上曲》等等也都是“以恻怛之心发慷慨悲歌之气”③。一些为国捐躯、从容就义的烈士所存为数不多的诗歌，如张孝忠《复友上官藻》、朱光《被执口占》、张琰《出塞曲》等表现了人性的阳刚之美。

意境的壮阔是忠臣义士诗歌阳刚美的又一体现。诗人观察事物的独特角

---

① 谢枋得：《菖蒲歌》，《叠山集》卷三，四部丛刊续编本。孔凡礼等编：《全宋诗》卷三四七九，第 66 册，北京：北京大学出版社 1995 年版，第 41411—41412 页。

② 王御：《所南先生诗序》，转引陈福康《井中奇书考》，上海：上海文艺出版社 2001 年版，第 328 页。

③ 杨维祯：《吊谢翱文》(并序)，程敏政《宋遗民录》卷二，《四库全书存目丛书·史部》，第 88 册，济南：齐鲁书社 1997 年版，第 456 页。

度、情趣和性格，是构成意境个性的前提。同时，意境又有一定共性。这是因为生活于某一特定历史时期和相同文化背景的诗人，他们对历史、社会、现实、人生有着某种共同的感受和体验，构成了意境的共性。意境是共性和个性的统一。忠臣义士诗人，都生活于宋元易代这个大变动的历史时期，他们都有强烈的救国救民责任感，不愿丧失民族气节，胸中激荡着郁塞不平之气，观察事物的角度和艺术表达有一定的相同之处。因而他们诗歌的意境大多具有深邃的历史感和宏伟的宇宙感，多趋向于时空阔大的意境美。这与前辈江湖诗人意境偏狭不同，也与同时的隐逸诗人平淡悠远意境有异。

意境时空感的确立最主要的因素就是物象的选择和组合。物象是客观的，一旦进入诗人的审美构思中，就染上了诗人的主观色彩。这时，诗人便根据自己的审美经验和审美情趣对其进行遴选、提炼、加工，使物象按照一定的审美规则加以组合，使之成为意境。对物象的选择和组合的过程，也是一个诗人时间意识和空间意识等主观因素外化的过程。如文天祥的《金陵驿》诗：

> 万里金瓯失壮图，衮衣颠倒落泥途。空流杜宇声中血，半脱骊龙颔下须。老去秋风吹我恶，梦回寒月照人孤。千年成败俱尘土，消得人间说丈夫。①

将个人置于广阔的社会空间和自然空间中，思绪绵延，回溯遥远的千年历史，把亡国之痛与个人被执结合起来，使得秋风萧萧、梦回孤月的描写与阔大的时空意识结合起来，抒发了被俘后的文天祥虽败犹荣、虽悲犹壮的悲凉感情。

选择物象的角度是影响诗歌意境的直接因素。忠臣义士诗人多从大处入手，整体地、宏观地把握客观物象，多以情运物，表现想象中的物象，得物象之神而略其形，做到“诗以神行，使人得其意于言之外，若远若近，若无若有，若云之于天，月之于水，心得而会之，口不得而言之，斯诗之神者也”②。他们常常是站在高处鸟瞰世界，俯视大景观，获得大气象。谢枋得《题龟峰》

---

① 文天祥：《指南后录》(卷一下)，《文山先生全集》卷一四，北京：中国书店1985年版，第355页。

② 屈绍隆：《粤游杂咏序》，王琦《李太白全集》卷三四，北京：中华书局1981年版，第1551页。

诗云：

> 三十二峰峰最高，脚踏高处真人豪。远观灵山一培嵝，俯视彭蠡无波涛。眼明始见沧海阔，心闲却怜人世劳。后百千年谁独立，万古一览皆秋毫。①

此诗道出此公思通万古、旁骛八极的雄阔视野。其他忠臣义士诗人的审美视野也大多如此。这种宽阔的视野是形成诗歌壮阔境界的直接因素。如：

> 登临我向乱离来，落落千年一越台。春事暗随流水去，潮声空逐暮天回。烟横古道人行少，月堕荒村鬼哭哀。莫作楚囚愁绝看，旧家歌舞此衔杯。
>
> （文天祥《越王台》）②
>
> 何年海涌来，霹雳破地脉？裂透千仞深，嵌空削苍壁。山润石乳甘，秋冷铁花碧。阖闾云空愁，银虎去无迹。蛟龙镇奇险，拱护梵王宅。
>
> （郑思肖《虎丘》）③
>
> 地坼东吴海脉连，画桥两道跨晴川。影翻河汉蛟龙国，势压江湖蝃蝀天。几处征帆浮日月，四洲谯角隔风烟。三高远矣荒祠在，一笛阑干夕照边。
>
> （林景熙《垂虹桥》）④

文诗意象由小到大，由我及物，时间由今及古再到今，纵横跳荡，空间也由越台以至于古道、荒村，不断拓展，形成了诗歌境界的历史厚重感和空间的壮阔感。郑诗侧重于描写想象中的景物，起笔突兀，山润石乳、秋冷铁花、阖闾云

---

① 谢枋得：《题龟峰》，《谢叠山公文集》卷四，清嘉庆本。孔凡礼等编：《全宋诗》卷三四八〇，第66册，北京：北京大学出版社1995年版，第41417页。

② 文天祥：《指南后录》（卷一下），《文山先生全集》卷一四，北京：中国书店1985年版，第352页。

③ 郑思肖：《心史·咸淳集》，陈福康：《井中奇书考》，上海：上海文艺出版社2001年版，第396页。

④ 林景熙：《霁山集》卷二，北京：中华书局1960年版，第58页。

愁、银虎无迹诗人亡国哀愁融为一体，随着诗人情感的纵横驰骤、诗境也不断被拓展。林诗笔力遒劲，大处着眼，选择一些动词如“拆”、“跨”、“翻”、“压”、“浮”、“隔”等来表现垂虹桥的气势，借以抒写心中的郁闷不平之气，整首诗意境壮阔。

当然，由宏观角度来把握审美客体，诗人常常忽略对客观物象具体形相的刻画，过度关注意想中事物的神态，难免会滋生出描写景物浮泛、不具体之病。这在文天祥、谢枋得等人的一些诗中都有所体现。

忠臣义士诗人创作的共性特征除了以上主题取向和艺术表现方面而外，还都表现出对诗史精神的认同。这既是时代精神的折射，又是诗人自我性情、审美追求的反映。在后文将有详细论述，此不赘言。

第二节　文天祥的诗歌创作

文天祥在投身于民族救亡的火热斗争之余，创作了大量诗歌。这些诗歌继承了杜甫的诗史精神，广泛而深刻地反映了南宋灭亡的历史真实，塑造了具有忠义刚烈气概的自我形象。

一、文天祥诗史的内涵

诗与史的结合，实质上就是人的存在与历史本真状态的统一。“诗史”本来就是以诗歌来反映历史、记载历史。诗是揭示人的存在、恢复人类生存本真状态的重要方式，它使历史更深刻、更丰富、更生动，更深刻的内涵是通过诗的形式反映人的存在历史，显示出诗歌的自传性。这两方面是密切结合、不可分割的。[①]它们的统一，就是陈时事与知人情的统一。其中，陈时事就要客观真实，知人情就要反映历史活动中人的情感、心态。杜诗则是这种结合的典范。

较早地将杜诗视为诗史的孟棨在《本事诗》中说：“杜逢禄山之难，流离

① 谢思炜：《唐宋诗学论集》，北京：商务印书馆2003年版，第96页。

陇蜀，毕陈于诗，推见至隐，殆无遗事。故当时号为诗史。”[1]这就准确地道出了杜诗深受史传客观叙事的影响。杜甫将其亲身经历、所见所闻，“毕陈于诗”，其叙事是客观的、真实的，读者阅读杜诗，经过探微索隐，是可以“尽得其故迹”的。孟棨初步认识了诗歌真实反映历史的客观叙事性，但他所谓的真实还只是流于历史事件的准确无误，面面俱到。这种简单的比附因过分强调诗史的实录精神而取消了诗史知人情的人文精神内涵，这是对诗史的歧解。实际上，诗史仍然是诗，不能过分强调诗歌的客观叙事而贬低其文体存在价值。

文天祥则更深刻地揭示了杜甫诗史所蕴含的历史意义和人文精神。他在《集杜诗》的序中说：

> 凡吾意所欲言者，子美先为代言之。日玩之不置，但觉为吾诗，忘其为子美诗也。乃知子美非能自为诗，诗句自是人情性中语，烦子美道耳。子美于吾隔数百年，而其言语为吾用，非情性同哉？昔人评杜诗为诗史，盖其以咏歌之辞，寓纪载之实，而抑扬褒贬之意，燦然于其中，虽谓之史可也。予所集杜诗，自余颠沛以来，世变人事，概见于此矣，是非有意于为诗者也。后之良史，尚庶几有考焉……[2]

文天祥完整而深刻地揭示了杜甫的诗史精神。首先，杜诗是以诗歌的形式来记载历史事件，反映历史的真实状态，将诗人的道德评判和历史意识寓于其中，体现出诗史的实录精神。其次，作为一种历史表现形式的诗歌，不应当堕落为历史表达的工具，沦为历史的附庸，被降低到历史记录的水平。它更应当保持其文本体制的独立价值，那就是“以咏歌之辞”来反映历史进程中人的情性，展示诗人的心灵历程，不能贬抑历史主体的精神世界。

他的《集杜诗》两百首正是这种诗史精神的体现。在杜诗中，文天祥认识到了唐代安史之乱的历史真实，感受到了处于战乱中人们（包括上至帝王将相，下至士兵、老妪、小吏、新妇等下层人民）的悲欢离合之情，体悟到杜甫对这场历史巨变的理解和感情变化，产生了强烈的情感共鸣。他处于宋元鼎革

---

① 孟棨：《本事诗》，丁福保《历代诗话续编》，北京：中华书局1959年版，第15页。
② 文天祥：《文山先生全集》卷一六，北京：中国书店1985年版，第397页。

的历史巨变之中，与杜甫所处的历史环境有惊人的相似之处。文天祥的《集杜诗》和其余大多诗歌继承了杜甫的诗史精神，它们不仅是南宋灭亡的历史，而且是文天祥自己生命存在的历史。

作为诗史，文天祥的诗歌真实而又深刻地反映了南宋灭亡的整个过程，客观地记载了“世变人事”的众多历史事件。他的诗多以亲身经历为主，展现了五水血战、常州屠城、姑苏失守、元兵兵临杭城、南宋降元、奉使祈请、二王分判闽广、继立为主、兵败厓山等一系列重大历史事件，这些足以补正史之不足，纠正史之偏谬。他还将视野转到在历史巨变时期各种人物的情感变迁与价值选择方面上来。诸如吕师孟偷生负国、陈宜中临危弃国，贾余庆求荣卖国，张世杰才拙误国；尹玉壮烈殉国，金应积劳成疾，杜浒患难与共，邓光荐宁死不屈，……还有另外一些人，在民族危亡之际，有的丧失气节、屈膝降元，有的奋不顾身，为国捐躯。他还没有忘记那些普通的下层人民，如元军营中的老兵、老妪，元占领区遗民的思念南宋，樵夫、船夫的深明大义，这些人物无不栩栩如生。他构建了充满人文精神和历史真实的复性历史，这比正史冷冰冰的客观叙述和史实罗列显得更加丰富和生动，增加了历史的真实感、客观性。

不仅如此，文天祥还对南宋灭亡的历史进行了深刻反思，揭示了历史发展的深层原因。他将南宋灭亡归因于权臣的弄权误国，“三百年宗庙社稷，为贾似道一人所破坏”[①]，“似道丧邦之政，不一而足。其羁虏使，开边衅，则兵连祸结之始也”[②]。他还指出，南宋本来还有中兴之望，但因各地守将贻误战机，或朝廷内部将相争权等人事因素的不和谐，加速了南宋灭亡的历史进程。

当然，南宋灭亡的更深刻原因是其内部各种矛盾激化的结果。当时，蒙古贵族不断入侵，民族矛盾异常尖锐，南宋王朝面临覆亡的危险。但昏君奸相仍奉行称臣纳币的屈辱政策，苟且偷生，享乐无度，偏安一隅。沉重的经济负担转嫁到劳动人民的身上，统治者加重了对人民的盘剥，国内阶级矛盾异常尖锐。文天祥对此“外患如火燎原，内寇又复植根基”的社会现实有着十分清醒的认识：

① 文天祥：《集杜诗·社稷第一》，《文山先生全集》卷一六，北京：中国书店1985年版，第397页。

② 文天祥：《集杜诗·误国权臣第二》，《文山先生全集》卷一六，北京：中国书店1985年版，第398页。

今之民生困矣。自琼林大盈，积于私贮，而民困。自建章通天，频于营缮，而民困。自献助叠见于豪家巨室，而民困。自和籴不间于闾阎下户，而民困。自所至贪官暴吏，视吾民如家鸡圈豕，而民困。呜呼，东南民力竭矣。……臣愿陛下持不息之心，急求所以为安民之道，则民生既和，天变或于是而弭矣。①

因统治阶级巧取豪夺、挥霍无度所造成的民困，必然导致农民起义此起彼伏，国家邦基不稳。文天祥认识到民心的向背与国家的兴衰治乱有着直接的关系，因“民生困”、“民力竭”所引起的天怒人怨，必将导致失民乃至失天下即“覆其宗”的严重后果。可以说，南宋的灭亡是民生穷困，统治阶级丧失民心的必然结果。

作为揭示诗人自我存在状态的诗史，文天祥的诗歌显示了诗人自强不息的昂扬进取精神，充满了慷慨激昂的爱国主义感情和忠贞不渝的民族气节。在《正气歌》中，他充满豪情地歌咏张良、苏武、祖逖、刘琨、张巡、颜真卿等十二位英雄豪杰，他们所禀之正气，与日月长存：“是气所旁薄，凛烈万古存。当其贯日月，生死安足论。地维赖以立，天柱赖以尊。三纲实系命，道义为之根。”②这种民族正气是儒家伦理道德所追求的人格理想，表现了文天祥崇高的人格美。他还以这些英雄、先烈为榜样激励自己做一个顶天立地的男子汉，“听着啼鹃泪满襟，国亡家破见忠臣”③，“千年沧海上，精卫是吾魂”④，他决心做一个力挽狂澜的大宋忠臣。⑤

文天祥肯定道德修养的同时，并不排斥人的感情。在《赠刘矮跛相士》一诗中，文天祥提出“吾情已成”、“吾安吾情”⑥的思想。“吾情已成”是指人的

① 文天祥：《御试策》，《文山先生全集》卷三，北京：中国书店1985年版，第47页。
② 文天祥：《正气歌》，《指南后录》卷三，《文山先生全集》卷一四，北京：中国书店1985年版，第375页。
③ 文天祥：《有感而赋》十七首之七，《吟啸集》，《文山先生全集》卷一五，北京：中国书店1985年版，第387页。
④ 文天祥：《自述》，《吟啸集》，《文山先生全集》卷一五，北京：中国书店1985年版，第392页。
⑤ 杨正典：《文天祥的生平和思想》，济南：齐鲁书社1982年版，第35页。
⑥ 文天祥：《文山先生全集》卷一，北京：中国书店1985年版，第6页。

喜怒哀乐之情随着人的诞生自然而然形成，是与生俱来的自然属性。这就肯定了情感存在的合理性，把情与理统一起来，与“存天理，灭人欲”的程朱理学有着根本的不同。既然情的存在具有一定的合理性，那么人们就应当适应情自身发生、发展的需要，提高情感的品位，使之成为理想人格必不可少的组成部分。

文天祥还将诗歌的道德伦理与人类的情感结合起来。除了直接表现政治、历史题材之外，他还有大量作品描写更普遍的人伦亲情。他写对母亲的爱（如《哭母大祥》、《邳州哭母小祥》），写对妻子儿女的思念（如《哭妻文》、《得儿女消息》等），写对兄弟、妹妹的关心（如《集杜诗·弟四首》,《集杜诗·次妹》等），还有写与朋友的患难之情（如《哭尹玉》、《怀中甫》、《驿中言别友人》等）。这类作品并非要表达某种深刻的历史意识，却昭示了人伦之情在动乱年代、患难之时的特殊价值和重要意义，那就是：人伦亲情是构成社会关系和儒家理想人格的最基本内容，儒家所有伦理纲常原则和价值取向，也都是建立在人伦亲情的基础上。因此，文天祥诗歌的人伦情感内涵丰富和发展了文天祥儒家理想人格，为其道德伦理内涵的存在和延续提供了源源不断的情感源泉。

理想人格与人伦亲情两种主题的有机结合，在《六歌》等作品中表现得非常明显。诗人在这一组诗中同时展现对兄弟姐妹、妻子儿女的关爱之情和自己为国捐躯的决心。表面看来，这两种内容没有十分紧密的联系，但是人伦亲情的突出正是为了衬托诗人理想人格的需要而设置的。在历史巨变之时，诗人经受着国破家亡的情感煎熬，但也并未因此而放弃其儒家道德信念，相反，却更加激发了他为正义事业而英勇献身的决心和勇气。这是理与情和谐的一面，但是，它们也有互相冲突的时候，此时，理仍然制约着情。在《有感而赋》十七首之十六中，文天祥说：“久矣忘荣辱，今兹一死生。理明心自裕，神定气还清。欲了男儿事，几无妻子情。出门天宇阔，一笑暮云横。”[①] 在情与理之间发生冲突时，文天祥舍情而取理。面临着人伦之情与理想人格的两难选择，诗人义无反顾地抛弃了人伦之情而选择了为国捐躯的壮烈之举。这就使得诗人人格的道德伦理内涵充满了浓厚的人情味，显得血肉丰满。

---

① 文天祥：《吟啸集》,《文山先生全集》卷二五，北京：中国书店1985年版，第388页。

文天祥诗歌人伦情感的普泛性具有平易性、亲切感，因为它已经超越了士大夫儒家理想人格的庄严肃穆。一方面，文天祥反映了宋元之际剧烈动荡的历史、反映残酷的血腥杀伐斗争史；另一方面，他还展现了刚健威猛人性美之外的更普泛的人情美，展现了处于现实生活困境中普通人的情感选择。如《得船难》诗序云：

> 北船满江，百姓无一舟可问。杜架阁与人为谋，皆以无船长叹而止。是后，余元庆遇其故旧为北管船，遂密叩之，许以承宣使，银千两。其人云："吾为宋救得一丞相，回建大功业，何以钱为？但求批贴，为他日趋承之证。"后授以一批贴，约除廉车，及强委之白金，义人哉！①

处于危难关头，渔父不贪金钱、深明大义的品质是令人敬佩的，他的情感中不乏道德伦理倾向。与此相反，同样是处于生存的极端困境，人的最起码需求都不能满足之时，有些人却背主弃恩，叛逃而去。如《至扬州》诗序云："予至扬州城下，进退维谷，其彷徨狼狠之处，以诗志其概。予夜行衔枚，至扬州西门惫甚"，"同行通十二人，行止未决。余元庆、李茂、吴亮、萧发遽生叛心，所怀白金各一百五十星，上下竟携以走"。并赋诗曰："问谁攫去橐中金，童仆双双不可寻。折节从今交国士，死生一片岁寒心。"②在这里，诗人展现了各种见得着、感受得到的实实在在的人生经验，也表达了更复杂、更普泛的民众生活态度和生存信念。这是正史所不屑一顾的，恰恰是这些下层普通人民的情感和信念才丰富了人类的群体情感。这种人类的群体情感虽然缺乏文人士大夫情感的高雅，但在文天祥的诗歌中，诗人的个人情感和人类群体情感真正完美地交融在一起。这也说明了文天祥诗史内涵并非仅仅是朝代鼎革所带来的残酷征伐，而且还有忠君爱国、浩然正气等儒家伦理内涵和直接来自现实人生的普通人伦情感。正是这普通的人伦情感维系着封建秩序，协调着人与人之间的感情。

由此可见，作为道德典范的文天祥，因其文学实践与儒家人格理想的内在

---

① 文天祥：《指南录》卷三，《文山先生全集》卷一三，北京：中国书店1985年版，第324页。

② 同①，第333页。

结合而获得诗人典范的意义。作为诗人典范，他是以个人经历客观地展现社会历史活动、政治活动和普通人的生活状态。他所创作的这些诗歌作品体现了中国文人诗歌的鲜明的自传性特点，同时，也与儒家思想所设计的人生理想和人生道路密切相连。就此而言，文天祥不愧为中国诗歌史上继杜甫之后道德典范与文学典范完美结合的代表性诗人之一。

二、文天祥诗史的春秋之笔

"春秋笔法"强调客观叙述的实录，但又要在客观叙事中蕴含微言大义。如何才能做到客观叙述与微言大义的统一呢？其关键就在于笔削。司马迁曾经概括了孔子删订《春秋》的方法："至于为《春秋》，笔则笔，削则削，子夏之徒不能赞一辞。"①"笔"就是录而存之，"削"即是删而舍之，其实质就是对材料的取舍和详略处理。孔子在鲁国旧史的基础上，在儒家思想观念的指导下对原有的历史素材进行重新整理和取舍，终于编纂成一部蕴含王道大义的儒家经典著作。

历史是由无数丰富多彩的人物和事件汇集而成的。史家著史，不可能将每一件事情都记录下来，也不可能事事平均用力，面面俱到，他必须要将这些纷繁芜杂的材料进行取舍和详略处理。他取舍的根据就是史家修史的主导思想和社会意识。诗史与史传著作有本质的不同，但在叙事上却有相通之处。史家将早已存在的历史素材在特定思想指导下加以重新组合，是因意运事的过程，而诗人则是将自己早已体验过的或正在体验的生活进行艺术加工，提炼，使之成为具有艺术形象的文学作品。可见，诗人和史家都有一个对材料的取舍和提炼的问题，也就是笔削的问题。通过诗人和史家精心选择和提炼的材料来显示其主导倾向和思想感情，因事生义，理因情发。

在杜诗中，这种笔削之法得以广泛的应用。《观公孙大娘弟子舞剑器行（并序）》从乐舞的今昔对比中见出五十年兴衰治乱史。就叙事而言，这首诗自始至终都没有脱离公孙大娘师徒和剑器舞，但在材料的详略处理上却别具匠心。从题目上看，诗应以公孙大娘弟子李十二娘精湛的舞技为主，而诗人只以

---

① 司马迁：《史记》，北京：中华书局 1959 年版，第 1944 页。

“神扬扬”三字概括之，可谓简略之至。然而，对公孙大娘乐舞的神妙却大加渲染，状其剑舞之妙，忽起忽伏，忽来忽去，出神入化，极尽铺排之能事，可谓详矣备矣。这种详略的不同深受此诗“抚事慷慨”的制约，“言公孙大娘而统及女乐，言女乐，即是感深先帝”[①]。杜甫借乐舞的盛衰集中概括巨大的历史内容。杜甫寓居夔州时，曾写《洞房》、《宿昔》、《能画》等八首诗，这些诗内容蝉联而下，紧密相连，反省了唐代由盛转衰的历史根源。其中，《宿昔》一诗云：“宿昔清门里，蓬莱仗数移。花娇迎杂树，龙喜出平池。落日留王母，微风倚少儿。宫中行乐秘，少有外人知。”[②]这首诗主要是写唐玄宗逸豫荒淫之事。唐玄宗与杨氏姐妹是如何恣意行乐的，安禄山又是如何秽乱宫闱的，诸般丑态，不一而足，诗人都删而不录，但从前后文中“笔”之所录，从流连贵妃、宠幸秦虢中，尤其是从“宫中行乐秘，少有外人知”的暗示中，统治者的荒淫无度仍是不言自明。杜甫坚持的仍是儒家的价值评判标准。

在文天祥看来，孔子修撰《春秋》所坚持的儒家之道就是《春秋》所蕴含的“义”。它又集中体现为前文已论及的“尊王攘夷”。“尊王”，在汉代以后的封建社会多被诠释为忠君。文天祥的忠君意识是十分强烈的，“臣心一片磁针石，不指南方不肯休”[③]，但他的忠君并不是愚忠，而是从道不从君。为了道，为了社稷，当宋太皇太后及德祐帝降元后，他和其他大臣拥立新君。他回答元人博罗诘责他为何别立新君时说：“德祐，吾君也，不幸而失国。当此之时，社稷为重，君为轻，吾别立君，为宗庙社稷计，所以为忠臣也。从怀愍而北者非忠。从元帝为忠，从徽钦而北者非忠，从高宗为忠。”[④]他的这种“华夷之辨”和忠君爱国思想是儒家政治伦理和道德精神的核心，也是文天祥以诗存史所奉行的儒家预设的价值评判标准。

他的诗中所反映的历史褒贬态度，他对历史素材的详略、取舍也都受到这个标准的影响。在激烈动荡的历史时期，他对那些叛臣贼子的鞭挞是不遗余力的，同时，也对那些为国捐躯的志士仁人给予热情的颂歌，这就是他所坚持的

---

① 浦起龙：《读杜心解》，北京：中华书局 1961 年版，第 316 页。
② 仇兆鳌：《杜诗详注》卷一七，北京：中华书局 1979 年版，第 1521 页。
③ 文天祥：《指南后录》卷四，《文山先生全集》卷一三，北京：中国书店 1985 年版，第 343 页。
④ 罗洪先：《宋少保右丞相兼枢密使信国公文山先生纪年录》，《文山先生全集》卷一七，北京：中国书店 1985 年版，第 462 页。

“寓纪载之实，而抑扬褒贬之意，灿然于其中”[①]的修史理念。他对吕师孟、吕文焕叔侄守襄六年而被迫降元加以斥责：

> 先是，予赴平江，入疏言叛逆遗孽，不当待以姑息，乞举春秋诛乱贼之法，意指吕师孟，朝廷不能行。至是，文焕云：“丞相何故骂焕以乱贼？”予谓：“国家不幸至今日，汝为罪魁，汝非乱贼而谁？三尺童子皆骂汝，何独我哉？”焕云：“襄守六年不救。”予谓：“穷援绝，死以报国，可也。汝爱身惜妻子，既负国又隤家声。今合族为逆，万世之贼臣也”。[②]

他以《春秋》之义诛乱臣贼子，与孔子修史的精神有相通之处。他还对五水之战的惨烈做了详细的记载，歌颂了尹玉、麻士龙等五百将士浴血奋战、宁死不屈的精神。同时，也对张全见死不救、临阵脱逃的罪恶做了深刻的揭露和批判，在叙事上，两者都非常详细，其褒贬之义不言自明。值得注意的是，文天祥为了使历史事实客观、翔实，采用了序与诗相结合的方法，序记史事，而诗则咏之，诗亦序，序亦诗，两者水乳交融，实不可分割。

《二月六日，海上大战，国事不济。孤臣天祥坐北舟中，向南恸哭，为之诗曰》是记载宋元厓山之战的诗篇。这次战役，是南宋彻底覆亡的标志。就叙事而言，这首诗忠实地记录了这场战役的前后发展过程，详细地描绘了战争的悲壮及其结果，而对战斗之前的双方军事力量、政治形势则语焉不详。为了弥补这一缺失，诗人详细叙述了自己转战南北却无力回天的痛苦，兵败如山倒的情景依然历历在目。这样安排，既做到了详略互补，避免了因叙事平直而带来的呆板之病，又总结了南宋失败的原因。

笔与削之间的关系十分密切，相辅相成，削是为了更好地突出笔，而笔则能够隐现削的内容。《留远亭》一诗及序写尽了卖国贼臣的丑恶，贾余庆“满口骂坐，毁本朝人物无遗者，以此献佞”，而刘岊则“数奉以淫亵”，“取一村妇至亭中，使荐刘寝，据刘之交坐。诸酋又嗾妇抱刘以为戏，衣冠扫地”。并且，诗人赋诗两首：

---

① 文天祥：《集杜诗·序》，《文山先生全集》卷一六，北京：中国书店1985年版，第397页。

② 文天祥：《纪事》，《指南后录》卷一，《文山先生全集》卷一三，北京：中国书店1985年版，第315—316页。

甘心卖国罪滔天，酒后猖狂诈作颠。把酒逢迎酋虏笑，从头骂坐数时贤。

落得称呼浪子刘，樽前百媚佞旃裘。当年鲍老不如此，留远亭前犬也羞。

对贾余庆卖国求荣、谄媚元人的诸多罪恶都略而不书，文天祥仅以猖狂诈颠、数骂时贤这一细节活画出其丑恶嘴脸；对于刘岊，他也只选取其淫亵表演活画出人品的低劣、卑微，至于他平时生活如何糜烂、屈膝事元等也都削之不录。但就笔之所存，尤其是借同是降臣的吕文涣之讥“国家将亡，生出此等人物”[①]，更容易使人领悟到许多被删削的内容。不写而令人看得出是写了，其词微而婉，其意悠远，既含讽刺之义，又不失蕴外之致。这就是春秋笔法奥妙之所在。当然，为了更好地隐含所削的内容，所存之笔必须是典型的能够集中突出人物或事件主要特征的素材。

文天祥诗歌继承了杜甫诗歌春秋笔法的另一表现是用晦之道。

客观叙事中笔与削之间寓褒贬，这是一方面；另一方面，就笔而言，又涉及一个如何用笔的问题，即载笔之道。《左传》对《春秋》的载笔之道做了阐释：“《春秋》之称，微而显，志而晦，婉而成章，尽而不污，惩恶而劝善。非圣人，谁能修之。”[②]这里，“微而显”，是指言辞简约而意义显豁；“志而晦”，是指记载事实而旨意幽隐；“婉而成章”，就是以委婉曲折之笔表达之；“尽而不污”，则是记载事实详尽但不歪曲之，增饰之。这四种用笔之道的根本目的是“惩恶而劝善”，基本思想是言简意赅，意溢于句外。对此，刘知几也有进一步的发挥。他认为，所谓“晦”就是“省字约文，事溢于句外”[③]，而用晦之道就是“略小存大，举重明轻，一言而巨细咸该，片语而洪纤靡漏”[④]，其要义在于以高度简练的文字传达尽可能丰富的内容，做到含蓄蕴籍，意旨幽微，也就是：“斯则言近而旨远，词浅而义深，虽发语已殚而含意未尽。使夫读者

① 文天祥：《留远亭》，《指南录》卷二，《文山先生全集》卷一三，北京：中国书店 1985 年版，第 320 页。

② 杨伯峻：《春秋左传注》，北京：中华书局 1981 年版，第 870 页。

③④ 浦起龙：《史通通释》，上海：上海古籍出版社 1978 年版，第 173 页。

望表而知里，扪毛而辨骨，睹一事于句中，反三语于句外。”[①]

宋人张戒对《哀江头》的用晦之道颇有发明。他将此诗与白居易的《长恨歌》作比较，指出此诗含蓄蕴籍、辞义幽微的特征。他说：

> 杨太真事，唐人吟咏至多，然类皆无礼，太真配至尊，岂可以儿女语黩之耶？惟杜子美则不然。《哀江头》云：“昭阳殿里第一人，同辇随君侍君侧”，不待云“侍夜”、“醉和春”，而太真之绝色可知也。至于言一时行乐事，不斥言太真，而但言辇前才人，此意犹可不及。如云：“翻身向天仰射云，一笑正坠双飞翼”，不待云“缓歌慢舞凝丝竹，尽日君王看不足”，而一时行乐可喜事，笔端画出，宛在目前。“江水江花岂终极”，不待云“比翼鸟”、“连理枝”、“此恨绵绵无绝期”，而无穷之恨，黍离、麦秀之悲，寄于言外。题云《哀江头》，乃子美在贼中时，潜行曲江，睹江水江花，哀思而作。其词婉而雅，其意微而有礼，其真可谓得风人之旨矣。[②]

张戒将《哀江头》的用晦之道的目的归结于儒家的君臣之礼，这是极有见地的。清人黄生对此又有进一步的补充，云：“此诗半露半含，若悲若讽，天宝之乱，实杨氏为祸阶。杜公身事明皇，既不可直陈，又不敢曲讳，如此用笔，浅深极为合宜。”[③]黄氏之论深得杜公用晦之道。确实，杜公身陷贼中，面对着君主蒙尘、宫殿颓圮、叛军横行的混乱局面，在悲叹盛唐之世的远逝之余，又深深地反思安史之乱发生的历史根源。他将这根源归因于唐玄宗、杨贵妃的恣意行乐，政事荒废，将批判的矛头直指封建最高统治者。但他又不能直白显豁地指斥之，故而婉转其辞，曲折道之，在含蕴委婉中隐含诗人的社会批判意识。

文天祥总结南宋灭亡的历史根源时，除了批判权臣董宋臣、贾似道等人误国外，他还认为南宋的理宗、度宗等昏庸无能也是宋亡的原因之一。在《集杜诗·理宗度宗第二》中，他说：“先帝弓剑远（《送覃二判官》），永怀侍芳茵（《送汝南郡王琎》）。今朝汉社稷（《喜达行在所》），为话啼沾巾（《送司马入

---

① 浦起龙：《史通通释》，上海：上海古籍出版社 1978 年版，第 175 页。
② 张戒：《岁寒堂诗话》，丁福保《历代诗话续编》，北京：中华书局 1983 年版，第 457 页。
③ 仇兆鳌：《杜诗详注》，北京：中华书局 1979 年版，第 332 页。

京》)。”[①] 他认为，理宗、度宗缺乏宋太祖、太宗等先帝富国强兵、征服天下的雄才大略，故而以杜诗“先帝弓剑远”之句委婉道出。实际上，奸臣权相之所以横行无忌、欺君误国，其根源仍在于君主的失察、昏庸。南宋理宗、度宗恰恰都是昏庸无能、沉湎于声色犬马之乐的君主，故而董宋臣、贾似道等人有机可乘，而忠义直言之士被排斥于外。他在《己未上皇帝书》中说：

> 陛下亦求所以为自立矣，而未得其方也。自立之方，臣前所献之数条是已。虽然，臣意陛下未之能行，则有说也，何也？悔悟之意未明也。奸人当国，指天下能言之士，谓之好名哗竞。使好名哗竞者，常在朝廷，则清议之福，陛下必及受用，事应不至今日。惟浸润肤受，为毒已深，而后陛下之人才尽逐。……夫今日之祸乱，靖共之报也。陛下犹有爱于貌为靖共者邪？此悔悟未明之一也。三数年前，缙绅之能出臆论事者，既为奸人所屏，学校之士，犹叩阍亹亹不自已。奸人疾其为害已也，托名学法，重致意于禁上书之一条，而后陛下之言路尽塞。[②]

这是理宗开庆元年（1259）文天祥上理宗皇帝的疏，陈言当今国势之危及治乱之策。他认为国势衰微的重要原因之一即是理宗皇帝不能自立，昏愦不明，受制于奸人，以至于奸臣当道，贤士被逐。他对理宗皇帝的批判无论在上疏中，还是在《集杜诗·理宗、度宗第二》中都是采用委婉曲折的方式表达出来，不是以言辞激烈的态度直言指斥，这是深受“主文而谲谏”的传统方式的影响。

孔子所开创的“春秋笔法”，不仅仅是具体的修史方法，而且还是一种修史理念。杜甫及其后文天祥等人诗史的叙事（包括杜诗中的叙事诗和抒情诗中的叙事成分）深得“春秋笔法”之三昧。他们不仅接受了儒家的伦理道德等价值观念，也接受了儒家史传精神的影响，并在其创作中加以灵活运用，创作了大量反映历史现实、被后世誉为“诗史”的不朽诗作。可以说，“春秋笔法”是诗史内涵的重要组成部分，离开“春秋笔法”来谈论诗史也是不全面的。

---

① 文天祥：《集杜诗·理宗度宗第二》，《文山先生全集》卷一六，北京：中国书店 1985 年版，第 397 页。

② 文天祥：《文山先生全集》卷三，北京：中国书店 1985 年版，第 59 页。

三、文天祥与汪元量诗史精神的比较

文天祥与汪元量的诗歌虽然都继承了杜甫的诗史精神，都以诗歌来反映宋元之际巨大的历史变迁，多方面展现历史过程中普通人民的情感和生活。但是，因为他们的身份地位以及在历史活动中所发挥的作用不同，诗歌也有不同。

首先，文天祥与汪元量的身份不同，这决定了他们认识历史的深度和广度都有所不同。文天祥二十一岁状元及第，此后，他亲自参与了宋元之际许多政治斗争，如上疏乞斩权臣董宋臣，与贾似道斗争。德祐元年（1275）奉诏率兵勤王，入元营谈判被拘。逃脱后南归，拥立新主，后转战各地，兵败被俘。他是一个历史的参与者，其本身的活动就已构成宋元之际历史的一部分。因为参与了南宋末期的许多重要历史事件，他对历史的理解是十分深刻的。他以诗所存之史主要是自我存在之史。而汪元量，虽然他自许是儒、是书生，有着强烈的历史使命感[①]，实际上，他只不过是以琴艺来供上层统治者娱乐的宫廷供奉而已，位同俳优，毫无政治地位可言。他无权跻身于统治阶级的权力中心，也无法参与许多重要的政治活动。虽然他经历了许多的重大历史事件，如三宫北迁、幼主降封、移居上都等，但他毕竟是历史变迁的旁观者，他的诗歌所反映的历史只是他者视域中的历史，对历史的观察和理解多流为历史表象的真实。

文天祥和汪元量都有北行入燕的纪行组诗，都途经过许多相同的地方，所歌咏的对象也是相同的，但所表现的情感和思想却有许多不同。文天祥的诗多记载自己以及与己关系密切的人的遭遇，抒发历史活动中自我的感情；而汪元量的诗则记载了他所观察到的历史情景，他的喜怒哀乐之情是由观察到的情景所触发的。他们两人的诗中都写到鲁港败师之事，但侧重点不同。诗云；

① 汪元量在许多诗中都自许为儒或书生，如“小儒悲剧吟如哭”（《吴山晓望》，《增订湖山类稿》卷一，第9页），“腐儒策蹇驴”（《开平雪霁》，《增订湖山类稿》卷三，北京：中华书局1984年版，第84页），“久谓儒冠误，穷愁方弃书”（《酬方塘赵待见赠》，《增订湖山类稿》卷三，第87页），“书生挟蠹鱼，流行万里道”。（《草地寒甚毡帐中读杜诗》，《增订湖山类稿》卷三，北京：中华书局1984年版，第86页）。他的身份与其自许之间有一定的差距。

方夸金坞筑，岂料玉床摇。国体真三代，江流旧六朝。鞭投能几日，瓦解不崇朝。千古燕山恨，西风卷怒潮。（文天祥《鲁港》）[①]

夜半挝金鼓，南边事已休。三军坑鲁港，一舸走扬州。星殒天应泣，江喧地欲流。欺孤生异志，回首愧巢由。（汪元量《鲁港败北》）[②]

鲁港败师是南宋生死存亡的关键一役。这次战役，南宋的军事实力损失极为惨重。他们两人对这件重大历史事件的认识有深浅之别。汪诗反映了这次战役的惨重损失，谴责了贾似道欺孤误国，其情激烈，其辞切直，情感流于一般的激愤。文天祥则对这次战役所产生的历史结果进行了深刻的反思。他认为，鲁港败师动摇了国基，瓦解了南宋小朝廷，加速了南宋灭亡的历史进程。他将孤立、零散的历史事件纳入到整个历史进程中做整体观照，充满了深沉的理性思考，感情沉痛悲凉。

文天祥诗史与汪元量的又一不同是文天祥的诗歌中充满浓厚的道德情感。作为状元宰相的文天祥有强烈的使命感和道德责任感。他将儒家“尊王攘夷”的价值观念落实到具体的道德实践中去，忠君爱国，驱逐异族入侵，再造王室。他在《高沙道中》云：“初学苏子卿，终慕鲁仲连。为我王室故，持此金石坚。自古皆有死，义不污腥膻。求仁而得仁，宁怨沟壑填。……中兴奋王业，日月光重宣。报国臣有志，悔往不可湔。”[③] 由于国势衰微，南宋灭亡的命运已是不可挽救的了，但是文天祥仍是知其不可为而为之，以至于兵败被执，英勇就义，成为一个悲壮的殉道者，“烈士惟名殉，真人与物违”[④]。文天祥从容就义、视死如归的根本原因就在于他独守儒家之道。当达到心道合一之境时，为了正义事业，可以抛弃儿女亲情，人心也就能安闲优裕；“疏因随事直，忠故有时愚。道在身何拙，心安体自宽”[⑤]，“理明心自裕，神定气还清。欲了男儿

---

① 文天祥：《指南后录》卷一下，《文山先生全集》卷十四，北京：中国书店1985年版，第354页。

② 孔凡礼：《增订湖山类稿》卷一，北京：中华书局1984年版，第6页。

③ 文天祥：《指南录》，《文山先生全集》卷十三，北京：中国书店1985年版，第337页。

④ 文天祥：《有感而赋十七首》之一一，《吟啸集》，《文山先生全集》卷十五，北京：中国书店1985年版，第388页。

⑤ 文天祥：《有感而赋十七首》之一三，《吟啸集》，《文山先生全集》卷十五，北京：中国书店1985年版，第388页。

事，几无妻子情”[①]。其《过淮河宿阚石有感》诗云：

> 北征垂半年，依依只南土。今晨渡淮河，始觉非故宇。江乡已无家，三年一羁旅。龙翔在何方，乃我妻子所。昔也无奈何，忽已置念虑。今行日已近，使我泪如雨。我为纲常谋，有身不得顾。妻兮莫望夫，子兮莫望父。天长与地久，此恨极千古。来生业缘在，骨肉当如故。[②]

文天祥被执北行途中，仍然心系故国，情系君王。对君王故国的情感已超越了个人的人伦亲情。但文天祥并非无情，他也希望来世与妻儿重逢，骨肉团圆。这种殉道者的道德情感是崇高的、悲壮的，同时又是对人伦之情的升华、超越，显示了道德情感的博大崇高。

相反，汪元量的诗缺乏崇高的道德美。在《妾薄命呈文山道人》中，汪元量十分崇敬文天祥忠君爱国的高尚情操，赞扬他浩然正气的男子汉气概，并勉励他为国捐躯，“君当立高节，杀身以为忠”。而他自己尽管有“誓以守贞洁，与君生死同”[③]的愿望，却只能表现出愤怒、哀叹等情感变化，缺乏以身殉道的勇气，只是以诗存史，歌颂文天祥的壮举而已。这种人性的弱点在汪元量的身上体现得十分明显。历史上的李陵本是兵败被俘投降匈奴的，但汪元量却认为，李陵并不是真心投降，而是“心怀归汉关”[④]，委曲求全，待机归汉。这种委曲求全有时是以牺牲人类生存的自尊、丧失民族气节为代价的。这成为他后来供奉元宫廷的思想基础。

宋武帝刘裕为宋公时，于某一年九月初九日，在项羽所建的徐州戏马台宴集群僚，赋诗为乐，盛极一时。北行入燕时，文天祥和汪元量都有同题诗咏之。云：

> 九月初九日，客游戏马台。黄花弄朝露，古人化飞埃。今人哀后人，

---

① 文天祥：《有感而赋十七首》之一七，《吟啸集》，《文山先生全集》卷十五，北京：中国书店1985年版，第388页。

② 文天祥：《指南后录》卷二，《文山先生全集》卷十四，北京：中国书店1985年版，第361页。

③④ 孔凡礼：《增订湖山类稿》卷二，北京：中华书局1984年版，第45页。

后人复今哀。世事那可及，泪落茱萸杯。[①]

台空马尽始知休，枳棘丛边鹿自游。泗水不关兴废事，佛峰空锁古今愁。风吹野甸稻花晚，雨暗山城枫叶秋。欲吊英灵何处在，髑髅无数满长洲。[②]

这两首诗都因戏马台而触发王朝兴废之感，除此而外，文天祥的诗歌更增加了国势衰颓、独立难支的悲哀感。这种悲凉的深层原因就在于，文天祥处在历史巨变的旋涡中心，肩负着挽救民族危亡、振兴王室的历史使命，但壮志难酬，故而滋生了"世事那可及，泪落茱萸杯"的感慨。相形之下，汪诗则只是流于一般的兴亡之叹，缺乏深厚的道德意蕴。

文天祥诗史所蕴含的浓厚的道德情感体现了封建统治阶级的主流话语。文天祥向往、追求的人生理想是做一个符合儒家伦理规范的忠臣、孝子、烈士、英雄、圣贤，这些又与封建时代统治者对儒士的期望与要求相一致。他还特别注重儒家人伦纲常的践行。比如，同为歌咏张建封妾之事，但着眼点是不同的。

自别张公子，婵娟不下楼。遂令楼上燕，百岁称风流。我游彭城门，来吊楚王阙。问楼在何处，城东草如雪。蛾眉代不乏，埋没安足论。因何张家妾，名与山川存。自古皆有死，忠义长不没。但传美人心，不说美人色。[③]

楼头瓦解草如鬣，燕子不来风猎猎。倚筇搔首重徘徊，野花丛里飞蝴蝶。[④]

文诗重在展现张建封妾之心，赞扬张建封妾的忠贞刚烈。而汪诗则重抒发美人已逝，物是人非之感，缺乏文诗那样封建伦理纲常观念。

① 文天祥：《戏马台》，《指南后录》卷二，《文山先生全集》卷十四，北京：中国书店1985年版，第36页。

② 孔凡礼：《增订湖山类稿》卷二，北京：中华书局1984年版，第47页。

③ 同①，第38页。

④ 同①，第34页。

封建统治阶级的主流意识形态贯穿在文天祥所构建的诗史中，这是文天祥的诗史精神与代表封建统治阶级权力话语的正史沟通与衔接的基础。文天祥也希望“后之良史，尚庶几有考焉”[①]，以后史家能从自己所构建的南宋政治史和人的存在史中考察一代兴亡之迹，理解自己的情感和道德节操。然而，他也清醒地认识到，在历史的兴衰隆替过程中，总是新兴的王朝为被自己所取代的王朝修史，新兴王朝常常将自己的价值观念和评判标准强加在前代之史中。作为亡国士大夫，自己的诗史可能会湮没无闻，被人当作野史来读，落得个“亡国大夫谁为传，祇饶野史与人看”[②]的结局。汪元量的诗史缺乏深厚的道德意蕴和深邃的历史意识，多以逸闻和生活细节入诗，有游离封建主流权力话语的倾向，难免被人误读为野史。正史和野史的分野是文天祥和汪元量诗史区别的最重要标志。这种分野是由他们在历史活动中所处的历史地位决定的。

第三节　汪元量的诗史精神

汪元量（1241—？），字大有，号水云，钱塘人。其卒年虽不可考，约卒于1317年后不久，七十七岁以后，[③]他的生活经历比较曲折，大致可分为以下五个阶段：一，宋亡前供奉宫中，以琴娱谢后及王昭仪。二，宋恭帝德祐二年（1276）至元十九年（1282），汪元量随幼主及三宫入大都，并且滞留于此。三，至元十九年十二月初九日随瀛国公（宋少帝降封）等赴上都，去居延。四，至元二十二年（1285）乙酉与王昭仪等返回大都，汪元量供奉元宫中，并奉旨代祀四方山岳。五，至元二十五年（1288），汪元量三次上书元世祖，着黄冠南归，漫游各地，漂泊不定。

就其创作而论，《湖山类稿》现存的最早诗歌为《居拟苏武》、《月夜拟李陵诗传三首》，约作于理宗末期，当时汪元量约二十四岁。其作品散佚较多，在长达五十多年的创作生涯中仅存诗610首，词52首。尽管生活境遇颇多变

① 文天祥：《指南后录》卷二，《文山先生全集》卷十四，北京：中国书店1985年版，第362页。

② 文天祥：《指南后录》卷二，《文山先生全集》卷十五，北京：中国书店1985年版，第387页。

③ 孔凡礼：《增订湖山类稿》附录，北京：中华书局1984年版，第292页。

化，但是他的作品始终贯穿着强烈的诗史精神，李珏在《书汪水云诗后》谓："唐之事纪于草堂，后人以诗史目之，水云之诗，亦宋亡之诗史也，其诗亦鼓吹草堂者也，其愁思壹郁，不可复伸，则又有甚于草堂者也"[①]，径直将汪元量的诗歌与杜甫诗史联系起来。其前后期的作品存在着差异性。大致说来，供奉宫中至北行入大都时他以实录精神记录了宋元易代这一历史巨变的真实面貌，情感激越，气势奔腾，叙事切直。后来他随幼主行大漠、草原，风格一变为悲凉劲健。而南归后，其诗则变为沉郁苍凉。

一、野史之笔

汪元量诗歌创作的最主要特点是以诗歌来反映历史巨变和处于变革期时人们的复杂情感，诚如刘辰翁所言："其诗自奉使出疆，三宫去国，凡都人忧悲恨叹无不有。及过河，所历皇王帝伯之故都遗迹，凡可喜、可诧、可惊、可痛哭而流涕者，皆收拾于诗。解其囊，南吟北啸，如赋史传，亦自有可喜。"[②]刘辰翁所论正道出了汪元量诗歌的史传性。

诗歌史传性的内涵之一就是据事迹以实录的客观叙述精神，叙述者的主观情感和价值评判自然而然地显示出来，"据事迹实录，则善恶自见"[③]，做到主观与客观的统一。当然在撰述历史时，历史家对历史事实的取舍和详略处理并不能完全符合历史的本来面貌，大多数人都能够顶着种种压力，有时冒着生命危险秉笔直书，不隐恶，不溢美，尽可能客观地反映历史真实。

汪元量自觉地追求这种史家实录精神。在《妾薄命呈文山道人》一诗中，他勉励文天祥"君当立高节，杀身以为忠"（见前引），并且表示自己将要以春秋史笔来如实地褒扬其崇高的民族气节："岂无《春秋》笔，为君纪其功。"[④]他的好友周方称赞他："晚节闻见其事，奋笔直情，不肯为婉娈含蓄，千载之下，人间得不传之史。"[⑤]当时所发生的一些重大历史事件在汪元量的诗歌中都

① 孔凡礼：《增订湖山类稿》附录，北京：中华书局1984年版，第118页。
② 同①，第185页。
③ 马其昶：《韩昌黎文集校注》，上海：上海古籍出版社1987年版，第667页。
④ 孔凡礼：《增订湖山类稿》卷三，北京：中华书局1984年版，第71页。
⑤ 同①，第186页。

有客观真实的反映。比如《鲁港败北》一诗真实地反映了鲁港丧师的悲惨景象，《贾魏公雪中下湖》、《贾魏公出师》则揭露了贾似道弄权误国、生活腐化的丑恶行径。此时的贾似道仍然权势熏天，炙手可热，但汪元量却不畏权贵，敢于“奋笔直情”，这是需要极大的勇气和胆识的。《醉歌》、《越州歌》、《湖州歌》则是南宋灭亡历史的忠实记录。比如：

> 六宫宫女泪涟涟，事主谁知不尽年。太后传宣许降国，伯颜丞相到帘前。
>
> （《醉歌》其四）
>
> 乱点连声杀六更，荧荧庭燎待天明。侍臣已写归降表，臣妾佥名谢道清。
>
> （《醉歌》其五）①

谢太后置国家、社稷于不顾，屈膝投降。对此，汪元量敢于直书其恶，不避讥责，直斥其名。这引起了清代四库馆臣的不满：“以本朝太后，直斥其名，殊为非体。春秋责备贤者，于元量不能无讥。然元量以一供奉琴士，不预士大夫之列，而眷怀故主，终始不渝，宋季公卿，实视之有愧，其节概亦不可及。笔墨之间，偶然失检，视无礼于君者，其事固殊。”②他们虽然褒扬了汪元量的忠君爱国精神，但同时认为，汪元量直斥谢太后之名为“非体”、“偶然失检”，这贬低了汪元量直书其事的价值，是站在封建卫道者的方面来维护谢太后的。

汪元量诗歌客观叙事的一个重要特点是，既有直接正面描写重大历史事件的宏大叙事，又不乏描写在特定历史时期普通人物悲欢离合的琐细叙事。正史常常展现宏大的战争场面、英雄人物的丰功伟绩、政治风云的变迁等重大的历史素材，而作为野史的小历史则多关注历史运动过程中普通人物的情感。

在修撰历史时，史家总是选择那些能够凸显其预设的价值观念的史料，常常关注那些对历史进程有重大影响的历史事件，很少关注人，尤其是普通人在

① 孔凡礼：《增订湖山类稿》卷一，北京：中华书局1984年版，第14页。
② 永瑢等撰：《四库全书总目提要·集部·别集类》，汪元量“湖山类稿”“水云集”条，北京：中华书局1965年版，第1413页。

历史发展过程中的情感变迁，它常常以一元化的、冷冰冰的面目出现。作为审美性的诗歌，则关注那些被诗人亲身体验过的历史事件，它更侧重于表现那些活跃在历史进程中的历史主体（既有帝王将相，也有平凡的芸芸众生）的心灵史。汪元量的诗歌常常将宏大叙事与细琐叙事两种叙事方式结合起来。联章组诗《湖州歌》就是这种结合的典范。这组诗通过精心设计，真实地记录了元军攻入杭州，南宋灭亡，谢太后、幼主、三宫被迫北行入燕，宫女的痛苦和日常生活，战争给人民带来的灾难，各类人物的悲欢离合之情都被共时性地纳入到同一的历史空间之内。比如：

殿上群臣默不言，伯颜丞相趣降笺。三宫共在珠帘下，万骑虬髯绕殿前。

（其三）[1]

谢了天恩出内门，驾前喝道上将军。白旄黄钺分行立，一点猩红是幼君。

（其四）[2]

铁瓮城头马乱嘶，金陵城下炮如飞。黑风卷地鼓鼙急，昨夜常州又受围。

（其十四）[3]

晓来官棹去如飞，掠削鬟云浅画眉。风雨凄凄能自遣，三三五五坐弹棋。

（其十五）[4]

都人不识有干戈，罗绮丛中乐事多。一夜月明天漠漠，汉人歌罢楚人歌。

（其三十）[5]

太皇太后过江都，遥知淮山似画图。抛却故家风雨外，夜来归梦到西湖。

（其三十一）[6]

---

①② 孔凡礼：《增订湖山类稿》卷二，北京：中华书局1984年版，第36页。
③④ 孔凡礼：《增订湖山类稿》附录，北京：中华书局1984年版，第39页。
⑤⑥ 同①，第42页。

芦荻飕飕风乱吹，战场白骨暴沙泥。淮南兵后人烟绝，新鬼啾啾旧鬼啼。

（其三十二）[①]

相对于谢后纳降、幼主北行、常州激战、淮南荒凉等重大历史事件的客观叙述而言，宫女画眉弹棋、都人毫无亡国之悲、太后梦游西湖等则显得细碎。汪元量透过历史巨变的裂缝透视了被正史摈弃在主流历史之外的普通人物，诸如宫女、都人以及其他普通人的生活和情感，他将这一切都纳入他所构建的历史空间中，客观地反映了他们的苦难和情感波澜。

由此看来，汪元量既能宏观把握历史的巨大变革，又将目光投向那些正史史家不屑一顾或难以发现的历史细部，进行纵深开拓和独特阐释，构筑了既充满时间线性的历史过程又充满丰富情感和复杂人性的立体历史空间，从而更加真实地展现了那段天翻地覆的历史巨变。这种立体历史的丰富性、复杂性，让那些沉寂的、冷冰冰的历史事件发出多样的声音，这与文天祥的诗歌有相同之处。

在呈现这些普通人物的情感和精神之时，汪元量常常运用写意的白描笔法，以简洁的语言勾勒出事物的主要特点，惟妙惟肖，入木三分。被刘辰翁誉为“江南野史”的《醉歌十首》就具有这种描写特点。其六云：“北客南人成买卖，京师依旧使铜钱”[②]，表面看来，宋亡后南人、北客依旧做着公平的买卖，但透过表面现象，仔细寻味，便有极深的内蕴。铜钱依旧通行，而国家已亡，南人对宋之灭亡好像无所关心，漠然处之，依旧与侵略者做买卖，诗人对部分南人的痛恨之情却从看似简洁、平淡的语言流露出来。其七：“北师要讨撒花银，官府行移逼市民”[③]，写尽北人的强横无理。其八云：“漏金门外雨晴初，多少红船上下趋。龙管凤笙无韵调，却挝战鼓下西湖”[④]，北船擂鼓横冲直撞，而南船则雅雀无声，这两首诗生动地展现了民族压迫的历史事实。其十，“昨日太皇请茶饮，满朝朱紫尽降臣”[⑤]，亡国之主和满朝降臣毫无亡国之悲，却依然耽于享乐，笔锋犀利，入木三分。这些绝句，所取事小，笔墨简洁，富有

---

① 孔凡礼：《增订湖山类稿》卷二，北京：中华书局 1984 年版，第 43 页。

②③④⑤ 孔凡礼：《增订湖山类稿》卷一，北京：中华书局 1984 年版，第 15 页。

神韵，形态毕现。清人汪森尝言："赋情指事，种种悲凉，先生以片面只语，形容略尽，令读者身经目击，当时号曰'诗史'。"[①]所论极是。

边缘化身份使汪元量能够以清醒冷静的目光审视着宋元鼎革的沧桑巨变，又能够与广大人民共同感受到历史巨变所带来的痛苦，滋生了强烈的社会责任感。这种责任感的集中体现就是以诗存史，以野史之笔全面而又深刻地反映历史巨变时期人们的情感心灵历史。这些野史也就补充了正史的不足，纠正了正史的故意歪曲之处。对此，清人吴城也有极为精辟之论：

> 盖其诗固风人《小雅》之遗也。而况三宫北徙，匆殉社稷，后世必有议之者。水云若预知国史之不能止喙，于行营之琐事，元主之崇礼，莫不三致意焉。至其痛君后之流离，抚江山之怆怳，口诛笔伐，使丧师败国诸事，历历可数，洵诗史矣"。[②]

在《答林石田》一诗中，汪元量说："南朝千古伤心事，每阅陈编泪满襟。我更伤心成野史，人看野史更伤心。"[③]很显然，他已经意识到自己的诗会被人们当作野史来读，确实，他的诗歌侧重于展现被主流正史所忽视、歪曲的烦琐小事，以丰富、补充主流大历史的缺失，使人们透过不同人物思想情感的历史触摸到真实的、本然的历史。同时，作为野史的小历史关注那些正史所不愿触及的历史素材，真实地表现了人们的感受，更容易引起人们的情感共鸣，才能使读者更伤心。

当然，这种宏大叙事与细琐叙事相结合的陈述方式并不是汪元量的首创。早在《左传》的历史陈述中，它就已出现了。《春秋》的叙事太简约，《左传》是为了丰富、阐释《春秋》而撰写的。左丘明可能意识到孔子历史陈述的本义，因而，在《左传》中，在叙述重大历史事件的同时，比较广泛恰切地插入了一些逸闻趣事。它们均标明"仲尼闻之曰"、"仲尼曰"、"孔子曰"字样，以示与采自《三坟》、《五典》等王官的史料相区别。在《左传·襄公三十一年》中，子产针对然明提出毁乡校之议云：

---

① 汪森：《湖山类稿后序》，孔凡礼《增订湖类稿》，北京：中华书局1984年版，第192页。

② 孔凡礼：《增订湖山类稿》附录，北京：中华书局1984年版，第194页。

③ 孔凡礼：《增订湖山类稿》卷一，北京：中华书局1984年版，第26页。

何为？夫人朝夕退而游焉，以议执政之善否。其所善者，吾则行之；其所恶者，吾则改之。是吾师也。若之何毁之？我闻忠善以损怨，不闻作威以防怨。岂不遽止，然犹防川，大决所犯，伤人必多，吾不克救也。不如小决使道，不如吾闻而药之也。①

襄公三十一年，孔子年方十一岁，且在鲁国，不可能亲临郑国听到子产之论。《春秋经》和《国语·郑语》对子产言行无片言只字记载，这说明此段史料并非出自此前史书记载，也非出自左丘明，而是孔子游郑时所闻，故而《左传》下文直书其史料来源："仲尼闻是语也，曰：'以是观之，人谓子产不仁，吾不信也。'"像这样标明"仲尼闻之曰"等字样的还有二十多处，这充分证明了孔子修史时已经将宏观叙事和微观叙事结合起来。不仅如此，孔子还借这些逸闻趣事表达了与主流史官不同的思想，对正史的合理性提出了质疑，全面客观地触摸到子产的真实性格。此后，司马迁也广搜天下旧闻插入《史记》中。对于他们而言，逸闻趣事不只是作为修辞学意义上的点缀和辅助说明或分析综合过程中的一种插曲进入历史文本的，而是将这些逸闻细事作为触及历史真实的必要途径，确立了以小见大、因微知著、通过个案来概括历史本质真实的历史陈述方法。杜甫继承了这一历史陈述模式，丰富和发展了诗歌表现历史的艺术表现手法。

二、汪元量与杜甫诗史精神的比较

汪元量继承了杜甫的诗史精神，他们之间有共同之处，但也有明显的不同。

首先，汪元量的史识不如杜甫深刻。汪元量对南宋灭亡有切肤之痛，以全面、真实地表现历史的本然状态为己任。他将目光转向主流大历史所忽略的小历史，这本是与主流史观背道而行的，体现出非同凡响的史家胆识。但他对历史的解读、复原却是基于最朴素的历史观，他将历史的兴衰迭变归之于命数，

① 杨伯峻：《春秋左传注》，北京：中华书局1981年版，第871页。

历史的发展是阴阳五行循环往复的结果。由此来观照宋元鼎革的历史，“国家开气数，陵谷见推迁。避难浑无地，偷生赖有天。夜来闻大母，已自纳降笺”[①]，也是宋的气数已尽。这种历史观不乏唯心的宿命观色彩，极易导致历史虚无主义思想，“万事一画饼，百年捋髭须。向来误儒冠，今也无壮图。且愿休王师，努力加饭蔬”[②]。他认为宋元兴衰隆替乃是瞬息之间的事，正如人之聚散一样，毫无规律，“英雄聚散阑干外，今古兴亡欸乃间”[③]，“今古废兴棋一着，萍逢聚散酒三行”[④]，从这朴素的历史观出发，他将王朝的兴衰与君主、大臣的贤能与否结合起来。他认为宋亡的主要原因在于贾似道欺孤误国，“师相平章误我朝，千秋万古恨难销。萧墙祸起非今日，不赏军功在断桥”[⑤]。

汪元量诗歌反映的宋元之际历史巨变是十分真实的，涉及的范围也是十分广泛的，既有幼主北行后的遭遇，先降封瀛国公、后赴吐蕃为僧，全太后为尼，王昭仪为尼等，也有普通宫人分嫁工匠的不幸；既有战争给人们带来的巨大灾难，也有普通百姓诸如都人、渔父等的生活。但是他所反映的历史只是停留于表面的现象记录，缺乏对历史事实的深层理性沉思，况且，这种记录也是流于浮光掠影的即兴式、印象式的感悟。

杜甫则不然。杜甫虽然也运用了宏大叙事与细琐叙事相结合的方法，却比汪元量反映的历史深刻得多。夔州以后的杜诗，宏大的历史叙事渐渐地微型化，宏大的战争场面、动乱局势渐渐地让位于当地风俗人情的记录，如《负薪行》、《最能行》均以夔州风土习俗为背景，这些地区平民百姓的日常生活、小人物晦暗纷乱的情感世界、百姓的经济生活也都得到如实的反映。《又呈吴郎》则陈述了堂前扑枣老妇的生活剪影。流寓荆湘时，杜甫曾作《岁晏行》，这是一首反映战乱时期湖湘地区下层百姓困苦生活与统治者之间扭曲变异关系的

---

① 汪元量：《和徐雪江即事》，孔凡礼《增订湖山类稿》卷一，北京：中华书局 1984 年版，第 8 页。

② 汪元量：《南归对客》，孔凡礼《增订湖山类稿》卷四，北京：中华书局 1984 年版，第 122 页。

③ 汪元量：《浙江亭和徐雪江》，孔凡礼《增订湖山类稿》卷四，北京：中华书局 1984 年版，第 119 页。

④ 汪元量：《临川水驿》，孔凡礼《增订湖山类稿》卷四，北京：中华书局 1984 年版，第 118 页。

⑤ 汪元量：《越州歌》其六，孔凡礼《增订湖山类稿》卷二，北京：中华书局 1984 年版，第 60 页。

诗：百姓备受征敛之苦、无以为生，而统治者却漠然置之。两相对比，诗人对现存制度的合理性和主流史观产生了怀疑。另一首寓言诗《客从》也是如此。这些风土人情、普通人生活剪影的闲琐细事比起《悲陈陶》、《悲青坂》等重大历史事件来，要微小琐碎得多、丰富得多、深刻得多。它们不仅能够显示主流历史背景的丰富性、原生性，而且让人们从这些烦琐小事的小历史中读出主流正史所掩盖的本质真实，从而对正史的合法性和封建政治制度的合理性产生质疑，在一定程度上有消解正统史观的作用。细琐叙事既补充、丰富正史又有对正史的合法性产生质疑的悖论性作用，是以重构儒家伦理价值体系为己任的杜甫所始料未及的。

实际上，与汪元量的地位一样，他的身份也是被边缘化了，杜甫一直被摈弃在封建统治的权力中心之外，沉沦到社会的底层，过着颠沛流离、饥寒交迫的困苦生活。这不仅使他能够以清醒、冷静的目光观察封建统治阶级的政治得失，能够与广大人民共同感受着历史巨变所带来的痛苦，而且他对儒家伦理道德的价值观念及其所维护的封建秩序的合理性产生了怀疑，从而滋生了强烈的社会批判意识。同时，作为一个具有强烈道德责任感和忧患意识的诗人，杜甫对当时的社会历史有着十分惊人的预见性。[①]这些预见性，就来源于他对历史本质和社会现实的深层把握，因而他也能够选择那些决定当时历史发展走向的重大历史事件。由此可见，杜甫诗歌所反映的历史是十分深刻的，汪元量的诗歌则缺乏社会历史的理性批判意识。

其次，就诗史的风格而言，汪诗大多“如风樯阵马，快逸奔放”[②]，缺乏杜诗沉郁顿挫之美。汪元量反映历史的诗歌大多情感奔腾、气势纵逸（其他的一些抒情诗也多类此），往往缺乏回环往复、沉郁顿挫之美。这与他凭快意作诗有关，“平生兹游真冠绝，走笔成诗图快意”[③]，“使君唤酒复载酒，书生快意仍长吟”[④]，任凭情感恣意而行，不加节制，善于表现自然的、原生的情感状态。其《钱塘歌》诗云：

---

① 莫砺锋：《杜甫评传》，南京：南京大学出版社1993年版，第117页。

② 文天祥：《书汪水云诗后》，孔凡礼《增订湖山类稿》附录，北京：中华书局1984年版，第186页。

③ 汪元量：《光相寺》，孔凡礼《增订湖山类稿》卷四，北京：中华书局1984年版，第140页。

④ 汪元量：《锦州》，孔凡礼《增订湖山类稿》卷四，北京：中华书局1984年版，第142页。

钱塘江上龙光死，钱王宫阙今如此。白发宫娃作远游，漠漠平沙千万里。西北高楼白云齐，欲落未落日已低。古人不见今人去，江水东流乌夜啼。

——汪元量《钱塘歌》①

绵州州府何磊落，显庆年中越王作。孤城西北起高楼，碧瓦朱甍照城郭。楼下长江百丈清，山头落日半轮明。君王旧迹人今赏，转见千秋万古情。

——杜甫《越王楼歌》②

汪诗因钱王宫起兴，抒发亡国的黍离之悲。首联以钱塘江上龙光已逝、钱王宫殿荒废破败寓宋亡之悲。颔联承首联而来，言三宫北迁之事，颈联言景，楼高日落，悲凉苍茫，尾联悲慨遥深。亡国之悲的情感贯穿全诗，情感显得单一，缺乏变化。与汪诗相比，杜诗具有沉郁顿挫之美。前四句咏越王楼之雄伟壮观。首联起句以绵州州府的磊落映衬颔联越王楼的高耸入云，写尽其气势，赞叹之情溢出辞间。颔联又正面描写孤城耸立，楼台壮观，补足首联之意。后四句则抒发登高怀古之情，言如此奇险胜处如今却物是人非，情感由赞叹转为悲伤，富有变化，避免因情感过分宣泄所带来的直露显豁、了无余韵之病。更重要的是，杜诗前后两部分的换韵有助于传达诗人的情感律动。刘辰翁所批汪诗“脱老杜‘显庆年中越王作’，又超出”，恐不尽然。

与感情直泻相应，汪诗的结构缺乏跳荡多变之美。汪元量的《浮丘道人招魂歌》是仿效杜甫《乾元中寓居同谷县作歌七首》的体制而创作的。诗云：

有客有客浮丘翁，一生能事今日终。啮毡雪窖身不容，寸心耿耿摩苍空。睢阳临难气塞充，大呼南八男儿忠。我公就义何从容，名垂竹帛生英雄。呜呼一歌兮歌无穷，魂招不来何所从。(其一)

有母有母死南国，天气黯淡杀气黑。忍埋玉骨厓山侧，《蓼莪》劬劳泪

① 孔凡礼：《增订湖山类稿》卷一，北京：中华书局1984年版，第11页。

② 仇兆鳌：《杜诗评注》卷一一，北京：中华书局1979年版，第921—922页。

沾臆。孤儿以忠报罔极，拔舌剖心命何惜。地结苌弘血成碧，九泉见母无言责。呜呼二歌兮歌复忆，魂招不来长叹息。(其二)

有弟有弟隔风雪，音信不通雁飞绝。独处空庐坐缧绁，短衣冻指不能结。天生男儿硬如铁，白刃飞空肢体裂。此时与汝成永诀，汝于何处收兄骨。呜呼三歌兮歌声咽，魂招不来泪如血。(其三)

有妹有妹天一方，良人去后逢此殃。黄尘暗天道路长，男呻女吟不得将。汝母已死埋炎荒，汝兄跣足行雪霜。万里相逢泪滂滂，惊定拭泪还悲伤。呜呼四歌兮歌欲狂，魂招不来归故乡。(其四)

有妻有妻不得顾，饥走荒山汗如雨。一朝中道逢狼虎，不肯偷生作人妇。左挟虞姬右陵母，一剑捐身刚自许。天上地下吾与汝，夫为忠臣妻烈女。呜呼五歌兮歌声苦，魂招不来在何所。(其五)

有子有子衣裳单，皮肉冻死伤其寒。蓬空煨烬不得安，叫怒索饭饥无餐。乱离走窜千里山，荆棘蹲坐肤不完。失身被系泪不干，父闻此语摧肺肝。呜呼六歌兮歌欲残，魂招不来心鼻酸。(其六)

有女有女清且淑，学母晓妆颜如玉。忆昔狼狈走空谷，不得还家收骨肉。关河丧乱多杀戮，白日驱人夜烧屋。一双白璧委沟渎，日暮潜行向天哭。呜呼七歌兮歌不足，魂招不来泪盈掬。(其七)

有诗有诗《吟啸集》，纸上飞蛇喷香汁。杜陵宝唾手亲拾，沧海月明老珠泣。天地长留国风什，鬼神护呵六丁立。我公笔势人莫及，每一呻吟泪痕湿。呜呼八歌兮歌转急，魂招不来风习习。(其八)

有官有官位卿相，一代儒宗一敬让。家亡国破身飘荡，铁汉生擒今北向。忠肝义胆不可状，要与人间留好样。惜哉斯文天已丧，我作哀章泪悽怆。呜呼九歌兮歌始放，魂招不来默惆怅。(其九)①

这九首歌可视为文天祥的人物传论，真实、生动地展现了文天祥的光辉业绩及国破家亡的不幸。其一，写文公忠勇刚烈；其二，文母葬厓山之侧；其三，兄弟音信阻隔，难以相见；其四，妹妹生活艰难；其五，妻子贞烈；其六，儿子饱受饥寒之苦；其七，两女乱中失散；其八，文诗气势充沛，与风雅相接；其

① 孔凡礼:《增订湖山类稿》卷三，北京：中华书局 1984 年版，第 76—79 页。

九，文天祥的忠肝义胆。第一与第八、九相照应，以议论、抒情为主，而第二至第七分别叙述文天祥的母亲、兄弟、妹妹、妻子、女儿、儿子的不幸和家破人亡的悲惨遭遇，为平列关系，多以叙事为主。就整体而言，九首歌不乏变化，但中间六歌多为赋体，结构上无变化，显得呆板。而杜甫的《同谷七歌》，从章法、韵律到内容都有许多变化，试图打破结构上的整齐划一，这是杜甫联章诗的一大特点。①

综上所述，汪元量的诗史精神继承传统史学的实录精神，并以野史来反映历史巨变时期各色人物的情感，构建复性历史空间。就此而言，他与杜诗诗史精神有相通之处。但是，他们也有明显不同：汪元量所反映的历史只是表面的现象真实，缺乏对历史发展走向的深层把握；汪元量的诗歌因过分追求快意的情感表达，难免带来情感宣泄无余，结构缺乏变化之弊。

第四节　谢翱的人格美和艺术美

谢翱（1249—1295），字皋羽，号晞发子，长溪（今福建霞浦）人。度宗咸淳间应进士举，不第。南宋恭宗德祐二年（1276），文天祥开府延平，他署谘事参军。文天祥兵败，他避地浙东，往来于永嘉、括苍、鄞、越、婺、睦等地，与遗民故老方凤、吴思齐、邓牧等交接，名其会友之所曰汐社，取“晚而有信”之意。元成宗元贞元年（1295）卒于杭州，年四十七，时宋亡已十六年。他是南宋末年著名的忠贞爱国之士，其诗作也独具一格。

一、谢翱独立不迁的人格美

作为宋末忠贞爱国之士的杰出代表，谢翱人格美的突出表现是独立不迁。

谢翱生逢宋元鼎革的剧烈动荡之时，他始终热爱国家，热爱民族，保持高尚的民族气节毫不动摇。即使是宋亡多年，有些人已谄媚新朝以博取荣华富贵，有些人也已淡忘旧朝，做起新朝的顺民，谢翱依然没有改变自己的爱国情感，也没有放弃自己的民族气节。其《梅花二首》之二云：“吹老单于月一痕，

① 莫砺锋：《杜甫评传》，南京：南京大学出版社1993年版，第232—233页。

江南知是几黄昏。水仙冷落琼花死，只有南枝尚返魂。”① 在寒冷的冬季，水仙已凋落，失去往日的风采，琼花已枯萎，只有梅花傲霜独立，香气四溢，他以梅花自喻其气节不变。其《散发》诗云：

> 乾坤一楚囚，散发向沧州。诗病多于马，身闲不似鸥。因看东去水，都是夜来愁。晚意落花觉，残枝香更幽。②

因为坚持高尚的民族气节、决不动摇，所以面对举世混浊、随波逐流的社会，谢翱难免会产生世无知音的孤独感，披发佯狂借以消解满腹忧愁。但是，他以“残枝香更幽”自励，孤介之节愈励愈坚。

谢翱认为，坚持孤高之节不动摇，还必须能够保持清醒的头脑和分辨是非的能力，识破统治者的种种伎俩，不为其巧加粉饰、冠冕堂皇的理由所迷惑。他借四皓为张良所用之事表达了这种思想：“冷却秦灰鬓已翁，紫芝歌罢落花风。若教一出无遗恨，莫入留侯准拟中。”③ 四皓生逢秦末乱世，隐居山中，不问世事。汉朝立，张良为维护惠太子地位，请四皓出山，以此显示惠太子的威望之高。四皓为张良言辞所惑，卷入这场宫廷斗争。谢翱咏此事，意在委婉规劝宋季遗民不要轻信元朝廷的巧言利诱，拒绝元廷礼聘，坚决不与新朝合作。

独立不迁的人格还表现在坚守儒家之道毫不动摇。为了守道，谢翱自觉地舍弃对荣华富贵的追逐，安于贫困，甘之如饴。“麻衣拂市尘，外事不干贫”④，只要精神有所追求，人就能抵制各种物质享受的刺激，做到淡泊自如、心闲身轻：“闲身分楚鞠，白发作吴人。”⑤

当然，安贫是为了守道，守道是安贫的精神基础，它为安于贫困提供源源不断的情感动力和理性支持。随着历史环境的不同，安贫守道的具体表现也有不同。在政治清明的承平盛世，儒士们安贫所乐之道多为不慕荣华富贵，保持

---

① 谢翱：《晞发遗集》（卷上）《近稿杂诗》，孔凡礼等编：《全宋诗》卷三六九二，第70册，北京：北京大学出版社1995年版，第44332页。

② 同①，第44330页。

③ 谢翱：《四皓》，《晞发遗集》（卷上）《近稿杂诗》，孔凡礼等编：《全宋诗》卷三六九二，第70册，北京：北京大学出版社1995年版，第44330页。

④⑤ 谢翱：《用韵酬友人忆寄》，《晞发集》卷五，四库全书本。孔凡礼等编：《全宋诗》卷三六九一，第70册，北京：北京大学出版社1995年版，第44320页。

高尚的独立人格。当社会动乱、王权更迭时，道则表现为不仕新朝、忠于旧朝的忠君意识。谢翱所坚守之道仍然是儒家的价值观念。

为了救国，谢翱毁家纾难，参加了文天祥起兵抗元、兴复宋室的斗争。他在《续琴操哀江南》诗中回顾了自己与文天祥一起起兵抗元的情景：

> 瞻彼江汉，截淮及楚。起兵海隈，亡命无所。枕戈待旦，愤不顾身。我视王室，谁非国人。噫嘻昊天，使汝缧绁。奸党心寒，健儿胆裂。黄河万里，冰雪峨峨。尔死得死，我生谓何。（谢翱《续琴操哀江南》其二《瞻彼江汉》）①

这首诗虽是歌颂文天祥奋不顾身地投入到轰轰烈烈的民族斗争中去的伟大精神，但实际上也是自己亲身经历和思想感情的反映。文天祥起兵抗元斗争失败后，被俘北上囚禁大都，而谢翱则避地浙东。他们都坚持民族大义，绝不降元。

谢翱不仅参加了抗元复国的政治斗争，躬行儒家之道，而且也重建摇摇欲坠的儒家之道，最突出的表现就是以诗歌的形式重建体现封建正统意识的礼乐文化。礼乐是中华文明的重要组成部分，是统治者权力的体现和象征，也是维护统治阶级体制、凝聚人心的有效工具。在漫长的历史时期，历代统治者都注重礼乐的政治教化功能。在南宋灭亡之后，谢翱创作了《宋铙歌鼓吹曲》十二首、《宋骑吹曲》十首。

历代的《铙歌鼓吹曲》、《骑吹鼓吹曲》大多都是歌颂统治者的丰功伟绩，谢翱所作的二十二首乐歌也不例外。它们歌颂了宋太祖、太宗平定战乱、开国定基的文治武功，如《宋铙歌鼓吹曲》从第三《征黎》至十二分别赞颂了宋太祖削平李筠、李重进、周保权等割据势力，完成统一国家的伟大事业。《宋骑吹曲》十首则是礼赞各次战役胜利后班师还朝盛况的。在这些乐歌中，除了歌颂封建统治者外，还特别突出了宋王朝的合法性，如《宋铙歌鼓吹曲》第二

---

① 谢翱：《晞发集》卷六，四库全书本。孔凡礼等编：《全宋诗》卷三六九二，第70册，北京：北京大学出版社1995年版，第44337页。

序云："宋既受天命，为下所推戴，惩五季乱，誓将整师，秋毫无所犯。"[①]其实，宋太祖赵匡胤是发动陈桥兵变后登上皇位的，名不正，言也不顺。但是，谢翱强调宋祚是承天命立国，这就为宋王朝存在的合理性提供了理论支持。既然宋王朝是奉天承运的合法、合理政权，那么封建君主就应当"坐明堂，朝诸夏"[②]。其他的诸侯则必须服从君王的统治，维护中央王权的统一，"外臣拜稽首，笑颔帝色康。毕同轨，来于梁。晔炅奕奕，敷重光。愿止剑履，觐带裳。四海臣妾，配虞唐"[③]。而那些生活于边远地区的所谓蛮夷。"四夷君长，来称藩"[④]。很显然，谢翱继承了传统的尊王攘夷观念，强调了宋王朝在整个王朝更迭历史中的正统地位。

另外，谢翱在十二首乐歌还将人伦之情纳入他所重建的儒家价值体系中。《宋铙歌鼓吹曲》第七《母思悲》云：

> 母思悲，母于归。母闻帝语，妾归无所。妾生并土，蜀野茫茫，奄失其疆。初帝谓母，子昶来，小者侯，大者王。有痍其肌，载粟于创。毕有下土，方归母于乡。天不汝夺，朕言不忘。[⑤]

宋太祖平蜀，孟昶被迫归顺宋后，不几日便猝然死去，孟母李夫人本来是劝子归顺，她看到儿子被害而死，便不食而亡。谢翱是想借此突出母子亲情在整个封建纲常体系和政治教化中的重要意义。不过，孟昶被谋害，宋太祖有背信弃义之嫌，这与谢翱的本意是矛盾的。《宋骑吹曲》第六《李侍中妾歌》是反映李筠之妾以死报李筠之恩一事，意在强调夫为妻纲的封建纲常观念。谢翱对母子亲情和夫妻之恩等人伦之情的关注也是出于维护皇权的目的。中国封建社会是以宗法制为基础的中央集权制，封建国家的长治久安归根结底要依靠家庭的稳定。家庭成员之间的社会关系要靠人伦之情来协调，统治阶级把人伦之情的协调关系上升为封建的伦理纲常观念。在三纲五常的伦理道德规范中，君与臣

①②④ 谢翱：《宋铙歌曲》第二，《晞发集》卷一，孔凡礼等编：《全宋诗》卷三六八七，第70册，北京：北京大学出版社1995年版，第44283—44286页。

③ 同①，第44283页。

⑤ 谢翱：《晞发集》卷一，孔凡礼等编：《全宋诗》卷三六八七，第70册，北京：北京大学出版社1995年版，第44285页。

之间的关系是封建政治关系，父子、母子、夫妻等是人伦关系，人伦关系是政治关系基础。离开了人伦之情的支持，封建统治就失去了人与人之间协调关系的纽带，封建政治体制就很难正常运转下去。因此，谢翱将封建统治政治关系与人伦情感并置，共同纳入到他所建构的封建道德价值体系中，这与文天祥诗歌中对人伦情感的关注是一致的。不过，文天祥诗中对道德和人性的张扬完全是出于诗人内在性情的自然、真实流露；而谢翱乐歌中对人伦性情的提倡则是出于其建构封建正统论、维护封建统治的需要，有鲜明的功利色彩。

谢翱建构儒家之道的目的就是延续赵宋王朝三百年正统。对此，元人吴莱在《宋铙歌骑吹曲序》中有十分精到之论：

> 武夷谢翱皋羽，故庐陵文公客也，于是本其造基立极，亲征遣将，东讨西伐，作为铙歌、骑吹等曲，文句炫煌，音韵雄壮，如使人亲在短箫、鼓吹间，斯亦足以尽孤臣孽子之心已。①

随着南宋经济衰败、民生凋敝，元蒙不断南侵、打击，国势日蹙，以至于灭亡，南宋的正统地位已不复存在。既然强调宋为历代封建王朝政权更迭的正统，那么，元取代宋入主中原，就是夷狄僭越中国，其政权便不具有合法性。显然，这在理论上就否定了元朝皇权存在的合理性。既然元朝已经被论定为非法的政权，士人就没有必要为之效力，这就是为忠臣义士坚守儒家之道和保持高尚民族节操提供了精神动力和情感基础。谢翱的这些乐歌所寄予的孤臣孽子之心也就在于此。

总之，谢翱重构已经失衡的儒家之道，既体现了宋儒自觉承担为天地立心、为往世继绝学、为万世开太平的强烈历史责任感，又将为天地立心具体落实到活生生的人类个体的层面上，尤其关注社会关系中人伦之情在整个封建专制统治中的重要性，实现了由程朱理学情与理二元对立向情理互融方面的倾斜，这就纠正了程朱理学的偏颇之处。同时，我们应当看到，谢翱对人伦之情关注的终极关怀仍然是为维护封建统治阶级利益服务，这与程朱理学并无

---

① 程敏政：《宋民遗录》卷四，《四库全书存目丛书·集部》，第 88 册，济南：齐鲁书社 1997 年版，第 474 页。

二致。

当然，谢翱对儒家之道的重构不是流于空言，游谈无根，而是以践行儒家之道、保持民族气节的实践为基础的。

二、谢翱诗歌的艺术美

谢翱是宋元之际诗歌艺术成就极高的一位诗人。他的诗歌上溯汉魏、中唐，比较广泛地学习前人的诗歌艺术，融会贯通，形成了自己的艺术风格。

（一）谢翱诗歌艺术渊源

明人储巏说："翱之乐府诸体侣李贺、张籍，近体出入郊、岛间，古文则直溯柳柳州之派，其志洁，其行廉，有沉湘蹈海之风，是宜传也。"[①] 储氏之论已道出谢诗的取法对象为中唐李贺、张籍、孟郊、贾岛，这是不错的，但是，除此之外，谢诗还直接远溯到《楚辞》、汉魏晋古诗。

1. 直溯屈原、汉魏晋古诗

谢翱诗歌的艺术渊源，首先应当追溯到屈原。谢翱不但推崇屈原的诗歌艺术，而且敬重他的爱国主义精神和独立不迁的伟大人格，奉为楷模。他在《五日观潇湘图》中说："岂复怀沅湘，历舜愬往牒。江流物色改，看画泪承睫。仿佛旧居人，指点失故业。三户空鸟啼，九疑列如堞。"[②] 他之所以"看画泪承睫"，主要是因为屈原以身殉国的爱国精神引起了他情感的共鸣。后人也以屈原拟之："昔楚屈原伤其君之既死，忧其国之危亡，而《离骚》诸篇作焉。……今观粤人谢皋羽父所为《西台恸哭记》，盖亦恸斯人之云亡，闵亳社之既屋，义激于中，而情见乎辞，亦庶几屈原之志哉！"[③]

屈原在《离骚》、《九歌》中反复申明他的政治理想无法实现，受到压抑，即所谓"屈心而抑志"。于是，他借赋诗以陈志，"发愤以抒情"。楚亡后，他

---

① 储巏：《晞发集引》，程敏政《宋遗民录》卷二，《四库全书存目丛书·集部》，第 88 册，济南：齐鲁书社 1997 年版，第 456 页。

② 谢翱：《晞发集》卷五，孔凡礼等编：《全宋诗》卷三六九一，第 70 册，北京：北京大学出版社 1995 年版，第 44313 页。

③ 许元壬：《跋西台恸哭记》，程敏政《宋遗民录》卷三，《四库全书存目丛书·史部》，第 88 册，济南，齐鲁书社 1997 年版，第 464 页。

披发佯狂，浮游尘埃之外，行畔泽吟，舒泻愁思，伤国不再，沉江而死。他的忧愁有强烈的道德色彩，充满忧国忧民的感情，同时，又不乏独立不迁的孤独感，“举世皆浊我独清，众人皆醉我独醒”。与屈原相同，谢翱生逢宋元易代之世，亡国之痛积郁胸中，保持高尚的道德情操，不同流合污，自命“晞发道人”。同时的何梦桂对谢翱有知心之论，他说：

> 驾言晞发，将以浮游于世垢之外。濯之洧盘，晞之阳阿，适矣；抑知夫终朝采绿，而余发之曲局否乎？“首如飞蓬，高沐谁容”，其于《卫》国风之诗固命之矣；知我谓我心忧，不知者固谓被发行歌者同一调也。……折琼枝，结佩攘，吾非斯人之徒与而谁与？①

谢翱与屈原都有亡国之痛，都有独立不迁的高尚情怀。精神上的相通是谢翱接受屈原影响的情感基础。

谢翱也像屈原那样心中充满忧愁，赋诗言志，舒泻愁懑。他们作品中的情感也是一样的，都有浓郁的幽怨之情。可是，单纯的情感发泄不可能成为美的艺术，只有诗人将自己的情感和理性思考对象化、客观化并且创造出情韵悠远、情景交融的诗歌意境时，诗歌才具有美。屈原满腹的怨愤与牢骚却无法痛快地宣泄出来，于是用香草美人的比兴手法，借创造奇幻迷离的诗歌意境为寄托。谢翱就继承了屈原作品委婉悠远的风格。何梦桂早已指出了这一点：

> 晞发道人诗，原于骚。骚，盖古诗变风变雅之遗也。古诗怨而不伤，而骚近之怨，非诗之正声也。商之声直以肆，周之声和以柔，一变而为《国风》，再变而为《黍离》，甚矣，而骚又甚矣。道人诗，盖骚之墨守也，故其诗思远而悲，徵而不讦，而辞称之。②

何梦桂认为，谢翱诗接近骚之怨，却无直以肆之病，它“思远而悲，徵而不讦”，具有委婉隐约的特点。至于委婉悠远的具体表现，后文将有专论，此处

①② 何梦桂：《潜斋集》卷二，李修生等编：《全元文》卷二四九，第8册，南京：江苏古籍出版社1995年版，第98页。

从略。

谢翱有深沉的爱国之情和强烈的民族自尊感，为了躲避元蒙统治者的迫害，他不得不以婉转委曲的方式含蓄地表达自己的情感。如《芳草怨》云：

> 湘云离离沉晓月，疏麻夏死白水发。传芭楚女辞帐中，夜逐霓旌南过越。荆岑越峤殊百草，恨结柔丝香不老。红英捣盐实斧创，青子满地枝如扫。刺桐树朽猩猩在，佩杂芳蕤散秋海。乡来青凤食花去，瞻望灵均涕零雨。[①]

湘云离离、晓月沉沉，楚女辞帐，愁怨满腹，诗人创造了凄婉的境界。在这境界中，斧创红英，青子满地，芳蕤散海，美好的事物备受摧残，以含蓄的比兴、幽怨的语调、舒缓的语气，含蓄隐约地表现了诗人胸中的愤懑不平。

就艺术表现而言，谢翱继承了屈原辞的气势宏伟、力度强劲的崇高美。而这种风格美主要是以质朴本色、刚健有力的语句构成诗歌的骨架，辅之以动态的叙述。屈原的感情常常借助叙述自己的行动表现出来，如《惜往日》以自己初被信任，而后怀王听信谗言疏远自己，卒见流放的遭遇来叙事，情感随着叙事的展开而起伏变化，语言质朴刚健。谢翱的《广惜往日》也运用这种抒情方法。诗云：

> 汉有臣兮龚胜卒，噤不食兮十四日。今忍饥兮我复渴，道间关兮逾半月。幸求死兮得死，苟不得兮无术。凤笙兮龙笛，燕群仙兮日将夕。风吹衣兮珮萧瑟，骏龙兮廖天，行成兮缘毕。[②]

这首诗以充满感情的叙事为主，叙述谢枋得绝食十四日的经过，随着事情的叙述，感情渐趋激烈，结尾五句又转入了超现实的升仙，赞美他气节长存，感情又趋隐微。语言雄健有力，富有变化。

---

① 谢翱：《晞发集》卷三，孔凡礼等编：《全宋诗》卷三六八九，第70册，北京：北京大学出版社1995年版，第44290页。

② 谢翱：《晞发集》卷四，孔凡礼等编：《全宋诗》卷三六九〇，第70册，北京：北京大学出版社1995年版，第44308页。

谢翱接受汉魏晋古诗的影响主要体现在幽微遥深的诗歌意境方面。汉魏晋古诗常常按照感情的起伏变化节奏来结构诗歌，让读者在回环往复的抒情方式中从不同方面来领悟、体验诗人情感的丰富性、复杂性。《古诗十九首》、《行行重行行》就是将过去、现在与未来形成对比，又将“我”与对方作比较，情感在两个比较中回环往复。谢翱的《春江曲》也是如此，诗云：

妾身生长临江边，幼嫁酒家学数钱。自从夫婿去为贾，别妾初下武昌船。涔阳归雁不寄影，巂州书到已三年。别时梦指水为誓，惟有海凫见妾泪。愁抛锦字下中流，却见海凫泪如水。①

这首诗的情感也是随着人物的行动、思绪的变化而变化的。主人公先回首往事，由初嫁至别离，再到行单影只、思念丈夫的现实，这是按照时间顺序展开的顺时性情感流动。在别后三年的现实性情境却又插入了别时指水为誓、海凫见妾泪的梦境，更显出思念之情的炽热。“愁抛锦字下中流”这一细节写出思妇的无奈、故作排遣，但结尾“却见海凫泪如水”既与梦中之境回映，又宕开一笔，反衬思妇思念情感更趋强烈。有了这种穿插和回映，整首诗就显得深情绵邈，一波三折。

可见，谢翱诗歌最直接得益于屈原、汉魏晋古诗是以动态叙事来抒情，创造回环流动、深情绵邈的艺术美。这种例子还有许多，如《琼花引》、《短歌行》、《楚女谣》等。

2. 李贺、张籍

谢翱受李贺、张籍的影响主要体现在乐府体诗上。谢翱得之于李贺的主要是虚幻奇异的超现实境界与超越时空、自由跳跃的艺术表现手法。李贺是中唐独具个性的诗人，他善于将对社会、现实、人生的思考、感受通过创造虚幻瑰奇、光怪陆离的境界体现出来，善于捕捉和驱遣怪诞的意象，而且总是将它们置于超现实的时空中来表现。其《李凭箜篌引》一诗的空山凝云，江娥啼竹，昆山玉碎，芙蓉泣露，石破天惊，瘦蛟跳舞，这一系列的意象是何等的光怪陆

① 谢翱：《晞发集》卷三，孔凡礼等编：《全宋诗》卷三六八九，第70册，北京：北京大学出版社1995年版，第44290页。

离，它们之间的联系打破了固有的时空局限，不拘常格。

谢翱深得李贺诗的精髓。他的许多诗也有虚幻瑰奇之美。如《文房四友叹（并序）》云：

> 昆吾莫邪轻毛锥，平生故人皆引去。剡溪之皙绛邑黔，独与石君作一处。中书间起免冠谢，辄被溺冠仍谩骂。见几自愧后穆生，正恐髡舂不与赦。有时怒发竖相如，熟视蒙恬挽其须。泓尤论弃敢自爱，老龟支床息犹在。荆山风雨朝暮号，璞在吾怀足何罪。恨不雪耻酬诸姬，背水一战汉为池。楮生不改旧边幅，三褫何但高阁束。客卿骑项百折磨，犹恐玄能赤吾族。此时不平义重生，阳城裂麻欲死争。平生国士立桥下，誓死守此漆身哑。①

这首诗是借文房四友沦落四方、足折顶秃的不幸遭遇来反映宋元之际剧烈的社会变动以及由此带来的各种人生悲剧。开头四句是说四友沦落，中间是说四友所遭受的各种不幸遭遇，后四句说四友坚贞不渝、誓不屈服的斗争精神。整首诗虽然以时间顺序，显得有条不紊，但中间遭受怒骂，与主人冲撞，与蒙恬、相如相处不睦，又插入荆山风雨、卞和献璞等事，接着又写被束高阁，犹恐遭害，忽此忽彼，迷离惝恍，跳跃性极大，几乎不知所云。意象的奇特、意象之间的跳跃恰好体现了诗人奔腾不息的激情和难以言状的郁闷、愤怒。这与李贺的《杨生青花紫石砚歌》在构思、表现方法上有相同之处。但谢诗借四友沦落来反映社会现实以及自己坚强不屈的精神；而李贺诗则抒发怀才不遇、备受压抑的苦闷，两者思想境界有别。再如：

> 仙客五六人，月下斗婆娑。散影若云雾，遗音杳江河。其一起楚舞，一起作楚歌。双执铁如意，击碎珊瑚柯。一人夺执之，睨者一人过。更舞又一人，相向屡傞傞。一人独抚掌，身挂青薜萝。夜长天籁绝，宛转愁

① 谢翱：《晞发遗集》卷上《近稿杂诗》，孔凡礼等编：《全宋诗》卷三六九二，第70册，北京：北京大学出版社1995年版，第44336页。

奈何。①

这是借神仙的愁闷起舞委婉抒发自己及友人的亡国之悲，与李贺的《瑶华乐》借神话境界反映现实生活是十分相似的。其他如《玉尘尾》、《鸿门宴》、《观水》、《句章见月食》、《樊夫人上升词》、《飞仙引游沃州水帘谷作》、《秋风海上曲》等，也都受到李贺诗歌的影响。

如果说谢翱得益于李贺诗之奇的话，那么他得之于张籍的则是平淡，是浅语情深。张籍的乐府诗在结构上多运用前后对照的手法，结尾常常与前面所展现的诗歌内容、所塑造的形象不同，故意宕开，形成结构的张力，扩大诗歌情感的表现空间。谢翱现存的有明确标志的拟张籍乐府诗也能达到平淡中见奇崛的艺术境界。如《乌栖曲拟张司业》云：

> 吴宫草深四五月，破楚门开乌啼歇。美人军装多在船，归来把弓堕弓弦。越罗如粟越王献，宫中养蚕不作线。辘轳出屋井水浅，栀树花萎子如茧。乌栖乌啼宫烛秋，越女入宫吴女愁。②

前八句描写吴宫兴盛繁华，而结尾两句却宕开一笔，以“越女入宫吴女愁”作结，讽刺了统治者穷奢极欲的生活。在结构上构成了前后对比，避免了平铺直叙、一泻无余之病，在平淡中见奇崛，情感的空间进一步扩大。这与白居易卒章显志的结构迥然不同，是张籍乐府诗惯用的结构手法。其他如《山中曲拟张司业》也是如此。谢翱还有拟张籍的同题之作《废居行》：

> 胡马崩腾满阡陌，都人避乱唯空宅。宅边青桑垂宛宛，野蚕食叶还成茧。黄雀衔草入燕窠，啧啧啾啾白日晚。去时禾黍埋地中，饥兵掘土翻重重。鸱枭养子庭树上，曲墙空屋多旋风。乱定几人还本土，唯有官家重作主。③
>
> 海涛翻空秋草短，白蛇入窠啖雀卵。经年废屋无居人，孕妇夜向船

①② 谢翱：《晞发集》卷五，孔凡礼等编：《全宋诗》卷三六九一，第70册，北京：北京大学出版社1995年版，第44313页。

③ 张籍：《废居行》，《全唐诗》第三百八十一卷，北京：中华书局1960年版，第4291页。

中产。归来多雨臼生鱼，穴虫祝子满户枢。邻家置屋供官役，买得沂王园令宅。[①]

这两首诗都以废屋的变迁来反映战乱给人民带来的灾难，有很强的现实性，创作精神是一致的。它们都注重描写真实、细致的生活实景：张诗中的都人避乱、青桑野蚕、黄雀如巢、禾黍、饥兵、鸱枭、空屋，谢诗中的海涛秋草、白蛇啖卵、孕妇夜船生产、多雨臼生鱼、穴虫满户枢，无不真切、具体而又典型地再现了战乱后民生凋敝的萧条景象。结尾，两首诗都别开生面，笔锋转到废屋易主，与前文形象形成鲜明对比，激愤的情感充溢其间，但又显得极为含蓄、内敛。无论从内容上还是结构上，两诗都有明显的继承因袭之迹。可见，谢翱学习张籍的新乐府诗是从创作精神和表现艺术两个方面同时进行的。故而，谢诗也就能深得张籍诗的创作精髓，登其堂，入其室。

不过，谢翱学习张籍的语浅情深，着眼点仍然是出奇，平淡中有奇崛，侧重在结构的变化，避免单一、呆板之病。在这一点上，与学习李贺之奇境两者结合起来。如《明河篇》云：

牵牛夜入明河道，泪滴相思作秋草。婺女城头玩月明，星君冢上无啼鸟。天寒露净沾衣巾，明河倏化为白云。云飞婉婉秋在水，石压槎头海烟起。[②]

牵牛滴泪的神话境界与婺女玩月的现实世界融合，现实世界的一切，寒露、白云、石头、雾霭与神仙境界叠加起来，虚与实难以分辨，这种诗歌境界显然是受李贺诗的影响。环境的清幽、明净都描写得细致、真切，最后一句又宕开一笔，富于变化，不乏张籍之迹。这样，谢翱就创了一个清幽、绵邈而又富有神话色彩的诗歌意境，有词旨隐微、言近旨远之美。

3. 孟郊、贾岛

谢翱对孟郊、贾岛的接受主要表现在五言古诗上。孟郊诗常常以白描手法

---

① 谢翱：《晞发集》卷三，孔凡礼等编：《全宋诗》卷三六八九，第70册，北京：北京大学出版社1995年版，第44290—44291页。

② 同①，第44294页。

描绘事物，在构思上力求深透奇警，避免平近熟滥。贾岛诗也多咏自然界幽僻之境，苦吟求新。如：

> 岩岩百尺屋，山鬼寂四壁。独抱震余桐，横此风中石。梦见一道者，手持青瓦砾。谓此有至音，士人不能识。粟尘起嵯峨，沧海寄一滴。语罢失其处，觉来空叹息。摄衣起楚歌，断弦如裂帛。悬藤月露深，蛟龙舞其侧。
>
> （谢翱《岩居效贾岛》）①
>
> 落叶昔日雨，地上仅可数。今雨落叶处，可数还在树。不愁绕树飞，愁有空枝垂。天涯风雨心，杂佩光陆离。感此毕宇宙，涕零无所之。寒花飘夕晖，美人啼秋衣。不染根与发，良药空尔为。
>
> （谢翱《拟孟郊体七首》之四）②

前一首，高高的石屋，四周的寂静，恐怖的山鬼，风中孤峭的桐树，摄衣起歌，露中的悬藤，以及中间插入道人手持瓦砾的梦中幻境，这一切都显得那么幽僻、那么奇险、那么怪异，自是贾岛本色。后一首是抒发诗人亡国后精神无所归依的孤独意识和痛苦感情。前六句用白描手法，不假涂泽，不用典故，便能描绘出一幅秋风萧瑟的荒凉景象，穷形尽相。在造语上，“不愁绕树飞，愁有空枝垂”，“寒花飘夕晖”，力避平熟，精警透辟，颇得孟郊诗硬语盘空、矫激拗峭之美。

谢翱学习孟郊、贾岛并不是亦步亦趋地模仿，而是有所创新。他的诗得郊、岛之苦吟锤炼、务求新奇的特点，又有自己的个性。他将具体切近的景物描写与精巧的构思结合起来，创作出虚实相生的艺术境界。如《观水》诗云：

> 积阴生蹙雨，野水学江流。对屋见灯火，相望南渡头。浮槎到高树，白鼋起沧洲。变怪若不测，神功安能尤。稍退见涯涘，及来痕沫收。崩畴

①② 谢翱：《晞发集》卷五，孔凡礼等编：《全宋诗》卷三六九一，第70册，北京：北京大学出版社1995年版，第44316页。

出白石，隐隐如博投。水杨洗荒根，素发生古愁。见此倏若化，故流还胶舟。荒源不可诘，欲尽山云求。①

从结构上来说，这首诗以诗人的所见所感为线索，描绘山间水势的浩大，水势滔天、浮槎高树、白鼋跃起、素发生愁等奇幻怪异的虚景与对屋灯火、崩畴出石、水杨冲洗等幽僻实景互相叠加，共同呈现于同一空间，但从诗歌整体来看又按照隐含的时间性顺序向前发展。这种时空交相为用的结构方式是十分新奇、精巧的。就描写景物看，无论是客观存在的实景，还是作者想象的虚景，诗人都能做到求新求奇，不落俗套。可见，谢翱诗学习郊、岛最主要的是继承他们追求奇险、创新求变的精神，而不是为求新奇而新奇，故作惊人之语。

总之，谢翱接受前人的影响也是多元的，但归根结底，他对前人诗歌创作经验的汲取有两种主要趋向：一是就诗歌艺术意境的创造而言，他追求诗歌幽微隐约与新奇超俗的统一；二是就诗歌的精神性内涵而言，他更多的是学习前人独立不迁、傲岸挺拔的铮铮骨气。这种道德情感和诗歌艺术的有机统一，就构成了谢翱诗的独特个性。同时，我们还应当看到，谢翱学习唐人、直溯屈原、汉魏的审美取向，与当时的诗歌审美取向有所不同。以盛唐为宗，实现诗歌创作由宋调向唐音的复归是南宋中后期的重要思潮之一。不过，随着时代、社会等历史环境的发展，个人的师法对象也是不同的。一些隐居山林的南宋遗民多取法王维、孟浩然等人清新淡远之风，更多的忠臣义士或遗民诗人多继承杜甫的诗史精神，与他们不同，谢翱则取法中唐李贺、张籍、孟郊、贾岛之求新求奇的创造意识，这不能不说是谢翱的独特追求使然。

（二）谢翱诗歌的含蓄美

谢翱的诗歌以题材和思想取胜，他还为其丰富的思想性格、情感找到与之适应的多方面艺术风格，其中主导风格是委曲幽远、含蓄蕴藉。任士林所谓“所为歌诗，其称小，其旨大，其辞隐，其义显，有风人之余，类唐人之卓卓

① 谢翱：《晞发集》卷四，孔凡礼等编：《全宋诗》卷三六九〇，第70册，北京：北京大学出版社1995年版，第44306页。

者”（见前引）就指出了谢翱诗的这个风格特点。具体体现在以下几个方面。

首先，他常常极力压抑悲愤郁闷之气，减缓强烈情感所形成的怒张之力，使之有节制。谢翱生逢乱世，经历着多种情感的煎熬，尤其是宗社倾覆、文天祥就义之事，这些痛苦时时啮噬着诗人的心灵，发而为诗、为文，悲愤之情溢于言表。诚如张丁所言：“箕子痛殷亡，过故墟而欲泣焉，以为近于妇人，乃作《麦秀》之诗以歌咏者。歌咏者，忧宗社之音也。今翱之恸哭西台也，又岂异于箕子欤？且翱在胜国时，无禄位之寄，及运穷物改而能恸夫知己以及于国，迹之异于箕子也。然则，居箕子之位者，乃反不见其歌而亦不见其恸也，其本心已何如哉？秉贞尚义以能发乎中心之愤愤者，非翱其谁欤？”[①] 张丁指出谢翱《西台恸哭记》与箕子之诗同为悲社稷倾覆之作，且都充满了慷慨悲愤之气，这是不错的。岂止《西台恸哭记》之文如此，作于同时的《西台哭所思》也是这样。无论是诗还是文，谢翱都极力控制自己的感情，不使其胸中郁勃之气肆意而行。其诗云：

> 残年哭知己，白日下荒台。泪落吴江水，随潮到海回。故衣犹染碧，后土不怜才。未老山中客，唯应赋八哀。[②]

泪落吴江，与潮水相汇，言其悲痛之强烈，“后土不怜才”由哭人转到哭国，感情沉痛却不张扬。其他的如《除夜闻雷》、《过杭州故宫》、《书文山卷后》也都属这种风格。

其次，谢翱常常把自己对社会、人生的思考和认识寄托在所咏之物或所塑造的诗歌境界中。谢翱的咏物诗大多都有寄托，做到以小见大、因物托意。如：

> 冷艳清香受雪知，雨中谁把蜡为衣。蜜房做就花枝色，留得寒蜂宿不归。

---

① 张丁：《跋〈西台恸哭记〉》，程敏政《宋遗民录》卷三，《四库全书存目丛书·本部》，第88册，济南：齐鲁书社1997年版，第463页。

② 谢翱：《晞发集》卷五，孔凡礼等编：《全宋诗》卷三六九一，第70册，北京：北京大学出版社1995年版，第44321页。

（谢翱《蜡梅》）[1]

后土祠前车马道，天人种花无瑶草。英云蕊珠欲上天，夜半黄门催进表。酒香浮春露泥泥，二十四桥色如洗。阴风吹雪月堕地，几人不得扬州死。孤贞抱一不再识，夜闻阆风晓无迹。苍苔染根烟雨泣，岁久游魂化为碧。

（谢翱《琼花引》）[2]

前一首借蜡梅经历严寒冰雪仍然花色鲜艳寄托了诗人自己的品格，人愈是经历困苦和磨难，愈应该保持高尚的道德情操，蜡梅的形象与诗人自我形象融而为一。后一首借琼花遭受冰雪摧残却不屈服的品格赞扬抗元斗争中扬州死难的烈士们。琼花是扬州的象征，据传说，扬州被元军攻破，屠城后，琼花枯萎，花与人一样都有灵性，咏琼花的游魂化碧实际上也是赞扬烈士们的浩气长存。郑思肖的《心史》中也有咏琼花之作。这两首诗都是借具体可感的形象来暗示诗歌的象征义。其他的神仙题材或塑造神话境界的诗以及一些古诗也大多如此，如《楚女谣》、《樊夫人上升词》、《冬青树引别玉潜》、《句章见月歌》、《古别离》等。

再次，谢翱在一些诗中还善于创置能够引起读者联想和想象的充满暗示性的情境或结构来表现自己的主旨、情感，使诗歌富有韵外之致、味外之味。诗歌常常是按照事物发展或感情流动脉络来结构全篇的，诗中意象与意象之间，一个情境与另一个情境之间常常呈现线性的动态结构，像链条一样环环相扣。一些富有韵外之致的诗歌总是打破这种线性结构的连续性，选择最富有启示性的部分，造成意象之间、情节之间的跳跃性，给读者留下许多想象空间，让他们体悟诗歌境界所蕴含的言外之义。一般来说，这是唐诗的审美追求，宋诗则往往与此相反，宋诗常常是直露、显豁的。谢翱则自觉地向唐诗审美情趣回归。其《题酒家壁》、《山居》、《春闺词》、《雨中怨》等都具有这种特点。如其《子夜吴歌》云：

---

① 谢翱：《晞发遗集》（卷上）《近稿杂诗》，孔凡礼等编：《全宋诗》卷三六九二，第70册，北京：北京大学出版社1995年版，第44331页。

② 谢翱：《晞发集》卷三，孔凡礼等编：《全宋诗》卷三六八九，第70册，北京：北京大学出版社1995年版，第44292页。

玄发照秋水，茱萸香未歇。风吹夜合花，露湿衣上月。[①]

一个清秋之夜，皓月当空，清风徐徐，一个思妇伫立在秋水边，思念远方亲人。诗人仅仅摄取了这一情境片段，至于她如何来到水边，如何苦思、焦灼地等待，伫立月下有多久等等，诗人都略而不写，但"露湿衣上月"之"湿"已暗示思妇等待之久，而"风吹夜合花"之"夜合花"这一意象又昭示着她此时渴望与亲人团聚的情感微澜。这首诗辞少意足，有无穷之味。如《山居》：

宿火石中取，人烟隔断霞。盗侵邻壤粟，女寄外翁家。野树刺生叶，枯松藤缠花。老翁头未白，相对话天涯。[②]

这首诗写隐居山中生活。诗人描写了钻石取火、野树枯松、人迹罕至的生活环境，又写到盗贼蜂起的动乱局面和家贫无以养女的生活现实。面对这种贫穷、动乱、清苦的隐居生活，老翁却好像浑然不觉，依然谈笑自若。读者在这两组意象的对比中，体会到老翁已经超越了尘世生活的种种束缚，获得了精神自由，也反映了宋元之际隐居山林的遗民们高尚的道德情怀。全诗语浅情深，韵味无穷。

以上三点是谢翱诗歌含蓄蕴藉艺术风格的主要表现手段。这三种表现手段是既有区别，又有密切联系。在有的诗里，这三种手法可能同时并存，难以具体划分。谢翱追求诗歌的含蕴隐约不是他的首创，这不过是他有意识遵守温柔敦厚传统诗教观和向唐诗审美观回归的体现，同时也与元朝统治者所实行的文化专制有密切关系。谢翱为躲避元人的迫害不得不将自己的满腔悲愤以委婉含蓄的方式表达出来。可以说，谢翱诗的含蓄隐约是受传统和现实双重因素制约的。

第五节　林景熙的诗歌创作

林景熙（1242—1310），字德旸，浙江温州平阳人。三十岁时，由太学上

① 谢翱：《晞发集》卷三，孔凡礼等编：《全宋诗》卷三六八九，第70册，北京：北京大学出版社1995年版，第44290页。

② 谢翱：《晞发遗集》(卷上)，《近稿杂诗》卷六，孔凡礼等编：《全宋诗》卷三六九二，第70册，北京：北京大学出版社1995年版，第44335页。

舍生释褐。初为福建泉州教授，历任礼部架阁，转从政郎。1278 年，他曾与谢翱、唐钰、王英孙等人一起收敛被盗墓后散落在草丛中的南宋先帝的遗骨，埋葬在会稽兰亭山上，并移植冬青树种在皇陵上边，以资区别。宋亡后，他隐居家山，漫游吴越。他的现存诗歌作品保存在《白石樵唱》中，共三卷，成就极高，成为宋季有代表性的诗人之一。

一、林景熙的自我审视

审视自我是林景熙人格的重要因素之一。不论社会现实多么黑暗，政治多么腐败，百姓生活多么疾苦，也不论是隐居还是漫游，他都敢于表达自己的情感，正视自己善与恶、美与丑、积极与消极等因素并存的复杂的心灵世界。

正视现实首先是正视自己的内心真实。人的内心世界是极为复杂的，往往是善与恶并处，人性的崇高与卑微杂陈。有的人想方设法为自己辩护，掩饰自己的丑恶灵魂，方回就是如此。林景熙则不然，宋亡前，林景熙做官时间不长，官职卑微。他三十八岁时南宋就已经亡国了，出仕与隐居的矛盾摆在了他的面前。出仕新朝就意味着丧失民族气节，但可以获得荣华富贵；隐居山林则意味着贫困穷苦，经过一番思想斗争后他选择了后者。《南山有孤树》一诗是其现存最早的作品，云：

> 南山有孤树，寒鸟夜绕之。惊秋啼眇眇，风挠无宁枝。托身未得所，振羽将逝兹。高飞犯霜露，卑飞触茅茨。乾坤岂不容，顾影空自疑。徘徊向残月，欲堕已复支。①

寒鸟在高飞与低飞之间徘徊，感到宇宙之大却无所适从，欲堕复支，经过艰难的选择后它重新振起。林景熙借寒鸟自明心迹，表达了自己绝不仕元的民族气

① 林景熙：《霁山集》卷一，北京：中华书局 1960 年版，第 1 页。按：此诗与黄庚诗《古意》无论就其结构还是诗歌意象都有明显的相同之处，尤其是两诗都有“风挠无宁枝”，“托身未得所”，“高飞犯霜露，卑飞触茅茨。乾坤岂不容”几句相同的诗句。不过，结尾明显不同，林景熙诗中的寒鸟虽曾徘徊但最终却重新振起。黄庚诗中的寒鸦只是顾影伤悲，无所适从。两诗都符合各人的思想。至于两诗为何会有许多相同的诗句，留待后考。

节。林景熙达到的思想高度，其他的忠臣义士也都能达到，但他的可贵之处就在于他毫不掩饰自己的思想的矛盾性，敢于剖析自己灵魂深处的隐私，真实地反映了自己艰难选择的思想状态。

林景熙归隐山林的主要动机是拒不仕元、坚守民族大义，这是毫无疑问的，有《商妇吟》、《故衣》、《读文山集》、《妾薄命》等诗为证。但是，在一些诗中也流露了畏祸全身、明哲保身的消极思想。在《寄四明陈梀阳》一诗中，他说：

> 高人谢世纷，诛茅在绝壁。十年不下山，旧路掩深棘。出门复踯躅，触步有崩石。下临千仞渊，毒鳞正纷籍。腥风鼓洪涛，石齿鸣咋咋。失势倘一落，万绠那可及。不如息我躯，猿鹤与朝夕。①

高人为了逃避社会的险恶而远离尘世，林景熙的避世不能不说也有这种因素，他与猿鹤为伍、息身离世就是出于“失势倘一落，万绠那可及”的畏祸全身心理。

在长期的隐居生活中，人性中的消极因素时有抬头，尤其是晚年，在与一些道士的应酬诗和题咏仙迹的诗中这些消极思想都有流露。如《半云庵》云：

> 天地等蘧庐，结庐复何事。一间亦寄耳，况乃寄所寄。我身正似云，与此适相值。买邻不用钱，平分有余地。岂不爱专壑，孤立圣所惧。平生志八荒，泽物乃吾素。我行云不随，云行我复住。出处两何心，得非以时故。②

他深刻地认识到，人不过是宇宙间的匆匆过客而已，随着世事的变迁，孤独无依之感也时有出现，平生的兼济之志也如云一样飘逝远去了。在这种人生如寄的思想影响下，他滋生出了企羡神仙、崇尚虚无的思想。尽管这是经历了人生沧桑巨变后的特有心情，是可以理解的，但也不能不说，这是人性弱点的

---

① 林景熙：《霁山集》卷三，北京：中华书局1960年版，第88页。

② 同①，第86页。

显现。

林景熙不仅审视自己的灵魂，而且还正视社会的丑恶和人性的弱点。一方面，在归隐山林后，林景熙直面现实人生，敢于反映现实社会中普通人民的痛苦生活。他归隐山林却并未忘怀尘世，仍然时刻关注人民的生活疾苦，在其《赠泰霞道士祈雨之验》、《浙中饥甚六月一日雨颇慰》等诗中表现了他对人民的关怀。实际上，对民生疾苦的关注来源于儒家的仁爱思想，也是对人类生存状态的关注。另一方面，指斥屈节仕元者的丑恶灵魂。宋末一些士大夫腐朽颓靡、寡廉鲜耻是十分突出的，当元兵长驱南下时沿路的一些官员纷纷开城投降。《秦吉了》、《孙供奉》等诗通过义禽和李陵、冯道的对比揭露和抨击了那些甘心屈膝事敌的叛臣贰将。《孙供奉》云：

> 绯衣受天恩，日瞻唐殿驾。朱三而何为，欲使两膝下。皤皤长乐老，阅代如传舍。[①]

义禽尚知服节死义，那些堂堂将相竟然临阵投降、偷生事敌，真是廉耻丧尽。这是对叛臣人性丑恶的无情批判。

自我审视和正视社会是林景熙正视现实不可分割的两个方面，前者是内敛的，后者是外向的。它们互相影响，都建立在对人性的审视和关注的基础上，而对人性的自我审视与关注又离不开人类理性精神的觉醒。林景熙并未故意掩饰自己的人性弱点和灵魂深处不符合成圣成贤规范要求的消极因素，勇于暴露自己内心的复杂性、矛盾性，展现了一个血肉丰满的真实的人。这与他对人性善恶之辨的独特理解有关。在《善吾精舍记》中，他说：

> 易曰：一阴一阳之谓道。继之者善也，成之者性也。生而后有性，未有性时已有此善，继之斯成之。孟子以利善之间分舜跖，原其初，跖岂不善于舜哉？吾一日之间，鸡鸣而起，孳孳为善，一日之舜也。又自一日而往，以至周天三百六十日，无不为善，一岁之舜也。又自一岁之日而往，以至三万六千，岁岁之日，无不为善，终生之舜也。终身为舜不为跖，由

---

① 林景熙：《霁山集》卷一，北京：中华书局1960年版，第2—3页。

是体受归全，归形气之全与父母，归性之全与天，吾毫发无遗憾，何适不善？善吾初也，吾不失吾之善，而非有以善吾也。其言以知道，未深于道也。故不若洙泗之言为正，朝而闻生此道也，夕而可息，亦此道也。从心而行，乘化而尽，与道消摇，吾何知焉。[①]

林景熙认为，人性之善与恶同时存在，此消彼长，人之初本没有善与恶之别，最初一念为善且日日养成之则终生为善，终生为舜。反之亦然，最初一念为恶且日日为恶，则终生为恶，终生为盗跖。人应当超越善与恶的分界，达到“纵心而行，乘化而尽，与道消摇”的境界。很显然，他受到老庄等生死、齐荣辱、泯善恶思想的影响，这在一定程度上超越了儒家人性善与恶的界限，成为他审视自己人性弱点的思想基础。

既然人的性善与性恶的界限是可以超越的，那么由人性善恶所决定的喜怒哀乐等感情也是可以并存的，只要出于人之本性的自然流露，就是合理的。在《王修竹诗集序》中，他说：

诗一言以蔽之，曰思无邪。无邪者，诚之发，当喜而喜，当怒而怒，当哀而哀，当乐而乐，匪风、下泉之思是也。《大序》言变风，发乎情，止乎礼义。不变者，犹于变中求之，谓非丰镐遗泽可乎？[②]

他对孔子的“思无邪”做了重新诠释。在他看来，诚就是喜怒哀乐之情自然而又真实的流露，出之于人的内心深处的真实性情，便是思无邪，也就能够符合儒家诗教的要求。既然是诚，那么真实而不虚伪是其最基本的前提，林景熙注重在诗歌作品中全面地反映诗人的思想感情，不隐恶，不饰美。

二、林景熙的审美观物方式

林景熙审美思想深受老庄的影响，最突出的表现即是他主张“素心”，这

① 林景熙：《霁山集》卷四，北京：中华书局1960年版，第108页。
② 林景熙：《霁山集》卷五，北京：中华书局1960年版，第127—128页。

与老子的返璞归真、庄子的心斋与坐忘思想有一定的相通之处。

庄子的心斋、坐忘是认识道的基本途径和方法，它要求人必须无知无欲、绝圣弃智，进入一个淳朴自由、澄明寂静的“大明”境界。只有这样，人才能进行审美观照。受此影响，林景熙主张人在审美观照时应当有素心：“几凭水驿传芳信，只许沙鸥识素心”①，“解后如相问，凭君道素心”②。这里的“素心”指的是素朴的心，未受文明教育和礼仪束缚的心，它是人之初始的、自发的心理状态，与李贽的童心说有些相似。不过，童心说是为了批判封建礼教而提出的，它植根于阳明心学，而林景熙的素心说则来源于老庄的返璞归真思想。

林景熙认为，素心常常与得真、守拙联系在一起。在《用拙为金罍徐氏赋》中，他说：

> 久知拙无用，饰巧以相贤。……不见百围栎，濩落终天年。岂其弃匠石，无用用乃全。孔门七十子，愚鲁承禅传。冲质抱元素，神工谢雕镌。续凫而刻马，适以戕其天。③

拙的含义比较复杂，作为人生境界而言，它与老子“朴”的意义相通，是指未曾沾染礼法和智巧的淳朴人性。得真就必须抛弃礼法和私心，保持得之于自然的天地之性，正所谓“方寸不自灵，柄为冥漠据。弧矢启战争，书契长奸伪。缅思未画前，标枝无一事。日月自循环，全易在天地。所以负苓人，因之发长喟”④。就这一意义上来说，它又与真联系在一起，“行窝随处乐，聊自得吾真”⑤。真与世俗礼法相对立，保全自然本真之人便可随处得乐。庄子所谓“法天贵真”就是此意。“守拙”、“得真”即保持人类自然的本性，使它免受礼教的约束或外物的萦绕。从艺术表现层面上来说，它指以质朴自然的语言真率而又自然地抒发自己的感情，追求一种平淡的自然美，反对刻意地雕琢，“冲质抱元素，神工谢雕镌。续凫而刻马，适以戕其天”就说明了这个道理。

---

① 林景熙：《渔舍观梅》，《霁山集》卷二，北京：中华书局1960年版，第46页。

② 林景熙：《薛德之之江东简熊西玉诸公》，《霁山集》卷三，北京：中华书局1960年版，第93页。

③ 林景熙：《霁山集》卷二，北京：中华书局1960年版，第68页。

④ 林景熙：《原易》，《霁山集》卷二，北京：中华书局1960年版，第67页。

⑤ 林景熙：《寄怀》，《霁山集》卷二，北京：中华书局1960年版，第40页。

如何才能达到“守拙”、“得真”的素心之境呢？林景熙提出了由实返虚的思想。在《虚心堂记》中，他说：

> 惟虚心故能应物，虽无物不应，而若未尝应，不留物也。应物而物不免留，留则有迹，岂所谓虚？如雁过渊，渊无留雁之情，而雁无不见之影，岂为渊哉？众物妍丑，毕陈于镜，镜未尝拒，亦未尝留，倏然而空，镜体故在，心犹是也。君试反心而观，方家世节麾，早扬仕路，赞猷奏最，其达而应物者何限。及柱折维裂，履运唏嘘，而以苍颜白发，往来残山剩水中，其穷而应物者又何限。回首六十年余，行藏舒敛，荣悴欣戚，则既与浮埃俱化，而本心独存。夫富贵者心骄，贫贱者心怵，骄与怵据而实之，去其实以还其虚，洞然八荒，皆我闼也，堂岂尺椽半席而已乎？老氏尝有虚心实腹之论，既欲其虚，又欲其实，何也？曰虚心似无物，实腹似万物皆备，言虚致实，其言最近理而少密，故差处亦在毫芒。[①]

在林景熙看来，心境之虚是应物的基础，虚与实是不可同时存在的。所谓心中之实就是指生活在社会中的人所面对的各种物质诱惑，如功名、富贵、贫困、世俗情感等物累、情累。去实返虚就是要抛弃各种外物的束缚，达到淡泊宁静、无知无欲、超功利的审美心境。在这种虚静澄明的境界里，心能吞吐万物，吸纳百川，熔铸众相。他认为，老子的虚心实腹之论近理而少密，主要是因为老子既想虚心又想实腹，虚与实兼备，这是不可能的。老子因过分尊重自然、尊重玄览而否定人的主观能动性，否定一切主客观因素的干扰。不过，林景熙强调审美主体纯客观地观照外物却从反面凸显了人心的主观能动性，这是他与老子的不同之处。

我们还需补充的是，林景熙观照外物的方式尽管深受老庄思想的影响，但也与邵雍的以物观物、二程性命自得思想有关。邵雍的以物观物“是以客体之方式把握客体而又不失主体之自由，转换成文学思维课题，便是体物而不失缘情之旨，再现客观真实而不失主观真实。”[②]二程的性命自得思想是道德修养达

---

① 林景熙：《霁山集》卷四，北京：中华书局1960年版，第110页。

② 韩经太：《理学文化与文学思潮》，北京：中华书局1997年版，第68页。

到极高境界的产物，因道德自满，人进入了神情自怡、光风霁月的境界。林景熙显然有融合两者的倾向。在《长至日》中，他说：

> 观物闲中得化机，相随野鹤立多时。遗编蠹老芸空辟，旧念灰寒管不吹。夜气清明非药鼎，春风消息在梅枝。三杯美酒微微醉，细和尧夫击壤诗。①

人超越了各种物欲的束缚，进入了一个与天合一、与道相冥的境界，人的精神也呈现出自足、自乐的状态。此时，审美主体就可以返观自我，观照外物，达到主客、心物两忘的超功利之境。人不仅审美地观照万物，获得美的享受，获得与鹤相随、美酒微醉的审美愉悦；而且，也可以实现由观物形到观物理的飞跃，获得对造化之机即理的认识，从独傲严寒的梅枝上可以领悟到春天将临的自然变化之机。在这里，既有二程性命自得之际的自足自乐，又不乏邵雍物物相观的影响。当然，二程和邵雍又都深受老庄思想的影响。②

总之，林景熙的审美观物方式是去实返虚，通过提升、涵养心的修养境界使其进入一个无己、无我的境界，进而成为一个超越主客、物我的第二精神实体。这就突出了心的主观能动性，不乏心学影响之迹。

三、林景熙诗歌的风格

与去实返虚的审美观物方式相一致，林景熙着力创造诗歌意境的平淡悠远之美。他长期隐居故乡，漫游山清水秀的吴越风光，从自然景色中获得了美的享受，创作了大量的清幽平淡的诗歌作品，如《中和节》诗云：

> 柳下一瓢酒，湖风散积阴。晴舒生物命，春酝化工心。莺语调寒燠，花妆定浅深。悠然情性会，宇宙入孤吟。③

① 林景熙：《霁山集》卷三，北京：中华书局1960年版，第77页。
② 同①，第66—67页。
③ 林景熙：《霁山集》卷二，北京：中华书局1960年版，第40页。

春天里，柳枝袅袅，湖风阵阵，晴暖微熏，花儿色彩深浅不一，浓淡有别，万物呈现出无限生机，人沉醉其中，怡然自乐，悠然情致与造化之机融而为一，平淡自然，韵味无穷。

林景熙创造清幽平淡诗歌意境的方法多种多样。有些诗歌，常常选用一些平常意象，采用白描手法真实、具体、精确地描写景物，具有强烈的可视性。如上所引《中和节》一诗，柳枝、湖风、花儿等自然之景都是极普通的，人醉酒其中的生活情景也无出奇之处，但诗人娓娓道来，语淡情深，真实生动。再如《新晴偶出》云：

> 琴床茶鼎淡相依，偶为寻僧出竹扉。风冻松枝山雀语，雪消菜甲野虫飞。看花春入桄榔杖，听瀑寒生薜荔衣。古寺无人雪漠漠，溪行换得小船归。①

琴床、茶鼎、竹扉，寥寥几笔，勾勒了诗人的生活环境，风动松枝、山雀啾啾、冰雪融化、野虫飞舞、瀑布寒生、古寺寂静，富有画意，尤其是颔联写出山野间真境。元人章祖程评曰："此诗前联融景趣之妙，后联得句法之新，起结意圆而备，若一片图画而得其神者也。"② 确是如此。

林景熙的有些诗歌虽然刻画工细，却具有笔墨简净、逼真传神之妙。这是因为他能够从纷繁复杂的自然景物中选取最有代表性的或感受最深刻的部分加以集中描绘，使其具有典型性。如《山中早行》云：

> 短策穿幽径，山樵半掩扉。月斜林影薄，石尽水声微。一犬隔篱吠，孤僧何处归。相逢松下立，风露满秋衣。③

此诗描写诗人早行所见，小径曲幽，樵门半掩，月已西斜，林影斑斑，远方石尽处，溪水隐约可闻，隔着篱笆也不时传来阵阵犬吠声。虽然全诗画面的内容有些复杂，但它们都是诗人感受最深的，最能够集中体现山中早晨特征的自然

①② 林景熙：《霁山集》卷三，北京：中华书局1960年版，第99页。

③ 林景熙：《霁山集》卷三，北京：中华书局1960年版，第91页。

景象，尤其是诗人与风尘仆仆的孤僧相遇，更使全诗笼上了凄婉迷茫的情感氛围。诗人不作全景式的写生，却寥寥数笔便创造出了一幅清幽凄迷的山中早行图。

必须指出，在林景熙诗的平淡、悠远之中常常笼罩着凄婉忧伤的情感氛围，这与诗人所处的特殊时代环境有关。宋亡后，尽管他退隐山林，追求一种闲适恬淡的心境，但诗人胸中压抑已久的郁闷一旦受到周围环境的触发，便自然而然流露出来。对此，与林景熙同时代的方逢辰曾有极其精辟之论：

> 余惟诗所以道情性，盖直泄其中之蕴，而无待乎外者。然而骚人文士之得意处，每曰神助，殆思与境遇，而草木禽鱼，皆吾性情所寄以发。唐人张燕公守岳阳而诗益凄婉，得江山助也。德旸自雁荡游会稽，禹穸荒寒，云愁木怆，凭高西望，钱塘潮汐之吞吐，吴山烟霏之舒卷，纷感互发，凡以写吾郁陶者何限。故其诗凄婉，而幽以博，微以章，宛然六义之遗音，非湖海啸吟风月而已。①

方氏之论正道出了林景熙诗借山水风光等自然景象传达胸中不平之气、幽微中笼罩着凄婉情蕴的特点。如《溪亭》诗云：

> 清秋有余思，日暮尚溪亭。高树月初白，微风酒半醒。独行穿落叶，闲坐数流萤。何处渔歌起，孤灯隔远汀。②

日暮时分，诗人仍在溪亭边徘徊，高高的树顶上挂着一弯洁白的初月，落叶飘飘，流萤忽明忽暗，渔歌渐起，孤灯摇曳，这些意象看似十分清幽淡远，但从诗人半醉半醒中，从其踽踽独行、闲数流萤中，尤其是从悠长的渔歌和若明若暗的灯火中，读者自能透过凄迷的景色领悟出诗人的悠悠孤愤和侘傺不平的心情，语淡词婉，感慨遥深。

林景熙是十分推重陶渊明的，不过他对陶渊明的推崇侧重于陶的安于贫

---

① 方逢辰：《序白石樵唱》，林景熙《霁山集》附录二，北京：中华书局1960年版，第162页。
② 同①，第92页。

困，悠闲自适，善于从生活中领悟妙理，所谓“所以柴桑翁，浊醪有妙理”[①]就是如此。林景熙的确也能从生活中体悟到自然的妙理，其诗有的也能像陶渊明诗一样平淡悠远，但大多的诗作却与陶诗的平淡有别，林诗在平淡中有更多的雅健清刚的风格因素。章祖程称赞林诗“法度之精而严，格力之清而健”[②]，正道出了林诗的这一特点。上面所引的《溪亭》就是如此。又如其《山阴秋怀》诗云：

旧游浑似梦，短发不胜簪。风雨行金气，乾坤老铁心。舜田秋稗满，禹穴夕云深。正是登临懒，凄凉隔水砧。[③]

这首诗中的风雨交加，秋稗满田，暮云深深，砧声阵阵，都是极平常的。但“短发不胜簪”句源于杜诗，刻画了一个性格倔强、饱经沧桑的诗人自我形象，特别是“乾坤老铁心”句更显出诗人孤峭挺拔的人格美。章祖程评云：“皮日休云：‘宋广平贞资劲质，疑其铁石心肠。’此言天地肃杀，虽铁心亦老矣。意远而语健。”[④]所言极是。再如《初夏》云：

春归不知处，溪楝日初长。旧箧题诗扇，疏帘读易香。田蛙占水旱，海燕语兴亡。复恐闲愁起，听泉过石梁。[⑤]

溪边楝花初开，从旧箧里翻检出冷落多时的诗扇，疏帘内悠闲地读《易》，田野里青蛙似乎占测着初夏的旱情，这一切都是那么清幽、那么悠闲、那么自适。然而，诗人将笔锋轻轻一转，海燕好像在诉说着历史的兴亡，为了躲避闲愁，故作悠闲地去听泉。诗人将无法排解的胸中郁闷和亡国之痛故意以淡语出之，情韵兼备，语言淡而不弱，柔而有刚。

林景熙诗歌的又一风格特点是意蕴深远，他常常善于创造一种言有尽而意

① 林景熙：《王德辅邀饮新醅余与陈用宾老辄先醉坐上分韵得水字》，《霁山集》卷二，北京：中华书局1960年版，第71页。
② 章祖程：《题白石樵唱》，林景熙《霁山集》附录，北京：中华书局1960年版，第164页。
③④ 林景熙：《霁山集》卷三，北京：中华书局1960年版，第92页。
⑤ 林景熙：《霁山集》卷一，北京：中华书局1960年版，第22页。

无穷的境界。林景熙创造诗歌意蕴深远之境的主要方法就是托物寄意，把自己的思想情感通过描写客观景物表现出来。清人吴瞻泰就曾指出了林诗的这一特点："霁山先生宋末名儒，为诗沉雄凄婉，忠愤之气，无所寄托，而即物比兴，以泄其胸中之蕴。"①

他的《南山有孤树》、《孙供奉》、《商妇吟》、《萱花》等诗都在客观物象中寄托自己的主观感情或思想。再如《萱草》诗云：

> 近种鹿葱碧，初抽鹄嘴黄。千年入风雅，一草寄纲常。淡日堂前影，余春宫佩香。此时忧正切，对尔可能忘。②

诗人借萱草抒发亡国之痛，小小的萱草也被赋予寄托纲常的内涵。这些诗歌所托物小而所寄意深，正所谓"明出处，系人伦，感世变而怀旧俗者至矣"③。

托物寄意的基本前提是对物的描绘应当形神兼备。物的形相描绘是否真切、具体、可感，是否传神，直接决定着所托之意是否能够成功。林景熙的诗大多都能够把客观外物描写得生动传神。如《渔舍观梅》：

> 冷云漠漠护篱阴，潇洒苔枝出竹林。影落寒矶和雪钓，香浮老瓦带春斟。几凭水驿传芳信，祇许沙鸥识素心。回首西湖千树远，扁舟寂寞梦中寻。④

前四句篱边的梅花不畏严寒，傲雪开放，疏影斑驳，梅香四溢，好像能浮动老瓦，以简洁的笔墨描绘出寒梅的特点，逼真传神。后四句以虚笔传达出梅花的高尚节操，整首诗虚实结合，含蓄地传达出梅花的神韵美。

要描绘形神兼备的事物特征，关键就是灵活多样地运用赋、比、兴的手法。林景熙对赋、比、兴的运用是极其自觉的。在《王修竹诗集序》中，

---

① 林景熙：《霁山集》附录二，北京：中华书局1960年版，第176页。
② 林景熙：《霁山集》卷一，北京：中华书局1960年版，第22页。
③ 章祖程：《题白石樵唱》，林景熙：《霁山集》附录，北京：中华书局1960年版，第164页。
④ 林景熙：《霁山集》卷二，北京：中华书局1960年版，第49页。

他说：

> 赋核而该，比形而切，兴托而悠，三百篇之法度，宛然在焉。盖情性以发之，礼义以止之，博以经传，助以山川，老以事物，而岂一日之积哉。①

在这里，他进一步地指出了运用赋、比、兴的基本要求，那就是“赋核而该”，运用赋的手法应当抓住事物的主要特点来铺排，笔墨要简净、洗练；“比形而切”，运用比的手法应当准确地、真实地描绘事物的形相特点，不可浮泛飘忽；而“兴托而悠”则是指所寄托的主旨或情感要深远、情韵要悠远、要意在言外，不能浮在字面的意义上，浮浅无味。他认为，这才是诗三百篇的法度，遵循这个法度的最终目的就是要创造一个意蕴深远、含蓄不尽的诗歌意境。

在描写客观外物时，他灵活地运用赋、比、兴的手法，或通篇用赋，大肆铺排，极力描绘客观物象；或通篇用比兴，或一篇之中兼用赋、比、兴，通过对物象的描绘传达言外之意。如：

> 独占宽闲地，不知摇落天。山林犹古色，风雪自穷年。龟伏灵根寿，禽巢绝顶仙。栋梁非所屑，几见海成田。（《古松》）②
>
> 雷雹空山夜，髯蛟起石泉。乔阴无六月，老气欲千年。劚药人能寿，巢枝鸟亦仙。天风灵籁发，仿佛奏虞弦。（《古松》）③

这两首同题之作，所咏对象都是古松，立意也一样，但所用的表达方法却不相同。第一首的前四句描写了古松独傲风雪的岁寒之操，后四句则表现了古松虽老而不为世用的遭遇，通篇用比兴，寄寓了自己虽有济世之志却无法施展政治抱负的满腔孤愤。后一首则不同，前四句描写了古松饱受雷电冰雹、严寒酷暑等自然威力的考验却有极强的生命力；后四句则表现了古松的贡献，它能给采药人提供绿荫，能给鸟儿提供安全的窝巢，风吹松响还能让人们感受到大自然

① 林景熙：《霁山集》卷五，北京：中华书局1960年版，第138页。
② 林景熙：《霁山集》卷一，北京：中华书局1960年版，第22页。
③ 林景熙：《霁山集》卷二，北京：中华书局1960年版，第49页。

的天籁之音，通篇用赋的手法多方面地展现了古松的特点。在《赋双松堂呈薛监簿》中则综合运用了赋、比、兴的手法，诗云：

宿觉山中有双松，一朝劫烬鳞鬣空。端明堂前有双松，至今古色摩苍穹。此物受命本千岁，扶持若有神始终。天留贞质表文献，庞言幻学宁女容。昔贤种松如种德，柯叶余事根本丰。百年封植雨露饱，厥声大肆鸣笙镛。掀髯相视雪贸贸，拥盖对立云童童。不知天地有黄落，玄冥失柄春无功。闻孙峨冠立松下，典型如侍乾淳翁、昂藏见谓廊庙具，夭矫亦有山林风，棱棱铁面不可犯。麾去秦爵如飞蓬。彩衣奉酒列清影，森森头角皆虬龙。[①]

此诗前六句用赋的表现手法介绍了双松堂前双松的寿命之长，品质坚贞。接下来，第十句以“柯叶”喻文章，以“根本”喻忠信之德。从第十至第十六句，赋与兴兼用，百年老松饱受自然界风霜雪雨的考验而不变本色，寄寓了人无论经受多么严酷的打击都应有坚贞不屈的精神。最后八句以松喻人，以松的凛然不可侵犯的浩然正气喻清献公赵汝腾之孙傲岸挺拔、不同流俗的品质。

为什么林景熙的诗歌会有寄托呢？最主要的原因就是他虽然隐居乡里却并未忘怀一切，他的诗歌创作是有为而作。在《王修竹诗集序》中，他说：

三百篇，诗之祖也。世自盛入衰，风自正入变，雅颂息矣。风、雅、颂，经也。赋、比、兴，纬也，以三纬行三经之中，六义备焉。一变为骚，再变为选，三变为五、七字律。盖自魏晋齐梁而下，义日益离，李、杜手障狂澜，离者复合。其他掇拾风烟，组缀花鸟，自谓工且丽，索其义蔑如。古者闾巷小夫、闺门贱妾，其诗往往根性情而作，后之士大夫反异焉。[②]

林景熙认为，诗歌创作应当以“发乎情，止乎礼义”为宗旨，情感的抒发要出

---

① 林景熙：《霁山集》卷二，北京：中华书局1960年版，第20页。
② 林景熙：《霁山集》卷五，北京：中华书局1960年版，第137页。

之于诚心，符合儒家伦理的规范和要求，有补世教，有益风化。他认为，魏晋以降，六义乖离，诗人片面追求纯艺术的表现技巧而忽视诗歌的教化作用，唯有李杜自觉地承担起接续风雅传统的重任。因此，他坚决反对那种剪云裁雨、雕花刻鸟的无病呻吟之作。

从林景熙现存的诗歌作品来看，平淡悠远和寄慨遥深是其两大主导风格，这两大风格并存于同一作家的创作实践中，看似矛盾，实际上却是统一的。如果说艺术风格的平淡悠远生成于任运自然、与道相冥和无己、无待的素心之境，那么，寄慨遥深则生成于积极用世、有补世教的有为之心，前者为虚，为遗民隐士心态的典型体现；后者为实，为忠臣义士力图挽救国家、民族的心态体现。他的这种复杂心态在《精卫》等诗中有所体现。尽管他主张由实返虚，摒弃世俗功利等物累的羁绊，但他仍然没有也不可能完全排斥一切社会因素的影响而达到绝对的精神独立自由。所以，从这两种风格的生成心理机制上来看，它们是一个创作主体心态不同侧面的综合体现。从风格的自身来看，无论是平淡自然还是意蕴深远，它们都追求诗歌应当具有意在言外、含蓄不尽、情韵绵邈的审美情趣。

第八章 降元诗人的诗歌创作——以方回为中心

在激烈的历史变动之时，士人的人生选择是多元的。其中，有些人为了维护个人的既得利益，投降了元朝，方回就是他们的代表。也有一些人，如蒲寿宬自己虽然没有降元，却唆使其弟蒲寿庚暗中帮助元人，拒纳二王，捕杀爱国志士，危害了汉民族的利益，加速了南宋灭亡的历史进程。还有一些人，如杨公远虽以遗民自居，却主动结交元朝显贵，盛赞元朝统治的盛世清明，甘心做大元顺民。他们虽然形迹各异，却都丧失了民族气节，心态与创作均有共同之处。此章以方回为例，研究他们的心态与创作。

第一节　方回的心态

方回（1227—1307），字万里，一字渊甫，号虚谷，别号紫阳山人，歙县人。早年以诗获知州魏克愚赏识，后随魏至永嘉，得制帅吕文德推荐，南宋景定三年（1262）进士。廷试，文天祥等人置为状元首选，因贾似道阻拦，抑为乙科首。及第后，方回历官隋州教授、江苏提举司干办、沿江制干，改官通判平江府、通判常州、通判安吉州等，德祐元年（1275）二月，贾似道鲁港丧师。三月入临安，上书历数似道十可斩之罪，请诛似道及其帮凶廖莹中、翁应龙等，震动朝野，中外大快。五月十九日，方回再次上书，请斩似道，并弹劾左丞相王瀹，旋出知建德府。德祐二年（1276）二月初六日，方回率郡降元。投降后，改授知建德府事兼管内安抚使等。元至元十八年（1281）夏，方回解任休官，时年五十五。其后便赋闲在家，先后居住在建德、杭州，最后回到家乡。

身为贰臣，方回颇受后人指斥，这种指责因缺乏具体的、历史的研究有时会沦为恶意的辱骂。因保存在《桐江续集》的方回诗篇均为五十五岁休官之后所作，很难对此前的心态做细致、深入的研究，因此，我们只能对赋闲后方回的矛盾、复杂心态做具体的考察。

一、精神和气节

方回始终都谈论儒家的道德节操，但在具体的道德实践时，却又难保操守。这一矛盾现象是颇富讽刺意味的。

方回早年师事南宋大儒魏了翁次子克愚，深受理学濡染。平生所尊唯在朱子，他声称“其为学之根源，及自吾乡晦庵先生，溯至于仲尼夫子而止”①，他继承了程朱理学的“持敬”说，大力提倡道德修养的涵养功夫。他在《进斋序》中说：

> 以慎为主，慎者敬之，至诚之初也。未发之心，慎以存之；既发之心，慎而察之。察而中节，慎以行之；其不中节，慎以攻之。心之未发，人已俱不睹闻，故有存养之敬；心之既发，人未睹闻而己独睹闻，故当有省察之敬。静寂动感，位育攸关，朱子所以释《中庸》之首章也。然此事非一朝一夕之所能辨，曰敬曰钦曰精曰一曰慎，无一时而不用其力，至于诚，则无所容其力矣，此千古圣贤相传之道也。②

所谓“敬”，就是指精神专一忠诚，不要游移不定。心未发时，使心不放逸，慎重地存养之，即是“存养之敬”；心已发时，以至诚至敬之心省察之，检验其善恶，这就是“省察之敬”；只有时刻存有持敬之心，片刻也不松懈，人才能不断地提高自己的道德修养。他将“敬”区分为“存养之敬”与“省察之敬”，是对程朱持“敬”说的发展。

敬常常与畏联系起来，都是在虔敬的精神状态中达到某种道德修养的目的。他在《题郑提学孔明敬斋》一诗中云：

> 徐步冲牙和，俨立章甫正。威严修德容，戒俱毓景行。典谟冠百王，

① 方回：《跋江石卿诗文》，《桐江集》卷一一，四库全书本。李修生等编：《全元文》卷二一七，第7册，南京：江苏古籍出版社1998年版，第211页。

② 方回：《进学斋》，《桐江续集》卷三，李修生等编：《全元文》卷二〇九，第7册，南京：江苏古籍出版社1999年版，第48页。

首言钦恭敬。……奥室鬼神临，寐枕雷霆迸。凛若对庙祭，严于听军令。古君子必尔，持身以莅政。保家云仍长，理国强以靓。[①]

方回认为，敬不仅要精神专一，心态平静，杜绝放逸，而且还应当通过外表的庄严整肃、徐步温和，从而达到"修德容"的目的，使容貌、衣冠、思虑，一句话，从仪表到内心，人都不能背离封建道德的价值规范。这是一种道德修养的理想境界。其最终目的就是齐家、治国、平天下，"持身以莅政"，做到"保家云仍长，理国强以靓"，齐家使家族绵延不衰，治国使国富民强，实现儒家内圣与外王相结合的理想之道。

当然，一旦由修身的道德修养转向治国、平天下的政治实践之轨，人们就不得不遵从儒家忠君的纲常原则，它是君子守道的集中体现。

无论是在国家承平、百姓熙乐的和平年代，还是在矛盾尖锐、危机四伏的动荡危难之时，士人都应当以忠君为最高的道德理念，安于义命，忠贞不贰，做到"事君义当死，肯负问生路"[②]。这样的士人才算有操守。他对有气节的民族英雄、有操守的士人也都极为推崇。方回不仅赞扬文天祥为"海内文章第一人"，而且盛赞他逢国家危难之时，坚贞不屈，誓不仕元，成为大宋的"忠臣"，其道德文章可以不朽，永垂千古，其浩然之气则可以"刚风夜夜薄星辰"[③]，对于那些有气节的儒生，他也赋诗歌以颂之。他推崇太学生徐应镳的崇高民族气节。方回认为徐应镳的壮烈之举可与厓山负少帝沉海、以身殉国的陆秀夫相比肩，在《故太学生徐君哀辞》一诗中云："蹈海沉江合比踪，子阳蛙坎可能容。自闻门外韩擒虎，岂乏云间陆士龙。信矣百年谁不死，哀哉三子亦相从。烂为井底泥无根，肯顾区区马鬣封。"[④]

但是，方回所追求的儒家理想人格与其在政治生活中的实际行为，无疑

① 方回：《桐江续集》卷二五，孔凡礼等编：《全宋诗》卷三五〇五，第66册，北京：北京大学出版社1998年版，第41826页。

② 方回：《和陶咏二疏为郝梦卿画图卢处道题跋作》，《桐江续集》卷一五，孔凡礼等编《全宋诗》卷三四九五，第66册，北京：北京大学出版社1998年版，第41657页。

③ 方回：《题文文山遗墨》，《桐江续集》卷二八，孔凡礼等编：《全宋诗》卷三五〇八，第66册，北京：北京大学出版社1998年版，第41890页。

④ 方回：《桐江续集》卷一二，孔凡礼等编：《全宋诗》卷三四九二，第66册，北京：北京大学出版社1998年版，第41610页。

有着极大的距离，甚而可以说是完全相反的。处于宋末民族矛盾异常尖锐、宋元易代之际，他不是像文天祥、陆秀夫等人那样勇敢地承担起救亡图存的历史重任，以身殉国，而是率郡降元。从其现存的诗文和有关史料来看，他不是像吕文焕那样兵尽粮绝、身陷绝境而降元，而是元兵到时未做任何抵抗，主动开城门投降。在《严州归附表》中，他盛赞蒙元的伟大圣明，“大哉元，圣哉元，咸仰乾坤之造；会其极，归其极，同依父母之仁”[①]，充满了肉麻的颂圣之情，丝毫没有被迫降元的痛苦表现。入元后，他的一些诗歌也歌颂皇元盛世的繁荣，显然有阿谀新朝之嫌。如《乙巳三月十五日监察御使王东溪节宿戒方回万里饮灵隐冷泉亭赵宣尉君实赵提举子昂灵隐寺知事晦坛治其具西方僧四人两提领北人放泉喷雪观猿掷果先醉先退赋诗五首记之》：

休兵三十有余龄，铁马曾来似不曾。寒士喜从贤御使，闲人许识老名僧。画船处处歌春雪，厦屋遥遥贮腊冰。保得西湖如此好，心知明首遇良肱。

（其四）[②]

三月晴过半月春，真成好景与良辰。簪花骑马多游女，掷果呼猿不畏人。湖山行乐有心赏，天地太平无战尘。两纪逃名作闲客，乐哉七十九年身。

（其五）[③]

身处异族残酷统治之下，他却赞颂皇元盛世的繁荣太平，毫无亡国之悲，这与他自己标榜的儒家伦理节操存在着巨大的反差！

他对自己的变节仕元行为充满忏悔。方回在《送男存心如燕二月十五日夜走笔古体》诗中自白：“苟生内自愧，一思汗如浆。焉得挂海席，万里穷扶桑。”[④]但同时，他也对自己的变节行为巧加辩解，为自己开脱：

---

① 方回：《桐江续集》卷一，李修生等编：《全元文》卷二〇七，第7册，南京：江苏古籍出版社1999年版，第13页。

②③ 方回：《桐江续集》卷二八，孔凡礼等编：《全宋诗》卷三五〇八，第66册，北京：北京大学出版社1998年版，第41877页。

④ 方回：《桐江续集》卷二五，孔凡礼等编：《全宋诗》卷三五〇五，第66册，北京：北京大学出版社1998年版，第41834页。

> 我所领小垒，可容久徜徉。亦欲舍之去，群盗纷寇攘。勉强不得已，芟恶完善良。完国非我责，完郡亦何伤。幸保千里民，不为剑戟戕。①

作为一郡之守，保境安民是其应尽的职责，方回非但不积极备战，反而只想舍郡而去，又以“完郡”、“幸保千里民，不受剑戟戕”为由开城纳降，言辞咄咄，貌似合理正大，实为强辞夺理，借以掩盖自己投降变节的丑恶行径。相形之下，其忏悔又显得那么虚伪、那么苍白！

他的变节仕元的深层根源与其历史观是密切相关的。方回认为，历史的发展总是因革相续的：

> 典章制度有可因者，有可革者，圣人从而因之革之，其万古不可革者，虽圣人不能革也。天万古无二理也，人万古无二心也。封建可革而郡县，然有君则有臣，以上治下、以下事上之意不可革也。井田可革而阡陌，然有土则有民，以上取下，以下奉上之意，不可革也。忠质文异尚、子丑寅异建可革也，三纲五常不可革也。②

在方回看来，社会可以而且应该有所变革，那些典章制度等只不过是维护社会的形式，是可以变革的，而维系社会秩序的三纲五常、人心天理则不可革。这种历史因革论实为“天不变，道亦不变”的儒家正统史观的翻版。以此来观照宋元易代的社会现实，他认为统治人民的历代王朝可以变迁，历史终归要改变，社会终归要前进，元兴宋亡也是历史发展的必然趋势。其《有感》诗云：

> 玩透羲爻未画前，今时天即古时天。回空其庶亦其庶，轲死不传焉不传。积愤淫伤诗未削，暗筹微婉史谁编。继周百世民彝在，岂为兴亡有变迁。③

---

① 方回：《桐江续集》卷二五，孔凡礼等编：《全宋诗》卷三五〇五，第66册，北京：北京大学出版社1998年版，第41834页。

② 方回：《送桐江吴教授南窗序》，《桐江续集》卷四，李修生等编：《全元文》卷二一〇，第7册，南京：江苏古籍出版社1999年版，第61页。

③ 方回：《桐江续集》卷一八，孔凡礼等编：《全宋诗》卷三四九八，第66册，北京：北京大学出版社1998年版，第41708页。

他自注此诗，曰："夫子谓：'其或继周者，百世可知'。当周之未亡，而为此语，有兴必有亡，所不可讳也。有物必有则，岂以兴亡而改哉！苟知乎此，则近世不平之事，文衰诗落，淫亵悲伤，将不复变而雅乎。"既然历史是不断发展的，王朝更替也是势在不免，况且，"革故鼎新谁料得，举安天下胜偏安"[①]，皇元天下一统总胜于南宋王朝偏安一隅，历史已经前进了；因而，生逢朝代变迁的剧烈变动时期，人们也就没有必要过分悲哀。言下之意，他归顺新朝也是理所当然。方回的历史观无疑是符合儒家正统历史观的，但是他故意歪曲之，以此作为自己变节降元的遮羞布，这又是十分虚伪、狡狯的。

尽管方回为其率郡降元之事多方辩解，但他对自己的一生大节有过比较符合实际的评价："人品虽中中，此心无愧焉。"[②]在权奸误国、国事衰微之际，他不避险恶，挺身而出，两次上书请斩贾似道，显示出刚直威武的气概，这与其所倡导的儒家理想人格是一致的。然而也是此时，他不做抵抗，开城纳降，这是一种自私自利、明哲保身的个人主义的体现，显示了道德理想与实践之间的巨大差异。窃以为他自评为人品中中是庶已近之的，至于说内心无愧，则将诗文中所流露出的有限的忏悔也已抹杀殆尽了，颇有些口是心非、言不由衷之嫌。

二、人生理想与个人利欲

敬不仅是提高道德修养的必要功夫，而且也是使人心达到湛然明净、寂静无为的方法之一。方回在《西斋杂感二十首》(之三）中说：

> 寂静无所为，宴坐观我天。此心俨不动，岂即非圣贤。孰谓轲也死，斯文遂无传。凤麟有嘴角，煎胶寄遗编。敛之入方寸，可续千古弦。世人

① 方回：《桐江续集》卷二一，孔凡礼等编：《全宋诗》卷三五〇一，第66册，北京：北京大学出版社1998年版，第41751页。

② 方回：《杂兴十二首》(之六)，《桐江续集》卷二三，孔凡礼等编：《全宋诗》卷三五〇三，第66册，北京：北京大学出版社1998年版，第41784页。

不识察，自眩良独难。[①]

人所应达到的理想境界应是瞑目静坐、收敛此心、寂静无为。因各人的心境不同，即使外部环境相同，人也会呈现出不同的志趣好尚。所以在《心境记》一文中他提出治心的思想：

> 惟晋陶渊明则不然，其诗曰："结庐在人境，而无车马喧。"有问其所以然者，则答之曰"心远地自偏。"吾尝即其诗而味之，东篱之下，南山之前，采菊徜徉，真意悠然，玩山气之将夕，与飞鸟以俱还。人何以异于我，而我何以异于人哉！"盥濯息檐下，斗酒散襟颜"，人有是，我亦有是也。"相见无杂言，但话桑麻长"，我有是，人亦有是也，其寻壑而舟也，其经丘而车也，其日涉成趣而园也，岂亦抉天地而出其表。能飞翔于人世之外耶？顾我之境与人同，而我之所以为境，则存乎方寸之间，与人有不同焉者耳。……然则此渊明之所谓心也，心即境也。治其境而不于其心，则迹与人境远，而心未尝不近。治其心而不于其境，则迹与人境近，而心未尝不远。蜕人欲之蝉，不必乘列子之风也。融天理之春，不必吹邹衍之律也。[②]

心境，就是人心所达到的境界。冯友兰根据人的觉解将人可能达到的境界分为四种：自然境界、功利境界、道德境界、天地境界。冯友兰认为，在自然境界中，率性混沌，不著不察，对自然、人生、社会知而不察，实际上就是蒙昧、未开化的境界；功利境界中的人为自己的私利而活着；在道德境界中，人为社会而行义；天地境界中的人因其对自然、社会、宇宙的彻悟而知性知天，可以与天地同参，与日月齐光。[③]按照冯友兰理解，陶渊明已经透彻地理解自然、社会、宇宙的奥秘，以心事天，虽然"结庐在人境"，却也能"心远地自偏"，

---

① 方回：《桐江续集》卷一一，孔凡礼等编：《全宋诗》卷三四九一，第 66 册，北京：北京大学出版社 1998 年版，第 41589 页。

② 方回：《桐江续集》卷一四，李修生等编：《全元文》卷二二〇，第 7 册，南京：江苏古籍出版社 1999 年版，第 295—296 页。

③ 冯友兰：《贞元六书·新原人》，上海：华东师范大学出版社 1996 年版，第 554—557 页。

超越为个人私利而活着的功利境界，达到天地境界。方回认为，其他人也和陶渊明一样有相同的生活和社会环境，但无陶渊明的旷达、通脱的心境。治心，实质上就是加强心性修养，实现心灵的自我超越，追求一种心灵的宁静，一种不受约束的淡泊生活。因而，“仅仅改变居住环境，即使住在山林海泽之中，而内心仍在想着尘世间的荣华富贵，这种人算不得高洁。而陶渊明尽管‘结庐在人境’，因为他注重内心的修养，所以能超脱于人世之外，保持高洁的情操”①。

这种心境是自得悠闲的，却又是实在的现实人生，应该有最起码的物质生活作基础。正如其在《心境记》结尾所言：

> 农其家，不啬不奢，我境桑麻。儒其居，奚槁奚腴，我境诗书。境之圃，蔬可以俎，莫狐予侮。境之泉，钓则有鲜，莫蛟予涎。匪官珠兮室贝，匪玉堂兮门金。②

在这里，人们可以以诗酒自娱，可以游猎垂钓，从优游容与的生活中获得审美享受。他的人生追求，虽超脱于世俗之外却实处人间，与当时那些遁迹山林的南宋遗民诗人迥然异趣，也与不食人间烟火的神仙生活不同。这样，方回就把本属于理想的人生生活转变为实实在在的现实生活。这种人生境界无疑具有乌托邦性质，与老子所倡导的小国寡民的理想社会模式也有不同，它有浓厚的文化氛围和审美情趣，可以获得闲适愉悦的精神享受。

如果达到这种悠闲自适、自由自在的理想生活，人们就必须遏制、摒除各种物质利益的诱惑，心境澄明，无欲无念。人性中善与恶并存，天理与人欲共生，人们只有不断地克服禀先天之气而形成的人性之恶，使本然至性的善得以发扬光大，才能使人的思想和行为完全符合封建统治阶级的“天理”。这是就道德修养的社会目的而言的。从个人与群体而言，它是从个人的修身养性、正心诚意延展到社会对个人的要求和规范的。方回在《题祝公辅静得斋》一诗中云：

---

① 詹杭伦：《方回的唐宋律诗学》，北京：中华书局2002年版，第37页。

② 方回：《桐江续集》卷一四，李修生等编：《全元文》卷二二〇，第7册，南京：江苏古籍出版社1999年版，第296页。

一阈内外间，鲜不妄举足。堂堂七尺躯，顷刻万感触。人生性本静，情动乃有欲。静善动亦善，尧舜可同躅。动恶丧厥静，为桀为禽犊。恭惟方寸心，性情赖管束。勿狎宁孔畏，匪狂尚箕肃。思精造诣深，察久酬应熟。……性静人所同，心静我所独。心静非不动，存性情乃伏。天地与我者，所宝不盈掬。完我所固有，得之异逐鹿。①

在日常生活中，人们不仅经受声、色、酒、食等物质生活的诱惑，而且自身内部善与恶、情与性的冲突也异常激烈，只有去除物累、斩断私欲，“去蔽”后才能达到静心之境。“心静”并不是寂然不动，它不断地与情、恶斗争，是养动的根本，只有以静养动、以善抑恶，才能养心、正心。他在《题郑提学孔明敬斋》一诗中以明镜为喻来说明这个道理：

恭惟方寸心，表里无将迎。妍丑物不逃，宇宙大明镜。时开复时阖，静定动亦定。孰为磨且砻，尘垢敢吾竞。②

镜不因外物的污染而失去自身的明净，也不因外物美丑而改变其本质。人心亦是如此，外物的诱惑和内心的私欲也不能掩盖人心之善，人们只有像擦拭明镜一样不断地正心、修心，人心之善才能得以张扬，人心才能达到宁静、淡泊之境。方回的“去蔽”说与二程的“存天理，灭人欲”是一脉相承的，它们受华严宗“净染”说的影响。③

为了加强道德修养，方回还将道家内丹修炼之法与儒家道德修养相结合。道家的内丹修炼法吸收了传统的儒家修身养性学说，以修炼精、气、神“三宝”为目的，将修炼心神的性修与精气的命修作为内丹修炼的基本功夫。在性命双修中，性功的修炼又占主导地位，是内丹修炼的核心。方回认为，儒道貌

① 方回：《桐江续集》卷二一，孔凡礼等编：《全宋诗》卷三五〇一，第66册，北京：北京大学出版社1998年版，第41756页。

② 方回：《桐江续集》卷二五，孔凡礼等编：《全宋诗》卷三五〇五，第66册，北京：北京大学出版社1998年版，第41826页。

③ 侯外庐等主编：《宋明理学史》(上)，北京：人民出版社1984年版，第171页。

似有别，本质却是相同的，其相通之处既是“胸中心”：“羽衣似与儒释异，所不易者胸中心”[①]。既然儒、道的心性修养是一致的，那么儒家便可以吸收道家的修炼之法，尤其是性命双修的内丹法来达到修身养性的目的。他在《次韵全君玉和高士马虚中道院》诗中说：

> 别异道家分神仙，浅之又浅伯阳契。痴儿妄诧玄又玄，内丹水火一升降，髑髅立变童颜妍。三载告成夺天地，汝拖肠鼠能攀牵。私欲如此大莫大，破入寒狱赦倒悬。遨昆登阆谓不死，终然白骨埋黄泉。腐儒一笑了万事，何谓赤明龙汉前。号召风师呼雨伯，杖剑叱喝急急律。四时饭嗽百花香，万间厦入一壶窄。洞天有天魂兮来，弱水元无跬步隔。拄杖化龙舄作凫，意所不求忽自得。醉眼暂作如是观，谁识咏归暮春瑟。和同光尘亦一法，岂敢訑訑见颜色。[②]

方回批判了魏伯阳《参同契》外丹修炼成仙说法的虚妄性，凡胎不会脱而升仙，人们总会落得个“白骨埋黄泉”的可悲结局。这都是个人私欲作祟。与其如此，倒不如淡泊名利，清心寡欲，真朴无诈，虚静恬淡，进入和光同尘的无欲之境。止念入静，既是性功修炼之法，亦是命功修炼的功夫，正所谓“自能节嗜欲，即是丹九还。内观无愧心，所至三神山”[③]。只有心静节欲，真性才能不为物性所役，才能去除杂念、凝神定息。心性道德修养则贯穿着命功修炼的整个过程，它是一种由命养性，参究心性，炼神还虚，达到心无所求的精神境界。

方回“治其境莫如治其心”的思想是针对宋元之际许多隐居山林、弃世捐事的遗民而发的。他认为，既然人人心中都有一种境界，而这种境界是可以通过个人的道德修养来实现，那么，人无论是生活于山林还是遁迹朝市都无关紧要，关键是人要能够“治其心”，超越功名利禄等情累和物质生活的羁绊。方

---

① 方回：《桐江续集》卷二三，孔凡礼等编：《全宋诗》卷三五〇三，第 66 册，北京：北京大学出版社 1998 年版，第 41785 页。

② 同①，第 41798 页。

③ 方回：《次韵恢大山拟古三首》其二，《桐江续集》卷二〇，孔凡礼等编：《全宋诗》卷三五〇〇，第 66 册，北京：北京大学出版社 1998 年版，第 41733 页。

回还在《隐乐堂诗序》中说：

> 其所谓小隐者，谓身在山林而未能无意于斯世，索水北高之价，指终南之捷径，其隐小矣。其所谓大隐者，谓身在朝市而不敢萌穹爵厚禄之心。柳下惠不卑小官，老子为柱下史，庄生为漆园吏，邴曼容不肯过六百石，其为隐也，不亦大乎？如东方朔之金门，扬子云之天禄阁，位稍高而犹曰隐，君子病之。[①]

大隐与小隐的区别标准就在于是否有功名利禄之心。人们只知关注自己的一己私利，患得患失，即使隐迹山林，也不能称为大隐；反之，如果能够摆脱各种物累的束缚，超旷放逸，心境自由，那么，即使身居朝市，也可称为大隐。

可是，方回既没有遁迹山林，也没有身在朝市，他的人生理想与其现实生活是互相矛盾的。据《癸辛杂识》别集（上）所载老吏语云："在严日，虐敛投拜之银数十万两，专资无益之用。及其后则鬻于人，各有定价。市井小人求诗序者，酬以五钱，必欲得钱入怀，然后漫为数语。市井之人见其语草草，不乐，遂以序还，索其钱，几至挥拳，此贪也。"[②]在严之日，他巧使手段搜敛钱财。[③]

致仕之前如此，赋闲之后仍然如此。晚年的方回生活的确十分艰难："吾虽偶不死，生涯殊苟偷。米价不少减，钱刀何所求。长女亡六载，次女病未疗。假使即勿药，嫁奁将焉筹。"[④]为此，他周旋于达官贵人之间，乞求施舍：

---

① 方回：《桐江续集》卷八，李修生等编：《全元文》卷二一四，第7册，南京：江苏古籍出版社1999年版，第132页。

② 周密：《癸辛杂识》(别集卷上)，北京：中华书局1999年版，第326页。

③ 今人詹杭伦曾为此替方回辩护，其根据是，从方回自己的现存诗文及同时代其他人所载，方回晚年十分贫困，穷愁潦倒，这是事实。但是也不能因晚年的贫困而否定守严时的贪婪。我们认为，方回的贫困是由于他卷入一场官司："奸鬼伏肘腋，两贼程与黄。门生讦座主，婿不顾糟糠。妄告无反坐，官吏饱贿赃。"(《送男存心如燕二月十五日夜走笔古体》,《桐江续集》卷二五,《全宋诗》卷三五〇五，第41834页。）为了打赢这场官司，他不得不向官吏行贿，因而自己一贫如洗，卖田售屋。况且，詹氏认为周密攻击方回之说多属猜测，并无实据，不足为凭。因而，方回之贪的说法在史无实据的情况下不可轻易否定。详见詹杭伦：《方回的唐宋律诗学》，北京：中华书局2002年版，第23—31页。

④ 方回：《七十五翁吟》,《桐江续集》卷二六，孔凡礼等编《全宋诗》卷三五〇六，第66册，北京：北京大学出版社1998年版，第41843页。

"一昨悬车后，蹉跎又五年。常书乞米贴，犹费买花钱。"[①]如果说这是为求生存不得已而为之的话，那么，他帮助长子存心求官一事则已昭示出其汲汲于功名富贵的私欲了。在《送男存心如燕二月二十五日夜走笔古体》一诗中，方回说："茅屋荫松菊，槿篱畦芋姜。读书粗知道，晦遁攀余芳。诗文亦不俗，千篇垂琳琅。今汝往筮仕，已逾四十强。萧然乏行李，艰甚谋聚粮。此皆我之过，弃官畏祸殃。以致儿女辈，无不羸以尫。……苟可得一职，归甘泌之洋。"[②]他对自己因弃官而使儿女饱受饥寒交迫之苦而不安，希望自己的长子能够谋得一职，以致"可以义助者也"。因此，他修书与毕观竹，求其为子引荐。[③]

由此可见，方回并未如其所标榜的那样摒弃物累，物我两忘，而是从未放弃对物质生活和功名富贵的追求，这是其言行不一的又一体现。就此而言，周密所言并非空穴来风、侮辱攻讦。

三、道德缺失的根源

方回的心态之所以会表现出复杂性、矛盾性，除了自己人品外，还与儒家价值观念使自身存在着无法克服的矛盾密切相关。

自北宋道学思潮出现以后，士人生活情趣、生活方式都有很大的变化。但是，道学家们周、张、二程、朱子等人并没有完全解决好与道学思潮相适应的新的人生观问题。也就是说，道学本身是在现实需要中产生的，其基本特征是道德自制、自律，它关注的焦点问题是个人应自觉地协调、适应社会，个人的情感利欲（私欲）应主动服从、服务于道学家们预先设定的社会公理（天理）。但是，他们忽略了作为个体的人应该如何生存，如何处理个人情感与社会伦理之间的关系问题，道学家们以牺牲个体的自我存在价值换得社会价值的实现。这是他们的一己之愿，他们并没能把理想的价值观转变为适应社会各阶层、各群体需要的一种普泛的、现实的人生观。

---

① 方回：《偶书二首》之二，《桐江续集》卷二六，孔凡礼等编：《全宋诗》卷三五〇六，第 66 册，北京：北京大学出版社 1998 年版，第 41844 页。

② 方回：《桐江续集》卷二五，孔凡礼等编：《全宋诗》卷三五〇五，第 66 册，北京：北京大学出版社 1998 年版，第 41834 页。

③ 方回：《与毕观竹》，《桐江续集》卷五，李修生等编：《全元文》卷二〇八，第 7 册，南京：江苏古籍出版社 1999 年版，第 24 页。

这个人生观的本质是把人的性情都纳入到天理的约束之中，追求道德、个性的自律与自制。人是社会的人，他既是自我，也是社会群体中的一员，不可能不受任何约束而独立于社会群体之外。北宋以后，体现天理的道德伦理已经成为维系社会存在的基本准则，已经深入到政治、文化等一切社会生活领域。但是，任何个体都有一种自由的需要，都存在着一种如何自觉自愿地处理个人与社会关系的问题，如何自乐地处理感情欲望与理智的关系问题。

针对这个问题，程颢提出了人们可以不勉强地乐于从事道德原则的践履，即“真知乐行”原则：

> 学者须先识仁。仁者，浑然与物同体。义、礼、知、信，皆仁也。识得此理，以诚敬存之而已，不须防检，不须穷索。若心懈则有防，心苟不懈，何妨之有？理有未得，故须穷索。存久自明，安得穷索？此道与物无对，大不足以名之，天地之用皆我之用。孟子言万物皆备于我，须反身而诚，乃为大乐。①

程颢认为，“识仁”不是人心之外的“防检”，更非人心之外的“穷索”，而是人对自己内心的察识、体悟之后所获得的人与天道合一的最高境界。在这种境界中人体悟到吾心之仁乃天地万物之仁，“此道与物无对”，天地万物皆为我所用。人已经把外在于己的道德律令转化为自己的内在精神需要，道德实践已经是一种自觉、自乐的行为，在这种践行中人获得“大乐”的精神享受。所以这种认知义理与实践是一种高度自觉的道德内省，而不仅仅是一种遵循礼教规范的恭谨行为。此时的道德实践已经超越了自律之境向自乐之境转变。程颐也持一种乐循理而行的观点：“勉强行者，安能持久；除非烛理明，自然乐循理。”②乐循理的前提是人对知的认识达到真知之境，达到了高度的道德自觉，不会出现勉强而行的问题。方回继承了这种乐行观点：

> 学者之用其力兮，非苦骨而老筋。初旁收而并蓄兮，博载籍而穷典坟。

① 程颢、程颐：《二程遗书》卷二上，《二程集》，北京：中华书局 1981 年版，第 16—17 页。
② 程颢、程颐：《二程遗书》卷一八，《二程集》，北京：中华书局 1981 年版，第 205 页。

外资师而取友兮，内紬绎于心君。又继之以明辨兮，羌缕析而毫分。四者至而诚不笃兮，将无坠于虚文。致其知虽多途兮，望圣涯尚其无垠。[①]

方回所言勤奋力行并不是“苦骨老筋”的自我戕害，而是充满快乐的学习。兼收并蓄、求师问友、绸绎心思、明辨是非是求学问道的四种主要手段，将这四种方法与勤奋力行结合起来就可以快乐地获取知识。方回的乐行侧重于求知求理，但求知求理是道德践行的基础，它本身也是道德实践中不可分割的一部分。

然而，这种高度自觉的道德实践却充满了浓厚的理想色彩。儒家道德修养的终级目标就是，它不仅仅关注个人的修身养性问题，而且要解决个人对社会应当承担责任的问题。对个体而言，他必须切己修养，并由此推及到齐家治国平天下的社会实践，实现由内圣向外王的超越。只有这样，人才能实现成圣成贤的理想。这种目标是极其高远的，一般人难以企及。中国古代士人与政治的关系是十分微妙的。有时为了维护封建统治的顺利进行，最高统治者可以允许一些士人施展自己的政治才华，为他们成圣成贤提供一个比较宽松的政治环境，并将儒家道德价值观念付诸实现。但是，在更多的情况下，士人们是没有这样幸运的，有时为了践行圣贤之道，他们备受迫害、打击，甚至牺牲生命。程颐在编管涪州时就萌生了“见几而作”、谦卑柔顺的思想。他在《伊川易传》中解释《困卦》爻辞“六三，困于石，据于蒺藜，入于其宫，不见其妻，凶”中说：

《系辞》曰：“非所困而困焉，名必辱；非所据而据焉，身必危。即辱且危，死期将至，妻其可得见耶？”二阳不可犯也，而犯之以取困，是非所困而困也，名辱，其事恶也。三在二上，固为据之，然苟能谦柔以下之，则无害矣；乃用刚险以乘之，则不安而取困，如据蒺藜也。如是，死期将至，所安之主可得而见乎？[②]

① 方回：《勉斋箴》，《桐江续集》卷一八，李修生等编：《全元文》卷二二四，第7册，南京：江苏古籍出版社1999年版，第370页。

② 程颢、程颐：《伊川易传》卷四之《困》卦，《二程集》，北京：中华书局1981年版，第950页。

在艰难的环境中，人只有谦柔下人，如果刚猛急进，就会遇到更大的危险。进退与安处皆不可，唯死而已。在此即危且辱、死期将至的困境下，人只有柔而顺之，避祸全身。封建社会残酷的社会现实磨蚀了士人的铮铮骨气。这种柔顺谦卑的思想，进一步下滑，便滋生了随机应变的思想：

> 所谓几者，始动之微也，吉凶之端可先见而未著者也。……君子明哲，见事之几微。……君子见微则知彰矣，见柔知刚矣。[①]

几微是显著的开端，人们看到开端，便能推测到吉凶的结果，为了避凶保身，只好“随时而动，从宜适度，不可为典要”[②]。这里所说的“不可为典要”，是指只要能从宜适度，知几能权，就应放弃所坚持的原则。这种见风使舵的权变思想是正道直行的封建士子遭受残酷迫害的变态释放。

性情刚猛如程颐者尚且如此，人品中中的方回在激烈变动之际选择一条苟且偷生、全身避祸之路便是可以理解的了。方回深刻地认识到“君子之道一，而有不同焉，非道有二焉，论道之与行道，不同也”，并以劝人为农之例来证明论道与行道的区别云：“劝人以农，论道者也，论道者原其常；农之为农，行道者也，行道者通其变。”[③]两者的区别在于，论道重在探究道之本源、义理，行道可因时因地的不同而通变行之。正因如此，在仕途进退、行止取舍方面，他能够左右逢源、随机而变：“义者心之理，当止而止，则一武不可过，一毫不可不及，此心之规矩准绳也。时者身之位，当止而止，进退去就，视可否而立则，酌轻重而制中，于是心之理，著而为应事接物之权衡。”[④]方回十分虔诚地标举义理为“心之规矩准绳”，不可移易，但当遇到危及自己利益的关键时

① 程颢、程颐：《伊川易传》卷二《豫》卦，《二程集》，北京：中华书局1981年版，第805页。

② 程颢、程颐：《伊川易传》卷二《随》卦《象》辞，《二程集》，北京：中华书局1981年版，第816页。

③ 方回：《徐氏道悦堂记》，《桐江续集》卷一六，李修生等编：《全元文》卷二二二，第7册，南京：江苏古籍出版社1999年版，第337页。

④ 方回：《止所记》，《桐江续集》卷一六，李修生等编：《全元文》卷二二二，第7册，南京：江苏古籍出版社1999年版，第329页。

刻，他便萌生了“稍有偷生路，应无守死心。古书今不信，衰腐独沉吟”[①]的思想，抛开儒家价值观念于不顾，他便审时度势，权衡利害冲突，因时而变，因机立则。实际上，他已经取消了心的规矩准绳。这种不定于一、不固守一隅、随时改变原则的权衡之术与程颐之“从宜适度”“知几能权”的权度论在学理上是一致的，它们都根植于《易》之通变思想。方氏的权衡术是用来保护自己既得利益而不丧失苟延残喘的有效工具，是其降元、贪婪的通行证，充满了极端的自私自利性，是道德的自弃、自亵。

理学的道德价值体系与其实践之间的矛盾是导致方回道德人格缺失的主要原因。在道德实践的过程中，由于外部环境的改变，道德实践的主体也会由道德自乐向自弃、自亵方面蜕变，方回则是这蜕变的活化石。

第二节　方回的诗统论

与韩愈、欧阳修等人重建儒家的伦理价值体系（道统）及其与之相适应的话语表达体系（文统）一样，方回也试图建构自己理想的、完备的诗歌传承系统。从哲学意义上说，任何事物的发展都是矛盾运动的结果。作为封建统治主流意识形态的儒家价值体系的道统与其权利话语的文统、诗统之间存在着矛盾运动，其运动的结果是文统、诗统自身地位的确立与提升。这就意味着，文统、诗统挣脱道统的束缚，取得相对的独立性，作为本体的诗歌文体学价值和审美规律也得以进一步的凸显。

一、诗歌的传承史观

方回诗统论的重要内涵之一就在于他梳理了自先秦至宋末的诗歌发展史。他认为元代以前的诗歌历史经历了三个不同的发展阶段：“诗三体，唐虞三代一也，汉魏六朝二也，唐宋始尚律诗，三也。”[②]在《仇仁近百诗序》中，方回指

① 方回：《闻南盗》，《桐江续集》卷二，孔凡礼等编：《全宋诗》卷三四八二，第66册，北京：北京大学出版社1998年版，第41448页。

② 方回：《跋俞伯初诗》，《桐江集》卷一一，李修生等编：《全元文》卷二一七，第7册，南京：江苏古籍出版社1999年版，第209页。

出，诗之源头不仅有“虞廷赓歌、三百五篇”，而且古圣先贤尧、舜、禹等人的语录文告、《洪范》、《六典》、《易》等，因其具有“协音韵而便诵读”[①]的审美特点，也应属诗歌之列。另外，他还认识到诗歌审美特征对政治教化的促进作用。正是因为诗歌自身具有协音韵、便诵读、不易忘、文辞美的特点，所以才被广泛地应用于以诗教人、察识民情、郊庙祭祀等政教活动之中。这种重视诗歌自身审美特征的思想，不能不说是其尊体意识使然，在一定程度上修正了因过分重视诗歌功利作用而忽视诗歌艺术美的传统诗教观。

汉魏晋诗歌是诗歌发展的又一转变期。此时，诗歌是古诗的繁盛期，继承诗三百篇、《离骚》的传统：“古诗以汉魏晋为宗，而祖三百五篇、《离骚》。”[②]它又分为两个不同的阶段，晋宋之前五言古诗特别繁荣，汉之苏李、曹氏父子及建安七子、嵇康、阮籍、陶渊明诗均以格高而著称。刘宋至陈隋的诗歌是唐代律体诗的孕育期：“律诗自徐陵、庾信以来，亹亹尚工，然犹时拗平仄。唐太宗时，多见《初学记》中，渐成近体，亦未脱陈、隋间气习。至沈佺期、宋之问，而律诗整整矣。”[③]他指出律诗自南朝徐陵、庾信时即已孕育而成，注意到诗体自身由汉魏古诗到唐宋律诗的转变。他还有《文选颜鲍谢诗评》之作，在具体评诗过程中从字、词、声律等语用学角度探讨了由南朝诗向唐诗转变的轨迹，不乏真知灼见。与一些贬抑南朝诗的偏见不同，他从诗歌内部自身演变的审美角度探讨了唐诗繁荣是南朝诗发展的结果。[④]

唐宋诗歌以律诗为主，此时诗歌是以杜诗一派为主流。在《恢大山西山小稿序》中，方回说：

> 唐人杜子美、李太白兼五体造其极，王维、岑参、贾至、高适、李泌、孟浩然、韦应物，以至韩、柳、郊、岛、杜牧之、张文昌，皆老杜之派也。宋苏、梅、欧、苏、王介甫、黄、陈、晁、张、僧道潜觉范，以至南渡吕居仁、陈去非，而乾淳诸人朱文公诗第一，尤萧、杨、陆、范，亦老杜之

① 方回：《桐江集》卷七，李修生等编：《全元文》卷二一三，第7册，南京：江苏古籍出版社1999年版，第118页。

② 方回：《汪斗山识悔吟稿序》，《桐江集》卷六，李修生等编：《全元文》卷二一二，第7册，南京：江苏古籍出版社1999年版，第92页。

③ 李庆甲：《瀛奎律髓汇评》卷三，上海：上海古籍出版社1986年版，第78页。

④ 詹杭伦：《方回的唐宋律诗学》，北京：中华书局2002年版，第204—216页。

> 派也。是派至韩南涧父子、赵章泉而止。别有一派曰昆体，始于李义山，至杨刘及陆佃绝矣。炎祚将讫，天丧斯文，嘉定中忽有祖许浑、姚合为派者，五七言古体并不能为，不读书亦作诗，曰学四灵，江湖晚生皆是也。[①]

方回将整个唐宋诗歌发展史分为两脉：一脉是老杜诗派的发展演变史，一直延续至宋末嘉定中期。方回抓住了唐宋诗歌发展的主流，但杜诗之脉并未因四灵、江湖诗人学晚唐而中断，它仍然若隐若显地存在着、发展着。宋元易代之际，杜诗的影响突然显现出来，无论是文天祥、汪元量辈诗史精神的张扬，还是杜诗艺术风格的凸显，杜诗的典范意义获得了当时诗人的普遍认同。另一脉是昆体，源于义山，成于杨、刘、钱等北宋前期诸公，绝于陆佃。这是属于非主流的一派。

当然，方回的唐宋诗史两脉论是不符合诗歌发展历史的实际情况的。盛唐诗流派纷呈，风格多样，王维、孟浩然、韦应物、柳宗元等人一脉相承，渊源于陶渊明、大小谢，发展成为独树一帜的山水田园诗，诗风以清新淡雅为主。盛唐诗的另一大流派是以高适、岑参等人为代表的边塞诗派，他们深受鲍照及汉魏乐府的影响，诗风以雄浑刚健著称。它们都与杜诗没有什么继承关系，不能将它们视作老杜之脉。中唐的韩孟诗派和元白等人的新乐府诗派，尽管都受到老杜诗风的影响，但他们却从不同的方面继承并发展了杜甫诗歌的艺术风格，各自形成了个性鲜明的诗歌流派，况且，韩孟的险怪与元白的轻俗都有极端化的倾向，并不能将他们视作杜甫的衣钵传人。李商隐也学杜，而且深得其精髓，从创作渊源方面来说，义山体也是源于老杜并有所创新的，属于杜诗一端。至于宋诗，大多数诗人都受到杜甫的影响，但这并不能表明他们都属于老杜之脉，如苏轼，以才气为诗，兼综百家之长，除了受老杜影响外，他还更多地受到李白、白居易、韩愈、柳宗元等唐代诗人的影响。将王安石、晁补之、僧道潜、觉范视为老杜之脉也是不符合实际的，王安石诗以精工新奇、意蕴含蓄著称，其诗渊源也是多方面的；张耒是以学白居易为主；晁补之以文、词著名，其诗平平；僧道潜、觉范诗多取法贾岛、晚唐体，意境幽僻狭仄，与杜诗

---

① 方回：《桐江续集》卷八，李修生等编：《全元文》卷二一四，第7册，南京：江苏古籍出版社1999年版，第136页。

相去甚远。更可笑的是，他推朱熹诗为乾淳诸人之首，完全是因朱子理学成就突出而故意抬高其诗的地位，有失公正。他这样做完全是出于建构其诗统论的需要，达到尊派的目的。过分尊派，有时会走向极端，将一些不符合本派的诗人、诗派也强行纳入到自己所构建的诗歌传承系统中。

既然老杜诗派是唐宋诗歌发展的主流，那么，江西诗派将杜甫推尊为创作典范也是理所当然的了。在宋代，江西诗派又是影响极大的一个流派，方回对其源流演变的认识也是符合江西诗派的创作实际的。目前，学界对此已论甚详，拟不再述。[①]不过，我们想强调的是，方回提出江西诗派“一祖三宗”之说是其诗统论的重要内涵，也是他从唐宋诗发展内在规律中自然而然得出的结论。他说：“古今诗人当以老杜、山谷、后山、简斋四人为一祖三宗，余可预配飨者有数焉。”[②]有哪些人可足“配飨”呢？唐代与老杜同时的王、孟、高、参、李、贾岛、姚合，北宋欧、苏、梅、黄、陈，南宋吕居仁、曾茶山、尤、杨、范、陆、朱文公、二泉等人均可为羽翼。这样，他就建立了以杜、黄、陈后山、陈简斋为骨干，众多诗人为羽翼的完备的江西诗派骨干系统。可是，这一骨干系统同样也是主观的，其原因是，如上所论，他所列入“羽翼”的一些诗人，有的并不属于老杜之脉。经过这一精心设计，他就将江西诗派纳入到元以前的整个诗统序列之中，使江西诗派成为儒家经典之一《诗经》的合法传承者，从而抬高了江西诗派的地位，达到尊派的目的。

江西诗派为什么能成为整个诗统论不可缺少的一部分呢？其主要原因是江西诗派与《诗经》都有义理，都是儒家道德观念的载体，有其精神上的相通之处。

方回认为，在社会历史的发展中，有因袭延续、亘古不变的因子，也有不断改变、不断革新的因素，不变的是儒家之道。具体到诗歌方面来说，从《诗经》到唐宋，尽管诗体有三变，但是不变的是诗道，诗之义理，也就是诗歌所承载的儒家价值观念。在方回看来，《离骚》对《诗经》来说，是一次变化。无论从体制方面，还是从内容的博大、感情的深厚方面来说，《离骚》确是《诗经》之变，但其所蕴含的圣人之道却是未变的。在《离骚胡澹庵三说》中，

① 莫砺锋：《唐宋诗论稿》，沈阳：辽海出版社 2001 年版，第 542—562 页。
② 陈与义：《清明》（诗评），李庆甲《瀛奎律髓汇评》卷二六，上海：上海古籍出版社 1986 年版，第 1149 页。

方回完全赞成胡澹庵“《离骚》经渊源帝王之道，可以方大雅”之说，且“有契于心”。[①]对杜甫的评价也是如此。老杜之所以能被奉为江西诗派之祖，雄视百代，其原因就在于杜诗在精神上与《诗经》是一脉相通的：“老杜所以独雄百世者，其意趣全古之六义，而其格律又备后世之众体。”[②]在方回看来，正是杜诗“意趣全古之六义”与古诗的“六义”相通，所以，才能够接续古诗，成为诗统序列中的光辉典范。这里的“六义”既有诗歌内容方面的因素，也有属于表达方式方面的，但其内容要旨多归于儒家之道，这是毫无疑问的。江西诗派是杜甫的衣钵传人，自然也继承了《诗经》以来的风雅传统，这是江西诗派成为《诗经》法嗣的内在基础。

方回对《离骚》、杜诗的阐释有明显的依经立论的倾向。在《赠邵山甫学说》中，他说：“古之经皆文也，皆诗也。后世下笔未易及经，则分为两途。”[③]方回的经即诗文的观点，脱胎于文以载道的思想，其实质就是将经与诗文并列，就是“宗经”、“征圣”，依经典立论，这就提高了作为文学作品的诗文之地位，是出于建构诗统论的需要。

同时，“经即诗文”说既然将圣贤之道奉为衡量诗文优劣的重要标准之一，那就容易导致对诗歌发展史阐释的单一化倾向。凡是能够传道、继承儒家诗道的诗人、诗作或诗歌流派都被纳入到儒家诗统的序列中，被奉为学习的典范，像习书一样临之摹之。杜甫因在诗歌创作中忠实地履行了儒家的道德伦理观念而被后世奉为诗圣，方回尊之为江西诗派之祖，并成为诗歌传承系统的典范。对那些不符合儒家诗统的诗人，则曲解以从之，或弃而不顾。视《离骚》渊源于帝王之道，方之大雅，显然有故意曲解、强行将其纳入诗统之嫌，有悖于《离骚》的创作实际。实际上，这在提高诗歌伦理价值品位的同时，无形中也贬低了诗歌的独立审美价值。

他对晚唐体、许浑、四灵的批判，也是出于同一目的。方回认为，晚唐体、四灵诗人与诗歌发展的主流相游离，不能达到老杜等所达到的诗歌境界，

---

① 方回：《离骚胡澹庵三说》，《桐江续集》卷一二，李修生等编：《全元文》卷二一八，第7册，南京：江苏古籍出版社1999年版，第233页。

② 方回：《跋许万松诗》，《桐江集》卷一一，李修生等编：《全元文》卷二一七，第7册，南京：江苏古籍出版社1999年版，第207页。

③ 方回：《桐江续集》卷一二，李修生等编：《全元文》卷二一八，第7册，南京：江苏古籍出版社1999年版，第250页。

故而其诗多“饾饤粉绘，率皆死语、哑语。试令作七言大篇，如苏、黄、李、杜，五言短篇，如韦、陶、三谢、嵇、阮、建安七子，则皆缩手不能。又且借是以为游走乞索之具，而诗道丧矣”[①]。“诗道丧矣”的原因是多方面的，从诗歌体制方面来看晚唐体诗人多为五言、七言近体，粉饰藻丽；且取境不高，师范不当。其中最主要的原因是不能持志自守，将诗歌创作当作干谒乞食的工具，缺乏创作所需要的道德修养。方回对四灵、晚唐体的批判虽然不乏门户之争、有维护江西诗派之意，但我们认为，其更深的原因应该是维护摇摇欲坠、斯文落地的儒家诗道，是借辨四灵、晚唐之伪以达到存其儒家诗歌承传之统的目的。

对方回构建的以“一祖三宗”为骨干的诗统论，前人已有争论。冯舒、冯班兄弟持否定态度，认为这是“诗之恶派”，并提出以欧梅、坡公兄弟、半山、范陆、“四灵”为主的“我家诗法”[②]，与方回的诗统论对抗。如果单从宋诗发展流派而言，冯氏兄弟所论不无道理，他们指出了宋诗发展的另一主流，它与江西诗派同时存在，共同发展。不过，冯氏诗法也不科学，所举诗人风格多样，缺乏共同的创作倾向，且前后传承系统不明显，很难囊括为一个诗歌流派。许印芳也持否定态度，他认为一祖三宗之说颇有见地，但将吕本中、曾几与黄陈并提有失公允，且视江西诗派为“正派，余则别派”有推尊过高之嫌。他们都从宋诗发展的整体考虑，认为江西诗派的一些诗人不足以与苏东坡、陆游等人相提并论，这是不错的。但他们都着眼于宋代诗歌主流江西诗派自身的得失，却忽略了方回的诗统论旨在建构自先秦至宋末儒家诗歌传承系统这一事实，所论难免有偏颇之处。与此不同，纪昀持折中态度。对于方回视杜甫为唐诗之冠、黄陈为宋诗之冠而黄陈学杜的诗统论，纪昀认为，“此一段纯是‘江西’宗旨，其自成一家处在此，其局于一家处亦在此”[④]。得失参半，比较通达。确实，一方面为了强化江西诗派的法嗣地位，方回有将一些不符合本派的诗人强行纳入诗统论、过分贬抑或抬高一些不同风格的诗人、诗派的倾向，有失公允；另一方面，方回的诗统论主要是为了建构与儒家道统论相适应的权力话语

---

① 方回：《滕元秀诗集序》，《桐江集》卷五，李修生等编：《全元文》卷二一一，第7册，南京：江苏古籍出版社1999年版，第75页。

②③ 李庆甲：《瀛奎律髓汇评》卷一六，上海：上海古籍出版社1986年版，第592页。

④ 李庆甲：《瀛奎律髓汇评》卷一，上海：上海古籍出版社1986年版，第42页。

表达系统，更好地维护封建统治秩序的正常运转，这是其得。

当然，在方回之前已经有人对唐宋以前的诗歌历史做过整体观照了。严羽论诗以盛唐为宗，并以此上溯汉魏晋古诗，直至“诗经”的风雅传统，但因其否定宋诗，将唐诗与宋诗的发展完全割裂开来，因而不可能建构一个传承脉络分明、体系完备的诗统。只有方回，将宋诗视为《诗经》以来诗歌发展的内在必然，没有割裂整个诗歌发展之间的承传关系，才能够完成建构元以前诗统论的重任。

二、方回诗统论的学理依据

无论是道统还是文统、诗统，它必须具备三方面的内容，即建构谱系、确立典范、辨伪存真。方回构建其诗歌传承系统的学理依据之一是儒家的道统。他不但完善了宋末以前的儒家之道的传承史，而且还从建构儒家道统的实践中汲取了建构诗统论的一些方法。

中唐之时，韩愈重建了自尧、舜、禹以至孔子的儒家道统，是韩愈为满足重振儒家学说的需要而创立的。到宋元之际，两宋道学有了进一步的发展，方回便自觉地对韩愈所建构的道统进行了丰富和发展，使之更系统更完备。在《吴云龙诗集序》中，在韩愈儒道体系论的基础上，方回又增加了宋代周、二程、张子以及朱子，至此，元之前的儒学道统传承谱系的建构已经完成。另外，方回还对不同的儒家经典所承载的不同义理做了区别。他认为，儒家的价值观念是由不同的经典著作分别来承载的，这些经典分则为各专门义理之学，各有侧重，合则为儒家之道的整个价值体系。

不仅如此，他还对各位大儒在该系统中的地位及其贡献做了比较恰当的评定，确立了典范。他认为：

> 八圣四贤暨濂洛关西，学之祖也。张宣公、吕成公早世而书传，朱文公独后死而书大备，学之宗也。黄直卿《通释》、陈安卿《字义》之外，各有文集，羽翼文公。真希元之《读书记》，义理之本根。魏华父之《九经要

义》，典故之渊薮。又各有集百卷，皆学者所由入之门也。[①]

在这个儒家道统的骨干谱系中，他将尧、舜、禹等至宋代的周张二程尊奉为儒道之祖，将张栻、吕祖谦、朱熹奉为三宗，而黄直卿、陈安卿则为朱熹之羽翼，真德秀、魏了翁为学道之入门阶梯。他的权衡评定，不仅能够让人抓住儒家之道的传承脉络，而且为后学者提供了正确的学道门径。至于对这些儒家历史人物的论定是否公允则另当别论。

与韩愈树立道统时排佛辟道的做法一样，方回在建构其儒家之道统时也采用了这样辨伪去妄的方法批判儒家之道内部各种异端思想。无论是孟子辟杨朱，还是韩愈排佛老，他们倡明儒家之道的过程总是伴随着与各种非儒思想作斗争的过程，这是一个破伪存真的过程。方回树立道统时，也是不遗余力地抨击佛老。不过，到了宋末元初之时，佛老的势力已呈衰弱之势，对儒学已不能构成实质性的威胁，不足为患。相反，儒家思想内部各种与周、张、二程、朱子等主流思想相悖的非主流思潮对儒家正统的价值观念体系构成了极大的冲击。因此，“辟邪”便转为与王安石新学、陆九渊心学及叶适、陈亮之永嘉事功之学等非主流思想作斗争。他批判王安石急功近利、有悖王道；批判陈亮的专尚事功之学，批判陆子静之学杂糅禅佛。要之，这些思潮都“近理乱真者，妄意于成己，而不足以成物。商功计利者，又一切以成物为急务，而不本于成己。此佛老管商所以异于吾道者，二而分之也”[②]。

方回经过辨伪存真，叙儒家之道的传承源流、铨衡代表性学者的学术地位和贡献，建构了比较完备的儒家道统，为其建构诗统论提供了可供借鉴的方法论。

方回建构诗统论的另一理论基础是文以载道。诗、文等一切文学都是道统的有机组成部分，儒家之道是体，文、诗等则为道之用。北宋时，文以载道的思想十分盛行，一切文学都归附于六经，文体尽管可以有发展变化，但其所体现的儒学之道却是不能改变的。其目的是将道统与文统统一起来，以适应北宋

---

① 方回：《送柯德阳入新城序》，《桐江续集》卷三，李修生等编：《全元文》卷二〇九，第7册，南京：江苏古籍出版社1999年版，第44页。

② 方回：《晦庵集钞序》，《桐江集》卷五，李修生等编：《全元文》卷二一一，第7册，南京：江苏古籍出版社1999年版，第70页。

儒士创建道统的现实需要，为重建封建正统意识的权利话语服务。为了服从创建诗统的需要，方回也重弹旧调：

> 窃尝谓道一而已，而物有万。古圣贤之学，不专在言语文字，而亦不离言语文字。日月星辰与天为体，运而不已。山川草木与地为体，生而不穷。言语文字与圣贤为体，传而不朽。体物也，所以用之者道也，道不离物。……天地之心耳，此之谓道。而以其道用乎日月星辰、山川草木之物，故曰道不离物。圣贤之心，欲使千万世之人为善不为恶，以复其有善无恶之性，则不容不著之书。此言语文字所以为斯道有形之体，而无形之道所以用乎有形之体而寓于言语文字之中也。[①]

方回此语的核心是，在道与文（当然包括诗歌）的关系中，道为体，文为用。道就是“天地之心”，实为儒家的价值观念；而文则是表现道之载体，其归结点仍是一个“文以载道”的问题 。但方回重拾前人牙慧却别有深意。既然一切付诸语言文字的东西(包括儒家经典和一切文学作品)都是道的载体，都承担着传达圣贤之心的使命，那么，随着时代的变迁，历史的发展，儒家的道统也在不停地向前发展，就应该有与之相应的文统、诗统来反映道统的承传脉络。从上古孔子直到北宋欧阳修的古文承传谱系早已在北宋就已被建构完成[②]，他就自觉地承担起重建儒家诗统的历史使命。他将其建立诗统的理论置于“文以载道”的基础上，这是方回之诗统与道统结合的缩结点。

简言之，方回的诗统论建构既从其道统论中汲取了方法论的指导，又从“文以载道”的传统观点中找到了立足之根。前者是外在的，后者是内在的，他们共同支撑了方回的诗统论体系，两者缺一不可。

三、方回诗统论的特点

方回的诗统论是比较全面、完整的诗歌文体系统论。具体来说，有以下三

---

① 方回：《应子翱经传蒙求序》，《桐江集》卷七，李修生等编：《全元文》卷二一三，第7册，南京：江苏古籍出版社1999年版，第112—113页。

② 罗立刚：《宋元之际的哲学与文学》，上海：复旦大学出版社1999年版，第227页。

个特点。

其一，方回的诗统论包括创作论、批评论和文学史三种成分。前面所提到的方回论诗歌起源、演变的一些内容，既是极为简明的诗歌史，也是纵论作家作品的批评论，在其中也渗透着创作论。比如，他论杜诗有古诗之义，又兼备众体，这是杜诗雄视百世的原因，属于批评论。同时，指出作诗的准则是诗歌内容不能违背儒家之道，又应当转益多师，这属于诗歌创作论的范畴。

其二，就批评论而言，他的批评标准主要是诗格论。在《唐长孺艺圃小集序》中，方回说：

> 诗以格高为第一，三百五篇圣人所定，不敢以格目之，然风、雅、颂体三，比、兴、赋体三，一体自有一格，观者当自得之于心。自骚人以来至汉苏、李，魏曹、刘，亦无格卑者，而予乃创为格高卑之论者何也？曰此为近世之诗人言之也。予于晋独推陶彭泽一人格高，足方嵇阮，唐惟陈子昂、杜子美、元次山、韩退之、柳子厚、刘梦得、韦应物，宋惟欧、梅、黄、陈、苏长翁、张文潜。而又于其中以四人为格之尤高者，鲁直、无己，上配渊明、子美为四也。[①]

方回的诗格论的内涵包括两个层面。就创作主体而言，他所谓“格”着眼点首先在人格。人格的高低又与人之道德修养有关，道德修养转化为诗人胸中之气，即蓬勃旺盛的生命力。诗格又与诗中之气结合起来了。诗人人格的高低决定诗格的高低，无论是陶渊明脱离污浊的官场，回归田园，超然物外，还是杜甫虽命运多舛却不改其忠，能以民胞物与的博大胸怀关注着乱世中的百姓，他们都以人格高尚著称，是格高的典范。就诗歌文本而言，人的生命之气渗透到诗歌作品中，随着人的生命力类型不同，诗歌的风格也会随之而不同。人的气有刚柔，贯注了激励刚健生命力的诗作就有劲健质朴的骨力，建安诗人身经乱世，慷慨任气，磊落使才，发为短章，骨力遒劲。相反，生命力萎靡不振的诗人，其诗自然就格卑体弱。不同的体裁，其声色、语辞、韵律等也各不相同，

① 方回：《桐江续集》卷八，李修生等编：《全元文》卷二一四，第7册，南京：江苏古籍出版社1999年版，第134页。

“一体自有一格”，呈现出语用学方面的差别。可见，方回的诗格论包括诗歌的思想内容和诗歌的具体形相（风格、体类）两方面的内容，是比较完备的诗歌语体论。

其三，在建构其诗统论时，方回更多地关注文学史发展的内在规律性。他认为，诗歌的发展存在着一条从一个主要结构成分到另一个主要结构成分、从一种创作范式到另一种创作范式的内在演变轨迹。诗歌之外的社会现实（包括政治的、经济的、意识形态）的变化和转折可能会影响诗歌的发展进程，但不能改变这种发展的内在逻辑理路。前面所引律诗起源于南朝徐庾说、唐宋诗史两派说，方回就打破了以王朝兴衰的变化为限的传统文学史理念。他还注意到一个诗人创作从一个创作范型到另一个创作范型的转变。在评杜诗《早起》时，他说：

> 此乃老杜集之晚唐诗也。起句平，入晚唐也。三、四着上，“贴”、“防”、“开”、“出”字为眼，则不特晚也。五、六意足，不必拘对而有味，则不止晚唐矣。尾句别用一意，亦晚唐所必然也。①

一般说来，诗的起句平，难以振起全诗，显得骨力衰弱，格调卑靡，但杜甫却能别开新面，摆脱衰飒之气。方回从文学发展的自身规律出发，认为杜诗已孕育晚唐的因子，这是符合诗歌发展的内在理路的。

当然，方回强调诗歌总是按照其自身不可动摇的规律发展变化，并不意味着他否定社会现实对诗歌的影响。如他认为，杜诗内容的博大精深、风格的沉郁顿挫都是与杜甫个人的遭遇及其所生活的时代密切相关的。

综上所论，方回的诗统论，一方面构建元代以前的比较完备的儒家诗歌传承的谱系，尤其是将江西诗派纳入到这个谱系中，达到了尊派的目的，体现了尊体的意识。其目的不仅仅在于为江西诗派争正统地位，更重要的是为了维护日渐衰颓的儒家诗道。另一方面，他构建这个诗学谱系时并没有摆脱儒家道统论的束缚，其哲学基础仍然是文以载道的儒家诗教观，这就不可避免地走上了因过分强调诗歌的政教功利性而贬低诗歌独立审美价值的误区。可见，方回的

---

① 李庆甲：《瀛奎律髓汇评》卷六，上海：上海古籍出版社1986年版，第503页。

诗统论是一个充满矛盾的诗歌文体系统论。

第三节　方回的诗歌体裁论

方回诗歌体裁论的确立，就其本质而言，是他对诗之所以为诗的体裁性特征做全面把握的结果。诗的体裁性特征是诗区别于其他类型文学作品的标志，是诗歌自身艺术审美属性的集中体现。方回对诗歌体裁特质的总体看法是"律为骨，意为脉，字为眼，此诗家大概也"①。

一、意为脉

在《论陆机〈文赋〉中之所谓"意"》一文中，郭绍虞先生认为"文意"之"意"有三种解释：一，意义之意。任何一种语言都有思想，因此，任何一篇文学作品都有意义，包括作品中字、词、句、篇的意义。二，指通过构思形成的"意"。三，思想内容的倾向性。②其二也是语言文字表达之意的结果，但它已与作家的审美情趣、艺术表现手法等结合起来，因此这种"意"更具有作者的主观色彩。唐人所谓"意兴"之"意"即指此意。《文镜秘府论·论文意》引王昌龄《诗格》："兴发意生，精神清爽，了了明白，皆须身在意中"；又云："凡诗，物色兼意下为好，若有物色，虽巧奂无用之。"③在这里"意"随"兴"而发，兴将内思（意）与外物统一在刹那之间，此时，诗人便处于神清气爽、了了明白的精神状态之中。很显然，这里的"意"已是作者主观情思与客观外物结合的产物，是主客观的统一体，处于作者艺术构思的灵感状态之中。第三种意思是作家在现实生活中所形成的含有某中伦理价值判断的倾向性。

可见，"意脉"之"意"主要是指诗人的情、感、意旨等主体因素，是理性与情感的统一。诗的"意脉"是指由诗人情感、意旨等主体因素凝聚而成的

---

① 方回：《汪斗山识悔吟稿序》，《桐江集》卷一，李修生等编：《全元文》卷二一二，第7册，南京：江苏古籍出版社1999年版，第92页。

② 郭绍虞：《照隅室古典文学论集》（下），上海：上海古籍出版社1983年版，第141—142页。

③ 王利器：《文镜秘府论校释》，北京：中国社会科学出版社1983年版，第25页。

势的内在流动理路。它贯通整首诗歌的始终，有了它，诗歌中每一个孤立的、零散的客观物象就能转化为诗的意象。并且，按照一定的美学原则，孤立的意象组合为整体的诗的意境。它和“势”是一致的。皎然在《诗式》中首列《明势》篇云：

> 高手述作如登衡巫，觌三湘、鄢、郢三川之盛。萦回盘礴，千变万化。或极天高峙，崒焉不群，气势腾飞，和沓相属；或修江耿耿，万里无波，歘出高深重复之状。古今逸格，皆造其妙矣。

> 作者措意，虽有声律，不妨作用。如壶公壶中，自有日月天地，抛针掷线，似断而复续。[①]

皎然认为，诗歌创作立意要高远超拔，内心气势要充沛蓬勃，只有这样，诗的意脉才能肆意流走，变化多端，“似断复续”。但是，意脉、诗势是无具体形质的，离不开声律、语辞、布局（作用）等诗的形相体制。皎然以壶公日月为喻，指出在有形的诗歌形相体制中“开辟出新境界，此新境界广博深厚，变动不居，可作各层次、各方面的表现，所以说‘此为诗中之仙’。不能由体见用之徒，为体所拘忌，有如白居易的《咏鹤》，被鹤的丹顶、白翅所拘忌，自然不及由鹤之体以发现其情感、精神的深远有致，所以说：‘拘忌之徒，非可企及也’”[②]。要言之，意脉（诗势），“一方是意立气生，气动为势，势主作用；另一方面反过来又借作用（布局）以显示气势，于萦回盘礴之中明作者之‘措意’。这就是立意、取势、作用三者的辩证关系。”[③]方回已认识到诗歌气势的重要性：“气有所抑而难宣，意有所未易喻，时有所触，物有所感，事有所不可直指，形之为诗，则一言片语而尽之矣。故擎华为实，锻粗为精，文约而义博，辞近而旨远，惟诗为然。”[④]诗人在社会生活的触动下，因物而感兴，积郁

---

① 皎然：《诗式》卷一，丁福保《历代诗话续编》，北京：中华书局 1983 年版，第 26 页。
② 徐复观：《中国文学精神》，上海：上海古籍出版社 2004 年版，第 273 页。
③ 赵昌平：《赵昌平自选集》，桂林：广西师范大学出版社 1997 年版，第 289 页。
④ 方回：《仇仁近百诗序》，《桐江续集》卷七，李修生等编：《全元文》卷二一三，第 7 册，南京：江苏古籍出版社 1999 年版，第 118 页。

胸中已久的愤懑之情化为强烈的情感冲动，化为诗歌的辞气。这种气势在诗歌中充盈激荡，能够“锻粗为精”、“文约义博”、“辞近指远”，诗中气势充沛，就有万钧之势，意脉流荡，语词、用事等也都随宜而出，自然妥帖。正所谓：“有一斡万钧之势而不见其为用力，有一贯万古之胸而不觉其为用事，此予所深许之也。”①

这种“气”源于何处呢？它源于平时的“养”，也就是道德修养。由修养而道德内在化，内化为诗人之心。诗人之心与道德合一，融汇为胸中鼓荡的磅礴气势，它扩大了情感感发客观外物的对象，增加了创作主体的胆识和才气，能发人所未发，感人所不能感，言人所不敢言。杜甫的诗歌之所以雄跨百世，就因他饱受乱离的痛苦和儒家道德精神的濡染，铸就了强烈的忧患意识和沉郁的情感气势，使他敢于打破格律固有的平衡，创作拗体，取得多方面独创性的成就。宋代梅圣俞、陈无已、赵昌父三人因其仕宦不达，被方回称之为真诗人，最主要原因即是他们都注重道德修养，养成胸中的浩然之气：梅圣俞“陶粹冶和、春融天靓”，陈无已“锻劲炼瘦、岳握崖耸”，赵昌父“閟芳销华、霜枯冰涸”。②

方回认为，诗歌尤其是老杜诗虽然顿挫跌宕，变化多端，但意脉却是或隐或显地流动着。在评老杜诗《立春》时，方回说：

> 老杜如此赋诗，可谓自我作古也。第一句自为题目，曰“春日春盘细生菜”。第二句下“忽忆”两字已顿挫矣。三、四应盘、应菜，加以“白玉”、“青丝”之想，亦所谓“忽忆”者也。巫峡江，杜陵客不见此物，又只如此大片缴去，自有无穷之味。③

“白玉”、“青丝”一联初看似乎非常突兀，与整首诗极不协调。但仔细寻味文本，它在全诗中仍然十分自然而传神。诗以“盘”、“菜”与“春日”对起，逼出“忽忆”两字，知此时已是立春、春日融融，有菜可食，本属乱离中极难得的乐事。颔联承“忽忆”而来，“两京梅发时”，应起句“盘”、“菜”，“白玉”、

①② 方回：《送胡柏芸北行序》，《桐江集》卷二，李修生等编：《全元文》卷二〇八，第7册，南京：江苏古籍出版社1999年版，第34页。

③ 李庆甲：《瀛奎律髓汇评》卷一〇，上海：上海古籍出版社1986年版，第357页。

"青丝"之想等京都游乐之事，忆中之乐与此时之乐的对比使此时之乐已先见一丝悲凉之感。颈联即承"两京"而来，言此时春日之乐也是"杜陵远客"中的欢乐；又以"寒江"、"不胜悲"、"反挑"、"两京梅发时"之乐，写想象中巫峡寒江水急所触发的漂泊不定之悲，将前两联所写乐事悉数抖落殆尽，情感由乐转悲。情感忽乐忽悲，意绪忽两京忽巫峡，意脉跳越、转换，这意味着诗人心态、意绪、情感的变化。尾联之"此身未知归定处"又补足了颈联"远客"之悲的意韵。可见，突兀而起的"忽忆"、"白玉"、"青丝"之事，正是诗人由欢乐反跌到漂泊之悲的过渡，这是杜诗潜在的意脉，使杜诗呈现出大开大阖却有法可寻、顿挫跌宕却自然有致的特点。

诗歌的意脉借作者的布局、结构（作用）来安排，需付诸语言文字来传达。

就结构布局来说，最突出的表现莫过于情景关系的安排了。在情景安排上，晚唐诗多以中四句言景，首尾两联或景或情不一，渐成格套。宋周弼编选《唐三体诗》，总结了晚唐诗的情景安排之法，立为四实四虚、前后虚实之说。对此，方回在《瀛奎律髓》卷二六专列"变体"一类律诗，认为律诗情景安排方法多样，变幻莫测：

> 用一句说景，用一句说情；或先后，或不测；此一联既然矣，彼一联又如何处置？今选于左，并取夫用字虚实轻重，外若不等，而意脉体格实佳，与凡变例之一二书之。①

情与景的安排，尽管变化多端，但其中的意脉须一以贯之。通过景联与情联的不同布局，或收或放，或交错或分承，形成诗歌节律跳跃腾踔，以此显示感情的起伏、气势的跌宕。在评杜诗《上巳日徐司录林园宴集》时，方回说：

> "鬓毛垂领白"，言我之形容，情也；"花蕊亚枝红"，言彼之物色，景也。既如此开劈，下面似乎难继，却再着一句应上句，形容其老为可怜；又着一句言不孤物色之意。然后五、六一联，皆是以情穿景，然结句亦

① 李庆甲：《瀛奎律髓汇评》卷二六，上海：上海古籍出版社 1986 年版，第 1128 页。

不弱也。尚双峙力缴，惟老杜能之，惟黄、陈能之，惟曾茶山、赵章泉能之。①

在这首诗中，首联情景交错，言已老，情以悲为主；言花红，丽景，情以乐为主，情之悲欢并峙。颔联，"衰年"与颈联之"薄衣"承"垂领白"而来，进一步渲染衰老、贫困之态，悲情渐趋加浓；颔联之"令节"、颈联之"和风"承花红而来，欢乐之情也渐次增加，以至于尾联竟有处安身之喜的念头。在这情感双峙、不断强化之时，却以"无劳问转蓬"作结，一语问及行踪，漂泊转蓬，"无劳问"一词使羁旅悲情陡然升值，将前此不断加浓的欢乐抖落净尽。在这首诗中，情感的对峙与景象的对峙并行且情贯景中，情景两线显隐交叠，最终因悲情的强度超过乐情而打破了双峰对峙的平衡结构，作为意脉的悲情却显得更隐微，布局更具匠心。情景之间的理想境界就是像老杜诗那样"不见所谓景联，亦不见所谓颔联，何处是四虚，何处是四实？虚中有实，实中有虚，景可为颔，颔可为景，大手笔混混乎无穷也，却有一绝不可及处"②。

就语言文字而言，他首创以虚字来斡旋律诗意脉之说。刘勰在《文心雕龙·风骨篇》中提出了"结响凝而不滞"的思想，这里的"凝"是顿挫、盘旋；"滞"，顿滞、停滞，"凝而不滞"是说声调有顿挫，盘旋跌宕，气势流动。意脉在顿挫盘旋之中含有一股跃动的、流荡的情感之力。就修辞而言，"凝而不滞"关系到虚字的应用。在诗歌中虚字表达作者的语气，而语气都是与作者的感情、情绪相关。虚词斡旋，使感情盘旋流走，使意脉凝而不滞。方回深谙其理。他称赞鲍子寿诗"知夫用虚字与不紧要字之微机，斡旋变化五七百千，固亦枯且淡而劲以瘦矣"③。虚字及不紧要处恰恰是诗歌意脉似无实隐之处。后山诗的突出之处就在于"淡中藏美丽，虚处着功夫，力能排天斡地"④，善于运用虚词来斡旋诗势（意脉）使诗人的情感、意旨能够纵横自如，有排天斡地之势。方回评其《别负山居士》一诗云：

---

① 李庆甲：《瀛奎律髓汇评》卷二六，上海：上海古籍出版社1986年版，第1129页。

② 李庆甲：《瀛奎律髓汇评》卷八，上海：上海古籍出版社1986年版，第425页。

③ 方回：《鲍子寿诗集序》，《桐江续集》卷六，李修生等编：《全元文》卷二一二，第7册，南京：江苏古籍出版社1999年版，第98页。

④ 李庆甲：《瀛奎律髓汇评》卷六，上海：上海古籍出版社1986年版，第378页。

> “更病可无醉”，所用“可”字不容不拗。此诗全在虚字上着力，除“田园”、“沙草”、“山路”六字外，不曾黏带景物，只于三、四个闲字面上斡旋妙意，其苦心亦已甚矣。①

由上可见，诗歌的意象是片断的、不连贯的、直观的，一旦意脉贯通，则整首诗歌立刻成了浑然一体、圆融无间的有机体。意脉又离不开律诗的布局与语辞。布局、结构是律诗意脉贯通、委婉曲折的必要前提。

二、律为骨

律诗既有外在的形式声律，又有与表达诗人思想相结合的内在声律。②外在声律包括宫调、律吕等因素，内在声律就是诗歌中所充溢的生命律动。诗歌节奏急促徐缓的组合、音调高低抑扬的搭配、长短错落的布局，尽管变化多端，并不固定，但必须符合诗人内在的生命律动。

诗歌外在形式之律是如何与内在之律相统一的呢？两者结合的基础是诗人胸中的生命之气。在《文心雕龙·声律篇》中，刘勰说：

> 夫音律所始，本于人声者也。声含宫商，肇自血气，先王因之，以制乐歌。故知器写人声，声非效器者也。……响在彼弦，乃得克谐，声萌我心，更失和律，其何故哉？良由外听易为巧，而内听难为聪也。故外听之易，弦以手定；内听之难，声与心纷。可以数求，难以辞逐。③

彦和所谓声律本源于人的血气，是生理之气的外化。生理之气有起伏、抑扬，发而为声，形成声的高低、抑扬等宫商、律吕之变。彦和此论已经揭示了声律与人的血性之气的关系，外在的声律与内在的生命情感律动应当一致。“声与心纷”的原因是心情自身内在的律动纷乱无序。对此，刘永济先生有精辟

---

① 李庆甲：《瀛奎律髓汇评》卷二六，上海：上海古籍出版社 1986 年版，第 1113 页。
② 郭绍虞：《照隅室古典文学论集》（下编），上海：上海古籍出版社 1983 年版，第 256 页。
③ 詹锳：《文心雕龙义证》，上海：上海古籍出版社 1989 年版，第 1209—1215 页。

之论：

> 盖言为心声，言之疾徐高下，一准乎心。文以代言，文之抑扬顿挫，一依乎情。然而心纷者言失其条，情浮者文乖其节。此中机杼至微，消息至密，而理未易明。故论者往往归之天籁之自然，不知临文之际，苟作者襟怀澄彻，神定气宁，则情发肺腑，声流唇吻，自如符节之相合。……作者用得其宜，则与情符，情以声显。文章感物之力，亦因而更大。然其本要在乎澄神养气，不可外求，故曰“内听”。①

刘先生所论深刻地揭示了彦和之外声与心声、情感与声律的辩证关系。

在《跋吴友梅诗》中，方回继承了刘勰声律“肇自血性”的思想。他说：

> 物之初，未始有声也，形相戛、气相磨，而后声生焉。莫盛于《韶》，足以仪凤舞兽。老妪之篪、牧子之笛，至微也，而或闻之者，为惊怛凄怆，何耶？是故，诗人之诗，其盛者钟律铿锵，享帝荐庙之乐也；其微者亦犹一吹一弹之成音焉。……夫琴斫以木、弦以丝、微以金石、吟之以指爪，亦声也。而其声与它声迥□不同，则是凡天地间之有声者，虽本于形与气之所为，而其所以感人动物之妙，殆必有超于形气之外者，以为其声欤。②

方回认为，声音源于自然界万事万物的相碰相撞，源于宇宙中形、气的激荡碰撞。但是，诗、琴之声之所以感人动物仅有外在的自然之声是不够的，还需有与自然外物之声相谐和的诗人个性、情感等内在的生命律动之声，它是创作主体在现实社会生活中遭受的各种困苦所激起的情感变化而产生的，是超于自然界形、气之外的。就诗歌的声律而言，它也不单纯是宫商、律吕等外在形式因素，还含有更深层的情感内蕴。

既然诗歌的外在形式之律与内在心声之律相谐合，那么，人们就可以通过诗歌的律吕、宫调等外在形式来探求诗人情感、意旨的律动。在评杜甫诗《九

---

① 刘永济语，参见詹锳《文心雕龙义证》，上海：上海古籍出版社 1989 年版，第 1217 页。

② 方回：《跋吴友梅诗》，《桐江续集》卷一〇，李修生等编：《全元文》卷二一六，第 7 册，南京：江苏古籍出版 1999 年版，第 189 页。

日蓝田崔氏庄》时，方回云：

> 以予观之，诗必有顿挫起伏。又谓起句以“自”对“君”，亦是对句。殊不知“强自”二字与“尽君”二字，正是着力下此，以为诗句之骨、之眼也，但低声抑之读，五字却高声扬之读，二字则见意矣。[①]

这首诗意脉顿挫跌宕，首联以“老”、“秋”、“强自宽”对起，言已已经垂老矣，又逢深秋，悲凉之意顿生，却勉强抑之，情感已是两折。它又逼出对句“尽君兴”，知此兴乃是佳节为君尽欢——故欢兴中已有悲凉之意。首联诗人情感一波三折，顿挫跳跃。颔联承“老”字写欢兴，谓已虽老却不服老，得欢尽欢，伸足“强自”之意兴。颈联又伸“悲秋”之意，尾联却宕开一笔，以“醉”上挑“尽君欢”，以乐衬乐，更加强了悲秋之意。首联的“强自”、“尽君”确为全诗“之骨”、“之眼”。方回认为，情感的跳跃顿挫，必然与律诗的声调抑扬顿挫相应，因此，读者应当读出抑扬顿挫的声调，随着诗句语气的快慢缓急随时调整语气，在反复诵读中体悟诗歌情感的律动。方回这种“因声求意（义）”的方法继承了韩愈“气盛言宜”的思想，但他逆向推论，转而从诗歌声律中探求人的情感变化。这种思想也启发了清代古文家刘大櫆的“依音求神”思想。

律诗之律是如何转化为律诗之“骨”的呢？

刘勰在《文心雕龙·风骨篇》中提出“沈吟铺辞，莫先于骨。故辞之待骨，如体之树骸；情之含风，犹形之包气。结言端直，则文骨成焉；意气骏爽，则文风清焉”[②]的思想。人有骨，就显得刚健挺拔、端翔俊俏，有一种凛然不可侵犯的气势鼓荡其胸。从文学创作方面来说，“骨”就是落纸有笔力，它是指文学作品语言端直有力，骨鲠遒劲。方回认为律诗的骨也应有巉刻峭健的特点。在《赵西皋明叔集序》一文中，他曾借明叔之口评自己的诗为“有气骨，不作江南诗人软媚态”，并称赞明叔之诗“皆挺挺天出”。[③]可见，他所谓

① 李庆甲：《瀛奎律髓汇评》卷七，上海：上海古籍出版社1986年版，第634页。
② 詹锳：《文心雕龙义证》卷二八，上海：上海古籍出版社1989年版，第1048页。
③ 方回：《桐江续集》卷三四，李修生等编：《全元文》卷二一三，第7册，南京：江苏古籍出版社1999年版，第125页。

律诗的“骨”与前人的理解并无二致。不过，方回将“气骨”并举，这说明他已认识到“气”是形成“骨”的前提和基础。“气”既有禀于先天所获得的血性之气，又有来自后天通过道德修养所获得的具有一定道德理性的学养之气。它们共同构成了充满情性、志趣的生命力。这种生命力以激励刚劲为主，它贯注于律诗之中，便形成了遒劲峭拔之骨。当然，气除了有刚健之类外，也不乏清新秀丽，它体现于文学作品中就形成飘逸淡雅、清灵流丽的风格。

由律诗的声律转化成律诗之骨，其前提和基础也是气。生命之律是充满着诗人情感和意旨的生命律动，它贯注于诗歌的字句之中，文字带有鲜活的生命及其律动。这样，一方面，气把文字的节律染上诗人的情性；另一方面，气又把情性借助文字向外传达，文字便获得了生命的律动。当那种刚健挺拔、凛然不可犯的“峻急”之气成为主导的生命律动时，诗歌的声律也便具有了峭拔劲健之骨。律诗便实现了由外在声律到律诗之骨的转变。在评许浑诗《春日题韦曲野老邨客》时，方回比较了许浑与后山诗之间的异同后，说：

> 每以许诗比较后山诗，乃知后山万钧古鼎，千丈劲松，百川倒海，一月圆秋，非寻常依平仄、俪青黄者所可望也。大抵工有余而味不足，即如人之为人，形有余而韵不足，诗岂在专对偶声病而已哉？①

陈师道家贫无以自养，但他却人穷志高，不堕青云之志，有棱棱凛凛的铁骨。这种刚正超拔的骨气外化为律诗的声律，形成诗歌拗峭劲拔、瘦硬劲健、凛然难犯的骨气。相反，那些学晚唐的诗人缺乏骨气，作诗只是一味求工求丽，他们的诗只是形态富腴，缺乏刚健挺拔之气。

方回认为拗体律诗最能体现诗人的骨气，“虽拗字甚多，而骨格愈峻峭”②。如杜诗《愁》：

> 江草日日唤愁生，巫峡泠泠非世情。盘涡鹭浴底心性，独树花发自分明。十年戎马暗南国（引者按：“南”一作“万”，与对句“孤”相对），异

---

① 李庆甲：《瀛奎律髓汇评》卷一〇，上海：上海古籍出版社 1986 年版，第 338 页。
② 李庆甲：《瀛奎律髓汇评》卷二五，上海：上海古籍出版社 1986 年版，第 1107 页。

域宾客老孤城。渭水秦山得见否，人今病罢虎纵横。[①]

此诗为漂泊言愁之作，不仅有归无定所的个人悲愁，而且有国事的忧愁。为了化解胸中浓重的悲愁，诗人戏为吴体。这“戏”，就是故意打破律诗正体固有的平衡，使律诗在谐婉、典雅、流丽、平衡中出现了拗峭、拙涩、瘦硬、不平衡。这是对律诗固有形式的拆解，试图打破律诗的格律对自己情感的束缚。这种拆解是为了适应抒发磊落不平的情感。当然，拗体声律尽管是对律诗固有形式的破坏，好像无法寻绎，但因它与诗人情感变化相适应，也是有脉可寻的，“文从字顺”的。有骨的律诗，往往摆落浮华，唯见真骨，因而不可以色相求。方回认为，“陈后山诗，若以色见，以声音求，是行邪道，不见如来。全是骨，全是味，不可与拈花簇叶者相较量也”[②]。确实如此，后山诗以朴质拙涩、骨瘦劲健见长，若以声律之精致、谐婉，文辞的华美来衡量，则失之矣。

三、字为眼

以字为眼的思想，并不是方回的首创，它是对宋代讲究炼字之法的继承与总结。炼字为诗眼，是一首诗能否成为好诗的重要标志，“未有名为好诗而句中无眼者”[③]，一首好诗必须有“眼”。“眼”是诗的神情凝聚之处，最能体现诗的神韵、意趣。

方回认为，作为字眼的字必须“贵活”、“贵响”、“贵妥”。其中，诗眼之字“贵活”之说出自吕居仁，“贵响”之说出自潘邠老。他说：

虚己官至工侍。初与曾致尧倡和，致尧谓：“子之诗工矣，而其音犹哑。”虚己惘然，退而精思，得沈休文浮声切响之说，遂再缀数篇示曾，曾乃骇然叹曰：“得之矣”。予谓此数语诗家大机括也。工而哑，不如不必工而响。潘邠老以句中眼为响字，吕居仁又有字字响，句句响之说，朱文公又以二人晚年诗不皆响责备焉。学者当先去其哑可也，亦在乎抑扬顿挫之

① 李庆甲：《瀛奎律髓汇评》卷二五，上海：上海古籍出版社1986年版，第1116页。
② 李庆甲：《瀛奎律髓汇评》卷一六，上海：上海古籍出版社1986年版，第577页。
③ 李庆甲：《瀛奎律髓汇评》卷一〇，上海：上海古籍出版社1986年版，第348页。

间，以意为脉，以格为骨，以字为眼，则尽之。[1]

很显然，潘邠老字眼“贵响”之说，源于沈约“宫羽相变，低昂互节，若前有浮声，则后须切响。一简之内，音韵尽殊，两句之中，轻重悉异”[2]的声律理论。

为了达到这个目的，沈约人为规定了四声八病之说，从字的音节调值方面强调声音的轻重、低昂变化，难免会走上形式主义的道路。到了宋代，潘大临的“贵响”说借用声音调值变化刺激听觉，来唤起一首诗的精神。潘尝言：

> 七言诗第五字响，如“返照入江翻石壁，归云拥树失山村”，“翻”字、“失”字是响字也。五言诗第三字要响，如“圆荷浮小叶，细脉落轻花”，“浮”字、“落”字是响字也。所谓响者，致力处也。予窃以为，字字当活，活则字字自响。[3]

一般来说，七言律句，大致可分为前后两部分，前四字为一部分，后三字为一部分。就前四字而言，恰好成为两个二音步，其重点都在二音步末的平仄声。就后三字而言，因有一个单音步的音节在内，为了避免三平调或三仄调的句式出现，第五字尤其重要。[4]就整个七言律句而言，一、三、五字平仄为重要，而第五字因处前后两个音步的过渡部分，调值应该超过一、三，显得更响亮些。这样，在音节上才能振起全句。五言句的第三字也是如此。潘大临不仅注意到了这个声律特点，还注意到了字眼在律诗句中的精神功能。“响”字、“失”字作为响字使无生命的江涛、归云具有一种强劲的不可遏制的生命力量，而“浮”字、“落”字，则传达了园荷、细麦的可爱，神韵顿出。如果说潘邠老字眼贵响局限于某一字的话，那么吕居仁“字字响，句句响”，则是要求整首诗都气韵流动。方回则将炼字眼与炼骨气、炼意脉结合起来，这也是针对江

① 李庆甲：《瀛奎律髓汇评》卷四二，上海：上海古籍出版社 1986 年版，第 1512 页。
② 沈约：《宋书·谢灵运传论》，北京：中华书局 1965 年版，第 1165 页。
③ 胡仔：《苕溪渔隐丛话》前集卷十三引吕居仁《童蒙诗训》，北京：人民文学出版社 1962 年版，第 88 页。
④ 郭绍虞：《照隅室古典文学论集》（下编），上海：上海古籍出版社 1983 年版，第 504 页。

诗派末流因注重炼字而不顾律诗整体之病而发的。

至于吕本中之“活法”，时贤多从诗歌构思的变与常角度论之，不乏精辟之见。我们着重从字之活的角度再加以探讨。

吕本中所云“字字当活，活则字字自响”，这里的“活”，从用字法来讲，既有指称客观事物的实词，又有无实在意义的虚词。“字字活”，指诗歌中充满着自由无碍的气韵，每一个字都贯注着强烈的诗人之“气”，具有活泼泼的生命力，因而，不仅“字字活”，而且整首诗也都意气骏爽，变化不测。

南宋叶梦得已经注意到在诗歌中锻炼虚字的重要作用。他说：

> 诗人以一字为工，世固知之，惟老杜变化开阖，出奇无穷，殆不可以行迹捕。如“江山有巴蜀，栋宇自齐梁”，远近数千里，上下数百年，只在“有”与“自”两字间，而吞纳山川之气，俯仰古今之怀，皆见于言外。《滕王亭子》“粉墙犹竹色，虚阁自松声”，若不用“犹”与“自”两字，则徐八言凡亭子皆可用，不必滕王也”。①

叶梦得指出“有”、“自”、“犹”几个副词为诗中“一句之工”，“有”、“自”传达了诗人雄阔的气势和历史意识，富有韵外之致；而《滕王亭子》中“犹”、“自”则有限定作用。由炼实词到炼虚词的转变表明，叶适已经认识到在整个诗歌语言结构中，这些副词在表达意象、创造意境中所担负的实词角色。

方回则不然，他更侧重于虚字在创造有“意味”的形式中的重要作用。他在评黄庭坚诗《十二月十九日夜中发鄂渚晓泊汉阳亲旧载酒追送聊为短句》时说：

> 凡为诗，非五字七字皆实之为难，全不必实，而虚字有力之为难。……所以诗家不专用实句、实字，而或以虚为句，句之中以虚字为工，天下之至难也。后山曰“欲行天下独，信有俗间疑”，“欲行”、“信有”是工处。“剩欲论奇字，终能讳秘方”，“剩欲”，“终能”四字是工处。简斋曰“使之临难日，犹有不欺臣”，“使之”、“犹有”四字是工处。他皆仿此。且如此

① 叶梦得：《石林诗话》（卷中），何文涣《历代诗话》，北京：中华书局1981年版，第420页。

首“宵征江夏县，睡起汉阳城”，又与“气蒸云梦泽，波动岳阳城”不同。盖“宵征”、“睡起”四字应“渐”之意，闻命赴贬，不敢缓也，与老杜“下床高数尺，依杖没中洲”句法一同。①

方回认为，唐诗字眼以实词为主，追求一字之工，通过具体实字的锤炼传达诗歌的韵外之致、味外之味，创造浑融的诗歌意境，是求美的表现。宋诗重在虚词的锤炼，通过对语言结构中具体虚字的锤炼创造符合客观事物之理或意理的逻辑结构形式，是求真的表现。黄庭坚这首诗前四句按照由接王命到赴贬所的发展顺序来写，展现整个事情的发展过程，整首诗表现为历时性结构，作者的思想感情隐藏在这个结构中难以寻绎。这首诗中的虚词就承担了创造历时性结构的角色。“宵征”、“睡起”一联重在写赴贬途中的仓皇急促，与孟浩然“气蒸”、“波动”一联以共时性结构来表现岳阳楼之气势有明显不同。

这里所说的符合事物之理或意理的逻辑结构形式与前文所论虚词颔旋诗歌气势使意脉贯通，在本质上有相通之处。但也有稍微不同，意脉包括诗人的情感逻辑和意旨逻辑两方面，外延更广泛一些。我们之所以强调虚词在创造历时性结构中的作用，就是为说明宋人重意理而唐人重造境的不同。

至于字眼的“妥”，是指妥帖、准确而言。在《跋俞伯初诗》中，方回云：“稳贴两字，一生受用不尽，诗自是□□诗话，自是一般声响，自是一般风味，题目、称谓、送赠、唱和，种种不同，然必字字稳贴乃可。”②词的意义尽管是相似的，呈现近义现象，但在某一特定的语境中，只有一个词最适合于该语境。所以，炼字眼就是求得字词的准确性，只有这样，才避免浮而不切的弊端。

律为骨、意为脉、字为眼是方回对律诗体性的总体认识。其中，律为骨决定着律诗品格的高低和风格的类型，意为脉则是创作主体精神在律诗中的体现，它是律诗中意象之间、语词之间互相联系的纽带，离开它，律诗就如人无血液一样毫无生气；字为眼则是诗人生命精神的集中体现。不仅如此，方回还将用事、炼字、立意、炼骨等诗法结合起来，使律诗创作不至于流入为技巧而

① 李庆甲：《瀛奎律髓汇评》卷四三，上海：上海古籍出版社1986年版，第1547页。
② 方回：《桐江续集》卷一一，李修生等编：《全元文》卷二一七，第7册，南京：江苏古籍出版社1999年版，第209页。

技巧的形式主义之中。在《送俞惟道序》中，方回说：

> 善诗者，用字如柱之立础，用事如射之中的，布置如八阵之齐正，对偶如六子之偶奇。至于剔奇抉怪，如在太空中，本无一物，云霞雷电、雨露霜雪，屡变而不穷。锻一字者，一句之始，字字稳则句成，而无锻迹；铸一句者，一篇之始，句句圆则篇成，而无铸痕。其初运思旋转，如游丝之漾天；其终成章，妥帖，如盘石之镇地。①

一般来说，用典、炼字等都属于律诗的表现形式，但它们都与创作主体“气”的内敛相联系②，与诗人的个性风格有异质同构关系。因而，方回的律诗体性论也从单纯的语言结构等表现形式的研究转入到创作主体与诗歌表现之间辩证关系的研究。这与纪昀所说方回仅仅注重字眼、声律、对偶等形式因素忽视诗歌的整体神韵美是不同的。

第四节　方回诗歌的艺术特征

在《虚谷桐江续集序》中，方回回顾了自己的学诗经历。他说：

> 然客犹疑予之作诗不无法也，则诘之曰：“子之诗初学张宛邱，次学苏沧浪、梅都官，而出入于杨诚斋、陆放翁，后乃悔其腴而不癯也，恶其弱而不劲也，束之以黄陈之深严，而参之以简斋之开宏。古体诗其始慕韩昌黎而惧乎博之过，慕柳柳州而惧乎褊之过，慕元道州而惧乎短涩之过，慕韦苏州而惧乎谆谵之过。既而亦于子朱子有得，追谢尾陶，拟康乐，和渊明，亦颇近矣。而谓作诗无法是欺我也。”予凝思久之而复其说：“此皆予少年之狂论，中年之癖习也。去岁适六十一矣，始悟平生六十年之非。所作诗滞碍排比，有模临法帖之病。翻然弃旧从新，信笔肆口，得则书之，不得亦不苦思而力索也。然后自信作诗不容有法，惟于读书之法则当终身

① 方回：《桐江续集》卷二，李修生等编：《全元文》卷二〇八，第7册，南京：江苏古籍出版社1999年版，第29页。

② 程杰：《北宋诗文革新研究》，呼和浩特：内蒙古教育出版社2000年版，第410页。

守之而勿失耳。”客嘻笑又怒骂曰：“子终欺我。子所谓读书之法，即所谓作诗之法，而奚以有法无法为哉？”予不能复答。诗自壬午至戊子二十卷，卷百首。[①]

他在这篇序里，回顾了自己学诗时先博采众家，最主要的受陶渊明、杜甫、黄庭坚、陈师道、张文潜、陆游的影响较深。他接受了陶渊明诗的平淡美，接受了杜、黄、陈的雄深雅健、拗峭瘦硬之美，接受了张文潜平易自然之美，接受了陆游豪放飘逸之美。在方回的诗中，这些风格又常常互相融合，比如平淡美与平易自然、雄深雅健与豪放飘逸等风格都是互相融合的，最后进入自得为诗的境界。

一、雄深雅健

在《题一家清雅集送植芸胡直内》诗中，方回提出“参透雄深兼雅健，锻成俊逸更清新”[②]的思想，主张雄深与雅健结合，创造出新的俊逸清新风格。在方回看来，所谓“雄深”，指笔力恣肆而不失顿挫幽深；所谓“雅健”，指语言文辞的精练省净、刚健有力。这虽是称赞友人之诗，实际上也是方回自己追求的风格。“文潜雄浑开前路，无己深幽助晚成”[③]，即指雄深而言。他推崇杜甫夔州后诗，因为此时的杜诗皮毛落尽，唯见真骨，则侧重于雅健而论。

方回的诗歌常常表现一个情感跃动、回环往复的心灵世界，表现一种情感的奔突怒张之力。《会鹤臞郑高士庵为予写神走笔赋杂言》一诗则体现了这种雄深之美。诗云：

---

① 方回：《桐江续集》卷七，李修生等编：《全元文》卷二一三，第7册，南京：江苏古籍出版社1999年版，第121—122页。按：在这里，方回所说的《桐江续集》，是其亲自编定的，收录自壬午（1282）至戊子（1288）所作诗歌两千首。这些诗作都是五十七岁至六十二岁之间的作品，有许多都已散佚了。现存的《桐江续集》所收诗歌有八十岁时所作，为后人编定。

② 方回：《桐江续集》卷二三，孔凡礼等编：《全宋诗》卷三五〇三，第66册，北京：北京大学出版社1998年版，第41795页。

③ 方回：《赠程君以忠杨君泰之（并序）》，《桐江续集》卷一九，孔凡礼等编：《全宋诗》卷三四九九，第66册，北京：北京大学出版社1998年版，第41730页。

我不羡渠乘大马食肥肉，我不羡渠寝细毡居华屋。富贵两字输与渠，奈渠未免一字俗。我有诗肠如月朗三秋，我有酒肠如海吞百渎。西湖之水足供酒一杯，西湖之山可作诗千幅。羽客写我醉吟意，雪为长髯电为目。岂知天上三台星，焉用人间九州督。仕宦不达坐多言，衰老未死缘寡欲。眉毛及须尚如漆，此为寿相万事足。莫言不智又无福，宁当忍穷勿受辱。气豪未减天外鸿，神清差似霜前菊。有人指点问为谁，云是紫阳方虚谷。欲求我者，南山之南，北山之北。[①]

这首诗首先状诗兴的高洁，有朗月三秋之清朗；状酒兴的豪放，有吞海吸湖之气势，于情感奔突之外更有一种清劲朗练之美。接着，因想到人以老衰、仕宦不达而情感抑郁，又以天外飞鸿、霜前秋菊喻豪气未减，气势复振，情感为之昂扬。这样，情感恣肆而不直泻，表现出一种奔腾飞动的气势之美。

这种风格深受陆游豪迈诗风的影响。戴表元称方回诗酷似陆游："锦峰秀壑，淋漓翰墨，前后照映于百年间，良堪绘画。……故其为诗，笙鸣镛应，磁动针合，虽不规规求与之似，而目有不容不似者。"[②] 他们的诗都有翰墨淋漓、情感奔放回环之美。但也有明显的不同，陆游诗多抒写爱国豪情和报国无门的郁闷，方回则着眼于个人一己之私利的得失，陆游诗格调要远远高于方诗。

要达到笔力遒劲、沉郁回环之美的境界，最主要的方法是以虚词斡旋。虚词除了斡旋语势外，它还能增加诗歌的意义的层次，使之回环往复，有层深之感，境界幽深。比如《下长安堰》一诗云：

已雪又复雨，天寒行路难。船中寒尚可，未若堰头寒。已雨又欲雪，泥深行路迷。岸边泥尚可，未若堰头泥。官船买船逾十丈，终日牵攀仅能上。小船不阔五尺者，大船塞之不容下。堰夫惯见甘途汙，轴胶缆断相号呼。得钱赡家计未愚，不惜身如牛与猪。人生劣可足衣食，何必来此堰

① 方回：《桐江续集》卷一四，孔凡礼等编：《全宋诗》卷三四九四，第66册，北京：北京大学出版社1998年版，第41634页。

② 戴表元：《桐江诗集序》，《剡源戴先生文集》卷八，四部丛刊初编本，上海：商务印书馆缩印明刊本1912年版，第74页。

头立。①

用了“已”、“又”着力描绘天气寒冷、雨雪交加；“尚可”、“未若”突出船小难以容身，堰头更加寒冷，诗境已转。又以“尚可”、“未若”、“仅能”突出堰头泥泞、官船狭小，诗境又转。最后以“可”、“何必”转向堰头船夫的痛苦。整首诗前半部分极力渲染了天气的恶劣，为下面叙写堰夫的辛苦蓄足了气势，增加了诗歌的层次，诗境转深。再如五言律诗《大风寒微晴》中的虚字能化实为虚，使诗歌变得流动而不凝滞：

> 穷旅宽愁思，严寒作淡晴。终须开日色，何可欠风声。地白犹寒冻，天青渐放明。吴门稍和暖，应有故人迎。②

此诗以“终须”、“何可”渲染大风初定，大寒稍晴，浓重的羁旅之愁好像已经消逝，诗人为之兴奋不已。“犹”、“渐”突出天气依然寒冷，愁苦不已。“稍”、“应有”转为虚写幻想目的地吴门应是天气暖和，故人相迎，心情又为之一喜。虚词极力斡旋，情感的悲欢、哀愁循环交错，回环往复，气势流走，意脉贯通。

同时，方回的诗歌还表现出刚健质朴、事义丰富的雅健特点。方回的“律为骨”之说，重视内容丰富、情感充沛、刚健爽朗的诗歌。这种思想在其诗歌创作有所反映。比如其《初三日甲子雨次日雪上元方立春》云：

> 我比绛老今何如，甲子三百六十余。雨多晴少几水旱，往往咎证符占书。新正三日甲子雨，残腊未春何所主。通理三白妄自宽，明旦寒檐雪寸许。耳顺已过从心前，平生目击真可怜。兵戈屠斫骨骸拄，疾疫葬埋墟墓连。偶容脱遗鬼录内，贫无人知窘无对。至此岂可逢歉岁，夜枕梦惊心欲碎。虽然慎勿尤天公，迩年米价元不穹。汝自不肯学贪吏，攒眉耸肩甘

---

① 方回：《桐江续集》卷一四，孔凡礼等编：《全宋诗》卷三四九四，第66册，北京：北京大学出版社1998年版，第41644页。

② 同①，第41646页。

诗穷。①

全诗写雨雪之灾以及百姓饱受战乱与水旱的灾难，从一个侧面反映元代统治者的残暴与社会的黑暗，有很强的现实批判性。语言朴素，刚健有力，感情浓郁。

方回的雅健还表现为言辞逻辑严密，结构谨严。雅健是指由结构严密的言辞表现的事义所具有的力量，相当于刘勰所说的“骨”。雅健是由文辞表现出来，它不仅仅表现为言辞的刚健质朴，而且也包含言辞的逻辑严密，结构的严整细密。这是因为，言辞严密、结构谨严有助于诗歌事义和感情的表达。反之，事义贫乏，言辞堆砌且又失统，那便无雅健之力。如《至日后吴山城隍庙》云：

> 磴石梯飚俯去鸿，湖江左右海西东。冥冥烟雾已难辨，杳杳楼台犹未穷。摇翠步莲来陌上，褰红指笋出舆中。谁知夜静狐狸吼，粉黛还如旧六宫。②

这首诗的第三句“冥冥烟雾”呈首联的对句，第四句“杳杳楼台”呈起句而来，表现出交错互承的特点。前四句为实景，写登楼台所见的景色。第五、六句由登楼所见触发的联想，遥想古时西施的往事，这是虚。第七句回到夜静狸吼的现实，为实，结句宕开一笔，引起宋亡六宫入燕之叹，既是虚，又是实，虚实难辨。这样，全诗虚实结合，情景相融，结构既有变化，又不失严密。兴亡的沉痛感情贯穿全诗始终，诗歌事义丰富，言辞腴而不乱，真正达到了“政用整严藏细润”③的境地。

方回诗歌所表现的“雄深”与“雅健”，均指诗歌作品的内在力量，不过一虚一实，前者侧重于感情之力，后者侧重于事义言辞之力。感情之力借流动

---

① 方回：《桐江续集》卷一二，孔凡礼等编：《全宋诗》卷三四九二，第66册，北京：北京大学出版社1998年版，第41605页。

② 方回：《桐江续集》卷一〇，孔凡礼等编：《全宋诗》卷三四九〇，第66册，北京：北京大学出版社1998年版，第41572页。

③ 方回：《夏自然惠五言古体久之以律体和谢》，《桐江续集》卷一一，孔凡礼等编：《全宋诗》卷三四九一，第66册，北京：北京大学出版社1998年版，第41597页。

恣肆的气势感人，事义言辞之力，借结构谨严、言辞细密的力量感人。合而论之，乃是一种内在的力量之美，它要求诗歌不仅要有美的文辞，而且要有内在的动人力量。这在一定程度上矫正了江西末流只知寻章摘句、理学诗末流只以义理为诗、晚唐派拘忌声律的不良诗风。

二、平淡中有至味

在《赠程君以忠杨君泰之》之一中，方回说："淡中滋味须参透，圣处工夫语不传。我有长明古灯在，未妨三绝少陵编。"①这已道出方回的诗学追求是平淡中蕴含至味，杜诗正是这种诗歌美学思想的典范，故需时时参悟。

方回特别推崇陶渊明，对其高尚人格给以极高评价，称其为魏晋南北朝诗人之冠。陶诗对方回诗歌的影响，无疑在于平淡。陶诗的平淡，就语言层面而言，是不加雕饰，质朴无华，其实质却是极尽词采的纯净省洁之美；就境界韵味而言，它是一种平和淡泊、超脱旷达、与自然合一的精神境界的自然流露，表现为宁静平淡之美。前者是属于语体层次，后者属于精神层次。对此，方回心有神会："缅怀东篱间，用意极玄邈。笔势所到处，足与二雅角。心期重华并，襟度大庭朴。"②方回认为，陶渊明精神已超脱功名利禄等俗物的羁绊，达到与自然合一的"大朴"之境，其诗才有冲淡宁静、玄远深邈的境界。这说明，方回已不仅仅从语词的质朴角度来看待陶诗的平淡，而是从更深的精神层次来把握陶诗的平淡美。这样的诗在方回诗集中是很多的，如：

> 岚气湿征衣，千滩落翠微。悬崖樵屋小，破庙祭人稀。岸犬看船立，溪禽贴水飞。乡心与客思，向晚重依依。(《出歙港入睦界》)③
>
> 自从丧乱来，懒复治生事。行行过田家，因之动幽意。早稻青已黄，晚稻亦垂穗。霅霅割稻声，自与割草异。是时秋欲半，蒲柳风日脆。儿卧

① 方回：《桐江续集》卷一九，孔凡礼等编：《全宋诗》卷三四九九，第66册，北京：北京大学出版社1998年版，第41730页。

② 方回：《西斋秋感二十首》之一七，《桐江续集》卷一一，孔凡礼等编：《全宋诗》卷三四九一，第66册，北京：北京大学出版社1998年版，第41591页。

③ 方回：《桐江续集》卷五，孔凡礼等编：《全宋诗》卷三四八四，第66册，北京：北京大学出版社1998年版，第41490页。

牛自行，客熟犬不吠。螃蟹出篱间，茅茨临水际。使吾劣有此，亦足活老稚。宦学四十年，进退两不遂。扶犁手尚可，奈无可犁地。(《富阳田家》)[①]

晓窗初起望春云，天色阴晴未十分。小雨漫空浑不觉，平湖点点见圆纹。

岸边老树柳犹枯，红入桃花果有无。一夜绿从冰底起，谁将蓝汁染晴湖。

(《清湖早春》)[②]

这些诗里，没有言及他对山川的美的感受，但那美的感受确实流注在境界里。悬崖的樵屋破庙、岸犬溪禽、田家的割稻、牧牛儿的悠闲、水边的茅屋、湖上的小雨、湛蓝的湖波……无不与他的心灵交通，与他的生命融为一体。山川的自然美、人情美完全体现在人与自然的契合上。他曾说过："美之者存乎天，重之者托乎人，隆之者求乎己，可也。天下事皆然，岂独此哉！"[③]这是说，自然界本身存在着美，但要使其美感特征凸显出来，必须经过人的审美发现、审美创造，尔后，自然物可以更加显示其美感。因而，方回没有对山川的自然美、风土人情美做另外的追寻，这些美就在自己的生活里。

就此而言，他与陶渊明有相同之处。钟惺在评陶诗《劝农诗》时说："即从作息勤厉中，写景观物，讨出一段快乐。高人性情，细民职业，不作二义看。惟真旷远人知之。"[④]陶渊明的田园诗之所以能有宁静冲淡的境界，主要原因就在于他的心胸旷达超脱，与客观外物融而为一，他对自然之美也不作外向的寻求，而是在实实在在的现实生活中发现美的存在。这是他们的共同之处，但是，陶渊明与方回也有明显的不同。陶渊明对于田园生活不是一个欣赏者、旁观者，他将"高人性情"与"细民职业"融而为一，是与田园生活融为一体

① 方回：《《桐江续集》卷一一，孔凡礼等编：《全宋诗》卷三四九一，第66册，北京：北京大学出版社1998年版，第41582页。

② 方回：《桐江续集》卷二三，孔凡礼等编：《全宋诗》卷三五〇三，第66册，北京：北京大学出版社1998年版，第41790页。

③ 方回：《九峰寺重建佛殿记》，《桐江集》卷一四，李修生等编：《全元文》卷二二〇，第7册，南京：江苏古籍出版社1999年版，第306页。

④ 钟惺：《古诗归》卷九，上海：上海古籍出版社1982年版，第182页。

的，因而其诗能有“俯仰终宇宙，不乐复何如”的悠闲自得之乐。方回则不然，他徘徊于名利的追求与节操的持守之间，“宦学四十年，进退两不遂”，不能完全摆脱世俗功利的束缚，达到“真旷远人”的精神境地。他只是田园生活的旁观者，他的劳作也只是其宦学生活的一种调节而已，“扶犁手尚可，奈无可犁地”[①]，正道出此中之意。相应地，他的诗作在平淡中别有一种抑郁不平之气。这种不平之气，不是远大的济世之志不能实现的不平，而是无法满足个人欲望所致。

方回推尊陶渊明，崇拜其人格的高洁，但缺乏陶渊明的平淡宁静，这是由其心态所决定的。既然他的心境无陶闲适淡泊，那么，他就转而追求诗歌的质朴、拙涩、枯淡美。在《跋曹之才诗词三摘》中，方回说：“老杜诗，世无敢优劣，惟山谷独谓夔州后诗不烦绳削，盖暮年加进于妙年，而老作罕深于少作也。”[②]在评杜诗《春远》中，他又说：“大抵老杜集，成都时诗胜似关辅时，夔州时诗胜似成都时，而湖南时诗又胜似夔州时，一节高一节，愈老愈剥落也。”[③]方回推重杜甫夔州后诗的主要原因就是此时的杜诗“不烦绳削”，“愈老愈剥落”，剥落浮华、痕迹俱泯。此时杜诗，有许多看似枯淡却情感更为深沉、意味更为隽永之作。

方回的许多诗作也具有这种皮毛落尽、质朴而又情韵深远之作。如《中秋夜有客携酒》云：

> 中秋谓无酒，忽有携酒者。联翩二三客，柴门系蜥马。膨脝两大瓮，待月列堂下。空庭碧天阔，秋色极潇洒。皓魄初未出，稍觉云暗野。须臾冰团挂，细字可读写。琵琶拨旁行，此曲岂和寡。村伎杂南北，焉有容色冶。老夫但满饮，不复记杯斝。嘲诙颇恶剧，罚筹不吾舍。自从历丧乱，万事付苟且。应接日纷糅，口耳似聋哑。久旱百谷死，心望时雨泻。虽逢芳醑益，更着纤指把。丈夫忽有念，外物皆土苴。客去欲夜半，一笑真醉也。[④]

① 逯钦立：《陶渊明集》，北京：中华书局1979年版，第232页。
② 方回：《桐江续集》卷一一，李修生等编：《全元文》卷二一七，第7册，南京：江苏古籍出版社1999年版，第213页。
③ 李庆甲：《瀛奎律髓汇评》卷一〇，上海：上海古籍出版社1986年版，第325页。
④ 方回：《桐江续集》卷九，孔凡礼等编：《全宋诗》卷三四八九，第66册，北京：北京大学出版社1998年版，第41561页。

在这首诗里，他通过中秋节饮酒这一琐屑生活场景的具体描写，成功地塑造了诗人的形象，整首诗近于直叙，句法近乎率直。初读起来，似乎毫无形象、毫无意韵可言，但仔细体味，便觉其中恍惚有象，隽永之趣顿生。全诗几乎都是日常生活琐事的叙述，表现诗人得过且过、混天了日的庸俗情趣，忽然插入“久旱百谷死，心望时雨泻”一联，由一个日常生活琐事的描写转入一个关注百姓疾苦的主题，这就造成了诗意的极大顿挫、震荡。再深入体味，这一层是属于政治生活中的诗人形象，它与日常生活中的诗人形象结合，在醉态庸俗的背后隐藏着一颗并未忘怀现实之心，质朴中蕴含深意，构成一个完整的诗人形象。

这类诗歌表面看来，似乎率意地落笔，既无精彩的形象塑造，也无引人入胜的故事情节，更无华丽精工的辞藻，但他们却以质朴的白描写意取胜。写意型的诗歌并不以造境情韵取胜，而是“追求意中含象，意中蕴含境界，给人以意理外发，境象内涵的感觉”[①]。杜诗的《缚鸡行》等即属此类，它重在白描素相、质而有味、意中含神。

要达到质而有味，意中含神的境界，诗人就必须舍弃客观生活或事物的具体形貌，抓住本质特征直趋精神核心，做到“状貌之外观精神”[②]。“状貌”是传“精神”的基础，只有形似逼真，事物的基本质素方能固定，所传之神才能真切而不浮泛。但是，求得形似之后，还要求得神似，以形传神，这才是成功的艺术作品。否则，纵然形似逼真而无神，也是拙劣的败笔。他曾批评姚合、许浑等人的诗形肖而神无的缺陷：

> 俗流无骨但有肉，虾蟆敢竞骊龙先。姚合许浑精俪偶，青必对红花对柳。儿童效之易不难，形之肖矣神何有。求之雕刻绘画间，鹄乃类鹜虎胜狗。[③]

① 钱志熙：《黄庭坚诗学体系研究》，北京：北京大学出版社 2003 年版，第 303 页。

② 方回：《野趣居士杨公远令其子依竹似孙为予写真赠以长句》，《桐江续集》卷一六，孔凡礼等编《全宋诗》卷三四九六，第 66 册，北京：北京大学出版社 1998 年版，第 66 册，第 41674 页。

③ 方回：《过李景安论诗为作长句》，《桐江续集》卷一四，孔凡礼等编：《全宋诗》卷三四九四，第 66 册，北京：北京大学出版社 1998 年版，第 41641 页。

方回认为姚、许等人的诗歌注重形似而无神，注重语词的精工而描写不真切，因而他们的诗歌形肖神枯，画虎不成反类犬。方回此论虽有偏颇之处，但其重形似与神似统一的审美追求却是十分正确的。他的诗歌也具有这种状貌之外观精神的特点。如《为徐企题赵子昂所画二马》云：

> 长林之下无茂草，此马得无半饱饥。一匹背树似揩痒，一匹龁枯首羸垂。赵子作此必有意，志士失职心伤悲。我思肥马不可羁，不如瘦马劣易骑。焉得生致此二匹，马亦如我老且衰。破鞍弊鞯骨硉矶，狂豪敢学幽并儿。无世尘处天地阔，我后子先缓辔看山时赋诗。[①]

此诗出自杜甫的题画马诗，却能有所变化。仅以"长林之下"四句描写二马的生活环境及各自的神态，语约意丰，不像杜诗那样浓墨重彩渲染马的神骏。接着逼出二马的神韵，"志士失职心伤悲"，与自己情感产生了共鸣。接下来的议论，是说诗人自己衰老的不幸与二马遭遇相同，瘦马骨气的精劲、豪狂正从议论中补足，瘦硬中见姿态，精劲中有神韵。整首诗若就字句而论并无过人之处，甚而有枯率之病；但深玩之，深完气足、意蕴丰厚。

综上所论，方回诗的平淡，更多地趋向杜甫式的枯淡。方回晚境贫穷困厄，其诗更多地充溢着抑郁不平之气，无陶渊明的宁静冲和。不过，他的抑郁不平既无杜甫忧时念乱的博大深厚，也无黄、陈孤介自守的高洁峭拔，只是个人一己之欲不能满足的牢骚而已。就此而言，尽管他极力研炼诗艺，但其诗格终究不高，难以与杜、黄、陈等前辈诗人相提并论。这是他的致命弱点，毋庸讳言。

三、瘦硬拗峭

方回诗歌还具有瘦硬拗峭之美。他说："虚翁亦嗜诗，瘦骨枯崚嶒"[②]，"崛

---

① 方回：《桐江续集》卷二〇，孔凡礼等编：《全宋诗》卷三五〇〇，第 66 册，北京：北京大学出版社 1998 年版，第 41736 页。

② 方回：《读放翁诗作》，《桐江续集》卷九，孔凡礼等编：《全宋诗》卷三四八九，第 66 册，北京：北京大学出版社 1998 年版，第 41554 页。

强轮囷谓绝奇，刮摩剔抉更多疑。彭门峻步勤除道，栗里高风晚得师。乃后容赊十年死，定应全废一生诗。根柯直待如铜石，始是参天溜雨时”[①]。瘦硬矫健、拗峭崛奇是其诗歌创作的又一追求。

一般来说，瘦硬拗峭的风格表现在语体风格和内在神韵两个层面。就语体风格而言，主要表现为语言的质拙、生涩，声律的拗峭和多种变体。就内在神韵而言，主要指情感的跳荡，气骨的矫健、挺拔。如其《老马行》云：

> 十年何啻骑千马，望风此马甘为下。老夫与尔共艰难，定非苟且相逢者。忆昔专城鬓欲霜，宇宙茫茫成战场。指呼壮士斩群贼，蹀躞溅血沾靴裳。厩中始与驽骀列，夜夜向风嘶晓月。咆哮跳踯不受鞍，独我乘之心妥帖。韩干曹霸画图同，耳小胸开蹄踣铁。吴堤朝望海门潮，蓟门暮踏燕山雪。黄云衰草出长城，碧眼虬髯逢者惊。百人走驿落喘汗，力追不及犹缓行。痛饮烂醉仍宵征，了无倾侧肩舆平。发雕齿钝两衰暮，重到江南如隔生。我闲解官甘寂寞，尔病良医频灌烙。去年西湖往探梅，雅称是翁俱矍铄。陌上谁家年少郎，千金美妾规紫光。谨营刍豆尚努力，永伴残年田子方。[②]

此诗以劲健之笔、跳宕之势描写老马一生的遭遇。从修辞上讲，它脱去浮华，以极简练之笔勾勒出老马的神姿，瘦硬矫健。仔细品味，瘦硬之外还带点槎牙、生涩之味。从内在神韵而言，全诗将马的遭遇与己的不平有机结合起来，物我合一，忽而忆昔，忽而叙今，忽而宕开一笔转向陌上少年，笔势跳跃、纵横奇肆，瘦骨嶙峋，崛奇挺拔。这与其解官闲居时内心的苦闷、不平密切相关，借马的遭遇来抒写胸中的块垒。这类诗也是脱胎于老杜的诗风。

最能体现方回诗风瘦硬峭拔的还是变体和拗律。在《瀛奎律髓》中，他单独列出“变体”和“拗律”两类诗，并借选诗以阐释自己对变体、拗律的见解。简而言之，他的变体理论包括两个方面：一是从修辞方面来看，主要包括

---

① 方回：《悔少作》，《桐江续集》卷八，孔凡礼等编：《全宋诗》卷三四八八，第66册，北京：北京大学出版社1998年版，第41543页。

② 方回：《桐江续集》卷九，孔凡礼等编：《全宋诗》卷三四八九，第66册，北京：北京大学出版社1998年版，第41552—41553页。

对仗的变化，诗人不拘常格，打破以颜色字对颜色字，以数目字对数目字，以事类对事类的常规；二是从情景之间结构布局来看，诗人不拘情对情、景对景的惯例，或情或景，变化多端。变体的主要目的是追求神鬼莫测之美，为抒发诗人内心磊落不平之气开拓崭新的空间。在《跋仇仁近诗集》中，方回说：

> 周伯弼诗法，分颔联颈联、四实四虚、前后虚实，此不知情景之分。如陈简斋"官里薄书何日了，楼头风雨见秋来。是非衮衮书生老，岁月匆匆燕子回"，乃是一联而一情一景，伯弼所不能道。老杜云"舟中得病移衾枕，洞口经春长薜萝"，山谷云"霜髭雪发共看镜，萸糁菊英同迸秋"，后山云"老形已具臂膝痛，春事无多樱笋来"，此一脉，自老杜以来知而能用者，惟三数公，岂掣鲸碧海与翡翠兰苕故不同也？[①]

变体与翡翠兰苕之绮丽、妩媚、纤弱，掣鲸碧海之壮阔、遒劲、雄豪两种审美范型相比[②]，更有一种变极生新、神秘莫测之美。变体诗始于老杜，黄庭坚光大之，方回则继承之并从理论上加以总结。如：

> 枯树重看发刺桐，似闻陌上已残红。多端世故干戈后，大好春光老病中。万户独难侯李广，两生宁肯圣孙通。画楼著燕朱帘卷，别有冥冥物外鸿。
>
> （《春思》）[③]
>
> 斗杓忽又指西楼，我独何为此滞留。多事心情人转老，荒城风雨夜争秋。一蓑屡费渔樵梦，杯酒难湔宇宙愁。好趁微凉便归去，豆花篱落荻花洲。
>
> （《立秋》）[④]

---

① 方回：《桐江集》卷一一，李修生等编：《全元文》卷二一七，第7册，南京：江苏古籍出版社1999年版，第215页。

② 莫砺锋：《杜甫评传》，南京：南京大学出版社1993年版，第350页。

③ 方回：《桐江续集》卷一二，孔凡礼等编：《全宋诗》卷三四九二，第66册，北京：北京大学出版社1998年版，第41609页。

④ 方回：《桐江续集》卷一三，孔凡礼等编：《全宋诗》卷三四九三，第66册，北京：北京大学出版社1998年版，第41618页。

乱蛩号蝉孰赏音，汝吟岂似我能吟。风声雨气凉秋夜，世故时情病客心。烂醉无求甘老死，菊花有约合山林。一庵异日归何处，万叠寒云未觉深。

（《立秋病中再赋》）[①]

这三首诗都是变体。前一首中间两联，从情景安排上来看，全以情为主，这与常体的情景交融不同，颔联的对句以“大好春光”与“老病”并举，更见出瘦硬峭劲。从对仗来看，颔联“多端世故干戈后”，言世事战乱，“大好春光老病中”，言春光旖旎，人老衰惫，一情一景，打破了固有的对仗平衡、和谐之美。第二首，颔联以景对情，颈联以情对情。第三首，颔联以情对景，颈联则以景对情。这些变体诗，无论从情、景的布局，还是对仗的应用，都与常体不同，它们打破了常体律诗固有的情景交融的意境美和对仗精工的对称美，创造了一种不和谐之美的新范型。变体律诗不仅“变之又变，在律诗中神动鬼飞，不可测也”[②]，而且，达到变体诗的极致之时，诗人全凭心中气韵流动，冲破了各种固有声律、对仗、布置之法的限制，为抒写胸中磊落不平之气寻找到一种新的“合式”的表达方式。

方回称赞简斋的变体诗达到极致：“简斋胸次却会变化斡旋，全不觉难”[③]，简斋任凭胸中情感流动，冲破各种诗法的限制，已经达到了运法度入神的境界。

方回创作变体诗并不排斥符合传统规范的正体律诗。如：

插天天目隐云中，但见苕溪绿向东。半折竹初经腊雪，争妍麦已眩春风。翻飞水鸟偏饶白，窄小村船亦画红。闻说南塘赵书宅，近来毁卖与琳宫。

（《青山道中》）[④]

---

① 方回：《桐江续集》卷一三，孔凡礼等编：《全宋诗》卷三四九三，第 66 册，北京：北京大学出版社 1998 年版，第 41618 页。

② 李庆甲：《瀛奎律髓汇评》卷二六，陈师道《次韵春怀》诗评，上海：上海古籍出版社 1984 年版，第 1143 页。

③ 李庆甲：《瀛奎律髓汇评》卷二六，上海：上海古籍出版社 1984 年版，第 1146 页。

④ 方回：《桐江续集》卷六，孔凡礼等编：《全宋诗》卷三四八六，第 66 册，北京：北京大学出版社 1998 年版，第 41510 页。

海邑疏囚昔此过，鸣榔未了又渔歌。重来野色秋如许，似觉人家旧更多。晴日茅檐横晒布，水田竹架倒扞禾。吴侬苟且度饥岁，焉得官廉吏不苛。

（《过秀州城东》）①

小园秋霁胜春晖，雨过林端叶未稀。红锦芙蓉应万萼，雪衣蝴蝶忽双飞。刀耕旧业聊从俗，瓮汲余生永息机。天与华腴慰萧寂，可无佳句答烟霏。

（《瓮圃新霁》）②

第一首诗，中间四联全部是写景，第二首，颔联是情联，颈联是景联。第三首诗创作了情景交融的意境，圆融流丽。它们对仗精工，创造情景交融的意境美，与唐代律诗常调风格相类。这说明方回尽管多沿袭江西诗派的创作道路，但也不否定唐诗的审美趣味，他的变体是在正体律诗的基础上进行艺术创造的。

除此而外，方回还创作了许多拗体诗。拗体诗主要是打破声律的固有平衡，寻求语言格律的拗峭美。他在《瀛奎律髓》卷二五“拗字类”的序中云：

拗字诗在老杜集七言律诗中谓之“吴体”，老杜七言律一百五十九首，而此体凡十九出。不止句中拗一字，往往神出鬼没。虽拗字甚多，而骨格愈峻峭。今“江湖”学诗者，喜许浑诗“水声东去市朝变，山势北来宫殿高”、“湘潭云尽暮山出，巴蜀雪消春水来”，以为丁卯句法。殊不知始于老杜，如“负盐出井此溪女，打鼓发船何郡郎”、“宠光蕙叶与多碧，点注桃花舒小红”之类是也。如赵嘏“残星几点雁横塞，长笛一声人倚楼”，亦是也。唐诗多此类，独老杜“吴体”之所谓拗，则才小者不能为之矣。五言律亦有拗者，止为语句要浑成，气势要顿挫，则换易一两字平仄，无害也，但不如七言“吴体”全拗尔。③

在这里，方回指出拗体与拗格的区别。拗格，是律诗局部的字拗；而拗体则是

① 方回：《桐江续集》卷一四，孔凡礼等编：《全宋诗》卷三四九四，第66册，北京：北京大学出版社1998年版，第41630页。

② 方回：《桐江续集》卷二，孔凡礼等编：《全宋诗》卷三四八二，第66册，北京：北京大学出版社1998年版，第41633页。

③ 李庆甲：《瀛奎律髓汇评》卷二五，上海：上海古籍出版社1984年版，第1107页。

整个诗体之拗。同时，方回认为，律诗之拗的目的是追求“神出鬼没”、“骨格峻峭”之美。尽管律诗纵横变化，超出常规，但仍要达到“语句要浑成”、“气势要顿挫”的境界，不是为奇而奇，为变而变，要与诗人的情感表达结合起来。

他的拗体诗创作也是如此，比如《送秘书监丞张受益还都效山谷体》：

> 君家所有吾弗如，价估万金犹有余。科斗字前古彝器，椰子腹中行秘书。楚吴闽粤吏狼虎，淮浙海江民鳖鱼。归阕一言动天听，生灵百万免论沦胥。①

这首诗的首、尾两联全是古体句式，有意追求奇崛、兀傲的审美效果，它的声调也是拗峭的：

> 平平仄仄平仄平，仄仄仄平平仄平。平仄仄平仄平仄，平仄仄平平仄平。仄平仄仄仄平仄，平仄仄平平仄平。平仄仄平仄平平⊙，平平仄仄仄平平。（加⊙者可平可仄。）

通篇几乎无一句合律，已经犯了律诗的大忌，声调拗峭生硬。这种语言形式是与诗中所抒写的个人不平、百姓疾苦内容相一致的，气势顿挫，骨格峭拔。

综上所述，方回的诗歌创作是沿着江西诗派的路数进行的。就宋元之际这个特定的历史时期而论，他的诗学思想自成一家，诗歌创作成就也比较突出。而且，他虽然标榜江西诗法，推尊杜、黄、陈等人，但其诗歌创作并不完全否定唐调，也着意于诗歌意境的创造、声调的和谐、风格的细润典雅。就此而言，方回的审美情趣是多方面的，已经摆脱了江西诗派门户之见。

---

① 方回：《桐江续集》卷二六，孔凡礼等编：《全宋诗》卷三五〇六，第66册，北京：北京大学出版社1998年版，第41845页。

结论

宋元之际的诗歌是特定历史时期的产物。特殊的历史和社会环境决定了诗人心态、诗歌主题取向、审美情趣的独特个性。

首先，诗人人生选择的不同是此时的主要特点，集中体现为道与势的矛盾。当儒家价值观念与社会政治势力之间出现矛盾的时候，传统儒家的信念是道尊于势。宋元之际的忠臣义士诗人，如文天祥、谢枋得、谢翱、郑思肖、林景熙等人坚持民族气节，不屈不挠，有的为国捐躯，表现了崇高的殉道精神。遗民诗人家铉翁、金履祥、何梦桂等人宋亡后隐居不仕，著述授徒，使儒家之道薪火相传。无论是以身殉道还是著述授徒，他们都坚守儒家之道，以道抗势。还有一些诗人缺乏以身殉道的勇气，试图在以道抗势和道屈于势之间寻求第三条道路，既不愿丧失民族气节，又想借出仕谋取生存的物质保障，徘徊于道仕与禄仕之间。这是不可能的，一方面，元朝统治者对江南儒士采取排挤、压抑的政策，儒士们失去了以势行道的机会。另一方面，儒士、诗人出仕新朝，无论是出于何种目的，都是一种失节行为。还有一些人，如方回等人在个人利益受到威胁之时，甘心降元，抛弃了圣贤之道，在他们身上集中体现了道屈于势的现象。对道与势关系的不同反应决定了诗人心态、人生道路的复杂性。

其次，对人生道路的不同选择决定了诗人作品内容的丰富性。遗民诗人多表现隐居生活的各个方面，有穷愁，有快乐，也有反映民生疾苦之作，还有出仕学官的苦恼与困窘。忠臣义士诗人多以诗歌来表现历史巨变之际南宋灭亡的历史和人类存在的情感变迁史，充满了对社会、人生的终极道德关怀，体现出强烈的诗史精神。降元诗人方回则更多地展现自己赋闲家居时的生活情态和复杂情感。但是，爱国思想是此时诗歌的主旋律。无论是忠臣义士还是遗民，诗歌作品中都洋溢着强烈的爱国热情，即使是方回、蒲寿宬等丧失民族大义的诗人也不时地流露出对故国的留恋之情，对屈节降元表示一定程度的悔恨。

最后，此时诗人已经回到了唐诗的审美范式。表现在诗歌的主要审美情趣上，诗人多追求含蓄蕴藉、韵外之致的风格，林景熙诗歌注重寄托，综合运用赋、比、兴的表达方法，创造言有尽而意无穷的诗歌境界；谢翱善于节制情感，托物寄意和创置富有暗示性、象征性的情景来创造隐约幽微的诗歌意境；戴表元推崇司空图的味外之味、韵外之致的审美理想。

此外，表现在师法对象上，此时诗人师法广泛，兼容众体。诗人们比较全面地继承了杜甫诗歌的优良传统，有的接受杜甫的诗史精神，以诗歌反映历史，林景熙和一些西湖诗人接受杜甫沉郁顿挫诗风的影响，方回接受杜甫朴拙瘦硬诗风。诗人们还比较广泛地学习了唐代其他诗人的艺术风格，谢翱、周密等人接受李贺的影响创作了一些瑰奇幻怪和神话境界的诗歌；连文凤、仇远、谢翱的诗歌描写穷愁，抒写孤高峭拔的情怀，诗风求奇求怪，多以白描手法描绘事物的特征，显得枯淡幽僻，不乏郊岛之风。诗人们的师法对象还可上溯到楚辞、汉魏晋古诗。谢翱学习屈原诗的委婉隐约和气势恢宏、力度强劲的崇高美，学习古诗幽深隐微的意境。遗民诗人不仅视陶渊明为人生楷模，而且学习其诗平淡的风格，追求淡中有味、玄远宁静之境。

附录：郑思肖以儒为本、兼融释道的精神结构

郑思肖是宋元之际节义之士的代表，有崇高的民族气节，同时，他又是一个兼融释、道思想于一体的典型代表，自称："始于儒，中于道，终于释。"①就其道教思想而言，他深受内丹派的影响，曾著有《太极祭炼内法》，主张正心净欲。

一、《易经》与郑思肖的真阳生意说

郑思肖的父亲郑震是南宋末年一位"以道自鸣，高洁其行。白首六经"②的正义直行之士，先后为尹和靖书院堂长、泰州安定书院山长、平江三高堂长等，讲性理之学，"潜心穷理尽性之学，极有所得"③。他著述甚丰，有《讲义》、《杂著》、《诗集》、《太极无极说》等著作，并在年轻时就潜心注《易》，积十六年之力注《易》六十卦，可惜没有完成。由于战乱频繁，这些著作除《诗集》外均为贼所掠，不知去向。他临终前嘱咐郑思肖："至中年加以学力，削改补释，足成《易注》。……汝勿废我生前志。汝终身所行之道，平日语汝久矣。"④虽然这些著作大多不幸亡佚，但郑思肖一定看到过，况且其父耳提面授之教也一定深深影响着他。其门人沈之我云："所南以儒而游于释老间，识见颇洒落，议论有根据，亦由乃翁菊山先生素有以成就之，故如是。"⑤这就明确地指出了郑思肖深受乃父思想，尤其是易学思想的影响。《易经·系辞传》中的理论主要有两方面：一是探讨自然、社会、人生的发展演变及其规律，这

① 郑思肖：《太极祭炼内法说三篇》其一，《三山郑菊山先生清隽集》附《所南诗文集》，四部丛书续编本。李修生等编：《全元文》卷三六三，第10册，南京：江苏古籍出版社1999年版，第702页。

②③④ 郑思肖：《先君郑菊山翁家传》，《三山郑菊山先生清隽集》附《所南诗文集》，四部丛书续编本。李修生等编：《全元文》卷三六三，第10册，南京：江苏古籍出版社1999年版，第715—716页。

⑤ 郑思肖：《太极祭炼法》，《正统道藏（第十册）·洞真部·方法类》，上海书店、文物出版社、天津古籍出版社1988年版，第472页。

是论“道”；一是探讨“象”及其中所代表的范畴、公式，这一个以象、数为特征的符号系统配以卦、爻辞等文字阐发其中所蕴含的哲学意蕴。郑思肖以易学思想为基础，建构了他的真阳生意说。

从本体论方面来看，他的真阳生意说吸收了易学创生宇宙的思想，突出真阳生意化生万物的特点。

我们知道，《易经》把整个宇宙看成是一个阴阳交感、大化流行、孕育万物、生生不已的过程。《易经·系辞传》说：“一阴一阳之谓道”这是和“易有太极是生两仪”相应的一个论断。前者是一切事物构成和发展的总规律，后者是易的思想体系的总原则。《易经·系辞传》构建了以太极为基础的宇宙生成论体系，“易有太极，是生两仪，两仪生四象，四象生八卦”①。所谓“易”就是阴阳之变，“太极”相当于阴阳变化之理，就是那个道，那个“一”。“两仪”相当于阴阳。“四象”相当于太阳、少阳、太阴、少阴，由此得出八卦。就其创生万物的方面而论，道以阴阳二气的运动化育万物，天地、日月、雷电、风雨等万事万物，莫不由太极化育而成。

郑思肖的“太一”之论吸收了易的宇宙生成论思想。在《太极祭炼法》中，郑思肖对“太一”有十分深刻的论述：

> 余曰：《礼记·礼运》曰：礼本于太一，变而为阴阳，转而为四时。《家语》曰：太一者元气也，是推造化之源也。……惟太一天尊，太一两字尤为微妙。天者，至也；一者，不二也。苟悟至不二之理，能守其至不二之天，则精神魂魄悉聚而不散离，种种边非空非色，寂然不动，浑然至真，还我本然天真之一。此一者，非一之一也，乃我本然之天也。……总万于一，不一于一，而还我之天于太极未兆朕之前，无形无名，非同非异，故曰太一至，于是道亦泯矣，况于数乎？应化之真，不得已而有天尊之名。②

郑思肖所说的“太一”是最高的宇宙本原，与《易经》的“太极”相通。太一生一，“而为阴阳，转而为四时”，万物的本身就是由阴阳二气的和合而生

① 朱熹：《周易本义》，北京：北京大学出版社，1992年版，第148页。

② 郑思肖：《太极祭炼法》，《正统道藏（第十册）·洞真部·方法类》，上海书店、文物出版社、天津古籍出版社1988年版，第459—460页。

成。万物生成以后，阴阳已融入万物之中。天和地也是由太一生成，它们为人类和其他万物提供了存在的空间，成为化生万物不可缺少的条件。人类又是万物之灵长，与天地人并列为“三才”，或称为“三极”。万物创生出来以后，又“总万于一，不一于一，而还我之天于太极未兆朕之前”，回归太一自身。这个宇宙万物的创生过程表明太一由无形无质的形而上最高本原——“无”向有形有质的形而下之具体物质——“有”转化，然后再回归本原——“无”。当然，这个回归本原并不是简单地重复已经发生的过程，而是向更高层次迈进，回归到“本然之天”之境，真正实现与道同体、“道亦泯矣”的境界。

但是太一是抽象的形而上之本体，它是如何向具体的现实事物转化的呢？要解决这个问题，关键就是在抽象与具体、有限与无限、形而上与形而下之间架设一个桥梁，在两者之间寻找到一个既有形而上又有形而下特征的物质作为联系的纽带。“真阳生意”就具备这个特点。他说：

> 大造化以何为本，以真阳生意为本。天以之散为万象，地以之散为万物，人以之散为万事。其根源，一一杳冥乎至深至深玄微之中。而事业，一一发现于无尽无尽广大之外。其实皆原于真阳生意也。真阳者体也，生意者用也，二者本不相离也。不伪于伪曰真，不阴于阴曰阳，不死于死曰生，用之无尽曰意，故曰真阳生意。其天地人之神气乎，其天地人之命蒂乎？不以古今变，不以顷刻停，鼓舞万化，无有终极。其机或焉滞，天地闭，在人则病。其机或焉息，乾坤毁，在人则死。[①]

所谓“真阳”就是真诚无伪的纯阳之体，所谓“生意”是指生生不息地化育万物。真阳与生意两者之间是本体与发用的关系：“真阳者，体也；生意者，用也。二者本不相离也。”就是说，真阳是本体，是创生宇宙万物的一种基本动力；生意是指真阳赋予万事万物以生生不息、精满神溢的旺盛生命力。郑思肖认为，人与万事万物皆由真阳生意赋以生命和性情，“天以之散为万象，地以之散为万物，人以之散为万事”，万事万物中也都有真阳生意存在。

---

① 郑思肖：《答吴山人问远游观地理书》，《三山郑菊山先生清隽集》附《所南诗文集》，四部丛书续编本。李修生等编：《全元文》卷三六二，第 10 册，南京：江苏古籍出版社 1999 年版，第 679 页。

一方面，真阳生意具有绝对性和永恒性的形而上特点。真阳生意是不以人的意志为转移的客观存在，这种客观存在性是无条件的，因而真阳生意具有亘古不坏之理的绝对性，永远也不消亡。郑思肖认为，作为世界本原的真阳生意与作为现象界具体的万事万物之间存在着根本的不同，现象界的万事万物，包括天空中的日月星辰、风雷雨电和大地上的生物等都有生死存亡之理，没有一成不变的事物，不过有时间的长短不同罢了，诚如他所说："古今天下三才万物盛衰生死之运，处处亦各各不同。天地日月尚终归于坏，特岁月劫运久近不同耳，安有一定不易之人事，安有一定不易之乾坤耶。亘古不坏者理也，真阳生生之意也。"① 在大自然中随着四时的流转，生物有枯萎与茂盛之分，人类个体有生老病死之别，天地日月都要趋于最终毁灭，这样看来现象界的具体物质都具有相对性的特点，随着环境和条件的变化而变化。而真阳生意却不同，它亘古绵延、无始无终，"不以古今变，不以顷刻停，鼓舞万化，无有终极"②。它弥漫于整个宇宙之中，无边无际："绵亘持抱，几千万亿里无边大地，悬浮于茫茫无边大海之上。"③ 看不见，摸不着，独立于三极之外，不以人的意志为转移，具有永恒不变的绝对性。从本质上说，只要真阳生意有存在，整个世界就会生生不已，永不绝灭。

另一方面，真阳生意还有形而下的特点，它是由气构成的物质实体。就人类个体而言，真阳生意"乃吾身中下丹田，先天、先父母、一点真阳生意流衍之妙也。……当天地造化真阳生意动时，人之三焦之源，十二经脉之根本、双肾之间下丹田，至深深至微微之中，一点真阳生意先动。任督、涌泉一时俱动，天地人万物咸同此真机而相通焉。人能通真机之妙，得此真阳，药物聚则成丹，不聚则不成丹，乃妙于人者之聚也。"④ 郑思肖认为，真阳生意存在于人体的下丹田中，从父母的阴阳交媾时得来，具有先天性。同时，气分阴阳，而阳气又是至精之物。他说："阳气者，一切有形中之至精者也，是犹酥也。真阳生意者，又阳气中之至精至精至精者也，是犹醍醐也。道家谓之水中金药物

①②③ 郑思肖：《答吴山人问远游观地理书》，《三山郑菊山先生清隽集》附《所南诗文集》，四部丛书续编本。李修生等编：《全元文》卷三六二，第10册，南京：江苏古籍出版社1999年版，第692—693页。

④ 同①，第680页。

也。”[①] 就像乳汁出酥，酥出醍醐，而醍醐又是乳、酥的至精之物一样，真阳生意也是阳气中至精至妙之物。在内丹修炼时，如果没有真阳生意，精、气、神尽管经过水火之炼也不会结成圣胎，不会炼成金丹。这就说明真阳生意有是有限的、相对的物质实体。

郑思肖的思想是十分深刻的，他已经认识到物质的绝对性与相对性、一般性与特殊性的关系问题。从远古时期开始古代哲人就一直思考万物的本原问题，由于认识水平的限制，他们最初大都是从有形的、具体的物质形态中，寻求万物统一性的基础，即万物的本原。西周时期，阴阳五行家们提出“木生火，火生土，土生金，金生水，水生木”的思想，认为万物的本原或原始是金、木、水、火、土五种具体的要素。这个命题，现在看来虽然显得极为简单和粗陋，但是，这却是古人对自然认识的一大飞跃，是人类从个别到一般、从特殊到普遍的抽象思维能力发展的一大飞跃。尽管从本质上说这五种元素还是有形的、特殊的具体事物，然而，它们已经被赋予了抽象的、普遍的性质。这是古代朴素唯物主义的世界本原观，它的明显缺陷是把特殊的、有限的具体物质视为普遍的绝对的规律。唯道论的代表之一老子认为道是创生宇宙万物的本原，“道生一,一生二,二生三,三生万物”(《老子》四二章)。这就很容易得出结论：只有这个抽象的“道”或“普遍性”是真实的、自在自为的和能动的，而具体的、特殊的存在物则是偶然的、派生的和被动的。“道”是不变的本体，是万物的本原，而万物则是从“道”中产生的东西，这无疑颠倒了一般和个别、普遍和特殊的关系。但是老子把具体的万物赋予无限的、普遍的生命，真正从根本上实现了人类认识由形而下向形而上、有限向无限的飞跃。

郑思肖的“真阳生意”说融合了这两种不同的万物本原论。真阳生意是先天存在的物质实体，具有特殊性、形而下的特征，这是构成万物的基本质料。这种物质实体性使它能够将其所蕴含的能量凝结为绵延不绝的阳气，催生万物，赋予宇宙、大自然、人类社会巨大的生命力。同时，它又有普遍性的特点。哲学上的普遍性具有不可言说性，其表达本身必须是普遍性的，即非特指的和能够涵盖一切的。真阳生意的不可言说性就在于它是先验的亘古不坏之

---

① 郑思肖：《答吴山人问远游观地理书》，《三山郑菊山先生清隽集》附《所南诗文集》，四部丛书续编本。李修生等编：《全元文》卷三六三，第10册，南京：江苏古籍出版社1999年版，第693页。

理，视之不见，听之不闻。它散见于万物之中，但又绝非万物自身，因而决不能用特殊的、具体的事物来表达。真阳生意确实代表了客观外物的某些本质特征，具有一定的普遍性和永恒性。这种特征又使它能够冲破时空的限制，为整个太一化育万物的过程提供了源源不断的动力。这样，真阳生意的双重属性就成为有限与无限、相对与绝对、特殊与普遍之间联系的纽带，成为"太一"之道化育万物的哲学基础。

当然，我们说郑思肖吸收了儒家易学思想的合理成分建构了它的真阳生意说，并不意味着他完全因袭儒家的传统思想，而是有所发展的。其中，最重要的一方面就是郑思肖突出了作为坤道的大地在创造万物中的重要作用。

在《易经》的思想中，天道的核心在于天经过阴阳化育之后形成万物，而地之道则在于承载万物。《乾·彖上传》说："大哉乾元，万物资始，乃统天。云行雨施，品物流形……乾道变化，各正性命，保合太和，乃利贞。"①万物得乾元而生，所以乾元就存在于"品物流形"之中，于是万物由乾道变化而产生的命以及由命而来的性就与乾元（天道）是同体的，自无不正，即"各正性命"。至于坤道则不同，《乾·彖上传》说："至哉坤元，万物贵生，乃顺承天。坤厚载物，德合无疆。含弘光大，品物咸亨。"②天道经阴阳互变的运动化成万物之形，作为天地人"三才"的地道就承载着这些万物之形，即"顺承天施"，也就是说，地之道在于承接天道化育万物的结果。很显然，儒家把地道作为天道的被动承受者，并不参与化育万物的过程。

与此不同，郑思肖不仅承认天道化育万物，而且认为地道同样也有化育万物的功能："地之阳气尽从地底而上，故纯坤之伏卦为乾。……坤虽柔也，其动也刚。坤虽静也，翕则敛而归根。开则散而生万物。"③在郑思肖看来，地因为有绵绵不绝、生生不息的真阳生意充溢其中，所以地虽然柔静，也能像天一样化育万物。随着一年四季春夏秋冬的更替，循环往复，大地上的万物也有茂盛、凋零的变化，这是因为其中的阳气有盛有衰。大地上的万事万物不仅随时

① 朱熹：《周易本义》，北京：北京大学出版社1992年版，第88页。

② 同①，第89页。

③ 郑思肖：《答吴山人问远游观地理书》，《三山郑菊山先生清隽集》附《所南诗文集》，四部丛书续编本。李修生等编：《全元文》卷三六二，第10册，南京：江苏古籍出版社1999年版，第678页。

间的变换而变化，而且随着地域的变迁而不同。他说："又天下无尽世界，地不同，山不同，水不同。一丘一壑，相距不多，步尺凿深，或间寻丈。土性、土脉、土色、土味、土声、水性、水脉、水色、水味、水声、石性、石脉、石色、石味、石声，一一不同。各地所产禽兽，所生草木，以致种种万物，其状其性一一不同。"① 究其原因在于各地的阳气不同，真阳生意的盛衰有别。尽管万事万物千差万别，但都能各尽其性、各适其宜，正所谓"文理支脉，一一各相背而驰，不相统，不相合，不相通，不相同。自生自灭，自始自终，自形自色，自性自命，各分络绎，各为经纬，各具一切，各办乃事。……莫不皆自宜其宜也，莫不皆自然其然也，皆所以错综倒顺，弥纶宇宙，以立三极也。"② 各地的水、土、石等自然生态环境各不相同，但是万物自然而然地适应它，顺性而生长，自生自灭，这与《乾·彖上传》所说的"各正性命"是一致的。朱熹解释"乾道变化，各正性命，保合太和，乃利贞"时说："变者，化之渐；化者，变之成。物所受为性，天所赋为命。太和，阴阳会合中和之气也。各正者，得于有生之初。保和者，全于已生之后，此言乾道变化，无所不利，而万物各得其性命以自全。"③ 世上的人和物都是天道所生，所以说"命自天降"；人类和万事万物因有生命而具有"性"。朱熹之论重在天道变化与万物性命的关系，郑思肖明显地继承了朱熹的思想。如果说乾道变化无所不利的话，那么充溢阳气的大地的变化也是无时不利、无处不利，在大地上，无论何时何地，万事万物都因顺应地之性、地之脉而"各得其性命以自全"。这样郑思肖将真阳生意之说引入地之道之中，发展了《易经》天道化育万物的思想，真正实现了天地之道化育万物的理想。

易学的象数思想对郑思肖真阳生意说的影响主要体现在真阳生意动静变化的形势和气数方面。

易学象数符号系统忠实地反映了天地之间太极、阴阳变化之妙："是故夫象，圣人有以见天下之赜，而拟诸其形容，象其物宜，是故谓之象。圣人有以

①② 郑思肖：《答吴山人问远游观地理书》，《三山郑菊山先生清隽集》附《所南诗文集》，四部丛书续编本。李修生等编：《全元文》卷三六二，第 10 册，南京：江苏古籍出版社 1999 年版，第 679 页。

③ 朱熹：《周易本义》，北京：北京大学出版社 1992 年版，第 88 页。

见天下之动，而观其会通，以行其典礼，系辞焉以断其吉凶，是故谓之爻。”[①]这里“拟诸其形容”就是指《易》的作者观察日月星辰、风雷雨电的变化、自然万物的生长以及人类社会世态人情的变迁从而产生深沉的思考，并把他的思考寄之于卦辞，“极天下之赜者存乎卦，鼓天下之动者存乎辞。辞，爻辞也。爻以鼓动，效天下之动也”。这里的“象”是模拟客观事物的复杂情况（赜）的，就是客观世界的形象。但是这个模拟和形象并不是如照相那样实录下来，而是一种表示事物的“道”或“理”的符号。郑思肖认为，易学象数符号系统也忠实地反映了太一与真阳生意的运动变化之妙。

郑思肖所说的“太一”又是如何运动变化，从而与现象界的具体物质发生联系的呢？在郑思肖看来，“太一”是本体，它通过真阳生意化生万物之后，则“太一”（当然也有真阳生意）复在气之内，也在万物之内，“太一”与真阳生意之间结成一种互相依靠、牢不可破的本体论与发用论、宇宙论与本体论的关系。如果分开来看，气之动有动之太一，气之静有静之太一；如果综合来看，动之太一与静之太一是同一个太一。因此，动静变化并不是太一自身在运动变化，而是由真阳生意在运动。他说：“所以佛仙胜迹，鬼神灵宅，多据山水秀异所聚之地，可以赫其灵，可以尊其神……皆天地山水真阳生意气脉凝接不滞，活动不滞之妙所致。其天地人神气之流庆乎？”[②]真阳生意是万事万物至精的阳气凝聚而成的，自身能够运动变化。山水“可以赫其灵，可以尊其神”的原因就是天地山水的真阳生意运动不止的结果。由此可见，太一是通过真阳生意的变化对现象界的外物发生作用，自身并不直接对外物发生影响。朱熹在论及太极与阴阳的运动关系时做了一个形象的譬喻——人乘马，朱熹说：“太极，理也；动静，气也。气行则理亦行，二者常相依而未尝相离也。太极犹人，动静犹马；马所以载人，人所以乘马。马之一出一入，人亦与之一出一入。盖一动一静，而太极之妙未尝不在焉。此所谓‘所乘之机’，无极、二五所以‘妙合而凝’也。”[③]朱熹认为，太极自身没有动静，动静的主体是阴阳。

① 朱熹：《周易本义》，北京：北京大学出版社 1992 年版，第 162 页。
② 郑思肖：《答吴山人问远游观地理书》，《三山郑菊山先生清隽集》附《所南诗文集》，四部丛书续编本。李修生等编：《全元文》卷三六二，第 10 册，南京：江苏古籍出版社 1999 年版，第 686 页。
③ 黎靖德：《朱子语类》，北京：中华书局 1986 年版，第 2376 页。

能够动静的阴阳二气与太极好像人骑在马上，马在运动而人只是随着马的运动而运动。郑思肖所说的太一与真阳生意之间的运动关系与此相通，显然受到朱熹思想的启示。

在郑思肖看来，周易象数之学反映着天地之间真阳生意的运动变化之妙，真阳生意运动变化与其形势、气数等各种因素密切联系在一起。郑思肖说："形者天生其物之象也，势者物情前陈之状也，气者，天地万物盛衰之候也，数者，天地万物盛衰之限也。形势乃天地万物之部位，气数乃天地万物之机括。形势外也，气数内也。一切形势卒难自变，尽是气数逼之换骨。形势虽奇，气数未来，无以发其妙趣。"[①]这个"形势"就是《易经》所谓的"象"，就是"天生其物之象"，"物情前陈之状"。实际上，它是真阳生意经过阴阳运动之后赋予万物的形体和表现情态。"形势"之中表现了真阳生意的流衍之迹。所谓"气数"是指万物盛衰变化的征候和极限，也就是说数的变化达到一定的极限就暗示着事物发生了质的变化。气的强弱、盛衰归根结底是由真阳生意的强弱、盛衰决定的。如果真阳生意充沛旺盛，那么，万物得其滋润就会繁茂兴盛；反之，就会颓败、枯萎直至死亡。而数则代表着事物变化的度，当事物变化的量积累到一定的程度、超过特定的度时，事物就会发生根本性的质变。这就是郑思肖所说的"数"。"形势"是运动变化的外在表现，"气数"则是运动变化的内在原因，两者之间互相作用、互相影响，由此显示了真阳生意的运动、变化和发展之妙。

照郑思肖的看法，象数乃易的根本，而阴阳奇偶又是象数的根本，太极的一动一静通过阴阳奇偶的不断分化与组合的过程而显示出来。他说："地之阳气尽从地底而上，故纯坤之伏卦为乾。山之阳气亦自地底而上，由卑而高，阳气直达山顶，故艮之阳画居最上爻。冬至后，阳气盛，水土渐重。夏至后阳气渐衰，水土渐轻。坤虽柔也，其动也刚。坤虽静也，翕则敛而归根。开则散而生万物。当夏至一阴后，至闭塞成冬时，地气亦上腾，但至深至微至密耳。午时后亦如是。以天地间，未尝有一息不升降流行之造化也，而人亦未尝有一

① 郑思肖：《答吴山人问远游观地理书》，《三山郑菊山先生清隽集》附《所南诗文集》，四部丛书续编本。李修生等编：《全元文》卷三六二，第10册，南京：江苏古籍出版社1999年版，第682—683页。

息不升降流行之气脉也，而坤地之妙用，亦未尝有一息顽静而不流动也。”①大地本为乾卦，属阴，主柔主静，因为“地之阳气尽从地底而上，故纯坤之伏卦为乾”，地底的阳气不断上升，所以纯坤之地就转变为乾卦，坤地也具有乾天一样的刚健主动之性，从而也能够孕育万物。山也是地的特殊形态，阳气从地底上升直达山顶，山也是阳卦居于阳爻之首。这里还暗含着郑思肖以周易筮法来推断地气阴阳变化的思想。周易蓍法以四营象四时，以“七”象春，以“九”象夏，以“八”象秋，以“六”象冬。春天阳气渐壮，象春之“七”为少阳。夏天阳气渐盛，象夏之“九”为老阳。秋天阴气渐壮，象秋之“八”为少阴。冬天阴气渐衰，象冬之“六”为老阴。从春天到夏天，主要是阳气盛衰的变化，气温逐渐上升，万物逐渐滋长，此时，时序虽改而阳气未变，其数字由“七”而“九”逐渐上升，所以“七”为不变的阳爻。由夏天到秋天，地之阳气渐衰而阴气渐盛，万物逐渐凋零。此时，其数字由“八”而“六”逐渐下降，所以“九”就成为阳爻变化的极限。从冬天到春天，地的阳气渐盛而阴气渐衰，水土渐轻，气温逐渐上升，此时，万物逐渐生长，随着季节的变化主要是阴气发生变化，其数字由“六”而“七”逐渐上升，所以“六”成为阴爻变化的极限。

不仅如此，郑思肖还从易经卦变的角度探讨真阳生意的流衍之妙。他说：“缅想《周易》，圣人为棺椁治葬之法，翻巽初六，为兑上六，是为大过卦。大过乃始乎巽阴终乎兑阴之卦。虽始终乎阴也，以乎外初六上六之阴画，包乎内二三四五之阳体，是拱其阳，而聚之于内也。始于入巽之阴，终于悦兑之阴，巽开阴卦之始爻，兑了八卦之终事，是可以终乾父坤母之大事。”②郑思肖引用《周易·系辞传》所说“后世圣人易之棺椁，盖取诸大过”之语来说明埋葬死者时如何选择墓穴的问题。高亨先生对此解释道：“大过卦是外兑内巽，兑为泽，引申为洼坑。巽为木，然则大过之卦象是木在洼坑之内也，掘地为墓穴，纳棺椁于其中，正是木在洼坑之内。”③高先生所言极是。“翻巽初六，为

① 郑思肖：《答吴山人问远游观地理书》，《三山郑菊山先生清隽集》附《所南诗文集》，四部丛书续编本。李修生等编：《全元文》卷三六二，第10册，南京：江苏古籍出版社1999年版，第678页。

② 同①，第686页。

③ 高亨：《周易大传今注》，济南：齐鲁书社1979年版，第566页。

兑上六”本为巽下兑上的关于丧葬之大过卦。其特点是“始于入巽之阴，终于悦兑之阴”，二阴在外，但它涵纳二三四五之阳体。这种卦象“四阳在中，二阴在外，以阳之过越之甚也”[①]，四阳远远超过二阴，多有凶险之兆，但是因为两阴之中包纳四阳，对于真阳生意而言，此为“拱其阳而聚之于内”的阳气凝聚之状，因而只要措置得当就可以转凶为吉。“巽之初六”，按照《周易》“藉用白茅，无咎”的观点，在祭奠死者时，只要尽之于以礼，诚之于心，以柔处下，“既能谨慎如此”，不失其中，“虽遇大过之难，而‘无咎’也”[②]，就可以化解阴难，拯弱兴衰。另外，兑本有能言善辩之意，如果不明白具体环境，恣意妄言，往往也会招来意想不到的灾祸。“兑之上六”本指经引导后才发表言论，当言则言，言之不隐。郑思肖借用此卦象主要说明超过常量的真阳生意只要引导有方，就能够发挥它的化育万物的功能，这就是“巽开阴卦之始爻，兑了八卦之终事”。就殡葬而言，如果死者进入真阳生意凝聚之地，就会感到愉悦，从而成全了孝子贤孙的一片至诚孝心，完成了“是可以终乾父坤母之大事”。

郑思肖的“真阳生意”说主要立足于道教的内丹修炼的基础之上，其重要意义就在于它试图打通道教内丹修炼中先天的精、气、神与后天的精、气、神之间的界限，从而为修炼成仙成为可能寻找理论上的证明。我们知道，道教将精、气、神分为先天与后天两种，先天的“元精”、“元气”、“元神”先于物质世界的存在而存在，具有先验性，而后天的精、气、神则存在于个别的、具体的特殊物体之中，具有形而下的特点。先天与后天两者之间是如何转化的，由普通凡人经过修炼后转化为神仙如何可能，这是道教始终无法自圆其说的学理问题。再者，在道教理论中，精往往被当作具有生殖作用的精液，气往往被当作呼吸之气，它们如何与神结合，这在理论上很难给出解释，在实践中也难以证实。张伯端将精、气视为元精、元气而转化为非实体的存在，并通过性命双修的方式与神结合，从而凝结成金丹。在张伯端看来，先天之精潜藏于机体丹田之中，寓于元气之中，氤氲无形，如果受到外因感发，神随之而动，就转变为凡精，存在于后天之气中。神属于精神性的意识活动，如何能够使先天的精气转变为具有物质实体性的后天之精气，这在理论上仍然很难给出合理的解

① 孔颖达疏：《周易正义》，北京：北京大学出版社2000年版，第147页。
② 同①，第149页。

释。郑思肖试图解决这一难题，他认为真阳生意是由先天先地的阳气构成的，存在于具体的物体之中。就人类而言，真阳生意得之于父母的先天之精，存之于人体的内丹田之中。在内丹修炼时，把采之于天地的先天精气神与后天之精气神作为药物相互结合，进行炼度，真阳生意就像药引一般催化药物而凝结成丹，“得此真阳，药物聚则成丹，不聚则不成丹”，这是修炼成仙的基础。在这个过程中，真阳生意直接由一种物体向另物体自由流转，这就不存在由先天向后天转化的问题。这确实打通了内丹修炼过程中先天之精气神向后天之精气神转化的界限，为内丹修炼成功、飞升成仙成为可能提供了学理上的依据，使内丹修炼与哲学本源论、本体论结合起来，实现了本原论、本体论、心性论与境界论的相互融合，从而极大地提高了道教内丹学的理论水平。

但是，郑思肖的“真阳生意”说也有明显的不足。一方面，郑思肖发现的普遍性是一种思辨的普遍性而不是科学的普遍性。人们的认识发展是以认识自然事物的普遍规律为标志的，没有人们对普遍性的思考和追求，没有从个别抽象出一般、从特殊上升到普遍的思维能力，恐怕人们的认识水平永远局限于一个混沌朦胧的远古洪荒时期。一般说来，人们寻求普遍性的正确途径是从纷繁复杂的客观事物特殊性中抽象出普遍的、本质的规律。真阳生意说虽然继承了老子道为万物本原的思想，但是并没有剔除其颠倒普遍性与特殊性关系的不足，郑思肖的真阳生意是以思辨的方式建立起来的，郑思肖主观地预设了真阳生意先天地存在与天地之间、人类之中，它化育万物的功能也是主观的、先验性的，因此它违背了人们认识事物由特殊到一般、由具体到抽象的一般规律，只是一种概念的演绎，只具有概念上的普遍性，充其量它“只有一种思辨的普遍性。……思辨的水是按照精神方式建立起来的，不是作为感觉的实在性而揭示出来的”[①]。它不是一个包括所有事物的普遍概念。这样的概念，相对于真正体现世界统一性的普遍概念（如“实体”、“物质”等）来说，缺乏具体的内涵。所以，郑思肖的真阳生意说蕴含着一个致命的错误，那就是用一种思辨的概念来指称普遍性的东西。其结果，虽有追求普遍性的愿望，但并没有能够真正揭示和认清普遍性本身。

另一方面，作为具有普遍规律性的真阳生意有明显的实体化色彩。这种实

---

① 黑格尔：《哲学史讲演录》（第一卷），北京：商务印书馆 1959 年版，第 184 页。

体化物质毕竟是有限的实际存在，它在一定的条件下具有某些普遍的规律性，但是随着条件的变化和环境的改变，这些普遍的规律性就转化为特殊性。郑思肖的错误之处就在于他将真阳生意的某些普遍性特征提升为无限的本体，视之为亘古不坏之理，显然在哲学思维上有故意夸大规律的某些特性（诸如作为规律的真阳生意的稳定性、相对独立性等）的倾向，造成了真阳生意说自身的矛盾。这些不足也是郑思肖作为道教信仰者自身无法克服的矛盾，我们没有必要为尊者讳。

二、《易经》的“三才”之道与郑思肖的太极祭炼法

《易经》的“三才”之道直接影响了郑思肖的太极祭炼法。郑思肖认为太极祭炼法分为“炼毓阳神”和“祭炼鬼魂”两个阶段，前者重在自我修炼，修炼自己的元神，其终极目的是以至诚之心改变鬼魂的命运，赋予鬼魂以生命。这是人自觉追求人生终极意义的体现，也是儒家“成己”与“成物”之学的体现。

郑思肖深受《周易》“三才”之道的影响，突出人在天地中的重要地位。

《周易·说卦》云：“昔者圣人之作易也，将以顺性命之理，是以立天之道曰阴与阳，立地之道曰柔与刚，立人之道曰仁与义，兼三才而两之，故易六画而成卦。”[①] 所谓天道为“阴与阳”，是指天的阴阳之气；所谓地道为“柔与刚”，主要指地顺承天道之柔与厚德载物之刚。人道为“仁与义”，是指人的仁义之德。人道的“仁与义”来源于天地的阴阳、刚柔变化。就卦位而言，每一卦都有六爻，上两爻象天，下两爻象地，中间两爻象人，构成天、地、人三才，三者合一。就其基本倾向而言，《易经》是从天地之道的流行来探求人类生命的来源和人性的根据，尤其重视人类活动的社会实践，突出人的主体性。

在《易经》的思想中，儒家虽然也主张天、地、人三才的统一，但是实际上天地与人是相对立的。首先，天地是人类认识的客体，而人类是认识的主体。《易经·系辞传下》说：“古者包牺氏之王天下也，仰则观象于天，俯则观法于地，观鸟兽之纹与地之宜，近取诸身，远取诸物，于是始作八卦，以

① 孔颖达疏：《周易正义》，北京：北京大学出版社2000年版，第383页。

通神明之德，以类万物之情。”就是说，伏羲氏仰观天象，俯察地理，近取诸身，远取诸物，这个创作八卦的过程本身就是一个由一个个具体事物的把握进而达到“通神明之德，以类万物之情”的理性认识过程。在这里，伏羲氏是认识主体，天象、地理等天地万物是认识的对象，因而人与天地是相互分离的。其次，天道的化育万物与地道的承载万物之间也是主动与被动的矛盾关系。在《易经》中天和地的精神是有区别的：“天行健，君子以自强不息”，“地势坤，君子以厚德载物”。[①]可见，天道和地道是同时存在而又相对分离的两个终极存在，无论是“君子以自强不息”还是“君子以厚德载物”都是“君子”德配天地的精神价值来源。从这个意义上说，这种统一充其量是一种出于想象的主观比附，带有直观的、朴素的性质，因而儒家的天地之道和人之道并没有从根本上统一在一起。人如何能够打通两者的界限，从而真正实现三极并立、参赞化育的理想？对儒家而言，这是还没有完全解决的矛盾。

与此不同，郑思肖既不把人看作是高出天地之上的特殊之物，也不把天和地看作是无理性的低级存在，而是把天和地看作与人一样具有相通的生命结构，它们都有共同的生命本原。就生命的结构而言，郑思肖把人体的形态结构与天地万物的形态结构对应起来，人体的结构可以在自然界中找到相对应的东西，人体仿佛是天地的缩影。他说：

> 今吾之身，相与生其生者，皆十二经脉。奇经八脉行乎至深至妙之中，层负万气，支缕万脉，统续相缠，首尾相衔，次第相轧，玄妙相应，贯顶贯踵。……此所以为一身来龙之关键也。其能如是者，乃吾身中下丹田，先天、先父母，一点真阳生意流衍之妙也。其人之神气乎，其人之命蒂乎？当天地造化真阳生意动时，人之三焦之原，十二经脉之根本，双肾之间下丹田，至深深至微微之中一点真阳生意先动。任督、涌泉一时俱动，天地人万物咸同此真机而相通焉。……层负万气，支缕万脉，柔顺巩固，荡化流曜，斜细共轴，互为钳锁，深运其机，……牢牢不可解，重重不相碍，绵亘持抱，几千万亿里无边大地，悬浮于茫茫无边大海之上，以之为地，其妙未尝不根通也。以之为穴，至于种种之物，其妙用又未始相同也。

① 孔颖达疏：《周易正义》，北京：北京大学出版社2000年版，第348页。

此所以为大地来龙之关键也。其能如是者，乃大地底至深至玄，先天先地，一脉真阳生意流衍之妙也。其大地之神气乎，其大地之命蒂乎？[①]

人体的十二经脉相与相生，奇经八脉互相贯通，气在人体的各个部位循环往复，运动不已。这就是人类生命的“来龙之关键”，就是人的生命基础。天地的生命运动也有与人相同的“来龙之关键”，大地所层负的众气在大地的经脉中流动越曜，奔腾不已，这是大地生命的根本，也是大地化育万物的前提。就生命本原来说，大地上的万事万物虽然都是由真阳生意化育而成，但每个物体都有自己的真阳生意存在，他说：“粤自判重浊为地之后，柔者为土，刚者为金，顽者为石，英华荣茂者为草木，杂气为物，秀气为人，皆依乎地而形其形者。”[②]天地与人类一样都具有生命，它们的生命运动也和人类一样是由天地的经脉决定的。但是由于所禀的地气有别，万事万物所得之性有异，动物与人的形体、性情都表现出明显的差异。他说：“人又天地中一细物耳。然其理甚妙，其心甚大，其机甚微，其气甚深，其体甚真，其用甚溥。可以与天地并而参天地之化育者，以此天犹吾身也，地亦犹吾身也。”[③]人类禀天地之秀气，是有理性的、具有主观能动性的高级存在，优越于宇宙间的其他万事万物，在本质上说人是具有主观能动性的生命存在。人和大地的生命运动不仅都是由真阳生意决定的，而且人与天地都有共同的生命律动。如果天地之间的真阳生意流动激荡，那么人体内的真阳生意也会随之而动，“当天地造化真阳生意动时，人之三焦之源，十二经脉之根本，双肾之间下丹田，至深深至微微之中，一点真阳生意先动。任督、涌泉一时俱动，天地人万物咸同此真机而相通焉”[④]。如果说《易经》所说的三才并立是出于主观的类比，那么郑思肖所谓的天、地、人三才合一已经不是抽象的空想，而是有共同的终极本原和相通的生命律动，这就从根本上解决了人与天地存在之间相互统一的哲学基础，从而使人与天地的联系得以沟通，使天地与人合一成为可能。

---

① 郑思肖：《答吴山人问远游观地理书》，《三山郑菊山先生清隽集》附《所南诗文集》，四部丛书续编本。李修生等编：《全元文》卷三六二，第10册，南京：江苏古籍出版社1999年版，第680—681页。

②④ 同①，第680页。

③ 同①，第679—680页。

郑思肖将人放在三才之道的核心，突出了人的主体性地位，充分肯定了人在“参天地之化育者”中的重要地位。在天、地、人三者的关系中，人是禀受天地秀灵之气孕育而成的，与天地相比，在形体上虽然渺小，但“其理甚妙，其心甚大，其机甚微，其气甚深”。这里的“理”在根本上是指“性命之理”，就宇宙论而言，则为天地的“生生之理”，就人类而言，人之道无所不备，无理不尽，深邃奥邈。人之心又有很高的主观能动性，“上以和协顺成圣人之道德，下以治理断人伦之正义。又能穷极万物深妙之理，究尽生灵所禀之性”①。真阳生意显现于万物，在万物中发生作用，使万物具有生命力、活泼泼的，天地之间充满了生机。自然界的生命流行，是无所不在的，也是随处可见的。人应该充分发挥主观能动性来“穷尽天地万物变化之理”。“万物变化之理”是潜藏于万事万物的背后，幽深奥邈，微妙难测，人也应该由显及隐，以自己的真诚之心体悟天地之间的生命变化之机，这就是“其体甚真”，“其机甚微”，“其用甚溥”。“穷尽天地万物变化之理”是为了“上以和协顺成圣人之道德，下以治理断人伦之正义”，从根本上说，它是指向天地与人合一境界的。这就把宇宙本体论问题变成个体的道德实践问题，人的主体性实践得到极大的张扬，而主体性实践则是“其心甚大”的结果，是由人的心灵来实现的。

那么，人如何做到与天地合一呢？郑思肖提出了“四心合一”说。他认为，就人类个体而言，作为实践主体的人具有“其心甚大”的道德理性精神，人的实践具有明确的目的性，这种目的性不是来自于异己的神秘力量，也不是来自上帝或者某个人格神的命令，而是出于人类的仁爱本性和自觉的道德意识。他说：“是故彼之心，既能一心，誓尽至孝之心，上当乎上天之心以为心。而此之心，亦能誓溥至诚之心，下通乎下地之心以为心。天也、地也、彼也、此也，合四者以为心，决当得上穴。”②天地既然是自然界，就无心，也就是说，天地不能像人那样独立思维，也没有明确的意识活动；如果说天地有心，那么，天地之心就是通过真阳生意流衍而化育万物。人与天地合德的根本就是人心与天之心、地之心合一，“上当乎上天之心以为心”，“下通乎下地之心以为

① 孔颖达疏：《周易正义》，北京：北京大学出版社2000年版，第383页。

② 郑思肖：《送吴山人问远游观地理序》，《三山郑菊山先生清隽集》附《所南诗文集》，四部丛书续编本。李修生等编：《全元文》卷三六三，第10册，南京：江苏古籍出版社1999年版，第697页。

心”。天地之德本是自然界的生成变化之道，以其授命于人而为“性命之德”，便赋予人以性，使人之心具有与天地一样的道德理性，包括“至孝之心”和“至诚之心”，也就是《易经》所说的“立人之道曰仁与义”。当然，人心的道德理性首先是从天地化育万物之德中先天地获得的，这样人在本质上就是善的或具有向善的趋向，即具有善的潜能，因而人就能继善而成性。这种向善的目的通过主体的实践表现出来就是以“至孝之心”侍奉父母，以“至诚之心”敬畏天地。“四心合一”的观点实际上就是作为道德实践主体的人有意识地与天地之德合一、参天地之化育的道德实践过程。

郑思肖的“四心合一”说涉及“诚”的问题，亦即“能誓溥至诚之心，下通乎下地之心以为心”。在郑思肖看来，天地虽然没有上帝的神圣性，但天地之间有一至公之理存在，随着环境、条件的不同，天地之理赋予万事万物不同的性情。天地是具有生命意义的自然界，从超越的意义上说，天地之道就是理，具有先在性、根源性，而天地之道在人、在万物则为性，“一一各有分剂，一一各有法源”[①]。这就是天地的神圣目的性，因此人类对天应该有很深的敬畏之心。人不仅对天地应该有敬畏之心，而且还应该以真诚无伪之心与之契合：“当以真情实行，尽力行我之正大，契彼之气数。”[②]人类并不能因为天地有神圣性而对其屈膝拜服，应该主动地“契彼之气数”。这里的“契彼之气数”就是个人对天地之道、对真阳生意的流衍之妙的切实体悟、体会，这不是用语言能够表达的，也不是用一般的逻辑思辨方法就能够认识的，而是如上文所说的那样，人应该由显及隐，以自己的真诚之心体悟天地之间幽深奥邈、微妙难测的生命变化之机。实际上，对“契彼之气数”的体认已经转变为人对所负有的神圣使命感、责任感的敬重，表现在行动上就要“以真情实行，尽力行我之正大”，躬身行之而不可有丝毫虚饰和矫伪，应该正大直行不可有偏私之心，因为这是体认天地之间真阳生意化育生命的问题，也是自我生命的归属问题。

郑思肖认为要“以真情实行，尽力行我之正大”，关键是“立心正”。他

---

① 郑思肖：《答吴山人问远游观地理书》，《三山郑菊山先生清隽集》附《所南诗文集》，四部丛书续编本。李修生等编：《全元文》卷三六二，第10册，南京：江苏古籍出版社1999年版，第693页。

② 同①，第693—694页。

说："天下之人，天下之事，莫不以立心为本。立心正，事罔不吉。"[①]人在应事接物时，需要收敛身心而不可放纵自己，自觉地去除各种妄念和非正当的欲望。立心正不仅能够改变吉凶祸福的结果，而且还能提高人的道德水平和生命意义。他说："缅想《周易》，圣人为棺椁治葬之法，翻巽初六，为兑上六，是为大过卦。大过乃始乎巽阴终乎兑阴之卦。虽始终乎阴也，以乎外初六上六之阴画，包乎内二三四五之阳体，是拱其阳而聚之于内也。始于入巽之阴，终于悦兑之阴，巽开阴卦之始爻，兑了八卦之终事，是可以终乾父坤母之大事。"[②]《易经·系辞传》所说的"后世圣人易之棺椁，盖取诸大过"之卦本来是讲埋葬死者时选择墓穴的问题。高亨先生解释说："大过卦是外兑内巽，兑为泽，引申为洼坑。巽为木，然则大过之卦象是木在洼坑之内也，掘地为墓穴，纳棺椁于其中，正是木在洼坑之内。"[③]高先生所言极是。不过，高先生只是从卦象的角度揭示了大过卦的象征意蕴，对如何转变这一大过卦的结果却没有进一步地阐释。在郑思肖看来，"翻巽初六，为兑上六"本为巽下兑上的大过卦，其特点是"始于入巽之阴，终于悦兑之阴"，二阴在外，但它涵纳二三四五之阳体。这种卦象"四阳在中，二阴在外，以阳之过越之甚也"[④]，四阳远远超过二阴，多有凶险之兆，但是因为两阴之中包纳四阳，此为"拱其阳而聚之于内"的阳气凝聚之状，也是真阳生意聚集之象，只要持之以诚、措置得当，就可以转凶为吉。在埋葬死者时，应当选择那些"当以外拱其阴以包之，内聚其阳而实之之地而葬焉，则死者入而悦矣，有归根还阳意"[⑤]。更重要的是在祭奠死者时，人还应该尽之于以礼，诚之于心。"巽之初六"，爻辞是"藉用白茅，无咎"，《易经·系辞传》引用孔子的解释："苟错诸地而可矣。藉之用茅，何咎之有？慎之至矣。夫茅之为物薄，而用可重矣。慎斯术也以往，无所失矣。"[⑥]

---

① 郑思肖：《答吴山人问远游观地理书》，《三山郑菊山先生清隽集》附《所南诗文集》，四部丛书续编本。李修生等编：《全元文》卷三六二，第10册，南京：江苏古籍出版社1999年版，第696页。

② 同①，第686页。

③ 高亨：《周易大传今注》，济南：齐鲁书社1979年版，第269页。

④ 孔颖达疏：《周易正义》，北京：北京大学出版社2000年版，第147页。

⑤ 郑思肖：《答吴山人问远游观地理书》，《三山郑菊山先生清隽集》附《所南诗文集》，四部丛书续编本。李修生等编：《全元文》卷三六二，第10册，南京：江苏古籍出版社1999年版，第686页。

⑥ 朱熹：《四书章句集注》，北京：中华书局1983年版，第269页。

这里的“慎之至矣”就是恭谨庄重，以柔处下，即使普通的白茅也能派上大用场，也可以化解阴难，拯弱兴衰。

郑思肖还将“诚”引进他的太极祭炼法中来。张宇初早就指出郑思肖的《太极祭炼法》与诚的关系：“其旨首主于诚学之大本，何莫非诚。故曰：诚者，天之道；诚之者，人也。能存乎诚，则阴阳之机、鬼神之用得矣。其水火之秘、符篆之奥、内炼升度之神非合夫三五体用之妙，其能造乎？五行阴阳，复归太极也乎？若尽性致命拘魂制魄之道可谓尽矣，其足为斋法之轨辙亦宜矣。然先生之言皆极乎身心操存之实，是有变名易用、谊眩惑乱之戒。苟非含醇茹真、屏绝氛浊者能哉？”[①]张宇初认为，郑思肖的太极祭炼法能以“含醇茹真、屏绝氛浊”的诚敬之心炼度鬼魂。对此，郑思肖也有深刻的论述：

> 天地之间，一至诚之道而已。中庸曰：“唯天下至诚为能经纶天下之大经，立天下之大本，知天地之化育。”故一切事无大小，悉以至诚为主，一念不诚则伪，一事不诚则败，况于鬼神之际乎。鬼神之德，洋洋乎如在其上，如在其左右，苟心不在焉，视之而弗见，听之而弗闻。吾何以动天地，吾何以感鬼神？一念至专，太一在上，众魂在前，森乎可见，俨乎若生，皆一念之密运与至化以潜通者，其变化之妙皆不出于吾心。孟子曰：操则存，舍则亡，其心之谓欤。行祭炼者，宜察此语，先立至诚为本。至诚者，无毫发杂念，极纯一之心也。此不诚者，无物也。有诚而为诚则人，诚而泯于诚则天。[②]

郑思肖特别提出“至诚”是天地之间的根本之道。这与《中庸》“诚者，天之道也；诚之者，人之道也”(《中庸》第二十章)[③]思想是一致的。诚是最高的德行，天道之诚主要是指“惟一至公之理，行乎其中，天且弗远，安有私

① 郑思肖：《太极祭炼法》，《正统道藏（第十册）·洞真部·方法类》，上海书店、文物出版社、天津古籍出版社 1988 年版，第 439—440 页。

② 同①，第 449 页。

③ 朱熹：《四书章句集注》，北京：中华书局 1983 年版，第 31 页。

心”[①]，天地之道的流行、变化是真实无妄的，这是“真实”；天地之道生生化育万物毫无偏私欺诈之处，既不自欺，又不欺人，这是“无伪”。天地之道无论是“真实”还是“无伪”都含有价值意义的善。人道的实现也需要诚，必须以诚敬之心去实现天地之诚，不可“欺天”，亦不可“自欺”。只有诚实自己的心，才能实现天地之道的诚；人能自诚其心，就能尽其性，从而也能够成就任何事情。因此，人们无论对待什么事物，都应该以“诚”相待，人对待鬼神也是如此。在郑思肖看来，鬼神之德“视之弗见，听之弗闻”的主要原因之一是神具有神圣而不可测知的特性，超出了人们的理性认识范围。除此而外，还因为人用心不诚，心不在焉。“诚”就是“一念至专”，亦即“无毫发杂念，极纯一之心也”，就是专主于此一不二的心体，这本身就体现了敬的精神，不同于一般所谓集中注意力，这是一种高度的全身心的生命力的凝聚。其实，鬼神之德也并不是什么神秘的精神力量，只是生生不息的天地之道在鬼神中的具体体现，人只要以至诚之心去实践，就可以实现炼度鬼魂的理想。如果能“一念至专”，人就进入“太一在上，众魂在前，森乎可见，俨乎若生，一念之密运与至化以潜通者，变化之妙皆不出于吾心”的境界。在这种境界中，人与神之间的界限已经不存在了，人不仅能够通神，而且能够主导鬼神的变化。只有如此，才“能经纶天下之大经，立天下之大本，知天地之化育”，其终极指向是天地与人的合一。这样，诚就已经从一般的心性修炼转变为宗教的实践。

人类生活在自然界中，从动物中区分出来，但是仍然参与自然界的“活动”。人类担任什么样的角色，不仅决定人类的生活方式，而且决定人类的生存发展。人是自然界的“成员”，还是自然界的“主人”，这个“天人之际”的问题始终是人类所面对的基本问题，也是哲学必须解决的问题。《中庸》既重视人的主体性，同时又强调人与自然界的和谐统一，把实现整个自然界的生命和谐看作是人类的重大使命，这正是值得今人反思的。《中庸》的这一学说也正是基于对自然界的化育之功的认识，这一认识是从人类生命活动及其自然界的内在关系中体认出来的，不是将人类自己凌驾于自然之上，将自然视为无生命的对象而认识到的。“万物并育而不相害，道并行而不相悖，小德

---

① 郑思肖：《答吴山人问远游观地理书》，《三山郑菊山先生清隽集》附《所南诗文集》，四部丛书续编本。李修生等编：《全元文》卷三六三，第10册，南京：江苏古籍出版社1999年版，第696页。

川流，大德教化，此天地之所以为大也。”[①]这是《中庸》对自然界以及人与自然关系的最重要的认识。自然界也有冲突，有灾害，有生存竞争，但是就整个进化而言，是和谐的，有序的，万物皆能得到生长发育而不相妨害，万物之道皆能顺利流行而不相冲突，“小德”如川流一般不息，“大德”则深厚盛大而无穷。这里所说的“德”既是对自然界的价值判断，也是对人作为德性主体所应尽的责任和义务的承诺。“小德”指万物所受之德，“大德”指自然界的全体之德，“大德”与“小德”的关系正是多样性与整体性的统一。只有维护自然界的多样性，才能实现整体的和谐；只有承认自然界的内在价值，才能做到这一点。

在郑思肖看来，既然作为宗教实践的诚不仅能够使人通神，而且还能够使人成为神的变化的主导力量，那么人就能够以至诚之心改变鬼魂的命运，赋予鬼魂以生命。这是人自觉追求人生终极意义的体现，也是对天地化生万物之道的认同，还是儒家“成己”与“成物”之学的体现。这种追求在太极祭炼活动中表现得非常明显。

郑思肖所说的“炼毓阳神”实际上就是儒家所倡导的“成己”，而“祭炼鬼魂”则是“成物”。“诚”体现在人身上则为性，是人性的重要因素之一。人人都有诚性，但并不是人人都能自发地实现出来，这需要个人的不懈努力，不断加强道德修养。因此，人道之诚关键是充分发挥人的主体性，重在道德实践。一般说来，作为现象界的人类个体而言，每个人都有人欲私心，因此就必须经过持之以恒地进行心性修炼，获得真实无妄之诚，这就是“有诚而为诚则人”，是“成己”的初级阶段。“成己”的高级阶段是“诚而泯于诚则天”，只有太一天尊才能达到。太一天尊与天道的本然真实之“诚”相同，不需要再尽力致诚，但他的所作所为无不符合天道，无不出自诚意。这是一种道德至善之境。此时，人是完全自由的，无拘无碍。在这种境界中，人已经摆脱了那种“合乎道德”的人为祭炼之举，上升到一种无所为而为的“本乎道德”[②]的天然祭炼之境，人们祭炼鬼魂不需要遵从任何自然规律和道德信条，也不是出于良心发现，而是一种“以无为自然”的自发行为。

---

① 朱熹：《四书章句集注》，北京：中华书局1983年版，第38页。
② 康德：《实践理性批判》，北京：商务印书馆1999年版，第79页。

在成圣成贤的道路上，“成己”与“成物”是紧密相连不可分割的两个方面。只有“成己”才能“成物”，以我豁然清爽的精神祭炼幽冥就是“成物”，这才是郑思肖重视“成己”功夫的用意所在。人的一切修养的根本目的，都是为了“至诚”而“化物”，完成人类“赞天地之化育”的使命。只要经过努力实践，人就一定能达到“至诚”之境，人就自然能够参与天地化育万物的过程。“赞天地之化育”也就是“成物”，以诚待物，待物就能尽物之性，按照事物的本性成就它而不是伤害它，促成其生长发育而不是破坏它。在郑思肖看来，鬼魂也是万物的一个部类，鬼也有自己的本质属性和性情。它们和人类一样都是天地所生之物，都具有相同的生命意义，没有什么高低贵贱之别，“平等则冥阳不殊，非大慈大悲无遮无碍之心者，不足与一大祭炼也”[①]。在祭炼中，人不能与鬼魂对立，更不能凌驾于鬼魂之上，而是与鬼魂平等的。郑思肖说：这里的“大慈大悲无遮无碍之心”，实际上就是儒家所倡导的“仁”，诚与仁是一致的，以至诚之心尽鬼魂之性就是以至仁之心尽鬼魂之性，也就是尊重、同情、理解和超度鬼魂使之摆脱痛苦，这样鬼魂就能够得到自由发展而不受到伤害，这就是尽鬼魂之性。而且，人还应该以己之心度鬼魂之情，“亲之则慰，远之则愁，此幽冥望度之心也。以至诚摄召其来，以慈悲抚慰其餐，以五行系完其魂魄，以水火炼其精神，尚忍犯于我乎？”[②]人的感情和鬼魂是相通的，所以人就可以从自己人生的经历中、从人性的自我反省出发去体验鬼魂的渴望超度之心、摆脱痛苦的急切之情，这看起来是将人降到一般鬼魂的水平，实际上正是对生命价值的尊重。这与张载的“民吾同胞，物吾与也”的思想是一致的。否则，如果人缺乏诚性，不以诚待鬼魂，鬼魂就不能依靠人的诚性得以超度和成仙，就是“不诚者，无物也”。人心不诚，他所做的一切就等于没有做，或者更糟糕，因为他很可能对鬼魂造成极大的伤害。祭炼时如果心性急躁狂慢、精神散乱，那么鬼神“只得食一看，不得食下咽，空负其一来，不饱所

---

① 郑思肖：《答吴山人问远游观地理书》，《三山郑菊山先生清隽集》附《所南诗文集》，四部丛书续编本。李修生等编：《全元文》卷三六三，第10册，南京：江苏古籍出版社1999年版，第466页。

② 同①，第461页。

欲，愁怨而去，又焉得生天乎”①。这是心不诚所致，也是缺乏仁的体现，“故正当鬼神饮食炼度之时，须当和缓怜悯，俯慰幽魂餍饮，良久乃善”②。

人不仅应当尊重鬼魂的性情，同情鬼魂的痛苦，而且还应当提升鬼魂之性的价值层次，这是人的责任和义务，也是人的价值的实现。他说：“须养太和以实元炁，乃可炼阳神而度阴魂，则阴魂得所藉而生光明。先当行忠孝以动天地，戒杀害以解冤仇。先立其大者，使鬼神有所钦敬，然后可以为之师法。全在阴功德行，一示为表率，然后可以造化超其精神，非在区区宣读之间而为祭炼也。”③在这里，“炼阳神”首先应该“养太和以实元炁”，而涵养太和就是“行忠孝”、“戒杀害”，以仁爱之心充实太和之气，这就是郑思肖所说的“先立其大者”。“度阴魂”以知就是人把自己的道德价值观赋予鬼魂，为鬼魂树立道德规范，使鬼魂按照人类的道德价值观来重新塑造自己的鬼魂之性。郑思肖说：“我持一戒，则一切无边幽魂亦各各持一戒而善心发现。我忠彼亦忠，我孝彼亦孝，我不杀彼亦不杀，四戒五戒，至于九戒，皆然。”④这样，鬼魂之性也具有与人一样的忠孝慈悲等道德观念。可见，这个过程既是人的道德修养自我提升的过程，又是超拔鬼魂使其灵魂提升的过程；既是人推致诚性“尽己之性”的过程，又是自觉参与天地之化育的过程。只有这样，人才能“与天地参”，即与天地并立而为三了，“太上只欲使人人以彼之天地造化归我之性命形神，融贯三才而一之，以反乎至道也。”⑤从而，人的主体性地位就确立起来了。

郑思肖平等对待鬼魂的思想来源于他对太极祭炼法的深刻领悟。他说：“太极炼度者，人人物物皆具一太极，一一幽魂一一亦且一太极，降本流末，遂堕为幽阴之鬼。原始要终，当还其本然之天，其受度生天之理如此，故曰：太极炼度。”⑤郑思肖所说的“太一”是最高的宇宙本原，与老子的道相通。太一生一，“而为阴阳，转而为四时”，万物是由阴阳二气和合而生成。万物生

①② 郑思肖：《答吴山人问远游观地理书》，《三山郑菊山先生清隽集》附《所南诗文集》，四部丛书续编本。李修生等编：《全元文》卷三六三，第10册，南京：江苏古籍出版社1999年版，第462页。

③ 郑思肖：《太极祭炼法》，《正统道藏（第十册）·洞真部·方法类》，上海书店、文物出版社、天津古籍出版社1988年版，第465页。

④ 同③，第458页。

⑤ 同③，第462页。

⑤ 同③，第459—460页。

成以后，太极已融入万物之中。因此，人类和天地之间的万事万物都有一个太极，这是整个宇宙的本体，整个宇宙都受到这个太极支配，这个太极是一，它是万物存在的总根源。一切万物都禀受此太极而以之为理、以之为性，尽管万物的形体、气质等方面存在着千差万别的个性，但是它们自身都有一个太极，这就是“人人物物皆具一太极”。鬼魂也不例外，它自身也含有与人类相同的太极，“一一幽魂一一亦且一太极，降本流末”，不过由于种种原因使他们下堕为鬼魂。既然从创生的角度讲人类和鬼魂都是由同一太极孕育而成，那么人的性理与鬼魂的性理在本质上就有相通之处，因此，人以至诚的仁爱之心对待鬼魂也就是以至诚的仁爱之心对待自己。

综上所论，炼毓阳神是“成己”，超度阴魂是“成物”。无论是“成己”还是“成物”都应该不断加强心性修养达到至诚之境，实现人道与天地之道的统一。太极祭炼法的基础是《易经》的“三才”之道，而“三才”之道又与儒家之诚紧密相连。另外，大乘佛教宣扬慈悲精神，提倡慈爱众生并给予安乐，怜悯众生并解除其痛苦。这种慈悲思想也与郑思肖太极祭炼法“成己”与“化物”的“仁”密切相关。很显然，郑思肖已经把儒、释、道三教思想融合为一体，不过，郑思肖融合三教思想不是从方法论上综合济度幽冥的方法，而是从精神实质上汲取各家之长，择善而从。他自称：“从道家者学仙公炼度，从佛家者学阿难施食，一有肯心，不必问其从释从道也，均之为济度幽冥也。”[①] 只要能够达到炼度鬼魂目的，无论是佛教的阿难施食还是道教的仙公炼度都可以拿来并用。他的最终目标是彻底打通三教思想的界限，建构一个无法而法、无为而为的天然祭炼大法：“夫大道无为，无所妙而为妙，……苟能摈耳目于视听，绝情想于升沉，破色空于有无，超生死于去来。何者为道，何者为法，何者为术，何者为想，我且无有，况于彼哉。惟其上不见天，下不见地，内不见我，外不见物，则所谓真我者，霈然廓然，周流无穷，孰是孰非是。虽天地鬼神莫能去之。夫如是曰儒而儒，曰释而释，曰道而道，曰世间法而世间法，曰出世法而出世法，何所往而不由之，异而不异，同而不同，随其所行，莫知其

---

① 郑思肖：《太极祭炼法》，《正统道藏（第十册）·洞真部·方法类》，上海书店、文物出版社、天津古籍出版社 1988 年版，第 472 页。

然而然”。①

三、郑思肖的成仙之道以自然真心为核心

在《十方道院云堂记》中，郑思肖认为，近三十年来，一些仙、佛信徒与以前相比尽管数量增加，宫观、庙宇华丽，但缺乏信道的虔诚真心，他们的目的不过是“富者蔽身，贫者窃食”而已，“通身俗气”，陷于欲海，难以自拔。因而，他提出了“决不可心外求道”的清净思想：

> 胡不思大道乃自然清净之理，神仙乃出尘清净之人，若不清净，则德行从何而生，纵是有功于人，不从真实慈悲清净心中流出，则不曰大德行。若无大德行，决无大脱洒，决不得大成就。纵遇极妙真传，使其无福，魔必坏之，决不得结其圣胎。决不可身外求道。道不在于身外，决不可心外求道，道不在于心外。此心不真、不定、不纯一、不空玄，有想有存、有意有方，所有运用、有希望等事，尽是妄想。才有纤尘，即生魔业。于深定中假有一切祥异，皆为魔幻，勿喜、勿怖、忽视，当自消灭，始契至妙。若以一妙散之众妙，曰玄牝，曰铅汞，曰斤两，曰火候，曰结胎出胎等，有种种假名，各有种种奇说。苟悟以众妙摄于一妙，一尚非一，众曷为众，咸泯之于自然之中，咸无众名，咸具众用。②

郑思肖既将“清净”提升为道的本源，又将其视为性修的终极目标。在他看来，神仙乃超尘脱俗之人，大道乃自然清净之理，这也是得道成仙的理想境界。达到这种境界的前提是要有真心，消除一切“魔幻”、“妄想”，求得心性的清净恬淡。可见，“决不可身外求道”、“决不可心外求道”的实质就是加强心性修养。在“性修”与“命修”中，郑思肖更重视“性修”，视“性修”为

① 郑思肖：《答吴山人问远游观地理书》，《三山郑菊山先生清隽集》附《所南诗文集》，四部丛书续编本。李修生等编：《全元文》卷三六三，第10册，南京：江苏古籍出版社1999年版，第472页。

② 郑思肖：《十方道院云堂记》，《所南先生诗文集》卷二，李修生等编：《全元文》卷三六三，第10册，南京：江苏古籍出版社1999年版，第709—710页。

"命修"的基础和前提，先修性，后修命。这与全真教王重阳所提倡的"心外无道，道外无心"[①]思想是一致的。他们都将心性修炼作为修行的根本，而具体的目标则是达到心性的清净之境。王重阳也主张"不染不思除妄想，自然衮出入仙坛"[②]的修性除妄。就此而言，郑思肖极有可能接受了全真教的影响。[③]

心性修炼的目的是为了得道成仙，这是道教信徒的终极追求。但一般道教信徒的成仙是为了求得生命的无限延续，遨游于无何有之乡，与这些宗教迷狂者不同，郑思肖追求的神仙之道是自然之境。在《十方道院云堂记》中，他继续说：

> 是故，神仙之道无他，一自然之妙而已矣。必先绝其思虑，若浑忘于昼夜，静极于极静，极静于静极，自然其清净，清净其自然，自然冥身心于空，空而不昧。自然藏乾坤于玄，玄而不漏，自然返本还源，自然月满精盛，自然当大造化一阳将动未动之初，我身中深深深极之根，自然出献甚玄甚妙甚微甚真之先天阳精，以为丹母，自然通于任、督、涌泉，同时互相淫淫焰焰，沸发真热，捧拥丹母，升上降下，交贯周流，以大造化大妙一身，自然媾孕于其中，自然凝而为长生不死纯阳之宝。动其自然之动，而不动其自然之不动，则动者以无动而动，悠久绵密，秋毫不差。自然成就于无终始之始终。其心不死，决不成道。以我自然，听其自然，纯是

---

① 王重阳：《重阳真人授丹阳二十四诀》，《道藏》第25册，上海书店、文物出版社、天津古籍出版社1988年版，第735页。

② 王重阳：《重阳全真人集》卷二，《金丹》，《道藏》第25册，上海书店、文物出版社、天津古籍出版社1988年版，第701页。

③ 全真教最初活动于女真族统治的北方占领区，首任掌门人王重阳掌教的时间是金世宗大定二年（1162）至大定十年（1170）。其后，随着元兵南下灭宋，统一全国，全真道迅速南传，并与李道纯等人为代表的内丹南宗互相融合，对江南士人产生了很大的影响。方回《全真教随喜》诗云："全真遗教契清宁，萧散无为养性灵。百岁萍逢无定迹，一身土木已忘形。"（方回：《桐江续集》卷二六，《全宋诗》卷三五〇六，第66册，第41858页。）郑思肖生于1241年，中年以后的元1280年以后。全真教虽也主张"性命双修"，但更重视性的修炼，主张先修性，后修命。同时，王重阳将修性的具体内容落实到"清净"上。要获得清净灵明的本性，就必须"无心"，也就是"无尘垢之心""无邪心"。这与郑思肖的"清净"、"真心"思想没有多少区别。无论从郑思肖的生活年代，还是从道教思想来看，他接受全真道的影响都是极有可能的。

真心。[①]

郑思肖所言之“自然”与老庄等人的“自然”有明显的区别。首先，作为一种心灵理想境界，老庄的自然是指人心的真诚淳朴本性，未经仁义礼智等道德规范约束、侵染的最初本然状态；而郑思肖的自然则是指心灵的清净纯洁，纤尘不染，它追求的是心境的空寂灵动，空而不昧，很明显，这与禅宗的“色空”、空相有相通之处。其次，作为一种具体修炼方法的哲理基础，自然是指以“真心”炼精、炼气、炼丹，它是先天阳精之丹母，凝而为长生不死的纯阳之宝。若以妄念导引调息，则有可能“万伪皆坏”，难求正道。

郑思肖以自然真心为成仙之道的思想是以突出心的主观能动性为前提的。他认为，立心正是人行万事的根本，正所谓“天下之人，天下之事，莫不以立心为本”[②]。这是因为，人心是道的体现，道是万事万物的根本，只有充分发挥人的主观能动性，人才能透过万事万物的表象而认识道。同时，人心又是人的各种欲望、情感需求的主宰，它决定着人性的价值取向。因此，“性修”的基础是修心。可见，道、心、性是三位一体的，不可分割的。

当然，郑思肖的神仙之道是有渊源的。比如：他以自然真心来炼精、炼丹的思想与张伯端以“真意”炼精气有相通之处，又受到全真道的影响。无论是张伯端的内丹理论还是全真道的教义，它们都属钟吕派内丹理论的继承和发展，都注重人的心性修炼。郑思肖不仅继承了内丹派心性修炼的思想，而且他将修道成仙的个人行为推广为兼济社会、利益众生的善举。他认为，与其建数百所华丽宏伟道院以积功，求得个人的修道成仙，“不如以一点真心，尽情供养一切道人，尽力利益一切众生。若以此为道院，始入神仙境界”，“愿一一先以德行为本，仍以此道寿其自然清净之天，终与此道同挟乎天地人，而同超于无无有有、有无无有之表”[③]。郑思肖就突破了一般道教信徒汲汲于个人修炼成仙的一己之私愿，将神仙之道升华为净化人心、有益教化的更高境界。这是作

---

① 郑思肖：《所南先生文集》四部丛书续编本。李修生等编：《全元文》卷三六三，第 10 册，南京：江苏古籍出版社 1999 年版，第 710 页。

② 郑思肖：《送吴山人远游观地理序》，《所南先生文集》。李修生等编：《全元文》卷三六三，第 10 册，南京：江苏古籍出版社 1999 年版，第 696 页。

③ 郑思肖《十方道院云堂记》，《所南先生文集》卷二。李修生等编：《全元文》卷三六三，第 10 册，南京：江苏古籍出版社 1999 年版，第 710—711 页。

为儒士的郑思肖所不能忘怀的道德终极关怀。

四、郑思肖道教信仰的元神论

郑思肖《太极祭炼内法》所述“祭炼法”乃道教灵宝斋法之一，以食物和符咒解救鬼魂身心，拯救幽冥之苦。《太极祭炼内法》卷上的主要内容是祭炼鬼魂之仪式及符咒，中、下二卷为《太极祭炼功法议略》，主要阐发作者对祭炼法事的见解。郑思肖强调在祭炼中，应当以炼为本，炼度鬼神之根本在于行法者内心的修炼，即“炼神”；以祭为旨，炼毓阳神的终极目的是超度鬼魂，两者密不可分，缺一不可。在祭炼过程中，元神的修炼起着至关重要的核心作用。

战国时期，出现了以“气”解释生命和万物起源的思潮，庄子认为，随着气的聚散人也有生死之别，道教内丹派把人体内的精、气、神称为内丹炼养的“三大要件”，是维持人体生命的最基本元素。它们都有先天后天之别，先天的精、气、神是与生俱来的，称作元精、元气、元神。

郑思肖继承了这些思想：“丹田者，谓出生金丹造化之田也。昔受父母之真精，皆深深藏此，……亦自此深深极深处生，故曰源。丹田与任督相为表里，直上与心与脑相通，心或微动，此中真精已先走矣。心不动，精不去，精满神定者，其中至明而至热。”① 从构成论上说，他认为元神存在于自我人体之内，人身之中包藏着禀之于父母的先天元神，所以不需远求，“真精”受之父母，先天地存在于人体的丹田之内，与人的心、脑相通，随着人心的动静而变化。元神也是一种由修炼者自己体内的阴阳之气经过水火之炼后形成的如婴儿一样的物质实体：“此内炼法中，存自己为火，焚荡俱尽者，是表荡涤一切恶念也。已身复完如故者，是表天真之不坏也。……东井天河之水，即是神水，上升至泥丸，而下润者五行，相生真炁，即是五脏相生真炁。心中运真火，肾中运真水，皆不出身内，妙造化道在迩，求诸远非良法也。”② 这里的“元神”是人身中先天存在的元炁经过心中真火和肾中真水交相为济炼度、五行化育后

①② 郑思肖：《太极祭炼法》，《正统道藏（第十册）·洞真部·方法类》，上海书店、文物出版社、天津古籍出版社 1988 年版，第 449 页。

形成的，就是说肾水上升，心气下降，于下丹田中交媾，肾中的真一之水运载心气中的正阳之气，二者合而为胞胎，通过火炼功夫，炼之成神。元神的炼毓过程都是在人身之内进行的，修炼者不应该抛弃自己的修炼而一味向外寻求炼毓元神的方法，应当先存自己为火，荡涤自己心中一切名利、物欲，做到心无妄念，恬淡虚静，这样才能保持天真不坏之真体，恢复元神的本然状态，从而达到炼毓元神的目的。

同时，郑思肖也批判了一般道教徒"外事"的修炼方法。他说："今人行持，多是存想作用外事，岂知天地万化尽备在我身中。……有取合炁者，如嘘出肝炁，存想与东方青炁来相接，吸之仍嘘出者，谓取天地至灵之炁合自己至灵之炁。凡此之类，皆谓之合炁，以内为而合外炁，是亦外事，岂若运我身中真造化耶。"[①] 孟子万物皆备于我之说主要是指世界上的万事万物之理（当然包括儒家之道）先天地存在于人身之中，郑思肖借用孟子之语主要想说明人的自我形体之内蕴含着先天的元神。然而在郑思肖看来，作为人之本体的元神与作为意识活动的"存想作用外事"是不同的，如果依照现象与本质之间的关系来看，前者是本质，后者则是现象。有时候本质和现象并不能完全统一，有些现象并不能直接反映本质。人的意识活动中包含许多不合理的内容，但作为本质的元神则始终潜存在人体的丹田之内，为了使人的现实意识以及与之相联系的行为变为促进炼毓元神的动力，郑思肖要求人要在修养境界上做到心与元神合一。而那些诸如吸天门炁、三清祖炁、十方生炁以及存想金光百千万道降注兆身之类都是"外事"，都是向外求道，心有旁骛，因而炼毓元神是无法成功的。尤其需要指出的是郑思肖对道教内丹修炼的"内外合炁说"也持有异议。我们知道，一般道教内丹派"内外合炁说"的采药分为内药和外药，初步采炼自然天地的精、炁、神为外药，采炼完成后继续采炼人类自己的至灵之精、气、神为内药，将两者合而为一，用火进行烧炼，使药物凝成金丹。郑思肖之所以认为"合炁"说为外事，其原因是采炼外药仍然需要向天地自然中采集精、气、神，因而忽视了自我的心性修炼。

郑思肖的身内炼神的思想继承了白玉蟾的心外无道思想。白玉蟾强调炼药

---

① 郑思肖：《太极祭炼法》，《正统道藏（第十册）·洞真部·方法类》，上海书店、文物出版社、天津古籍出版社 1988 年版，第 449 页。

物必须持守虚静，以自身为炉鼎，锻炼自身的精气神，从而达到成丹体道的目的。他指出："夫修炼金丹之旨，采药物于不动之中，行火候于无为之内，以神气之所沐浴，以形神之所匹配，然后知心中自有无限药才，身中自有无限火候，如是而悟知为丹，如是而修之谓道。"① 白玉蟾注重修炼时利用体内先天存在的内药炼成圣胎，尽管吸收了白玉蟾"心中自有无限药才，身中自有无限火候"的思想，但郑思肖更注重在炼毓阳神时排除各种妄念，保持心性清净纯一，宁静淡泊、无为而为超然之态，恢复元神湛然清净的本然状态。

当然，这种思想也受到张伯端气质之性与天地之性思想的影响。在《青华秘文·神为主论》中，张伯端说："欲神者，气质之性也。元神者，先天之性也。形而后有气质之性，善返之，则天地之性存焉。"② 张伯端强调通过修炼使欲神向元神回归进而显现先天之性。张伯端认为，气质之性随着人的发育而增长，如果加强心性修炼，慢慢去除气质之性，可使本源之性显现，复归元性。就此而言，他们之间有一致之处。但是在修炼过程中，张伯端主张内药与外药结合，将先天的元神、元精、元气与采之于自然的精气神合而为一炼成金丹。从根本上说仍然属于"内外合炁说"的传统修炼方法，仍然属于郑思肖所批评的"外事"之列，与郑思肖试图通过道德自律的方式克服气质之性，复归自身的先天元神思想是有区别的。而且，张伯端将人的精神分成截然不同的元神和欲神，它们都是由精气神构成的，随着人体的产生而产生，它们之间存在着此起彼伏、此涨彼落的关系，去除后天的种种欲望、邪念等欲神是为了存元神之本然天性。这样，无形之中就承认欲神也是人的精神主体之一，人就有两个精神主体。这样一来便产生了一个问题，元神既然是出入无时而变动不居的独立存在，欲神则存在于日常生活之中并随着外界事物和环境发展变化而变化，那么元神是不随欲神的出入而有任何损益，这样两者就成了不同层次的两截，那么经过修炼后的元神是如何出窍的这一问题就无法解释清楚，进而元神如何与彼岸世界的神灵结合，现实世界的人体又是如何解脱，如何成仙的诸如此类的问题就难以自圆其说了。

---

① 白玉蟾：《修真十书·杂著指玄篇·谢张紫阳书》，《正统道藏（第四册）洞真部·方法类》，上海书店、文物出版社、天津古籍出版社1988年版，第605页。

② 张伯端：《玉清玉笥青华秘文金宝錬丹诀·神为主论》，《正统道藏（第四册）·洞真部·方法类》，上海书店、文物出版社、天津古籍出版社，1988年版，第382页。

与传统道教元神论不同的是，郑思肖认为元神与至高的太一尊神是统一的："只是炼水火之妙，育出婴儿，化为太一天尊。盖自己造化之出现者，即我之元神也，与递然存想太一天尊不同。"[①] 这里所说的"递然存想太一天尊"就是修炼者依据他在感性世界中所获得知识和愿望而重新构想的独特的精神实体——太一天尊。因为这个形象倾注了修炼者自己的愿望和热情，所以仍然是感性世界的产物，仍然局限于现实世界的固有经验或道教已有的太一天尊形象。"递然存想"的思维模式仍然属于道教的传统体用模式，认为修炼成仙的事情本身具有一种"本体"——"发用"的结构，"发用"是彼岸世界的形象，"本体"是决定发用、隐藏在发用背后秘而不显的内在实体——"元神"。这种悟道模式把一件事情主观地分成内外两个不同的层次，把人体之中的元神与外在于心的彼岸世界的感应之神区别开来，从而就把元神与所幻想的神灵分离开来，视彼岸世界的神灵为异己之物，"谓太一天尊必在九霄之上，东极宫中"，神与人对立。实际上这就在无形中否定了元神的超越性和自足性，不自觉地割裂了现实世界与神仙世界的联系。

与"递然存想"的"本体"——"发用"的思维结构相应，道教的终极目标元神出窍、飞天成仙就遇到了一个无法解决的难题。中国道教的神仙世界从根本上说是从"自由王国"中推出的，也就是由"形而下"上升为"形而上"，即从经验的现实世界种种痛苦、希望、企盼中呼唤一个超现实的公正、完美、至善的绝对理念——神仙世界。但是如何实现形而下与形而上的统一呢？上文所论张伯端的元神与欲神显然也属于"本体"——"发用"的思维结构。从根本上说，依照这种结构而建构起来的神仙世界仍然是现实世界的翻版，因而，从严格的意义上说中国道教不具有宗教的超越意义。

与此不同，在郑思肖看来，人体中只有先天的元神，是本体，人心中产生的种种邪念、妄念都是受到社会、自然、人生等不同外在因素的影响，而不是与生俱来的，不是与元神对立的欲神，它们只是遮蔽了元神的本然之态，因此，去除妄念的功夫只是为了保存元神的湛然本性。彼岸世界的太一天尊就是我的元神，元神与太一天尊中间不存在什么体用关系。当然，郑思肖承认作为

---

① 郑思肖：《太极祭炼法》，《正统道藏（第十册）·洞真部·方法类》，上海书店、文物出版社、天津古籍出版社1988年版，第448页。

意识活动结果的太一天尊有其内在依据，如果说这是“用”，那“体”就是自己的元神，但是体与用是合一的，也就是说，郑思肖所强调的婴儿般的灵质就是自己的元神，是它转化为太一天尊，存在于另一世界。在这里，“我”的元神就是至高的神，至高的神就是“我”的元神，作为经验现实世界的我所蕴藏的元神与彼岸世界的神灵合而为一。既然元神是人类唯一的精神主体，那么因受外界事物感应而产生的种种妄念就随着元神的出入而出入。不过，在这个过程中，妄念往往要受到人心的限制和调节，使元神的本性得以复现。

由此可见，郑思肖的自我元神与太一天尊合一的思想解决了道教元神由形而下向形而上转化这一难题，为道教的自我超越奠定了坚实的理论基础，从而元神出窍就转为彼岸世界的太一天尊，人的得道升仙在理论上获得了圆满的解释。从这个意义上说，郑思肖突破了一般道教徒或世人因“惑于形像，泥于高远”而产生神人分离的传统观念。

当然，“我”与元神合一并不意味着我就是太一尊神，诚如郑思肖所言：“或者不悟，竟指我即是太一天尊，却成诳谬。”[①]就是说，“我”是由精、气、神“三宝”构成的，处于当下的现实世界，元神尽管存在于“我”的身体中，成为个体成仙的内在依据，但能否成仙还需要不断地修炼。郑思肖把“元神”与“我”区别开来的主要目的就是把“心”引进他的内极祭炼法中，突出“心”在炼毓阳神中的重要作用。

从上文所引可以看出，元神与人的心、脑相通，心动则精失，精失则神丧；心静则精存，精存则神满。如果按照易有太极的运动变化模式来说，精、气、神的凝合过程相当于“易”，元神相当于“太极”，是这个凝合过程的内在根据；而心在其中起到控制作用。心的变化发展直接影响元神的炼毓。他说：“想之所存，即神之所存也。吾之神住，则吾之炁住，以吾之炁住，则吾之所想之形亦住。”[②]只要心意专一、不外驰，自然泰定，就会“精满神定”。

在郑思肖看来，祭炼之道的核心就是炼自己的造化，而己是元神，炼己当然就是炼元神：“大抵炼度，是炼自己造化，以度幽魂，未能炼神，安能度鬼，

① 郑思肖：《太极祭炼法》，《正统道藏（第十册）·洞真部·方法类》，上海书店、文物出版社、天津古籍出版社1988年版，第448页。

② 同①，第458页。

全仗真心内事，其符其咒，乃寓我之造化耳。”[①]炼度的根本就是修炼祭炼者的自我元神。只有人的精神灵气凝结于丹田之内，使人体内充满一种充盈鼓荡用不绝灭的真阳生意，才能超度鬼魂。

元神的修炼，首先要澄神，也就是深潜静定，通过内观自心而除去种种欲望的干扰，使心神清静。“入室端坐，澄心静虑，息调炁定，寂然良久”[②]，他把内炼法落实在“澄心静虑，息调炁定”上，内心修炼不仅仅在于斋醮、符箓等外在事功方面，而且更应该注重心性的修炼，达到心灵的清净虚空。在炼神时，修炼者还必须配以正确的默念法：“默念者，心念也，谓无声而动意也。”[③]因为默念是“息调炁定”的有效方法。神是依于息而深入下丹田的，离开了正确的息，神就无法处于正位。无声而念就是为了心静，为了“息调”，为了神、炁归一。只有这样，才能见诸本性。接着，水炼与火炼相济为用，以神抑制心中真火，使真火抑制肾中真水，水火交媾于丹田，身心即会寂然不动，得到了真火，真水就会凝结成阳神。此时性命合一，处于混沌状态。

“修心”不仅在炼神阶段起着至关重要的作用，而且在炼神还虚阶段也具有十分重要的意义。通过炼炁化神这一关后，丹道修炼便进入出神入化的高级阶段。郑思肖认为，元神炼成后，还应当不断地养神，不断地培育、精心地呵护，息心静虑，先天的元神就可以出窍，脱离肉体躯壳，飞身成仙：“苟力行之，则顶门微动。如无欲事，能勤行数年，火铃自然常现，后顶门当豁然，初如万蚁集而甚痒，后如巨石裂而大开。”[④]在现实社会生活中形成的一切功名利禄和非道德观念的欲望是蒙蔽元神的尘垢，因此修炼者应该坚持清净本性，不受外物束缚和外界环境的影响，入大定“无欲”状态，内观定照，炼就纯阳之神。郑思肖说：“天者，至也；一者，不二也。苟悟至不二之理，能守其至不二之天，则精神魂魄悉聚而不散，离种种边，非空非色，寂然不动，浑然至真，还我本然天真之一。”[⑤]只有破除各种妄念和欲望，冥心合自然，抱元守一，才能一切入于虚空之中，返本归根，明心见性。此时，至真之体处于至静之域，寂然不动，性命与太一之道冥合无间。

郑思肖将人之“心”引进太极祭炼法中的另一目的是张扬心的自由本性，

---

①③⑤ 郑思肖：《太极祭炼法》，《正统道藏（第十册）·洞真部·方法类》，上海书店、文物出版社、天津古籍出版社1988年版，第449页。

②④ 同①，第442页。

赋予“元神”以实践理性精神，把道德与自由有机地统一起来，真正实现了元神由先天之物向道德之善的转移。

在中国道教哲学中，“心”是一个极为重要的范畴，是主体性的标志，成就神仙事业的关键。心虽有认识事物的功能和作用，但它还是人性的真正承担者。因此，在一定意义上说心也就是性，心性合一。人们应当返回自己的心灵世界实现自我内在超越，而自由则是心的本质特征，它是人性的必然要求。儒家“随心所欲而不逾矩”是指道德修养达到精纯时人心超越外在行为规范而达到无拘无束的境界，已经初步涉及了道德与自由的关系问题。庄子“庖丁解牛”的故事则主要指人心摆脱外来因素的束缚从而获得“得于心应于手”的自由。

宗教上的“自由”是由“道德”引导出来的，它不受感性欲求的支配，只有此种行为才有道德问题，才有善恶问题，因此，自由是道德的基础。作为有理性、有自由的人之行为，不但要“合乎道德”，而且要“本乎道德”。[①]

郑思肖的太极祭炼就是一种既“合乎道德”又“本乎道德”的行为。他说：“今此之祭炼法，专以我先深潜静定，炼毓阳神，然后密运至诚，祭炼阴鬼，当合二者通为一片精密工夫也。”[④]他说：“心之广大，渺无边际，与大道周流于无穷无碍之天，岂可短智狭量以自小之？一曰克己复礼，天下归仁焉。”[⑤]人作为有理性的存在者，在人身内部蕴藏着元神，蕴藏着理性的自由，但这并不意味着人就一定具有自由的行为，因为人是感性世界的一部分，常常受到名利、欲望等各种外在因素的困扰、诱惑。所以，郑思肖以儒家“克己复礼”的观念作为行为准则，强调人应该自觉地克服一己私利，使自己的行为不损害他人的利益，这就是“合乎道德”，就是行之有义。“炼毓阳神”的关键在于修心，摈除一切私心杂念使人心归于清净本然之境。如果说这是克服一己私利的“合乎道德”的行为，那么，“祭炼阴鬼”则是“本乎道德”的行为。在郑思肖看来，“炼毓阳神”是为了“祭炼阴鬼”，拯救鬼魂，使他们得道升仙。“祭炼阴鬼”的行为抛弃了一切功利的欲望，已经上升为一种自觉的责任感，它完全摆脱了现实世界的一切束缚，“与大道周流于无穷无碍之天”，遨游四方

① 叶秀山：《“哲学”如何解构“宗教”》，《哲学研究》1997年第7期。

⑤ 郑思肖：《太极祭炼法》，《正统道藏（第十册）·洞真部·方法类》，上海书店、文物出版社、天津古籍出版社1988年版，第448页。

上下、无边无际、毫无拘碍。他“克己复礼”使“天下归仁”的行为不是出于外在的社会压力和束缚而是源于内心深处的道德责任感。只有这样的“心”才真正突破了个人主观意识的“短智狭量”，只有这样的“心”才实现了由个体主观意识向普遍道德伦理的飞跃，从而也使主体的自由得到大力张扬。他说：“即吾之心化而为境，幽魂之身亦无实形随。吾之想化而为体，吾之心大，则法食遍虚空界。吾默朝泥丸，则千万亿魂悉随吾而生天。吾彻悟大道，则千万亿魂悉因吾而证果。吾之一心，天地万化之主。吾之一身，祭炼幽魂之主，鬼神所视，以为法者，其可轻乎？”[①] 郑思肖认为人心可以在刹那间呈现宇宙万物（包括幽冥世界），万物摄于自心，无限广大的万物都不能置于自心之外，从这层意义上看，可谓“心外无物”。“吾之一心，天地万化之主”，这里的“心”还具有个人的主动性、道德意识。可见，人类之心不仅能够拓展自己的主观自由精神，而且完全可以实现神与我、仙界与人世的统一，达到精诚致神则神现的境界。

与此相应，郑思肖认为超度鬼神应该把主要精力放在心的“存想”方面。他说：“一切行法者，专事乎存想以鬼神，惟观我心中所思之形像，而不睹世间见在之肉身，皆随我心想而为境界。故行法者，尽用变神遣将之法。存想尤当专一，或存想微差，或念虑略动，或匆远不情，幽魂皆不获食其食。苟悟不以意思意，亦不求无思意，而不复思是法，如是持二十字之妙，至此想亦忘矣，安得有杂念耶？”[②]“存想”实际上就是驱除现实世界中对鬼神认识的固有形象、祭炼的效果等各种因素的影响，进入一种神灵与人心相互契合的宗教境界。在道教祭炼中，人“惟观我心中所思之形像，而不睹世间见在之肉身”，超越现实世界鬼魂的具体形象，“与鬼神相遇”，建构一个超自然、“随我心想而为境界”的宗教王国。这个过程不仅是人与神合、心与道合的过程，也是人将自己的现实人生经历、主观意愿、道德意识等因素纳入其理想世界的过程。在这个理想世界中，人有完全的自由，可以“尽用变神遣将之法”，让鬼神随着自己的意愿而升天，这就实现了祭炼鬼神的宗旨，凸显了祭炼的终极宗旨。

“存想”常常与“破执”联系在一起。郑思肖将中观派破除人们执着空有

---

①② 郑思肖：《太极祭炼法》，《正统道藏（第十册）·洞真部·方法类》，上海书店、文物出版社、天津古籍出版社 1988 年版，第 462 页。

的学说引入他的太极祭炼法中。诚如上文所引："苟悟至不二之理，能守其至不二之天，则精神魂魄悉聚而不散，离种种边，非空非色，寂然不动，浑然至真，还我本然天真之一。"[①] 他认为世界上的一切事物以及人们的认识都是一种相对的、依存的关系，只有排除了各种因缘关系，破除了各种执着名相的成见，才能"还我本然天真之一"。他强调在思想上不要执念，不执着于有无之别，说："决不可执着为有，亦不可执着为无，亦不可执着深定为大奇特"[②]，在祭炼中，"亦不可以我为生人，以鬼神为鬼界，若生分别，心彼此心执着心，则鬼神不得利益，可不戒之"[③]。应该破除人与鬼之别的妄念，保持清净本心不乱，不受任何观念和外物的影响。祭炼者也不要刻意计较和察看祭炼的结果如何，这样祭炼者就会因祭炼的成功而有欣喜之情，因失败而有懊丧之感，都会使祭炼者受到困扰，"则鬼神不得利益"，超拔鬼神的愿望就不能圆满实现。因此，祭炼者应该保持平心静气的泰然心态，去除祭炼者内心的功德意识。只有这样，才能保持心定，心定则通冥，神全则济鬼，使祭炼达到理想的境界："念而无念，一心不动，百脉归源。自然火降水升，为定神清，泰宇发光，虚室生白，上透天界，下破地狱，空空洞洞，光明无边，勤而无间，久而不替，鬼神境界洞视彻间，见其饮食得济之情，与夫受炼更生之状，了然在吾心目间，此通冥之法也。"[④] 这就打通了神与鬼、仙界与地狱的界限，整个宇宙"空空洞洞，光明无边"，使鬼神得以顺利超度。

"破执"是为了除去心中的各种杂念，从而使祭炼者达到无心之心的清明澄然之态，与此相应祭炼就会达到"不必存上想下，自然存上想下也"的天然祭炼境界。他说："下士执于外，中士执于内，上士俱忘其内外，惟天其天而已。……盖于冥冥之中，运此极微之忱，无不一一充斥尽应于十方之外，一一造化，一一境界，有不期然而自然者，又何必泥于存想作用，一切境界，以幻我自然静定之天，渊源至化，彻上彻下，其心溥徧。谓之太一天尊之造化固不

① 郑思肖：《太极祭炼法》，《正统道藏（第十册）·洞真部·方法类》，上海书店、文物出版社、天津古籍出版社 1988 年版，第 459 页。
② 同①，第 470 页。
③ 同①，第 462 页。
④ 同①，第 453 页。

可，谓之自己之造化亦不可。其实，皆大道自然之运化也，于我乎何有哉？”[①]在郑思肖看来，从事祭炼的人是有分别的，下等祭炼者追求祭炼的仪式、符箓、诵咒等外在的事情，为外物所牵，“游乎纷华之场”[②]，拘执于细枝末节的琐事。一般的祭炼者虽然也注重“假注想以存心，终之既泯于定也”，注重内心的修炼，但是心常常驰骛于外，不能归心守真，因此他们“当妄想以为心想者，伪也；定者，亦伪也”[③]。他们执着于各种妄念，为自己的欲望所惑，从根本上说，他们的祭炼也和下等祭炼者一样都属于人为祭炼。这两种人内心受到种种外部事物的蒙蔽，以祭炼为祭炼，因而是不可能成功的。作为最高境界的天然祭炼已经超越了具体的祭炼形式：“存之于目，不若存之于心，存之于心，不若存之于理，存之于理，不若存之于无，所存孰知。夫无所存而存者，其至矣。”[④]就是说，天然祭炼根本不需要烦琐的斋醮仪式和符箓咒语等形式，而是要通过沉默静坐的方式休歇一切妄想执着，摆脱世俗的逻辑思维形式和语言文字的束缚，彻见本源，直接进入一种清净本然、与元神冥合的精神状态。这种状态和现实世界在本性上是没有差别的，它们之间所以有差别，主要是由于人们的心还没有彻底断除一切妄念达到佛教无念的精神境界（佛教的无念所要否定的是把世界上的事物的两个方面作绝对对立的见解）。如果达到了无念之境，恢复了人心本具的元神本体，也就达到了“骎骎于大道之域，耳目忘于声色，身忘于物，心亦忘于道，竟于此处以无为自然而为祭炼”[⑤]的天然祭炼状态。

在这种天然祭炼状态里，人已经摆脱了那种“合乎道德”的人为祭炼之举，上升到一种无所为而为的“本乎道德”的境界。其转变的关键就是人已经获得了完全的自由，他不需要遵从任何自然规律和道德信条，也不是出于良心发现，而是一种“以无为自然”的自发行为。这里的“无”并不是什么也不看，什么也不想，离群索居，闭目塞听，而是对任何事物、任何对象都不贪取，不执着于既有的观念，任运而行，从而人获得了自由的精神愉悦和幸福感。在这“惟天其天而已”的境界里，人与神、自由和自然、道德和幸福等都

---

①②③ 郑思肖：《太极祭炼法》，《正统道藏（第十册）·洞真部·方法类》，上海书店、文物出版社、天津古籍出版社 1988 年版，第 453 页。
④ 同①，第 70 页。
⑤ 同①，第 470 页。

达到了和谐的统一。

综上所论，郑思肖强化心在太极祭炼过程中的重要作用，赋予元神以实践理性精神，把道德与自由有机地统一起来。郑思肖的整个太极祭炼的过程包含炼毓元神和超拔鬼魂两个必不可分的阶段，前者是心性修炼的过程，是恢复元神本初之态的过程，也是道德自我完善的过程；而超拔鬼魂则是极力张扬心的主体性过程，也是道德由自我完善向实践理性转变的过程。而元神是整个祭炼的核心，如果没有人体之内固有的先天元神，那么就不可能有太极祭炼法的存在。可以说，郑思肖的元神论是其太极祭炼法的基础，也是他的道教思想的基础。

参考及征引文献

白珽:《湛渊集》，四库全书本。

白玉蟾:《海琼问道集》,《正统道藏》，文物出版社、天津古籍出版社、上海书店出版社 1988 年版。

（传）般勒密帝译:《大佛顶如来密因修证了义诸菩萨万行首楞严经》,《大正新修大藏经》，台湾新文丰出版公司 1983 年版。

陈福康:《井中奇书考》，上海文艺出版社 2001 年版。

陈普:《石堂先生遗集》，明万历三年刻本。

陈普:《咏史》,《石堂先生遗集》，嘉庆十六年宁德县程世鹏刻本。

程杰:《北宋诗文革新研究》，内蒙古教育出版社 2000 年版。

程敏政:《宋遗民录》，四库全书存目丛书，齐鲁书社 1997 年版。

程颐、程颢:《二程集》，中华书局 1981 年版。

仇远:《金渊集》，四库全书本。

仇远:《山村遗集》，丛书集成续编本，上海书店 1985 年版。

仇兆鳌:《杜诗详注》，中华书局 1979 年版。

戴表元:《剡源戴先生文集》，四部丛刊本。

邓牧:《伯牙琴》，知不足斋丛书本。

董嗣杲:《庐山集》，四库全书本。

董嗣杲:《西湖百咏》(卷上)，清光绪丁氏嘉惠堂本。

董嗣杲:《英溪集》，四库全书本。

方逢辰:《蛟峰文集》卷四,四库全书本。

方凤:《存雅堂遗稿》，清雍正二年刻本。

方回:《桐江集》，苑委别藏本。

方回:《桐江续集》，四库全书本。

方一夔:《富山遗稿》，四库全书本。

方勇:《南宋遗民诗人群体研究》，人民出版社 2000 年版。

冯友兰:《贞元六书 · 新原人》，华东师范大学出版社 1996 年版。

冯友兰：《中国哲学史》，中华书局 1961 年版。
郭绍虞：《照隅室古典文学论集》，上海古籍出版社 1983 年版。
韩经太：《理学文化与文学思潮》，中华书局 1997 年版。
何梦桂：《潜斋集》，四库全书本。
侯外庐等主编：《宋明理学史》，人民出版社 1984 年版。
胡次焱：《梅岩文集》，四库全书本。
胡仔：《苕溪渔隐丛话》，人民文学出版社 1962 年版。
黄庚：《月屋漫稿》，四库全书本。
家铉翁：《则堂集》，四库全书本。
皎然：《诗式》，历代诗话续编本。中华书局 1981 年版。
孔凡礼：《增订湖山类稿》，中华书局 1984 年版。
孔凡礼等编：《全宋诗》，北京大学出版社 1998 年版。
李庆甲：《瀛奎律髓汇评》，上海古籍出版社 1986 年版。
李修生等编：《全元文》，江苏古籍出版社 1999 年版。
连文凤：《百正集》，丛书集成初编本。
林景熙：《霁山集》，中华书局 1960 年版。
刘辰翁：《须溪集》，四库全书本。
刘辰翁：《须溪集》，豫章丛书本。
刘辰翁：《须溪先生四景诗集》，豫章丛书本。
刘方：《宋型文化与宋代美学精神》，巴蜀书社 2004 年版。
刘将孙：《养吾斋集》，四库全书本。
刘凝：《水云村吟稿笺注》，乾隆刻本。
刘埙：《水云村稿》，四库全书本。
刘埙：《水云村泯稿》，清道光爱余堂刊本。
刘永济：《文心雕龙校释》，中华书局上海编辑所 1952 年版。
陆九渊：《陆九渊集》，中华书局 1980 年版。
逯钦立：《陶渊明集》，中华书局 1979 年版。
罗立刚：《宋元之际的哲学与文学》，复旦大学出版社 1999 年版。
马其昶：《韩昌黎文集校注》，上海古籍出版社 1987 年版。
马廷鸾：《碧梧玩芳集》，四库全书本。

孟棨：《本事诗》，丁福保《历代诗话续编》，中华书局 1959 年版。

孟宗宝：《洞霄诗集》，四库全书本。

缪荃孙：《艺风堂读书记》之《剡源逸稿》，清光绪二十六年刻本。

莫砺锋：《杜甫评传》，南京大学出版社 1993 年版。

莫砺锋：《唐宋诗论稿》，辽海出版社 2001 年版。

牟巘：《陵阳集》，四库全书本。

牟宗三：《道德理想主义的重建——牟宗三新儒学论著辑要》，中国广播电视出版社 1992 年版。

欧阳修：《欧阳修全集》，中华书局 2001 年版。

彭定求等编：《全唐诗》，中华书局 1960 年版。

浦起龙：《读杜心解》，中华书局 1961 年版。

浦起龙：《史通通释》，上海古籍出版社 1978 年版。

钱志熙：《黄庭坚诗学体系研究》，北京大学出版社 2003 年版。

丘葵：《钓矶诗集》，汲古阁本。

任继愈：《中国哲学史》，人民出版社 1964 年版。

邵雍：《伊川击壤集》，四部丛刊本。

沈约：《宋书》，中华书局 1965 年版。

舒岳祥：《阆风集》，四库全书本。

司马迁：《史记》，中华书局 1959 年版。

宋公传：《元诗体要》，四库全书本。

宋濂等撰：《元史》，中华书局 1979 年版。

脱脱：《宋史》，中华书局 1965 年版。

王夫之：《姜斋诗话》，人民文学出版社 1981 年版。

王利器：《文镜秘府论校释》，中国社会科学出版社 1983 年版。

王琦：《李太白全集》，中华书局 1981 年版。

王义山：《稼村先生类稿》，四库全书本。

王奕：《玉斗山人集》，四库全书本。

文天祥：《文山先生全集》，中国书店 1985 年版。

吴莱：《渊颖集》，四库全书本。

谢翱：《晞发集》，四库全书本。

谢翱:《晞发遗集》卷上《近稿杂诗》，四库全书本。
谢枋得:《叠山集》，四部丛刊续编本，上海书店 1985 年版。
解缙等编纂:《永乐大典》，中华书局 1986 年版。
谢思炜:《唐宋诗学论集》，商务印书馆 2002 年版。
徐复观:《中国文学精神》，上海书店出版社 2004 年版。
许月卿:《先天集》，四部丛刊续编本。
杨伯峻:《春秋左传注》，中华书局 1981 年版。
杨正典:《文天祥的生平和思想》，齐鲁书社 1982 年版。
叶梦得:《石林诗话》，何文涣《历代诗话》本，中华书局 1981 年版。
永瑢等撰: 四库馆臣《四库全书总目》，中华书局 1965 年版。
余英时:《士与中国文化》，上海人民出版社 2003 年版。
俞德邻:《佩韦斋集》，四库全书本。
袁桷:《清容居士集》，四部丛刊初编本。
詹杭伦:《方回的唐宋律诗学》，中华书局 2002 年版。
詹锳:《文心雕龙义证》，上海古籍出版社 1989 年版。
张宏生:《感情的多元选择》，现代出版社 1991 年版。
张戒:《岁寒堂诗话》，丁福保《历代诗话续编》，中华书局 1983 年版。
张晶:《禅与唐宋诗学》，人民文学出版社 2003 年版。
张恕等纂:《同治鄞县志》，清光绪三年刻本。
张寿镛:《西麓诗稿序》，陈允平《西麓诗稿》，丛书集成续编本。
张毅:《宋代文学思想史》，中华书局 1995 年版。
张毅:《中国文艺思想史论集》，南开大学出版社 2004 年版。
赵昌平:《赵昌平自选集》，广西师范大学出版社 1997 年版。
赵士林:《心学与美学》，中国社会科学出版社 1992 年版。
赵文:《青山集》，四库全书本。
真山民:《真山民诗集》，明刻《宋元四十三家集》本。
郑思肖:《所南先生文集》，四部丛刊续编本。
钟惺:《古诗归》，上海古籍出版社 1982 年版。
周密:《草窗韵语六稿》，民国乌程蒋氏密韵楼景刊宋咸淳本。
周密:《癸辛杂识》，中华书局 1999 年版。

周密：《武林旧事》，丛书集成初编本，中华书局 1991 年版。

朱熹：《四书章句集注·论语章句》，上海古籍出版社 1996 年据世界书局 1936 年版影印。

后记

当我改完这部书稿的最后一个字时，禁不住长吁了一口气，顿感释然，又不免感慨良多。

这部专著是我在十一年前博士论文的基础上进一步修改、加工而完成的。十一年，时间够长的了，今天才决定出版，确实是姗姗来迟了。这并不意味着这部专著经过多少精益求工的锤炼，融入了多少年的研究创获，而是著者曾一度转移阵地，兴趣他移，束之高阁，很长时间未曾问津。现在拿出来的这个半成品依然令人汗颜，书中还一定存在着许多缺点和错误，没有改动，这是自己学业未精、慵懒惰怠造成的。真是愧对师长，愧对朋友，更愧对自己，虚度光阴，无所成就。但它毕竟面世了，是我多年关注这一专题的结果（兴趣他移并不意味着完全放弃），尽管这个结果不能令人满意，还有很多不足，但也毕竟了结了一桩压在心头多年的负担。

感慨虽多，但至深之处只有一点，那就是在学术研究的长河中必须不断前行。十多年来，古代文学的研究视角发生多次转变，从文本批评到文学的文化学研究，再到今天的经典细读，真是热闹非凡，眼花缭乱。如果一旦稍有不勤奋，人就会掉队，沦为无端的看客。我自己曾一度热衷于文学的社会学研究，沉浸在康德、胡塞尔、海德格尔、伽达默尔、哈贝马斯等西方哲学大师的思辨海洋里，阅读了一些西方哲学、文艺学、社会学方面的书籍，希望从中找到对研究中国古代文学有用的知识、武器，加以尝试。这一点，在这本专著中留下了诸多痕迹，如加强儒家文化对宋元之际诗人的心态、价值观、诗学思想、诗歌创作等方面的研究。但是，我很快就发现，效果不大，因为自己的学力有限，找不准西方文化和中国文学的契合点。如果不问具体情况，生搬硬套西方的理论，裁制中国古代的作家作品，那就会闹笑话。因此，自己就转而消极，心有旁骛。现在看看，自己已然落伍。由置身江水中奋力拼搏到成为岸上的看客，实在只有一步之遥，正所谓逆水行舟，不进则退。

在这部专著中，除了加强儒家文化对这一时期诗歌的影响外，我还对出入于儒、释、道三教思想的郑思肖十分感兴趣，就研究了他以儒家伦理道德为本位、贯通道家、兼及佛教的独特思想构成。这些内容虽然游离于文学研究之外，但并未脱离文学文化学的研究范围，对于研究王朝鼎革之际文人的心态有很大的借鉴意义，因此，就把这一部分内容列在附录里，供大家参考。

在这里，当然还要涉及一些对这部专著有贡献的良师益友，无论是精神方面的还是生活方面的，他们对我这部专著的问世都发挥了很大的作用，都是值得称道的。这不是虚伪的客套话，而是真心诚意的感谢。贡献最大的当数我的博士生导师莫砺锋先生。最初，我只是从报章杂志上阅读老师的论文，并把这些论文当作自己学习写论文的样本，从论题的选择、提炼到文章结构的安排、以至于语言的运用、例证的分析，等等，都认真揣摩。后来有幸考入南大，接受老师耳提面命的教诲，受益匪浅。莫师其言蔼如，有君子之风，治学严谨。吾师的道德、学识深深地影响了我，净化了我的灵魂，使我受益终身。在吾师的严格要求和悉心培育下，在学术研究上我有了良好的开端。这篇博士论文的顺利完成离不开吾师的辛勤劳动，从开题到定稿，他都严格把关，哪怕是标点的误用都不放过。三年的学习，我还得到徐有富老师、张宏生老师、巩本栋老师、张伯伟老师、程章灿老师、曹虹老师等人的指导。从听他们的课中，视野得到了进一步的开拓，我也学到了不少的治学方法。论文在开题之时，他们都提出了许多宝贵的建议。在论文答辩的时候，还承蒙南京师大文学院钟振振老师、张采民老师、陈书录老师的指导，他们对论文提出了宝贵的意见和高度的评价。这次修改，在很多方面就吸收了他们的建议。

我特别要真诚地感谢我的妻子刘会女士，她做家务，勤勤恳恳，任劳任怨，悉心照顾我们一家人的生活，给我一个温馨可爱的家。平时，她还帮助我打字、输入文本，实在太辛苦了。在此，我还要特别感谢文化艺术出版社社长杨斌先生的关心和帮助，感谢本书责编周进生、叶茹飞，他们对我的帮助实在太大了。此外，我还要感谢曹守云、郭瑜、史文瑞、许可、刘夕琛，诸君帮助我校正了引文和文字打印的错误之处。正是承蒙他们的关照和辛勤劳动，这本专著才得以顺利出版。

李成文

2017 年 7 月 15 日于枣庄